Knaur.

*Im Knaur Taschenbuch Verlag sind bereits
folgende Bücher der Autorin erschienen:*
Das hätt' ich vorher wissen müssen
Muss ich denn schon wieder verreisen?
Geht das denn schon wieder los?
Das mach' ich doch mit links
Alle Jahre wieder ... der gleiche Stress!
Hotel Mama – vorübergehend geschlossen

Über die Autorin:
Evelyn Sanders' Fähigkeit, den Alltag auf die Schippe zu nehmen, ist unerreicht. Die geborene Berlinerin, gelernte Journalistin, fünffach gestählte Mutter und vielfach gekrönte Bestsellerautorin lebt in der Nähe von Heilbronn.

Evelyn Sanders

Menschenskinder ... nicht schon wieder!

Roman

Knaur Taschenbuch Verlag

Dieser Titel erschien im Knaur Taschenbuch Verlag 2001 bereits unter der Bandnummer 61994.

Besuchen Sie uns im Internet:
www.knaur.de

Vollständige Taschenbuch-Neuausgabe August 2012
Knaur Taschenbuch
© 2000 Schneekluth Verlag GmbH, München
Ein Unternehmen der Droemerschen Verlagsanstalt
Th. Knaur Nachf. GmbH & Co. KG, München
Alle Rechte vorbehalten. Das Werk darf – auch teilweise –
nur mit Genehmigung des Verlags wiedergegeben werden.
Umschlaggestaltung: ZERO Werbeagentur, München
Umschlagabbildung: N. Reitze de la Maza
Druck und Bindung: CPI – Clausen & Bosse, Leck
Printed in Germany
ISBN 978-3-426-51242-5

2 4 5 3 1

Kapitel 1

Nein! Nicht schon wieder eine Hochzeit! Ich zahle ja noch an der letzten!«

Es war Rolfs Entsetzensschrei, der durch das ganze Haus gellte, jedoch sofort von Steffis noch lauter gebrülltem Protest übertönt wurde: »Übertreib nicht so maßlos! Wir haben im Juli schon unseren dritten Hochzeitstag, und ich kann mir einfach nicht vorstellen, dass du die Sauna in monatlichen Raten abstotterst. Schon wegen der Zinsen! Und sooo kostenintensiv kann sie überhaupt nicht gewesen sein! Wenn wir nämlich mal zu viert drinsitzen, hat jeder Einzelne höchstens so viel Platz wie auf'm Baustellen-Klo.«

Das allerdings stimmte! Mit dem ungefähr dreifachen Volumen einer normalen Hundehütte füllt dieser Holzverschlag die für ihn vorgesehene Fläche im Bad restlos aus, hätte also gar nicht größer sein dürfen, doch die optische Symmetrie des Raumes war auf Kosten der Bequemlichkeit gegangen, was Schwiegersohn Hannes im Nachhinein bedauert, Schwiegervater Rolf dagegen gleich von vornherein außerordentlich begrüßt hatte.

Eine größere Sauna wäre um einiges teurer gewesen, und die Aussicht, sie hin und wieder benutzen zu können, hatte Rolf sowieso nicht gereizt. Er hasst saunieren und hat unser Hochzeitsgeschenk nur ein einziges Mal betreten. Das war damals im Hochsommer gewesen, als das Möbel endlich installiert worden war, die künstlichen Kohlen noch nicht geglüht hatten und die einzigen Tropfen auf dem Fichtenholzboden die aus dem Sektglas gewesen waren, mit denen die Sauna höchst feierlich ihrer Bestimmung übergeben worden war.

»Ich rede ja nicht von deiner Hochzeit«, hörte ich den mir vor einigen Jahrzehnten angetrauten Ehemann seine Tochter anblaffen, »sondern von Saschas. Die war teurer!«

»Wieso?«, hakte Stefanie sofort nach. »Ich denke, jeder kriegt die gleiche Summe, wenn er heiratet.«

»Das ja, doch für Saschas Auftrieb musste ich mich – übrigens auf ausdrücklichen Wunsch deiner Mutter! – zusätzlich komplett neu einkleiden, weil ich mich in meinem dunklen Anzug angeblich nicht mehr sehen lassen konnte.«

»Das hättest du schon bei unserer Hochzeit nicht gekonnt«, knurrte Steffi, »aber wir haben ja auch nicht bei Grafens gefeiert, und für ein simples Restaurant am Stadtrand waren grauer Zwirn und Hose mit Schlag natürlich gut genug, auch wenn das edle Teil mindestens fünfzehn Jahre alt gewesen ist.«

»Siebzehn!«, sagte Rolf. »Aber höchstens zweimal pro Jahr getragen.«

Das hatte man ihm auch angesehen! Und wenn ich nicht schon Wochen vor Saschas Hochzeit bei eben jener Hose heimlich die wichtigste Naht mit einer Rasierklinge angeritzt und danach auf einer Kostümprobe bestanden hätte, wäre der ›gute Anzug‹ bestimmt ein weiteres Mal zum Einsatz gekommen. So aber gab es gleich beim Hinsetzen ein unverkennbares und sehr unangenehmes Geräusch, das sogar meinen Mann überzeugte. Kopfschüttelnd hatte er die aufgeplatzte Naht betrachtet. »Das kann man wohl nicht mehr reparieren?«

»Doch, könnte man«, hatte ich ganz lässig gesagt, »würde aber nichts nützen, weil es doch wieder reißt. Ich passe auch nicht mehr in meine Kleider von vor zwanzig Jahren« (wäre fatal, am Ende müsste ich sie wirklich noch tragen!), »finde dich also damit ab, dass auch du mindestens eine Nummer größer brauchst.«

Wohlversehen mit den Adressen einschlägiger Herrenausstatter war er tatsächlich ganz allein losgezogen und erst nach Ladenschluss zurückgekommen, mit nicht nur einem Anzug, sondern zweien, dazu einem halben Dutzend Hemden, drei Krawatten und sündhaft teuren Schuhen. »Ich wusste gar nicht mehr, dass neue Anzüge gleich auf Anhieb so bequem sein können«, hatte er gestaunt und sie mir noch am selben Abend vorgeführt. »Die sitzen doch erstklassig, nicht wahr? Waren ja auch nicht ganz billig.«

»Sie werden sich schon noch amortisieren«, hatte ich ihn getröstet und taktvoll verschwiegen, dass die Hosen nicht nur eine, sondern sogar zwei Nummern größer waren als seine anderen. »Immerhin musst du im Laufe der nächsten Jahre noch zwei Töchter verheiraten und eventuell auch irgendwann deinen ältesten Sohn.«

»Den bestimmt nicht!« Behutsam hatte Rolf die Jacketts auf die vorsorglich mitgebrachten breiten Bügel gehängt (normalerweise genügt ihm für diesen Zweck die Stuhllehne) und sich zu mir umgedreht. »Als ich unlängst mal auf den Busch geklopft und gefragt habe, ob das mit seiner Sandra etwas Ernstes sei, hat er bloß genuschelt: ›Heirate spät, dann dauert die Ehe nicht so lange!‹ Wie findest du das?« Liebevoll strich er über die Revers seiner Neuerwerbungen – hatte er bei mir schon lange nicht mehr getan! – und sah mich herausfordernd an.

»Sandra ist längst out, das hast du bloß noch nicht mitgekriegt, weil dich ja das Liebesleben deiner Nachkommen viel zu wenig interessiert, aber dass Sven die momentan von ihm favorisierte Jessica zu deiner Schwiegertochter machen wird, glaube ich nicht. Sie hat aufgeklebte Fingernägel, Angst vor Mäusen und wechselt täglich die Handtücher.«

Besonders Letzteres war bei Sven auf völliges Unverständnis gestoßen, denn er selbst bevorzugt dunkelblaues Frottee, bei dem die Spuren flüchtigen Händewaschens erst nach acht bis zehn Tagen auffallen, wenn die Handtücher anfangen steif zu werden (vielleicht sollte ich bei dieser Gelegenheit erwähnen, dass unser Erstgeborener in zwei Jahren vierzig wird und die Unarten der pubertären Phase eigentlich abgelegt haben sollte).

Überhaupt müsste ich erst einmal meine Sippe vorstellen und ihren Werdegang vom Windelalter bis zur unlängst erfolgten Verbeamtung auf Lebenszeit (ein Wort, das der Duden bis heute doch glatt ignoriert!) schildern ...

Oberhaupt der Familie (zumindest auf amtlichen Formularen) ist Rolf, der jahrzehntelang namhaften, meist jedoch weniger bekannten Firmen geholfen hat, ihre Produkte an den Mann bzw. an die Frau zu bringen. Seitdem wir mit der Fernsehwerbung leben müssen, würde ich diese Art des Broterwerbs auf der Karriereleiter ziemlich weit unten ansiedeln, aber damals galt ein Werbeberater (neudeutsch Art-Director) auch ein bisschen als Künstler, und denen hat man ja schon immer einiges nachgesehen. War auch nötig, denn in den sechziger Jahren hatte die deutsche Durchschnittsfamilie – statistisch gesehen – einskommaundetwas Kinder, in der Realität also zwei, dafür hatten soundsoviel Ehepaare keine, und wer mehr hatte, war entweder Italiener, Türke oder asozial.

Wir hatten fünf. Zwei Jungs, drei Mädchen, dazu diverses Kleinvieh, das sich während unserer häufigen Umzüge glücklicherweise immer mal wieder dezimierte, wechselnde, mitunter etwas absonderliche Haushaltshilfen, meistens jedoch keine, dafür aber nur ein Auto, mit dem eben jenes Oberhaupt häufig tagelang unterwegs war. Einen Zweitwagen bekam ich erst, als er eigentlich schon in die Kategorie überflüssiger Luxus fiel, weil die Kinder nicht mehr zum Sportklub oder zur Disko gebracht werden mussten, sondern für Kino und Fitnessstudio ihre eigenen Autos benutzten. Sehr betagte Vehikel natürlich, mit immer bloß noch ein paar Monaten TÜV, aber größtenteils selbst verdient und nur manchmal ein bisschen gesponsert. So kurvte Sven monatelang in einer rollenden Litfasssäule herum, von oben bis unten mit Werbung beklebt, die von Salamander-Schuhen bis zu Buttermilch so ziemlich alle Sparten des Konsumangebots umfasste. Lediglich auf das Logo vom Sex-Shop hatte er schweren Herzens verzichtet, obwohl die angeblich am meisten gezahlt und ihm darüber hinaus beim Einkauf Rabatt eingeräumt hätten.

Beruflich waren unsere Ableger verschiedene Wege gegangen. Sven hatte sich auf Garten- und Landschaftsbau geworfen (daher stammt auch seine Vorliebe für dunkle Handtücher), Sascha hatte Restaurantfachmann gelernt, war zwei Jahre lang als Steward auf der *Queen Elizabeth II.* ein paar Mal über die Weltmeere geschippert, hatte auf dem Kahn seine Vicky kennen gelernt und ein Jahr später geheiratet. Die »englische Hochzeit« ist uns heute noch unvergesslich; von der bevorstehenden Scheidung haben wir erst erfahren, als sie schon beinahe ausgesprochen war.

Steffi hatte nach erfolgreicher Abschlussprüfung und einigen Monaten Schreibtischtätigkeit bei einer Versicherung festgestellt, dass sie eigentlich gar keine Lust zu einem Bürojob hatte und doch erst einmal gründlich überlegen wollte, auf welch weniger eintönige Weise sie künftig ihre Brötchen verdienen könnte. Eine Zeit lang überführte sie Autos für einen Mietwagen-Service, jobbte in einer Diskothek, verliebte sich in den falschen Mann, danach in den richtigen, der dann doch wieder der falsche war, aber dass aller guten Dinge drei sind, hat sich bewahrheitet, als sie Hannes kennen lernte. Sie hat ihn nicht nur geheiratet (oder er sie, darüber besteht zwischen den beiden noch immer Uneinigkeit), sondern in seiner Firma auch genau den Job gefunden, von dem sie gar nicht gewusst hatte, dass es ihn gibt. Doch davon später.

Bleiben noch die zwei restlichen Nachkommen, Nicole und Katja, die größte Überraschung meines Lebens, denn wer rechnet schon mit Zwillingen, wenn es in den eigenen Familien noch niemals welche gegeben hat und Ultraschall – damals zumindest – lediglich ein im Bereich der Physik angesiedelter Begriff war? In Großstadt-Krankenhäusern wird man über dieses nützliche Gerät wohl schon verfügt haben, in gynäkologischen Landpraxen wusste man vermutlich noch nicht einmal, was das überhaupt ist. Jedenfalls hat eine werdende Zwillingsmutter heutzutage wenigstens acht Monate lang Zeit, sich mental und nicht zuletzt finanziell auf den doppelten Zuwachs vorzubereiten (vom werdenden Vater gar nicht zu reden, denn dem schwant ja höchstens, was da so an Kosten auf ihn zukommt, von den tatsächlichen hat er glücklicherweise noch keine Ahnung), ich dagegen wurde vor die vollendete Tatsache gestellt! Aber der Mensch wächst bekanntlich mit seinen Aufgaben, außerdem verfügte ich schon über eine gewisse Praxis im Umgang mit Kindern (dass auch aus den niedlichsten und liebenswertesten Babys mal Teenager werden, wusste ich allerdings noch nicht, Sven war gerade erst zehn Jahre alt geworden), doch ohne Wenzel-Berta, die treue Seele in unserer damals nur auf Wanderkarten verzeichneten Dorf-Einöde, wäre ich vermutlich in Schwermut versunken oder hätte mich vom nächsten Weinberg gestürzt. Rundherum gab es ja nichts anderes, wenn man von den paar Wiesen mit ihren unermüdlich käuenden Kühen drauf mal absieht. Für eine Großstadtpflanze wie mich ein nicht gerade stimmungsfördernder Anblick.

Schließlich kam der Tag, an dem wir in die Zivilisation zurückkehrten und uns in einem kleinen Kurort nahe Heilbronn niederließen, wo die paar Bauern, die es noch gab, ihre Kühe im Stall behielten, weil sie ihre Wiesen längst als Bauland verkauft hatten. Und die Weintrauben mussten sie auch im Supermarkt holen.

Ein paar Kilometer von der Stadtmitte entfernt schlängelt sich der Neckar durch eine sehr geschichtsträchtige Gegend, denn auf so ziemlich allen umliegenden Burgen hat Götz von Berlichingen (Goethe sei Dank, ohne ihn würde den ja kaum jemand kennen) zeitweise gewohnt oder wenigstens einmal genächtigt. Wird behauptet! Da die heutigen Raubritter jedoch nicht mehr auf Burgen leben, sondern in Finanzämtern, hat man die am besten erhaltenen Gemäuer erst restauriert und dann modernisiert, auf dass zahlende Gäste bei gedämpftem Licht (elektrisch) und angenehm durchwärmt (Zentralheizung) aus dem Fenster der ehemaligen Kemenate über das Neckartal blicken und sich ausmalen können, wie wenig anheimelnd es in diesen Steinkästen vor ein paar hundert Jahren gewesen sein muss.

Sascha hatte beschlossen, seine zweite Hochzeit auf einer dieser Burgen zu feiern. Einmal wegen der Romantik, zum anderen, weil er den Geschäftsführer kannte. Mit Ausschlag gebend war auch die etwas abseits stehende und nur über einen steilen Sand-Schotterweg erreichbare kleine Kapelle gewesen, notwendiges Ambiente für eine stilvolle Trauung. Die Zeremonie auf dem Standesamt hatte schon vor ein paar Monaten stattgefunden, und erst achtzehneinhalb Stunden vorher war Sascha eingefallen, dass er gar keinen Trauzeugen hatte, jedoch auf den in derartigen Situationen immer bereitwilligen Hausmeister, Pförtner oder Aktenboten nur im äußersten Notfall zurückgreifen würde. Hektische Telefongespräche zwischen Düsseldorf und den diversen Wohnsitzen der restlichen Sippe folgten, doch der Bräutigamsvater konnte nicht, ich wollte nicht, Sven war nicht erreichbar, Stefanie hatte Grippe, Nicki die rechte Hand in Gips, nur Katja fiel so schnell nichts ein – höchstens die Tatsache, dass sie eigentlich noch vorher zum Friseur müsste. Im Morgengrauen bretterte sie nach Düsseldorf, bezeugte durch diverse Unterschriften die soeben erfolgte Eheschließung des Sascha Sanders mit der nunmehr rechtmäßigen Gattin Nastassja, nahm zusammen mit Bruder, neuer Schwägerin und der zweiten Trauzeugin ein dem feierlichen Ereignis angemessenes Mittagsmahl ein, setzte sich wieder ins Auto und war sieben Minuten vor Beginn des Elternabends in der Schule. Das übrige Kollegium hatte schon überlegt, wie man den Angehörigen der Viertklässler das unentschuldigte Fehlen ihrer Klassenlehrerin plausibel machen sollte.

Im Hochsommer folgte die »richtige« Trauung, also zu einem Zeitpunkt, der schönes Wetter und die einem Brautkleid zuträglichen Temperaturen wenn schon nicht garantierte, so doch wenigstens erwarten ließ. Die Sonne knallte dann auch wirklich schon morgens vom wolkenlosen Himmel, und als wir die neun Autos endlich nebeneinander auf dem Parkplatz aufgereiht hatten, stand uns immer noch der Aufstieg zur Kapelle bevor. Es hatte wochenlang kaum geregnet, jeder Schritt wirbelte Staubwölkchen auf, der Sand knirschte zwischen den Zähnen, und als wir endlich oben waren, sahen die Männer in ihren dunklen Anzügen alle einheitlich graubepudert aus. Rolf warf mir bitterböse Blicke zu; sein inzwischen der Altkleidersammlung zugeführtes »gutes Stück« war aus wesentlich leichterem Stoff gewesen.

»Gibt's hier nichts zu trinken?«, krächzte Sven.

»Erst hinterher.« Zum wiederholten Mal wischte sich Sascha die Schweißtröpfchen von der Stirn. »Nicht mal 'ne Wasserleitung?« Nein, es gab auch keine Wasserleitung, nur Sonne, wenig Schatten und einen Pastor, der immer wieder seinen Kopf durch die Tür steckte und kopfschüttelnd wieder einzog, weil die Braut noch immer nicht da war. Dabei konnte er doch in der angenehm temperierten Kapelle warten, während wir draußen in der brütenden Hitze schmorten. Sascha nutzte die Zeit, uns mit der neuen Verwandtschaft bekannt zu machen. Wir schüttelten gegenseitig die Hände, murmelten den üblichen konventionellen Schwachsinn, wonach wir uns alle freuten, endlich die Bekanntschaft von X und Y zu machen, von denen wir ja schon so viel gehört hatten (hatten wir wirklich?), lobten oder missbilligten das Bilderbuchwetter – je nachdem, ob das jeweilige Gegenüber luftig gekleidet war oder allzu sichtbar transpirierte – und wünschten nichts sehnlicher, als endlich aus der Sonne herauszukommen. Mir taten sowieso schon die Füße weh, denn ich hatte nicht nur neue Schuhe an, sondern auch noch welche mit ganz dünnen Sohlen, Riemchen und hohen Absätzen, für die Schotterwege das reine Gift sind.

Nastassja hatte unserer ohnehin nicht gerade kleinen Familie zwei unverehelichte Brüder zugeführt sowie eine verheiratete Schwester nebst Gatten, mit der ich mich später unbedingt mal unterhalten musste, denn ihre drei Söhne benahmen sich so vorbildlich, wie ich das bei meinen beiden nie hingekriegt hatte. Stunden später, als die Knaben sogar untereinander immer noch friedlich blieben und sich nicht einmal verbal in die Haare gerieten, kam ich zu der Vermutung, dass das Bremer Klima der Erziehung männlicher Nachkommen wohl zuträglicher sein musste als das süddeutsche.

Die Brüder der Braut waren mit weiblicher Seitendeckung erschienen, die offenbar im Laufe des Tages eine recht kostspielige Vorliebe für Campari entwickelte, ein Getränk, für das ich gelegentlich auch etwas übrig habe, nur nicht gerade bei dreißig Grad im Schatten und erst recht nicht schon ab mittags um eins. Als Sascha Tage später die Abrechnung für seine Hochzeitsfeier bekommen hatte, rief er auch prompt an und sprach mir seine Hochachtung aus. »Siebzehn Campari orange, und man hat dir überhaupt nichts angemerkt!« Dabei hatte ich nicht mal einen getrunken!

Leider fehlten Nastassjas Eltern, denn die hätte ich wirklich gern kennen gelernt. Sascha hatte so begeistert von ihnen gesprochen; allerdings hatte die Mutter gesundheitliche Probleme, und allein hatte der Vater nicht kommen wollen. Verständlich, doch wozu gibt es Videofilme? Einer der drei selbst ernannten Kameramänner hatte immer seinen Apparat vor dem Gesicht.

Endlich Motorengeräusch, dann kam auch schon Steffis Cabrio in Sicht. Im Schneckentempo kroch der Wagen die Steigung herauf, hinten drin, sich am zurückgeschlagenen Verdeck festklammernd, die Braut mit den zwei Jungfern – ihren Töchtern aus erster Ehe. Nette Mädchen, noch verschüchtert gegenüber so vielen neuen Onkels und Tanten, doch im Laufe des Tages tauten sie auf, und inzwischen fühlen sie sich bei uns fast wie zu Hause.

Zwanzig Meter vor dem Eingang zur Kapelle hielt Steffi an. »Hier kommt schon wieder so ein Bombenkrater, kann mal jemand kontrollieren, ob ich da durchkomme? Ich hab nämlich Angst, dass ich mir den Auspuff abreiße. Wäre beim letzten Schlagloch beinahe passiert!« Sie sah ein bisschen gestresst aus, hatte nicht eingesehen, dass die Braut gefahren werden wollte – »die paar Meter … sie hat doch auch Beine bis zum Boden!« – doch ich konnte Nastassja verstehen. Es ist natürlich viel wirkungsvoller, graziös aus einem offenen Wagen zu steigen, als nach einem wenn auch nur kurzen Aufstieg japsend vor dem Kirchlein zu stehen.

Der Hochzeitszug formierte sich, dann schritten wir in die Kapelle, dankbar für Schatten und Kühle. Das Harmonium war leicht verstimmt, die davor sitzende Dame offenbar in Eile, mit dem Gesang klappte es auch nicht so richtig, weil kaum jemand wollte (oder konnte), aber der Pastor freute sich, denn er hatte eine schöne Rede vorbereitet, die bestimmt von dem sonst gängigen Text abgewichen ist. Man traut ja doch nicht so häufig ein Paar, von dem jeder Teil schon eine Ehe hinter sich hat. Ein bisschen störend waren nur unsere Videofilmer, die sich vor lauter Eifer gegenseitig vors Objektiv gerieten, und als Sven stolperte und in letzter

Sekunde Halt suchend eine Säule umarmte, bevor er dem Pastor in den Rücken gefallen wäre, wurde er höflich aber bestimmt vor die Tür gesetzt. Deshalb gibt es auf einem Teil seines Filmes auch eine Menge Nahaufnahmen von diversen Wiesenkräutern sowie zweimal einen ausgedehnten Schwenk übers Neckartal.

Nach dem gemeinsamen kläglichen Abgesang, zu dem sich niemand berufen zu fühlen schien, ging es wieder hinaus in die Hitze. Unter dem einzigen, ein bisschen Schatten spendenden Baum erwartete uns ein weiß gedecktes Tischchen mit Kühltaschen und zwei dahinter aufgereihten dienstbaren Geistern. Mit beneidenswerter Fertigkeit öffneten sie Sektflaschen, füllten Gläser, reichten sie herum. Auf Wunsch mit Orangensaft. Der war dann auch zuerst alle. Kaum jemand wollte Alkohol.

»Ich tippe auf 27 Grad«, sagte Hannes, sein nur halb geleertes Glas unauffällig in ein Grasbüschel kippend.

»Der Sekt?«, fragte ich erstaunt, denn für meinen Geschmack war er sogar ein bisschen zu kalt.

»Nee, die Temperatur. Dabei ist es noch nicht mal zwölf Uhr.« Nach einem kurzen Rundblick öffnete er den obersten Hemdenknopf. »Was meinst du, wie lange müssen wir hier rumstehen?«

»Na, bis die Flaschen leer sind«, vermutete jemand von der neuen Verwandtschaft, von der ich noch immer nicht genau wusste, wer denn nun zu wem gehörte. Die Frauen waren in der Überzahl, also mussten noch Freundinnen von Nastassja darunter sein. Sascha hatte ja auch seinen österreichischen Freund Thomas eingeladen, der ihm schon bei seiner ersten Hochzeit in England als »best man« so hilfreich zur Seite gestanden, inzwischen selbst geheiratet hatte und mit Frau sowie selig im Kinderwagen vor sich hin glucksendem Säugling angereist war.

Zwei in Schlabberkleider gewandete, babyrosa geschminkte Damen kamen herangekeucht. Wo denn das Brautpaar bleibe, man habe doch für halb zwölf Uhr den Fototermin vereinbart, jetzt sei es schon drei viertel, und ihre Zeit hätten sie ja auch nicht gestohlen.

Also klemmte sich Steffi noch einmal hinters Steuer, die Braut musste zur Seite rücken, was ihrem sehr hübschen, aber auch sehr ausladenden Kleid gar nicht gut bekam, denn der Bräutigam sollte jetzt natürlich mit im Wagen sitzen, die beiden Mädchen quetschten sich auf den Beifahrersitz, dann rollte das voll gestopfte Gefährt im Schneckentempo wieder abwärts. Wir anderen schlappten hinterher.

»Setzt euch in den Burghof und bestellt euch, was ihr wollt!«, rief uns Sascha noch zu. »Die Knipserei kann ja nicht so lange dauern!«

Der Burghof war besetzt. Von einer anderen Hochzeitsgesellschaft. Zahlenmäßig war sie uns weit überlegen, was natürlich erhöhten Umsatz versprach, doch da wir im Gegensatz zu ihr auch noch die Kapelle gebucht und darüber hinaus Zimmer belegt hatten, wurde uns ebenfalls ein Aufenthaltsrecht unter den Schatten spendenden Bäumen zugestanden. Die anderen Gäste mussten so lange zusammenrücken, bis einer der langen rustikalen Holztische frei wurde, nur reichten die Stühle nicht aus, was aber nicht weiter schlimm war, denn mindestens einer von uns war immer auf dem Weg von oder zu den Toiletten.

Da saßen wir nun, tranken literweise überwiegend Alkoholfreies, hatten Hunger, weil in Erwartung kommender Genüsse niemand richtig gefrühstückt hatte, guckten alle fünf Minuten auf die Uhr (ab halb eins reklamierte Rolf sein Mittagsschläfchen, an das er sich seit Beginn seines offiziellen Rentnerdaseins gewöhnt hatte) und kamen zu dem Schluss, dass wir alle schon amüsantere Hochzeiten erlebt hatten.

Endlich tauchte die Vorhut auf, nämlich die beiden kleinen Brautjungfern, schon etwas zerrupft, dann kam Sascha,

Hemdkragen offen und Jackett überm Arm, ein paar Minuten später aus der entgegengesetzten Richtung die frisch restaurierte Braut. Und dann fand mitten auf dem Burghof eine Begegnung statt, wie ich sie mir – o selige Pennälerzeiten! – immer wieder mal vorgestellt hatte, solange wir uns mit Schillers Maria Stuart herumplagen mussten. Sogar die Kulisse stimmte! In einer Szene begegnen sich nämlich Maria und Elisabeth von England zum ersten Mal, nicht gerade freundlich gesonnen, doch zumindest Haltung bewahrend. Noblesse oblige! Genauso musterten sich die beiden Bräute, als sie sich unverhofft gegenüberstanden, wobei Nastassja die besseren Karten hatte. Nicht nur, weil sie die Hübschere war, doch das war nicht ihr Verdienst, so was hat man ja in erster Linie den dafür zuständigen Genen zu verdanken, sondern hauptsächlich wegen ihres Kleides. Ein bisschen erinnerte es an ein Abendkleid im Trachtenlook, cremefarben mit darauf abgestimmten bordeauxroten Applikationen, enges Mieder, weiter bodenlanger Rock … Und als Pendant dazu die andere, schon in jungen Jahren übergewichtige Braut in einem Wust von weißen Rüschen, in denen sie aussah wie ein Sahnebaiser.

Der Triumph in Nastassjas Augen dauerte nur Sekunden, dann lächelte sie freundlich, nickte und kam zu uns an den Tisch. »Die Verkäuferin, die dem armen Mädchen diesen Albtraum angehängt hat, sollte man fristlos entlassen!«, meinte sie nur.

»Das ist nicht die Verkäuferin gewesen«, vermutete Katja – nicht umsonst hatte sie während der Studienzeit zweimal wöchentlich in der Modeabteilung eines Kaufhauses gejobbt und entsprechende Erfahrungen gesammelt. »Das war die geballte Macht von Mama, Oma, zwei Tanten und der Nachbarin, die immer auf den Hund aufpasst. – Kriegen wir jetzt endlich was zu essen, oder soll ich mir doch erst mal 'ne Bockwurst bestellen?«

Der gräfliche Rittersaal einschließlich der angrenzenden Terrasse wurde bereits von der anderen Hochzeitsgesellschaft bevölkert, und so wurden wir in die wesentlich kleinere ehemalige Waffenkammer beordert. Eine lange, festlich geschmückte Tafel füllte den größten Teil des Raumes aus, und wer genau in der Mitte und auf jener Seite saß, wo der ausladende Kamin ins Zimmer ragte, konnte nur dann aufstehen, wenn die Plätze neben ihm ebenfalls geräumt wurden. Also wurde die ursprüngliche Tischordnung so geändert, dass die drei artigen Knaben die strategisch so ungünstigen Stühle besetzten, denn ihnen war es noch zuzumuten, bei Bedarf unterm Tisch durchzukriechen.

Vielleicht sollte ich bei dieser Gelegenheit noch erwähnen, dass sie besonders gegen Ende des Festmahls unverhältnismäßig oft den Drang zur Toilette verspürten und sofort nach dem Dessert um die Erlaubnis baten, den Raum verlassen zu dürfen. Aus gutem Grund, wie sich wenig später herausstellte, denn als wir uns ebenfalls die Füße vertreten wollten, hatten speziell die Männer gewisse Schwierigkeiten – jedenfalls diejenigen mit Schnürsenkeln in den Schuhen. Entweder hatten sie keine mehr drin oder sie waren mit denen ihrer Nachbarn verknüpft.

So viel zum Einfluss nördlichen Reizklimas auf die vermeintlich exzellente Erziehung halbwüchsiger Jungen!

Die meisten Hochzeiten verlaufen alle nach dem gleichen Schema: Es wird viel zu viel gegessen, dito getrunken, Reden werden gehalten, Toasts ausgebracht, die Unterhaltung mit dem bis dahin unbekannten Tischnachbarn wird zunehmend anstrengend, weil man keine Ahnung hat von den verschiedenen Arten der Rohleder-Veredelung und es auch gar nicht wissen will, und hat man sich endlich absetzen können, läuft man dem nächsten Gast in die Arme, der aktives Mitglied bei der Freiwilligen Feuerwehr ist und einem die Vorteile der modernen Dreh-Kipp-Leiter gegenüber den Standardmodellen erläutert. Zum Schluss tut es einem beinahe Leid, dass man nicht wenigstens mit einem zünftigen Zimmerbrand gegenhalten kann.

Kaum hatte der Verdauungsprozess des mehrgängigen Mittagessens eingesetzt, wurde das Kuchenbüfett hereingefahren, und pünktlich um acht, als noch immer kein Mensch Hunger hatte, kamen die Kalten Platten fürs Abendessen. Zwischendurch lustwandelten wir ein wenig auf dem Burghof oder zwischen den zur Besichtigung freigegebenen Mauerresten einschließlich des zu jeder anständigen Burg gehörenden Verlieses, und plötzlich hatte ich einen schon recht gut abgefüllten Mann an meiner Seite, der mir bis dahin noch gar nicht aufgefallen war. Er stellte sich als Franz aus Ludwigsburg vor, war der Schwager vom Onkel der Braut (oder so ähnlich) und hielt von dem »Säckl, der wo die Schanett heute g'heiert hat müssen«, offenbar gar nichts.

Er wollte auch nicht wahrhaben, dass er momentan auf der falschen Hochzeit war, und als er es endlich einsehen musste, fing er an zu jammern. Ich ließ ihn auf ein paar Quadratmetern Wiese inmitten von wilden Margeriten stehen in der Hoffnung, dass ihn über kurz oder lang jemand finden würde.

Irgendwann zwischen Kaffee und Abendessen scheuchte uns Sascha ins Freie, auf dass wir neben der Treppe ein Spalier bildeten, während am Fuße derselben die unverheirateten Mädchen und Jungfr … nein, die jungen Frauen Aufstellung nähmen zwecks Empfangnahme des Brautstraußes. Viele waren es ja nicht, zumal die kleinen Brautjungfern noch nicht zugelassen wurden, denn Kinderehen sind in Deutschland nun mal verboten. Doch als Nastassja oben an der Treppe stand, sich langsam umdrehte und über die Schulter den Strauß herabwarf, hatte sich nahezu die komplette Hochzeitsgesellschaft aus dem Rittersaal als Zuschauer eingefunden und johlte Beifall. Gefangen wurde das bordeaux- und cremefarbene Rosenbukett übrigens von Nastassjas Freundin, die bis heute noch nicht verheiratet ist, während die anderen Ledigen inzwischen alle verehelicht oder zumindest verlobt sind (wird ja wieder modern!) und zum Teil sogar schon Nachwuchs haben.

Die alten Hochzeitsbräuche sind eben auch nicht mehr das, was sie mal waren, und der Wahrheitsgehalt ihrer Prophezeiungen ist ähnlich zutreffend wie die bäuerlichen Wetterregeln. Aber damals hat es wohl El Niño noch nicht gegeben ...

Die Rüschenbraut wurde nun auch aufgefordert, sich von ihrem Strauß zu trennen, weigerte sich jedoch, es quasi coram publico zu tun, denn inzwischen hatten sich alle abkömmlichen Kellner, Zimmermädchen und sonstigen Angestellten eingefunden. Also zog der gesamte Tross zurück auf die Terrasse, wo er sich frei von Feindeinsicht wähnte. Stimmte aber nicht, denn unsere Waffenkammer lag genau gegenüber und hatte niedliche kleine Fenster mit Butzenscheiben, die man alle öffnen konnte.

Braut Jeannette wurde auf einen herbeigeholten Stuhl gehievt, um 90 Grad gedreht, die als potenzielle Ehekandidatinnen in Betracht kommenden Damen mussten sich in gebührender Entfernung aufstellen, und dann wurde der Strauß mit solcher Vehemenz geworfen, dass er über die Brüstung segelte und dreißig Meter tiefer auf dem Parkplatz landete. Der Bräutigam stiebte los, doch ob noch ein zweiter Versuch stattgefunden hat und falls ja, mit welchem Erfolg, haben wir nicht mehr mitgekriegt, weil sich die ganze Hochzeitsgesellschaft in den Rittersaal zurückzog.

Nach der mitternächtlichen Gulaschsuppe hatte ich vom Feiern genug und sehnte mich nach meinem Bett. Das stand jenseits des Burghofes in einem der winzigen, jedoch sehr stilvoll mit Himmelbett und Bauerntruhe möblierten Zimmer. Ob es mal die Gesindekammern gewesen waren oder die Stallungen, wie Sascha vermutet hatte, weiß ich nicht, war mir auch egal, das Bett hatte jedenfalls eine Matratze und keinen Strohsack, es gab ein richtiges Bad mit Toilette statt des Porzellantopfes unterm Bett, und der in einschlägigen Büchern für mich immer besonders abschreckend klingende Krug mit klarem Brunnenwasser war durch eine moderne Dusche ersetzt worden.

Ich habe absolut nichts gegen Romantik, solange man sie nicht übertreibt. Ein knisterndes Kaminfeuer ist herrlich, aber nur, wenn es irgendwo im Rücken noch eine normale Heizung gibt. Drei Hände voll Brunnenwasser können durchaus erfrischend sein, doch sich damit morgens waschen oder gar darin baden müssen ...? Nein, danke! Ein alter Nachttopf sieht heutzutage ulkig aus, wird, sofern aus Meißen, sogar schon als Antiquität gehandelt (Sven hatte mal einen vom Flohmarkt mitgebracht – nicht aus Meißen! – und Geranien reingepflanzt), doch nachts um drei pfeife ich auf Romantik und ziehe eine Toilette mit Wasserspülung vor!

Rolf lag schon im Bett und studierte die Preisliste von der Minibar. »Du hast doch hoffentlich keinen Durst mehr?«

»Nein, habe ich nicht.« Erleichtert öffnete ich die beiden Knöpfe am Rockbund – der Reißverschluss glitt sofort von allein auseinander! – und schälte mich aus dem engen Futteral. Das hatte ich heute garantiert zum letzten Mal getragen! Ein Wunder, dass es nicht schon vorhin geplatzt war! Keine Ahnung, wann und wie, doch auf rätselhafte Art hatte sich mein Gewicht umverteilt. Die letzte Messung hatten 3 cm mehr in der Taille und 4 cm weniger im weiter oben liegenden Bereich ergeben; wo der eine fehlende Zentimeter geblieben war, hatte ich noch nicht herausgekriegt, wahrscheinlich dort, wo man ihn auch nicht braucht!

»Weshalb hast du mir nicht gesagt, dass du dich in unsere Gemächer zurückziehst? Und wieso ist die rote Zahnbürste nass?« Ich hatte gerade danach gegriffen und festgestellt, dass sie tropfte. »Dir gehört doch die grüne!«

»Tatsächlich? Ich war mir da nicht sicher. Tut mir Leid.«

Mir auch! Ich war ja bereit gewesen, mein Leben mit ihm zu teilen, mein Bett und im Notfall auch meine letzte Zigarette, nicht aber die Zahnbürste!!! Zu Hause ist das ja kein Problem, Herr Alibert hat dafür gesorgt, dass jeder von uns seine eigenen Fächer im Spiegelschrank hat, und dort, wo Rasierschaum und Aftershave stehen, findet Rolf auch auf Anhieb seine Zahnbürste. Für unterwegs werde ich ihm wohl doch wieder einen mit Wäschetinte beschrifteten Leukoplaststreifen auf den Stiel kleben müssen!

Also gut, es wird auch mal ohne gehen, Mundausspülen muss heute genügen, ist vielleicht sogar gesünder, erst unlängst hatte ich in der Zeitung von einem Fünfundneunzigjährigen gelesen, der noch alle Zähne hat, in seinem ganzen Leben nicht ein einziges Mal beim Zahnarzt gewesen war und dem Reporter eine noch in brüchiges Seidenpapier gewickelte und mit blauem Bändchen verzierte Zahnbürste gezeigt haben soll, die ihm seine Frau zur Hochzeit geschenkt hatte. So weit ich mich erinnere, wohnt er irgendwo auf der Schwäbischen Alb. Wahrscheinlich wäscht er sich auch mit Brunnenwasser.

Weshalb Rolf sich ohne mich abgeseilt hatte, habe ich nicht mehr erfahren, denn als ich ins Zimmer zurückkam, schlief er schon. Ich nahm ihm die Preisliste aus der Hand, stellte fest, dass ein Minifläschchen Whisky hier genauso viel kostete wie im Bayerischen Hof in München, knipste die Nachttischlampe aus und kuschelte mich in mein Bett. Durch das geöffnete Fenster kamen Töne herein, die entfernt an Musik erinnerten; anscheinend war man jetzt, nachdem die Alten das Feld geräumt hatten, zu den moderneren Klängen übergegangen. Viel habe ich dafür nicht übrig, doch einen Vorteil hat die moderne Musik: Kein Mensch kann sie pfeifen!

Um neun Uhr wollten wir uns alle zum Frühstück treffen, um halb zehn waren wir die Ersten, die Letzten kamen, nachdem der allgemeine Aufbruch schon eingesetzt hatte. Fast alle Hochzeitsgäste hatten eine stundenlange Autofahrt vor sich, und auch Sascha, der ursprünglich einen Erholungstag bei uns eingeplant hatte, musste sich in das Unabänderliche fügen. Noch etwas ungeübt als neugebackener Stiefvater schulpflichtiger Töchter hatte er nicht daran gedacht, dass der kommende Tag ein ganz gewöhnlicher Montag war, zwei gleichzeitig erkrankte Schwestern jedoch wenig glaubhaft sein würden.

»Der Mensch wird frei geboren und dann eingeschult!«, hatte Sunny gemault, als Nastassja ihr eine nachträgliche Entschuldigung für versäumten Unterricht rundweg verweigerte, und Michelle hatte sie noch übertrumpft: »Ich kann morgen ruhig fehlen, weil wir bloß Sport haben, Geographie und zwei Stunden Englisch. Grammatik natürlich, aber die kann Sascha viel besser erklären als der blöde Heiermann.«

»Heißt der wirklich so?«, hatte ich wissen wollen.

»Nein!« Grinsend hatte sie mich angesehen. »Sein richtiger Name ist Klausen, aber weil er ein falscher Fünfziger hoch zehn ist, heißt er in der ganzen Schule bloß noch Heiermann. So wird bei uns nämlich ein Fünfmarkstück genannt«, hatte sie erläuternd hinzugefügt, immer noch unsicher, wie sie mich einzuschätzen hatte. Ihrer Vorstellung von der am Herd stehenden, Semmelknödel rollenden Großmutter hatte ich schon bei unserer ersten Begegnung nicht entsprochen, denn sie hatte mich am voll gepackten Schreibtisch vor dem Computer sitzend vorgefunden. Nachdem Sascha ihr erzählt hatte, dass ich Bücher schreibe, war ich für kurze Zeit sogar in ihrer Achtung gestiegen; nicht etwa wegen der Tatsache als solcher, sondern weil ich dann ja berühmt sein musste und vor allen Dingen reich. Dass beides nicht der Fall ist, nahm sie mir nicht ab, Astrid Lindgren und Enid Blyton täten ja auch nichts anderes, und die würde jedes Kind kennen.

Inzwischen ist eine ganze Menge Zeit vergangen, aus dem

netten, lustigen Mädchen ist ein Teenager geworden, und zwar einer der nicht mal mehr erträglichen Sorte, doch da sich ihre Besuche immer nur auf zwei oder drei Tage beschränken, üben wir uns in gegenseitiger Toleranz. Ich entspreche ja auch nicht ihren Wünschen! Wir wohnen noch immer in einem simplen Reihenhaus, haben auch kein Dienstmädchen, das Logiergästen die Betten macht und ihnen die herumliegenden Klamotten hinterherräumt, also kann es mit meiner Berühmtheit wirklich nicht weit her sein. Und mit dem Reichtum schon gar nicht!

Sunny hat immerhin schon ein Buch von mir gelesen, es »na ja, ganz nett« gefunden, ihre früheren Pläne, bei mir »in die Lehre« zu gehen, allerdings aufgegeben, weil man dabei wohl doch nicht so richtig berühmt werden kann. Sie ist jetzt gerade sechzehn geworden, findet die Schule »echt ääätzend«, Abitur überflüssig, und überhaupt brauche man für eine Fernsehkarriere, etwa als Moderatorin bei VIVA oder MTV, ganz andere Qualitäten. Ich kann mich erinnern, dass Sascha in dem Alter haargenau die gleiche Einstellung hatte, nur wollte er nicht zum Fernsehen, sondern zum Film. Als Stuntman.

Ein Abgeordneter der gräflichen Geschäftsleitung trabte an und machte uns höflich darauf aufmerksam, dass nicht nur die Zimmer bis halb zwölf geräumt sein müssten, was dankenswerterweise geschehen sei, sondern auch der Parkplatz. Die ersten Mittagsgäste seien bereits eingetroffen, in Kürze sei mit einem Engpass zu rechnen, und ob wir nicht vielleicht die Parkmöglichkeiten ganz unten am Fuß des Berges ...

Jetzt ging alles ganz schnell. Das Gepäck war ohnehin schon verladen, die Abschiedsformalitäten schnell erledigt, jeden hatte es gefreut, alle kennen zu lernen, natürlich würde man sich wieder sehen, irgendwann einmal, spätestens zur Taufe, hahaha ... Türen klappten, Hupen tönten, dann rollten die Wagen abwärts. Nur Thomas war noch neben mir stehen geblieben. »Was moanst?«, sinnierte er, der Autokolonne hinterherwinkend. »Ob's jetzt gut ausgeht? Oder treff' ma uns am End' bei der dritten Hochzeit vom Sascha wieder?« Entsetzt sah ich ihn an. »Kommt nicht in Frage! Jetzt sind erst mal seine Schwestern dran!«

Nun schien es wirklich so weit zu sein. Offiziell wusste ich noch gar nichts, inoffiziell hatte mich Steffi aber doch schon informiert, natürlich unter dem Siegel der Verschwiegenheit.

»Weshalb so plötzlich? Ist sie schwanger?« Ein nahe liegender Gedanke, denn Nicki und Jörg lebten seit bald zwei Jahren zusammen, liebten sich immer noch, hatten aber bis dato nie die Absicht geäußert, ihre Verbindung auch amtlich besiegeln zu lassen. »Wozu denn? Das ist irgendwie so endgültig«, hatte Nicki noch vor gar nicht langer Zeit geäußert, »und bringt ja nicht mal steuerliche Vorteile.«

»Ihr seid mir heute alle zu pragmatisch!« Rolf hatte nur mit dem Kopf geschüttelt. »Früher hat man aus Liebe geheiratet, manchmal auch wegen Geld, doch nur, wenn sich's wirklich gelohnt hat, aber wann heiratet man heutzutage?«

»Wenn der Bausparvertrag reif ist!«, hatte Katja gesagt. »Oder habt ihr etwa keinen?«

»Sogar zwei!«

»Wieso denn das? Jörg ist doch gar kein Schwabe.«

»Der nicht, aber ich!«

Das allerdings hatte ich sofort bestritten! »Ein Pferd, das zufällig im Kuhstall geboren wird, gibt deshalb noch lange keine Milch, und ein von Preußen gezeugtes und aufgezogenes Kind ist allenfalls ein Papierschwabe, sofern es im Ländle zur Welt gekommen ist. Du beherrschst ja nicht mal den hiesigen Dialekt!«

»Das fehlte noch! Was die hier reden, ist kein Schwäbisch, sondern eine verbale Katastrophe.«

Hm. Na ja, irgendwie hatte sie Recht.

Schließlich hatte Rolf das Thema Heirat beendet mit der Bemerkung, heutzutage sei eben alles anders geworden, er brauche nur mal an die damals üblichen Gepflogenheiten zu denken. »Früher hat man seine Sekretärin auf die Reise mitgenommen und sie als seine Frau ausgegeben, aber jetzt, in der Epoche der Spesenabrechnungen, nimmt man seine Frau mit und gibt sie als seine Sekretärin aus.«

»Na und? Hast du doch auch gemacht! Oder wie war das damals mit Määm und der Geschäftsreise nach Brüssel?«

»Das ist vierzig Jahre her, und überhaupt geht euch das gar nichts an!«

Dieses Gespräch lag ungefähr ein halbes Jahr zurück. Dazwischen hatte jene feierliche Handlung mit Eidesformel und Urkunde stattgefunden, die in dem fürchterlichen Begriff »Verbeamtung auf Lebenszeit« gipfelt. Seit diesem Tag gehören die Zwillinge jener Gattung Arbeitnehmer an, die über besondere, jedoch keineswegs berufsbedingte Fähigkeiten zu verfügen scheinen. Ich gönne sie ihnen ja von Herzen, sehe aber trotzdem nicht ein, dass ein Beamter zum Beispiel besser Auto fahren soll als ein Normalbürger und deshalb sein Fahrzeug preiswerter versichern darf. Und wenn die Zwillinge nicht gerade die schuleigenen Computer klauen, einen Kollegen meucheln oder zum Islam übertreten und Kopftuch tragen, können sie bis zum gesetzlich geregelten Pensionsalter nie mehr aus dem Schuldienst entlassen werden.

Der neue Status muss wohl in Nicole den Wunsch nach einer Neuordnung ihres Privatlebens geweckt haben, und da Jörg ebenfalls festen Fuß gefasst und die untersten Sprossen der beruflichen Karriereleiter bereits überwunden hatte, sollten anscheinend die noch fehlenden Voraussetzungen zur Familiengründung geschaffen werden, nämlich die amtliche Sanktionierung eines eheähnlichen Verhältnisses. Letztendlich muss man auch an die Eltern der Schüler denken … in der Provinz sind die meisten noch heute viel konservativer als in der Großstadt ... hier ist man als Lehrerin immer noch eine Art Vorbild ... außerdem gibt es für Verheiratete mehr Geld, und der Ehemann darf dann ebenfalls zum Beamtentarif Auto fahren.

Aber noch war es nicht so weit. Wenn ich Steffi vorhin richtig verstanden hatte, war die Hochzeit erst für Juni geplant, jetzt hatten wir Anfang Januar, ich litt noch unter den Nachwehen des familienintensiven Weihnachtsfestes, und mein Sinn stand zur Zeit mehr nach Pinacolada unter Palmen als nach Hochzeitstorte unterm Fliederbusch. Und überhaupt durfte ich doch noch gar nichts davon wissen. Wahrscheinlich würden wir das ganz offiziell erst am kommenden Sonntag erfahren, oder weshalb sonst hätten uns Tochter und potenzieller Schwiegersohn zum Mittagessen eingeladen?

Kapitel 2

Noch immer herrscht in der Nachbarschaft Erstaunen darüber, dass Rolf und ich getrennt Urlaub machen. Aufkommende Gerüchte, die von »ha no, Hauptsach', es bleibt beim Tapetenwechsel und sie wechslet net au no ebbes andres« bis zu »was glaub'sch, lasset die sich auf ihre alte Däg' au no scheide?« reichen, versuche ich abzuwenden, indem ich die obligatorischen Ansichtskarten von Stefanie mitunterschreiben lasse. Man kennt sie, schließlich ist sie hier aufgewachsen, verheiratet ist sie auch ... also wird sie ihre Mutter schon im Auge behalten.

Rolf gegenüber sind die Nachbarn toleranter. Ob es nun daran liegt, dass er vor Antritt seines Urlaubs jedes Mal demonstrativ seine Angel-Utensilien im Garten ausbreitet und so über den Zweck seiner Reise keine Zweifel aufkommen lässt – meines Wissens ist noch nie jemand zum Angeln nach Thailand geflogen! –, oder ob ihm als Mann ein größerer Freiraum zugestanden wird, weiß ich nicht, doch der Grund unserer alljährlichen ›Trennung‹ ist ganz einfach: Er braucht zu seinem Wohlbefinden kühleres Wetter als ich (also ungefähr 15 Grad Unterschied zu mir), findet gelegentliche Regenschauer, die ruhig mal ein paar Tage dauern können, keineswegs deprimierend, und Angeln (korrekt heißt das ja wohl »Fischen«, den feinen Unterschied hat er mir schon -zigmal erklärt, begriffen habe ich ihn trotzdem nicht) hält er für das Nonplusultra eines gelungenen Urlaubs. Und wo findet er die grünen Landschaften mit den klaren Seen, den so erfrischend kühlen Tagen und der abendlichen Pint Ale oder Stout im ach so gemütlich verräucherten Pub? Richtig! In Schottland. Oder Irland. Norwegen ist auch schon dran gewesen, muss aber nicht so doll gewesen sein. Neulich habe ich auf Rolfs Schreibtisch Prospekte von Kanada gefunden ...

Ich dagegen habe schon als Zwanzigjährige nach meinem ersten Urlaub in Italien festgestellt, dass ich, wenn schon nicht auf dem falschen Kontinent, so doch zumindest im falschen Land geboren bin. Mentalitätsmäßig gehöre ich nämlich viel weiter nach Süden, Griechenland zum Beispiel, die Kanaren wären auch nicht schlecht, nur in unseren Breitengraden hätte ich nicht zur Welt kommen dürfen. Ich hasse unsere trüb-grauen Winter, die jedes Jahr länger dauern und manchmal erst im April ahnen lassen, dass es doch noch eine Jahreszeit nach Nebel und Nieselregen geben kann. Und nur deshalb heißt spätestens im Februar meine Devise: Ab in die Sonne, egal wohin, Hauptsache, es gibt ein warmes Meer mit einem Strand, der zumindest Liegestuhlbreite haben sollte, eine Schatten spendende Palme wäre angenehm, zur Not tut's aber auch ein Schirm, dazu ein Stapel Bücher und in unmittelbarer Nähe keine Zeitgenossen, die mir bereits am ersten Abend ihre Lebensgeschichte erzählen und am zweiten das Du anbieten.

Zum Glück teilt Stefanie meine Vorlieben. Außerdem ist sie seit Jahren ambitionierte Taucherin, und als solche zieht es sie natürlich immer dorthin, wo es Riffs gibt mit Korallen drauf und bunten Fischlein drumherum; es dürfen aber auch ruhig größere Kaliber sein. Ehemann Hannes mit über 300 bescheinigten Tauchgängen, etlichen Kursen und dem Zertifikat »Divemaster« ist noch ein bisschen erfahrener, aber auch noch ein bisschen verrückter als seine Frau, was ihren gemeinsamen Hang zur Tiefe betrifft. Er verbringt die Hälfte des Tages unter Wasser (die andere Hälfte verschläft er, tauchen macht müde!), Stefanie wenigstens nur ein Drittel. Deshalb fährt sie auch immer braun gebrannt nach Hause, während Hannes nach seinem Urlaub schon so manches Mal ausgesehen hat, als hätte er dringend einen nötig.

Wann wir zum ersten Mal gemeinsam verreist sind – abgesehen von der Hochzeitsreise! –, kann ich nicht mehr sagen, doch es liegt schon ein paar Jahre zurück. Steffi war mit einem Schwung Katalogen erschienen, hatte in jedem das von ihr anvisierte Urlaubsziel markiert und von mir tatsächlich erwartet, ihr bei der Suche nach dem preisgünstigsten Veranstalter behilflich zu sein. Auf die Malediven wollten sie, Paradies aller Taucher, aber auch für notorisch faule Menschen ein wunderschönes Fleckchen Erde. Immerhin war ich ja schon mal da gewesen und hatte, wenn schon nicht Tauchen, so doch wenigstens Schnorcheln gelernt.

Da Steffis Berechnungen nie mit meinen übereinstimmten, sie in Mathe aber immer besser gewesen war als ich, überließ ich ihr die Zahlenakrobatik und ging Kaffee kochen.

»Hannes würde ja am liebsten wieder nach Baros gehen, aber da sind wir doch schon mal gewesen!«, rief sie mir hinterher.

»Na und? Eine Insel sieht doch fast wie die andere aus, mal oval und manchmal rund, Palmen stehen immer drauf, die Tauchbasis fehlt nie, und ein Fischgericht findest du jeden Tag auf der Speisekarte. Damit sind doch alle notwendigen Kriterien erfüllt! – Wie viel Zucker nimmst du zur Zeit in deinen Kaffee?«

»Gar keinen. Aber drei Klicks.«

Richtig, seit kurzem bevorzugte sie wieder Süßstoff, Zucker macht ja unnötig dick. Allmählich sollte ich mich an diese Terminologie gewöhnt haben, denn jedes Mal, wenn die Bikini-Wochen näher rücken, beginnt Stefanies kalorienbewusste Phase. Während sie ihren Kaffee umrührte, zählte sie mir die Vorzüge eben jener Insel auf. »Das Flair ist doch wichtig, die ganze Atmosphäre ... Wenn man abends vor der Bar in diesem Palmenwäldchen sitzt und der runde Mond steigt über'm Meer auf, das ist einfach ...«

»Ist da jeden Abend Vollmond?«

Sie sah mich missbilligend an. »Natürlich nicht, aber da ist er immer. Außerdem sieht er anders aus als hier. Irgendwie viel voller, und dunkelorange ist er, nicht so anämisch blass wie bei uns.«

»Na schön, von mir aus. Ich wäre ja schon froh, wenn ich ihn überhaupt mal wieder sehen würde.« Seit Tagen hingen wir im Nebel, doch sobald er sich wirklich mal ein bisschen auflöste, kamen die dicken Wolkenbänke zum Vorschein und ließen nicht einmal ahnen, dass es irgendwo dahinter eine Sonne geben musste, ganz zu schweigen von Mond und Sternen.

»Dann komm doch einfach mit!«, sagte meine Tochter.

»Warum? Ist das Wetter in Heidelberg etwa besser?«

Sie schüttelte nur den Kopf. »Die Schnellste bist du auch nicht mehr, stimmt's? Na ja, ist irgendwie verständlich, wenn man so kurz vor dem offiziellen Rentenalter steht.« Jetzt setzte sie auch noch ein nachsichtiges Grinsen auf. »Ich meine doch den Urlaub, liebes Mütterlein! Oder hast du im Februar was Besseres vor?«

Du liebe Zeit, was denn wohl? Am liebsten hätte ich sofort »na klar, wann fliegen wir?« gebrüllt, doch ich bat mir 24 Stunden Bedenkzeit aus, weniger für mich als für Hannes, denn es ist immerhin ein Unterschied, ob man seine Schwiegermutter nur gelegentlich sieht oder sie drei Wochen lang am Hals hat. Und bei Stefanie war ich mir nicht sicher, ob ihre spontane Einladung ernst gemeint war. Man kennt das doch von anderen Gelegenheiten her! Da lernt man irgendwo ein paar sympathische Leute kennen, verbringt einen netten Abend zusammen und noch einen, tauscht beim Abschied die Adressen aus mit dem Hinweis: »Falls Sie mal in der Nähe sind, müssen Sie auf jeden Fall bei uns hereinschauen!«, und ist schlichtweg entsetzt, wenn sie es wirklich tun.

Hannes war überhaupt nicht entsetzt. Er hatte mich schon früher als »erstaunlich pflegeleicht« eingestuft, außerdem hatte ich schon so manches Mal in Shorts und T-Shirt hinter der Halle in seinem Außenlager gestanden und bei sommerlicher Hitze zusammen mit Steffi und Lizzy Weihnachtsmänner, herzige Engelein und Christbaumkugeln ausgepackt (aber das ist ein Kapitel für sich und wird auch noch eins werden!) – unentgeltlich natürlich, wozu hat man schließlich Verwandtschaft? – so dass er im Falle einer Ablehnung mit künftiger Arbeitsverweigerung meinerseits rechnen musste.

Wir reisten also gemeinsam auf die Malediven, sahen uns – außer zu den Mahlzeiten – nur sporadisch, denn ihr Bungalow stand auf Stelzen im Wasser, meiner mitten auf der Insel, die beiden hörten nachts das Meer rauschen, ich die Palmen, aber zwischen den Tauchgängen ruhten sie sich doch bei mir am Strand aus, und den abendlichen Verdauungs-Spaziergang (drei Mal zügig barfuß durchs flache Wasser rund um die Insel = 35 Minuten!) unternahmen wir auch gemeinsam. Danach ging's zum Absacker an die Bar, aus der ich mich immer relativ früh verdrückte. Taucher – und die meisten Gäste sind nun mal welche – können sich nämlich nur übers Tauchen unterhalten; von Tag zu Tag wird der kürzlich gesichtete Manta größer, der Abstand zu ihm geringer (»Ich hätte ihn mit den Händen greifen können!«), und die Debatte, ob gelbe Flossen tatsächlich Haie anziehen oder nicht, ist auch nicht so interessant, weil man selbst sowieso nie die Probe aufs Exempel machen wird. Da fühlte ich mich auf meiner Terrasse mit einem Glas Eistee in der einen Hand und einem spannenden Krimi in der anderen entschieden wohler, zumal er im winterlichen New York spielte mit detaillierten Schilderungen der handlungsbedingten arktischen Kälte. So etwas hebt den Urlaubsgenuss ungemein!

Im Jahr darauf urlaubten wir gemeinsam auf Jamaika, wo es mir ausnehmend gut gefallen hatte, Steffi und Hannes leider nicht, denn dort sind die Tauchgründe wenig ergiebig. Bequia, das nächste Ziel, ein winziges Eiland unter den sowieso nicht großflächigen Grenadinen, hat zwar viel Flair, gehört aber nicht umsonst zu den Inseln unter dem Winde und ist bei allen Hochseeseglern beliebt. Eigentlich hätte uns das stutzig machen müssen, doch wir haben's erst gemerkt, als wir dort waren. Maximal fünf Minuten Sonnenbad, dann wurde es zu heiß, im Schatten fing man nach ebenfalls fünf Minuten an zu bibbern. Der ewige Wind! Egal, wo man sich aufhielt, er wehte! Und von den Walen, die dort vorbeiziehen sollten, haben wir auch nichts gesehen, sie müssen die Route gewechselt haben. Warum, weiß ich nicht, am Wasser kann es nicht gelegen haben, das war lausig kalt. Sogar Steffi, die erst viel später friert als ich, war immer schon nach drei Minuten wieder draußen. »Da drin kriegt man ja Frostbeulen!«

Jedes Jahr, wenn wir das nächste Reiseziel ausgucken (die Adventsonntage eignen sich am besten dazu!), versuche ich vergeblich, die beiden Unterwasserfreaks zu einem Urlaub ohne Neopren-Anzug und Lungenautomat zu überreden (es würde auch die regelmäßigen Kosten des Übergepäcks vermindern!), aber das ist mir bisher nicht gelungen.

Nun wird jeder logisch denkende Mensch fragen, warum ich nicht alleine und dann dahin fahre oder fliege, wohin ich gerne möchte. Alleinreisen macht einfach keinen Spaß, und die Gewissheit, dass im Notfall jemand da ist, sollte man auch nicht unterbewerten. Man braucht doch immer einen, der Händchen hält, wenn es einem mal dreckig geht.

Es war Zufall, dass die Ampel gerade dann rot wurde, als wir auf der Fahrt in die Innenstadt neben einem Reisebüro stehen bleiben mussten. »Beim nächsten Wechsel kommen wir sowieso noch nicht über die Kreuzung«, sagte Steffi, die vor uns haltenden Wagen abschätzend, »lauf doch mal schnell rein und frag, ob die da drin den Katalog haben!«

Mehr brauchte sie nicht zu sagen, ich wusste auch so, was sie meinte. Schon lange suchten wir Unterlagen jenes Veranstalters, der »Individualreisen für jeden Geldbeutel« offerierte, nur schien es wohl doch mehr Individualisten zu geben, als man gemeinhin annimmt; entweder war der Katalog vergriffen oder – was häufiger der Fall war – man kannte ihn gar nicht.

Hier hatte ich Glück. Kein Wunder, die mittelalterliche Dame hinter dem Schreibtisch war die personifizierte Reklame für Individualreisen. Sie war lang und dünn, hatte asketische Gesichtszüge, trug ihre grau melierten Haare in Form eines Zopfes über der rechten Schulter hängend und war bekleidet mit einem knöchellangen Lodenkostüm, Wollstrümpfen und Knopfstiefeln. Etwas deplatziert die Aktentasche neben dem Computer, ich hätte eher einen wasserdichten Rucksack erwartet, wie man ihn zu einer Wanderung durch den kambodschanischen Dschungel brauchen würde. Einer genauen Hinterfragung meiner individuellen Vorstellungen konnte ich mit heftigem Winken durch die Schaufensterscheibe entgehen, denn Steffi hatte bereits mehrmals auf die Hupe gedrückt. »Vielen Dank, ich melde mich wieder!«, schwindelte ich, stürzte hinaus und schaffte es gerade noch ins Auto, bevor die Ampel umsprang.

»Ist es auch der richtige?« Nur einen flüchtigen Blick warf sie auf den Katalog, dann musste sie sich wieder auf den Verkehr konzentrieren. Außer uns schienen sich nämlich zwei Drittel aller Heidelberger Autofahrer auf der vorweihnachtlichen Shoppingtour zu befinden.

Es war dann doch nicht der richtige Katalog, er hatte nur so ähnlich ausgesehen, aber Steffi fand trotzdem etwas Interessantes. »Wolltest du nicht schon immer mal nach Asien?«

»Natürlich, aber da spielt ihr doch nie mit! Dabei soll es zum Beispiel in Thailand wunderschöne Ecken geben, man muss nur eine finden, in der Deutsch noch nicht zur zweiten Amtssprache erhoben worden ist.«

Wir saßen vor dem Adventkranz mit seinen zwei brennenden Kerzen, tranken Tee mit Karamellgeschmack (vorhin gekauft, durchaus empfehlenswert) und scherten uns herzlich wenig um das Chaos von Tüten, Schachteln, Kassenzetteln, Weihnachtsgebäck und Taschenbüchern (beide können wir an keiner Buchhandlung vorbeigehen, außerdem mussten wir langsam anfangen, die Urlaubslektüre aufeinander abzustimmen!). Hannes hatte die Flucht ergriffen und sich in seinen Eisenbahn-Keller zurückgezogen, wir waren also ungestört.

»Jetzt weiß ich, was ich vergessen habe!« Steffi durchwühlte ihre Hosentaschen und wurde fündig. »Dabei hatte ich es doch extra notiert.« Sie faltete einen eng beschriebenen Zettel auseinander.

»Was denn?«

»Die Püppis!«

Sehr intelligent kann ich nicht ausgesehen haben, denn sie lachte laut los. »Nein, nicht was du vielleicht denkst, meine Toleranz hat Grenzen! Ich meine die Figuren für seine Huschebahn. Bloß Bäume und Häuser sind ja langweilig, es gehören doch auch Menschen dazu. Neulich habe ich lauter Nackerte gesehen, ich hatte bloß zu wenig Geld mit, aber die kaufe ich noch. Dann soll Hannes an seinem See einfach einen FKK-Strand anlegen.«

Ich habe berechtigte Zweifel, ob es jemals dazu kommen wird. Als der damals mit meiner Tochter noch nicht verheiratete, jedoch relativ frisch Verliebte zusammen mit der Wohnung den zusätzlichen Keller gekauft hatte, um endlich genügend Platz für seine raumfüllende Eisenbahnanlage zu haben, hatte er in jeder freien Minute da unten herumgewurstelt, um das eigentlich für Weinregale, Winterkartoffeln und das übliche Sonstige vorgesehene Gelass überhaupt bewohnbar zu machen. Jetzt hat es eine Holzdecke und isolierte Wände, lässt sich beheizen, und bei dem billigen Restposten Teppichboden, verziert mit Hampelmännern, Schaukelpferdchen und ähnlich dezenten Motiven, hatte Steffi sofort zugegriffen. »Etwas Passenderes hätte ich gar nicht finden können!«

Die Eisenbahn wurde auch noch installiert. Doch seitdem die Gleise liegen, die ich weiß nicht wie viele Bahnen befahren können, ohne sich gegenseitig in die Quere zu kommen, und auch der Grundriss für die »Gestaltung der Außenanlagen« fertig ist, hat sich da unten nichts mehr getan. Schuld daran war der Computer im Gästezimmer. Und die Spiele für den Computer. Dann kam ein Zusatzteil für den Computer, mit dem Hannes endlich jene Videofilme schneiden und bearbeiten konnte, die er schon seit Jahren von den Reisen mitbringt, von denen aber noch kein Mensch auch nur einen Meter gesehen hat. Das wird auch weiterhin dauern, denn er übt immer noch! Wenig später kam ein zweiter Computer ins Haus, weil Steffi zwar keine Filme schneiden, aber ihre Privatpost erledigen wollte und sich auch gern ein bisschen mit grafischen Spielereien beschäftigt. Und seitdem sie am Internet hängen, geht Hannes in seinen Eisenbahnkeller nur noch zu Kontrollzwecken; es könnte ja sein, dass die Lokomotiven allmählich anfangen zu rosten.

»Was hältst du von Sri Lanka?« Steffi hatte sich bereits in den Katalog vertieft.

»Ich denke, du suchst etwas Individuelles? Sri Lanka gehört bekanntlich wie Mallorca und Teneriffa zu den inoffiziellen deutschen Kolonien.«

»Hm.« Sie blätterte weiter. »Abenteuer-Urlaub im Jemen. Wäre das nichts?«

»Zu teuer!«, winkte ich ab. »Dort löhnt man doch zweimal.

Erst den Reisepreis und dann das Lösegeld, damit dich die Kidnapper wieder rauslassen.«

Tibet kam auch nicht in Frage, da kann man nicht tauchen, und am Schwarzen Meer sitzen zu viele Russen. Ja, wenn wir Margit dabeihaben würden, Steffis Trauzeugin, die seinerzeit zusammen mit mir das frisch vermählte Paar auf der Hochzeitsreise begleitet hatte. Margit ist nämlich Dolmetscherin, unter anderem auch für Russisch, und sie hatte es sich seinerzeit zur Aufgabe gemacht, uns ein paar Grundbegriffe der russischen Sprache beizubringen. Jeden Tag mussten wir eine neue Vokabel lernen. Etwas nachteilig für unseren Schnellkurs wirkte sich die Tatsache aus, dass Margit vorwiegend für technische Übersetzungen herangezogen wird, und so wussten wir schon nach einer Woche, was auf Russisch Steckdose, Umspannwerk oder druckaufgeladene Wirbelschichtfeuerung (topka s psevda aschischennim slojem pod davienijem) heißt, doch bei Tintenfisch und Muschelragout, in karibischen Breiten durchaus gängige Begriffe, musste sie passen. »Das hat damals auf keiner Moskauer Speisekarte gestanden!« Aber was Tauchen heißt, wusste sie: Pod vod noj e plavanje s akva langom.

Seitdem ist mir auch klar, weshalb sie sich für ein Studium der russischen Sprache entschieden hat. Übersetzungen werden nämlich nach Anschlägen honoriert!

Als Hannes aus den Katakomben auftauchte, saßen wir noch immer über dem Katalog, doch jetzt wussten wir wenigstens, wohin wir nicht wollten. »Entweder ist es zu teuer, oder es ist kein Meer dabei«, klärte Steffi ihren Mann auf, »es sei denn, du wärst mit einer Bambushütte zufrieden, weil die in Vietnam dem Tourismus noch etwas hinterherhinken.«

Hannes wollte aber in keine Bambushütte (ich übrigens auch nicht). »Bekanntlich besteht unser Planet zu siebzig Prozent aus Meer, da muss es doch möglich sein, ein Stückchen Ufer zu finden mit einem Hotel darauf und ein paar Tauchgründen davor!« Nur kurz blätterte er durch unseren Individualisten-Katalog, dann knallte er ihn geöffnet auf den Tisch. »Hier, die Philippinen! Das wär's doch! Dort haben die Amis im zweiten Weltkrieg die halbe japanische Flotte versenkt.«

»Ja, und?«

Er schenkte mir nur einen mitleidigen Blick. »So kann auch bloß ein blutiger Laie fragen! Schon mal was von Wracktauchen gehört?«

Gehört ja, blutiger Laie nein, immerhin hatte ich damals einen Tauchkurs mitgemacht, hatte lediglich ab einer bestimmten Wassertiefe keinen Druckausgleich geschafft und schließlich aufgeben müssen. Nur bin ich davon überzeugt, dass mich kein Mensch jemals zu einer Besichtigungsschwimmtour durch ein versunkenes Schiff gebracht hätte. Bei meinem miserablen Orientierungssinn würde ich nie wieder den Ausstieg finden!

»Philippinen?« Steffi goss eine weitere Runde Tee in die Tassen. »Soll ich neuen kochen, oder gehen wir danach zu etwas Gehaltvollerem über? Wie wäre es mit 'nem Sherry?«

Sherry war genehm. Und während sie die Gläser holte und Hannes im Bad verschwand, suchte ich im Katalog verstohlen die Seite, auf der immer die geographischen Stichworte zu den jeweiligen Reisezielen stehen. Natürlich wusste ich, wo die Philippinen liegen, jedenfalls so ungefähr, irgendwo in der Nähe von China, logischerweise im Meer, doch China ist bekanntlich sehr groß, das Meer auch, und die Philippinen sind ziemlich klein.

Richtig geortet hatte ich sie immer noch nicht, als Steffi prompt wissen wollte: »Wo liegen die überhaupt?«

»Wer liegt wo?«

»Na, die Philippinen!«

»Südlich von China!«, behauptete ich kühn, aber Hannes'

mokantes Grinsen war mir nicht entgangen. »Warum nicht gleich ›nördlich von Australien‹?«, meinte er nur.

»Einigen wir uns also auf irgendwo dazwischen«, beschloss Steffi, stellte die Gläser auf den Tisch und reichte Hannes die dunkelblaue Flasche. »Mach mal auf! Ist übrigens die letzte, und ich habe hier in der Gegend noch immer keinen Laden gefunden, der diesen Cream-Sherry führt.«

»Deshalb wird's ja auch Zeit, dass wir Urlaub machen.« Er füllte die Gläser und reichte jedem eins, bevor er die Flasche gegen das Licht hielt. »Die hier stammt nämlich aus dem Duty-free-Shop in London-Heathrow.«

»Na, dann also ein Prost auf die Philippinen!« Steffi hob ihr Glas. »Und wohin genau werden wir fliegen?«

Das allerdings wusste Hannes auch noch nicht.

Während der nächsten zwei Wochen gerieten die Urlaubsplanungen etwas in den Hintergrund. Man muss ja Prioritäten setzen. Bei mir hießen sie Vanillekipferl kontra Dimakya – jene Insel, in die sich Hannes verguckt und gleich am übernächsten Tag gebucht hatte. Die hausfraulichen Pflichten siegten. Zumindest bei mir. Doch während ich winzige Hörnchen auf das Backblech praktizierte und mit Zuckerkrümeln bestreute, träumte ich von dem kleinen Eiland, das laut Katalog »naturbelassen, aber trotzdem mit allem modernen Komfort ausgestattet« sein sollte und seinen »internationalen Gästen ungestörte Erholung« versprach. Mehr wollte ich ja gar nicht.

Steffi hielt mich jetzt nur noch telefonisch auf dem laufenden, denn obwohl meine drei weiblichen Nachkommen inzwischen alle einen eigenen Haushalt und mindestens ein Dutzend Kochbücher haben, sind sie nach wie vor der Meinung, für die Weihnachtsbäckerei sei allein ich zuständig. Natürlich backen sie auch selber, aber nur für den eigenen Bedarf. Dabei sind wir früher wenigstens nur sieben Personen gewesen, inzwischen haben wir uns nahezu verdoppelt! Und alle essen Plätzchen! Am liebsten meine!

Beinahe hätten wir – oder zumindest ich! – auf die Reise verzichtet, und das nur, weil Rolf doch tatsächlich ernsthaft überlegt hatte, ob er nicht vielleicht doch noch mal »in die Tropen« mitkommen sollte, denn der Prospekt hatte unter anderem auch den ungeheuren Fischreichtum in jener Gegend hervorgehoben. Sofort hatte ich Steffi angerufen. »Stell dir vor, dein Vater will mit nach Dimakya und Barrakudas angeln.«

Ich hörte förmlich, wie sie den Atem anhielt. »Hast du ihm denn nicht gesagt, dass die Durchschnittstemperatur 30 Grad beträgt?«

»Natürlich, aber er meint, wenn man mit einem Boot ein bisschen aufs Meer fährt, wird es gleich kühler, weil es da immer windig sei.«

»So ein Quatsch! Kann er sich denn nicht mehr an Kenia erinnern?«

Offenbar konnte er das nicht. Dabei hatte er seinerzeit schon nach drei Tagen über die Hitze gejammert und über die Langeweile, nicht mal das Hochseefischen hatte ihm gefallen, weil ausgerechnet an seiner Angel nichts angebissen hatte, und wenn es nach ihm gegangen wäre, dann hätten wir nach längstens einer Woche wieder nach Hause fliegen müssen. Klappte aber nicht, weil wir zum Glück keinen Flug bekommen hatten.

»Also, das sag ich dir gleich«, moserte Steffi, »wenn Papi mitkommt, bleibe ich zu Hause!« Und dann, nach einer kurzen Pause: »Was meinst du, können wir ihm zu Weihnachten nicht alle zusammen eine Woche Eisfischen in Island oder irgendsowas Abartiges schenken? Ich hab das mal im Fernsehen gesehen. Die hacken da Löcher ins Eis und warten, bis was anbeißt. Riesendinger holen sie da raus. Da kann er seine dämlichen Barben glatt vergessen!«

»Na, ich weiß nicht, ob ausgerechnet Island die geeignete Alternative wäre. Da hätte er ja das andere Extrem: Dreißig Grad minus!«

»Na und? Dann kann er wenigstens nicht pausenlos meckern, sonst friert ihm der Atemhauch an den Bartstoppeln fest.«

»Stefanie, du bist herzlos!«

»Nee, bloß realistisch«, kam es prompt zurück. »Aber vielleicht kann ich ihm seine philippinischen Pläne noch madig machen. Ist er zu Hause?«

»Ja, oben in seinem Zimmer.«

»Okay, dann leg mal auf!«

Wenig später klingelte das Telefon, und wieder einmal bedauerte ich, dass ich mich vom anderen Apparat nicht in das Gespräch einklinken konnte. Dabei war ich es selbst gewesen, die seinerzeit auf einer Abhörsperre bestanden hatte; schließlich müssen Kinder und erst recht der Ehemann nicht unbedingt mitkriegen, wenn man sich mal wieder bei seiner besten Freundin ausschleimt. Also saß ich im Wohnzimmer, wartete auf das Klicken vom Telefon, das das Ende eines Gesprächs signalisiert, und blätterte zum x-ten Mal den Bademoden-Katalog durch. Einfach indiskutabel, was da so angeboten wurde! Entweder Beinausschnitt bis zur Hüfte, sieht ja wirklich sexy aus, kam für mich aber nicht mehr in Frage, oder die gemäßigteren Modelle, die fast nur variierten zwischen fliederfarben großgeblümt, schwarz gerafft und dunkel-uni mit viel Gold am Busen. Eben jener Bereich war laut Beschreibung der jeweiligen Abbildung mit einer formgebenden Einlage oder einem stützenden Körbchen (bitte genaue Cup-Größe angeben, lieferbar bis D) ausgestattet, doch wer weder das eine noch das andere brauchte, hatte mit Zitronen gehandelt.

Frage an die Textil-Industrie: Muss eigentlich jede Frau, die aus welchen Gründen auch immer auf den hohen Beinausschnitt verzichten will, mindestens Größe 44 tragen, einen Riesenbusen haben und eine Vorliebe für Blumendessins der Marke Geschenkpapier?

Endlich klickte es im Apparat, und dann stand auch schon mein Ehemann im Zimmer. Erst überprüfte er die Raumtemperatur (sie zeigte akkurat 22 Grad, mehr durfte sie nicht, wozu gibt es Wolldecken?), dann griff er zur Zeitung, die er aber schon beim Frühstück vom Leitartikel bis zur vorletzten Seite mit genauer Schilderung der Weihnachtsfeier des Kaninchenzüchterverbandes durchgelesen hatte, trabte schließlich in die Küche und kam mit dem Kalender zurück.

»Sag mal, will im Februar nicht der Gärtner wegen der Bäume kommen? Hast du hier irgendwo das Datum vermerkt?«

»Nein.«

»Warum nicht? Du schreibst doch sonst alles auf.«

»Habe ich ja. Im neuen Kalender. Der hier ist bloß noch sechzehn Tage lang gültig.«

»Ach so, ja, natürlich.« Kurze Pause. Dann: »Weißt du das ungefähre Datum?«

»Wovon?«

»Na, vom Gärtner.«

Scheinbar interessiert blätterte ich den Katalog zum dritten Mal durch. »Nein, da muss ich erst nachsehen. Weshalb ist das denn so wichtig?«

Jetzt griff er zum Nussknacker, legte ihn jedoch gleich wieder hin, weil er keine Haselnüsse mag, die anderen aber schon alle gegessen hatte, zündete sich schließlich eine Zigarette an und kam zur Sache. »Die Birken müssen doch dringend beschnitten werden, nicht wahr?«

Ich nickte bloß. Natürlich waren sie überfällig, von einem Baum hingen die Zweige schon auf den Balkon, zum Teil kamen sie der Rotbuche unseres Nachbarn ins Gehege, doch ich hatte mich immer der Illusion hingegeben, mein gärtnerisch vorgebildeter Erstgeborener würde sich der Sache mal annehmen. Hatte er auch. Im Herbst war er stirnrunzelnd durch den Garten marschiert, hatte was von Habitus, doppelter Krone und ähnlichem Fachchinesisch geschwallt und uns nahe gelegt, spätestens im Frühjahr den Wildwuchs in geordnete Bahnen zu lenken.

»Warum fängst du nicht gleich damit an?«, hatte sein Vater wissen wollen.

Doch das hatte Sven rundheraus abgelehnt. Erstens hätte er gerade heute keine Zeit, zweitens das nötige Handwerkszeug nicht dabei, drittens keine fachmännische Hilfekraft, ohne die es bei solch einem Unternehmen gar nicht gehe, und überhaupt könne er das nicht mehr, weil er nämlich nicht schwindelfrei sei.

»Ach nee, seit wann denn? Es ist doch noch gar nicht so lange her, dass du auf dem Dach spazieren gegangen bist, weil du diese dusslige Katze runterholen musstest! Die hätte das auch allein geschafft.« Ich hatte während dieser Kletterpartie unten gestanden, in einer Hand die Auto-Apotheke, in der anderen das Handy mit den eingespeicherten Notrufnummern, und jeden Moment damit gerechnet, dass mir mein Sohn vor die Füße fallen würde. Und plötzlich sollte er nicht mehr schwindelfrei sein? Zugegeben, die Bäume überragen das Haus um einiges, doch ob man nun aus fünfzehn Meter Höhe runterfällt oder aus zwanzig, ist doch egal, es sollen sogar schon Leute von der Fußbank gekippt sein und sich den Hals gebrochen haben. Später hatte Sven eingeräumt, dass ihm die Sache einfach zu mühsam sei, ganz abgesehen vom Problem der Baumschnittbeseitigung (das heißt wirklich so!), und wir sollten doch besser einen der örtlichen Gartenbaubetriebe damit beauftragen. »Die wollen ja auch leben.«

»Warum ausgerechnet auf meine Kosten?«, hatte Rolf geknurrt, etwas von Kindespflicht gemurmelt und dann doch eine hiesige Firma angerufen. Die war jedoch für den Herbst schon ausgebucht, konnte aber im Februar noch Termine annehmen. »Später geht's nicht mehr, weil der Saft in die Bäume steigt.«

Weshalb man dann keine Äste mehr absäbeln kann, begreife ich zwar nicht, aber ich habe ja auch nicht verstanden, warum die früher als Unkraut bezeichneten Gewächse wie Brennnessel und Quecke neuerdings in so genannten Bio-Gärten als »Heilkräuter« kultiviert werden.

»Noch mal können wir nicht bis zum Herbst warten«, nahm Rolf das Thema wieder auf, »aber wenn wir im Februar drei Wochen lang weg sind, ist doch niemand da, der die Leute reinlässt.«

Aha, Steffis Intervention hatte offenbar Erfolg gehabt. Unser Familien-Eskimo wollte nicht mehr mit, konnte das aber nicht so ohne weiteres zugeben und suchte nach einer Ausrede. Feigling! Na warte, ganz so einfach kommst du mir nicht davon!

»Meinst du nicht, dass die Arbeiter das Gartentürchen auch allein aufmachen können?«, fragte ich süffisant.

Ärgerlich winkte er ab. »Du weißt doch genau, was ich meine! Es muss doch jemand da sein, der aufpasst, damit sie hier nicht totalen Kahlschlag betreiben.«

»Ich setze mal voraus, dass diese Männer mehr Ahnung haben als wir beide zusammen, und außerdem kann sich doch Sven mit ihnen absprechen. Der nimmt sich einen Tag Urlaub, und dann kannst du sicher sein, dass hinterher nicht ein einziges Ästlein auf deinem so genannten Rasen liegen bleibt.«

Unverständliches knurrend verließ er das Zimmer. Die hart ins Schloss gezogene Tür signalisierte Missvergnügen. Egal, jetzt würde ich erst einmal Steffi anrufen (vielleicht hätte ich seinerzeit doch ein paar Telekom-Aktien kaufen sollen!) und mir erzählen lassen, mit welchen Argumenten sie ihrem Vater den Philippinen-Trip vermiest hatte. Die Bademoden waren trotz ausgiebiger Betrachtung noch immer nicht attraktiver geworden, also klappte ich den Katalog endgültig zu und packte ihn zum Altpapier.

Das Telefon war besetzt. Jetzt hätte mich ja brennend interessiert, mit wem Rolf telefonierte, doch ich wollte mir nicht die Blöße geben, »rein zufällig« in sein Zimmer zu platzen in der Hoffnung, ein paar Gesprächsfetzen aufzuschnappen. Brauchte ich auch nicht, wenig später kam er schon wieder die Treppe herunter. »Ich habe eben noch mal mit dieser Gartenbaufirma gesprochen. Die Sekretärin konnte mir keinen festen Termin sagen, sie sicherte lediglich zu, dass die Leute auf jeden Fall kommen und wir spätestens zwei Tage vorher Bescheid kriegen. Was sagst du nun?«

»Du hast ihnen doch hoffentlich Svens Telefonnummer gegeben?« Ende des ersten Aktes.

Der zweite begann am nächsten Morgen, als Rolf am Frühstückstisch neben der Zeitung den Band *Torp – Zz* abgelegt hatte. Während er genüsslich seinen Buttertoast kaute, las er mir das nach seiner Ansicht Wissenswerte über Tropenkrankheiten vor. Danach drohten uns bei einer Reise in jene Regionen wenigstens zwei Dutzend Krankheiten, von denen ich die meisten noch nie gehört hatte. Weder wusste ich, was Frambösie ist, Kala-Azar oder Orientbeule, aber die fiel ja sowieso weg, weil wir gar nicht in den Orient wollten, und mit Pinta oder Trichuriasis konnte ich auch nichts anfangen. Leider war nicht aufgeführt, wie sich diese Leiden äußerten bzw. auf welche Art man sie sich einfängt. Die Rattenbisskrankheit bekommt man wahrscheinlich, wenn man so einem Vieh in die Quere gerät, aber auf einer Insel in der »mit allem Komfort ausgestatteten« Hotelanlage war doch wohl kaum damit zu rechnen, und Pappataci-Fieber klingt auch mehr nach Regenwald und Sumpf und nicht nach Strand und Meer.

»Doch, sehr beeindruckend«, gab ich zu, nachdem Rolf noch Malaria, Gelbfieber und Cholera erwähnt hatte, »doch da wir uns weder durch einen Dschungel kämpfen werden noch die Absicht haben, in verseuchten Gewässern zu baden, sehe ich eigentlich keine Gefahr für Leib und Leben. Und auf dem Meer, wo du dich wohl überwiegend aufhalten wirst, ist die Wahrscheinlichkeit einer tödlichen Infektion noch viel geringer.«

Daraufhin sagte er erst einmal gar nichts mehr und klappte nur schweigend das Buch zu. Diese Runde war zweifellos an mich gegangen!

Katja war es schließlich, die ihrem Vater aus der Klemme half. Sie war vorbeigekommen, um mich an den Weihnachtsbasar der Grundschule zu erinnern, auf dem auch »ihre« Kinder selbst Gebasteltes zum Verkauf anbieten würden. »Wehe, du nimmst nicht wenigstens ein paar Karten, davon haben wir nämlich haufenweise, und die beklebten Schachteln sind auch ganz gut geworden. Du weißt doch sowieso nie, was du Frau Ranitz zu Weihnachten schenken sollst.«

»Bestimmt keinen Pappkarton.« Frau Ranitz ist unsere Putzfrau, gehört schon beinahe zur Familie und bekommt ihre Gratifikation immer in Verbindung mit einem kleinen Geschenk. Allerdings hatte ich im Laufe der Jahre schon alles durch, angefangen von Duftwässerchen über Tücher, Vasen, Leuchter und Windlicht bis zu Modeschmuck, mit dem ich allerdings völlig daneben gelegen hatte. Wir haben ihn dann gegen einen grün-goldenen Ledergürtel eingetauscht.

»Du sollst ihr ja nicht bloß die Schachtel schenken, sondern den Geldschein da reintun«, erläuterte Katja. »Hinterher kann sie das Teil immer noch zur Aufbewahrung von Gummibändern oder Parfümpröbchen verwenden.« Dann entdeckte sie auf dem Tisch die beiden Katalogseiten, die Steffi mir kopiert hatte. »Richtig, ihr verreist ja wieder mal. Diesmal in die andere Richtung, stimmt's? Steffi hat so was angedeutet. Ist das da euer Domizil?« Sie vertiefte sich in die Beschreibung. »Hm, klingt gut, wäre aber nichts für mich. Zu langweilig. Da ist doch total tote Hose! Geselliges Beisammensein an der Hotel-Bar«, las sie vor, »hört sich irre aufregend an. Drei Wochen lang immer dieselben Gesichter am Tresen, und wenn du Pech hast, ist darunter so ein ambitionierter Pausenclown, der einem spätestens am dritten Tag auf den Senkel geht.«

»Weißt du eigentlich schon, dass Papi mitkommen will?«

»Waaas???« Ungläubig schüttelte sie den Kopf. »Ist das etwa seine eigene Idee, oder hast du nachgeholfen? Das geht doch niemals gut.«

»Natürlich nicht, und deshalb versuchen wir ja auch, ihn davon wieder abzubringen.« In kurzen Worten erzählte ich, welche Gegenmaßnahmen wir bereits ergriffen hatten. »Ich weiß ja nicht, was für Horrorvisionen ihm Steffi ausgemalt hat, aber ich habe den Eindruck, sie wirken bereits.«

»Na, dann werde ich noch ein bisschen in dieselbe Kerbe hauen!«, versprach Katja, meinte aber gleich darauf, dass unsere Methode ganz bestimmt nicht die feine englische Art sei. »Jetzt könntet ihr endlich mal wieder zusammen verreisen, und stattdessen bemüht ihr euch, dass es nicht dazu kommt.«

»Meine Güte, seitdem sich dein Vater aufs Altenteil gesetzt hat, hängen wir doch sowieso den ganzen Tag aufeinander, da sind ein paar Wochen Ferien vom Du ausgesprochen erholsam. Außerdem hat Felix im Mai Fünfzigjähriges, ein triftiger Grund, um ein paar Tage hinzufahren. Gemeinsam!«

»Goldene Hochzeit?«

»Lass ihn das bloß nicht hören! Sooo alt ist er nun doch noch nicht, auch wenn er mit diesem komischen Seemannsbart aussieht wie sein eigener Großvater. Nee, kein Ehejubiläum, aber fünfzig Jahre Buchbinderkunst, wobei die Betonung auf Kunst liegt, wie du selber am besten weißt. Ich glaube nämlich kaum, dass es sehr viele in Leinen gebundene und mit Goldschnitt versehene Reclam-Bändchen gibt.« Anlässlich eines Besuches bei uns hatten Felix die zum Teil schon etwas zerfledderten gelben Büchlein gestört, von denen sich die Mädchen auch nach dem Abitur nicht hatten trennen können. Aus eigener Erfahrung bin ich zwar davon überzeugt, dass sie in keines dieser Hefte jemals wieder hineinsehen werden (wer liest schon freiwillig zum zweiten Mal *Das Käthchen von Heilbronn*?), doch nach Ansicht der Zwillinge war jedes einzelne mit Schweißtropfen getränkt und darüber hinaus mit handschriftlichen Notizen versehen, über die man sich in späteren Jahren milde lächelnd amüsieren würde. Was wiederum voraussetzt, dass die Hefte doch noch mal aufgeschlagen werden.

Jedenfalls hatte Felix den ganzen Stapel mitgenommen und nach ein paar Monaten »restauriert« zurückgeschickt. Ich will ihm ja nichts unterstellen, doch ich bin nie den Verdacht losgeworden, dass er Arbeitsmaterial für seinen Azubi brauchte. Sollte das tatsächlich der Fall gewesen sein, dann hatte der Knabe schon eine Menge gelernt, denn die Büchlein sehen jetzt so edel aus, dass sie – schwesterlich geteilt – von den Zwillingen wieder requiriert worden sind und in meinem Schrank eine unübersehbare Lücke hinterlassen haben. Da sage noch jemand, die Klassiker seien out. Man muss sie halt nur richtig verpacken!

Lange brauchte Katja nicht, um ihren Vater von den Nachteilen eines Urlaubs in tropischen Gefilden zu überzeugen, zumal sie neben der zu erwartenden Hitze, den Moskitos (auf einer kleinen Insel mitten im Meer?) und den eingeschränkten Möglichkeiten längerer Spaziergänge auch noch das Essen erwähnte, zu dessen Grundlage doch wohl in erster Linie Reis gehöre – ein Nahrungsmittel also, das es nach Rolfs Ansicht gar nicht geben dürfte. Er sei kein Huhn, das sich von Körnern ernähre, pflegt er seine Abneigung gegen die asiatische Küche zu begründen, und lehnt es ab mitzukommen, wenn wir mal wieder zum Chinesen wollen.

Die Aussicht, drei Wochen lang »dieses Hühnerfutter« vorgesetzt zu kriegen, muss dann wohl das Tüpfelchen auf dem i gewesen sein, denn noch am selben Abend eröffnete mir mein Ehemann, dass er sich die Sache überlegt habe. »Ich werde doch besser zu Hause bleiben«, meinte er so ganz nebenbei und zählte auf, was ihn zu diesem Entschluss gebracht hatte. »Es sind ja nicht nur die Birken, du weißt doch selber, wie unzuverlässig Sven manchmal ist, es sind auch der lange Flug und die Zeitverschiebung, ich bin ja nicht mehr der Jüngste, und überhaupt sollte das Haus nicht drei Wochen lang unbeaufsichtigt bleiben. Immerhin ist hier schon mal eingebrochen worden.«

Stimmt, drei Häuser weiter. Vor vier Jahren. Und das auch nur, weil die Bewohner abends nach Mannheim ins Theater gefahren waren und vergessen hatten, die Terrassentür zu schließen. Welcher Gelegenheitsdieb kann schon zwei weit geöffneten Fensterflügeln widerstehen? Normalerweise leben wir nämlich in einer sehr soliden Gegend, wo jeder jeden im Auge behält und Fragen wie »ha no, Sie hend ja geschtern en noble B'such g'het, wo in diesem silbernen Sportwägle komme isch. Den hab i noch gar nie nich g'sehn!« als absolut normal gelten. Es handelt sich dabei auch keineswegs um eine rein rhetorische Feststellung, sondern umschreibt eine direkte Frage, die man nach Möglichkeit auch beantworten sollte. Ein »Ach, das war nur jemand vom Verlag, der etwas abholen wollte« genügt meistens und wird auch ohne weiteres akzeptiert. Die harmlose Wahrheit, dass nämlich der »noble B'such« ein Abgesandter des Möbelhauses gewesen war, bei dem wir eine neue Regalwand bestellt hatten, hätte einer viel längeren Erklärung bedurft: Was für ein Regal und vor allem für welches Zimmer? Haben wir nicht erst vor zwei Jahren renoviert? Zieht eventuell jemand Verwandtes ein, wo doch jetzt die Kinder alle aus dem Haus sind …?

Es wird ja behauptet, in der Großstadt lebe man anonym nebeneinander her, wofür dann immer der allein stehende Opa herhalten muss, der erst zweieinhalb Jahre nach seinem

Tod mumifiziert im Schaukelstuhl gefunden wurde, aber ein bisschen Anonymität wäre auch in einer Kleinstadt manchmal ganz wünschenswert.

Rolf war also der Ansicht, das Haus dürfe nicht unbeaufsichtigt bleiben, und deshalb werde er, wenn auch ungern, auf die Winterreise verzichten und stattdessen im Sommer zum Angeln fahren.

Na also! Warum nicht gleich so?

Rückblickend würde ich übrigens jeden Eid leisten, dass er schon am zweiten Tag seines Insellebens nach einer Fluchtmöglichkeit gesucht hätte und notfalls sogar durch das Chinesische Meer geschwommen wäre – zurück in die Zivilisation!

Kapitel 3

Was hast du eigentlich in deinem Koffer drin?« Ächzend wuchtete Hannes meine 23,5 Kilogramm Urlaubsgepäck auf den Buggy. »Fünf Bände Meyers Konversationslexikon?«

Eine nicht unberechtigte Frage, schließlich kennt er meinen unstillbaren Bedarf an Ferienlektüre. »Nein, aber Steffi hat mir noch eure beiden Luftmatratzen aufgehalst, zusammen mit meiner eigenen sind's drei, außerdem wiegen Badeanzüge viel mehr als Bikinis, und euren Föhn musste ich auch noch mit einpacken. Und überhaupt kannst du froh sein, dass ich mir vorgestern noch einen neuen Koffer gekauft habe, der hier ist nämlich viel leichter als mein alter.«

»Dafür hast du auch mehr reingestopft!« Er wischte sich die Schweißtropfen von der Stirn, bevor er die zwei prall gefüllten Tauchrucksäcke auf den Wagen hievte.

»In der Beschränktheit zeigt sich erst der Meister! Ich habe alles in meinen Rucksack gekriegt«, triumphierte Steffi.

»Stimmt!«, musste ich zugeben. »Aber dafür kommen meine Sachen halbwegs glatt aus dem Koffer, während deine immer aussehen, als hättest du bereits drei Nächte drin geschlafen. Ach ja, noch etwas: Bei Goethe zeigt sich der Meister zwar in der Beschränkung und nicht in der Beschränktheit, doch bei dir trifft ausnahmsweise beides zu! Wer rollt schon seine frisch gebügelten T-Shirts zu Würsten zusammen, damit sie in den Rucksack passen?«

»Stimmt ja gar nicht! Wenn du mal genau hingucken …«

»Kommt ihr mit, oder habt ihr euch die ganze Sache noch mal überlegt?«

Hannes hatte das Gepäck nach mehreren vergeblichen Versuchen endlich mühsam übereinander gestapelt und den Kofferkuli in Bewegung gesetzt. Steffi stützte links, ich rechts, sonst wäre unweigerlich schon nach ein paar Schritten der ganze Stapel abgerutscht, und so zogen wir, einer Flüchtlingsfamilie nicht ganz unähnlich, durch den Frankfurter Terminal. Wir befanden uns nämlich auf dem Weg nach Manila, und der begann mit einer unerwarteten Suche nach dem richtigen Schalter.

Nun gibt es zwar in jedem modernen Flughafengebäude einen Wegweiser, der einem genau sagt (oder sagen sollte), wo man was findet. Das klappt auch einwandfrei, wenn man sowieso schon weiß, in welcher Richtung man suchen muss, anderenfalls wird's schwierig. Nach der zweiten vergeblichen Umrundung aller Counter mit den uns namentlich bekannten Airlines kamen wir zu dem Schluss, dass Pauschalreisen doch gewisse Vorteile haben. Man stellt sich zwei Stunden vor dem Start einfach dort an, wo sich gerade eine Warteschlange bildet, und kann sicher sein, dass man richtig steht, doch was macht man, wenn keine Schlange da ist? Um zehn Uhr abends sind die meisten Ferienflieger nämlich weg. Außerdem flogen wir diesmal Linie, da checken die Passagiere sowieso nur tröpfchenweise ein.

»Ein Glück, dass wir uns doch gegen die Abenteuerreise durch Costa Rica entschieden haben«, sagte Steffi, ihre rutschende Kosmetiktasche wieder auf die Spitze des Gepäckberges schiebend, »wenn wir hier nicht mal unser Flugzeug finden können, hätten wir im Dschungelcamp nicht die geringste Überlebenschance gehabt.«

»Doch, weil wir das nämlich auch gar nicht erst gefunden hätten! – Was haltet ihr davon, wenn wir mal jemanden fragen?« Langsam wurde mir dieses ziellose Herumsuchen zu albern.

»Wen denn?«

Sie hatte Recht. Die meisten Schalter waren bereits geschlossen, von den sonst sehr zahlreich vertretenen Ordnungshütern war kein einziger zu sehen (vielleicht hatten ihre Hunde gerade Abendbrotzeit), das junge Mädchen am Zeitungsstand konnte uns nicht helfen, und der schnauzbärtige Mensch in seinem Bonbonladen wollte nicht. Er hatte nämlich Feierabend, was er durch demonstratives Abschließen der Tür und mehrmaliges Rütteln an der Klinke demonstrierte. Lediglich die Besenbrigade war recht zahlreich vertreten, nur bestand sie überwiegend aus Vertretern ferner Länder, und wenn man weder Vietnamesisch spricht noch Türkisch oder Arabisch, ergeben sich zwangsläufig Verständigungsschwierigkeiten. Und der einzige deutsch sprechende Mann schickte uns in die falsche Richtung.

Allmählich wurde die Zeit knapp, und hätte Hannes nicht jenes bewusste Örtchen mit dem kleinen blauen Männchen an der Tür aufsuchen müssen und auf dem Weg dahin zufällig den wirklich sehr versteckt liegenden Counter entdeckt, hätten wir unseren Flieger vermutlich verpasst.

Dafür ging jetzt alles sehr schnell. Man hatte bereits auf uns gewartet, wir bekamen die Bordkarten und wurden gebeten, uns unverzüglich zum Abflugsteig zu begeben. Die endlose Strecke zum Gate legten wir erst in gemäßigtem Marschtempo zurück, steigerten uns dann zu leichtem Jogging und gingen auf den letzten Metern, als schon die Tür zum Warteraum geschlossen wurde, in den Endspurt über. Dass ich mit weitem Abstand als Letzte durchs Ziel ging, wird wohl niemanden überraschen; dass ich es überhaupt geschafft habe, betrachte ich im Nachhinein als Wunder. Meinen letzten Sprint hatte ich vor ungefähr fünf Jahren zurückgelegt, als mich ein Ziegenbock auf die Hörner nehmen wollte und trotz hervorgekeuchter Zurufe wie »Liebes Tier, braves Tier, geh schnell wieder nach Hause, ja?« nicht davon abzubringen gewesen war. Damals hatte er mich nicht erwischt, heute würde er's!

Als Letzte in ein vollbesetztes Flugzeug zu steigen, ist nicht empfehlenswert. Man wird von den bereits angeschnallt dasitzenden Passagieren missbilligend gemustert in der irrigen Annahme, ohne das vermeintliche Zuspätkommen wäre der Flieger längst oben, und hat man endlich seinen Platz gefunden, muss man seinen Nachbarn erst dazu bewegen, Zeitung, Brille und Laptop doch bitte wegzuräumen, was er nur sehr ungern tut. »Ich dachte, der Platz bleibt frei.«

Die Kofferklappen sind schon alle geschlossen, ein nochmaliges Öffnen kann man sich sparen, weil sowieso nichts mehr reingeht. Also stellt man seine viel zu große Tasche vor den Sitz, dann haben zwar die Füße keinen Platz mehr und die Stewardess ist damit auch nicht so richtig einverstanden, aber sie muss sich jetzt selber anschnallen, weil die Maschine losrollt.

Ich hatte den undankbaren Mittelplatz erwischt, also den mittleren in der Dreierreihe, Schicksal aller vermeintlichen Singles. Parallel dazu richteten sich Steffi und Hannes ein, nur trennte uns ein Zweimetermann, der schon jetzt seine Beine in den Gang schob und bestimmt nicht gewillt sein würde, den Platz mit mir zu tauschen. Rechts von mir saß das genaue Gegenteil, nämlich ein kleines, schmales Männlein, das unverkennbar dem fernöstlichen Kulturkreis angehörte und während des ganzen Fluges damit beschäftigt war, sich systematisch volllaufen zu lassen. Mit Bier! Jedes Mal, wenn eine Stewardess (Pardon! Sie heißen jetzt ja Flugbegleiterinnen) auf ihrem nächtlichen Kontrollgang bei uns vorbeikam, orderte mein Nachbar eine neue Dose. Das hätte mich ja nicht weiter gestört, wäre er nicht zunehmend anlehnungsbedürftiger geworden. Anfangs hatte er mich nur vollgeblubbert. Da sein Englisch ähnlich perfekt war wie meins, nämlich miserabel, verstand ich sowieso kaum etwas, kann also nicht sagen, ob er den philippinischen Außenhandel erläuterte oder die Wetterprognosen für die nächsten Tage, zumal seine Aussprache mit zunehmendem Bierkonsum immer undeutlicher wurde – doch dann sackte er allmählich zusammen, lehnte den Kopf an meine Schulter und entschlummerte. Es half nichts, wenn ich ihn wegschob, er murmelte nur Unverständliches und kippte wieder zur Seite. Auch die Flugbegleiterin hatte kein Glück. Zwar schaffte sie es, ihn wachzurütteln, aufrecht hinzusetzen und den Wunsch nach einer weiteren Dose Bier zu überhören, doch als sie wenig später mit einem Glas Mineralwasser zurückkkam, war Dornröschen schon wieder eingeschlafen. An meiner Schulter! Schließlich wurde es mir zu dumm. Ich schob dieses leise vor sich hin schnorchelnde Männlein nicht mehr zur Seite, sondern vorsichtig nach vorne, worauf es im Zeitlupentempo abwärts rutschte und auf dem Boden landete. Dort blieb es, Kopf auf meiner Tasche, solange liegen, bis das Frühstück serviert wurde. Statt Kaffee verlangte dieser Mensch doch tatsächlich Bier! Und bekam es auch noch!

Mit der Zeitverschiebung ist das auch so eine Sache! Wir waren nach Mitternacht gestartet, stundenlang durch die Nacht geflogen, hatten unterwegs sogar ein bisschen Tageslicht mitgekriegt, doch als wir in Manila landeten, brach die Dämmerung herein. Völlig dunkel war es, nachdem wir Pass- und Zollkontrolle hinter uns hatten und endlich, erschöpft und reichlich entnervt, auf der Straße standen.

Wichtigstes Teil von Hannes' Urlaubsgepäck ist nämlich seine Unterwasser-Kamera nebst Zubehör, bestehend aus hundsgemein schweren Lampen, Zusatzobjektiven und allerlei Ersatzteilen, weil grundsätzlich gerade das kaputtgeht, was man vor Ort nicht kriegt. Verstaut wird das ganze Zeug in zwei Metallkoffern, und wenn die beim Sicherheits-Check durch den Scanner rutschen, werden die meist etwas gelangweilt davor sitzenden Beamten jedes Mal sofort hellwach. Hannes wird zur Seite gewinkt, muss die Koffer öffnen, die Kamera ebenfalls, es könnte ja eine Bombe drinstecken, die Lampen werden aufgeschraubt, das Zubehör kontrolliert, und wenn er Glück hat, darf er schon nach zehn Minuten gehen; wenn er besonders gründliche Aufpasser erwischt, dauert es länger.

Hier hatte es länger gedauert. Zu lange, denn als wir endlich abrücken durften, waren unsere Mitpassagiere längst verschwunden und mit ihnen vermutlich auch der Taxifahrer, der uns nicht nur ins Hotel bringen sollte (das hätten wir ja notfalls noch allein hingekriegt), sondern auch für unseren morgigen Weitertransport zum nationalen Flughafen verantwortlich sein würde.

»Ich hab ja gleich gesagt, dass das von Deutschland aus nie klappen kann!«, moserte Steffi, während sie in ihrer Tasche herumkramte und schließlich fündig wurde. »Das ist die Nummer von dieser Reiseagentur, jetzt brauche ich bloß noch eine Telefonzelle.«

»Und einheimisches Kleingeld!«, erinnerte Hannes. »Ich glaube nicht, dass du hier mit deiner Mickymauskarte weiterkommst.«

»Quatsch! Telefonieren können wir auch vom Hotel aus. Wir schnappen uns jetzt ein ganz normales Taxi, fahren …«

»Zwei!«, unterbrach mich Steffi mit einem beziehungsreichen Blick auf unseren Gepäckstapel. »Wir brauchen zwei!«

»Also schön, dann nehmen wir eben zwei, so teuer werden die schon nicht sein, und dann …«

»Kann jemand von euch erkennen, was da drüben auf dem Schild steht?«

»Auf welchem? Hier gibt's nämlich eine ganze Menge!«, giftete Stefanie, folgte dann aber doch Hannes' Zeigefinger, der auf einen etwas entfernt parkenden Wagen deutete. In der geöffneten Tür hockte der Fahrer und wedelte gelangweilt einen Pappdeckel hin und her. »Wenn er das Ding mal stillhalten würde, könnte ich den Text vielleicht entziffern«, murmelte sie, »aber wahrscheinlich verscheucht er bloß die Fliegen.« Trotzdem ging sie ein paar Schritte näher heran und winkte dann aufgeregt mit beiden Händen. »Der erste Buchstabe ist falsch, und das H in der Mitte fehlt, aber sonst könnte es fast unser Name sein!«, rief sie, bevor sie endgültig losspurtete.

Ich weiß nicht, wer erleichterter war, der Taxifahrer oder wir, nachdem er erst das Gepäck verladen und dann auch noch uns drei in seinen von Hannes extra georderten Kombi gepfercht hatte. Es hatte mit der Kommunikation zwischen Heidelberg und den fernen Philippinen also doch geklappt! Wie es funktioniert, werde ich nie begreifen, aber so ein Faxgerät ist wirklich eine feine Sache! Chauffeur Carlos (Sie haben da unten noch sehr häufig spanische Vornamen, Überbleibsel dreihundertjähriger Fremdherrschaft; die heutigen Johns und Jacks allerdings haben sich an den späteren amerikanischen Befreiern orientiert.) – Carlos also hatte schon befürchtet, uns verfehlt zu haben, und das hätte für ihn nicht nur Verdienstausfall, sondern im ungünstigsten Fall sogar die Kündigung seitens der Agentur bedeutet, und wir waren natürlich auch froh, uns um die Präliminarien zur Weiterreise nicht mehr kümmern zu müssen.

Manila am Abend ist wie Rom plus Paris zur Rush-Hour. Nur lauter! Da vermutlich in jedem Auto das Gaspedal mit der Hupe gekoppelt ist, die Fenster grundsätzlich alle offen stehen und sich die Höhe der Kfz-Steuer anscheinend in umgekehrtem Verhältnis zur Wattstärke der jeweiligen Musikanlage errechnet, herrscht ein unbeschreiblicher Krach auf den Straßen. Die sind immer verstopft, was – zumindest für Touristen – den Vorteil hat, dass man in Ruhe alles besichtigen kann, was sehenswert ist. Die öffentlichen Verkehrsmittel zum Beispiel, wozu in erster Linie bunt bemalte Busse gehören, knapp halb so groß wie die bei uns üblichen, dafür aber doppelt so voll. Es ist durchaus nicht ungewöhnlich, im Fenster zu sitzen und die Beine nach draußen baumeln zu lassen, eine nicht ganz ungefährliche Position, denn der Begriff »Sicherheitsabstand« scheint in Manila unbekannt zu sein. Genau wie »Vorfahrt«; die wird weitgehend nach dem Prinzip geregelt, wer am günstigsten steht, fährt zuerst los. Wenn zwischen zwei im Stau haltende Autos noch ein drittes passt, quetscht es sich hinein, dann lassen sich zwar bei keinem mehr die Türen öffnen, aber wer will schon mitten auf der Fahrbahn aussteigen?

Gewöhnungsbedürftig ist auch die Straßenbeleuchtung. Natürlich gibt es richtige Laternen, sogar ganz moderne, nur können die nicht mithalten mit den unzähligen Lichterketten, die in den Bäumen, den Vorgärten und den Schaufenstern hängen, kleine Straßencafés begrenzen, Imbissbuden illuminieren oder einfach irgendwo herunterbaumeln – einfarbig oder bunt, als Lauflichter oder auch nur mal als bescheidene Konkurrenz zu grellen Neontransparenten.

»Die sieben Stunden Zeitverschiebung leuchten mir ja ein«, sagte Steffi, auf eine besonders farbenfrohe Lichterkette deutend, »aber gehen denn hier nicht bloß die Uhren anders, sondern gleich der ganze Kalender?«

»???«

»Na ja, ich grüble noch, ob jetzt vor Weihnachten ist oder schon danach. Oder könnt ihr euch vorstellen, dass diese Christbaumbeleuchtung immer hier hängt?«

Sie tut es aber, wie unser Chauffeur auf Anfrage versicherte, und wahrscheinlich gewöhnt man sich sogar daran. Ich kenne ja auch ein Ehepaar, das Weihnachten nicht erwarten und sich später nur schwer wieder davon trennen kann. Spätestens Mitte November werden die zum Überwintern aufgereihten Gartenzwerge von den Fensterbrettern geräumt, damit die weihnachtlichen Accessoires Platz haben, nämlich der Porzellanhund mit der roten Zipfelmütze über den Schlappohren, die zwei singenden Engelein, eins im rosa, das andere im himmelblauen Hemdchen, und natürlich die verschiedenen Nikoläuse, der Größe nach aufmarschiert. Vor zwei Jahren ist eine strickende Plastik-Oma dazugekommen, nicht unbedingt ein weihnachtliches Attribut, aber aus ihrem Wollknäuel ragt eine Kerze, das genügt, und außerdem ist jetzt endlich die Lücke neben der Rosenkugel geschlossen. Die gehört sowieso in den Garten.

Gleich nach dem zweiten Adventsonntag wird der Weihnachtsbaum aufgestellt, und zwar immer an derselben Stelle vor dem Erkerfenster mit den halbhohen Gardinen. Geschmückt wird er genauso wie letztes Jahr und vorletztes Jahr und das Jahr davor, und es würde mich nicht wundern, wenn sogar die einzelnen Kugeln immer an der gleichen Stelle hängen. Bunt sind sie, verschieden groß und recht sparsam verteilt, ergänzt durch ebenfalls nur spärlich vorhandene Lamettafäden.

Da steht sie dann, die zwei Meter große deutsche Standardfichte, fängt bereits Heilig Abend an zu nadeln, um Neujahr herum biegen sich die Zweige schon merklich nach unten, und am ersten Schultag nach den Weihnachtsferien beginnen die internen Wetten: Wie lange wird sie diesmal stehen bleiben? Bis zum Zwanzigsten? Fünfundzwanzigsten? Noch länger? Die Kontrolle ist relativ einfach, Straße und Gehweg führen direkt am Haus vorbei, und das Fenster kann sogar vom Auto aus eingesehen werden. Soviel ich weiß, steht der Rekord bei 34 TnW = Tage nach Weihnachten. Vielleicht schaffen sie es ja doch noch mal, nahtlos in die Osterhasen-Periode überzuwechseln.

Uns ist so etwas schon gelungen. Seitdem es auch in Deutschland üblich ist, den Start in die konsumfreudigste Zeit des Jahres durch entsprechende Gestaltung seines Vorgartens anzuzeigen – in Ermangelung eines solchen tut's auch der Balkon beziehungsweise die zur Straße hin gelegenen Fenster –, musste natürlich auch unsere Blautanne illuminiert werden. Nur pflegen Bäume nun mal zu wachsen, und als Sven sich weigerte, die Lichterkette in ungefähr vier Meter Höhe anzubringen, wo es die ersten Äste gab, suchten wir nach einem Ausweg.

»Warum nehmen wir nicht den Flieder?«, hatte Katja nach gründlicher Inspektion der gegebenen Möglichkeiten vorgeschlagen, »die Blätter sind alle runter, und wer sagt denn, dass es ein Nadelbaum sein muss?«

Recht hatte sie! Unser Gegenüber hängt seine Lichtlein immer an den Buchs, und ein paar Häuser weiter wird jedes Mal eine künstliche Tanne hervorgeholt und in einen mit rotem Lackpapier und Goldschleife verbrämten Zinkeimer gestellt. Warum also nicht der Fliederbusch? Tagsüber sieht man kaum etwas von den Lichtern und im Dunkeln nicht, worauf sie festgemacht sind, zumal es meinen Männern immer gelingt, die beiden Ketten (eine genügt ja nicht mehr) in der ungefähren Form eines Dreiecks zu stecken. Das ist jedes Mal ein sehr zeitaufwändiges Unternehmen und nur mit regelmäßiger Zufuhr von Glühwein zu bewerkstelligen.

Dann ist Weihnachten vorbei, der Dreikönigstag auch, den Christbaum hat die Jugendfeuerwehr gegen eine freiwillige Spende längst abgeholt, nur der Fliederbusch trägt noch seine Illumination. Natürlich wird sie nicht mehr aktiviert, doch allmählich sollte sie runter. Geht aber nicht wegen der Schneereste. Oder weil's regnet. Oder weil es schon zu dunkel ist, wenn Sven gerade mal Zeit hätte. Doch gegen Ende des Monats kommt ein Tag, an dem es weder schneit noch regnet, es scheint sogar die Sonne, Sven hat mir zwei Hemden gebracht, die sich so schwer bügeln lassen … er hat also keinen Grund, die Demontage der Weihnachtsbeleuchtung wiederum zu verweigern, holt die ausziehbare Leiter aus dem Keller, lehnt sie an den Fliederbusch, steigt auf die erste Stufe, dann auf die zweite und – sinkt zehn Zentimeter tief in den Boden. »Hat keinen Zweck«, verkündet er strahlend, »da ist noch alles aufgeweicht.«

Dieser Zustand ändert sich auch während der nächsten Wochen nicht, nur genügt jetzt zur Kontrolle ein flüchtiges Abklopfen des fraglichen Bereichs, gefolgt von einem bedenklichen Kopfschütteln. »Wenn ich da mit der Leiter komme, ist der ganze Rasen im Eimer!« Die Frage, welchen Rasen er denn wohl meine, da die Grundfläche unseres Gartens doch bekanntlich aus Moos, Klee und jenen grünen Gewächsen besteht, deren Nützlichkeit wir bloß noch nicht ergründet haben, erspare ich mir – sie hätte mir bloß wieder einen halbstündigen Vortrag über den Vorteil von Öko-Gärten eingebracht. (Warum erzählt er das eigentlich immer mir statt den Nachbarn, wenn die sich über unsere Pusteblumen oder den Günsel oder beides beschweren?)

Dann ist der Februar vorbei, der März geht auch zu Ende, es wird April, es wird wärmer, aber es regnet auch wieder mehr, Krokusse und Schneeglöckchen verblühen, die Tulpen kommen raus, aus den Forsythienblüten werden Blätter, der Zeitpunkt ist also abzusehen, wenn auch der Flieder grün wird und Knospen ansetzt. Die Weihnachtsbeleuchtung hängt aber immer noch dran!

Gegenüber am Buchs schaukeln bereits ausgeblasene Hühnereier im Frühlingswind, Steffi hat mir schon vor Wochen eine Auswahl der neuen Plastikeier-Kollektion mitgebracht, sieht ja wirklich alles hübsch und sogar ziemlich echt aus, aber wohin damit? Am Flieder hängt doch noch Weihnachten!

Schließlich kam der Tag, an dem wir zwei Leitern brauchten, weil Sven auf der einen Seite noch die Lichterkette abhängte, während Rolf auf der anderen mit der Osterdekoration anfing. Bei uns heißt das jetzt »gleitende Jahreszeit«.

In Manila ist aber immer Weihnachten, jedenfalls auf den

Straßen, und deshalb wunderte es mich auch gar nicht, dass die Terrasse unseres Hotels mit bunten Lichtern behängt war. Es war einer jener Hochhauskästen, die zwar reibungslos funktionieren, aber genauso unpersönlich sind. Beeindruckend allerdings die riesige Lobby über mehrere Stockwerke, terrassenförmig angelegt mit Springbrunnen, edel aussehenden, jedoch geschlechtslosen Statuen, Treppen und einem wahren Dschungel von üppig wucherndem Grünzeug.

Wir bezogen unsere Zimmer, restaurierten uns ein bisschen und wollten uns eine halbe Stunde später in der Halle treffen, »am besten bei dieser Aeschynanthus«, rief mir Steffi noch zu, bevor der Fahrstuhl nach oben entschwebte. Die Doppelzimmer lagen offenbar ein paar Stockwerke höher. (Hatte ich schon mal erwähnt, dass der leidige Einzelzimmer-Zuschlag keineswegs eine besonders komfortable Behausung garantiert, eher das Gegenteil, aber trotzdem eine Urlaubsreise ganz erheblich verteuert?)

»Was ist eine Aeschy-wienochmal?«, doch das hatte meine Tochter nicht mehr gehört. Leider! Denn als ich mich frisch geduscht und umgezogen (warum eigentlich? Bei dieser feucht-schwülen Hitze würde ich in ein paar Minuten genauso durchweicht sein wie zuvor) auf die Suche nach dieser Aeschy-wasauchimmer machte, konnte ich zumindest sicher sein, dass es sich hierbei um eine jener Pflanzen handelte, der man auch in künstlicher Form begegnen kann, also in Hannes' Dekor-Großhandel. Nur gibt es davon viel zu viele. Ich habe bei ihm ja schon häufiger Wareneingänge anhand der Lieferscheine kontrolliert, allerdings hatte es sich dabei um Satinband, 14 mm breit, je zehn Rollen in zwölf verschiedenen Farben gehandelt oder um drei Dutzend Windlichter, aber an die Botanik lässt er mich nicht mehr ran. Bei mir heißt ein Usambara-Veilchen eben Usambara-Veilchen und nicht Saintpaulia-Ionantha, und dass sich hinter der von mir hoch geschätzten, weil kaum kaputtzukriegenden Efeutute das lateinische Epipremnum verbirgt, kann doch nur ein Botaniker wissen oder jemand, der täglich mit diesem Grünzeug umgeht. Noch vor ein paar Jahren hat Steffi eine Rose nicht von einer Dahlie unterscheiden können; inzwischen kann sie's, aber nur auf Lateinisch!

Nun stand ich also vor den ganzen Gewächsen, hatte die Auswahl zwischen mindestens vierzig verschiedenen Sorten, konnte mich für keine entscheiden, die Aeschy-undnoch-etwas heißen könnte, bezog Posten in der Nähe des Eingangs, bis ich mitbekam, dass es insgesamt vier davon gab, wollte telefonisch rückfragen, wusste aber die Zimmernummer nicht, setzte mich schließlich auf einen der zahlreich verteilten Sessel und bestellte einen Wodka Orange. Den hatte ich jetzt nötig.

Meine Lieben tauchten erst auf, als ich sie schon beinahe doppelt sah, denn aus der halben Stunde war eine ganze geworden und aus dem einen Wodka zwei.

»Wir haben nämlich erst den Roomboy holen müssen, und der hat den Hausknecht ...«, begann Steffi, wurde aber sofort von ihrem Mann unterbrochen: »Wie kann man seinen Rucksack abschließen und den Schlüssel zu Hause liegen lassen?«

»Habe ich ja gar nicht, ich habe nur den falschen mitgenommen!«

»Ja, den Autoschlüssel!«, trumpfte Hannes auf.

»War eben reine Gewohnheit«, entschuldigte sich Steffi. »Morgen kaufen wir ein neues Schloss, und wenn du nicht gleich zu meckern aufhörst, dann erzähle ich Määm die Geschichte von dem Schlüssel im Abflussgitter.«

Die kannte ich aber schon. Hannes hatte seinen Wagen neben einem Gully geparkt, beim Aussteigen etwas klirren gehört und im gleichen Moment bemerkt, dass von seinen drei Schlüsseln einer fehlte – ausgerechnet jener, den es nur einmal gab, weil er den zweiten schon längst verloren und immer versäumt hatte, ein Duplikat machen zu lassen. Der

Gullydeckel erwies sich als zu schwer, die Kommentare der interessierten Zuschauer als zu nervtötend, so dass Hannes erst einmal aufgab und sich vornahm, zu einer etwas ruhigeren Zeit als ausgerechnet fünf Uhr nachmitttags und dann auch mit geeignetem Werkzeug einen zweiten Versuch zu starten. Noch während der Heimfahrt suchte er in sämtlichen Taschen nach seinem Feuerzeug und fand in der linken Jackentasche ... na, was wohl? Richtig! Pech war allerdings, dass der Zigarettenanzünder im Wagen schon seit langem nicht mehr funktionierte.

»Welches ist denn nun diese Aeschy-dingsbums?«, wollte ich noch wissen, bevor ich mich langsam hochrappelte.

»Aeschynanthus. Du sitzt doch genau drunter!« Steffi pflückte eine der herabhängenden roten Blüten ab und friemelte sie mir ins Haar.

»Aha. Und wie heißt sie auf Deutsch?«

»Woher soll ich das denn wissen?

Wir wollten gerade die Hotelhalle verlassen, als mich der Kellner abfing. Ob ich Gast des Hauses sei, erkundigte er sich, verstohlen mit der Rechnung wedelnd.

»Nein, ich bin kein Gast, ich zahle hundertachtzig Mark für eine Nacht!«, sagte ich wütend, kritzelte Zimmernummer sowie Autogramm auf den Zettel und lief durch die Tür. Sofort hatte ich das Gefühl, jemand würde mir ein nasses Handtuch um die Ohren schlagen. Die Temperatur war nicht ein bisschen gesunken, dafür hatte die Luftfeuchtigkeit zugenommen. Schon nach ein paar Schritten weigerte sich Hannes weiterzugehen, Steffi schloss sich dem Boykott an, und selbst mir, die ich doch erst ab 25 Grad plus richtig auflebe, war diese Waschküchenschwüle entschieden zu viel. Zu sehen gab es sowieso nichts. Das Hotel lag in einer ruhigen Seitenstraße, und bis zur nächsten Ecke, wo offenbar das Nachtleben begann, waren es mindestens fünfhundert Meter, wenn nicht mehr.

»Wir können doch im Hotel etwas essen«, sagte Steffi schließlich ungeachtet der Tatsache, dass sie es gewesen war, die unbedingt auf einheimischer Küche nebst dazugehöriger Atmosphäre bestanden hatte. Hannes war sofort einverstanden, und ich protestierte auch nur pro forma, hauptsächlich deshalb, weil ich gar keinen Hunger hatte. Das Plastikessen vom Flieger lag mir noch immer im Magen, Alkohol hat bekanntlich auch Kalorien, ganz zu schweigen von meiner inneren Uhr, die mittags um zwei allenfalls nach einer Tasse Kaffee verlangt. In Manila war's aber schon drei Minuten vor neun, im nahezu voll besetzten Speisesaal tafelten elegant gekleidete Gäste, doch bei ihrem Anblick hatte Hannes plötzlich auch keinen Hunger mehr. Er gehört nämlich zu jenen Männern, die immer noch der Zeit nachtrauern, als man einheitlich gekleidet im Bärenfell herumlief und sich nicht immer wieder mal in korrekter Aufmachung mit – Gipfel allen Horrors – gestärktem Hemd und Krawatte präsentieren musste. Deshalb gehören zu seiner Urlaubsgarderobe außer Shorts lediglich zwei Leinenhosen (knittern bekanntlich edel, sehen aber trotzdem aus wie 19,50 Mark im Sonderangebot!) dito Hemden, die jedoch meistens unbenutzt wieder in den Koffer kommen. Wenn er will, kann er ja, macht im Smoking sogar eine ausgezeichnete Figur, doch im Urlaub will er nie!

Steffi gähnte. »Was haltet ihr davon, wenn wir ganz einfach ins Bett gehen?«

Eigentlich keine schlechte Idee, müde waren wir alle, wer kann im Flugzeug schon schlafen? Noch dazu, wenn man die halbe Nacht mit einem alkoholisierten Mitmenschen zu kämpfen hat? Andererseits war mir klar, dass ich vermutlich erst dann zur Ruhe kommen würde, wenn es Zeit zum Aufstehen war. »Lasst uns wenigstens noch irgendwo was trinken, damit wir die nötige Bettschwere kriegen.«

Steffi war sofort einverstanden. »Am besten in der Bar, da

herrscht immer gedämpftes Licht.« Ein beziehungsreicher Blick streifte Hannes' edel zerknittertes Outfit.

Es gab die Palmtree-Bar, in deren Ausläufern ich vorhin schon meine beiden Wodkas getrunken hatte (allerdings eine reine Vermutung, basierend auf dem Preis), dann die in den unteren Regionen installierte, sehr rustikal anmutende und deshalb wohl auch kaum frequentierte Kellerschenke und eine Moonlight-Bar, die einen unvergesslichen Blick über die Stadt versprach. Gegen den Mondschein hatte ich ja nichts, nur auf den Panoramablick würde ich gern verzichten. Ich leide nämlich unter Hypsiphobie! Das klingt so schön interessant, ist jedoch nichts anderes als die medizinische Bezeichnung für Höhenangst – eine ziemlich alberne Sache, die man angeblich mit eisernem Willen überwinden kann. Mir ist das aber bis heute nicht gelungen, ich habe immer noch Ameisen im Bauch, wenn ich im vierten Stock am Balkongitter stehe oder eine Brücke überquere, unter der ein Abgrund gähnt. Deshalb hasse ich auch Stadtbesichtigungen, weil man dabei meistens etwas Hohes besteigen und runtergucken muss.

Am schlimmsten war New York! Wer zum ersten Mal hinkommt, hat natürlich mit dem Lift auf das Empire State Building zu fahren und auf einen der Zwillingstürme vom World Trade Center, wo man angeblich sehr gut essen kann (ich hab's aus nahe liegenden Gründen nicht ausprobiert), man besteigt die Freiheitsstatue und guckt aus der Fackel auf den Hudson-River (was, wenn der Arm von Lady Liberty plötzlich abbricht?), und natürlich macht man einen Hubschrauber-Rundflug dicht über die Wolkenkratzer und manchmal sogar zwischen ihnen hindurch. Wie schon gesagt, man macht das. Ich nicht! Ich kenne auch den Eiffelturm und den Stephansdom nur von unten, hasse mehrstöckige Einkaufszentren mit offenem Lichthof und würde niemals freiwillig in einen dieser gläsernen Fahrstühle steigen, die außen am Gebäude emporschweben. Weshalb mir Fliegen nichts ausmacht, weiß ich nicht, aber das hat irgendetwas mit Physik zu tun, und darin hatte ich sowieso immer eine Fünf.

Und nun sollte ich also mit in diese Moonlight-Bar. Die lag im obersten Stockwerk, also im zweiundzwanzigsten, und hatte riesige, erst knapp über dem Fußboden endende Panoramafenster.

»Ich glaube, wir haben Glück, da drüben ist gerade ein Tisch freigeworden«, sagte Hannes und steuerte darauf zu. »Willst du nach vorne?«

Nein, das wollte ich nun ganz bestimmt nicht. Steffi saß schon, drückte Stirn und Nase an der Fensterscheibe platt und freute sich über die Spielzeugautos unten auf der Straße. »Da ist immer noch Betrieb wie bei uns am Freitagnachmittag um fünf.«

Ich wählte den Platz an der Stirnseite des Tisches und drehte den Sessel so weit zur Seite, dass ich nicht mehr dauernd den Blick zum Fenster hatte. Einmal rübergucken hatte genügt. Ganz klar, das Lichtermeer rundherum war überwältigend, aber von unten, also vom sicheren Straßenniveau aus betrachtet, hatte es mir auch ganz gut gefallen.

Wenig später wussten wir, weshalb dieser doch recht exponiert stehende Tisch freigeworden war. Das Bar-Quintett nahm wieder seine Plätze ein, und zwar genau gegenüber. Dann betrat eine nicht mehr ganz jugendliche Dame in schwarzen Pailletten das Podium, griff zum Mikrofon und legt los. Ich konnte sogar ihre Goldplomben erkennen, weil der Abstand zwischen uns so gering war, und sofort fielen mir ein paar Zeilen von dem unvergesslichen Heinz Erhard ein, der offenbar auch etwas gegen Sängerinnen gehabt hatte.

Schließlich öffnet sie den Mund,
erst oval, allmählich rund,
und mit Hilfe ihrer Lungen
hat sie hoch und laut gesungen …

Genau das tat diese Dame hier auch. Ich hatte immer Angst, sie würde gleich in ihr Mikrofon beißen, obwohl das gar nicht schlimm gewesen wäre, denn mit Sicherheit hätte es einen Kurzschluss gegeben, und wir hätten eine Zeit lang Ruhe gehabt. So aber dröhnte es von allen Seiten, weil die zusätzlich aufgestellten Boxen für gleichmäßige Verteilung des Krachs sorgten. Darüber hinaus war die Kapelle bemüht, die Fonstärke auf einem gesundheitsschädigenden Level zu halten. Eine Unterhaltung war völlig unmöglich, wir verstanden ja nicht einmal den Kellner, als er uns die Getränkekarten reichte und dazu eine wortreiche Erklärung abgab.

»Was will er?«, brüllte Hannes.

»Keine Ahnung!«, schrie ich zurück, während ich ratlos den Handbewegungen des Obers folgte. Er zeigte immer wieder auf das Podium, dann auf die Karte, lächelte freundlich und wartete ab.

»Vielleicht ist es hier üblich, dass jeder neue Gast der Band eine Runde spendiert«, überlegte Steffi. »Die kriegen nur gefärbtes Wasser, und hinterher wird der Erlös geteilt.«

»Wir sind nicht auf der Reeperbahn!«

Das allerdings stimmte, da ist die Musik leiser. Hannes bestellte die Getränke, sie kamen auch wenig später zusammen mit der Rechnung, die beinahe doppelt so hoch war, wie sie eigentlich hätte sein dürfen. »Das muss ein Irrtum sein!«, machte er dem Kellner klar und deutete auf die Cocktail-Karte.

Der schüttelte nur den Kopf und zeigte wieder zur Band. Sie mühte sich weiterhin redlich, eine verbale Verständigung zu verhindern, und so trabte der entnervte Ober schließlich zum Lift und kam mit einer Art Notenständer zurück, den er vor uns aufbaute. Jetzt endlich wussten wir Bescheid. Ein Schild informierte jeden Besucher vor dem Betreten der Bar, dass er heute den Live-Auftritt des durch Funk und Fernsehen international bekannten Stars XY erleben könne und diesem Ereignis durch entsprechend erhöhte Barpreise Rechnung tragen müsse. Das daneben angebrachte Hochglanzfoto zeigte den Star vor circa fünfzehn Jahren.

Weshalb wir das Schild übersehen hatten, blieb ungeklärt, vielleicht wurde es bei zunehmendem Besucherschwund eine Zeit lang zur Wand gedreht, bis die Tische wieder besetzt waren, aber selbst Steffi, die nun wirklich jede Rock- oder Poppröhre namentlich kennt, hatte noch nie etwas von jener Ichweihnichtmalmehrwiesiehieß gehört.

Lange hielten wir es sowieso nicht aus. Die singende Berühmtheit verfügte sowohl über ein unerschöpfliches Repertoire als auch über eine ebenso unerschöpfliche Ausdauer, denn während die meisten Interpreten der leichten Muse doch nach längstens vier Liedern eine Pause einlegen, arbeitete diese hier ohne Unterbrechung einen Song nach dem anderen ab und ließ dem mäßig interessierten Publikum kaum Zeit zum Klatschen – sofern es dazu überhaupt bereit war. Ich war es nicht.

»Sieben Uhr Frühstück!«, sagte Hannes, als sich die Lifttüren im elften Stock öffneten. »Und lass dann gleich das Gepäck holen, um acht kommt das Taxi.«

»Für ihre drei Löffel Obstsalat und die Tasse Kaffee braucht sie doch keine Stunde«, meinte Steffi ganz richtig. »Es genügt, Määm, wenn du um halb acht kommst. Schlaf gut!«

»Danke, dito!«, konnte ich noch sagen, bevor sich die Türen wieder schlossen. Allerdings war mir, als hätte ich noch ein dumpfes Geräusch gehört, doch das war bestimmt ein Irrtum gewesen. Nach nunmehr drei Wodka Orange wollte ich der Sache nicht mehr auf den Grund gehen.

Der Mensch jagt ja immer wieder irgendwelchen Schimären nach, wie dem Goldenen Vlies oder dem Stein der Weisen oder einer Methode, den Urlaubskoffer so zu packen, dass man unterwegs die zum Übernachten notwendigen Dinge obenauf findet. Den Schlafanzug hatte ich sofort, auch ein sauberes T-Shirt für morgen früh, aber wo um alles in der Welt waren Slip und BH? Und dann fiel mir ein, dass ich jene Dessous über den ganzen Koffer verteilt und immer dorthin gestopft hatte, wo eine kleine Lücke freigeblieben war.

Ich rief noch einmal die Rezeption an und änderte den telefonischen Weckruf von sieben Uhr zehn auf sechs Uhr fünfundvierzig!

»Um Himmels willen, wie siehst du denn aus?«, entfuhr es mir, als meine Verwandtschaft mit nur acht Minuten Verspätung um die Palme bog, hinter der unser Tisch versteckt war. Auf Steffis Stirn prangte eine voluminöse Beule, die schon leicht bläulich schimmerte und wohl demnächst in den hübschen grün-lila Farbton überwechseln würde. Scheinbar empört wandte ich mich an Hannes: »Wenn du schon deine Frau verprügelst, dann solltest du darauf achten, dass es hinterher nicht jeder gleich sieht!«

Er grinste nur. »Warum denn nicht? Wir nähern uns doch jenen Ländern, in denen der Mann sogar verpflichtet ist, seine Frauen zu züchtigen. Da ich bisher nur eine habe, hat sie wohl ein bisschen zu viel abgekriegt.«

»War ganz allein meine Schuld!«, fuhr Steffi fort. »Ich bin mit voller Wucht in den Spiegel geknallt und wundere mich immer noch, dass er nicht kaputtgegangen ist.«

»In welchen Spiegel denn?« Der kleine im Bad wurde durch das Waschbecken blockiert, und sonst gab es nur noch den großen im Kleiderschrank; allerdings musste man dazu erst die Tür öffnen.

»Ich bin doch nun mal Linkshänderin«, verteidigte sich Steffi, »und als ich gestern Abend aus dem Lift stieg, wollte ich automatisch die linke Seite vom Flur nehmen, bloß da war gar keiner! Ich hatte vorher überhaupt nicht mitgekriegt, dass der Gang an einer Spiegelwand endet.«

Also hatte ich doch richtig gehört! Es hatte etwas gebumst!

»Aber man sieht sich doch, wenn man auf einen Spiegel zu-
läuft!«

»Ich hatte mich glücklicherweise halb umgedreht, sonst
hätte ich das Horn ja mitten auf der Stirn!«

Das leuchtete ein. »Habt ihr denn kein Messer oder Ähnliches zum Gegendrücken gehabt?«

Als Kind war ich alle paar Tage mit einer Beule nach Hause
gekommen, meistens irgendwo am Kopf, häufig auch am
Bein, und jedes Mal war Omi mit einem Messer angerückt.
Das musste ich dann fünf Minuten lang auf die Beule pressen,
aber weil das meistens hundsgemein wehtat, strengte ich
mich natürlich nicht sonderlich an, doch Omi behauptete hinterher immer, nun sähe ich längst nicht mehr so schlimm aus.

»Hast du denn immer ein Küchenmesser im Gepäck?«,
wollte Hannes wissen.

Im Laufe der nächsten Tage schillerte Stefanies Beule in
sämtlichen Regenbogenfarben, und als sie endlich verschwunden war, prangte genau daneben schon wieder eine
neue, nur war es diesmal ein außergewöhnlich großer Moski-
tostich.

Carlos war auf die Minute pünktlich und widerlegte damit das
Vorurteil, je weiter östlich man sich von Deutschland entfer-
ne, desto unzuverlässiger seien Terminabsprachen. Er bedauerte nur, dass es gerade einen Kälteeinbruch gegeben
habe, denn morgens um Acht nur knapp vierundzwanzig
Grad seien ungewöhnlich, er habe deshalb auch seinen gefüt-
terten Anorak angezogen, und ob wir denn keine Jacken da-
beihätten?

»Did you ever been in Europe?«

Nein, bedauerte Carlos, in Europa sei er nie gewesen, würde aber gerne mal hinfahren, es müsse ein schönes Land
sein. Worauf ihm Hannes empfahl, auf einen Besuch doch lieber zu verzichten, denn bei uns gälten Temperaturen über

dreiundzwanzig Grad Celsius als hochsommerlich und würden relativ selten erreicht. Das erschien unserem Chauffeur so unglaubhaft, dass er Hannes ganz entsetzt ansah und beinahe einen Mopedfahrer auf die Kühlerhaube genommen hätte. Der dann folgende Wortwechsel dauerte knapp fünf Minuten und wurde von ohrenbetäubendem Gehupe begleitet, was die beiden Kontrahenten jedoch überhaupt nicht beeindruckte, denn die anderen Verkehrsteilnehmer fuhren einfach um sie herum.

Überhaupt war das Durcheinander auf den Straßen beinahe noch chaotischer als am Abend vorher. Unzählige Lieferwagen krochen im Schritttempo dahin, viele davon aussterbende Modelle auf drei Rädern, hoffnungslos überladen und kaum noch verkehrssicher. Dazwischen immer wieder diese fantasievoll bemalten Busse, die mich oftmals an unsere heimischen Bauzäune erinnerten, wenn sich mit behördlicher Genehmigung Schulklassen oder begabte Sprayer an den Bretterwänden austoben durften.

Als Carlos plötzlich von der Straße abbog und durch die schmale Einfahrt auf eine Art abgezäunten Fabrikhof kurvte, glaubte ich an einen Zwischenstopp zum Tanken, oder weil sein Vorrat an Cola-Dosen – offenbar sein Hauptnahrungsmittel – zur Neige ging, doch dann belehrte mich das auf dem Dach eines schmutzig-grauen Flachbaus angebrachte Schild eines Besseren: MANILA NATIONAL AIRPORT stand drauf. Flugzeuge waren nicht zu sehen, wurden wohl von dem Gebäude verdeckt, davor lediglich Parkstreifen für ein Dutzend Autos, die Hälfte davon besetzt, und sonst gar nichts. Personal schien es auch nicht zu geben.

Carlos lud schon das Gepäck aus, während wir drei uns noch etwas zweifelnd umsahen. »In Mannheim haben wir ja auch bloß einen Provinz-Flughafen, aber trotzdem sieht der schon von weitem nach einem aus!«, räsonierte Steffi. »Ich denke, wir sind hier in der Hauptstadt der Philippinen, da können sie einem als Terminal doch nicht so einen Fahrrad-schuppen anbieten!«

Sie hatten es aber doch getan! Über der einzigen Tür ein weiteres Schild: DEPARTURES AND TICKETING, Ersteres mühelos mit »Abflüge« zu übersetzen, Letzteres hatte ich noch nie gehört, vermutete jedoch, dass es sich um Flug-scheinverkauf handelte. Uninteressant, wir hatten schon welche. Interessanter schon die Frage, wo denn wohl die an-kommenden Passagiere das Gebäude verlassen würden, es gab weder ein Hinweisschild noch erst recht keine zweite Tür. Steffi vermutete, sie würden wohl am anderen Ende von Manila landen, hier sei doch gar kein Platz mehr, und Hannes ging sogar noch weiter und behauptete, man würde mit dem Fallschirm abgesetzt. »Es gibt ein Meer, und zu irgendwas werden die unzähligen kleinen Boote bestimmt gebraucht. Mit dem Fischfang soll ja nicht mehr viel los sein.«

Carlos hatte das letzte Gepäckstück ausgeladen und schleppte nunmehr das erste zur Tür. Buggys gab es also auch nicht. Nur mit Mühe ließ er sich überzeugen, dass er nach längstens zehn Metern unter dem Gewicht des Tauch-rucksacks zusammenbrechen würde, nahm dankbar den großzügig aufgerundeten Fahrpreis entgegen und versicher-te uns treuherzig, so ein Kälteeinbruch gehe schnell vorüber, morgen sei es bestimmt wieder wärmer. Weshalb kam ich mir denn schon jetzt vor wie aus dem Wasser gezogen?

Das Taxi fuhr ab und damit die letzte Chance einer Verstän-digung mit dem Flughafenpersonal, bestehend aus einer di-cken Frau, die in einem als Office bezeichneten Raum Papiere von einem Schreibtisch auf den anderen räumte, sowie ei-nem Mann in einer Art Uniform, der sichtlich entsetzt auf un-seren Gepäckberg starrte, den Hannes gerade mit den zwei Kosmetikkoffern krönte. »Where are you going?«

»Busuanga.« Steffi reichte ihm unsere Tickets. Er nahm sie, musterte noch einmal das Gepäck und verschwand im Office, wo er sich sofort ans Telefon hängte. Die dicke Frau schloss die Tür und machte sie in den nächsten drei Stunden auch nicht wieder auf. Immerhin musste es eine zweite geben, denn den Uniformierten sahen wir ab und zu herumlaufen, leider unerreichbar, denn uns trennten erst ein Flur und dann eine ähnliche Barriere, wie man sie an Staatsgrenzen kennt.

Einen Warteraum gab es natürlich auch. Möbliert war er mit weißen Plastikstühlen sowie einem Getränkeautomat, in dem es nur Cola gab. Schon vor fünfzig Jahren, als die Amis mit Kaugummi und Coca-Cola bei uns in Berlin eingezogen waren, hatte ich festgestellt, dass dieses Zeug genauso schmeckt, wie Mottenpulver riecht. Das tut es immer noch! Ich machte mich also auf eine längere Durststrecke gefasst.

Kurz vor neun hatte uns Carlos abgeladen, um zehn sollte unser Flieger starten, um 9.45 Uhr saßen wir noch immer in Warteposition, nur durch eine gelegentliche Runde über den Parkplatz unterbrochen, weil man drinnen nicht rauchen durfte, und um fünf vor zehn platzte Hannes der Kragen. Er stapfte über den Flur, durchbrach die Schranke (bildlich gesprochen, genau genommen kroch er drunter durch), öffnete eine Tür und ward nicht mehr gesehen. Aber nur kurz. Zwei uniformierte Herren brachten ihn zurück und reichten ihn an jenen Mann weiter, der vor langer Zeit mit unseren Tickets verschwunden war.

Von dem nun folgenden Dialog bekamen wir nicht allzu viel mit, zumal es sich wohl mehr um einen Monolog handelte, denn Hannes hörte nur zu, was normalerweise selten der Fall ist, warf uns immer wieder einen verständnislosen Blick zu, nickte schließlich und kam mit ergebener Miene zurück. »Er spricht ein sehr eigenwilliges Englisch«, seufzte er, die vierte Dose Cola aus dem Automaten ziehend, »ich habe lediglich verstanden, dass wir noch warten müssen. Nur weshalb, weiß ich nicht.«

Flugzeuge schien es jedenfalls zu geben. Immer wieder hörten wir das Geräusch startender Maschinen, Passagiere tröpfelten herein, setzten sich, wurden nach zehn oder fünfzehn Minuten aufgerufen und kamen nicht mehr zurück. Auch zwei Deutsche waren darunter. Wir schöpften wieder Hoffnung, bis wir erfuhren, dass sie ganz woanders hinwollten. Deshalb brauchten sie auch kaum zu warten.

Es wurde halb elf, es wurde elf, ab und zu kam jener Angestellte vorbei, den wir nun schon kannten, wedelte mit unseren Tickets zum Beweis, dass er uns nicht vergessen hatte, und dann erschien sogar die dicke Frau und erkundigte sich lächelnd: »You want coffee?«

Eigentlich nicht, wer weiß, was das für ein Gebräu sein würde, aber dann nickte ich doch und war überrascht, dass er sogar recht gut schmeckte. Steffi fragte, ob sie drei Bogen Papier haben könnte, weißes, »to write a letter«, erläuterte sie, und dann etwas leiser: »Sonst kommt sie am Ende mit Packpapier!«

»Wem um alles in der Welt willst du denn jetzt einen Brief schicken?« Außer Ansichtskarten und dem wöchentlichen Einkaufszettel gibt es doch nichts, was Stefanie noch mit der Hand schreibt. Nicht, seitdem es Computer für den Hausgebrauch gibt.

»Niemandem natürlich. Ich dachte, wir spielen zur Abwechslung mal Stadt, Land, Fluss, oder fällt dir was Besseres ein?« Sie gähnte. »Ich habe bereits die Fliesen auf dem Boden gezählt – es sind 138 schwarze und 219 weiße – und die Inseln der Philippinen auswendig gelernt.« Mit dem Kopf deutete sie auf die gegenüberliegende Wand, an der eine große Bandkarte hing. »Es sind Luzon, Mindanao, Cebu, Palawan …«

»Das reicht erst mal! Die anderen 2700 kannst du dir sparen, das dauert sonst zu lange. Wollten wir nicht was spielen?«

Steffi hatte ihr Papier bekommen, wusste aber »nur noch so ungefähr, wie das geht.« Wenn ich mich recht erinnerte, dann hatte ich es zum letzten Mal in der neunten oder zehnten Klasse gespielt, während unser Chemielehrer vorne ein Experiment vorbereitete und wir genau wussten, dass es sowieso nicht klappen würde. Es klappte selten, und falls doch mal, dann mit einem anderen Effekt als vorgesehen. »Muss man da nicht bestimmte Begriffe mit immer dem gleichen Anfangsbuchstaben zusammensuchen?«

Weil Hannes nicht mitmachen wollte und lieber zum fünften Mal die einzige zerfledderte Zeitschrift durchblätterte, variierten wir die Spielregeln. Es durften nur ausländische Begriffe benutzt werden, also bei Berg oder Gebirge nicht Hunsrück, sondern Himalaja und statt Hamburg oder Heidelberg musste es eben Halifax heißen oder Honolulu.

Schon bei A wurde es schwierig. »Mir fällt kein Fluss ein!«, stöhnte meine Tochter, »sonst habe ich immer Ammer hingeschrieben.«

»Denk mal an Shakespeare!«

»Wieso? Ist der denn auch ein Fluss?«

»Quatsch, aber wo kommt er her?«

»Wer?«

»Shakespeare.«

»Dusslige Frage! Aus England natürlich.«

»Ja, aber von wo genau?«

»Stratford upon Avon.«

»Eben!«

»Na und?«

»Avon ist ein Fluss!«

»Ach so.«

Ich hatte Arizonas hingeschrieben, aber das hatte Steffi nicht gelten lassen. »Der Fluss heißt Amazonas!«

»Das ist der südamerikanische, den meine ich ja gar nicht! Der Arizonas fließt in Nordamerika.«

»Was du meinst, ist der Staat, und der heißt Arizona. Ohne *S* hintendran.«

Man sollte eben nicht eigenmächtig bewährte Spielregeln ändern!

Bevor wir uns endgültig in die Haare kriegten, weil Steffi Breslau nicht als ausländische Stadt anerkennen wollte (und damit derselben Meinung ist wie die Vertriebenen-Verbände!), und selbst wenn, dann hieße sie jetzt sowieso ganz anders und bestimmt nicht mit B vorne, wurden wir aufgerufen. Da war es halb eins! Um eins standen wir immer noch Gewehr bei Fuß beziehungsweise Koffer neben Waage, während Hannes vergeblich zu erklären versuchte, dass er die Gebühr für Übergepäck bereits einmal bezahlt habe und nicht daran denke, ein zweites Mal zu löhnen.

Das interessiere ihn nicht, sagte der Mann auf der anderen Seite der Waage, dies hier sei eine nationale Fluglinie, die mit der internationalen nichts zu tun habe, aber wenn uns der Weitertransport unserer Koffer zu teuer sei, würde man sie eben bis zu unserer Rückreise in Verwahrung nehmen. Das koste dann nur einen Dollar pro Tag. Für alles zusammen!

Zähneknirschend zückte Hannes die Brieftasche. Es ging ihm ja gar nicht um das Geld, denn die Zusatzgebühr war wirklich nicht hoch, sondern ums Prinzip. Im Gegensatz zu Golfern, die ihre fahrbaren Säcke nebst zwei Dutzend »Eisen« bei fast jeder Fluglinie kostenlos transportieren dürfen, werden Taucher nämlich zur Kasse gebeten. Nun ja, die Zeiten, als Hans Hass die Haie im Roten Meer noch durch Anschreien unter Wasser verscheuchen konnte (zumindest hat er das behauptet), sind längst vorbei. Tauchen ist kein elitärer Sport mehr, genauso wenig wie Tennis, und wenn in absehbarer Zeit bei uns die Fußballplätze in Golfrasen umgewandelt werden, muss für die Upper Class dringend etwas Neues erfunden werden. Aber bis dahin wird es bestimmt schon Weltraum-Hotels geben mit Stratosphären-Surfing oder ähnlichem.

Hannes bekam also eine handgeschriebene Quittung ausgehändigt, unseren Gepäckstücken einschließlich des Handgepäcks wurde jeweils ein Kärtchen angehängt, und dann mussten wir selber auch noch einzeln auf die Waage (sie ging übrigens höchst ungenau, ich hatte noch niemals in meinem Leben 64 Kilo gewogen!). Weshalb? Das erfuhren wir, nachdem der Flughafenmensch mit Hilfe eines Taschenrechners unser Gesamtgewicht ermittelt, telefonisch weitergegeben und dann die Antwort bekommen hatte, dass man zunächst einmal nur die drei Personen befördern könne und irgendwann im Laufe des Tages das Gepäck.

Wie bitte???

Wir seien die einzigen Passagiere, folglich habe man nur eine kleine Maschine für diese Route, doch gegen Abend käme noch mal eine größere, und die würde dann auch unsere Koffer bringen.

Erst auf Grund unseres Protests und nach erneuten arithmetischen Berechnungen wurden Steffi und mir wenigstens unsere Bordtaschen zugebilligt, also jene meist etwas uneleganten Behältnisse, in die von Geld und Tickets bis zu Kopfschmerztabletten, Brille (je nach Jahreszeit auch noch eine für die Sonne), Taschenbuch, Kaugummi und eine Menge Sonstiges hineingestopft wird, was während einer längeren Reise lebenswichtig ist. Nicht zu vergessen den Fotoapparat! Hannes auf der Waage war schon einen Schnappschuss wert gewesen!

Dann endlich durften wir die Schranke passieren, und wenig später befanden wir uns auf dem Flugfeld. Wer wie wir bisher nur diese bessere Baracke und ihr auch nicht gerade viel versprechendes Interieur gesehen hatte, konnte direkt hinter diesem Schuppen niemals ein solch großes Areal erwarten: mit Start- und Landebahn, mehreren Hangars und einem richtigen kleinen Tower. Und natürlich mit Maschinen unterschiedlicher Größe. Von manchen behauptete Hannes allerdings, sie hätten schon zur Regierungszeit von Ferdinand und Imelda Marcos antiquarischen Wert gehabt, doch es gab auch ganz moderne, die mich allmählich wieder hoffen ließen.

»Ich denke, wir können fliegen«, stöhnte Steffi, nachdem sie wieder einmal vergeblich eine der startbereiten Maschinen angesteuert hatte und von unserem uniformierten Begleiter zurückgewinkt worden war. »Von laufen hat keiner was gesagt!«

Auch ich hatte allmählich die Nase voll. Wir waren schon ein paar hundert Meter über den staubigen Betonweg geschlappt, und wenn die Sonne auch von einer grauen Wolkenwand verdeckt war, so spürte man die Hitze trotzdem. Es herrschte eine unangenehme Schwüle.

Ganz hinten auf dem Flugfeld und abseits von seinen großen Brüdern stand ein winziges Maschinchen, so eins von denen, die gelegentlich am Schluss der Fernsehnachrichten erwähnt werden, weil mal wieder eins »aus noch nicht geklärten Gründen« einfach runtergefallen ist. Der Pilot und sein Begleiter waren meistens ums Leben gekommen (mehr Leute hätten ja glücklicherweise auch nicht reingepasst), und jedes Mal hatte ich mich gefragt, weshalb sich überhaupt noch jemand mit so einem Spielzeug in die Luft wagt.

Vor genau einem dieser Mini-Flieger war unser Begleiter stehen geblieben. Ein sehr jugendlicher Mechaniker werkelte noch daran herum, doch der Propeller (nur ein einziger in der Mitte!) lief bereits. »Da steige ich nicht ein!«, protestierte ich sofort. »Lieber schwimme ich!«

Auch Steffi sah nicht gerade begeistert aus, doch Hannes hatte schon einen Blick ins Cockpit geworfen und zerstreute unsere Bedenken. »Der Vogel scheint anständig gewartet zu werden, außerdem hat er bereits Satelliten-Navigation, und überhaupt haben diese Kleinen selbst bei Motorenausfall immer noch eine reelle Chance, heil runterzukommen. Besonders wenn Wasser drunter ist. Im Gegensatz zu den Düsenclippern können sie nämlich segeln.«

»Ich steige nicht in einen Flieger, um zu segeln, dazu gibt es bekanntlich Boote, sondern um zu fliegen, und in das Ding hier gehen wir sowieso nicht alle rein! Wo ist überhaupt der Pilot?« Den hatte ich noch gar nicht gesehen.

Er war aber schon da. Der Mechaniker schälte sich aus seinem grauen Overall und stand plötzlich in dunkelblauen Shorts und weißem Hemd mit vier goldenen Streifen auf den Schulterklappen vor uns. »Good morning, I am George. Welcome on board.«

Noch nie war ich von einem Flugkapitän mit Handschlag begrüßt worden! Also blieb mir gar nichts anderes übrig, als hinter Steffi in diese Blechbüchse zu klettern, mich anzuschnallen und zu hoffen, dass unser Beinahe-noch-Teenager uns nicht nur nach oben, sondern am Ziel auch wieder heil runterbringen würde. Hannes durfte übrigens auf dem Sitz des Co-Piloten Platz nehmen, was den Schluss nahe legte, dass es auf diesem Flug keinen geben würde. Ich fand das nicht sehr beruhigend.

Um bei der Wahrheit zu bleiben: George verstand seinen Job. Es wurde ein wunderschöner ruhiger Flug, in dessen Verlauf wir eine ganze Menge über die Philippinen, ihre Bewohner und deren Alltag erfuhren, denn George sprach nicht nur ein ausgezeichnetes Englisch, sondern sogar einige Brocken deutsch – seine Schwester hatte einen Deutschen geheiratet und lebte schon seit fünf Jahren in Frankfurt.

»This is your island!«, unterbrach er sich plötzlich und deutete auf ein direkt unter uns liegendes Inselchen, von dem außer viel Botanik nur das leuchtende Blau eines Pools zu sehen war.

»Ich werde nie begreifen, weshalb man auf einer kleinen

Insel auch noch ein Schwimmbecken installieren muss, es gibt doch nun wirklich rundherum genug Wasser«, wunderte ich mich. »Und warum geht der Knabe nicht endlich runter, wir sind ja schon fast dran vorbei!«

»Soll er auf den Bäumen landen?«, bemerkte Steffi ganz richtig. »Oder siehst du hier irgendwo eine Piste?«

»Nein. Wahrscheinlich wird er uns aus dem Flieger schmeißen, sonst sehe ich nämlich keine Möglichkeit mehr, auf diese Insel zu kommen.« Wir hatten schon verschiedene kleine Eilande überflogen, doch auf keiner hätte auch nur ein Segelflugzeug landen können, ohne an einem Baum oder einer Ansammlung von Felsbrocken zu zerschellen. Vor uns lag schon wieder ein bisschen Land, etwas Größeres sogar mit richtigen Bergen, auf den Gipfeln nur harte, sonnenverbrannte Erde, und trotzdem drückte unser Pilot die Nase des Fliegers nach unten. Wollte der etwa hier …? Das ging doch gar nicht, wer landet schon freiwillig zwischen lauter Hügeln? So was passiert nur in amerikanischen Katastrophenfilmen, wo die heldenhafte Stewardess … hoppla, das war knapp! Jetzt hätte George doch beinahe die Kühe geköpft, die dicht unter uns an den trockenen Grashalmen kauten. Schnell zog er die Maschine etwas hoch, und während er eine Platzrunde flog, bis ein paar Jungs die Rinder zur Seite getrieben hatten, konnten wir den gesamten Flugplatz genau in Augenschein nehmen. Er begann gleich hinter der Hügelkette und bestand aus einem ebenerdigen, mit Wellblech gedeckten Gebäude sowie einer angrenzenden Baracke, die von massiven Holzgittern umgeben war. Ein offenbar erst kürzlich aufgehängtes Stoff-Transparent besagte, dass es sich hierbei um eine Bankfiliale handelte. An dem anderen Gebäude hing ein seiner Bedeutung angemessen großes Schild: BUSUANGA AIRPORT.

Eine Landepiste, die auch als Startbahn diente, gab es tatsächlich. Sie bestand aus zirka zehn Metern Beton und ging dann in festgetretenen Sand über, den die rechts und links daneben weidenden Kühe als Trampelpfad benutzten. Offenbar war das normal. Beim Nahen eines Flugzeugs scheuchte man die Viecher zur Seite, und wenn das nicht schnell genug ging, musste der Pilot eben eine Schleife drehen. Abhilfe wurde ja auch schon geschaffen! Mit sichtbarem Stolz wurden jedem ankommenden Fluggast die paar Meter Betonpiste gezeigt, aus denen innerhalb eines nicht näher bezeichneten Zeitraums eine richtige Start- bzw. Landebahn entstehen sollte. Vielleicht ist sie ja inzwischen wirklich fertig geworden.

»Wie geht's denn nun weiter?«, wollte Hannes wissen, nachdem wir wieder festen Boden unter unseren Füßen hatten. Außer den minderjährigen Kuhhirten war kein Mensch zu sehen, was ich durchaus begreifen konnte, denn die Sonne knallte erbarmungslos auf den schattenlosen Platz. George meinte, wir sollten in das Gebäude gehen, da sei es kühler, zu trinken gebe es auch, und wahrscheinlich käme gleich das Taxi, mit dem wir zum Hafen gebracht würden. Er selber müsse zurückfliegen. »Goodbye, enjoy your holidays.«

Wir würden unsere Ferien ja liebend gern genießen, wenn man uns doch nur ließe! Was hatte George gesagt? Taxi? Hafen? Wo um alles in der Welt sollte eins herkommen und uns zu welchem Hafen auch immer bringen? Hier gab es ja nicht mal eine Straße, geschweige denn ein Auto!

»Ich hab Hunger!«, sagte Steffi. »Ob's in dieser Bude da drüben auch was zu essen gibt?«

Hunger hatte ich ebenfalls, aber was ich viel dringender brauchte, war eine Toilette! Über solch eine Installation sollte doch wohl ein Flughafengebäude verfügen, schließlich müssten die Angestellten ja auch mal …? Oder etwa nicht?

Es gab tatsächlich eine entsprechend gekennzeichnete Tür, nur was sich dahinter befand, spottete jeder Beschreibung.

Ich verzichtete auf die Benutzung dieses Örtchens und gelobte, in Zukunft nie wieder einer Toilettenfrau das obligatorische Fünfzigpfennigstück zu verweigern, nur weil kein Klopapier da ist oder keine Seife!

Inzwischen hatte man unsere Ankunft auch innerhalb des Gebäudes zur Kenntnis genommen. In Erwartung der unerlässlichen Formalitäten suchte ich bereits nach Pass und Ticket, doch die wollte niemand sehen. Dabei hätte sich ein Einreisestempel von Busnanga bestimmt gut gemacht. Wer kommt da schon hin?

Es gab eine Klimaanlage, eine Eisbox mit Getränken zum Normalpreis, nette hilfsbereite Menschen, die uns pausenlos anlächelten und kein Wort verstanden, aber auch andere, die uns trösteten, weil das Auto noch nicht da war. Ein Airport-Angestellter telefonierte. Ich wunderte mich schon, dass es überhaupt ein Telefon gab, noch mehr wunderte ich mich allerdings, als wenige Minuten später ein Jeep von irgendwoher auftauchte und der Fahrer sich wortreich bei uns entschuldigte. Er sei einfach eingeschlafen und erst durch den Anruf geweckt worden. Und dann wunderte ich mich ein weiteres Mal, weil die Landebahn des Airports bzw. der Trampelpfad für die Kühe noch eine dritte Funktion hatte, nämlich die einer Straße! Eine gewaltige Staubfahne hinter sich aufwirbelnd, preschte unser Fahrer die Sandpiste entlang, bog an ihrem Ende nach links auf einen kaum erkennbaren Pfad, und dann ging es immer bergauf von einem Schlagloch in das nächste und von einer brettharten Fahrrinne in die andere. Zwanzig Minuten lang, dann durften wir aussteigen, nur wussten wir nicht, weshalb. Es gab kein Meer, folglich auch keinen Hafen, es gab gelbe, vertrocknete Grasbüschel, Hitze, Staub und einen Fahrer, der uns gleichmütig erklärte, wir würden jetzt auf den Bus warten.

»Welche Linie?«, fragte Steffi sofort. »Überlandbus oder Stadtverkehr?«

Hannes sagte gar nichts mehr, vielmehr hockte er mit ergebener Miene im Gras, den schmerzenden Rücken an den verkrüppelten Stamm eines unbekannten Gewächses gelehnt, und verwünschte den Tag, an dem er den Prospekt für Individualreisen in die Hände bekommen hatte. Verständlich, denn für Bandscheibengeschädigte war die hiesige Art der Personenbeförderung wirklich nicht das Gelbe vom Ei. Und noch immer war die Reise nicht zu Ende, denn ein seltsames Gefährt bog soeben um die ... nein, nicht Ecke, die gibt es nur bei regulären Straßen, und das hier waren bessere Eselspfade – das Gefährt bog also um eine Kurve und blieb neben uns stehen. Es handelte sich tatsächlich um einen Bus, allerdings um einen, der wohl selbst in Manila die Toleranzgrenze jener für den Straßenverkehr zuständigen Behörde überschritten hatte und nur noch für den ländlichen Bereich taugte. Außer den Sitzen fehlte ihm nämlich so ziemlich alles, was ein Bus normalerweise haben sollte, Türen, Fensterscheiben, Haltegriffe – gar nicht zu reden von so luxuriösem Zubehör wie Innenbeleuchtung oder der in tropischen Ländern unerlässlichen Klimaanlage. Im Übrigen war der Bus voll. Auf dem Dach stapelten sich Koffer, Reisetaschen und seltsame Kartons, bewacht von zwei halbwüchsigen Knaben, die etwaiges im Abrutschen begriffenes Gepäck dem Fahrer jeweils durch laute Schreie signalisieren mussten, und im Inneren des Busses drängten sich Touristen und Einheimische zusammen. Irgendwie fanden wir auch noch Platz, besser gesagt ein Plätzchen auf dem Boden, doch das war nun schon egal, wir sahen sowieso aus, als hätten wir eine Zwei-Wochen-Expedition durch die südliche Sahara hinter uns, und genauso fühlte ich mich auch. Rätselhaft nur, woher das Dutzend Touristen kam, gar nicht zu reden von den Einheimischen, und vor allem, wo wollten sie bloß alle hin??? (Erst später erfuhren wir, dass Busuanga zu den etwas größeren Inseln gehört und an den Küsten besiedelt ist; an der Ostküste soll es sogar eine richtige Ortschaft mit einigen Geschäften geben.)

»Den näschen Urlaub verbringe isch am Titischee«, murmelte Steffi. »Mit'm Auto sind dasch von schu Hausche blosch anderthalb Schtunden!« Offenbar hatte sie auch eine Ladung Sand zwischen den Zähnen.

»Wo willsch schu hin?«

»Schwarzwald, Titischee.«

Und wieder ein Schlagloch, gefolgt von einem Schrei auf dem Dach. Sofort hielt der Fahrer an, über unseren Köpfen schurrte und rüttelte es, danach mehrmaliges Klopfen, dann ging's weiter. Bis zum nächsten Schlagloch.

Wie lange wir so durch die Gegend geschaukelt sind, kann ich nicht mehr sagen, vermutlich nicht länger als eine halbe Stunde, aber von den 233 Knochen, die jeder Mensch haben soll, spürte ich inzwischen mindestens 215. Plötzlich hielt der Fahrer an, obwohl keine Warnung vom Dach gekommen war, rief nach hinten, dass wir uns jetzt alle fest halten müssten (wo denn bloß?), und dann ging es steil bergab. Wohin, konnte ich nicht sehen, ich hatte ja nur den Blick nach hinten, doch der reichte mir! Wir befanden uns auf einer Art Achterbahn, bloß ohne Schienen.

Im Wageninneren Geschrei, auch von oben, ein Pappkarton fiel vom Dach, gefolgt von einer Reisetasche, egal, der Bus fuhr trotzdem weiter und kam erst nach etwa dreihundert Metern zum Stehen. »Last station!«, brüllte der Fahrer, zog geräuschvoll die Handbremse an (es gab tatsächlich eine!) und stieg aus.

»Hat der sich nicht geirrt? Ist hier wirklich Endstation?«, zweifelte Steffi, nachdem sie sich umgesehen hatte. »Allmählich fürchte ich nämlich, wir haben im falschen Bus gesessen. Oder siehst du irgendwo das Meer?«

Sie hatte Recht! Wir sollten doch zum Hafen gebracht werden, und ein solcher liegt bekanntlich … aber das hatten wir ja schon! Allerdings gab es ein bisschen Wasser, wenn auch nur in Form eines modrig riechenden, schlammigen Rinnsals. Sonst gab es nur noch eine Art Bahnwärterhäuschen, aus dem jetzt lauter Männer traten, auf den ersten Blick nicht gerade Vertrauen erweckend, auf den zweiten auch nicht, und erst recht nicht auf den dritten, denn da hatte sich schon jeder mit mindestens einem Gepäckstück bewaffnet und war losmarschiert – ab ins üppig wuchernde Grün, verfolgt von den wütend protestierenden männlichen Touristen (die weiblichen warteten erst einmal ab) und begleitet vom heimlichen Grinsen der einheimischen Fahrgäste. Kein Wunder, die hatten ihre Utensilien ja auch noch, hielten Tüten und Kartons fest umklammert.

»Nu man keene Panik, Leute«, klang es plötzlich in unverfälschtem Heimatdialekt aus der Bahnwärterhaustür, »det sind bloß die Träger, oder wollt ihr eure Klamotten selber schleppen? Nee? Det hab' ick mir beinah jedacht! Nu beruhigt euch mal wieda, und denn loofen wa janz jemütlich hinterher. Allet klar?« Damit setzten sich hundert Kilo Lebendgewicht, bekleidet mit Shorts, einem ehemals weißen Hemd, Wanderstiefeln sowie einem schon etwas angefressenen Strohhut auf dem spärlich behaarten Kopf an die Spitze der Karawane, während das Schlusslicht von einem Einheimischen gebildet wurde, der wohl aufpassen musste, dass niemand zurückblieb. Freiwillig hätte das bestimmt niemand getan, denn nach einigen Metern Trampelpfad führten Stufen zu einem erstaunlich breiten Holzsteg. Ein armdickes Geländer rechts und links bot genügend Sicherheit, denn obwohl ein Sturz aus maximal zwei Metern Höhe bestimmt nicht gefährlich sein würde, wäre ich nur sehr ungern runtergefallen. Was da unten grünlich schimmerte, war ein fast ausgetrockneter Mangrovensumpf, und das Helle in dieser unansehnlichen Brühe waren abgestorbene Wurzeln, Plastiktüten, leere Mineralwasserflaschen und sonstiger Müll. Unser Führer blieb noch einmal stehen und überblickte prüfend die sich hinter ihm zusammenballende Menge.

»Nee, Krokodile jibt's hier nich, det is allet viel zu flach, rinjefall'n is ooch noch keener, der Steg is'n halben Kilometer lang, denn sind wir am Fluss, und da jeht's denn inne Boote.« Nach dieser Ansprache, die offenbar alle üblicherweise gestellten Fragen beantwortete, zog Alt-Berlin eine schon präparierte Tabakspfeife aus der Tasche, zündete sie an und stapfte, eine nicht sehr aromatische Wolke hinter sich herziehend, mit behäbigen Schritten los. Der Tross folgte. Kaum jemand sprach, wir trotteten in den unterschiedlichsten Phasen der Erschöpfung vor uns hin, bis Steffi plötzlich sagte: »Ist euch eigentlich klar, dass wir in neunzehn Tagen diese ganze Reise noch mal in entgegengesetzter Richtung machen müssen?«

Endlich lichtete sich das silbrig-grün schimmernde Mangrovengewölbe ringsherum, der Steg senkte sich zu einem kleinen Strand, auf dem schon die nebeneinander aufgereihten Gepäckstücke standen. An dem kurzen Anlegesteg dümpelten drei Auslegerboote, jene Schiffchen also, bei denen die rechts und links vom Rumpf angebrachten hölzernen Stabilisatoren eine ruhige Fahrt garantieren und bei Seegang ein mögliches Kentern verhindern sollen. Unser Leithammel sammelte wieder seine Herde um sich. »Also, det war's nu erst mal, wat jetzt kommt, is Erholung. Die freiwillije Transportjebühr für det Jepäck beträgt übrijens eenen Dollar pro Mann, aba nach oben is natürlich allet offen.« Dann sortierte er seine Schutzbefohlenen. »Wer nach X will, jeht in det erste Boot, die für Y in det zweete, und die andern in det letzte. Allet klar?«

Wir drei waren die einzigen »anderen« und mussten über die zwei vorne liegenden Schiffchen klettern, bevor wir unseres entern konnten. Für Ungeübte gar nicht so einfach, denn Kähne, die nur am Bug mit einem simplen Strick (pardon, korrekt heißt das ja wohl Tampen oder so ähnlich) zusammengebunden sind, driften nämlich ziemlich weit auseinander. Beinahe hätte ich es sogar geschafft und wäre in den Teich gefallen, hätten mich nicht zwei kräftige dunkelhäutige Arme fest gehalten. »Welcome, madam!«

Ich wurde vorsorglich zur Bank begleitet, unterm Sonnensegel geparkt und bekam eine eiskalte Flasche Mineralwasser in die Hand gedrückt. »You want something to eat?«

»Hat der eben was von essen gesagt?« Steffi plumpste neben mir auf die Bank. »Ich glaube, jetzt würde ich auch Erbsensuppe essen! Sogar mit Schweinepfötchen!«

Dann musste sie wirklich Hunger haben! Ich kann mich nämlich nicht erinnern, dass sie jemals die ihr so verhassten gelben Erbsen gegessen hätte. Standen sie bei uns doch mal auf dem Speiseplan, weil Rolf – leider! – eine unbegreifliche Vorliebe dafür hat, dann lud sich Steffi schon einen Tag vorher bei einer Freundin ein oder legte ihr Taschengeld in Currywurst mit Pommes an.

»Wo gibt's Schweinepfötchen?«, tönte Hannes. »Lohnt sich ja gar nicht, da ist doch viel zu wenig dran! Ich könnte jetzt einen ganzen Schinken verdrücken!«

Er musste sich dann aber doch mit einem Hühnersandwich zufrieden geben.

Ein letztes Winken zu den beiden anderen Booten hinüber, dann tuckerte unseres als erstes los. Und noch immer war kein Meer zu sehen! Wir befanden uns jetzt auf einem Fluss, an dessen linkem Ufer lauter Holzhütten standen, die meisten davon auf Stelzen. Anfangs glaubte ich, es handele sich um Fischerhütten, denn bei manchen ankerte ein kleines Boot, doch dann sah ich spielende Kinder, beflaggte Wäscheleinen, hier und da eine angebundene Ziege ... es waren tatsächlich Wohnhäuser für ganze Familien, natürlich ohne Strom und Wasser, wenn man von dem absieht, was vor der Tür vorbeifloss.

»Wie kann man bloß so leben müssen?«, sagte Steffi leise. »Wir motzen schon, wenn bei uns mal zwei Stunden lang der Strom ausfällt und wir keinen Kaffee kochen können oder die Waschmaschine stehen bleibt.«

In einer Holzhütte hatte ich zwar nie gehaust, doch ein Leben ohne Strom und Wasser war mir durchaus noch in Erinnerung. Allerdings hatte dieser Ausnahmezustand nur relativ kurze Zeit gedauert, zumal wir ja immer die Gewissheit gehabt hatten, dass über kurz oder lang wieder Wasser aus der Leitung kommen und statt der ewig blakenden Hindenburglichter Glühbirnen die Stullen mit künstlichem Brotaufstrich bescheinen würden. Ist zwar schon über fünfzig Jahre her, doch vergessen habe ich die letzten Kriegstage und die unmittelbare Nachkriegszeit bis heute nicht.

Steffi war schweigsam geworden. Hatte sie anfangs noch diese aus der Entfernung recht malerisch anmutende Ansammlung von Hütten fotografiert, so hatte sie schon längst die Kamera zur Seite gelegt. Es ist eben doch ein Unterschied, ob man Armut auf dem Bildschirm sieht oder direkt vor Augen hat.

Und dann endlich das Meer! Ganz plötzlich waren die Flussufer zur Seite gerückt und schließlich ganz verschwunden. Eine silbrig glänzende Fläche lag vor uns, und doch sah sie anders aus als die Meere, an deren Ufern ich schon gestanden hatte. Dort hatte es nur eine unendliche Weite gegeben bis zum Horizont, hier dagegen gab es Inseln, meist nur kleine unbewohnte, doch sie unterbrachen immer wieder den ungehinderten Blick in die Ferne. Wir haben auch nie den berühmten Augenblick erlebt, wenn »die Sonne ins Meer fällt«; sie versank vielmehr ganz profan hinter den Hügeln der benachbarten unbewohnten Insel; so ähnlich wie zu Hause, da verschwindet sie immer hinterm Dach von der Biergartenkneipe.

Schon eine Stunde lang schipperten wir unter dem gleichmäßigen Tuckern des Motors übers Wasser, als plötzlich Leben in die vor sich hindösende Besatzung kam. »Now you can see the island!«, sagte jemand und deutete in die Ferne, wo die neunte Insel auftauchte, denn an acht waren wir schon vorbeigefahren. Sie unterschied sich von den anderen überhaupt nicht, war offenbar fast rund, grün und musste irgendwo Klippen haben, denn sogar von hier aus sah man an einer Stelle das Wasser schäumen. Erst beim Näherkommen wurde der breite Strand erkennbar und mitten auf diesem eine Art Wachtturm, daneben ein riesengroßer Scheinwerfer. Sehr suspekt, fand ich. Nichts gegen Wachttürme, wenn Rettungsschwimmer von da oben »die da unten« im Auge behalten, doch dieses Inselchen war klein, hatte also nur Platz für eine bescheidene Anzahl von Touristen, und alle Urlauber würden bestimmt nicht gleichzeitig ins Wasser ... und schon gar nicht bei Dunkelheit! Weshalb also der Scheinwerfer?

Wegen der Boote, wurde ich aufgeklärt, damit sie die Einfahrt finden, es kämen ja auch nachts welche, brächten Vorräte oder Leute vom Staff zurück, Angestellte also, die einen freien Tag gehabt hatten ...

Alles klar, gab's auf den Malediven auch, nur ist dort die Einfahrt durch das jede Insel umschließende Korallenriff immer schon im Wasser durch Leuchtbojen gekennzeichnet und niemals durch einen Scheinwerfer auf dem Strand. Egal, vielleicht war man hier noch ein bisschen rückständig, macht ja nichts, kann sogar ganz romantisch sein. Trotzdem nahm ich mir vor, bei der ersten Gelegenheit zu prüfen, ob der Scheinwerfer mit Strom oder nicht doch vielleicht mit einem Dutzend Stearinkerzen beleuchtet wird.

Dann knirschte es auch schon leicht unterm Kiel, wir wurden aufgefordert, unsere Schuhe auszuziehen, denn es sei gerade Flut, und nun müssten wir ein paar Schritte durchs Wasser waten. Einen Anlegesteg gab's nämlich nicht, weil unnötig; alle Boote haben wenig oder vielleicht auch gar keinen

Tiefgang, wen interessiert's, das Meer ist warm, und wer lange Hosen trägt, ist selber schuld.

Regel Nr. 1: Wenn du von oben ins Wasser guckst, ist es immer tiefer als du vermutest. Als ich endlich trockenen Sand unter den Füßen hatte, war das letzte Drittel meiner ehemals weißen Bügelfaltenhose auch noch klatschnass!

Kapitel 4

Sie trocknete aber sehr schnell wieder, denn zwei Stunden später hatte ich sie gezwungenermaßen immer noch an. Angeblich befand sich unser Gepäck bereits auf dem Weg nach hier, nur wusste niemand genau, ob es noch flog oder schon schwamm. Wenigstens hatten wir die unplanmäßige Wartezeit zu einer gründlichen Inspektion der Insel und vor allem jenes »naturbelassenen Komforts« (oder so ähnlich) genutzt, den der Prospekt so lobend hervorgehoben hatte.

Nun versteht unter dem Begriff Komfort so ziemlich jeder Mensch etwas anderes. Wer in seiner Wohnung immer noch die Kohleöfen füttern muss, wird eine Zentralheizung als Komfort bezeichnen, während Zentralheizungsbesitzer gern noch zusätzlich einen Kamin hätten, nicht wegen der Wärme, sondern wegen der Romantik. Aber das fällt vermutlich schon wieder in die Kategorie Luxus. Außerdem muss man noch unterscheiden zwischen Komfort zu Hause und einem solchen im Urlaub. Für mich gehört zu Letzterem ein Zimmer, in dem ich genügend Stauraum habe, damit der Roomboy nicht immer um so viele Sachen herumwischen muss, ein anständiges Bett, dito Nachttischlampe (aus unerforschlichen Gründen werden Hotelbetten meistens von einer 25-Watt-Birne befunzelt, obwohl die Kosten für eine vernünftige Beleuchtung doch wohl am geringsten zu Buch schlagen), sowie ein Bad mit einer störungsfrei funktionierenden Dusche. Und das alles möglichst nicht im Einzugsbereich der Hotelküche oder der Disco. Ich brauche weder einen Fernseher noch eine

Sesselecke, und den alkoholischen Teil der Minibar räume ich immer gleich aus, damit ich mehr Saft- und Mineralwasserflaschen kühlen kann.

Weiterhin gehören zum Urlaubskomfort ein Speiseraum, bei dessen Anblick man nicht gleich an einen Bahnhofswartesaal erinnert wird, und Personal, das nicht immer gerade dann das Zimmer aufräumen will, wenn man sich zur mittäglichen Siesta zurückgezogen hat.

Damit wären die Kriterien für einen komfortablen Urlaub eigentlich schon erfüllt, denn für drei Tage Regenwetter hintereinander oder eine nächtliche Sturmflut, die ein Drittel der Liegestühle auf Nimmerwiedersehen ins Meer spült, kann niemand etwas.

Nun hatten wir ja diesmal ein Ferienziel für Individualisten ausgesucht, ohne genau zu wissen, was man in der Reisebranchen-Terminologie darunter zu verstehen hat. Eigentlich hatten wir nur etwas gewollt, das abseits der üblichen Touristenpfade liegt, ergiebige Tauchgründe bietet und nicht jedem Gast ein schlechtes Gewissen verursacht, der sich nicht wenigstens einmal täglich im Fitnessraum ein paar Kalorien abquält oder schon vor dem Frühstück zehn Mal um die Insel joggt.

Das alles würde uns hier erspart bleiben. Einen Fitnessraum gab es erst gar nicht, und wer unbedingt joggen wollte, musste auf den Wegen bleiben, außenrum ging's nicht, einmal wegen der Klippen und zum anderen wegen der naturbelassenen Vegetation. In der lebten sogar ein paar zahme Rehe, die sich immer zur Abendbrotzeit in der Nähe des Speisesaals einfanden und Pommes frites fraßen. Es gab aber auch anderes Getier, Spinnen von knapp Handtellergröße zum Beispiel, und Käfer, die nicht viel kleiner waren. Nachdem ich meinen Roomboy dahingehend informiert hatte, dass ich erstens kein geiziger Mensch bin und zweitens einen absoluten Horror vor allem habe, was mehr als vier Beine besitzt, war mein Bungalow ungezieferfrei. Ob die jeden Abend neben der Terrasse aufgereihten toten Viecher alle aus meinem Domizil stammten, wage ich allerdings zu bezweifeln, zumal ich den Kammerjäger ja nicht pro Leiche bezahlt habe!

Doch vielleicht sollte ich lieber von vorne anfangen! Nachdem wir ausgebootet und von einem halben Dutzend Angestellten empfangen worden waren – Letztere in Erwartung des zu transportierenden Gepäcks – wurden wir erst über den breiten, feinsandigen Strand und dann am Pool vorbei in das Hauptgebäude geleitet, das nur aus einem einzigen, allerdings sehr großen Raum bestand. Vorne rechts befand sich die Rezeption, gegenüber die frei stehende, rundherum mit Hockern versehene Bar, im Hintergrund zwei Billardtische, an einer Wand die unerlässliche Dart-Scheibe. Überall verstreut Sitzecken sowie in einer Nische verborgen eine dunkle Holztreppe, die zu einer kleinen, aber recht gut bestückten internationalen Bibliothek führte; sogar Holländisch war vertreten und Japanisch. Vielleicht war's auch Chinesisch, ich beherrsche beide Sprachen ja nicht einmal optisch! Leider haben wir diesen Raum erst am vorletzten Tag entdeckt, denn die Glühbirne an der Treppe war kaputt, und da offenbar keiner der Gäste vom Vorhandensein der literarischen Schatzkammer etwas wusste, hatte auch niemand die fehlende Beleuchtung reklamiert.

Ob er mal telefonieren könne, wollte Hannes wissen, nachdem der Papierkrieg erledigt war, oder ob er das lieber vom Zimmer aus tun solle.

Das sei leider nicht möglich, es gebe nämlich keine Telefonverbindung zum Festland, nein, Fax natürlich auch nicht, man sei auf Funkkontakt angewiesen.

»Wie bitte???« Hannes hatte zwar auf Deutsch gestaunt, aber seine entgeisterte Miene hatte die bildhübsche Filipina

hinterm Tresen trotzdem richtig gedeutet. Das sei alles kein Problem, versicherte sie, der Herr möge die Telefonnummer und den zu übermittelnden Text aufschreiben, er werde dann an die Agentur in Manila gefunkt und von dort nach Deutschland weitergeleitet. (Vielleicht sollte ich an dieser Stelle erwähnen, dass zum damaligen Zeitpunkt das Handy zwar schon erfunden war, aber noch nicht neben Geldbeutel und Autoschlüssel zum Accessoire jedes vermeintlich modernen Zeitgenossen gehörte. Es galt ganz allgemein als nette Spielerei, die jedoch erstens selten problemlos funktionierte und zweitens ziemlich teuer war. Auf jener Insel gab es jedenfalls kein Handy, was ich im Nachhinein auch als Komfort bezeichnen möchte. Nie hat irgendwo mal eins gebimmelt!)

Herr Hannes staunte immer noch, meinte jedoch, so eilig sei es mit dem Telefonat nun auch wieder nicht, griff zu unseren Schlüsseln und nickte dem wartenden Boy zu, der geduldig an der hinteren Tür stand, in jeder Hand eine unserer kleinen Bordtaschen. Er setzte sich in Bewegung, und wir trabten im Gänsemarsch hinterher. Der ohnehin nicht sehr breite Weg verengte sich nämlich immer wieder mal, und das Schild an den zwei Palmen direkt neben dem Pfad forderte auch zu einem unplanmäßigen Seitensprung heraus. »Take care of falling coconuts« stand drauf.

»Die Wahrscheinlichkeit, eins von diesen Dingern auf den Kopf zu kriegen, dürfte zwar gering sein«, meinte Steffi, die Entfernung zwischen den unterm Wipfel hängenden Nüssen und dem Boden abschätzend, »aber falls doch, dann würde sich die Hotelleitung wohl um einen Zinksarg zur Überführung der sterblichen Überreste ihres Gastes kümmern müssen.«

»Es ergäbe zumindest mal einen originellen Text für die Todesanzeige«, überlegte ich laut. »Unerwartet und fern der Heimat starb durch eine herabstürzende Kokosnuss ...«

»Hör auf mit dem Blödsinn!«

Wir erklommen gerade einen kleinen Hügel und hatten noch immer nichts gefunden, was einem Bungalow ähnlich sah. An einem lang gezogenen einstöckigen Betonkasten waren wir vorbeigekommen, Unterkünfte für die Angestellten, daneben der einen höllischen Krach verursachende Generator, in dessen unmittelbarer Nähe man sein eigenes Wort nicht verstand, doch als sich der Weg wieder senkte, sahen wir sie, die verstreut liegenden Häuschen mit Terrassen vorne dran und immer genügendem Abstand zum Nachbarn. Knapp zwei Dutzend Bungalows waren es, die sich auf dem flachen Abhang oder auch direkt am Meer verteilten, und längst nicht alle waren belegt, wie uns unser Begleiter erklärte. Die meisten Gäste würden lieber die Bungalows auf der anderen Seite nehmen, die lägen parallel zum Strand und auch näher zum Pool und zur Bar.

»Vielleicht hätten wir doch nicht auf einer Unterkunft möglichst abseits der Hauptgebäude bestehen sollen.« Ich dachte an den eben zurückgelegten Weg einschließlich des Hügels, das war doch eine Strecke von mindestens ... wenn nicht noch mehr! »Was ist, wenn einer mal das Sandflohspray vergisst, die Ersatzbatterien für den Walkman oder die Zigaretten?«

»Wir werden ja nicht alle drei genau die gleichen Sachen im Zimmer liegen lassen«, gab Hannes zurück. »Außerdem gibt's Zigaretten auch an der Bar.«

»Aber keine Batterien.«

»Dann mach dir eine Checkliste, die gehst du jeden Morgen durch.«

Erst hatte ich darüber gegrinst, doch nachdem ich zweimal vom Strand zurückgetrabt war, weil ich mein Buch auf dem Nachttisch hatte liegen lassen, schrieb ich tatsächlich so eine Art Inhaltsverzeichnis, und wenn ich morgens meine Strandtasche packte, hakte ich gewissenhaft jeden Posten ab. Übrigens ist es Hannes gewesen, der am häufigsten zurücklaufen und Vergessenes holen musste, allerdings nur deshalb, weil er beim Knobeln mit Stefanie meistens verloren hatte.

Wir bekamen – offenbar in Unkenntnis der Verwandtschaftsverhältnisse, wer will schon mit seiner Schwiegermutter quasi unter einem Dach leben? – einen Familienbungalow. Er bestand aus zwei identischen Häuschen, die lediglich durch einen etwa zehn Meter langen Gang verbunden waren; jeweils eine Tür an beiden Enden garantierte die notwendige Privatsphäre, war aber vorteilhaft, wenn Steffi zu nächtlicher Stunde höchst mangelhaft bekleidet eine Kopfschmerztablette haben wollte, oder umgekehrt, wenn ich abends nach Hilfe schrie, weil ich nun mal keine Affenarme habe und es folglich nie schaffe, die After-Sun-Lotion auch auf dem Rücken zu verteilen.

»Jeden Tag eine gute Tat tun«, lautet der Auftrag aller Pfadfinder (ich bin aber nie einer gewesen!), und manchmal zahlt sie sich sogar gleich wieder aus! Da in diesen Familien-Bungalows offenbar nur den Eltern eine Klimaanlage zugebilligt wird, während sich der Nachwuchs mit einem Ventilator begnügen muss, hatte ich mich freiwillig für den Kindertrakt entschieden und schon in der ersten Nacht festgestellt, dass ich sogar auf den Quirl verzichten konnte. Bei mir gingen Tür und Fenster nämlich zum Meer hinaus, Steffi und Hannes dagegen guckten auf den Hügel und wussten immer, wann halbschräg gegenüber mal wieder große Wäsche war, weil dann die Feinripp-Hemden von Karlemann und die fleischfarbenen BHs von Uschilein auf der quer über die Terrasse gespannten Leine hingen. Wenn ich vor dem Schlafengehen die Fenster öffnete, dann hörte ich nicht nur das Meer rauschen, sondern profitierte auch noch vom Wind. Schwiegersohn Hannes dagegen kann in tropischen Gegenden angeblich nur tiefgekühlt schlafen, und gelegentlich kam Steffi sogar zum Haarföhnen rüber, weil »ich in dem Eiskeller da drüben Frostbeulen kriege!«

Ausgestattet waren die Zimmer mit allem, was man so braucht (ich hatte diesmal sogar genügend Platz auf dem Nachttisch, weil ja das Telefon fehlte), allerdings mit weniger von dem, was man gern hätte. Die obligatorische Minibar war nicht da. Ich bin ja gar nicht auf ihren Inhalt erpicht, sondern auf den Kühlschrank! Warmes Mineralwasser schmeckt nun mal labberig! Es gab auch nur die schon erwähnte trübselige Beleuchtung (auf die versprochene hellere Glühbirne habe ich bis zum letzten Tag gewartet), und vor allem gab es keine direkt Verbindung zur Rezeption. Ob es sich um eine Reklamation wegen des festgeklemmten Toilettenschwimmers handelte oder um die simple Frage, ob das Barbecue schon heute oder doch erst morgen stattfindet, war egal, man musste erst hügelauf, hügelab, vorbei an den Personalunterkünften, an den gefährlichen Kokosnusspalmen und dem Tauchcenter bis zum Haupthaus, wo man dann hoffentlich jemanden fand, der einem wenigstens zuhörte. Ob er dann auch zuständig war, blieb abzuwarten.

Freundlich und hilfsbereit waren sie alle, angefangen vom Manager bis zum Gärtnerjungen, der jeden Morgen die elf welken Blätter (manchmal waren es auch vierzehn) vor meiner Terrasse zusammenharkte. Gelegentlich servierte er aber auch die Sonnenuntergangs-Cocktails draußen vor der Bar. Überhaupt schien es auf der Insel keine strenge Hierarchie zu geben, ich hatte eher den Eindruck, jeder griff dort zu, wo es gerade nötig war. Dafür durften die Angestellten aber auch, sofern sie es wollten, abends an der Bar ihre Cola oder ihr Bier trinken, sich mit den Gästen unterhalten oder auch nicht – eine Toleranz, die ich noch an keinem Urlaubsort erlebt hatte, die aber wohl auch nur auf solch einer kleinen Insel möglich ist. Nach längstens zwei Tagen kennt sowieso jeder jeden und nach drei Tagen fühlt man sich dazugehörig. Als Oberkellner Ramon mit einem dicken Verband am Zeigefinger in der Bar aufkreuzte, konnte er sich vor lauter spendierten »nu aber erst mal'n Kognak auf den Schreck! Wie is das denn passiert?« kaum retten. Dabei durfte er gar keinen, weil der Doc eine beginnende Blutvergiftung diagnostiziert, Antibiotika verordnet, Alkohol dagegen strikt verboten hatte.

Ach ja, unser Inseldoktor! Erleichtert waren wir gewesen, dass es auf dem doch etwas sehr entlegenen Eiland einen eigenen Arzt geben sollte, passieren kann ja immer mal was, und dass unter den Gästen zufällig ein Mediziner ist, kann man natürlich nicht erwarten. Das gibt's bloß im Kino und dort meistens in Filmen, deren Handlung sich im Flugzeug abspielt. Es macht sich so gut, wenn erst jemand beim Gefunzel einer Taschenlampe die Arzttasche im Gepäckraum suchen muss, während ein Deck höher der Arzt schreit. »Macht schnell, es geht um Minuten!« Oder so ähnlich.

Als ich den Doc zum ersten Mal sah, glaubte ich an einen Irrtum, denn mit seinem runden, pausbäckigen, fast schwarzen Gesicht und den munteren Kulleraugen sah er aus wie ein Student im vierten Semester. Steffi behauptete später, viel weiter sei er wohl auch nicht gekommen, was natürlich eine böswillige Unterstellung war, denn nicht überall müssen angehende Mediziner sechs Jahre lang studieren, ganz zu schweigen von der dann folgenden, mies bezahlten Assistenzeit; außerdem hing in Docs modernem Praxisraum eine gerahmte Urkunde, die seine Kompetenz bescheinigte. Möglicherweise waren ja nur die Medikamente ein bisschen überaltert gewesen, denn nachdem Steffi drei Tage lang die verordneten Pillen gegen ihre vermutliche Angina geschluckt und keine Besserung verspürt hatte, griff sie doch lieber in ihre eigene Reiseapotheke (es zahlt sich immer aus, wenn zum Freundeskreis eine Pharmazeutin gehört). Zwei Tage später ging sie wieder tauchen.

Richtig ausgelastet war der Doc ohnehin nicht. Mal ein Pflaster hier oder eine Salbe dort, nie etwas richtig Ernsthaftes und erst recht noch niemals eine Notoperation, obwohl für derartige Fälle alles vorhanden war, einschließlich eines als Assistent angelernten Kellners.

Wohl nicht zuletzt wegen Arbeitsmangels war Doc überall zu finden, wo zwei zusätzliche Hände gebraucht wurden. Wenn sonntags das Barbecue stattfand, Tische und Stühle rund um den Pool platziert werden mussten und die Grills in unmittelbar Nähe des Wassers installiert wurden, half auch Doc beim Aufbau. Er schleppte Teller aus der Küche, hängte die Christbaumbeleuchtung in die Bäume, präparierte die Windlichter, und tagelang kümmerte er sich sogar um die winzigen Wasserschildkröten, die in einem großen Bottich voll Meerwasser auf Überlebensgröße hochgepäppelt wurden. Doc war überall zu finden, auch abends an der Bar, und wenn sein Können offenbar noch nie auf eine richtige Bewährungsprobe gestellt worden war, so hatte seine ständige Anwesenheit zumindest einen psychologischen Effekt: Man war beruhigt, denn ein Arzt war jederzeit greifbar. Und für ganz ernste Fälle gab's ja noch das Funkgerät und den Hubschrauber-Landeplatz am anderen Ende der Insel, wobei die Funkerei vermutlich der unzuverlässigere Part eines möglichen Krankentransports sein würde.

Doch davon später.

Wir waren so gegen vier Uhr auf der Insel angekommen, hatten die Zimmer bezogen, auf die ersehnte Dusche jedoch erst mal verzichtet. Was nützt Wasser, wenn man nicht mal Seife oder Shampoo hat, von Garderobe zum Wechseln gar nicht zu reden. »Ich steige doch nicht wieder in die verschwitzten Klamotten!«, hatte Steffi protestiert. »Lieber müffele ich noch eine Weile vor mich hin.«

»Aber nicht unter Menschen!«, empfahl ich. »Wir setzen uns am besten vorne an den Strand, da sehen wir gleich, wenn der Kahn mit den Koffern kommt.«

Hannes wollte nicht mit. Das Tauchboot war inzwischen hereingekommen, hatte seine neopren-umhüllte, schnorchelbehangene Fracht entladen, und nun wollte er »nähere Erkundigungen« einziehen. Die bestehen immer zuerst in der Frage, wann das Boot morgens ablegt, denn danach richtet sich der Tagesablauf. Neun Uhr zum Beispiel ist eigentlich viel zu früh, da muss man ja aufstehen, wenn man noch gar nicht ausgeschlafen hat, und falls man trotz Wecker verpennt, reicht die Zeit nicht mehr zum Frühstücken, aber ohne Frühstück … warum geht's denn nicht eine halbe Stunde später?

Natürlich geht's nicht, wegen der Flut oder dem Wind oder aus welchem Grund auch immer, also kann Hannes nicht ausschlafen, muss dann aber nach dem Mittagessen ein Stündchen ruhen, damit er um drei Uhr für den zweiten Tauchgang wieder halbwegs fit ist. Die Wunde am Bein, mit dem er gestern über die Koralle geschrammt ist, brennt auch noch höllisch. Wie war das doch gleich mit der ganzen Fitnessbewegung? Richtig! Treibt Sport oder ihr bleibt gesund!

Hannes begab sich also zum Tauchcenter, während Steffi und ich zum fast leeren Strand schlenderten in der Hoffnung, vielleicht schon jenes Boot zu sichten, das uns endlich die Koffer bringen würde. Wir sahen es nicht, aber wir wurden gesehen. Von Uschilein. Sie musste ungefähr in meinem Alter sein, trug einen jener großgeblümten Badeanzüge (es gibt sie also doch nicht nur in violett, bei diesem hier waren die Blüten rosa, was nicht so ganz zu den rötlich gefärbten Haaren passte) und kam sofort auf uns zu. »Sie sind Deutsche, nicht wahr?«

(Der folgende Dialog kann leider nicht originalgetreu wieder gegeben werden, weil ich den hessischen Dialekt nicht mal andeutungsweise beherrsche; ich habe auch niemanden gefunden, der mir helfen konnte. Übersetzungsbüros sind leider nur für Fremdsprachen zuständig, wobei grundsätzlich einmal klargestellt werden sollte, was man darunter zu ver-

stehen hat. Für mich ist nämlich auch Bayerisch eine Fremd-
sprache!)

Wir bestätigten also wunschgemäß, dass wir deutscher
Herkunft und vor einer Stunde eingetroffen seien.

»Ach, so lange schon? Ist es Ihnen denn nicht zu warm?«
Ein erstaunter Blick musterte meine zerknautschte, ehemals
weiße lange Hose und wanderte dann zu Steffis T-Shirt, das
inzwischen unübersehbare Spuren ihrer Vorliebe für Colage-
tränke trug. Ich beeilte mich, den Grund unseres unpassen-
den Outfits zu erklären, wurde aber schon nach den ersten
Worten unterbrochen. »Das Gepäck kriegen Sie heute nicht
mehr! Mein Karlemann wartet schon seit drei Tagen auf Ra-
sierklingen, die sind auch noch nicht da.«

Es folgte eine längere Erläuterung, wonach Karlemann seine Klingen zu Hause vergessen und an der Rezeption eine Bestellung für neue aufgegeben hatte, in der Erwartung, sich
spätestens am übernächsten Tag wieder rasieren zu können.
»Jetzt läuft er herum wie eine Drahtbürste.« (Er hatte tatsächlich einen starken Bartwuchs, denn seine zunehmende
Dichte konnten wir täglich verfolgen.)

»Ich bin ja froh, dass endlich jemand gekommen ist, wo
man mal mit reden kann«, fuhr Uschilein fort. »Hier sind
bloß lauter Ausländer, Chinesen und Amerikaner und Franzosen, sogar zwei Schwarze und dann noch die aus'm Osten,
Polen oder so – wie soll man sich denn da unterhalten, wenn
man nicht Englisch kann?«

Ich gab zu, dass mangelnde Sprachkenntnisse die allgemeine Kommunikation erschweren würden, machte dann aber
den Fehler zu fragen, weshalb sie denn ausgerechnet diese
Insel als Urlaubsziel ausgesucht habe, bei der man doch voraussetzen könne, dass deutsche Gäste nicht gerade in der
Überzahl sein würden.

»Das war ein Versehen!«, sprudelte es heraus. »Ein Irrtum
war das! Nach Sri Lanka hatten wir gewollt, in so einen Club,

wo viel geboten wird mit Unterhaltung und Spielen und so. Aber da war alles schon ausverkauft um diese Zeit, und da hat die Hilde – so heißt meine Nachbarin – also die hat gesagt, Uschi, hat sie gesagt, warum fliegt ihr nicht mal nach Hongkong zum Einkaufen, ist doch alles so billig da, und wer weiß, wie das wird, wenn erst die Chinesen wieder kommen. War ja auch ganz schön, der Karlemann hat sich gleich zwei Anzüge machen lassen und ich drei Kleider, alles echte Seide, die waren in bloß zwei Tagen fertig, und die Nadine hat sich ein Abendkleid nähen lassen und dazu eine Kette aus richtiger Jade, wir haben extra einen Koffer kaufen müssen, damit sie die Sachen alle mitnehmen konnte ...« es folgte ein tiefer Seufzer, »... aber die Nadine hatte ja bloß fünf Tage von zu Hause weggekonnt wegen dem Kind und so, ich bin nämlich schon Großmutter, sieht man mir gar nicht an, nicht wahr? Wir sind dann noch zusammen in ein Reisebüro gegangen, weil die Nadine ja Englisch kann, aber die konnten da auch Deutsch, und dann haben die uns hierher geschickt, weil das auch nicht weiter weg ist wie Sri Lanka. Aber gefallen tut's mir gar nicht.«

Mir schwante Fürchterliches. »Wie lange bleiben Sie denn noch?«

»Neun Tage.«

Na bravo! Während Steffi und Hannes in der wundervollen Stille des Ozeans Fischlein und Korallen begucken konnten, würde ich mich auf der Flucht vor Uschileins Klageliedern in meinem Bungalow einigeln müssen, sofern ich nicht irgendwo ein verborgenes Plätzchen in der naturbelassenen Botanik fand. Und da würde es bestimmt Spinnen und Käfer geben, in deren Gesellschaft ich mich allerdings noch unbehaglicher fühlen würde als in Uschileins.

»Das ist doch sicher Ihre Tochter?«, unterbrach eben jene Dame meine geheimen Fluchtpläne. »Das sieht man gleich an der Ähnlichkeit. Meine Nadine ist mir ja auch wie aus dem

Gesicht geschnitten (die Ärmste!), nur größer ist sie und blond natürlich. Ich muss ja schon färben, sonst sieht man zu viel Grau.«

Konnte nicht endlich dieses verdammte Boot kommen? Oder wenigstens Hannes? Der würde mit Uschilein bestimmt fertigwerden. Nicht gerade auf die höfliche Tour, das war sicher, aber bestimmt mit nachhaltigem Erfolg. Und weshalb sagte Steffi nicht auch mal was? Sie war doch sonst nicht auf den Mund gefallen. Stattdessen hockte sie schweigend neben mir, malte mit einem Stöckchen kleine Segelschiffe in den Sand und grinste sich einen ab. Verstohlen stupste ich sie an.

»Willst du nicht mal nachsehen, wo dein Mann bleibt? Vielleicht hat er ja inzwischen erfahren, ob wir unser Gepäck heute noch kriegen und falls ja, wann endlich.«

»Mach ich doch glatt!« Sofort stand sie auf, rannte los und kam nicht mehr zurück. Und wäre mir nicht eingefallen, Uschilein zu fragen, wo denn hier die nächste Toilette zu finden sei, dann hätte ich vermutlich bis zum Eintreffen des Gepäcks neben ihr im Sand sitzen müssen. Und das hätte noch genau anderthalb Stunden gedauert. So aber ließ ich mir erklären, dass ich erst zum Pool gehen müsse und dann ganz um ihn herum bis zum Doktorzimmer, daneben sei der Raum mit den Stühlen und da gleich um die Ecke wäre es dann für kleine Mädchen. »Wissen Sie was?« Sie rappelte sich hoch. »Ich gehe gleich mit nach vorne, es wird ja Zeit zum Duschen und so, bis die Haare gemacht sind, dauert es immer eine Weile, und Karlemann wird nu wohl auch mit den Karten fertig sein. Karl, habe ich gesagt, die stecken wir zu Hause in den Kasten, da kommen sie eher an als wie von hier. Und billiger wird's auch, nicht wahr? – So, Sie müssen jetzt da drüben rüber zum Klo!« Sie zeigte in die ungefähre Richtung, doch bevor ich abbiegen konnte, musste ich noch die hingestreckte Hand schütteln. »Ich hab ganz vergessen mich vorzustellen. Uschi Klatz ist mein Name, wie der Klotz, bloß mit

a. Eigentlich heiße ich ja Ursula, aber so nennt mich kein Mensch, das hat schon in der Schule angefangen. Mein Mann sagt immer Uschilein, klingt ja ein bisschen albern für eine alte Frau wie mich, aber ich hör's trotzdem gerne. Und wie heißen Sie?«

Ich murmelte meinen Namen und erntete ein strahlendes »Angenehm. Dann also bis später. Wir sehen uns ja bestimmt beim Abendessen. Welchen Bungalow haben Sie denn? Wir wohnen in Nummer achtzehn.«

Na, großartig! Wir hatten vierzehn und fünfzehn!

Endlich frische Sachen! Kofferauspacken geht ja schnell, wenn alles noch ordentlich zusammengefaltet ist und man es nur in Schrank und Schubladen legen muss. Nicht mal eine Viertelstunde hatte ich gebraucht, dann hatte ich alles verstaut und drehte erwartungsvoll den Heißwasserhahn auf. Erst tröpfelte es nur, doch plötzlich gab sich der Duschkopf einen Ruck und spuckte richtig viel Wasser aus, allerdings kaltes! Na gut, wer weiß, wann dieser Bungalow zuletzt bewohnt war, wahrscheinlich dauerte es erst mal eine Welle, bis das warme Wasser hier ankommt ... doch nach fünf Minuten war es noch immer nicht da! Also erster Besuch durch den Korridor nach nebenan. »Habt ihr heißes Wasser?«

»Nee«, knurrte Steffi, »aber Hannes ist schon unterwegs zur Rezeption.« Sie warf ein weiteres T-Shirt auf den Fußboden, wo schon etliche lagen. »Sag mal, hast du Waschpulver mit?«

»Natürlich. Warum? Brauchst du jetzt schon welches?« Steffi nimmt nie eins mit, weil »ich immer genügend Sachen zum Anziehen dabei habe, und weil es notfalls in jedem Hotel eine Wäscherei gibt.«

Offenbar war der Notfall bereits eingetreten. »Nun sieh dir das an!«, schimpfte sie, mühsam die Tränen unterdrückend, »die ganzen T-Shirts sind versaut! Und das bloß, weil die Flasche mit dem Sonnenöl ausgelaufen ist!« Ein weiteres Kleidungsstück landete auf der Erde. »Ausgerechnet die teure mit dem hohen Lichtschutzfaktor.«

»Und dann auch noch gelbe Soße! Sieht aus wie Mayonnaise! Dabei steht dir die Farbe gar nicht!« Ich hielt das grüne T-Shirt gegen das Licht. »Jetzt hat's Ähnlichkeit mit einer Blümchenwiese, frisches Gras und Löwenzahn.«

»Verarschen kann ich mich selber!« Wütend riss sie mir das Hemd aus den Händen. »Zähl lieber mal durch, wie viele es sind! Glaubst du, die da vorne kriegen sie noch mal sauber?« Sie fing an, die Wäsche in eine Plastiktüte zu stopfen.

»Erst mal probieren wir's selber!«

Wenig später schwammen in unseren Waschbecken je sechs T-Shirts, paniert mit Waschpulver. Warmes Wasser gab es zwar noch immer nicht, doch einweichen muss man sowieso kalt. Das wusste ich noch von meiner Großmutter. Wenn bei uns zu Hause »große Wäsche« angesagt war (den Waschautomaten hatte ja noch niemand erfunden!), dann kam alles über Nacht in die Badewanne und wurde in kaltem Wasser ersäuft, das vorher mit einem halben Paket Henko angereichert werden musste. Dadurch sollte sich der Schmutz lösen. So weit ich mich erinnere, wurde trotzdem intensiv mit der Wurzelbürste gearbeitet, was der Haltbarkeitsdauer speziell von Bettlaken nicht besonders zuträglich war.

Wir waren gerade fertig, als Hannes zurückkam. Sein Gesicht sprach Bände. »Am besten bereitet ihr euch auf drei Wochen Kneipp-Kur vor! Es gibt zwar warmes Wasser, nur nicht genug.«

Regel Nr. 2: Die Angaben in Reisekatalogen entsprechen zwar im Großen und Ganzen den jeweiligen Gegebenheiten, nur entsprechen die Gegebenheiten häufig nicht den eigenen Vorstellungen!

Ich ahnte schon ungefähr, was jetzt kommen würde! Wenn ich nämlich etwas hasse, dann ist es kaltes Wasser, ausgenommen nach einem langen Sonnenbad, und selbst dann bin ich mehr für lauwarm. »Könntest du mal etwas deutlicher werden?«

»Wenn zu viele Leute zur selben Zeit duschen, reicht das warme Wasser nicht für alle. Wer zu spät kommt, kriegt keins mehr ab. Ist doch logisch!«

Natürlich war das logisch, doch was nützte mir das? »Ab wie viel Uhr bricht denn der Notstand aus?«

»Andere Frage: Wann beginnt ihr immer mit eurer abendlichen Schönheitspflege?«

Ich sah Steffi an. »Na, wenn die Sonne untergegangen ist. Wir kontrollieren doch immer erst, ob sie's auch wirklich tut.«

»Die anderen bleiben doch auch so lange am Strand«, warf Steffi ein. »Nur haben die nicht so einen weiten Weg nach Hause!«, trumpfte er auf. »Aber ihr wolltet ja unbedingt weit weg von den Segnungen der Zivilisation.« Wobei offen blieb, ob er das jetzt auf die ganze Insel bezog oder nur auf unsere Bungalows.

Altes Ekel! Ihm macht so ein Kälteschock ja nichts aus! Nach jedem Saunagang steht er immer am längsten unter der Schwallbrause, aus der das eiskalte Wasser wirklich eimerweise rauskommt, grunzt zufrieden vor sich hin und hat kein Verständnis für empfindlichere Naturen, wie ich eine bin. Zum Beweis verschwand er auch gleich im Bad, und wenig später hörten wir es rauschen. Dazu erklang etwas, das ganz entfernt an Gesang erinnerte.

»Hast du dir schon mal die Haare mit kaltem Wasser gewaschen?«, wollte Steffi wissen. »Das dauert doch doppelt so lange, bis der Schaum wieder draußen ist.«

»Nimm weniger Shampoo!«, empfahl ich noch, bevor ich mich in meine eigenen vier Wände zurückzog. Meine stille Hoffnung, das Wasser habe sich in der Zwischenzeit wunderbarereweise wieder erwärmt – wäre ja immerhin möglich gewesen! – erfüllte sich natürlich nicht. So wurde es eine Reinigung im Schnelldurchgang, und obwohl ich mir immer wieder vorzustellen versuchte, ich stände wie noch am Morgen in einem dunkelblau gekachelten Bad unter einem wundervoll heißen Wasserstrahl, übertönte mein Zähneklappern sogar das Gluckern vom Abflussrohr.

Es war bereits stockdunkel, als wir uns auf den Weg zum Speisesaal machten. Für mich ist es immer wieder ein Phänomen, wie schnell in tropischen Breiten die Nacht hereinbricht. »L'heure bleu«, also die Blaue Stunde zwischen Sonnenuntergang und Dunkelheit, gibt es nicht, die Stunde dauert nur Minuten. Deshalb wird ja auch immer die Mitnahme einer Taschenlampe empfohlen, aber wer hat schon so ein Ding? Außer im Auto natürlich, doch da liegt bei mir ein ziemlich unhandliches Teil, das vermutlich einen Scheinwerfer ersetzen und notfalls sogar als Waffe benutzt werden könnte. So was nimmt man natürlich nicht mit auf eine Reise.

Taucher dagegen haben immer Licht dabei, passend für über und unter Wasser. Das für unter ist aber für über nicht geeignet, da viel zu schwer und unhandlich, das für über ist nicht wasserdicht, kann also nicht mit nach unten, deshalb muss man verschiedene Ausführungen haben, denn ein Nachttauchgang beginnt meistens am Ufer, und wenn einem da mal was runterfällt, sieht's im wahrsten Sinne des Wortes finster aus.

Natürlich hatte Hannes eine Taschenlampe mit. Glücklicherweise, denn wir brauchten sie dringend. Zwar waren die einzelnen Bungalows beleuchtet, die Wege auch, allerdings in zu großen Abständen, so dass man Unebenheiten häufig erst dann bemerkte, wenn man mit ihnen in Berührung gekommen war. Nach ein paar Tagen schafften wir es aber auch ohne Zusatzbeleuchtung. Sechs Schritte nach dem Abzweig zu Bungalow Nr. 8 ging es 14 Schritte lang ziemlich steil bergab, und danach kam auch gleich die Baumwurzel, äußerst unangenehm, wenn man barfuß oder nur mit Sandalen an den Füßen dagegen stieß. Ungefähr zehn Schritte vor dem Generatorenhaus sollte man vorsichtshalber nach rechts ausweichen wegen der falling coconuts, aber nicht zu weit, denn da stand ein ziemlich ausladender Busch mit Stacheln, und bevor man in den Lichtschein des Haupthauses trat, kam dieser Stein; ob Koralle oder Lava, weiß ich nicht, offenbar konnte man ihn nicht ausgraben, aber wer einmal mit ihm Kontakt gehabt hatte, sah zu, dass es nicht ein zweites Mal passierte. Drei Tage lang bin ich mit einem dick verpflasterten großen Zeh herumgelaufen.

Der Speisesaal war nicht sehr groß, spärlich beleuchtet und leer. Man saß nämlich im Schein von Windlichtern draußen auf der überdachten hölzernen Terrasse, die sich an der Längsseite des Gebäudes entlang zog. Auf der rechten Seite standen die Zweier-Tische, gegenüber die für vier Personen. Dazwischen, einem Laufsteg nicht unähnlich, der Gang, den wir nun entlang schritten, angeführt von unserem Kellner und begleitet von den mehr oder weniger interessierten Blicken der bereits speisenden Gäste.

»Das reinste Spießrutenlaufen«, flüsterte Steffi, »einfach grässlich!«

»Wenn morgen oder übermorgen Neue kommen, guckst du genauso«, flüsterte ich zurück.

»Kann ja sein, aber bestimmt nicht so auffällig!«

Uschilein winkte uns schon von weitem zu. Ein Ausweichen war unmöglich, wir mussten direkt an ihrem Tisch vorbei und wurden sogleich mit Beschlag belegt. »Sieh mal, Karl, das sind die Leute, von denen ich dir erzählt habe. Deutsche!«, bekräftigte sie, während Karl aufstand und uns mit Handschlag begrüßte. »Sehr erfreut.«

So erfreut sah er gar nicht aus, aber wer lässt sich schon gern beim Essen stören, zumal Uschilein bereits fertig war und sich nun bemüßigt fühlte, uns bei der Menüwahl zu beraten. »Nehmen Sie nich die Suppe, die is versalzen, und der Fisch is hier nie so besonders, aber das Huhn können Sie ruhig essen, das schmeckt immer.«

Die Suppe war nicht versalzen, sondern bloß ziemlich scharf, schmeckte aber großartig, und der Fisch entpuppte sich als Languste, für die man normalerweise einen Aufpreis zu zahlen hat. Und hier gehörte sie zum regulären Abendessen wie anderswo Schnitzel oder Gulasch in Rahmsoße. Wahnsinn!

Unser Kellner hieß Juan, war Anfang zwanzig und für einen Mann viel zu schön. Und viel zu schwul! Nie wieder habe ich mit solch graziösen Bewegungen mein Essen serviert bekommen, nie wieder haben mich dunkle Samtaugen so zärtlich angesehen, wenn ich den leeren Salzstreuer gegen einen gefüllten auszutauschen bat, und nie wieder hat mir jemand so liebevoll ein Glas Weißwein über die Bluse gekippt – unabsichtlich natürlich, aber Juan hatte Camillo gesichtet, der drei Tische weiter servierte. Camillo war auch schwul, nur fiel es bei ihm nicht so auf. Bis zum letzten Tag waren wir uns nicht sicher, ob Juan nun mit Camillo ... oder doch nicht, weil nämlich Camillo eventuell mit Barkeeper Joe ... ist ja auch egal, die Jungs waren alle auf Draht, und von ihrer Höflichkeit und ihrer Konzilianz könnte sich so mancher europäische Kollege eine dicke Scheibe abschneiden.

»Sind Karl und Uschilein immer noch da?« Ich konnte sie nicht sehen, weil ich ihren Tisch im Rücken hatte, und umdrehen wollte ich mich auf keinen Fall; am Ende würde ich damit ein keineswegs vorhandenes Interesse signalisieren.

»Sie haben schon zum zweiten Mal Kaffee gekriegt«, sagte Stefanie, »aber lange können sie vor den leeren Tassen nun wirklich nicht mehr sitzen bleiben. Wenn wir noch ein paar Minuten warten, sind sie weg.«

Fünf Minuten warteten wir, dann meldete Steffi freie Bahn.

»Was meinst du, ob die jetzt in der Bar hocken? Wenn wir uns da sehen lassen, haben wir sie garantiert am Hals.«

»Glaube ich nicht! Nach Barhocker und B 52 (ein von Hannes favorisiertes Höllengetränk) sehen die beiden eigentlich nicht aus, eher nach Bier und Stammtisch. Ich glaube, wir können es ruhig mal versuchen.«

So ganz falsch hatte ich mit meiner Vermutung nicht gelegen, aber auch nicht richtig. Karl saß allerdings nicht auf einem Barhocker am Tresen, sondern im Sessel mit einem halb geleerten Bierglas in der Hand, Uschilein gegenüber, Blickrichtung Eingang. Vor ihr stand ein Glas mit rostfarbenem Inhalt. »Huhu, hier sind wir!«, winkte sie sofort. »Wir haben extra für Sie freigehalten.«

Das dürfte nicht schwer gewesen sein. Nur noch eine Sitzgruppe war belegt, dort wurde unter viel Gelächter gewürfelt. »Now I need full house!« Aha, Kniffel! Könnten wir auch mal wieder spielen, Würfelbecher und Blocks hatte ich dabei, auch Rommékarten und dieses absolut idiotische Spiel, bei dem man die zu erratenden Begriffe kneten muss. Nur – wie stellt man in maximal fünf Minuten Kühlschrank abtauen oder Hustenanfall lediglich mit Knetmasse dar? Einen Sieger gibt es bei diesem Spiel selten, aber garantiert viel Spaß!

Auf dem Weg zur Bar hatten wir Hannes über Uschilein aufgeklärt und über ihre Freude, endlich jemanden zum Reden gefunden zu haben. »Neun Tage bleiben sie noch, und wenn sie endlich abreisen, dann kennen wir ihre Ahnenreihe bis hin zu den Bauernkriegen«, prophezeite Steffi. »Fällt dir nichts ein?«

Natürlich fiel Hannes etwas ein. »Hab ich vorhin eigentlich mit ihnen gesprochen?«

Synchron schüttelten wir unsere Köpfe. »Du bist wie üblich schnurstracks zum Futtertrog marschiert!«, erinnerte Steffi.

»Stand ja noch gar keiner auf dem Tisch«, wehrte er sich.

»Wenn ich euch richtig verstanden habe, dann spricht keiner von den beiden Englisch?«

Wir schüttelten wieder.

»Na also, dann bin ich jetzt Jack aus Middlethorpe, der kein Deutsch, sondern nur Englisch kann, und dem man jedes Wort übersetzen muss.«

»Sie weiß aber schon, dass ich verheiratet bin«, warf Steffi ein. »Wo liegt Middlethorpe?« War ja nicht ganz unwichtig.

»Du bist ab jetzt mit einem Engländer verheiratet, weil Middlethorpe in England liegt.«

»Gibt's den Ort überhaupt?«

»Keine Ahnung, aber er klingt, als könnte es ihn geben.«

Ich gebe ja zu, dass unser Vorhaben nicht gerade der feinen englischen Art entsprach, und riskant war's außerdem, denn wenn ein echter Brite Hannes' zwar flüssiges, doch keineswegs korrektes Englisch hören würde, dann stünden ihm innerhalb von Sekunden die Haare senkrecht. Von Steffi und mir gar nicht zu reden! Wir kommen zwar überall ganz gut durch, aber von »fließend sprechen« kann überhaupt keine Rede sein.

Es klappte trotzdem! Hannes wurde vorgestellt als Jack Mahonney, was seinem eigentlichen Namen zumindest teilweise ähnelte, während Steffi ihren vorsichtshalber behielt, heutzutage ist das ja möglich, dann murmelte unser Pseudo-Engländer ein »glad to meet you«, setzte sich und griff nach einer auf dem Tisch liegenden englischsprachigen Zeitung.

Uschilein war sichtbar beeindruckt. »Ach, Ihr Schwiegersohn ist Amerikaner«, wandte sie sich an mich, »das wusste ich ja gar nicht.« Woher auch? »Nein, Engländer«, berichtigte ich, »aus Northumberland.«

»Ach ja«, sagte Uschilein, und dann sagte sie erst mal gar nichts, weil ein Kellner unsere Bestellung zu notieren wünschte.

»You want Wodka lemon, darling?«, wandte sich Steffi an ihren Mann.

Hannes nickte, obwohl er viel lieber ein Bier gehabt hätte, wie er später zugab. Wir entschieden uns für das gleiche, Kellner Julio trabte ab, und dann entstand ein etwas ungemütliches Schweigen. »Jack« las oder tat wenigstens so, Steffi betupfte ihre zwei neuen Mückenstiche mit Spucke, ich kramte in meiner Handtasche und wusste nicht, wonach.

»Wie lange sind Sie denn schon verheiratet?«, erkundigte sich Uschilein, dabei intensiv auf Steffis Trauring blickend.

»Drei Jah …«

»Nächsten Monat haben sie Einjähriges!«, unterbrach ich sofort, bevor sich Steffi verplapperte. Ein Engländer, der angeblich seit drei Jahren mit einer Deutschen verheiratet ist, sollte von der fremden Sprache doch schon einiges verstehen können! Schon nach nur einem Jahr sollte das möglich sein, wenn er nicht als Ignorant dastehen wollte, aber das war jetzt nicht zu ändern. Sogar meine ehemalige Schwiegertochter Vicky hatte sich bereits nach wenigen Monaten recht gut verständigen können.

»What did she say?«, brabbelte Hannes dazwischen.

»Not important, dear«, gab Steffi zurück, langsam in Schwierigkeiten geratend, denn simultan zu übersetzen ist ja nicht so ganz einfach.

»Ach, dann sind Sie beinahe noch in den Flitterwochen?«, meinte Uschilein wohlwollend, griff zu ihrem Glas und kippte seinen Inhalt in einem Zug herunter. »Müssen Sie auch mal probieren! Wie das heißt, habe ich vergessen, aber auf der Karte steht es auf der linken Seite an vorletzter Stelle.«

Julio lieferte seine Wodkas ab, fragte, auf Karls leeres Bierglas deutend, ob noch another one gewünscht werde, bekam ein Kopfschütteln zur Antwort und trabte ab.

Wieder schwiegen wir uns an. Nun hätte ich ja irgendetwas

Belangloses sagen können, doch das tat ich absichtlich nicht. Stattdessen rezitierte ich – zu Hannes gewandt – mit völlig falscher Betonung und gelegentlich fragend angehobener Stimme das englische Gedicht vom kleinen Tambour, dabei krampfhaft bemüht, ernst zu bleiben, denn was wir hier abzogen, war einfach lächerlich. Steffi sprang auch prompt auf und stürzte in Richtung Toilette, Hannes nickte zustimmend, während er hustend nach einem Taschentuch suchte, und ich saß auch bald wieder auf dem Trocknen, denn von dem Tambour konnte ich bloß noch die ersten zwei Strophen, und schon die hatten nicht gestimmt. Egal, es hatte geholfen. Hannes nuschelte, auf Englisch natürlich, etwas von green green grass in Alabama, und dann hatte Uschilein wohl doch genug. Mit einem demonstrativen Blick zur Uhr vorne an der Rezeption stand sie auf. »Ich glaube, es wird Zeit für uns, nicht wahr, Karl? Man wird hier immer so schnell müde, auch wenn man gar nichts tut.«

Karl nickte und stemmte sich aus dem Sessel. Gesagt hatte er noch kein einziges Wort, aber jetzt gab er sich einen Ruck.

»Gutt neit!«, wünschte er uns, und »Good night, Sir«, gab Hannes zurück.

»Na, dann wünsche ich Ihnen auch eine gute Nacht«, sagte Uschilein, »und Angst brauchen Sie nicht haben, wir werden gut bewacht. Da hinten bei uns sowieso, über die Klippen kommt nämlich keiner rein!« Den tieferen Sinn dieser Äußerung hatte ich gar nicht erfasst, hatte ihn vielmehr als ähnlich informativ angesehen wie die versalzene Suppe und den vermeintlichen Fisch, war nur froh, die Nervensäge endlich losgeworden zu sein. Steffi tauchte auch wieder auf, immer noch lachend, derweil uns Hannes über die Wetterprognosen für die nächsten drei Tage informierte. Beim Zusammenfalten stellte er fest, dass die Zeitung bereits eine Woche alt war.

Lange blieben wir auch nicht mehr sitzen. Wir wollten lediglich Karl und Uschilein genügend Vorsprung geben, damit wir sie auf dem Weg zu unseren Bungalows nicht doch noch überrunden würden.

»Schlaft gut«, rief ich den beiden zu, bevor ich um die Ecke bog zu meinem Eingang. »Frühstück um acht?«

»Viertel nach ist immer noch früh genug«, sagte Hannes, »das Tauchboot fährt um neun Uhr fünfzehn los.«

Ich schloss meine Tür auf, warf die Handtasche aufs Bett und zog meine Schuhe aus. Dann lief ich noch einmal die wenigen Schritte ans Meer. Anscheinend war gerade aufkommende Flut, denn die Brandung war viel heftiger als vorhin. Aufschäumend brachen sich die Wellen an den Klippen, die unmittelbar hinter dem Strand begannen und das Baden auf dieser Seite der Insel unmöglich machten. Während ich noch überlegte, ob ich mir ein Handtuch holen und mich noch ein Weilchen in den warmen Sand legen sollte, einfach bloß in den Sternenhimmel gucken und die Seele baumeln lassen, flog die Tür zu meinem Bungalow auf. »Hast du eine Nagelbürste?«, fragte Steffi.

»Ja natürlich, waru ...?« Und dann fiel es mir siedend heiß ein: In unseren Waschbecken schwammen noch immer die sonnenölbekleckerten T-Shirts!

Bis nahezu Mitternacht standen wir in meinem Bad und schrubbten Hemden. Steffi hatte ihre Ladung herübergeholt, weil wir nur eine Bürste hatten und sie abwechselnd benutzten. Die andere hockte derweil vor dem Duschbecken und spülte die Wäsche. Sogar in warmem Wasser, jetzt gab es ja wieder welches.

Ob die Sachen wirklich sauber geworden waren, konnten wir bei der äußerst sparsamen Beleuchtung nicht feststellen, erst recht nicht im Mondschein draußen auf der Terrasse, über die ich inzwischen eine mitgebrachte Wäscheleine gespannt hatte. Genau wie Uschilein! Und als dann endlich die

T-Shirts hingen – sogar ordnungsgemäß mit Klammern befestigt! –, sah es beinahe aus wie zu Hause. Aber nur beinahe,
denn mit einer kompletten Wäschespinne im Gepäck bin ich
nun doch noch nie verreist!

Kapitel 5

Mit Morgenmuffeln am Frühstückstisch zu sitzen, während man selber durchaus in der Lage wäre, zwischen Obstsalat und Rührei mit Schinken den schwankenden Dollarkurs zu diskutieren, macht wirklich keinen Spaß. Dabei hätte ich mich längst daran gewöhnen müssen, dass Steffi frühestens anderthalb Stunden nach dem Aufwachen ansprechbar wird, während man mit Hannes bereits nach der ersten Tasse Kaffee reden kann. Zumindest eingeschränkt! Deshalb benehme ich mich bei gemeinsamen Reisen auch immer wie ein überaltertes Kindermädchen, das seinen Schutzbefohlenen das Frühstück vom Büffet holt. Steffi kriegt ihren Orangensaft, und während ich ihn eingieße, ordere ich bei einem der herumstehenden Kellner Tee für meine Tochter und Kaffee für Hannes und mich. Glücksfälle sind jene Hotels, bei denen Thermokannen auf dem Tisch stehen. Zwar ist der Kaffee häufig schon lauwarm und schmeckt nicht besonders, der Tee dagegen sieht aus wie Kaffee und schmeckt auch nicht, aber beide Getränke sind bereits trinkfertig, werden konsumiert und lösen allmählich die Sprachblockade. Hannes ist schon in der Lage, Spiegeleier zu bestellen, lässt sich allerdings von seiner Frau durch mehrmaliges Kopfnicken bestätigen, dass sie auch welche will.

Auf unserem Inselchen gab es jedoch keine Massenabfütterung, der Kaffee wurde jedes Mal frisch gebrüht und hätte sogar Tote wieder aufgeweckt. Außer Stefanie. Im Gegensatz zu Hannes, der ihn als »na ja, etwas gewöhnungsbedürftig, aber durchaus trinkbar« bezeichnete, bin ich gleich am ersten Tag zum Tee konvertiert.

Der nun folgende Dialog wiederholte sich in etwas abgewandelter Form jeden Morgen zwischen acht und neun Uhr.

Ich: »Habt ihr heute früh auch diesen krächzenden Vogel gehört? Was war das für einer?«

Hannes (nach dem zweiten Schluck Kaffee): »Wann?«

Ich: »So gegen halb sieben.«

Hannes: »Nein.«

(Pause, während der Kellner einen Korb mit Backwerk auf den Tisch stellt.)

Ich: »Wo kriegen die hier die frischen Brötchen her? Vom Bäcker um die Ecke?« (Misslungener Versuch, witzig zu sein. Es kommt auch keine Antwort.) »Ich hole mir jetzt ein paar Früchte, soll ich euch welche mitbringen?«

Steffi (schüttelt den Kopf, murmelt): »Nonch, ... her lber«, (was ich vollkommen richtig mit »noch nicht, die hole ich mir nachher selber« übersetze.)

Hannes: »Welche gibt's denn?«

Ich: »Na, alle, die dort wachsen, wo man keinen Winter kennt.«

Hannes: »Auch Mangos?«

Ich: »Natürlich auch Mangos. Angeblich schmecken sie nirgends so gut wie hier auf den Philippinen.«

Hannes: »Mir aber nicht.«

Steffi: »Is noch Tee da?« (Immerhin schon ein kompletter und vor allem verständlicher Satz.)

Hannes: »Trink nicht so viel, sonst musst du wieder Pipi machen, wenn wir gerade mal zehn Minuten unten sind!«

(Hier dürfte eine kurze Erklärung fällig sein: Im Gegensatz zu Badebekleidung, die eine Urindusche im Meer nicht übel nimmt, sollte man das bei den Neopren-Anzügen tunlichst vermeiden. Wer mal als Schnorchler oder auch nur als Gast auf einem Tauchboot mitfährt, wird beobachten, dass die Taucher nach beendeter Exkursion gar nicht schnell genug ihre ganze Ausrüstung loswerden können, um sofort wieder ins Wasser zu springen und einige Meter wegzuschwimmen. Wenig später klettern sie mit erleichterten Mienen erneut an Bord. Und bleiben auch da.)

Steffi (gibt Buchstabenfolgen von sich, die mit Fantasie und gutem Willen als Protest ausgelegt werden können): »… mmt ühaut nich.«

Ich: »Will nun jemand Obst haben?«

Hannes: »Ja, aber keine Mango.«

(Zehn Minuten später. Der Kellner hat nicht nur frischen Tee gebracht, sondern auch die Eier und tritt wieder ab.)

Hannes: »Sieht hier jemand irgendwo Salz?«

Steffi: »Nebentisch.«

(Wir fangen an zu essen. Schweigend. Herr v. Knigge wäre zufrieden, mit vollem Mund soll man ja nicht reden. Andererseits wird er zwischendurch immer mal wieder leer. Wie war das doch gleich mit dem empfohlenen leichten Geplauder?

Politik und Religion sind tabu, Klatsch ist nicht jedermanns Sache, außerdem hatten wir Uschilein und Karlemann schon gestern genug durchgehechelt, das Wetter mit gleich bleibend blauem Himmel ist wenig ergiebig, nicht mal übers Tauchen können wir reden, es hatte ja noch gar nicht stattgefunden. Und dann ganz plötzlich …)

Steffi: »Sind wir hier auf einer Beerdigung, oder warum schweigen wir uns so an? Hab' ich vielleicht was Falsches gesagt? Bin ich jemandem auf den Schlips getreten?«

(Sie meint es tatsächlich ernst!)

Hannes: »Guten Morgen! Endlich ausgeschlafen?«

Steffi: »Wieso? Ich habe doch gar nichts gesagt!«

(Eben!!!)

Bevor sich die beiden Unterwasserfreaks zur Tauchbasis begaben, pustete Hannes noch schnell die Luftmatratzen auf. Ich hätte es ja auch gekonnt, nur dauert es bei mir viel länger. Taucher haben nämlich ein größeres Lungenvolumen. Behaupten sie zumindest, japsen aber nach der zwanzigsten Treppenstufe bereits nach Luft.

Wenn ich wüsste, wer es gewesen ist, dann würde ich dem Erfinder der Luftmatratze ein Denkmal setzen. Dass man darauf nächtigen kann, wenn man mit Fahrrad, Iglu-Zelt und Mumienschlafsack auf Tour geht, ist bekannt und häufig erprobt, für mich jedoch nicht mehr relevant, ich bin über das Alter von verkokelten Folienkartoffeln aus dem Lagerfeuer und Ameisen im Bett hinaus. Aber seitdem ich einmal einen Urlaub überwiegend auf einem Handtuch im Sand verbracht habe statt auf einer der bereitgestellten, dreifach verstellbaren Komfortliegen, sehe ich mir die Fotos in den Reisekatalogen ganz besonders gründlich an. Haben die Liegen – sie sind meist dekorativ um den Pool gruppiert – richtige Auflagen, oder sind sie einheitlich weiß? Dann haben sie nämlich keine! Bunte Tupfer bedeuten keineswegs auch bunte Auflagen, sondern selbst mitgebrachte Badetücher (im Zweifelsfall betrachte man die Fotos durch eine Lupe). Aber sogar die neuerdings besonders herausgestellten Öko-Liegen (Holz statt Plastik!) werden ohne Auflagen nach längstens einer halben Stunde zu Folterinstrumenten, es sei denn, man wäre ein Fakir. Ich bin aber keiner, und deshalb muss eine Luftmatratze mit, eine von den billigen, denn sie bleibt natürlich da und wird am Abreisetag an einen der stumm leidenden, immer mal wieder sehnsüchtig herüberblickenden Gäste weitergereicht.

Noch vor dem Einschlafen hatte ich mir gestern überlegt, wie ich der zu erwartenden Nachstellung von Uschilein aus dem Wege gehen könnte. Es gab da abseits des breiten Badestrandes einen schmalen Küstenstreifen mit ein bisschen

Sand, ein bisschen Kies und dem ziemlich steil ins Meer ab-
fallenden Ufer, also für Strandspiele und gemütliches Herum-
geplantsche absolut ungeeignet. Die zwei offenbar herrenlos
herumstehenden Liegen waren sandbepudert, also unbenutzt, wir würden eine dritte ordern und es uns unter den
Schatten spendenden Zweigen eines uns allen unbekannten
Gewächses gemütlich machen. Zur Tarnung hatte ich außer
zwei Büchern noch einen Schreibblock mitgenommen, mehrere farbige Stifte lagen griffbereit im Sand. Sollte sich Uschilein auf die Suche nach mir begeben, was zweifellos irgendwann geschähe, dann würde sie eine in ihre Arbeit vertiefte
Anwältin (evtl. auch Journalistin oder Studienrätin, über den
Beruf war ich mir noch nicht im Klaren) vorfinden, die endlich in Ruhe ihr Plädoyer bzw. ihren Artikel oder die nächsten
Klausuren ausarbeiten wollte. Wie sich die Lektüre'eines his-
torischen Romans damit vereinbaren ließ, blieb dahinge-
stellt. Vorsichtshalber hatte ich den Schutzumschlag entfernt.

Uschilein kam nicht, stattdessen erschien eine Dame mittleren Alters, Typ gut konservierte Unternehmergattin mit kul-
turellen Interessen, denn nachdem sie eine der nun nicht
mehr sandbestreuten Liegen belegt hatte, breitete sie ein halbes Dutzend englischsprachiger Filmzeitschriften um sich
herum aus. Ich bekam ein freundliches Kopfnicken sowie ein
»Hello!« ab, hellote zurück, und damit war der Höflichkeit
Genüge getan. Jetzt bloß kein kommunikationsbedürftiges
Uschilein, dann würde ich innerhalb von Minuten mit meinem vermeintlich perfekten Englisch jämmerlich baden gehen, von Mr. Mahonney aus Middlethorpe erst gar nicht zu
reden! Der ganze Schwindel würde auffliegen, wir hätten uns
fürchterlich blamiert und bei dem hier offensichtlichen Mangel an aktuellem Gesprächsstoff würde diese Geschichte
zweifellos bis zum nächsten Morgen die Runde gemacht haben.

Als Steffi und Hannes von ihrem ersten Tauchgang zurückkamen und von metergroßen Tischkorallen, Röhrenschwämmen und Seefedern zu schwärmen begannen, schaltete sich die vermeintliche Amerikanerin ein: »Stimmt! Hier sind die Riffs ja auch noch halbwegs intakt. Kennen Sie schon die Malediven?«

»Flüchtig, mit denen waren wir mal essen«, kalauerte Hannes. Hahaha!

Bis zum Mittagessen musste ich mir das schon sattsam bekannte Taucherlatein anhören, angereichert durch Frau Heinrichs Informationen über das Great Barrier Reef in Australien, sehr beeindruckend natürlich, teuer, und mit den Haien sei das ja auch so eine Sache. »Wir waren nur eine Woche da, aber in der Zeit sind zwei Taucher hops gegangen, wie genau, weiß keiner, aber wenn sie nicht nach Neu-Guinea geschwommen sind, werden die Haie sie wohl gefrühstückt haben.«

»Reizende Vorstellung«, murmelte Steffi, hoffentlich endgültig ihren Traum von angeblich schönsten Tauchgebiet der Erde begrabend.

Es gab auch einen Herrn Heinrich, Gunther mit Vornamen, der erst am übernächsten Tag anreiste, dann aber mit Hubschrauber, denn er hatte zu Hause noch Geschäftliches zu erledigen gehabt. Später erfuhren wir, dass »Zuhause« Hongkong bedeutete, wo man irgendwas Bedeutendes in der Filmbranche war und sich wenigstens alle zwei Monate ein paar Tage Ausspannen gönnte. »In Hamburg war's uns einfach zu kalt und zu nass«, sagte er, »aber bevor die verdammten Schlitzaugen in Hongkong wieder das Sagen haben werden, gehen wir auch zurück, nicht wahr, Gittilein?«

Nein! Nicht noch eine!!! Allerdings muss ich zugeben, dass Gittilein eine wesentlich amüsantere Gesellschafterin war, denn sie verfügte nicht nur über einen knochentrockenen Humor, sondern war auch beneidenswert schlagfertig. »Uschi

Klatz? Natürlich kenne ich sie, ihr entgeht doch niemand, der europäisch aussieht, weil sie sich immer einen Dolmetscher für ihre Klagelieder erhofft. Wir haben denselben Roomboy, deshalb hat mich Henry auch geholt, als die Verständigung zwischen den beiden bei Null angekommen war. Uschi hatte sich nämlich über das zu harte Toilettenpapier beschwert.« Fragend hob sie die Augenbrauen. »Was benutzen die wohl zu Hause? Kaschmir-Tücher? Ich habe ihr jedenfalls Bananenblätter empfohlen, die seien nicht nur weich, sondern wegen ihrer Größe auch sehr ergiebig.« Plötzlich kicherte sie. »Sie hätten bloß mal die Ansammlung von Duftflaschen im Bad sehen sollen! Der ganze Raum roch wie toter Friseur.«

Von Gittilein erfuhr ich auch, wie man den abendlichen Warmwassernotstand umgehen konnte. Gleich neben dem »Doktorzimmer« gab es eine schmale Tür, die man als Unbefugter natürlich nicht öffnet, weil man ja nicht neugierig ist. Mir war sie gar nicht aufgefallen, sonst hätte ich vielleicht doch … Jedenfalls verfolgte ich interessiert, wie Gittilein (eigentlich hieß sie ja Birgit) den Rest ihres Sonnenuntergang-Cocktails austrank, aus der Strandtasche einen Kulturbeutel zog, zum Bademantel griff und Richtung Arztpraxis spurtete. Dann verschwand sie hinter jener Tür und tauchte zehn Minuten später mit nassen Haaren und leicht dampfend wieder auf. »Waren Sie in der Sauna?«

»Da sich unter meinen Vorfahren weder Eskimos befinden noch Pelztierjäger oder sibirische Robbenfänger, habe ich noch immer keine Resistenz gegen Kaltwasserduschen entwickeln können, obwohl sie ja angeblich gesund sein sollen. Ich brauche aber hinterher jedes Mal einen doppelten Whisky zum Warmwerden, und der hebt jeden Versuch einer Gesundheits-Prophylaxe wieder auf.« Sie rubbelte die Haare trocken. »Die Insel-Fama behauptet, in manchen Bungalows gäbe es um diese Tageszeit tatsächlich warmes Wasser, nur habe ich während unserer ganzen Aufenthalte, und wir sind jetzt zum elften Mal hier, noch niemanden getroffen, der das bestätigen konnte.«

Du meine Güte, elf Mal? Ich glaube, jeder fühlt sich gelegentlich »reif für die Insel«, träumt davon, wünscht sich dorthin, aber muss es denn immer dieselbe sein? »Ich sag's auch bestimmt nicht weiter, aber gibt es da hinten etwa irgendwo eine warme Dusche?«

»Sogar zwei!«, sagte sie lachend. »Das wissen bloß die wenigsten. Und – reiner Selbsterhaltungstrieb! – so sollte es nach Möglichkeit bleiben, sonst feiert Pastor Kneipp bald auch hier oben fröhliche Urständ. Also Vorsicht, wenn Sie die Tür öffnen!«

Aber sicher! Endlich würden wir wieder das Sonnenöl aus den Poren kriegen!

Sogar der faulste Mensch verspürt gelegentlich den Wunsch nach Bewegung. Zwar muss man es damit nicht gleich übertreiben, aber zu Hause lasse ich doch häufig das Auto stehen, schwinge mich aufs Fahrrad und radle zum Bäcker. Oder zu Aldi, der ist noch weiter weg. Kann aber auch schief gehen, wenn ich nämlich mehr einkaufe, als ich wollte, was meistens der Fall ist, und hinterher nicht alles auf einmal wegkriege. Dann muss ich die Tüten an der Kasse deponieren und doch mit dem Auto kommen. Früher bin ich sogar zu Fuß gegangen, weil Dackel Otto dreimal täglich Gassi musste, doch seitdem er im Hundehimmel ist, finde ich Spazieren gehen wieder ausgesprochen langweilig. Als Bewohnerin eines Kurortes werde ich ja täglich mit Spaziergängern konfrontiert und kann mit 97%iger Sicherheit sagen, wie lange der betreffende Kurgast schon kurt. Einzelgänger zum Beispiel sind fast immer gerade erst angekommen, haben noch keinen Anschluss gefunden und ziehen mit Stadtplan in der einen Hand und Fotoapparat in der anderen durch die Straßen auf der Suche nach den empfohlenen Sehenswürdigkeiten. Im Café sitzen sie meist allein am Tisch.

Zweier- oder maximal Dreiergruppen, natürlich gleichgeschlechtlich, haben sich meist wegen gemeinsamer Interessen zusammengefunden. Entweder wollen sie die silberne Wandernadel schon nach zwei Wochen in Empfang nehmen können statt nach drei und sind deshalb in jeder freien Minute und bei jedem Wetter auf den Beinen, oder sie studieren Wirtschaftswissenschaft und kommen an keiner Kneipe vorbei; vielleicht gehören sie aber auch zu jenen Zeitgenossen, die immer und überall etwas zum Meckern finden und nun Erfahrungen austauschen, ob, wie und wen man eventuell wofür regresspflichtig machen könnte; jedenfalls traben sie meist forschen Schrittes durch die Geographie, ohne viel zu sehen.

Am häufigsten begegnet man natürlich den gemischten Gruppen. Fast immer sind sie auf dem Weg zu einem der etwas entfernt liegenden Ausflugslokale, weil man auf diese Weise die ärztlich empfohlene Bewegung mit kulinarischem Genuss verbinden kann. Auf dem Rückweg wird die eine Gruppe häufig von einer anderen abgefangen, die schon länger draußen vor der Eisdiele sitzt. Dann werden Tische zusammengeschoben, Stühle gerückt, der Kellner beginnt zu rotieren, weil er nicht mehr richtig vorbeikommt, obwohl er sich doch beeilen muss, denn um halb sieben gibt es in den Kurheimen Abendessen.

Richtige Spaziergänger sind eigentlich nur die älteren Kurschatten-Paare (es gibt sogar welche, die miteinander verheiratet sind). Sie bummeln Hand in Hand durch die Grünanlagen, sie trägt ihr Täschchen, er den Schirm, gemeinsam füttern sie Schlossparkteichenten mit alten Brötchen, machen sich gegenseitig auf besonders schöne Blumenbeete aufmerksam, nehmen auch mal auf einer Bank Platz, wo sie auf einer mitgebrachten Papierserviette einen Apfel schält, in Scheibchen schneidet und ihn kichernd damit füttert … mir gefallen sie, diese netten Pärchen, sie sehen immer so zufrieden aus.

Rolf geht übrigens auch spazieren. Aber nur in den Wald. Und nur zur Pilzzeit. Seit ein paar Jahren gibt es aber kaum noch welche bei uns, und nun reduzieren sich seine Spaziergänge auf den Weg von und zur Garage sowie zweimal täglich durch den Garten – im Winter weniger häufig. Aber ich sehe die Zeit schon kommen, wenn er sich ganz freiwillig auf die Beine machen wird. In der Nachbarschaft gibt es bereits mehrere Männer seines Alters, die stolz den Kinderwagen schieben und einen nur zu gerne reingucken lassen. »Im Vertrauen, Frau Sanders, erst habe ich von meinem Schwiegersohn ja gar nichts gehalten, aber seitdem der Kleine da ist« – es folgt ein entzücktes »Eideidei, nun lach doch mal die Tante an!« – habe ich meine Meinung geändert. Der Max-Werner ist ihm doch wirklich gut gelungen, nicht wahr? Und schon weit über sein Alter hinaus! (Soweit ich mich erinnere, ist der Knabe seinerzeit gerade vier Monate alt gewesen.) Aber auch das ist eines der Geheimnisse des Lebens: Ein Mann, der für die Tochter bei weitem nicht gut genug war, kann dann doch der Vater des gescheitesten Enkelkindes der Welt sein! Und eins unserer zweidreiviertel verheirateten Kinder sollte es doch schaffen, Rolf auch endlich zum kinderwagenschiebenden Opa zu machen!

Nachdem ich innerhalb von vier Tagen zwei Bücher ausgelesen und darüber hinaus festgestellt hatte, dass meine Bermudas in der Taille offenbar etwas eng geworden waren (hoffentlich war das nur auf die erhöhte Luftfeuchtigkeit zurückzuführen, nicht umsonst habe ich im Wäschetrockner schon mehrmals ganz normale T-Shirts auf Kleinkindgröße geschrumpft, andererseits könnte natürlich auch »dreimal täglich Speisesaal« schuld daran sein), fand ich es an der Zeit, ein bisschen aktiver zu werden. Schon wegen der Selbstachtung und der späteren Fragerei zu Hause. »Was hast du eigentlich die ganzen drei Wochen gemacht außer braun zu werden?« Ich brauchte ja nicht einmal mehr meinen Alibi-Schreibblock nebst Zubehör zur Liege zu tragen, denn es waren Holländer angekommen, der deutschen Sprache mächtig und offenbar willens, von Uschileins Kenntnissen des Insellebens und ihren sonstigen Erfahrungen zu profitieren. Jedenfalls standen jetzt immer vier statt zwei Liegen unter ihrem großen Camel-Sonnenschirm (meiner stammte von einer Brauerei, und der von Steffi pries Gelati Motta an).

Einen Tennisplatz sollte es auf der Insel geben, das stand im Prospekt, und wenn es auch lange her war, seit ich ein Racket in der Hand gehalten hatte, so würde ich mir immer noch zutrauen, ein paar Bälle übers Netz zu bringen. Nur wegen der Kondition hatte ich gewisse Zweifel. Egal, emm we ess = man wird sehen.

Ich nahm meiner dösenden Tochter das Buch aus der Hand – vor einer halben Stunde hatte sie zum letzten Mal umgeblättert – und legte es zur Seite. »Was hältst du davon, wenn wir mal die Insel inspizieren? Nicht bloß querdurch und ein bisschen am Rand, sondern ganz gründlich.«

»Gar nichts. Vielleicht später, ist doch jetzt viel zu heiß.«

»Und wann ist es deiner Ansicht nach kühler?«

»Abends.«

»Richtig. Und was ist es abends noch?«

»Zeit zum Essen.« Na ja, jeder muss wissen, wo er seine Prioritäten setzt.

»Das auch, aber in erster Linie ist es dunkel, und im Dunkeln sieht man nichts. Klar?«

»Durchaus«, sagte Steffi und griff wieder zu ihrem Buch.

»Ich will nämlich den Tennisplatz suchen.«

»Und dazu brauchst du mich? So'n Platz ist dreißig Meter lang und mehr als halb so breit, den findest du auch ohne Brille!«

Es gibt immer wieder Momente, in denen ich mich frage, was ich bei der Erziehung falsch gemacht habe!

So zog ich allein los und entdeckte:

Erstens: Ein neue Passage zu unseren Bungalows. Man brauchte nur ein Stück weiter am Strand entlangzugehen, dann musste man scharf links einbiegen und mehrere verrottende Baumstämme übersteigen, um die ersten Treppenstufen zu erreichen, wobei die Bezeichnung Treppe etwas zu hoch gegriffen ist. Sie erinnerte mehr an einen Gebirgssteig, der schon lange wegen Einsturzgefahr geschlossen ist. Immerhin sah der unerwartet steile Weg noch ganz solide aus, hatte auch eine Art Geländer, und selbst einen Absturz würde man überleben, denn der Berg – und es war tatsächlich einer, mindestens 20 Meter hoch!! – fiel ganz gemächlich zum Meer hin ab (für etwaige Blessuren war ja der Doc da!). Auf dem Gipfel stand eine Hütte, die ein bisschen an das Kartenhäuschen am Nebeneingang vom Zoologischen Garten erinnerte, unauffällig, aber trotzdem nicht zu übersehen. An der zwischen zwei Palmen befestigten Leine flatterte neben drei Oberhemden eine Miniaturausgabe der blau-rot-weißen Flagge mit der Sonne und den drei Sternen drumherum, also schien es sich um ein offizielles Bauwerk zu handeln. Entweder war niemand da, oder aber die Filipinos sind nicht neugierig, jedenfalls kam keiner und wollte von mir wissen, was ich denn hier oben mache. Es ging sowieso gleich wieder bergab, dann stand ich plötzlich am Wasser, hörte die Brandung rauschen, schob mich vorsichtig an einer ins Meer ragenden Mangrove vorbei und erblickte keine zehn Schritte entfernt meinen Bungalow! Heureka! Ich hatte einen wesentlich kürzeren Weg von den Restaurationsgebäuden zu unseren Quartieren gefunden! So ähnlich musste sich Fernando Magellan gefühlt haben, als er vor bald fünfhundert Jahren den Seeweg zwischen Südamerika und Feuerland entdeckt hatte! War der nicht sogar ein Filipino gewesen? (Dass »meine« Passage nur bei Ebbe begehbar war, stellte sich heraus, als die Mangrove plötzlich im Wasser stand und ich ein Affe hätte sein müssen, um mich durch das Geäst hangeln zu können. Wir zogen weiterhin den Landweg vor!)

Zweitens: Eine mir unbekannte Schlange, die nach Auskunft nahezu sämtlicher Angestellten absolut harmlos gewesen sein sollte, obwohl ich keinerlei Angaben über Länge, Farbe und sonstige Merkmale machen konnte, weil ich – man erinnere sich! – einen Horror vor allem habe, was auf der Erde kriecht. Ich konnte mich zwar erinnern, dass Schlangen schlecht sehen können und deshalb auf Vibrationen reagieren, bin aber trotzdem wie eine Irre losgerannt und musste mir später sagen lassen, dass es vermutlich bloß eine Eidechse gewesen sei, denn auf der Insel gäbe es gar keine Schlangen. Es ist aber eine gewesen, den Unterschied erkenne ich auch ohne Brille! Eidechsen haben nämlich Beine!

Drittens: Zwei heruntergefallene Kokosnüsse unter einer Palme, die kein Warnschild trug. Allerdings stand sie abseits der üblichen Verkehrswege, wodurch mögliche Schadenersatzansprüche hinfällig werden dürften.

Viertens: Den Hubschrauber-Landeplatz, ein Beton-Rondell am nördlichsten Teil der Insel, offenbar wenig benutzt, denn er war fast ganz unter Sand und herabgefallenem Laub verborgen. Es gab jedoch einige Lampen, und für freie Landefläche würden im Bedarfsfall wohl die Rotoren sorgen.

Fünftens: Ein Pärchen, das – kein Wunder in dieser Umgebung – dem Ruf *Zurück zur Natur!* gefolgt war und nicht nur auf Kleidung verzichtet, sondern auch sonst seinen natürlichen Trieben nachgegeben hatte.

Sechstens: Das schon leicht verwitterte Fundament eines großen Gebäudes. Möglicherweise hatte man ursprünglich hier die Restaurationsräume vorgesehen, sich dann aber doch für die Nähe zum Strand entschieden, obwohl es von hier aus einen herrlichen Blick übers Meer gegeben hätte.

Nur was ich gesucht hatte, fand ich nicht, nämlich den Tennisplatz. Entweder hatte man einen solchen zwar geplant, jedoch nie fertig gestellt, was bei Bauvorhaben generell keine Seltenheit ist, oder man hatte ihn mangels Inanspruchnahme wieder abgebaut und stattdessen die Rehe angeschafft, für die bei den Gäste zweifellos größeres Interesse bestand; es gab kaum jemanden, der nicht ständig einen keineswegs immer artgerechten Leckerbissen in der Tasche hatte, wobei Kartoffelchips noch die harmloseste Variante waren. Die Tiere kauten von gekochten Nudeln bis zu Pfefferminzplätzchen nahezu alles und gediehen prächtig dabei. Ihre Fressgewohnheiten erinnerten mich immer an die Aufnahmekapazität von Teenagermägen.

»Einen Tennisplatz gibt es nicht!«, behauptete ich rundheraus, als ich nach einer Stunde wieder an unseren Privatstrand zurückkehrte. »Meine sportlichen Ambitionen werde ich mir wohl abschminken müssen. Und du auch!« Mit diesen Worten zog ich Steffi das Handtuch vom Gesicht, unter dem sie sich vor der tief stehenden Sonne versteckt hatte. »Oh, Verzeihung! Ich wusste nicht … ich dachte …«

»Wenn sich hier jemand entschuldigen muss, bin ich es«, sagte Frau Heinrich, nach ihrer Sonnenbrille tastend, »aber nachdem Ihre Angehörigen geholt wurden und nicht mehr zurückkamen, konnte ich einfach nicht widerstehen. Warum bin ich noch nie auf die Idee gekommen, eine Luftmatratze mitzunehmen?«

»Wer hat wen wohin geholt?«

»Keine Ahnung, einer der Boys war angetrabt und hat was von ›just arrived‹ gestottert, aber wer oder was gerade angekommen ist, weiß ich nicht.« Sie sah auf ihre Uhr. »Zeit zum Duschen! Vielleicht schaffe ich es doch mal, den Sundowner nicht im Bikini, sondern in einer der blauen Stunde angemesseneren Bekleidung einzunehmen.«

»Ich komme mit.«

Hannes stand an der Bar, in einer Hand ein Stück Papier, in der anderen einen leeren Kognakschwenker. Und das um fünf Uhr nachmittags, wenn es noch fast eine Stunde dauert, bis die Sonne untergeht! No alcohol before sunset!, lautet die wohl noch aus der Kolonialzeit stammende Tropenweisheit, und daran hatte er sich fast immer gehalten. Doch jetzt reichte ihm Joe sogar ein neues Glas über den Tresen. Steffi, normalerweise strikt auf Einhaltung der Vor-Sonnenuntergang-Askese bedacht, stand daneben, schob ihre Colaflasche hin und her und sagte kein Wort.

»Was ist denn los? Wird ab morgen die Prohibition wieder eingeführt?«

Wortlos drückte mir Hannes den Zettel in die Hand. »Ist vorhin gekommen.«

Obwohl ich wusste, dass es aussichtslos sein würde, versuchte ich den Text zu entziffern. Schließlich gab ich das Blatt zurück. »Bin mal wieder Analphabet, meine Brille liegt noch am Strand.«

»Ich kann's inzwischen auswendig«, sagte Steffi. »lkw samt ladung ausgebrannt stop totalschaden stop versicherung verständigt stop sonst alles okay stop soll neuer wagen bestellt werden stop gruß lucky.«

Eine derartige Nachricht hebt nicht gerade die Urlaubsstimmung, aber trotzdem: »Kam das hier aus dem Jenseits?« Ich deutete auf das Papier. »Nein? Dann legt sofort diesen Friedhofsblick ab. Lucky scheint nichts passiert zu sein, das ist das Wichtigste, den Schaden zahlt die Versicherung, und so ganz taufrisch war der Lkw ja auch nicht mehr. Jetzt kriegt ihr wenigstens einen neuen!«

»Ja, in frühestens drei Monaten, und womit soll Lucky bis dahin seine Touren fahren? Mit'm Handwagen?« Hannes kippte den zweiten Kognak, doch bevor er einen dritten ordern konnte, zog ihn Steffi zur Seite. »Wir setzen uns jetzt da drüben hin und formulieren eine Antwort. Wie ist das pas-

135

siert? Wer hat Schuld? Was ist auf dem Lkw drauf gewesen? – Weiß jemand von euch, was Schuld haben auf Englisch heißt?«

Natürlich nicht, doch dann fiel mir etwas auf. »Der Telegrammtext ist doch in Deutsch abgefasst. Warum antwortet ihr nicht genauso?«

»Dann guck mal aufs Datum! Die Nachricht ist drei Tage unterwegs gewesen.«

Tatsächlich. Außendienstler Lucky, als Florida-Fan der englischen Sprache durchaus mächtig, hatte einfach nicht daran gedacht, den Text in Englisch abzufassen. Die Agentur in Manila wiederum hatte bei der Übermittlung der ihr unverständlichen Nachricht keinen Fehler machen wollen, verzichtete auf das Funken und schickte das Telegramm auf dem normalen Weg weiter, also erst Flieger und dann Schiffchen. Allerdings hatte das Papier zunächst einmal zum Flugplatz gebracht und dort dem richtigen Piloten in die Hand gedrückt werden müssen, der es wiederum an den Busfahrer weiterreichen musste, auf dass dieser es dem Bootsführer … Unter diesen Umständen war es sogar bemerkenswert, dass der schon reichlich abgegriffene Zettel schon heute seinen Empfänger erreicht hatte.

Es dauerte fast eine Stunde und viele Schweißtropfen, bis wir unseren Text zusammengestoppelt hatten. Wer weiß denn schon – vor allem ohne Wörterbuch – was Polizeiprotokoll auf Englisch heißt oder Bestandsaufnahme? Und wenn man's nicht weiß, wie umschreibt man das mit möglichst wenigen Worten? Telegramme sind teuer, und ganz besonders dann, wenn man sie in Dollar bezahlen muss.

Den Sonnenuntergang hatten wir verpasst. Egal, morgen kommt wieder einer, nur mit der warmen Dusche war's diesmal nichts. Die ganz Hungrigen hatten sich schon rund um den Pool niedergelassen, Blick zum Speisesaal, und warteten auf den Gongschlag, der den Beginn der abendlichen Völlerei ankündigte.

»Wenn wir jetzt in unser privates Badezimmer verschwinden, haben wir sofort den ersten Neugierigen am Hacken«, befürchtete Steffi, »und ab morgen stehen sie dann Schlange.« Sie schlug die entgegengesetzte Richtung ein. »Bilden wir uns eben noch mal ein, wir seien Eisbären! Frisch gezagt ist halb gewonnen!«

Als wir eine halbe Stunde später wieder zusammentrafen, gewaschen, geföhnt und in lange Hosen und der abendlichen Stunde entsprechend mückensichere Oberbekleidung gewandet, hatte sich Hannes wieder halbwegs beruhigt.

»Das kommt davon, wenn man seine Urlaubsadresse hinterlässt!« Dabei hatte ich genau das Gleiche getan. »Du hättest von der ganzen Sache nichts erfahren, könntest weiterhin ruhig schlafen, statt dir den Kopf zu zerbrechen, weshalb dein Lkw abgefackelt ist. Wenn Lucky ein bisschen klüger gewesen wäre, hätte er das Telegramm erst gar nicht geschickt. Machen kannst du von hier aus sowieso nichts.«

»Wer ist eigentlich auf die hirnrissige Idee gekommen, ausgerechnet auf dieses gottverlassene Eiland zu fahren?«, knurrte er. »In the middle of nowhere …«

»Jetzt kannst du ruhig wieder deutsch reden«, erinnerte Stefanie, »und irgendwo in die Mitte von nirgendwo hast du uns verfrachtet, falls dir das entfallen sein sollte! Und wenn's heute Abend wieder Lobster gibt, trete ich in den Hungerstreik.«

Es gab Lobster! Schon beim Betreten des Speisesaals sahen wir die langen Fühler aus den metallenen Warmhaltekästen ragen, daneben die Behälter mit Reis, Currygemüse, neutralem Grünzeug, und als ich erwartungsvoll den letzten Deckel hochhob in der Hoffnung, mal etwas anderes als das schon hinreichend Bekannte zu finden, sah ich die Shrimps. Nein danke, nicht schon wieder!

Dabei liebe ich Meeresfrüchte (mit Ausnahme von Austern!), beurteile jedes Restaurant danach, ob Krabbencocktail auf der Speisekarte steht und wie er schmeckt, lasse für eine Languste jedes Gourmet-Menü stehen, ganz zu schweigen von Hummer ... aber doch nicht jeden Tag!!! In der knappen Woche unseres Hierseins hatten wir schon alle Variationen in Lobstern durch: Gekocht, gebacken, frittiert, als Salat und halb roh mit scharfer Soße, als Alternative Riesenkrabben, und wem auch das nicht passte, konnte auf Huhn ausweichen: Gekocht, gebacken, frittiert, als Salat ... Gemüse gab es immer, Reis natürlich auch, und einmal sollen es sogar Kartoffeln gewesen sein, doch davon hatten nur diejenigen profitiert, die rechtzeitig in den Startlöchern gesessen hatten.

»Na schön, dann eben Huhn!«, seufzte Steffi, ein Flügelchen und zwei Schlegelchen auf den Teller legend. »Haben die hier eigentlich nur Küken?«

In diesem Augenblick schoss Juan mit einem zugedeckten Teller an uns vorbei, von dem ein ausnehmend appetitlicher Duft ausging. Camillo sei krank, er bringe ihm nur schnell sein Essen, entschuldigte er sich und rannte weiter.

»Hast du das gerochen?« Steffi schnupperte immer noch. »Am liebsten würde ich mit Camillo tauschen, Lobster gegen das, was die Angestellten kriegen.«

Solche Wünsche sollte man in Hannes' Gegenwart besser nicht äußern. Eine kurze Diskussion mit Oberkellner Ramón, ein verständnisvolles Lächeln, gefolgt von einer kurzen Anweisung an einen gerade beschäftigungslosen Kellner, der enteilte und stellte wenig später eine verdeckte Schüssel sowie drei kleine Teller auf unseren Tisch. Was es war, weiß ich nicht, auf jeden Fall ein scharf gewürztes Eintopfgericht, nicht identifizierbar, aber großartig. Nur eine Kostprobe sollte es sein, doch die bekamen wir von da an jeden Abend, und wenn sie uns schmeckte, was meistens der Fall war, dann konnten wir getrost das reguläre Essen ausklammern und

»staff-food« ordern. Einmal kam sogar der Koch an unseren Tisch, weil er doch mal die komischen Vögel sehen und fragen wollte, weshalb ihnen sein einfaches Essen besser gefiel als die Delikatessen vom Büffet.

By the way: Was heißt »Uns hängen die ewigen Krustentiere allmählich zum Hals heraus« auf Englisch?

Unsere Stammplätze in der Bar waren belegt. Na klar, Neuankömmlinge, diesmal überwiegend mandeläugige. Im Gegensatz zu normalen Touri-Hotels, in denen man noch nach zwei Wochen dieselben Tischnachbarn hat und weiß, dass er sich nach dem Essen regelmäßig seine Pfeife ansteckt, während sie genauso regelmäßig darüber meckert, gab es auf dieser Insel einen ständigen Wechsel. Die meisten Gäste kamen aus Taiwan oder Sri Lanka, blieben nur drei oder vier Tage, manche sogar noch weniger, und reisten wieder ab. Es gab jedoch auch rothaarige Irländer aus Sydney, die waren etwas länger da, Japaner, Franzosen auf Weltreise mit zwischendurch ein bisschen Badeurlaub, und Abkömmlinge vieler anderer Nationen, die aus welchen Gründen auch immer in Hongkong lebten und mal eben für ein verlängertes Wochenende angereist waren. Diese Insel schien eine Art asiatisches Mallorca zu sein! Sogar aus China waren Gäste gekommen, ein sympathisches junges Paar, er Amerikaner, sie gebürtige Thailänderin, beide in Boston zu Hause, für zwei Jahre in Peking ansässig und zur Zeit Honeymooner auf den Philippinen. Bis dahin hatte ich Japaner und Chinesen nie auseinander halten können, dort habe ich es gelernt. Deutsche Laute hörte man übrigens ganz selten, und wenn, dann hatten sie einen Schweizer Akzent. Außer Karl und Uschi waren wir die einzigen Bundesrepublikaner, vom Ehepaar Heinrich mal abgesehen, doch das hatte hier erstens schon Heimatrecht und würde zweitens am nächsten Tag auch wieder zurückfliegen. Nach Hongkong.

Bisher war es uns gelungen, die Dreier-Kombination Klatz,

Heinrich und Sanders-Sippe zu verhindern, doch heute sah es nicht danach aus. Die Bar war umlagert, alle Tische waren besetzt, nur bei Heinrichs war noch Platz. Und wer saß direkt daneben? – Richtig! Jetzt würde der ganze Schwindel garantiert auffliegen! Sollten wir uns nicht doch besser draußen hinsetzen? Warm genug war es, eigentlich noch viel zu sehr, dagegen drehten sich drinnen ein Dutzend Ventilatoren mit zumindest psychologischem Effekt; draußen war man zwar dichter an den Moskitos dran, andererseits spielten paar weitere Stiche auch keine Rolle mehr ... Zu spät! Hannes hatte sich bereits in einen der noch freien Sessel fallen lassen und sofort mit einer detaillierten Schilderung der etwas unüblichen Telegrammübermittlung begonnen. Auf Deutsch. Untermalt mit sehr individuellen Randbemerkungen. Die hätte ein Mr. Mahonney auch nach fünf Jahren Deutschland-Aufenthalt noch nicht hingekriegt!

Zuerst hatte sich Uschilein nur interessiert umgedreht, deutsch gehörte nun mal nicht zu den hier geläufigen Sprachen. Dann hatte sie gestutzt, ihren Mann am Ärmel gezupft, mit dem Finger auf Hannes gedeutet und empört gerufen: »Na, das ist ja wohl die Höhe!«

Hannes hatte nichts mitgekriegt, er war erst bei der Zeitspanne angekommen, die zwischen Ankunft des Telegramms und vermutlicher Weitergabe an den Piloten gelegen habe könnte. »Zu Fuß wäre es wahrscheinlich schneller ...«

»Was haben Sie sich eigentlich dabei gedacht!« Mit drohend erhobenem Glas stand Uschi wie ein Racheengel vor ihm, der sich überhaupt nichts dachte, weil er gar nicht zugehört hatte. »Nur weil ich kein Englisch kann, haben Sie mir den Engländer vorgespielt, dabei habe ich ja gleich gemerkt, dass Sie gar nicht echt waren, nämlich wegen dem Wodka, was die Engländer gar nicht trinken, sondern bloß Whisky, aber ...«

»Sie haben völlig Recht«, mischte sich meine Tochter ein, »dabei sollte es doch nur ein Scherz sein, aber es war wohl kein besonders guter. Ich kann verstehen, dass Sie sauer sind.«

Nun musste ich ja auch noch irgendwas sagen, um die verfahrene Situation wenigstens halbwegs zu retten. »Gib doch einfach zu, Steffi, dass es bloß wegen der blöden Wette war! Wir sprechen nämlich alle drei ein miserables Englisch«, wandte ich mich direkt an Uschilein, »und trotzdem habe ich behauptet, ein Außenstehender würde das nicht auf Anhieb merken. War ja wohl ein Irrtum!« Ich seufzte tief, damit es überzeugender klang. »Wenn Sie uns auf die Schliche gekommen sind, dann habe ich die Wette natürlich verloren und muss Ihnen und Ihrem Mann einen Cocktail zahlen. Welcher darf es denn sein?«

Erst zögerte sie einen Moment, war sich wohl nicht schlüssig, ob meine Erklärung eine nachsichtigere Beurteilung unserer bewussten Irreführung zuließ, doch die Entscheidung nahm ihr Karlemann ab. »Wenn das so ist, sagen wir nicht nein, nicht wahr, Uschi? Aber ich hätte lieber'n Bier, für das süße Zeug habe ich nichts übrig.«

»Na ja, dann will ich mal auch nicht so sein«, sagte Uschi und setzte sich wieder, »wo ich ja eigentlich immer für'n Ulk zu haben bin.«

»Das hat man gemerkt!« Steffi konnte es doch nicht lassen! »Aber weshalb haben Sie denn nicht gleich am selben Abend was gesagt?«

»Weil ich Ihnen den Spaß nicht verderben wollte!«

Eins zu null für Uschilein! Sie griff auch gleich zur Karte und wählte »den Cocktail ganz unten rechts, den die immer in der Fernsehserie getrunken haben mit der Senta Berger und der Kubischeck. Den wollte ich schon lange mal probieren, aber er war mir immer zu teuer. Der wird nämlich mit Champagner gemacht.«

Ich nahm die Karte, guckte nach unten rechts und schluckte. Kir Royal stand da, und gleich dahinter: $ 11,–.

Zwei zu Null für Uschilein!

»An den Kosten werdet ihr euch hoffentlich zur Hälfte beteiligen, schließlich habt ihr mitgemacht!«, forderte ich, während ich weitläufig die gefährlichen Kokosnusspalmen umrundete und prompt in dem Stachelgebüsch landete. »Autsch! Das piekt ja ekelhaft! Verdammtes Gestrüpp!«

»Langsam solltest du die Hindernisse aber kennen«, meinte Steffi lakonisch.

»Sag lieber erkennen!« Grinsend zog mich Hannes aus dem Busch. »Ich glaube beinahe, deine Ich-brauche-sie-nur-zum-Lesen-Brille genügt nicht mehr.«

»Das musst ausgerechnet du sagen! Wessen Arme sind denn nicht mehr lang genug, wenn er Zeitung lesen will?«

»Papperlapapp! Ich sehe noch alles, was ich sehen will!« Sprach's, stolperte über die herausragende Baumwurzel und landete daneben im Gras. Ächzend rappelte er sich wieder hoch. »Wenn du jetzt nur ein einziges Wort sagst, schmeiße ich dich ins Meer!«

Er würde es tun, dessen war ich mir sicher, also verkniff ich mir das Lachen, ohne zu ahnen, dass ich ein paar Minuten später noch genug Grund dazu haben würde. Ich war gerade beim Zähneputzen, als ich Steffi über den Flur rennen hörte. Gleich darauf flog die Tür auf. »Komm bloß mal rüber und guck dir das an!«, gluckste sie und drehte wieder um, »ein Glück, dass es nicht meine Schuld ist!«

Es war wirklich ein umwerfender Anblick. Mein Schwiegersohn stand auf einem Stuhl, in jeder Hand ein nasses Handtuch, und wischte lauthals fluchend an der Klimaanlage herum. Zugegeben, eine gründliche Reinigung hatte sie nötig, aber doch nicht mitten in der Nacht! Und überhaupt wäre das ja wohl Sache des Roomboys.

»Warum macht er das?«

Nur mühsam unterdrückte Steffi das Lachen. »Weil er vorhin vergessen hatte, sie einzuschalten, und jetzt ist die ganze Schokolade runtergelaufen.«

»???«

»Ich hatte doch geglaubt, wir hätten hier auch eine Minibar, deshalb habe ich ein paar Tafeln mitgenommen. Mache ich ja immer. Wir haben sie auf der Klimaanlage gekühlt, das geht nämlich ganz gut, aber wenn die natürlich seit Stunden aus ist ...«

Nein, es ist heute wirklich nicht Hannes' Tag gewesen!

Kapitel 6

Warum fährst du nicht mal mit raus?« Stefanie hatte bereits ein Glas Orangensaft, drei Scheiben Ananas sowie ein Schüsselchen gemischtes Müsli verdrückt, gefolgt von einem Brötchen mit Himbeermarmelade (woher? Auf den Philippinen wachsen keine!) und einer kleinen Mohnschnecke. Jetzt saß sie vor ihrer zweiten Tasse Tee und war offensichtlich sprechbereit, denn sie hatte soeben von sich aus das Wort an mich gerichtet.

»Warum sollte ich? Um auf dem ankernden Kahn zu sitzen und eure Luftblasen zu zählen?«

»Du könntest zum Beispiel schnorcheln.«

»Wo denn? Soll ich mir das Riff aus dreißig Meter Höhe begucken? Wo ihr taucht, da gibt es nichts zu schnorcheln.«

»Damit hat sie Recht«, musste Hannes zugeben, wenn auch ungern, denn von Aquanautik und allem, was dazugehört, hatte ich natürlich keine Ahnung zu haben. Ich war ja kein Taucher.

»Du könntest deine Luftmatratze mitnehmen und im Wasser herumdümpeln.« Steffi gab noch nicht auf.

»Das kann ich hier genauso gut.«

»Aber hier sind keine Wellen, draußen ist wenigstens ein bisschen Dünung.«

»Eben! Und da soll ich mich freiwillig in euren Kahn setzen, der dann mindestens eine Stunde lang am Ankerseil schaukelt? Da hätte ich mir das Frühstück glatt sparen können!«

»Na schön, wenn du partout nicht willst …« Sie erhob sich

und drückte mir die mordsschwere Kamera in die Hand. »Nimmst du die bitte mit runter zum Boot? Ich muss schnell noch mal für kleine Mädchen.«

Wieso immer ich?

Hannes meinte, ich solle die Kamera wieder hinlegen, die würde er dann nehmen, stattdessen sollte ich schnell mal an der Bar nachfragen, ob er gestern sein Feuerzeug dort liegen gelassen habe, das schwarze mit dem Glühfaden, es sei das einzige, das auch bei starkem Wind zünde. Er müsse noch mal schnell für kleine Jungs.

Wieso immer ich?

Das Feuerzeug war natürlich nicht da, es fand sich später in einer der Flossen, dafür bekam ich an der Rezeption den zweiten Zimmerschlüssel ausgehändigt, den Steffi noch gar nicht vermisst hatte. Na prima, freute sie sich, dann könne sie doch sicher mein Sonnenöl mit aufs Boot nehmen, ihres sei nämlich alle, aber im Bad stehe noch eine Flasche, und den Schlüssel hätte ich ja.

Warum immer ich?

Als das Schiffchen endlich ablegte, diesmal wieder mit den drei Japanern an Bord, die zwar, wie Hannes mit Kennerblick feststellte, eine hochwertige Ausrüstung besaßen, doch nach einhelliger Meinung der Crew alle nicht tauchen konnten, blieb ich am Strand zurück mit:

1 Paar Shorts (»Die werden ja doch bloß nass.«)

1 leere Zigarettenschachtel (»Wirf sie in den nächsten Papierkorb!«)

2 Paar Sandalen (»Vorgestern wäre einer beinahe ins Wasser gefallen.«)

1 Sonnenbrille (»Das ist die teure, die andere habe ich in der Badetasche.«)

1 belichteter Film (»Pass bloß auf damit! Da ist mindestens zweimal ein Stachelrochen drauf.«)

1 Zimmerschlüssel Nr. 25, doch das merkte ich erst hinter-

her. Die Zahlen auf dem Anhänger waren wirklich sehr klein, und Badeanzüge mit Innentasche fürs Brillenetui gibt es noch nicht, obwohl man sie aus nahe liegenden Gründen zumindest ab lila großgeblümt mit stützendem Körbchen erwarten dürfte.

Ach ja, nur zur Erinnerung: Steffi und Hannes und das Sonnenöl bewohnten Bungalow Nr. 15.

Warum immer ich?

Auf dem Weg zur Gepäckabladestelle lief ich Uschilein in die Arme. Holland war am Vortag abgereist, weitergeflogen nach Bali, und seitdem genoss ich wieder ihre uneingeschränkte Aufmerksamkeit. Schon von weitem wedelte sie mit einem Briefumschlag. »Warten Sie, ich habe etwas für Ihren Schwiegersohn!«

Natürlich blieb ich stehen, vielleicht war die so dringend erwartete Antwort auf unser Telegramm endlich gekommen.

»Ich habe den Umschlag nämlich an der Rezeption liegen sehen«, erklärte Uschilein heftig keuchend, denn sie war die letzten Meter gerannt, »und da habe ich gesagt, ich würde ihn mitnehmen, weil ich ja weiß, wo Sie sind, wenn Sie Ihre Angehörigen immer verabschieden.«

Was machte ich? Verabschieden? Packesel spielte ich, trug Vergessenes hinterher, nahm nach erfolgtem Striptease überflüssige Garderobenteile wieder mit und wartete ungeduldig, bis das Boot ablegte, denn danach hatte ich die nächsten zwei bis drei Stunden meine Ruhe!

Uschilein händigte mir das Kuvert aus und sah enttäuscht zu, wie ich es in die Tasche von Steffis Shorts schob. »Wollen Sie den Brief nicht aufmachen? Vielleicht ist er wichtig.«

Das war er mit Sicherheit nicht, Telegramme sehen anders aus, wahrscheinlich handelte es sich nur um die Nebenkostenabrechnung der letzten Tage, und die konnte warten. Schon wegen der vier Kir Royal, wir hatten nämlich mittrin-

147

ken und auf gute Nachbarschaft anstoßen müssen. »Sie hätten ihn ruhig liegen lassen können, er eilt nicht.«

»So? Das wusste ich nicht, ich dachte bloß, wo Sie doch …«, und dann endlich holte sie tief Luft und platzte heraus: »Ich habe schon zu meinem Karl gesagt, dass ich immer wieder über Sie alle staune, wie Sie das so wegstecken. Also ich hätte hier keine ruhige Minute mehr, wenn ich wüsste, dass inzwischen mein Haus abgebrannt ist. Machen Sie sich denn überhaupt keine Sorgen, was gerettet worden ist und wie es jetzt weitergeht, oder haben Sie so viele Leute, die sich um alles kümmern?«

Es dauerte einige Sekunden, bis ich begriff, was sie da eben gesagt hatte. Haus abgebrannt? Wessen Haus? Wir hatten doch gar keins, jedenfalls kein eigenes.

»Hoffentlich sind Sie gut versichert, weil nämlich die vom Hausrat gar nicht alles bezahlen. Ich weiß das von meiner Kusine. Wie der ihr Wohnwagen gebrannt hat, ist nämlich der verkehrte Wert angerechnet worden, und das war denn gar nicht so viel.«

»Verkehrswert«, murmelte ich automatisch, »man hat ihr den Verkehrswert berechnet, nicht den verkehrten.«

»Doch! Sie hat nämlich viel weniger gekriegt als wie das alles mal gekostet hat.« Diese Aussage wurde durch nachdrückliches Kopfnicken unterstrichen. »Da müssen Sie gut aufpassen, sonst geht es Ihnen so wie Ilse. Am besten nehmen Sie sich einen Rechtsanwalt. Kennen Sie einen?« Die Antwort wartete sie gar nicht erst ab. »Also, ich könnte Ihnen da wen empfehlen, nämlich den Sohn von meinem Schwager, den Joachim. Is sogar Doktor seit vorigem Jahr und hat jetzt eine eigene Firma. Wollen Sie mal die Adresse haben? Der wohnt bei Darmstadt, also gar nicht weit weg von Ihnen.«

Nein, ich wollte die Adresse nicht haben, und überhaupt konnte mit Joachim nicht viel los sein, denn den hatte mir Uschilein gestern doch glatt unterschlagen. Dabei hätte ich inzwischen ihren Stammbaum aufzeichnen können, sogar rückwärts bis zum Großvater, Hufschmied im Mecklenburgischen »und sehr angesehen«, wie Uschi versichert hatte. Der von Karl war bloß Tagelöhner gewesen, »aber eigentlich stimmt das gar nicht, denn er hat immer Arbeit gehabt bei den Bauern, bloß eben im Winter nicht, da gibt es ja nicht so viel zu tun«, hatte sie den niederen sozialen Status ihres angeheirateten Opas bemäntelt.

Der abgefackelte Lkw hatte sich natürlich herumgesprochen, von allen Seiten hatte es Bedauern und gute Ratschläge gegeben, doch seit wann nun sogar ein ganzes Haus Opfer der Flammen geworden sein sollte, blieb offen. Ich klärte Uschilein über ihren Irrtum auf, glaubte jedoch eine leichte Enttäuschung in ihrer Stimme zu hören, als sie meinte: »Ach, bloß ein Lastauto? Na, da muss doch sowieso der zahlen, wo reingefahren ist, oder ist etwa Ihr Fahrer schuld?«

Ja, das hätten wir auch gern gewusst! Eine Woche war seit Ankunft des Telegramms vergangen, noch am selben Tag hatte Hannes die Antwort abgeschickt und sich mehrmals versichern lassen, dass sie sofort per Funk weitergeleitet worden war; selbst wenn sie ebenfalls drei Tage unterwegs gewesen wäre, dann hätte eine Rückantwort sogar vier Tage Laufzeit haben können und müsste trotzdem längst angekommen sein. Nur mit Mühe hatten wir Hannes davon abhalten können, mit dem nächsten Boot so weit wie möglich an die Zivilisation heranzufahren, allerdings hatte ihn die dann folgende Bandscheiben schädigende Busfahrt doch verzichten lassen. Dass diese Tagestour auch noch völlig umsonst gewesen wäre, hätte ihm ohnehin den Rest gegeben, denn nicht mal auf dem Busuanga National Airport hätte es eine Telefonverbindung nach Manila gegeben!

Eine Antwort auf das Telegramm ist übrigens nie gekommen, und zwar aus einem ganz einleuchtenden Grund: Es war nie eine abgeschickt worden! Auch aus einem ganz einleuchtenden Grund, doch den haben wir erst nach unserer Heimkehr erfahren.

»Morgen wollen wir mal das Wrack des japanischen Zerstörers betauchen, der hier vor über fünfzig Jahren abgesoffen ist. Du musst erst die Dichtungsringe einfetten, ehe du sie wieder einsetzt.«

»Warum?« Unschlüssig drehte ich das kleine Gummiteil zwischen meinen Fingern. »Was nimmt man dazu? Nivea?«

Wir saßen vor meinem Bungalow auf der Terrasse, das heißt, ich saß, während Steffi in der aus Sisal geflochtenen Hängematte schaukelte und mir Anweisungen für Pflege und Zusammenbau der Unterwasserkamera erteilte. »Von wegen Nivea! Du musst das Zeug aus der kleinen silbernen Tube nehmen, aber nur ganz wenig. Und dann solltest du die Ringe ...«

»... samt Tube ins Meer schmeißen und dich hinterher! Wie komme ich überhaupt dazu, deine Fummelarbeit zu machen, während du in meiner Hängematte faulenzt?«, giftete ich.

»Da will ich jetzt auch mal rein! Also gehst du raus! Es ist ja nicht meine Schuld, wenn bei euch keine hängt, dafür habt ihr die Klimaanlage.«

»Die ist kaputt.«

»Seit wann?«

»Seit gestern, dauert aber noch bis morgen. Der Betriebselektriker holt gerade die Ersatzteile. Aus Busuanga! Falls sie schon da sind ... sie kommen nämlich aus Manila.«

»Na so ein Pech! Wenigstens ist die Schokolade alle.« Ich legte die Ringe auf den Tisch. »Fettig genug sind sie, jetzt kannst du sie braten.«

Dann kam Hannes dazu und riss mir mit einem Entsetzensschrei das Papiertaschentuch aus der Hand, mit dem ich auf dem Objektiv herumwischte. Das darf man nämlich nicht, dazu muss man irgendwas aus Seide nehmen. Jetzt wusste ich auch, weshalb mir die herumliegenden Stofffetzen so bekannt vorkamen – sie waren mal Stefanies Schlafanzug gewesen, bevor das eine Hosenbein am Bügeleisen geklebt hatte.

»Wie ist das nun mit morgen? Kommst du mit?«

»Warum seid ihr bloß so versessen darauf? Es gibt bestimmt subtilere Methoden, seine Schwiegermutter loszuwerden. Vermeintliche Unglücksfälle werden auch hier zu Lande polizeilich untersucht. Außerdem kann ich schwimmen.«

Er grinste. »Na und? Die Crew habe ich doch schon bestochen! – Aber nun mal im Ernst: Du fährst mit raus, und bevor wir tauchen, wirst du auf einer Insel abgesetzt. Später gibt's dort gemeinsames Picknick und Mittagsschläfchen, dann gehen wir noch mal runter, und auf dem Rückweg sammeln wir dich wieder ein.«

»Was ist, wenn mich Piraten kidnappen?«

»Die Insel ist unbewohnt.«

Ich wusste doch, dass die Sache einen Haken hatte! »Ihr werdet mich natürlich nicht wieder abholen, deshalb werde ich auch nicht ertrinken, sondern verdursten. In einschlägigen Filmen wird die Heldin nie vor dem Verhungern gerettet, immer bloß kurz vor dem Verdursten.«

»Wir lassen dir eine Flasche Whisky da!«, versprach Hannes.

»Ich hasse Whisky!«

»Eben drum!«

Mir war klar, dass die beiden keine Ruhe geben würden. Die Fahrt als solche reizte mich schon, zumal das anvisierte Wrack zwei Bootsstunden entfernt liegen sollte, das bedeutete Wind und Sonne aus erster Hand, das bisschen Geschaukel während der Fahrt stört nicht, kritisch wird es ja nur, wenn der Kahn still liegt, sich am Ankerseil dreht und die Wellen immer aus einer anderen Richtung kommen. Mein untrainierter Magen macht da nicht lange mit. Aber was um alles in der Welt sollte ich auf einer unbewohnten Insel anfangen? Angeln? Krabben suchen? Nach vergrabenen Schätzen buddeln? Die von Klaus Störtebeker hat man ja bis heute nicht gefunden, obwohl man doch wusste, wo er seine Schlupfwinkel gehabt hatte und die Auswahl ohnehin nicht sehr groß gewesen ist. Die Philippinen dagegen bestehen aus über zweitausend Inselchen ...

»Na schön, ich komme mit, allerdings nur unter der Bedingung, dass mein Sonnenschirm und meine Liege auch mitkommen!« Damit würde die Sache wohl hoffentlich vom Tisch sein. Ein Tauchboot ist schließlich keine Yacht, die Crew würde sich weigern, ich hätte meinen guten Willen zwar gezeigt, würde ihn jedoch nicht beweisen müssen, und schließlich wären alle zufrieden. Hatte ich gedacht.

»Nimm dir was zu lesen mit«, erinnerte mich Steffi am nächsten Morgen, »und genügend Sonnenöl. Wasser reflektiert!«

»Ja ja, auch Schreibzeug, Skizzenblock, Fliegenklatsche und Strickzeug, ich werde schon nichts vergessen.« Dann packte ich das Wenige in die Tasche, was ich jeden Morgen mit zum Strand nahm. »Wann seid ihr eigentlich zurück?«, rief ich durch den Flur.

»Keine Ahnung«, schrie Steffi zurück, »vor fünf bestimmt nicht.«

Ha, das würde einen Fastentag geben! Oder zumindest einen halben, es wäre ja niemand da, der mich zum Mittagessen überredete. »Nicht viel, nur ein bisschen Salat, lieber mehrere kleine Mahlzeiten als drei große«, pflegte Steffi ihre Fit-and-Fun-Ernährungstipps herunterzubeten, um dann nach dem Salat doch noch ein paar Löffelchen Reis auf den Teller zu häufeln, zwei oder drei kleine Krabben, ein bisschen Gemüse, das muss sein, schon wegen der Vitamine, und hinterher vom Dessertbüffet ein Stückchen Kuchen, aber nur ein ganz kleines. »Hier, probier mal!«

Wenn ich probiert habe, hole ich mir natürlich auch eins, allerdings ein etwas größeres, die kleinen weißen Bällchen da drüben sind neu, muss man wenigstens mal kosten (Kokosfleisch gehört übrigens nicht zu den kalorienarmen Nahrungsmitteln), und ehe man sichs versieht, ist aus dem »bisschen Salat« eine komplette Mahlzeit geworden.

Heute nicht! Heute würde mich niemand in Versuchung führen!

Und dann sah ich auf dem Weg zum Frühstück zwei Boys eine Liege zum Boot tragen, ein dritter folgte mit einem zusammengefalteten Sonnenschirm, unterm Arm meine Luftmatratze ... die machten tatsächlich Ernst! Nun half nichts mehr, ich musste mit. Obwohl ich keine Lust hatte und mir mindestens zehn Gründe einfielen, weshalb ich mich vor der Fahrt drücken könnte, angefangen von Durchfall (Steffi hatte ihn schon hinter sich) über Sonnenbrand (selbst wenn man schon braun ist, kann man immer noch welchen kriegen, man sieht ihn bloß nicht mehr) bis zu noch nicht genau diagnostizierten Leiden, aus denen sich immerhin noch etwas entwickeln konnte. Doch diese Blöße wollte ich mir nicht geben, also Augen zu und durch, beziehungsweise: Augen auf und erst mal zehn Meter durchs Wasser, dann mit leicht durchnässten Shorts rauf auf den Kahn. Die Leiter erinnerte mich doch sehr an das Metallgestänge, auf dem zu Hause immer der Schornsteinfeger herumklettert, genauso unhandlich und genauso verrostet.

Eine kleine Karawane näherte sich, vorneweg der Koch, der jedoch eine Berührung mit dem Wasser sorgfältig vermied und vom Strand aus das Verladen des Geschirrs, der Getränke und vor allem der Kühlboxen überwachte.

»Ich denke, außer uns fährt heute niemand mit?«, wandte sich Hannes an den Tauchguide, der natürlich mit von der Partie sein musste, obwohl er sich um seine beiden Schutzbefohlenen nicht mehr zu kümmern brauchte und es auch meistens nicht tat.

Es käme niemand mehr, sagte Juan, aber der Koch habe Anweisung gehabt, für ein ausreichendes Picknick zu sorgen.

»Von dem, was da eben angeschleppt worden ist, wird mindestens ein Dutzend Leute satt, wir sind aber bloß sieben«, murmelte Steffi, »einschließlich der Crew.«

Juan schüttelte den Kopf. »Die isst was anderes.«

Nun war es klar: Wir würden alle drei ausgesetzt werden! Bekanntlich gibt man den dazu verurteilten Delinquenten Nahrung für ein paar Tage mit, und wenn die alle ist, werden sie hoffentlich Kokospalmen gefunden und Angeln gelernt haben.

Die Fahrt war wunderschön. Es gab kaum Dünung, die Sonne stand noch nicht so hoch, wir konnten also ohne Bedenken vorne auf den Planken liegen und uns bescheinen lassen, eine leichte Brise brachte Kühlung, und wenn doch mal eine Welle hochschwappte, empfand ich das als angenehm, obwohl ich es eigentlich hasse, mit kaltem Wasser bespritzt zu werden. Fliegende Fische gab es auch. Diese Bezeichnung ist übrigens falsch, sie fliegen nämlich nicht, sondern springen einfach schräg aus dem Wasser und plumpsen wieder hinein. Einer landete in offenbar selbstmörderischer Absicht im Boot, wurde jedoch von Hannes wieder zurückgeworfen, bevor ihm einer der Boys mit dem Messer zu Leibe rücken konnte. Der war dann auch entsprechend sauer. Fische sind zum Essen da und nicht zum Spielen, basta!

Wir waren schon an einigen Inseln vorbeigekommen, hatten sie jedoch immer weiträumig passiert. Sie schienen alle unbewohnt zu sein, abgesehen von zwei oder drei Holzhütten direkt am Ufer, Unterschlupf für Fischer bei Unwetter. Nur auf einer herrschte lebhaftes Treiben. Zwei Boote lagen auf dem breiten Strand, Schwimmer tummelten sich im Wasser, weiter draußen sah man lauter kleine Periskope in die Höhe ragen, offenbar ein ergiebiges Gebiet für Schnorchler, Musik klang herüber, und gewinkt wurde natürlich auch.

»They are tripper«, erläuterte Tauchlehrer Juan und begriff nicht, weshalb ich ihn wohl etwas verdattert ansah. Immerhin bezeichnet diese Vokabel bei uns ein medizinisches Problem, mit dem man nicht unbedingt hausieren geht, außerdem hatte ich nur halb zugehört, lediglich das eine Wort verstanden und dann ganz entsetzt gefragt: »Müssen die hier etwa in Quarantäne?«

»Das sind Ausflügler«, klärte mich Hannes auf, nachdem er sich endlich beruhigt hatte, »keine Aussätzigen!« Er fing wieder an zu lachen.

Na schön, man kann sich ja mal irren, dabei hatte ich doch schon in einer der ersten Englischstunden gelernt, dass *trip* Ausflug hieß, im Gegensatz zu *study trip,* was so viel wie Lehrgang bedeutet, denn auf einem solchen hatten wir uns seinerzeit befunden zwecks Besichtigung einer Ausstellung, für die unsere amerikanischen Besatzer verantwortlich zeichneten.

Die übernächste Insel war meine. Auf diesem runden, dunkelgrünen Klecks Land inmitten einer unendlichen Wasserwüste sollte ich also ausgesetzt – nein, falsch – abgesetzt werden, konnte zwei Stunden lang Robinson spielen, als Nackedei herumhüpfen, lauthals singen, was ich in Hörweite anderer Ohren niemals tat … weshalb also kam ich mir wenig später so grenzenlos verlassen vor, als das Boot aus meinen Blickfeld verschwand? Ich hatte doch alles, was ich brauchte! Meine Liege samt Luma, den Schirm, eine Kühlbox randvoll mit Getränken, Buch, Brille, sogar Musik, Steffi hatte mir ihren Walkman dagelassen, und trotzdem fühlte ich mich überhaupt nicht wohl. Sogar Uschilein hätte ich jetzt freudig begrüßt.

Nachdem ich zum vierten Mal auf die Uhr gesehen und festgestellt hatte, dass gerade mal siebzehn Minuten vergangen waren, entschloss ich mich zu einer Insel-Erkundung. Ich setzte sogar die Baseballkappe auf, weil mich hier niemand sehen konnte, denn bisher hatte ich mich strikt geweigert, das Ding zu tragen. Lieber riskierte ich einen Sonnenstich. Die meisten Frauen können sich auf den Kopf setzen, was sie wollen, irgendwie steht es ihnen. Ich gehöre leider nicht dazu, kriege mit jeder Kopfbedeckung einen leicht debilen Touch und sehe mit einer Baseballmütze ausgesprochen dämlich aus, egal, wie herum ich sie aufsetze. Ich hab's sogar mal mit einem dieser großen Strohhüte versucht, unter denen Sophia Loren immer so fantastisch aussieht (sie ist nur ein halbes Jahr jünger als ich!!!), aber das war auch eine Fehlentscheidung.

»Trag lieber weiter naturell!«, hatte Steffi empfohlen und sich nur mit Mühe das Lachen verbeißen können.

»Was meinst du damit?«

»Haare pur!«

Die Inselbesichtigung endete bereits nach knapp fünfzig Metern, weil das Mangrovengestrüpp bis ins Wasser reichte und ein Weiterkommen unmöglich machte. Also Kehrtwendung in die andere Richtung, doch da sah es nicht viel besser aus. Querdurch war auch nicht möglich, dort wucherte zwar viel Grünes, allerdings so üppig, dass es zu einem regelrechten Dschungel zusammengewachsen war. Eine Machete hätte ich gebraucht, hatte jedoch nur ein Küchenmesser, mit dem ich nicht mal die beiden Mangos durchschneiden könnte, die man mir für den Fall eines plötzlichen Heißhungers dagelassen hatte.

Außer Sand und Meer gab es nur noch etwas in rauen Mengen, nämlich Muscheln. Nicht die kleinen flachen, wie man sie haufenweise an Nord- und Ostsee findet, sondern diese riesigen, wie aus Porzellan geschaffenen bunt schillernden Kunstwerke, deren Einfuhr unter hohen Strafen steht. Hier lagen sie einfach so herum, natürlich nicht poliert wie in einschlägigen Geschäften erhältlich, sondern teilweise noch von Kalk verkrustet. Doch nach entsprechender Bearbeitung würden auch sie wunderschön aussehen. Viele waren allerdings beschädigt, angeschlagen und durchlöchert von Sturm und Wellen, aber es gab auch noch eine ganze Menge, die heil geblieben waren. Zwei habe ich mitgenommen, in Badeanzüge gewickelt durch den Zoll geschmuggelt, mir hätte doch kein Beamter geglaubt, dass ich sie am Strand gefunden habe. Einfach so.

Ich weiß nicht, wie Robinson das jahrelang ausgehalten hat, so mutterseelenallein auf seiner Insel, dabei hatte er nach seiner Rettung nicht mal zu einem Psychiater gemusst. Ich wurde ja schon nach anderthalb Stunden kribbelig und war heilfroh, als nach exakt 109 Minuten das Tauchboot wieder um die Ecke bog. Rein geographisch stimmt das natürlich nicht, eine runde Insel hat keine Ecken, aber wie drückt man es korrekt aus, wenn ein Boot quasi um die Kurve biegt? Jedenfalls war es plötzlich da, warf seinen Anker, und sofort setzte sich wieder eine Karawane in Bewegung, diesmal umgekehrt. Erst wurden ein Klapptisch nebst drei passenden Hockern an Land getragen, gefolgt von einer großen Geschirrkiste, dann kamen ohne Ende Kühlboxen und zum Schluss Thermokannen mit Tee und Kaffee.

Juan machte sich an die Arbeit, lehnte jede Hilfe ab, erlaubte nicht einmal, dass Hannes die Kronkorken von den Wasserflaschen entfernte, bis der ihn regelrecht zusammenstauchte, und dann tafelten wir so aufwändig wie weiland Großwildjäger in der afrikanischen Steppe, nur mit dem kleinen Unterschied, dass wir statt Abendkleid und Smoking Badehose und Bikini trugen (ich ausnahmsweise auch, als Robinsonine durfte ich das). Nachdem Juan abgelehnt hatte, sich zu uns zu setzen, machten wir erst gar nicht den Versuch, die drei Boys vom Boot zu holen. Sie blieben an Bord und würden später essen, hieß es, was im Klartext bedeutete, dass sie unsere Reste bekämen. Zum Glück war mehr als genug da, es würde von allem etwas übrig bleiben, sogar von der Eistorte, die allerdings nicht mehr so prachtvoll aussah, nachdem sie, wenn auch kurz, in der Sonne gestanden hatte.

»Nur ein Viertelstündchen«, hatte auf dem Wandbehang gestanden, handgestickt natürlich, der bei meiner Urgroßmutter hinter dem kleinen Küchensofa prangte, und so weit ich mich erinnere, hatten ihr diese kurzen Nickerchen auch immer gereicht, aber sie hatte natürlich nie bei ungefähr 34 Grad im Schatten ein Vier-Gänge-Menü verdauen müssen. Wir brauchten mehr als eine Stunde, bevor unsere Lebensgeister wieder erwachten; allerdings waren meine dann so munter, dass sie gegen ein nochmaliges Zurückgelassenwerden protestierten. Lieber auf dem ankernden Boot herumschaukeln und notfalls die Fische füttern (ich hatte sowieso zu viel gegessen!), als noch mal zwei Stunden auf diesem gottverlassenen Eiland hocken. Dabei wurde es gar nicht so schlimm. Das Meer glitzerte immer noch ganz ruhig in der allmählich tiefer stehenden Sonne, das Boot schwankte kaum, und wenn ich trotzdem das Gefühl bekam, mein Magen würde nicht mehr lange mitmachen, sprang ich ins Wasser, schwamm zweimal um den Kahn und kletterte zurück an Bord. Das reichte wieder für die nächsten zwanzig Minuten.

Hannes tauchte als Erster auf, gleich danach Juan, doch kaum hatten sie sich hochgehievt, kam auch Steffis Kopf zum Vorschein. Noch im Wasser befreite sie sich von Flasche, Jackett und Bleigurt, reichte beides den Boys, kletterte ins Boot, und während sie sich in Windeseile aus dem Anzug schälte, schrie sie: »Lasst bloß die Leiter noch draußen!« Dann hechtete sie zurück ins Meer und stieg wenig später sichtlich erleichtert die Sprossen wieder empor. »Das war knapp!«

Bei den zwei Männern ging die Sache problemloser ab. Nebeneinander stellten sie sich am Heck auf, und nach dem Kommando »Alle Augen backbord!« hörte man es leise, doch ausgiebig plätschern.

Nie hätte ich gedacht, dass es von einem schon halb im

Sand versunkenen, von Algen, Muscheln und Tang über-
wucherten fünfzig Jahre alten Wrack so viel zu erzählen gibt.
Da hatte man doch tatsächlich ganz genau das Loch erkennen können (pardon, auf seemännisch heißt das ja wohl
Leck), das der Torpedo in die Bordwand gerissen hatte,
durch den Wellentunnel (?) war man ins Innere geschwommen, hatte mit dem Messer ein bisschen an der Spierentonne
(??) herumgekratzt und an Deck sogar noch Reste der Barbet-
te (???) gefunden. Ich verstand nur Bahnhof, täuschte jedoch
fundierte Kenntnisse vor, um den sonst fälligen Erklärungen
vorzubeugen, bis Steffi der Sache ein Ende machte. »Ist doch
sch … egal, ob ich nun an einem Schott oder an einer Tür
hängen geblieben bin, meine Handschuhe sind jedenfalls
hinüber! Wo kriege ich jetzt neue her?«

Vielleicht würde sie ja gar keine mehr brauchen! Anfangs
hatte ich überhaupt nicht auf dieses Boot geachtet, das plötzlich von irgendwoher aufgetaucht und eine Zeit lang parallel
zu uns gefahren war, doch nun allmählich näher kam. Aufmerksam wurde ich erst, als Juan sein Fernglas auf das Boot
richtete und durch ein kaum sichtbares Nicken seinen Leuten
zu verstehen gab, dass wohl irgendetwas nicht stimmte. Nur
der Mann am Ruder blieb scheinbar unbeteiligt, die anderen
beiden standen auf und machten sich an der in einer Ecke liegenden Segelplane zu schaffen. Ich sah etwas blitzen, wusste
jedoch nicht, was es war, wunderte mich nur, dass Juan von
Hannes verlangte, er möge sich doch mal eben am Bug in die
Sonne setzen, während wir Frauen die Plätze wechseln und
auf der gegenüberliegenden Seite Platz nehmen sollten. Da
würden unsere Badeanzüge schneller trocknen. Er selber
schleppte die Tauchflaschen von vorne nach hinten, weil sie
dort angeblich nicht mehr hin- und herrollten, und hätte er
nicht immer wieder einen aufmerksamen Blick zu dem anderen Boot geworfen, dann hätten wir vermutlich gar nichts
mitgekriegt. So aber wurden wir misstrauisch, und da Steffi

auf Ausfahrten immer ihr kleines Fernglas mitnimmt, wegen der Delfine, die gelegentlich vorbeischwimmen, kramte sie es heraus und setzte es an die Augen. »Die haben ja Skimützen auf mit Löchern im Gesicht!«

»Waaas?« Hannes riss ihr das Glas aus der Hand und sah selber hindurch. Dann wandte er sich ganz ruhig an Juan. »Pirates?«

Wahrscheinlich ja, meinte der, doch wir sollten uns nicht beunruhigen. Sobald die Männer feststellten, dass nur Taucher an Bord seien und keine Ausflügler, hätten wir nichts zu befürchten. »Diver have no money and no credit-cards.«

Das war richtig, Geld hatte ich wirklich nicht dabei, meine Kreditkarte lag im Hotelsafe, aber Steffi und Hannes trugen immerhin nicht ganz billige Tauchcomputer, und ihre Kamera stammte auch nicht vom Flohmarkt.

Das fremde Boot kam immer näher, so dass wir nun auch ohne Fernglas die mit dunklen Gesichtsmasken vermummten Gestalten erkennen konnten. »Wie im Kintopp!«, behauptete ich fröhlich, obwohl ich eine Scheißangst hatte. Steffi ging es genauso, oder weshalb sonst nahm sie ihren Computer vom Handgelenk und schob ihn unter ein zusammengerolltes Tau? Hannes steckte seinen Computer zwischen die Schwimmwesten: »Die nehmen mit, was sie brauchen oder irgendwo verscherbeln können, und dann ziehen sie wieder ab.«

Aber dann drehte das Boot plötzlich doch ab und verschwand hinter einem der unzähligen Inselchen. Allgemeines Aufatmen. So harmlos, wie Juan behauptet hatte, schienen die hiesigen Piraten wohl doch nicht zu sein, obwohl er uns treuherzig versicherte, man sei ja gegen mögliche Überfälle gewappnet. Zum Beweis griff er unter die Plane und zog ein langes Messer mit beidseitig geschliffener Klinge hervor, also keins von denen, die man zu Hause in der Küchenschublade hat. Vier Stück hätten sie davon an Bord, und wir dürften sicher sein, dass sie alle damit umgehen könnten.

Natürlich waren wir gebührend beeindruckt, doch im Stillen fragte ich mich, ob der tapfere Mensch schon mal etwas von Revolvern oder sogar Maschinenpistolen gehört hatte. Moderne Piraten gehen doch nicht mehr mit Enterhaken und Hackebeilchen auf Beutejagd!

Das abendliche Gesprächsthema an der Bar war gesichert! Zwar bedauerte uns kaum jemand wegen der Ängste, die wir hätten ausstehen müssen (na ja, sie hatten zum Glück nicht lange gedauert), vielmehr wurden wir noch übertrumpft, denn der Überfall während einer Foto-Safari in Kenia war natürlich viel spektakulärer gewesen. Bewaffnet mit Pfeil und Bogen hätten die Massai ihre Gruppe umzingelt, schilderte Bob aus Massachusetts – derzeit wohnhaft in Hongkong – sein letztjähriges Abenteuer, und wenn sie nicht ihr ganzes Geld und die Frauen ihren Schmuck abgeliefert hätten, wären sie bestimmt alle massakriert worden. Ich hatte die Massai zwar ganz anders in Erinnerung, nämlich als friedliches Völkchen, das am Strand Souvenirs verkaufte und abends in den Hotels so eine Art Stammestänze zelebrierte, die mit den uralten Riten vermutlich wenig Ähnlichkeit hatten, aber das lag schon einige Jahre zurück, und die möglichen Vorteile eines Kidnapping hatten sich vielleicht doch schon bis ins kenianische Hochland herumgesprochen.

Jean-Claude aus Nancy war angeblich mal richtig entführt worden, irgendwo in den Anden (was hatte er da bloß gesucht?), aber da er zu keinerlei Auskünften über Ort des Geschehens, Höhe des Lösegeldes etc. bereit war, glaubten wir ihm die Geschichte nicht so ganz.

Zwei jugendliche Rucksack-Touristen aus dem Saarland, die vor zwei Tagen angereist waren und lieber am Strand schliefen statt in ihrem Bungalow, baten Hannes um Standortbestimmung des Beinahe-Überfalls; sie würden gerne selbst einen provozieren, um dann darüber berichten zu können. »Wir sind nämlich freie Reporter.« Bar aller seemännischen Kenntnisse murmelte Hannes ein paar Zahlen, die es mit Sicherheit auf keiner Seekarte gibt, während Steffi schon detailliertere Angaben machen konnte: »Erst geradeaus, nach der zweiten Insel Kurs Nordost, dann ungefähr eine halbe Stunde lang so bleiben, und wenn jeweils rechts und links auf gleicher Höhe eine Insel auftaucht, mittendurch und danach scharf links. Da müsst ihr dann so lange herumdümpeln, bis jemand kommt.«

»Wer soll sich denn das merken?«, brummte der Jüngling und forderte seinen Kumpel auf, die Sachen zu packen, damit sie schon morgen mit dem ersten Boot wieder abhauen könnten. »In Manila ist bestimmt mehr Äktschen, hier isses ja toter als tot.«

Dabei stimmte das gar nicht. Am nächsten Tag war nämlich das chinesische Neujahrsfest, mit dem das Jahr des Schweins begann. Vielleicht war's auch der Affe, oder aber das Affenjahr war gerade zu Ende gegangen, so genau weiß ich das wirklich nicht mehr, jedenfalls waren morgens Rezeption und Speisesaal mit roten Bändern geschmückt, die Bar natürlich auch. Abends gab es sogar ein kleines Feuerwerk, allerdings nur so lange, bis plötzlich die etwas abseits aufgehäuften, längst vertrockneten Palmwedel zu qualmen anfingen. Nach erfolgreicher Brandbekämpfung wurde in der Bar weitergefeiert, und diesmal fand sogar die Torte genügend Abnehmer. Normalerweise blieb das meiste davon übrig. Es gab nämlich fast jeden Abend eine Torte, etwas kleiner als die hier, aber genauso farbenfroh und genauso süß. Die mit »Happy Birthday« in rosa Zuckergussschrift und einer Kerze obendrauf bekam das jeweilige Geburtstagskind, die mit einem Fähnchen und der Aufschrift »A diver is born« wurde zusammen mit dem entsprechenden Zertifikat einem neuen Taucher überreicht, aber auch sonst gab es immer wieder einen Anlass, der den Koch zu neuen Kreationen inspirierte. Kam ein Gast zum dritten Mal (oder noch öfter, es gab tatsächlich ein paar »Dauergäste«) auf die Insel, dann wurde er mit einem welcome-cake begrüßt; das Unglückswesen mit dem verstauchten Fuß bekam als Trostpflaster eine Torte, die auf einer Mullbinde ruhte und von einem Hansaplast-Fähnchen gekrönt war, und die beiden Schweizer, deren Hochzeitstag sich zum zwölften Mal jährte, erhielten natürlich einen wedding-cake mit einem Brautpaar in der Mitte. Der Verdacht liegt nahe, dass der Koch viel lieber Konditor geworden wäre, zumal seine kreativen Fähigkeiten erheblich größer waren als die kulinarischen. Seine Torten sahen immer wunderschön aus – bei der ersten hatte ich tatsächlich geglaubt, sie sei aus Plastik –, aber sie waren widerlich süß, und darüber hinaus offenbarte ihr Genuss jedes Löchlein, das der Zahnarzt bei der letzten Kontrolle noch gar nicht gefunden hatte.

Kaum war das Neujahrsfest vorbei (an diesem Tag befanden sich übrigens nur drei echte Chinesen auf der Insel), kam der Valentinstag, den man vor zwanzig Jahren hier bei uns noch gar nicht kannte und der vermutlich von den Floristen beziehungsweise den Geschenkartikel-Herstellern aus Amerika importiert wurde, weil es bis zum umsatzsteigernden Muttertag im Mai leider noch ein Vierteljahr hin ist. Die roten Bändchen blieben hängen und wurden durch viele rote Herzchen ergänzt, mittags gab es als Dessert für jeden Tisch einen kleinen runden Kuchen mit einem Herz obendrauf, und für abends war ein Picknick angesagt, und zwar nicht wie üblich am Pool, sondern auf dem »island without any trees«, also der Insel ohne Bäume, die in Sichtweite vor uns lag und wirklich nur aus Sand bestand und am hinteren Ende aus ein bisschen Geröll. Wir waren schon ein paar Mal daran vorbeigefahren. Bei Sonnenuntergang sollten wir uns alle am Strand einfinden, dann würden uns zwei Boote hinüberbringen.

Den ganzen Nachmittag über liefen die Vorbereitungen. Die Grills wurden auf die Insel geschippert, Batterien von zugedeckten Blechen, Töpfen, Kannen folgten, Geschirr schepperte, ein Klapptisch fiel ins Meer, gefolgt von dem Boy, der ihn noch festhalten wollte – keine Katastrophe bei fünfundzwanzig Grad Wassertemperatur und nur 1 Meter Tiefe –, dann kam heftig gestikulierend der Koch angelaufen, worauf zwei Töpfe wieder ausgeladen und am Strand abgestellt, vom nächsten Hilfswilligen jedoch erneut an Bord geschleppt wurden … es herrschte ein überaus geschäftiges Treiben, nur mangelte es an Koordination.

»Jeder macht, was er will, keiner macht, was er soll, aber alle machen mit!«, konstatierte Hannes, nachdem er eine Zeit lang zugeguckt hatte. »Camillo rennt jetzt schon zum vierten Mal mit der Suppenkelle auf den Kahn!«

»Vielleicht vergisst er bloß, sie abzulegen.« Steffi grinste. »Ich kenne nämlich jemanden, der geht schon mal in den Keller, weil er die alten Zeitungen runterbringen und Kaminholz raufholen will, und wenn er zurückkommt, hat er die Zeitungen immer noch unter dem Arm und statt der Buchenscheite Kartoffeln im Korb.«

»Das ist ein einziges Mal passiert und auch nur deshalb, weil mich der Oskar im Keller angequatscht und gefragt hat, wie lange Kartoffeln kochen müssen; der war doch gerade zwei Tage lang Strohwitwer gewesen. Da muss ich irgendwas assoziiert haben wie Kartoffelfeuer oder Kartoffeln im Feuer … was weiß denn ich? Und was hat das überhaupt mit der Suppenkelle …«

»Jetzt hat er sie nicht mehr«, meldete Steffi, die das Gewusel am Strand nunmehr durch das Fernglas verfolgte, »vielleicht hat der Koch sie ihm weggenommen.«

»Das wird's sein«, überlegte ich, »beim Picknick hat es doch bisher noch nie Suppe gegeben.«

»Ich sehe mir das mal näher an.« Ungewohnt schnell erhob sich Hannes von seiner Liege, doch bevor ich ihn noch anpflaumen konnte von wegen »gleich stehst du im Mittelpunkt und folglich allen im Weg«, sprang auch Steffi hoch und lief hinterher.

»Was soll denn das? Habt ihr zu viel Sonne abgekriegt oder bloß Entzugserscheinungen, weil heute der Nachmittagstauchgang ausgefa …« Nein, nichts dergleichen, Ursache der plötzlichen Flucht war Uschilein, schon fein gemacht in seegrünem Flatteranzug mit Chiffonschal.

»Ist ja vielleicht ein bisschen zu elegant für ein einfaches Picknick« – mein erstaunter Blick schien ihr nicht entgangen zu sein – »aber ich habe doch schon alles gepackt, und das Tiegaun hier nimmt so wenig Platz weg, das kriege ich noch in Karls Koffer rein. Auf der Hinreise hatte ich es nämlich noch nicht.«

Stimmt ja, Herr und Frau Klatz würden morgen abreisen, und wenn ich ihre Andeutung richtig interpretierte, dann hatte Uschilein dieses Kleidungsstück ebenfalls in Hongkong erworben, trug es zum ersten Mal und wollte bewundert werden.

»Sie sehen großartig aus!«, bestätigte ich. »Schon allein wegen der Farbe des … wie sagt man denn dazu? Anzug? Ist ja eigentlich kein richtiger, die Ärmel fehlen – steht Ihnen aber wirklich gut zu den roten Haaren.«

Sie wischte ein paar Sandkörner von Steffis Liege und setzte sich vorsichtig. »Wissen Sie, ich habe schon lange was zum Ausgehen gesucht, ins Theater und so, wir haben ja Abonnement, aber nicht immer, oder zur Winterfeier vom Turnverein, da isses auch immer sehr elegant, und dann natürlich zur Prunksitzung vom Karnevalsverein, wo der Karl Hauptmann bei der Garde ist, da kann man auch nicht bloß so im Sonntagskleid kommen.«

»Natürlich nicht.« Irgendetwas musste ich wohl mal sagen, obwohl mir die Gepflogenheiten des Karnevals ziemlich fremd waren. Zwar hatte ich früher mal einige Jahre in und um Düsseldorf herum gewohnt, hatte den programmierten rheinischen Frohsinn also hinreichend kennen gelernt, ihm jedoch nie etwas abgewinnen können. Ich glaube, man muss dort geboren und in den Karneval hineingewachsen sein, sonst bekommt man ganz einfach Schwierigkeiten damit, zu einem vorgegebenen Zeitpunkt tagelang fröhlich sein zu müssen.

»Zuerst wollte ich mir den Tiegaun ja gar nicht kaufen«, fuhr Uschilein fort, »nicht mal anprobieren wollte ich ihn, aber Nadine hat gesagt, das ist genau meine Farbe, und die Hosen sind oben und unten gleich weit, da fällt es nicht auf, wenn die Taille nicht mehr so schmal ist wie früher, und für oben herum habe ich noch den Schal gekauft, auch wenn er nicht dieselbe Farbe hat.« Sie zupfte an dem Chiffon herum, bis er zumindest den Nacken wie eine Halskrause umschloss. »Rauchgrau hat der Verkäufer gesagt, aber ich weiß nicht, ob Nadine das richtig übersetzt hat.«

Mit Sicherheit nicht, oder aber in dem Modegeschäft hatte es nur künstliches Licht gegeben, denn der rauchgraue Schal tendierte nach meiner Ansicht mehr ins Hellblaue. Und was sich hinter dem merkwürdigen »Tiegaun« verbarg, hätte ich auch noch gern gewusst. »Jetzt muss ich mal ganz dumm fragen: Was genau ist denn ein Tiegaun? Ich habe das Wort noch nie gehört.«

»Ich auch nicht, aber es hat auf dem Schild gestanden. Lesen kann ich so was ja nicht, weil ich kein Englisch kann, und aussprechen auch nicht, die schreiben das ja alles ganz anders als wie sie sprechen, bloß Nadine hat gesagt, dass es so heißt, nämlich Tiegaun.«

Und plötzlich klingelte es bei mir. Da hatte es doch mal eine Tante Elfi gegeben, eine österreichische Freundin meiner Mutter, die in den fünfziger Jahren einen Amerikaner geheiratet hatte und mit ihm nach Los Angeles gezogen war. Nach dem Tod meiner Mutter hatte ich sie quasi geerbt, d.h. ich schrieb ihr hin und wieder einen Brief, gratulierte regelmäßig zum Geburtstag, kriegte ebenso regelmäßig plakatgroße Weihnachtskarten zurück, schickte auch mal Fotos von den Kindern und fand es ganz praktisch, einen Anlaufpunkt zu haben, sollte ich wider Erwarten doch mal in die Staaten kommen. Ansonsten war Kalifornien weit weg und folglich auch Tante Elfi. Hatte ich gedacht, aber seitdem es Flugzeuge gibt, sind die entfernten Bekannten auch nicht mehr das, was sie mal waren. Außerdem hatte ich nicht gewusst, dass ihre recht betagte Mutter noch lebte, und wer die Entfernungen in den USA gewöhnt ist, für den sind die paar Kilometer zwischen Wien und Heilbronn ein Katzensprung.

Es kam, wie es kommen musste: Tante Elfi besuchte uns, nervte, ernährte sich ausschließlich von schwarzem Kaffee, Steaks und Whisky, wobei sich die Reihenfolge im Laufe des Tages umkehrte, und weil es Sommer und sogar richtig heiß war, trug sie meist ein aus diversen Teilen bestehendes, ziemlich durchsichtiges Schleiergewand – mal mit Hosen, mal bodenlang, morgens kurzärmelig und mit Shorts, abends bedeckt, und als ich sie am zweiten Tag noch in Unkenntnis ihrer merkwürdigen Gepflogenheiten kurz vor dem Mittagessen fragte, ob sie denn nicht endlich ihr Negligé aus- und was Vernünftiges anziehen wolle, warf sie mir einen vernichtenden Blick zu. »Das ist ein Tiegaun, damit ist man innerhalb des Hauses immer angezogen!«

Wie lange ich später im Wörterbuch geblättert habe, kann ich nicht mehr sagen, aber ich habe *es* gefunden. Dass es aus dem Englischen kommen musste, war mir genauso klar wie die Wahrscheinlichkeit, es könne sich nur um etwas handeln, das mit Tee zu tun hat (tie heißt auf Deutsch nämlich Krawatte, doch mit einem Kulturstrick lief Tante Elfi nun wirklich nicht herum). Der five-o'clock-tea jedoch ist auch heute noch jedem Engländer heilig (auch wenn er merkwürdigerweise um vier Uhr eingenommen wird), und wer sich zum Dinner in Smoking und Abendkleid wirft, hat mit Sicherheit auch etwas

Passendes für den Nachmittagstee im Schrank. Also suchte ich alle mit »tea« zusammengesetzten Wörter, fand aber nirgends ein »gaun«, rekapitulierte die einstmals gepaukten englischen Aussprache-Regeln und kam schließlich auf das Wort »gown«. Na also! Frei übersetzt heißt »teagown« also Teegewand, was immer man sich darunter vorzustellen hatte, doch so, wie Tante Elfi herumgelaufen war, würde sich wohl keine Frau nachmittags um vier in ein Café wagen – nicht mal eine Engländerin, von denen man ja doch so einiges gewöhnt ist. Man braucht nur mal an ihre Hüte zu denken. Die Sonne war schon untergegangen, als die Vorbereitungen für das Valentins-Picknick endlich abgeschlossen waren und nun auch diejenigen auf das geheimnisvolle Eiland gebracht werden sollten, für die das ganze Spektakel stattfand, nämlich die Gäste. Außer Uschilein hatte niemand dem besonderen Anlass Rechnung getragen, vielmehr dominierten Shorts und Blusen oder T-Shirts, besonders Kälteempfindliche hatten vorsichtshalber lange Hosen mitgenommen, nur Karl war korrekt gekleidet und trug die bei deutschen Männern über fünfzig so beliebte Urlaubsgarderobe: Bermudas, Hawaiihemd, Tennissocken und Sandalen, letztere allerdings noch in der Hand, denn es galt ja einige Meter Meer zu durchkreuzen. Zu Fuß! Und obwohl Uschi ihre Teagown-Hosenbeine bis zu den Knien hochschob und Karl von hinten das bodenlange Oberteil raffte, war klar, dass das Kleid zu lang und die Wellen zu hoch waren.

»Steck's einfach in die Unterhose!«, empfahl Karl in nur wenig gedämpfter Lautstärke, »es ist doch sowieso gleich dunkel.« Das wollte Uschi dann aber doch nicht, vielmehr blieb sie so lange zeternd stehen, bis einer der Boys ins Wasser sprang und sie auf den Arm nahm. Dass ihre Schleppe trotzdem nass wurde, hatte sich wohl nicht vermeiden lassen, aber sie bot später einen hübschen Kontrast zum übrigen Kleid: Dick mit ockerfarbenem Sand bepudert.

Als Letzter kletterte der Doc an Bord, in einer Hand das Erste-Hilfe-Köfferchen, in der anderen zwei Schachteln Streichhölzer von jener Länge, wie man sie zum Anzünden von Meerschaumpfeifen braucht oder von Christbaumkerzen, sofern man noch richtige aus Wachs benutzt, die immer auf den Teppichboden tropfen.

Schon von weitem hatten wir über die vielen Lichtpünktchen gerätselt, sie jedoch erst beim Aussteigen als Fackeln identifiziert, die über die halbe Insel verstreut im Sand steckten. Die andere Hälfte lag im Dunkeln. Dazwischen glühten die Grillfeuer, und über dem ganzen Szenario wölbte sich der inzwischen nachtblaue Himmel mit seinen Millionen von Sternen. Es fehlte bloß noch der Mond, doch der kam erst später und dann auch nur sehr unvollkommen, dabei hätte zu dieser Theaterkulisse ein richtig schöner Vollmond gehört. Aber man kann ja nicht alles haben!

Zumindest hatten wir Wind. Erst eine leichte Brise, sehr angenehm übrigens, die Temperatur musste nach meiner Schätzung immer noch so um 28 Grad herum liegen, dann etwas heftiger, so dass die Papierservietten durch die Luft segelten, und dann noch ein bisschen stärker, worauf die ersten Fackeln ausgingen. Nun war mir auch klar, wozu Doc die Streichhölzer mitgenommen hatte. Sie haben bloß nicht gereicht! Immerhin war es ihm dank schneller Reaktion und entsprechender Zwischenspurts gelungen, die ständig verlöschenden Lichtquellen neu zu entzünden, bis die meisten Gäste mit dem Essen fertig waren. Sofern sie nicht wie ich gegrillten Fisch gewählt hatten. Der hat bekanntlich Gräten, und waren sie schon im flackernden Feuerschein kaum zu finden gewesen, so war es im Dunklen völlig unmöglich. Also stand ich auf, entfernte mich ein paar Schritte und kippte die Überreste ins Meer in der Hoffnung, dass seine Bewohner weniger sensibel sein würden als zum Beispiel Stefanie, die neuerdings den Genuss von Barrakuda oder Sailfish mit der

Begründung ablehnt: »Ich esse keine Tauchpartner!« In welche Kategorie sie Shrimps und Lobster einreiht, bleibt allerdings ihr Geheimnis!

Nachdem der Magen sein Recht bekommen hatte und bis auf ein paar windgeschützte auch sämtliche Fackeln erloschen waren, verstummten allmählich Gespräche und Gelächter, und plötzlich herrschte eine Stille wie in einem überfüllten Fahrstuhl. Wir saßen oder lagen einfach im Sand, schauten in den dunklen Himmel, an dem ab und zu ein Wolkenklecks die Sterne wie mit einem Tafellappen wegwischte, und was diese romantische Stimmung etwas beeinträchtigte, waren lediglich die Sandflöhe. »Mistviecher, elende!«, klang es von hinten, untermalt von einem heftigen Klatschen, oder »damned fleas!« von dort, wo das Flitterwochenpärchen saß beziehengeweise lag, und das auf wirklich allerengstem Raum. Vielleicht wäre eine Insel mit wenigstens ein paar Büschen doch besser gewesen! Nicht nur wegen der Pärchen, von denen einige auf der Suche nach ungestörter Zweisamkeit Hand in Hand dieses Mini-Eiland umrundeten und nicht mal einen Seegrasstängel fanden, sondern auch aus anderen Gründen, von denen nicht nur Uschilein betroffen war. Aber sie ist es gewesen, die das ausprach, was andere, mich eingeschlossen, nur dachten: »Wo kann man denn hier, wenn man mal muss?«

Vorbei war's mit der Romantik und der sentimentalen Stimmung. Die Realität hatte uns wieder!

»Das Meer ist weit, das Meer ist groß, in ihm wird mancher manches los«, kalauerte Hannes und schritt zur Tat, was auch nicht weiter schwierig war, denn er brauchte sich nur einige Meter zu entfernen, dann hatte ihn schon die Dunkelheit verschluckt, und drei Schritte ins Wasser zu gehen.

»Und was machen wir?«, seufzte Steffi. »Eine Flasche Mineralwasser, ein Bier, zwei Tassen Tee und jetzt noch dieser komische Cocktail übersteigen allmählich das Fassungsver-

mögen meiner Blase. Wenn die hier öfter ein Picknick durch-
ziehen, dann hätten sie schon längst mal weiter hinten so'n
Dixi-Klo aufstellen können, auch wenn's nicht in die Land-
schaft passt.«

Es gab aber nun mal keins. »Ob's am anderen Ende der Insel eine Möglichkeit gibt? Da liegt doch so ein bisschen Geröll
rum ...«

»Eben! Ein bisschen Geröll! Das genügt doch nicht!« Trotzdem marschierte sie los, und ich trabte hinterher. Kaum fünfzig Meter waren es, dann hatten wir die Insel durchquert,
und dort am Ende fanden wir das, was wir suchten: Eine
Freilufttoilette, sogar mit Wasserspülung. Ein etwa drei Meter hoher und ebenso breiter, massiver Block musste dieser
Fels mal gewesen sein, in den das Meer einen richtigen Tun-
nel gegraben hatte und sich nun mit jeder Welle schäumend
an den Wänden brach. Wir waren keineswegs die einzigen,
die da herumstanden und mit zwiespältigen Gefühlen ab-
schätzten, wie hoch jeweils das Wasser spritzte.

»Die dritte Welle ist immer etwas höher als die zwei vorangegangenen«, behauptete meine Tochter nach genauer
Beobachtung der Intervalle, »wenn man sich beeilt, könnte
man es schaffen, sonst gibt es eine automatische Selbstreini-
gung.«

»Dann können wir auch gleich ins Meer gehen!«, bemerkte
der weibliche Teil der zweisprachigen Flitterwöchner aus
Hongkong ganz richtig, während der männliche sich der
Stimme enthielt.

»Und haben jede Menge Zuschauer«, ergänzte ich. »Das
hier ist eine nahezu kreisförmige Insel, die jeder problemlos
umrunden kann – und es auch tut!« Ich deutete auf ein weiteres, allerdings mandeläugiges Pärchen, das herangeschlen-
dert kam und prompt stehen blieb. »Something wrong?«

»Nothing!«, sagte Steffi, doch die beiden schienen nicht so
ganz überzeugt zu sein. Jedenfalls blieben sie stehen, und als

171

dann auch noch Uschi herangeflattert kam (gibt es grüne Fledermäuse?), wurde es langsam eng.

»Also, ich probier's mal!«, beschloss Stefanie. »Vorausgesetzt, ihr schottet mich ab. Vorne kann niemand vorbei, da sind zu viele Klippen, und wenn ihr nach hinten einen Halbkreis bildet, müsste es klappen.«

Wir bildeten ihn, Blick zum Meer, Rücken zur »Toilette«, schickten die beiden Herren fort mit der Auflage, diesen Teil der Insel zur männlichen Sperrzone zu erklären, und dann warteten wir auf die Erfolgsmeldung.

»Wenn man sich vorher auszieht, klappt's!«, verkündete Steffi, den Reißverschluss ihrer Shorts hochziehend, »allerdings muss man sich ein bisschen beeilen.«

Wir beeilten uns alle, nur bei Uschi würde das vorgegebene Zeitlimit niemals reichen. Das sah sie auch ein, lehnte meine Hilfe jedoch ab, forderte stattdessen, dass jemand ihren Mann holte. Steffi trabte ab, Karl trabte an, präziser gesagt, er schwankte in leichtem Zickzackkurs durch den Sand, wurde mit dem anstehenden Problem vertraut gemacht, grummelte etwas von »immer diese Weiber« und begann seine Uschi zu entkleiden. Außer der Flitterwöchnerin, die auch nicht länger bleiben wollte, und mir war niemand mehr da, allein konnte ich aber keine Mauer bilden, also verdrückte ich mich ebenfalls, in der Hoffnung, es würde schon kein Voyeur kommen, und wenn, dann konnte ja Karl seiner Frau die nötige Rückendeckung geben.

Zum Glück hatte sich auf einem der beiden Boote zwischen den Schwimmwesten auch eine Decke gefunden, denn in nassem Zustand ließ Uschis Teagown der Fantasie keinen Spielraum mehr; es zeichnete ihre Figur nicht nur bis zum letzten Rippenbogen nach, sondern war darüber hinaus auch noch durchsichtig geworden. Warum? Uschilein hatte nach vollbrachter Tat erst beim Anziehen die Balance verloren und ein unfreiwilliges Vollbad genommen.

Kapitel 7

Es wird Zeit, dass wir nach Hause kommen!« Prüfend hielt Steffi zwei T-Shirts hoch. »Ich habe bloß noch ein sauberes, und das brauche ich für die Rückreise. Welches von denen ist denn weniger dreckig?«

»Die nehmen sich beide nichts«, musste ich sie enttäuschen, »aber wie wär's denn mal mit waschen?«

»Habe ich ja schon versucht, nützt aber nicht viel, außerdem kriege ich die Dinger hinterher nicht richtig glatt.«

»Lieber zerknautscht als schmutzig!«, rezitierte ich die Weisheit meiner Großmutter, die trotzdem immer ihr Reisebügeleisen dabei hatte, auch wenn sie nur eine Woche lang weg war und sowieso mehr Garderobe mitnahm, als sie jemals brauchen würde. »Aber wenn du deine Abneigung gegen Pastellfarben überwinden könntest, dann würde ich dir gerne aushelfen.«

Anstatt nun dankbar zuzugreifen, sah mich Steffi nur misstrauisch an. »Welche Nuancen hättest du denn anzubieten?«

»Hellblau und mint.«

»Natürlich, was sonst? Warum frage ich überhaupt?« Noch einmal überprüfte sie die beiden aber schon sehr angeschmuddelten T-Shirts, bevor sie sie aufs Bett warf. »Aus dem Säuglingsalter bin ich raus und bei den Senioren noch nicht drin, aber was ich nicht begreife« – sie warf mir einen forschenden Blick zu – »wieso lieben eigentlich so viele Frauen über sechzig diese Babyfarben? Weil sie sich dahin zurückentwi ...? Tschuldigung, wollte sagen, vielen stehen sie

173

überhaupt nicht. Gelber Rock und rosa Blüschen sehen doch aus wie Vanilleeis mit Erdbeersoße. Und wenn die Trägerin auch noch weiße Löckchen hat, denkt man unwillkürlich an Schlagsahne oben drauf.«

Irgendwo hatte sie ja Recht, auch wenn ich mich nicht unmittelbar betroffen fühlte. Gelb ist noch nie meine Farbe gewesen, davon besitze ich gar nichts, das rosa Polohemd ziehe ich nur an, wenn ich im Gesicht braun bin, und auf die weißen Haare muss ich noch ein paar Jahre warten, meine haben gerade das Stadium zwischen oben schon grau, aber unten noch braun erreicht und sehen aus wie »Selber färben leicht gemacht« (oder so ähnlich). Löckchen habe ich schon überhaupt keine!

Ich glaube, die Vorliebe der älteren Generation für helle Farben hat einen psychologischen Grund. Endlich kann man! Solange man nämlich ständig Gefahr läuft, mit Spinatbrei vollgespuckt oder von fahrradölbeschmierten Kinderhänden zärtlich umarmt zu werden, empfehlen sich als Alltagsgarderobe unten rum Jeans oder Lodenrock, weil man darauf nicht jeden Fleck sofort sieht, und für oben Dunkles, das zumindest eine 60-Grad-Wäsche verträgt. Später, wenn sich die Sprösslinge gesitterter benehmen und einem nur noch versehentlich Cola über den Rock kippen oder den farbintensiven Kräutertee, in Extremfällen auch mal Nagellack, doch dagegen hat man ohnehin wenig Chancen, dann kann man allmählich zu helleren, jedoch immer noch gedeckten Tönen übergehen, also lavendel, moosgrün und maron. Noch ein paar Jahre später darf man endlich anziehen, was man will!

Zu diesem Zeitpunkt war ich bereits fünfzig, über Minirock und nabelfreie Hemdchen hinaus, zumal es die fast nur in quietschbunten Farbkombinationen gab, und so entdeckte ich zwangsläufig die sanfteren Töne, auf die ich früher – s.o. – notgedrungen verzichtet hatte. Vermutlich bleiben sie nur ein Übergangsstadium, denn ich habe mir sagen lassen, dass auch Enkelkinder einen gerne umarmen, nachdem sie in einer Regenpfütze gespielt oder Schokoladeneis gegessen haben.

Logische Folgerung: Jüngere Frauen, also solche zwischen 42 und 54, die helle Farben tragen, sind zwar nicht mehr erziehungsberechtigt, aber auch noch nicht Oma, befinden sich also quasi in Warteposition und sollten die alten Kleider lieber noch nicht einem wohltätigen Zweck zuführen, sondern vorübergehend in den Schrank hängen; Frauen von 70 an aufwärts haben in den meisten Fällen bereits die zweite Nachfolge-Generation überstanden und bevorzugen deshalb nur noch Pastelltöne! Sie haben es sich verdient!

Stefanie geruhte also das mintfarbene T-Shirt anzunehmen, vermutlich deshalb, weil links oben ein Krokodil drauf war (Räumungsverkauf!), und dann machten wir uns auf den Weg zur Bar, denn in Kürze würde die Sonne untergehen. Das tat sie zwar jeden Tag, doch wir würden es hier nur noch dreimal erleben; zu Hause waren die Möglichkeiten, mit einem Cocktailglas in der Hand auf der Terrasse zu sitzen und übers Meer in die sinkende Sonne zu schauen, sehr eingeschränkt. Wir schrieben nämlich immer noch Februar, eine Tatsache, die man bei dreißig Grad Durchschnittstemperatur allzu leicht vergisst. Das Meer vor der Haustür fehlt sowieso.

»Bist du eigentlich schon mal Helikopter geflogen?« Steffi guckte nach oben, wo so ein Ding herumschraubte. Sie schienen in dieser Gegend das bevorzugte Transportmittel zu sein. »Wieso ein Schiff schwimmt, kann ich mir halbwegs erklären, warum ein Flugzeug fliegt, habe ich auch kapiert, aber wie diese knatternden Monstren funktionieren, werde ich nie begreifen.«

»Die Rotoren halten sie in der Luft!« Das war aber auch alles, was ich dazu sagen konnte. Warum sie es tun, weiß ich bis heute nicht. Nein, bitte keine Erklärungen! Das haben schon mindestens ein Dutzend kompetente Menschen versucht und sind immer sehr schnell an die Grenzen meines physikalischen Verständnisses gestoßen! Das ist nämlich unterentwickelt und entspricht allenfalls dem eines normal begabten neunjährigen Kindes.

Hannes wartete schon auf uns, hatte bereits die Drinks bestellt und sogar drei Stühle ergattert, an denen um diese Tageszeit immer Mangel herrschte. Wahrscheinlich bot die in allen Urlaubshotels so beliebte *happy hour* die beste Möglichkeit, seinen tagsüber in der vorwiegend horizontalen Lage befindlichen Körper allmählich wieder an eine vertikale Position zu gewöhnen.

Wo sie hergekommen waren, konnte hinterher kein Mensch mehr sagen, sie waren plötzlich da: Drei martialisch aussehende, bis an die Zähne bewaffnete Soldaten in Kampfanzügen mit Stahlhelm auf dem Kopf und schussbereiter Maschinenpistole in den Händen. Sie musterten uns, die wir diese Gestalten entgeistert anstarrten, nur schweigend, brüllten weder das erwartete »Hands up!« noch machten sie Anstalten, uns der Reihe nach auszuplündern. Standen einfach bloß da, taten nichts, guckten.

Entsetztes Schweigen, dann ging das Getuschel los. In allen auf der Insel zur Zeit gängigen Sprachen wurden Vermutungen angestellt, die von »Vielleicht haben sie sich bloß verlaufen, hier sieht doch eine Insel wie die andere aus!« bis zu »Stellt euch bloß mal vor, es ist Krieg, und wir wissen nichts davon!«

Hannes tippte auf eine Revolution. »In diesen Breitengraden ist es doch üblich, dass alle paar Jahre eine Regierung gestürzt wird, aber ganz egal, wer gerade am Ruder ist, Devisen brauchen sie alle, und die kriegen sie von den Touristen. Ich glaube also nicht, dass uns etwas passieren wird.«

Trotzdem wagte niemand aufzustehen. Ein mutiger Kellner, der einen ersten Kommunikationsversuch mit den Soldaten gestartet hatte, bekam als Antwort nur ein Kopfschütteln (verstanden hatten wir natürlich nichts, wer spricht schon philippinisch?), deshalb waren wir froh, als Hotelmanager Roy auftauchte. Er grinste uns aufmunternd an, orderte bei Julio eine Runde Moonlight-Cocktail für alle (ein absolut zutreffender Name, spätestens nach dem zweiten Glas überfällt einen unwiderstehliche Müdigkeit!), und dann erfuhren wir endlich, was Sache war.

Auf einer der umliegenden größeren Inseln fand ein Manöver statt, und da der kommandierende General – wie vermutlich alle Generäle dieser Welt – den bei derartigen Veranstaltungen üblichen Unbequemlichkeiten wie Schlafsack im Zelt und Eintopf aus der Gulaschkanone ein anständiges Bett sowie ein mehrgängiges Menü am gedeckten Tisch bei weitem vorzog, hatte er sich und seinen Stab kurzerhand auf die Touristen-Insel abkommandiert.

In das befreiende Gelächter, unterstützt von den orangefarbenen Moonlights, erfolgte denn auch ein bühnenreifer Auftritt: Das uns immer noch mit Argusaugen beobachtende Vorauskommando nahm plötzlich Haltung an, und dann marschierte, eskortiert von vier höheren Chargen, ein ziemlich kleines, ordenbehangenes und mit viel Silber aufgeputztes Männlein vom Strand kommend auf die Terrasse, grüßte militärisch in die Runde, reichte dem Manager gnädig die Hand, nahm ebenso gnädig den von Julio dargebotenen Drink entgegen und enteilte Richtung Bungalows. Er schien sich hier auszukennen. Roy eilte hinterher. Ihm folgten, einer davon hustend, weil er zu hastig sein Glas geleert hatte, die Adjutanten.

Das Schlusslicht bildeten unsere Bewacher, immer noch mit gezückten MPs, aber wenigstens zeigten die Mündungen jetzt nach unten. Über dem ganzen Szenario kreiste der Hubschrauber, bevor er endlich abdrehte und verschwand.

»Da hat bloß noch ein Stabstrompeter gefehlt und das kleine Mädchen mit dem Blumenstrauß!« Natürlich hatte ich, wie alle anderen auch, weiche Knie gehabt und mir ein paar Minuten lang vorgestellt, wir würden günstigenfalls in ein Internierungslager abgeschoben und so lange festgehalten werden, bis man uns dank bundesrepublikanischer Drohungen, es gäbe keine Entwicklungshilfe mehr, wieder laufen lassen müsste. Der vermeintliche Überfall hatte sich als bühnenreife Operette entpuppt, und nun waren wir alle nur noch gespannt, wie sie weitergehen würde.

Wir wurden maßlos enttäuschte. Zwar kam der Hubschrauber noch mal und lud ein rundes Dutzend Soldaten ab, doch die verteilten sich über die ganze Insel und blieben weitgehend unsichtbar. Der Herr General und seine vier Schatten hatten die zwei am weitesten abgelegenen Bungalows requiriert, erschienen zum Abendessen erst dann, als der Speisesaal schon leer war, und ließen sich auch später in der Bar nicht blicken. Ihre Anwesenheit wurde uns erst wieder am nächsten Morgen bewusst, als noch vor Sonnenaufgang der Hubschrauber unsere Besatzer wieder abholte und mit seinem Radau die ganze Insel weckte. Offenbar beginnt ein Krieg immer im Morgengrauen, auch wenn's nur ein simulierter ist, und ohne General kann er ja nicht anfangen!

Eine Feststellung sei mir aber noch gestattet: Noch nie in meinem Leben habe ich mich so beschützt gefühlt wie in jener Nacht. Von den rundherum aufgestellten Wachen hatte eine wenige Schritte neben meinem Bungalow Posten bezogen, obwohl gerade hier wegen der vielen Klippen wirklich keine Gefahr vom Meer her drohte. Und trotzdem habe ich zum ersten und auch einzigen Mal in diesen drei Wochen bei geschlossenem Fenster geschlafen!

»Na, schon die Rechnungen geschrieben?«, flachste Hannes, als ein etwas gestresst aussehender Roy von ihm wissen wollte, ob denn die Klimaanlage wieder in Ordnung sei.

»Welche Rechnungen?«

»Für die Army. Unterkunft und Verpflegung für fünf Offiziere nebst Mannschaft schlägt doch ganz schön zu Buch. Wenn bei uns die Bundeswehr während eines Manövers ...«

»Bei Ihnen vielleicht«, unterbrach ihn Roy mit einem schmerzlichen Lächeln, »aber ich werde mich hüten, dem General auch nur einen Dollar zu berechnen.«

»Dem nicht«, stimmte Hannes zu, »aber der Armeeführung.«

»Der schon überhaupt nicht! Wissen Sie, was dann passiert?«

Nein, das wusste Hannes nicht.

»Dann findet das nächste Manöver auf dieser Insel statt!«

»Kriegst du Resy noch in deinen Koffer?« Stefanie hielt mir das gelbe Viech mit den grünen Fußsohlen, den fünf Haarstoppeln auf der Stirn (von ihr äußerst kühn als »Stehwelle« bezeichnet) und dem grünen Band um den mageren Hals entgegen. »Ich hab einfach keinen Platz mehr, anscheinend hat sie hier zugenommen!«

Aus nahe liegenden Gründen und um der Vermutung vorzubeugen, meine Tochter habe trotz ihrer einunddreißig Jahre noch nicht einmal das vorpubertäre Stadium erreicht, scheint mir eine Erklärung angebracht: Wer Steffi vor Urzeiten ein Nilpferd als Glücksbringer fürs Auto geschenkt hat, weiß ich nicht mehr, jedenfalls bildete es den Grundstock für ihre Sammlung (es hängt immer noch, wenn auch reichlich verblasst, am Rückspiegel). Die letzte Zählung ergab 278 Nilpferde, zwei Drittel davon in Setzkastengröße, die anderen erheblich umfangreicher. Herausragend ist Knautschke, ungefähr einen Meter lang, nicht ganz so hoch und beliebt bei allen Besuchern, die sonst immer eine Fußbank brauchen. Dann gibt es noch Edi (grau) und Malchen (dunkelgrün), beide aufrecht sitzend und vom Volumen her durchaus in der Lage, jeweils einen Sessel auszufüllen. Ihr Stammplatz ist jedoch das Gästebett, und ich möchte gar nicht wissen, was der jeweilige Gast im Stillen denkt, wenn er diese Riesenviecher erst mal abräumen muss. Ich setze sie immer in den Flur, wurde aber schon des Mordversuchs beschuldigt, weil Hannes nachts auf dem Weg zur Toilette über Malchen gestolpert und längs auf die Fliesen geknallt war.

Die übrigen Hippopotamusse (?) – so heißen diese Kolosse nämlich mit lateinischem Namen, nur der Plural steht nicht im Duden, ich hoffe, er ist trotzdem richtig – sind überwiegend aus Plüsch und in fast allen Farbschattierungen vorhanden, sogar ein rotes ist darunter. Sie sitzen überall verteilt im Computer-Zimmer (ja, es gibt Leute, die so etwas auch außerhalb ihres Büros haben) und werden alle Vierteljahre abgesaugt. Eines Tages saß dort auch ein handliches gelbes, ziemlich nackt aussehendes Nilpferd, das gar nicht so richtig in diese plüschige Versammlung passte.

»Schmeiß es in den gelben Sack«, hatte Hannes vorgeschlagen, »da gehört es hinein: Gelb mit grünem Punkt ... das personifizierte Recycling System!«

Natürlich war es nicht im gelben Sack gelandet, vielmehr hatte es seinen Namen bekommen aus den Anfangsbuchstaben jenes Müllentsorgungsprogramms, also Resy, und seitdem sitzt es auf Steffis Bett, sofern es nicht gerade mit auf Reisen geht. Angeblich ersetzt es in fremden Betten das zu große oder zu harte oder sonst wie missliebige Kopfkissen. Sogar zu Wochenendbesuchen bei uns wandert es ins Übernachtungs-Köfferchen. Dass mal der Schlafanzug hier liegen bleibt oder der Geldbeutel, kann vorkommen, Resy ist noch nie vergessen worden!

Und dieses Vieh sollte ich nun in meinem Gepäck unterbringen, weil es bei Steffi keinen Platz mehr fand. »Ich mach mich doch nicht lächerlich! Was sollen denn die Männer beim Einchecken denken, wenn mein Koffer durch den Scanner rutscht? Ein Nilpferd zwischen Sonnenmilch und Unterhosen! ›Die Alte tickt nicht mehr richtig, die ziehen wir erst mal aus dem Verkehr! Wer weiß, was die später im Flieger anstellt!«»

»Blödsinn! Das is'n Mitbringsel fürs Enkelkind!«

»Für welches?« Aber das hatte Steffi nicht mehr gehört. Also noch mal den Schlüssel aus der Bordtasche kramen, ins Schloss stecken, passt nicht, ist wahrscheinlich der vom Kosmetikkoffer, weitersuchen, endlich fündig werden, jetzt ist es der richtige, Deckel aufklappen, es klopft an der Tür, der Boy will das Gepäck holen, ja, sofort, just a minute, irgendwo in der Mitte eine Kuhle graben, geht nicht, da steckt schon was Hartes, richtig, die Schachtel mit den Gesellschaftsspielen, auch umsonst mitgeschleppt, haben wir gar nicht gebraucht, vielleicht ist rechts an der Seite noch Platz, nein, ist nicht wegen der Schuhe, wollte ich ja eigentlich da lassen, habe ich dann doch nicht, sind so herrlich bequem, und zu Hause sieht sie ja kaum jemand, der Boy klopft schon wieder, ach verdammt noch mal, was interessiert mich die Meinung irgendwelcher Flughafenmenschen, Resy kommt einfach oben drauf, Deckel zu, Schlüssel rumgedreht und abgezogen, fertig! »Now you can take the luggage!«

Ein letztes Mal der Marsch vom Bungalow zum Speisesaal, zum letzten Mal an diese verflixte Baumwurzel gestoßen, bloß ist das heute nicht schlimm, ich habe ja feste Schuhe an, ein letzter Blick zu unserem kleinen Strandabschnitt, den aus unbegreiflichen Gründen jeder Neuankömmling respektiert hat, obwohl noch genug Platz gewesen wäre, ein letztes Mal die Standardfrage von Juan: »One coffee, two tea?«, und eine halbe Stunde später die Abschiedszeremonie am Strand: Manager Roy, Doc, drei der vier Kellner, Elena von der Rezeption und Beverly vom Shop, der Tauchguide nebst Gehilfe, der Poolboy und der Beachboy ... außer dem Barkeeper Joe, der noch schlafen durfte, waren alle aufmarschiert, mit denen wir ein bisschen Kontakt gehabt hatten. Im letzten Augenblick erschien sogar noch der Koch, dem Hannes schon gestern als Dank für unsere abendlichen Kostproben die so oft bewunderte Mini-Taschenlampe samt Batterien geschenkt hatte. Ein letztes Mal Schuhe in die Hand nehmen, vorsichtig durchs Wasser staken – ist hier eigentlich immer Flut? –, über die Hühnerleiter an Bord, ein letztes Foto von der aufgereihten Belegschaft, dann auf Wiedersehen, winke-winke, goodbye, yes, some time we come back, perhaps next year ...

»Jetzt reicht' s!« Erleichtert ließ sich Hannes auf die Bank fallen. »Allerdings bin ich mir ziemlich sicher, dass ich nicht noch einmal hierher zurückkommen werde!«

Das gemütliche Tuckern übers Meer waren die letzten ruhigen sechzig Minuten dieses Tages (die folgende Nacht eingeschlossen, bekanntlich hat ein Tag ja 24 Stunden), obwohl man mit etwas gutem Willen auch noch den Spaziergang über den Holzbohlensteg dazurechnen müsste. Den kannten wir ja schon, und das Gepäck brauchten wir auch noch nicht selber zu schleppen. Unsere Maschine sollte gegen zehn Uhr starten, genauer hatte sich Elena nicht festlegen wollen, aber wenn die nicht käme, sei das nicht schlimm, dann würden wir eben mit der nächsten fliegen, da gehe ja dauernd eine, und überhaupt sollten wir uns keine Sorgen machen, der Taxifahrer müsse sowieso warten. Bis zum Abend seien wir aber ganz bestimmt in Manila.

Nach unseren Erfahrungen mit philippinischer Zuverlässigkeit (Hannes war immer noch der Meinung, das erwartete Telegramm müsse unterwegs auf der Strecke geblieben sein) hätten wir eigentlich misstrauisch werden müssen, andererseits würde der Flieger nach Frankfurt erst um 20.30 Uhr abheben, also Zeit genug für ein bisschen Sightseeing; auf der Hinreise hatten wir von Manila außer der abendlichen Weihnachtsbeleuchtung und des morgendlichen Verkehrschaos so gut wie nichts gesehen. Deshalb hatten wir schon in Deutschland einen Taxifahrer geordert, der uns zunächst zum Internationalen Flughafen bringen und warten sollte, bis wir das

Gepäck zur Aufbewahrung gegeben hatten, um uns dann die Stadt zu zeigen und vielleicht ein paar Tipps zu geben, wo man etwas essen bzw. einkaufen könnte; jede Großstadt hat ihre Shopping-Meile, und Imelda Marcos wird seinerzeit bestimmt nicht wegen jedem Paar Schuhe nach Paris oder London geflogen sein! Nur dort, wo wir vor drei Wochen entlanggefahren waren, hatten wir nichts gefunden, was einem Stadtzentrum auch nur ein bisschen geähnelt hätte.

Aber so weit waren wir ja noch gar nicht. Wir hatten gerade erst den Spaziergang über den Mangrovensumpf hinter uns gebracht, diesmal ohne Führer, den Weg kannten wir bereits, und als wir das ›Bahnwärterhäuschen‹ erreichten, stand sogar schon der Bus davor. Es war derselbe wie auf der Herfahrt, nur hatte er jetzt auch noch den anderen Kotflügel verloren, dafür war das Seil, mit dem der Reservekanister auf dem Trittbrett festgebunden war, ganz neu.

Offenbar hatte man auf uns gewartet, denn im spärlichen Schatten verteilt saßen die übrigen Passagiere. Ein paar kannten wir schon, sie waren mit uns angekommen, danach hatten sich jedoch unsere Wege getrennt, die anderen waren Einheimische auf Einkaufstrip. Busuanga ist nämlich auf Grund seines Airports nicht nur Startplatz in die große weite Welt, sondern gleichzeitig eine Art Distrikt-Hauptstadt. Irgendwo am anderen Ende der Insel soll es eine größere Ortschaft geben mit ein paar Geschäften und sogar einer Kneipe.

Wie üblich kamen die Koffer wieder aufs Dach, auch die zwei Pappkartons mit den lebenden Hühnern und das Fahrrad ohne Räder, gefolgt von den jugendlichen Gepäck-Bewachern, dann durften wir Touristen einsteigen und nach uns die einheimischen Passagiere. Erst hatte ich befürchtet, hier würde mal wieder die Zwei-Klassen-Gesellschaft praktiziert, doch wenig später wurde mir klar, dass wir auf den vorderen Plätzen dank nicht mehr vorhandener Fensterscheiben den Staub aus erster Hand kriegten, während die Einheimischen, mit diesen Vehikeln und vor allem den Sandpisten bestens vertraut, die hinteren Sitze vorgezogen hatten.

Auch die schlimmste Fahrt geht mal zu Ende! Ich hatte gerade nachgerechnet, ob unser Orthopäde schon von seinem Skiurlaub zurück sein würde, denn je früher ich seine Hilfe in Anspruch nehmen könnte, desto größer die Aussicht, eines Tages wieder aufrecht gehen zu können, als das Gerüttel plötzlich aufhörte. Wir befanden uns auf der Start- und Landebahn des Busuanga National Airport. Die Kühe, teilweise noch in vollem Galopp, muhten empört neben uns her und wirbelten noch mehr Staub auf, als wir ohnehin schon geschluckt hatten.

Vor dem Terminal herrschte ein heilloses Durcheinander. Rush-Hour! Offenbar wäre es drinnen zu eng geworden, denn man hatte das gesamte Abfertigungs-Ritual nach draußen verlegt. Da gab es einen Holztisch mit diversen Karteikästen, die von einer weiß gekleideten Filipina verwaltet wurden, daneben stand ein kleineres Tischchen mit verschiedenfarbigen Kofferanhängern, für die eine rotuniformierte Angestellte zuständig war, und genau dazwischen hatte man die große Waage aufgebaut, vor der sich eine Schlange heftig schwitzender Touristen formiert hatte, zentimeterweise ihr Gepäck vorwärtsschiebend. Es gab nämlich nur einen einzigen Kofferkarren, in Handarbeit erstellt und nur samt seinem Konstrukteur für einen Dollar pro Fuhre zu mieten. Vier zusammengefügte Kanthölzer, ein paar Bretter draufgenagelt, drei Räder drunter und hinten eine Art Schubstange dran – fertig war der Buggy. Dass er später unter einem Koffer und zwei Tauchrucksäcken zusammenbrach, überraschte den Besitzer dieses Gefährts am meisten, dabei hatte Hannes ihn sowohl mimisch als auch in Englisch und schließlich in einem nur ihm selber verständlichen Spanisch vorgewarnt.

Die Zweigstelle der Bank hatte ebenfalls geöffnet, wie auf dem großen Transparent über dem rundherum vergitterten

Hühnerkäfig zu lesen war. ›Now open to serve you‹ stand da in großen roten Lettern, und darunter waren sämtliche Dienstleistungen aufgezählt, die man erwarten durfte. Der Ansturm hielt sich in Grenzen, genau genommen stand nur ein Mann davor und ließ sich einen Geldschein in Münzen wechseln. Für den Zigaretten-Automaten. Der war aber schon vor drei Wochen kaputt gewesen und immer noch leer.

»Nach meiner Uhr müssten wir gerade starten!«, moserte Steffi, zwischendurch an der vorsichtshalber mitgebrachten, inzwischen lauwarmen Cola nuckelnd. »Ob das da unsere Maschine ist?«

»Viel zu groß!« Fachmännisch schätzte ich den heranschaukelnden Flieger ab: »Da gehen doch mindestens zwanzig Leute rein.«

»Wer sagt denn, dass wir wieder so einen Mini-Hopser kriegen?

Wenn ich mir diese Warteschlange hier ansehe, dann bezweifle ich ernsthaft, dass wir heute überhaupt noch wegkommen!«

Sogar die Kühe hatte dieser ganze Auftrieb total verstört, sie machten zumindest keinen Versuch mehr, ihr Territorium weiterhin auf die Landebahn auszudehnen; sie hatten sich vielmehr in eine weniger gefahrenträchtige Grasmulde zurückgezogen und muhten nur noch ab und zu ärgerlich herüber.

Der Flieger war gelandet, rollte zur Seite, spuckte seine aus winterlich blassen Touristen bestehende Fracht aus, nahm neue auf, startete, verschwand hinter dem Hügel.

Dieses Spiel wiederholte sich im Viertelstundentakt. Mal war es eine größere Maschine, dann wieder eine kleine, in der nur ein halbes Dutzend Personen Platz hatten, die wartenden Passagiere nahmen ab, die angekommenen wurden in Busse verladen und weggekarrt (»Wish you a nice ride!«, murmelte Hannes jedes Mal schadenfroh, wenn das Fahrzeug in einer Staubwolke verschwand), nur wir wurden weiter vertröstet. »The next plane is yours!«, hieß es immer wieder, und dann war es doch nur ein Flieger nach Palawan oder auf eine andere Insel. Außer uns schien es allerdings noch ein Paar zu geben – offenbar auf Hochzeitsreise, die Ringe blitzten noch so neu – das auch schon viel zu lange auf den Weitertransport wartete. Schließlich kam der Mann herübergeschlendert. »Wollen Sie auch nach Manila?«

»Wollen?« Hannes sah zum ichweißnichtwievielten Mal auf sein Handgelenk. »Laut Flugplan bin ich bereits seit einer halben Stunde da.«

»Ja ja«, meinte der Mann, schon den mitteleuropäischen Temperaturen angemessen mit Jeans, Oberhemd, schwarzen Socken und ebensolchen Schnürschuhen bekleidet, »hier gehen die Uhren eben anders!«

»Aber das ist doch ganz natürlich, Wolfi«, kam eine Stimme, die zu dem kleinen Frauchen mit den blonden Stirnfransen und dem erdbeerfarbenen Jackenkleid gehörte, »du musst die Zeitverschiebung berücksichtigen.« Oh, lieber Gott!

Bevor Hannes das sagen konnte, was ihm zweifellos auf der Zunge lag, tauchte wieder ein Flugzeug hinterm Hügel auf, landete und kollidierte beinahe mit einem heranrollenden Bus. Es war tatsächlich unseres, und jetzt erfuhren wir auch, weshalb wir hier beinahe Wurzeln geschlagen hatten. Es ging ums Gewicht. Nein, nicht um unser eigenes, das hielt sich wohl in den üblichen Grenzen, sondern um das unseres Gepäcks. Man könne nicht, wie auf der Hinreise, die Sachen einfach zurückhalten und später hinterherschicken, hieß es, Manila sei schließlich keine kleine Insel und Germany zu weit weg. Weshalb wir überhaupt so viel mitnähmen? Hier sei es doch immer warm, und die Touristen liefen ohnehin den ganzen Tag in Badeanzügen herum. – Eine kluge Frage, über deren Beantwortung ich noch während des Fluges nachdachte. Sie war durchaus berechtigt, aber warum war dann bis auf

186

den Pullover, sowieso nur vorsichtshalber eingepackt, meine gesamte Garderobe reif für die Waschmaschine?

Diesmal wurden wir vom Captain nicht mit Handschlag begrüßt, es gab auch keinen munteren Plausch und für Hannes keinen Platz mehr im Cockpit, da saß nämlich schon der Co-Pilot, was ich allerdings im Hinblick auf die vor uns liegende Gewitterfront sehr beruhigend fand. Rundherum war der Himmel zwar wolkenlos blau, doch direkt über Manila braute sich ein Unwetter zusammen. Steffi, die auf der anderen Seite des schmalen Gangs saß, beugte sich zu mir herüber. »Guck mal nach rechts, siehst du die riesige Smogwolke über der Stadt?«

»Wieso Smog? Über London hat damals auch welcher gelegen, aber das war doch mehr so eine wabernde Dunstschicht gewesen. Was sich da vorne auftürmt, ist ein Bilderbuch-Gewitter. Ich habe zwar noch keinen erlebt, aber so ähnlich stelle ich mir einen heranziehenden Hurrikan vor!«

Es war keiner. Es war auch kein Gewitter, sondern tatsächlich Smog. Aus der Ferne nur eine riesige dicke, fast schwarze Wolke, in die man plötzlich eintaucht und es gar nicht merkt. Weder rüttelt das Flugzeug in einer Windbö, noch prasseln Regentropfen an die Scheiben, nur der blaue Himmel ist weg und natürlich die Sonne. Als wir nach der Landung über das Flugfeld zum Terminal gingen, blickte ich immer mal wieder nach oben, sah aber nur das, was im deutschen Wetterbericht als geschlossene Wolkendecke bezeichnet wird. Dort ist es ja dann auch wirklich eine, aber hier handelt es sich um Millionen Kubikmeter verdreckter Luft, die über dieser riesigen Stadt stehen bleibt und Tag für Tag von ihren Bewohnern eingeatmet wird. Jetzt bekam der Mundschutz, mit dem ich vor Wochen viele Menschen hatte herumlaufen sehen, einen ganz anderen Sinn. Ich hatte nämlich geglaubt, die Gepflogenheit der Japaner habe bereits nach hier übergegriffen, und alle Leute mit Erkältungen würden mit diesen OP-Läppchen vor Mund und Nase die Bazillenweitergabe zu vermindern suchen. Gewundert hatte mich lediglich, dass so viele Menschen einen Schnupfen hatten; bei uns niest und hustet man doch überwiegend in den Wintermonaten, und die gibt es hier gar nicht. Jetzt weiß ich es besser, nur erscheint es mir fraglich, dass diese Mulltücher überhaupt etwas nützen. Einen wirksamen Schutz würden allenfalls ABC-Masken bieten. Und heruntergesetzte, streng überwachte Abgasnormen. Und weniger Autos, die aber mit Katalysatoren, und keine brennenden Müllberge, und ... und ... und ...

Während die anderen zwei auf unser Gepäck warteten, machte ich mich auf die Suche nach dem vorbestellten Taxi. Es stand tatsächlich da, und das wohl schon ziemlich lange, wie sich anhand der herumliegenden Zigarettenkippen ausrechnen ließ. Im Moment rauchte der Fahrer allerdings nicht, denn er schlief. Die Beine aus der geöffneten Tür hängend, die Baseballkappe halb über'm Gesicht, hockte er zusammengesunken auf seinem Sitz. Vorsichtig tippte ich ihn an, worauf er knurrend meine Hand wegschlug. Dann schien ihm jedoch aufzugehen, dass es sich entweder um eine zu unnatürlicher Größe mutierte Fliege gehandelt haben musste oder um ein generell unbekanntes Flugobjekt, jedenfalls öffnete er vorsichtig erst ein Auge, dann das andere, schoss plötzlich hoch wie ein Korken aus der Sektflasche und donnerte mit dem Kopf an die Wagendecke. »Yes, Lady?«

Die Lady verbiss sich das Lachen und wollte wissen, ob es sich hier um das bestellte Taxi für die deutschen Gäste zum internationalen Flugplatz handele. Der Fahrer, inzwischen ausgestiegen und mit der oberflächlichen Reinigung seiner Mütze beschäftigt, nickte.

»Would you help to carry our luggage, please?« Keine Ahnung, ob es hier Kofferkulis gab, wahrscheinlich nicht, aber

Hannes würde für männliche Hilfe beim Gepäcktransport dankbar sein.

Wieder nickte der Fahrer, machte jedoch keine Anstalten, mir zu folgen.

»Please come with me!«

Er lächelte freundlich, nickte und lehnte sich wartend an die Motorhaube. Erst als ich ihn unmissverständlich heranwinkte und er sofort kam, ging mir ein Licht auf: Der gute Mann verstand wenig beziehungsweise gar kein Englisch! Na, dann ade Mittagessen, Einkaufstipps und Sightseeingtour mit kundigen Erläuterungen. »Did you understand whatever I said?«, vergewisserte ich mich« noch einmal.

»Yes!«, freute er sich und hielt mir die Tür auf. Er hatte nichts, aber auch gar nichts kapiert!

Während Steffi mit ergebener Miene auf ihrem Tauchrucksack hockte, die diversen Kleinteile um sich herum verteilt, war Hannes in eine heftige Auseinandersetzung mit einem Mann verwickelt, den ein kleines Schild mit einem unaussprechlichen Namen als Angestellten des Airports auswies. Zwischen ihnen stand mein grüner Koffer. Offenbar war er nass geworden, denn auf seinem Deckel zeichnete sich ein großer dunkler Fleck ab.

Früher, als die Urlaubsziele noch Nordsee geheißen hatten, Österreich oder allenfalls Italien, also mit Zug oder Auto zu erreichen, hatte ich immer einen schönen schwarzen Hartschalen-Koffer mitgenommen, der so manchen Sturz aus unterschiedlichen Höhen problemlos überstanden, sich aber auch als Campingtisch, Abwehrschild gegen eine wildgewordene Kuh und einmal sogar als Wickelkommode bewährt hatte. Dann kam die erste Flugreise und mit ihr die Gewichtsbeschränkung. Zwanzig Kilo maximal klingt viel, ist es aber nicht, und ganz entschieden zu wenig, wenn der Koffer schon leer vierkommaundetwas Kilo auf die Waage bringt. Also kaufte ich mir einen ganz leichten aus diesem modernen, imprägnierten Spezialstoff. Rolf meinte zwar, das Ding würde nicht mal eine einzige Reise überstehen, doch das stritt ich rundheraus ab. Schließlich sei ja Garantie drauf, sogar fünf Jahre lang. Dass die sich nur auf die Reißverschlüsse bezog, stellte ich erst später fest, aber da hatte man ihn mir sowieso schon geklaut.

Den schwarzen Hartschalenkoffer habe ich immer noch, da liegt jetzt der ganze Weihnachtsbaumschmuck drin, aber der leichte Grüne war bereits Nummer drei seiner Gattung; Nummer zwei (gedecktes Grau) hatte sich Sven mal ausgeliehen, und seitdem habe ich ihn nicht mehr gesehen. Und Grün dürfte nach dieser Reise ebenfalls ausgedient haben, denn die vermeintliche Feuchtigkeit entpuppte sich als Öl, und zwar nicht parfümiertes gegen die Sonne, sondern durchdringend stinkendes Maschinenöl. Wie es an den Koffer gekommen war, hatte sich inzwischen ermitteln lassen; aus Platzmangel hatte man ihn in irgendeine Luke vom Flugzeugrumpf geschoben, wo normalerweise kleinere Ersatzteile und eben auch gelegentlich Ölkanister lagern.

An wen man sich wegen der Regressansprüche wenden müsse, wollte Hannes wissen, hier handele es sich um eindeutiges Verschulden der Fluggesellschaft, also läge ein Versicherungsfall vor, und den möge man doch bitte protokollieren.

Der Herr mit dem unaussprechlichen Namen bedauerte zutiefst, könne aber leider nichts machen, so etwas käme schon mal vor, eine Entschädigung gäbe es dafür nicht, und ob wir es nicht mal bei der deutschen Fluglinie versuchen wollten, die hätte mehr Geld.

Ich zog Hannes zur Seite. »Hör auf, das bringt doch nichts! Wenn's die staatliche Fluggesellschaft wäre, hätte ich vielleicht Chancen, aber doch nicht bei diesen Stoppelhopsern! Und überhaupt solltest du deine Nerven jetzt nicht überstrapazieren, denn wenn du gleich erfährst, dass unser Taxifahrer zwar seit mindestens anderthalb Stunden vor der Tür steht« – ich hatte eine Zigarette pro fünfzehn Minuten Wartezeit kalkuliert –, »jedoch der englischen Sprache nicht mächtig ist, dann wirst du ...«

»Waaas?«, tobte er los. »Gibt's denn jetzt auch hier schon Fremdarbeiter, denen man erst anhand des Stadtplans erklären muss, wo man hin will?«

»Die Englisch sprechenden Filipinos fahren jetzt Taxi in New York!«, erinnerte ich ihn, und das kann wohl jeder bestätigen, der dort schon mal auf eines dieser knallgelben Autos angewiesen war. »Den Flughafen wird er hoffentlich ohne verbale Unterstützung finden, und wenn wir das Gepäck losgeworden sind, suchen wir uns ein anderes Taxi.«

Beinahe wäre das schon jetzt nötig geworden, denn das Fassungsvermögen des Wagens stand im umgekehrten Verhältnis zur Menge unseres Gepäcks. Endlich saßen wir alle drei zusammengepfercht auf der Rückbank, die übrigen Köfferchen, Taschen und Täschchen gleichmäßig auf den Knien verteilt, denn auf dem Beifahrersitz schaukelte einer der vom Volumen her fast mit Hannes athletischer Figur konkurrierenden Tauchrucksäcke. Jedenfalls wusste ich nach fünf Minuten, wie sich die Hühner in diesen Legebatterien fühlen, und nach zehn Minuten und der vierzehnten roten Ampel wollte ich bloß noch raus aus der Blechbüchse. Dann kam die fünfzehnte Ampel und gleich danach die Einfahrt zum Flughafen. Und dort begann das absolute Chaos!

Ein Ameisenhaufen erscheint einem flüchtigen Betrachter lediglich als unübersehbares Gewimmel, und erst, wenn man den kleinen Tierchen eine Weile zuschaut, merkt man, dass jedes weiß, was es soll und das offenbar auch tut. Kurz gesagt: Die ganze Sache hat System!

Nicht so der International Airport von Manila! Da darf – absolut unüblich – nur derjenige rein, der auch wirklich abfliegt und das anhand seines Tickets nachweisen kann. Begrüßungen ankommender Passagiere, tränenreiche Abschiedsszenen ganzer Familien, die Suche nach freien Taxis, deren Fahrer sich irgendwie zwischen haltenden Privatwagen durchschlängeln müssen und hinterher nicht mehr wissen, wer sie eigentlich gerufen hat ... alles spielt sich unmittelbar vor den streng bewachten Eingangstüren ab. In der Praxis bedeutet das, man steht mit seinem ganzen Gerödel draußen, kramt nach Pass und Flugschein, reicht beides dem uniformierten Türsteher, immer bemüht, seine Siebensachen im Auge zu behalten, und wenn der Zerberus einverstanden ist, darf man weiter. Sein Gepäck muss man irgendwie durchschieben – Kofferkulis gibt's erst drinnen – aber wenn man Glück hat, hält der Uniformierte einem wenigstens die Tür auf.

Wenige Schritte dahinter wird man schon wieder angehalten wegen der Gepäckkontrolle. Klar, muss sein, aber normalerweise erst beim Einchecken und den Kleinkram später, bevor man in den jeweiligen Warteraum kommt! Nur – so etwas gibt es hier gar nicht. Es gibt auch keine Gepäckaufbewahrung, keine Restauration, nicht mal Toiletten ... lediglich ein rundes Dutzend Abfertigungsschalter und mehrere Reihen orangefarbener Plastiksitze, die alle besetzt waren. »Das glaube ich einfach nicht«, murmelte Steffi, entgeistert in die überfüllte Halle starrend, »das kann doch nur ein Albtraum sein!« Dabei ahnten wir ja noch gar nichts von dem, was wir erst im Laufe der nächsten halben Stunde herausfanden.

Hannes hatte zwei Buggys geholt, und während er noch unsere Habseligkeiten darauf verteilte, studierte ich die Anzeigentafel. »Wenigstens scheinen wir pünktlich wegzukommen, an der Abflugzeit hat sich bis jetzt nichts geändert.«

»Also haben wir noch ungefähr fünf Stunden, bevor wir einchecken müssen.« Suchend sah er sich um. »Jetzt müssen wir bloß noch rauskriegen, wo wir das Gepäck loswerden, und dann schnappen wir uns das erstbeste Taxi. Und wenn der Fahrer nur Suaheli spricht, ist mir das auch wurscht, eine

Kneipe finden wir bestimmt ohne ihn. Ich habe nämlich Hunger!«

Ich auch! Verständlich, es war kurz vor zwei, das Frühstück lag bereits sechs Stunden zurück und war im Hinblick auf die zu erwartende Seefahrt zumindest bei mir etwas spartanisch ausgefallen. Vorne am Strand weiß man doch nie, wie hoch weiter draußen die Wellen sind!

»Was heißt Gepäckaufbewahrung auf Englisch?«, forschte Steffi. »Ich habe nämlich keine Ahnung.«

»Sag doch einfach luggage-box«, schlug ich vor, »das ist bestimmt nicht richtig, aber ein halbwegs intelligenter Mensch wird ahnen, was du meinst. Vielleicht haben die hier sogar Schließfächer.«

»Glaube ich zwar nicht, aber ich kann's ja mal versuchen.« Sie lief los.

»Notfalls gibt es immer noch die Zeichensprache«, rief ich hinterher, »die ist international.«

Zuerst erkundigte sie sich bei dem Mann im Overall, der die Papierkörbe leerte. Der schüttelte den Kopf. Aha, alles klar, er hatte sie nicht verstanden. Danach sprach sie einen Polizisten an, jedenfalls vermute ich, es ist einer gewesen, denn er trug ein Hemd mit Schulterklappen, eine Schirmmütze und einen amtlichen Gesichtsausdruck, doch auch er schüttelte den Kopf. Na ja, Pech gehabt, vielleicht tat er sonst woanders Dienst und kannte sich hier gar nicht aus, immerhin war Sonntag.

Steffi warf uns einen Hilfe suchenden Blick zu. Ich zeigte zur Gepäckkontrolle. Ein halbes Dutzend Männer stand um den Scanner herum, einer schob die einzelnen Teile aufs Band, die anderen verfolgten neugierig und häufig grinsend, was sich da so alles auf dem Bildschirm zeigte. Doch als Stefanie sie ansprach, drehten sich sofort alle Köpfe zu ihr herum. Jetzt schien auch die Verständigung zu klappen, nur begriff ich nicht, weshalb der eine Mann mit den Armen in der

Luft herumruderte und immer wieder zum Ausgang zeigte. Andererseits wäre es logisch, den Gepäckschalter auch von außen zugänglich zu machen. Wir wollten gerade unsere Buggys in Bewegung setzen, als Steffi schon von weitem abwinkte. Ja, was denn nun?

»Es gibt keine!« rief sie uns entgegen, »so was haben die hier nicht!«

Wie? Keine Möglichkeit, vorübergehend seine Koffer loszuwerden? Das kann doch wohl nicht wahr sein! Sogar auf unserem Provinzbahnhof, der zwar keine Toilette hat, aber wenigstens einen Wegweiser zur nächsten öffentlichen, kann man sein Gepäck einschließen (und wenn man Glück hat, kriegt man das Schloss später auch wieder auf).

Jetzt hatten wir nur zwei Möglichkeiten, von denen eine so verlockend war wie die andere.

Die erste: Wir ziehen wieder mit dem ganzen Gepäck nach draußen in der Hoffnung, ein Großraumtaxi zu finden, das sowohl uns als auch dem ganzen Ballast genügend Platz bieten würde, auf dass wir doch noch zu Stadtrundfahrt und vor allem zu einem Mittagessen kämen. Nachteil: Einer müsste immer beim Fahrer bleiben, sonst wären bei unserer Rückkehr eventuell Taxi und Koffer weg. Alternative: McDonalds Drive-In. Gibt's hier einen?

Die zweite: Wir fügen uns in das Unvermeidliche, suchen uns in dieser (übrigens nicht klimatisierten) Halle eine etwas ruhigere Ecke, in der uns nicht dauernd jemand auf die Füße tritt, verbarrikadieren uns hinter den beiden Buggys und versuchen, die sechs Stunden und zwanzig Minuten bis zum Abflug herumzukriegen. Auch wenn alles, was der Mensch zum Überleben braucht, nur außerhalb dieser vier Wände zu finden ist, also Toilette, Restaurant, frische Luft und vor allem Aschenbecher, denn unter diesem Mangel litt Hannes am meisten.

No smoking! stand auf den überall angebrachten Schildern,

und auf die Einhaltung dieser Verordnung wachten mit Argusaugen die Männer mit den Kehrschaufeln. Deshalb durfte Hannes auch zuerst raus, nachdem wir uns für die zweite Variante der sich bietenden Freizeitgestaltung entschieden hatten. Er griff nach Zigaretten, Feuerzeug und Geldbeutel, vielleicht gab's da draußen eine Würstchenbude oder Ähnliches, und zog los.

Regel Nr. 3: Tritt keine Reise in fremde Länder ohne Notverpflegung an! Die Wahrscheinlichkeit, bei einem Stau auf bundesdeutschen Autobahnen wenigstens eine Würstchenbude zu erreichen, ist größer als die Chance, auf manchen Weltstadt-Terminals auch nur ein trockenes Brötchen kaufen zu können.

Nach geraumer Zeit wurde Steffi unruhig. »Jetzt ist er schon fast eine halbe Stunde weg. Ob er das Klo nicht gefunden hat?«

»Vielleicht raucht er auf Vorrat?«

»Das bringt doch nichts. Man kann ja auch nicht auf Vorrat schlafen.«

Reiner Zufall war's, dass Stefanie ihren Mann in dem Gewimmel erspähte. Oder es war seine Stimme, denn wenn er sie mal richtig erhebt, trägt sie ziemlich weit. Jedenfalls sahen wir ihn vor dem Eingang gestikulieren, wo er sich mit zwei Uniformierten herumstritt, weil sie ihm offenbar den Zutritt verwehrten.

»Ich weiß gar nicht, ob ich mir jetzt wünschen soll, dass die Englisch verstehen«, überlegte Steffi, »manchmal kann Hannes ziemlich unhöflich werden!«

»Ach was, so viele englische Schimpfwörter kennt er ja gar nicht!«

Und dann kam ihr die Erleuchtung! »Na klar, er kommt nicht wieder rein! Die lassen doch nur Leute mit Tickets durch!« Sie griff nach den Reiseunterlagen und rannte los. Und weil sie den Pass vergessen hatte, rannte ich hinterher.

Auf dem Rückweg mussten wir alle drei wieder am Scanner vorbei und wurden erneut abgetastet.

Jetzt waren Steffi und ich dran. Hannes hatte uns genau beschrieben, wo wir was finden würden. Zuerst die Toiletten. Erst nach links, und dann irgendwo da hinten. Anschließend zur Nahrungsaufnahme, da boten sich zwei Möglichkeiten: Eine Art Bahnhofs-Wartesaal 3. Klasse, vorwiegend von Einheimischen frequentiert und hoffnungslos überfüllt, oder die etwas gehobenere Ausführung, also Wartesaal 2. Klasse mit Tischdecken, allerdings von zweifelhafter Sauberkeit, und gerammelt voll.

»Vielleicht wird's später ein bisschen leerer, jetzt ist ja Mittagszeit!« Steffi drehte um. Reine Schutzbehauptung, andere Leute denken zehn Minuten nach drei schon wieder an Kaffee und Kuchen! Egal, es war wirklich zu voll, außerdem hatte mein Magen resigniert und rebellierte nicht mehr.

Draußen war inzwischen ein großes Polizeiaufgebot eingetroffen, Absperrgitter wurden aufgestellt, hinter die alles, was nach Zivilist aussah, zurückgedrängt wurde, und wir mittendrin. Nur hatten wir im Gegensatz zu den übrigen Wartenden keine Ahnung, was eigentlich los war, doch da sich niemand aufzuregen schien, konnte es sich bei diesem Auftrieb wohl kaum um Gefahr für Leib und Leben handeln. Hinter den Gittern herrschte ein Gedränge wie beim Aufmarsch der Kandidaten für die Bambi-Verleihung.

Nachdem die Zufahrtstraße und der unmittelbare Bereich vor den Eingangstüren geräumt, gefegt und das niedere Volk in gebührender Entfernung zurückgehalten war, konnte das wie auch immer geartete Spektakel beginnen. Zuerst fuhr eine schwarze Limousine vor, der vier bis an die Zähne bewaffnete Männer entstiegen. Sie sahen sich um, bauten sich rechts und links des Eingangs auf, warteten. Dann kam eine wesentlich größere Limousine mit verdunkelten Scheiben, aus der gemächlich ein Mann stieg mit Vollbart, Sonnenbrille,

Nadelstreifen-Anzug und dieser weißen Gardine auf dem Kopf, wie sie Beduinen in der Wüste und die auf der Faschingsfete als Scheichs verkleideten Wohlstandsbürger zu tragen pflegen. Ihm folgten drei tiefverschleierte Frauen, die sofort in den Terminal huschten. Der Scheich schritt hinterher, die Türen schlossen sich, die Leibwächter stiegen zurück ins Auto, und dann war der ganze Spuk auch schon wieder verschwunden. Bis die Gitter abgebaut waren, dauerte es zwar noch ein Weilchen, aber niemand murrte. Wir auch nicht. Bis zum Abflug hatten wir immer noch über vier Stunden Zeit, und hier draußen war's sowieso viel interessanter als drinnen, denn jetzt ging das Gedränge erst richtig los!

Wer immer diese VIP-Familie gewesen sein mochte, ihr Erscheinen hatte alles durcheinander gebracht. Fluggäste, die immer noch draußen standen, obwohl sie längst hätten drin sein müssen, stürmten nach vorne und kollidierten mit jenen, die eigentlich schon in ihrer Maschine sitzen sollten und es noch eiliger hatten, die Ticket-Kontrolleure kontrollierten erheblich schneller als noch bei uns, und die am Scanner hatten auch keine Zeit mehr, sich über den Inhalt der Gepäckstücke zu amüsieren.

Weshalb es für Hoheit, die doch sicher über einen Privatjet verfügte, nicht auch einen privaten Zugang zum Rollfeld gab, also irgendwo außen rum auf Schleichpfaden an der Besenkammer vorbei und der Feuerwehr-Garage, bleibt auch eine der nicht erklärbaren Ungereimtheiten dieses eigenartigen Flugplatzes »Vielleicht brauchte der Scheich das Bad in der Menge«, überlegte Stefanie, verwarf diesen Gedanken aber sofort wieder. »Dann geht er aber ziemlich sparsam mit dem Wasser um.«

Schon eine viertel Stunde kann ewig dauern, beim Zahnarzt zum Beispiel, bis die Betäubungsspritze endlich wirkt, oder im Supermarkt, wenn man gerade vor jener Kasse steht, an der die neue Hilfskraft eingelernt wird, aber vier Stunden in einer aufgeheizten, lärmerfüllten Halle auf einem Koffer zu sitzen und darauf zu warten, dass man endlich in den Flieger steigen kann, ohne vorher einen Schreikrampf zu kriegen, erfordert schon eine ganze Menge Selbstbeherrschung. Aus lauter Verzweiflung spielten wir sogar *Ich sehe was, was du nicht siehst,* gaben aber schnell wieder auf, weil die Frau mit der roten Jacke bereits verschwunden war, bevor ich auch nur viermal raten konnte, oder weil sich jemand genau vor den Pfeiler gestellt hatte und Steffi das grüne Schild gar nicht sehen konnte.

Koffer packen ist auch ein für derartige Situationen geeignetes Spiel, nur bin ich darin nie sehr gut. Wer nimmt aber auch einen zitronenfaltergelben Baumwollnadelkissenaufhänger mit auf Reisen oder Acetylsalicylsäure? Und wenn ich dann – wie immer – verloren hatte, musste ich mir von meiner Tochter auch noch sagen lassen, dass ich ja wohl Aspirin kennen würde.

Nach anderthalb Stunden kannten uns die Männer vor dem Scanner schon recht gut, denn jedes Mal, wenn einer von uns draußen gewesen war, mussten er wieder an ihnen vorbei, Pass und Ticket zeigen, Tasche aufs Band legen und sich abtasten lassen. Nach zweieinhalb Stunden brauchten wir wenigstens nicht mehr die Papiere vorzuweisen, abgetastet wurden wir aber weiterhin, und was wir mit reinbrachten, auch die Tüte mit den zwei belegten Brötchen, wurde durchleuchtet.

Dass man in warmen Ländern viel Flüssigkeit zu sich nehmen muss, ist bekannt, und normalerweise wird man sie zu gegebener Zeit auch ohne Probleme wieder los. Nur wenn man auf dem Weg dahin insgesamt acht Türen durchqueren, sich etwa 75 Meter weit durch Menschenmassen drängen und schließlich noch etliche Minuten vor Besetzt-Schildern warten muss, nur um wenig später den ebenso umständlichen Rückweg anzutreten, wobei die zweimalige Kontrolle noch der am wenigsten anstrengende Teil des ganzen Unternehmens ist – dann, ja dann pfeift man auf Flüssigkeitsmangel und eventuelle Spätfolgen und lutscht stattdessen Zitronenbonbons, sofern man aus dem zusammengeklebten Klumpen noch einzelne Teile herauslösen kann.

Die restlichen Stunden dieses endlos langen Tages sind nicht weiter erwähnenswert. Irgendwann wurde der Schalter geöffnet, eine ausgeruhte, strahlend schöne junge Frau, die nicht nur fließend englisch sprach, sondern auch deutsch, befreite uns von unserem Gepäck, kontrollierte Pass und Ticket – beides sah schon richtig abgegriffen aus –, befand alles in Ordnung, drückte uns die Bordkarten in die Hand, und wenig später durften wir sogar schon in den Flieger. Natürlich hatte ich wieder einen Mittelplatz, nur fehlte diesmal der trinkfreudige Herr zu meiner Rechten, dafür saß dort ein weiblicher Teenager, dem dauernd schlecht wurde, wir flogen durch zwei Tiefs, vor dem dritten endlich außen rum, während des Landeanflugs fing es an zu regnen, und in Frankfurt herrschte bereits Schneetreiben bei zwei Grad unter Null. Der Käpt'n wünschte uns denn auch eine unfallfreie Heimfahrt.

»Wir machen erst einen Abstecher in die Firma«, entschied Hannes, während wir auf den Flughafenbus warteten, »ich will wissen, was los ist. Vorher habe ich keine Ruhe!«

Mir war alles egal. Vergeblich hatte ich versucht, zu Hause anzurufen, ich konnte einfach keinen Münzfernsprecher finden, und auf meiner Telefonkarte waren nur noch dreißig Pfennig drauf. Die brauchte ich ja schon, um demjenigen, der nach dem zehnten Läuten endlich den Hörer abnahm, klar zu machen, wer dran ist. Dass und wo ich abgeholt werden wollte, wäre gar nicht mehr draufgegangen. Wenn er direkt aus dem Schlaf geholt wird, und das konnte ich voraussetzen, ist Rolf nämlich etwas schwer von Begriff. Während ich weiter nach einem richtigen altmodischen Telefon suchte, in das man oben Geldstücke einwirft, winkte Steffi. Der Bus war da, die Telefoniererei konnte ich erst mal abhaken.

In Heidelberg musste uns der Fahrer wecken, im Taxi kämpfte ich wieder mit dem Schlaf, und als wir endlich auf dem Parkplatz vor der Halle ankamen, war bloß Lucky da, der morgens immer früher kommt, als er muss, weil er daheim zu faul ist zum Kaffeekochen; hier braucht er ja nur eine Münze in den Automaten zu schmeißen.

»Na, ihr Globetrotter, da seid ihr ja wieder!« Suchend sah er sich um. »Wo ist denn das Känguru? Ich hätte ja lieber einen Koala-Bären gehabt, die sind handlicher, aber man kriegt hier so schwer frische Eukalyptusblätter.«

»Wieso Känguru?« Steffi steuerte den Automaten an. »Endlich wieder trinkbaren Kaffee! Hat jemand mal'n Fuffi?«

Lucky hatte. »Wie seid ihr bloß auf die Idee gekommen, nach Australien weiterzufliegen?« wollte er wissen. »Und warum habt ihr uns dann nicht wenigstens die neue Adresse geschickt? Ihr wart ja regelrecht verschollen!« Er reichte Steffi den gefüllten Becher.

Bevor sie antworten konnte, ertönte von oben aus dem Büro erst schallendes Gelächter, gefolgt von einem Sortiment Vokabeln, die man in Gegenwart zart besaiteter Menschen besser nicht aufzählen sollte. Dann kam Hannes die Treppe herunter, in der Hand ein Telegrammformular. »Wenn ich das nicht schwarz auf weiß vor mir hätte, würde ich es nicht glauben. Hier, lest das mal!« Er reichte mir den Zettel.

»Gib ihn Steffi, ich habe keine Brille auf!«

Sie stellte ihren Kaffee zur Seite, nahm das Telegramm und las vor: »Any casualties stop whose fault was it stop which load got damaged stop contact attorney if necessary stop continuing to australia stop regards hannes. – Klingt gut, und was heißt das nun genau?«

»Meine Güte, ihr seid doch dabei gewesen, als wir den Text zusammengestoppelt haben! Ich habe die Endfassung später allerdings ein bisschen eingekürzt.« Er ließ sich das Telegramm zurückgeben und las es noch einmal durch. »Wichtig waren doch nur die Fragen, ob Personenschaden vorliegt, wer Schuld hat, welche Ladung auf dem Lkw gewesen ist und dass notfalls der Anwalt verständigt werden soll.« Kopfschüttelnd steckte er das Papier in die Hemdentasche. »Wie der Zusatz da reingekommen ist, wir seien weitergeflogen nach Australien, dürfte eines jener Rätsel sein, die nie gelöst werden.«

»Dafür können wir jetzt ein anderes als geklärt betrachten, nämlich die Frage, weshalb du auf dieses Telegramm nie eine Antwort gekriegt hast! – So, und jetzt lass mich mal ans Telefon, ich will endlich nach Hause!«

Kapitel 8

Heiliger Himmel, was habt ihr denn mit den Birken gemacht? Die sehen ja aus wie Reisigbesen!«

»Ach was«, sagte mein Ehemann, »das kommt dir nur so
vor, weil jetzt keine Blätter dranhängen. In sechs Wochen
sieht das schon ganz anders aus!« Er rüttelte am untersten
Ast des am nächsten stehenden Baumes, was völlig sinnlos
war, im Februar wird in unseren Breiten nun mal nichts
grün, und prompt fiel ihm eine Ladung herunterstiebender
Schnee in den Hemdkragen. »Ihhh, pfui Deibel! Komm bloß
schnell rein, bevor du dich erkältest!«

Diese Besorgnis um mein leibliches Wohl war absolut neu!
Noch vor ein paar Wochen hatte er mich bedenkenlos morgens um sieben zum Schneeschippen vor die Tür gejagt mit
der Entschuldigung, sein Hexenschuss (wahlweise auch ge-
prellter Arm, Arthritis im linken Knie oder der Tennis-Ell-
bogen) ließen eine derartige Tätigkeit noch nicht zu, doch
jetzt schien er um die Erhaltung meiner Gesundheit ernsthaft
bemüht zu sein. War ja auch logisch, denn ein richtig schöner
Schnupfen würde den bei mir ohnehin noch nicht vorhandenen Arbeitseifer weiter dämpfen, mit Husten dazu würde er
ihn völlig lahm legen. Und das nach drei Wochen Abwesenheit? Wo doch der Kühlschrank leer und der Wäschekorb
randvoll waren! In der Keksdose herrschte Ebbe, und in der
Süßigkeiten-Schublade kullerten nur noch zwei Müsliriegel
und eine Rolle Pfefferminzbonbons herum, letztere schon seit
mindestens anderthalb Jahren.

»Koch ihm bloß etwas Anständiges«, hatte Katja am Telefon gesagt, »am besten gleich auf Vorrat, er ist es jetzt gewöhnt, drei Tage hintereinander das Gleiche zu essen, aber bloß kein Huhn, keine Frikadellen und nichts Türkisches!«

»Soll das heißen, er hat ...?«

»Genau«, unterbrach sie mich sofort, »dienstags und mittwochs vom Hähnchenwagen, dann vier Tage lang abwechselnd beim Döner-Stand oder in der Imbissbude neben dem Bahnübergang, nur sonntags, wenn Sven gegen Mittag kam, haben die beiden zusammen gekocht.«

»Der kann's doch gar nicht!« Eine Behauptung, die nicht ganz zutrifft. Bratkartoffeln mit Spiegelei kriegt Sven recht gut hin, Pudding kann er auch schon, doch am besten gelingt ihm Kartoffelbrei aus der Tüte mit Champignonsoße aus der Pappschachtel.

»Warum hat denn nicht mal eine von euch ...«

»Ha'm wir ja!« protestierte Katja gegen den noch gar nicht ausgesprochenen Vorwurf, sie könnten sich ja auch mal um ihren Vater gekümmert haben. »Nicki hat ihn oft genug zum Essen eingeladen und immer einen Korb gekriegt, und ich habe ihm sogar mehrmals angeboten, vor der Schule was vorbeizubringen. Er hätte es bloß in die Mikrowelle schieben müssen, wollte er ja nicht. Du kennst ihn doch! Wenn du das nächste Mal allein verreist, dann bestell für ihn Essen auf Rädern!«

Großartig! Da war ich kaum zwei Stunden zu Hause, und schon hatte ich wieder das schlechte Gewissen, das ich zwei Wochen lang mühsam unterdrückt und erst während der letzten Tage endlich vergessen hatte! Essen auf Rädern! Würde ja gar nicht gehen! Schon wegen der Nachbarschaft nicht. Was würde die sich wohl denken, wenn täglich das Auto mit dem unübersehbaren Aufkleber vor unserer Tür halten und der Zivi mit dem Warmhaltegeschirr in der Hand bei uns klingeln würde? Dafür kann ich mir aber ziemlich genau ausmalen, wie der nächste Urlaub für mich aussehen wird: Ein hübsches kleines Sommerhäuschen an einem See irgendwo in Skandinavien mit Selbstversorgung und Tante-Emma-Laden vier Kilometer weit weg. Zu den Mahlzeiten wird es – außer zum Frühstück natürlich – Fisch in Folie gegart geben oder Fisch vom Grill, Fisch gekocht, gebacken und vermutlich auch noch roh als Sushi, und was das Wichtigste ist: Alles selbst geangelt! Nur werde ich mich als bloßer Zuschauer entsetzlich langweilen, frieren (wann sieht man schon mal einen Angler in kurzen Hosen? Sie haben immer lange an und oft auch einen Pullover, warum wohl?), eine Grippe kriegen und vielleicht sogar sterben, aber das dann wenigstens mit einem ruhigen Gewissen.

»Wer hat die Bäume bloß so verstümmelt?« Nunmehr durch die von meinem besorgten Gatten geschlossene Terrassentür vor Schnee und Kälte geschützt, starrte ich auf die vier Hungerharken, die noch vor kurzem wunderschöne, hoch gewachsene Birken gewesen waren. Sie hatten alle keine Kronen mehr, lediglich ein paar kahle Äste ragten wie anklagend in die Höhe. »Warum …?«

»Weil sie viel zu groß geworden waren, keine Sonne mehr durchgelassen haben, und dann denk mal an den letzten Herbst, wie du immer gestöhnt hast, wenn das ganze Laub runterkam! In diesem Jahr wird es nicht mal mehr halb so viel sein.«

»Ich habe nur deshalb gestöhnt, weil du dich nie an unsere Abmachung gehalten hast! Seitdem die Kinder aus dem Haus sind, hatten wir doch vereinbart, dass wir uns die Gartenarbeit teilen. Wann hast du mir denn beim Laubharken geholfen?«

»Da war ich ja auch gar nicht dran, weil meine Hälfte noch an den Bäumen gehangen hat.«

»Bis der Sturm sie schließlich runtergeholt hat«, giftete ich zurück, »so weit ich mich erinnere, war das kurz vor dem zweiten Advent!«

Als ich mich später bei Katja beklagte, meinte sie nur lakonisch: »Das nächste Mal tauschst du einfach mit ihm!«

Ein paar Tage dauerte es doch noch, bevor mich der Alltag wieder fest im Griff hatte, denn normalerweise wache ich nie nachts um halb drei auf, weil ich frühstücken will, und wenn ich auch nicht gerade ein ausgesprochener Nachtmensch bin, so fallen mir nur ganz selten schon beim Abendessen die Augen zu. Schuld daran war die leidige Zeitverschiebung! Deshalb ist es mir auch rätselhaft, wie die Politiker den Jet-Lag in den Griff kriegen, obwohl sie doch viel öfter durch die Geographie fliegen als unsereiner, vorneweg die besonders reisefreudigen Außenminister. Da muss unserer montags zu Clinton nach Washington, dienstags hat er in London ein Date mit Tony Blair, donnerstags ist eine wichtige Konferenz in Tokio, aber dann kann er am übernächsten Tag doch noch Sydney mitnehmen, wegen des Grand Slam Turniers, vielleicht gewinnt ja mal ein Deutscher, dem könnte man doch den Pokal überreichen, wirkt ja auch viel persönlicher, und außerdem bekäme der rein private Abstecher sogar einen offiziellen Anstrich, und wenn der Herr Minister die Maschine für den Rückflug besteigt, muss er sich vermutlich bei seinem Staatssekretär erkundigen, ob es bei seiner Ankunft in Berlin nun morgens, mittags oder nachts sein wird. Ein auf normalen Tagesablauf programmierter Mensch mit normalem Schlafbedürfnis hält das doch gar nicht aus! Ich will ja niemandem etwas unterstellen, aber könnte es nicht möglich sein, dass so manche politische Fehlentscheidung auf Schlafmangel zurückzuführen ist?

Jedenfalls weiß ich heute, weshalb ich damals nicht in die Politik gegangen bin, obwohl mich vor ungefähr 40 Jahren der zweite Bürgermeister von Düsseldorf anlässlich eines Interviews gefragt hatte, ob ich nicht zu seinem Verein wechseln wolle, in der Presseabteilung sei noch was frei. Aber dann hätte ich ja Rolf nicht kennen gelernt, ihn nicht heiraten können und vermutlich auch keine fünf Kinder gekriegt – die deutsche Durchschnittsfamilie besteht, statistisch gesehen, immer noch aus einem Elternpaar mit 1,6 Kindern, angeblich will der deutsche Durchschnittsehemann auch gar nicht mehr –, sondern hätte meine nur anderthalb Nachkommen inzwischen längst verheiratet und müsste mich jetzt nicht auf eine vierte Hochzeit einstellen (zur Erinnerung: Sohn Sascha muss doppelt gezählt werden!).

An einem Freitag im Juni sollte das Ereignis stattfinden, hauptsächlich wegen des Wetters, da ist es nicht zu heiß und nicht zu kalt, wenn man Glück hat, regnet's auch nicht, aber wenn's regnet, dann ist der Regen wenigstens warm. Der Termin stand also fest, das Aufgebot hatte bereits zwei Wochen lang am Schwarzen Brett vor'm Standesamt gehangen, hatte ich natürlich verpasst, machte aber nichts, die Nachbarn hatten es alle gesehen und gratulierten mir bereits.

»So, habet Se's jetzt au endlich g'schafft?«

»Was soll ich denn geschafft haben?«

»Na, dass wenigschtens eins von Ihre Mädle heiert.«

»Das hat sie ganz allein hingekriegt! Außerdem ist sie die zweite, Stefanie hat schon vor drei Jahren geheiratet.«

»Des wohl scho, aber net hier.«

Was so viel bedeutete wie: Uns kannst du viel erzählen, wir haben's ja nicht gesehen. Und wieso hat sie nicht hier geheiratet, wo sie aufgewachsen ist?

Diesmal würde die ganze Sache hoffentlich zur allgemeinen Zufriedenheit ablaufen. Oder doch nicht? Denn auch dieses Brautpaar wünschte nur eine standesamtliche Trauung, was Rolf auf der einen Seite sehr vernünftig fand – kommt ja billiger! –, ihm andererseits aber wieder nicht die Möglichkeit gab, seine in eine weiße Wolke gehüllte Tochter zum Altar zu führen. (Vielleicht sollte ich bei dieser Gelegenheit mal erwähnen, dass sich mein angeblich gegen Sentiments gefeiter Ehemann den amerikanischen Rührschinken ›Vater der Braut‹ mindestens ein halbes Dutzend Mal im Fernsehen angesehen und dann auch immer Spencer Tracy um seinen maßgeschneiderten Cutaway beneidet hat. Und natürlich um das nicht gerade vom Sozialen Wohnungsbau erstellte Eigenheim, in dem problemlos die 60 bis 90 Gäste Platz gefunden hatten, ohne sich gegenseitig mit den Bleistiftabsätzen auf die Zehen zu treten.)

»Hast du schon mal einen amerikanischen Film gesehen, in dem das Brautpaar nicht in der Kirche geheiratet hat?«

Ich brauchte gar nicht lange zu überlegen. »Ja, das war der, wo Grace Kelly diesen Schönling heiraten wollte und drei Minuten vor Schluss dann doch lieber Bing Crosby nahm, weil der am Swimming-Pool so herzerweichend gesungen hatte. Die hatten eine Haustrauung.«

»Warum gibt es so was nicht bei uns?«

Berechtigte Frage, jedoch relativ leicht zu beantworten: »Vielleicht liegt es daran, dass sich Etagenwohnungen nicht besonders gut dazu eignen und in Reihenhäusern die Treppen selten breit genug sind, um der Braut ein majestätisches Herabschreiten zu ermöglichen. Bei uns müsste sie sich sogar abwärtswendeln.«

»Sie müsste was?«

»Oder sollte es dir im Laufe von 21 Jahren nicht aufgefallen sein, dass die Treppe in diesem Haus eine halbe Wendeltreppe ist?« Die übrigens jedes unserer fünf Kinder mindestens einmal runtergefallen war, zum Glück ohne nennenswerten Blessuren, was in Sascha ja auch vorübergehend den Wunsch geweckt hatte, Stuntman zu werden.

Mit der Haustrauung würde es also nichts werden, Standesbeamte pflegen nicht in Privathäusern ihres Amtes zu walten, und überhaupt heiratet man hierorts im frisch renovierten Wasserschloss, das mit seinem alten Gemäuer sowieso eine viel schönere Kulisse abgibt. Fotografiert wird anschließend im Park, wo der See und die ihn umgebenden alten Bäume einen dekorativen Hintergrund bilden. Wenn man Glück hat, spritzt gerade die Fontäne, und wenn man ganz viel Glück hat, kriegt man noch ein paar Enten mit aufs Foto, die machen sich immer so niedlich, wenn sie um das Brautpaar herum- und gelegentlich auch über die Schleppe watscheln.

»Hast du etwas dagegen, wenn ich meinen mitternachtsblauen Anzug, den ich zu Saschas Hochzeit zum ersten und bisher auch einzigen Mal getragen habe, auch noch zu Nickis Hochzeit anziehe?«

»Nein«, sagte ich wütend, denn die vermeintlich überflüssige Anschaffung eben jenes Anzugs schmierte mir Rolf immer wieder mal aufs Butterbrot, »aber du solltest den Ankauf einer neuen Krawatte in Erwägung ziehen! Die Überreste des gräflichen Hummerparfaits sind auch in der Reinigung nicht rausgegangen.«

Bevor unsere Debatte wieder damit enden würde, dass Rolf mit den angeblich verbrieften Worten eines der sächsischen Augusts – ich weiß nicht mehr, welcher von den Königen das gewesen ist – »… macht euch doch euern Dreck alleene!« das Zimmer türenschlagend verlassen würde, räumte ich lieber das Feld. Bis zum Juni waren noch drei Monate hin, also Zeit genug, um so wichtige Dinge zu klären wie: Wer wird eingeladen beziehungsweise wer muss nicht?

Wo soll die unerlässliche Abfütterung stattfinden?

Was ziehe ich an?

Und last but not least: Wie halten wir's mit Nickis künftigen Schwiegereltern? Ist eine offizielle Einladung angebracht, und wenn ja, wozu lädt man? Die Amis laden immer zum Dinner ein, will ich aber nicht, vielleicht ist Frau B. eine exzellente Köchin, dann blamiere ich mich bloß. Dabei besitze ich doch seit Weihnachten das Kochbuch von Biolek. Steffi hat's mir geschenkt mit dem Hinweis, die Rezepte seien ziemlich einfach nachzukochen. Tatsächlich? Was käme denn da so in Frage?

Ich zog das Buch aus dem Regal, pustete den Glitzerstaub vom Einband und schlug es bei den Vorspeisen auf. Kretisches Omelett klang schon mal sehr professionell, war trotzdem einfach herzustellen, würde allerdings an dem frischen Rosmarinzweig scheitern. Wo um alles in der Welt sollte ich hier fernab jeglicher Delikatessenläden so etwas bekommen? Und dann auch noch im Winter! Also weiterblättern. Orangen-Avocado-Salat mit Shrimps wäre auch was, vorausgesetzt, man mag Avocados. Ich mag sie aber nicht! Vielleicht eine Lauchtorte? Auch nicht das Wahre, sonst denken sie vielleicht, wir könnten uns keine richtige leisten. Und überhaupt muss ich erst einmal das Hauptgericht aussuchen und danach alles andere. Als Dessert kommt nur Himbeer-Mousse in Frage, die hatte ich schon mal gemacht, und da hatte sie beinahe so gut geschmeckt wie sie ausgesehen hatte. Die eingefrorenen Himbeeren müssen sowieso weg. Wie wäre es mit Lammkeule provenzalisch? Klingt gut, geht aber nicht, eine reicht nur für vier Personen, wir wären jedoch sechs. Und bei zwei Keulen müsste ich alle Zutaten ebenfalls verdoppeln, was bedeuten würde, 40 Schalotten zu schälen! Dabei schaffe ich nicht mal drei normale Zwiebeln, ohne Tränenbäche zu vergießen. Also keine Lammkeule! Ist sowieso nicht jedermanns Sache, vielleicht wäre Geflügel besser? Toskanisches Platthuhn zum Beispiel. Muss gar nicht aus der Toskana sein, steht da, ein deutsch gackerndes geht auch, allerdings sollte es in freier Natur aufgewachsen sein. Ich weiß nicht, wann ich zuletzt ein Huhn habe herumlaufen sehen, hier in unserem Ort jedenfalls nicht. Und platt wird es nicht, weil es unter ein Auto gekommen ist, sondern wenn man es während des Bratens mit einem Ziegelstein beschwert.

Na, ich weiß nicht ...

Dann schon lieber Wildentenbrust auf Weinsauerkraut mit Trauben. Das Kraut gibt's in Dosen, Weintrauben werden sich auch noch auftreiben lassen, aber sechs Wildentenbrüste? Muss man sich die selber schießen? In der Tiefkühltheke vom Supermarkt liegen nämlich bloß ganz normale Enten der Handelsklasse A.

Ach, zum Kuckuck mit Bios Rezepten! Der wohnt in Köln, einer Stadt mit 400 000 Einwohnern, wir haben noch nicht mal 20 000, und da lohnen sich eben keine Geschäfte, in denen man Wildenten, Stubenküken und Anfang März frische Rosmarinzweige kriegt! Ganz abgesehen von der Tatsache, dass die schwäbische Küche sehr bodenständig ist, und zu Spätzle oder Hochzeitsnudeln passt nun mal kein Kaninchen in Koriandersoße. Allerdings sind Nickis Schwiegereltern auch Zugereiste, stammen aus Norddeutschland und hätten bestimmt nichts einzuwenden gegen Wildentenbrust.

Noch rechtzeitig genug fiel mir ein, dass wir ja nicht in Amerika leben, sondern in Deutschland, wo man seit alters her zum Nachmittagskaffee einlädt und Kuchen auffährt. Als ich mich bei Nicki erkundigte, ob es bei ihren künftigen Verwandten jemand an der Galle hätte und keine Sahnetorte essen dürfe oder vielleicht zuckerkrank sei, sah sie mich an, als würde ich plötzlich chinesisch reden. »Warum interessiert dich das?«

»Wegen der Einladung.«

Aufgeklärt über mein Vorhaben winkte sie ab. »Ihr kennt euch doch, also weshalb so ein offizielles Meeting? Auf dem Polterabend habt ihr genug Gelegenheit, euch näher zu kommen. Da ist es dann auch nicht so steif, und außerdem kann sich jeder abseilen, wenn er vom anderen genug hat, dort fällt es ja nicht auf.«

Auch wieder wahr! Im Umgang mit der schwiegerelterlichen Konkurrenz war ich wirklich noch nicht geschult. Meine ersten Erfahrungen hatte ich seinerzeit in England gesammelt, wo es nur Saschas Schwiegermutter gegeben hatte und keinen Schwiegervater mehr, dafür jedoch Geschwister, und kein einziger von ihnen, Braut Vicky inbegriffen, hatte auch nur ein Wort deutsch gesprochen! Das Kennenlernen ist ja auch nicht so ganz einfach gewesen, und statt Kaffee hat's meistens Tee gegeben.

Nastassjas Eltern kennen wir bis heute nicht. Zur Hochzeit hatten sie nicht kommen können, und wenn sie mal in Düsseldorf sind, dann kann ich nicht. Meinen Vorschlag, auf der Rückfahrt doch einen kleinen Umweg von läppischen 450 km zu machen und bei uns vorbeizuschauen, haben sie unbegreiflicherweise bis heute abgelehnt.

Dabei sind wir ganz leicht zu finden, denn unsere Autobahnausfahrt wird jeden Tag im Radio genannt – bei den Staumeldungen.

Mit Stefanies Schwiegermutter hatte es die geringsten Probleme gegeben. Wir waren uns ein paar Mal über den Weg gelaufen, wenn ich mich bei meinem künftigen Schwiegersohn mit Kerzen eindecken wollte oder eine neue Außenbeleuchtung für den jahreszeitlich bedingt zum Weihnachtsbaum umfunktionierten Fliederbusch brauchte, hatten einen Becher Automatenkaffee getrunken und dabei über dies und das geplaudert, und am Hochzeitstag unserer beiden Kinder hatte Trudchen festgestellt: »Nun kennen wir uns doch schon so lange, da können wir doch eigentlich DU zueinander sagen.«

Seitdem sagen wir es ja auch, sofern wir uns wirklich mal sehen. Meistens beschränkt sich die Kommunikation auf telefonische Gratulationen zu den Geburtstagen sowie auf die üblichen Grüße zu den üblichen Feiertagen, neuerdings allerdings per Fax, weil das billiger ist. Trudchen und der ihr inzwischen rechtmäßig angetraute Lebensgefährte Karl wohnen nämlich den größten Teil des Jahres in Spanien und kommen nach Deutschland nur noch auf Urlaub – meistens dann, wenn die Deutschen Urlaub in Spanien machen.

Nickis künftige Schwiegereltern dagegen wohnen im selben Ort wie wir, am entgegengesetzten Ende zwar, aber so groß ist er ja nicht. Wir haben denselben Friseur, jedoch nicht denselben Bekanntenkreis, begegnen uns immer nur zufällig und das auch relativ selten. Dass unsere Kinder seit über zwei Jahren zusammenleben, ist eine von allen akzeptierte Tatsache, sozusagen der heutige Normalzustand, ob und wann daraus mal mehr werden würde, blieb abzuwarten.

Nun war es so weit, und ich dachte mal wieder an die gute alte Zeit so vor etwa zweihundert Jahren, als der Freiherr v. Knigge seine präzisen Regeln für den Umgang mit Menschen festgelegt hatte. Damals wusste man wenigstens, woran man war! Die Regeln gibt es ja immer noch, nur hält sich niemand mehr daran. Andererseits …

Also wenn das stimmt, was mir mal meine mütterliche Omi erzählt hat, dann hatten beide Elternpaare noch jahrelang nach der Hochzeit meiner Eltern SIE zueinander gesagt; erst während einer Familienfeier, die im Luftschutzkeller fortgesetzt werden musste, hatte Oma Klärchen (»man weiß ja nie, ob wir hier noch mal rauskommen!«) endlich Omi Amalie das Du angeboten, doch mit Opa Wilhelm hat sich Omi bis zu dessen Tod, also ungefähr noch zwanzig Jahre lang, gesiezt. Warum? Nun ja, man war zwar irgendwie verwandt geworden, aber doch nicht so ganz richtig.

Da ich mit Nicoles künftigen Schwiegereltern bisher weder ›nicht so ganz richtig‹ noch überhaupt verwandt war, konnte ich die Notwendigkeit des Sichbesserkennenlernens vorerst ad acta legen. Nicki hatte wahrscheinlich Recht, auf einem Polterabend geht es viel lockerer zu, da kommt man sich oft von allein näher, und außerdem soll es ja schon Paare gegeben haben, die drei Tage vor der Hochzeit festgestellt haben, dass er die ständig tropfenden Strumpfhosen auf der Wäscheleine im Bad und sie seine ausgeleierten Jogginghosen vorm Fernseher wohl doch nicht ein ganzes Leben lang ertragen könnten und es besser sei, den Termin beim Standesamt wieder abzusagen.

Ach ja, die Entenbrust hätte ich hier sowieso nicht gekriegt, ich habe mich extra mal danach erkundigt.

»Wann ommt ihr unsch denn ndlisch mal beschuchen?«, wollte Katja wissen, kauend und dabei drohend mit dem angebissenen Würstchen wedelnd. »Wir schind« – sie schluckte den Bissen herunter »also wir sind jetzt mit allem fertig, sogar der Haken fürs Küchenhandtuch klebt schon!« Wieder ging die Kühlschranktür auf, ein prüfender Blick, dann der Griff zur Senftube. »Kann ich das andere auch noch haben?«

Eigentlich sollten die Würstchen nachher in die Bohnensuppe, nur hatte Katja sofort behauptet, keinen Hunger zu haben oder bloß ein ganz kleines bisschen, gerade genug für ein Joghurt, doch da der Appetit bekanntlich beim Essen kommt …

»Ich habe gelesen, Bockwurst erzeugt Krebs!«

»Aber nur, wenn man sie raucht!« Sie schob den letzten Bissen in den Mund. »So, und jetzt brauche ich was Süßes!«

Also wenn ich das ganze Zeug, das Katja im Laufe einer Woche in sich hineinstopft, auch nur ansehen würde, hätte ich jedes Mal zwei Kilo mehr auf den Rippen, sie dagegen hat noch nie die Hosengürtel ein Loch weiter machen müssen! Die Welt ist ungerecht!

»Lass ja die Kinderschokolade liegen«, hörte ich Rolfs warnende Stimme aus dem Wohnzimmer, »das ist meine!«

»Nomen ist omen!« Krachend flog die Schublade wieder zu. »Das nächste Mal bringe ich dir ein Überraschungsei mit, dann hast du gleich noch was zum Spielen!«

Irgendwann zwischen zwölf und fünfundzwanzig muss ich in der Erziehung etwas falsch gemacht haben!

»Nun mal im Ernst«, nahm Katja das vorhin angeschnittene Thema wieder auf, »wann wollt ihr euch denn endlich die Wohnung ansehen? Bei uns liegt sogar noch ein bisschen Schnee!«

»Genau das ist einer der Gründe, warum ich nicht will!«, sagte Rolf. »Hier fangen endlich die Krokusse an zu blühen, und du erwartest von mir, freiwillig dorthin zu fahren, wo man noch Winterausrüstung braucht?« Er griff zur Zigarettenschachtel, die war aber leer, und weil er nichts anderes zum Abreagieren fand, moserte er weiter. »Was hat euch bloß auf den Gedanken gebracht, in diese Einöde zu ziehen? Wollt ihr euren Lebensabend vorverlegen?«

Zugegeben, als ich mit Katja und Tom die Wohnung besichtigt hatte, war es Oktober gewesen, die Bäume hatten noch ihr buntes Laub gehabt, und die schmale Straße mit den vielen Kurven war mir gar nicht so richtig aufgefallen. Nur dass es stetig aufwärts ging, hatte ich registriert. Auch die Wohnung war hübsch, sehr geräumig, herrlich der große Balkon, von dem aus man einen wunderschönen Blick über den Ort hatte bis zum angrenzenden Wald … doch das alles war in meinen Augen ein Platz für ein Wochenendhaus, und wenn's einen offenen Kamin hat, auch für ein paar Wintertage, aber nicht als Wohnsitz für zwei junge Menschen, die beide arbeiten.

Andererseits war klar gewesen, dass sie in Toms Junggesellenbude nicht mehr lange bleiben konnten. Wenn man nämlich erst die Lampe wegräumt und den Hocker zur Seite schiebt, um an die Tür zu kommen, hinter der die ganzen CDs aufgereiht stehen, dann Lampe und Hocker wieder an den alten Platz stellen muss, weil man sonst die Disc nicht in die Stereoanlage kriegt, ohne vorher mit dem Aquarium zu kollidieren (darin ist Herbert Grönemeyer denn auch prompt mal baden gegangen) – dann wird es wirklich Zeit für eine größere Wohnung!

Nun ist Heidelberg bekanntlich eine Universitätsstadt, in der die Nachfrage nach bezahlbarem Wohnraum das Angebot bei weitem übersteigt, so dass eine ehemalige Dienstbotenkammer mit Waschbecken in der Ecke als Apartment offeriert wird und eine 48 qm große Dachgeschosswohnung im fünften Stock ohne Balkon und Fahrstuhl als Maisonette. In der Terminologie Heidelberger Vermieter kannte ich mich noch ganz gut aus, denn auch die Zwillinge hatten mal dort studiert.

Aber musste es wirklich dieses Nest sein mit seinen zwanzig Häusern einschließlich Kirche und Kneipe? Wo die Dörfer rundherum so merkwürdige Namen tragen wie Oberflockenbach (vermutlich fällt da der erste Schnee des Jahres und bleibt am längsten liegen), Rippenweier, Trösel und Lützelsachsen, Orte also, für die man eine Wanderkarte braucht, weil man sie im Autoatlas nur mit der Lupe findet. Nix gegen reine Luft und viel Natur, doch zu viel von allem kann schädlich für die Psyche sein. Was also wollten diese zwei Stadtkinder in einer Gegend, wo sich Fuchs und Hase abends die Pfote reichen?

Und dann siegte doch die Neugier! Als ich Rolf sagte, dass ich am kommenden Wochenende nach Waldminningen zu den Kindern fahren würde, entschloss er sich zum Mitkommen. »Man will ja schließlich wissen, wo sie sich beerdigt haben.«

Es herrschte schon richtiges Frühlingswetter, als er gleich nach dem Mittagessen den Wagen vor die Haustür fuhr. Die Sonne schien zwar noch etwas bleichsüchtig durch die vereinzelten Wolken, aber bis zum kalendarischen Frühlingsanfang war's ja noch eine Weile hin. »Auch eine Methode, seinen Haushalt zu komplettieren«, murmelte er, den Brotback-Automaten in den Kofferraum wuchtend, »man wechselt alle zwei Jahre seine Wohnung und wünscht sich zum Einzug das, was man noch braucht.«

»Vielleicht gibt es in Waldminningen gar keinen Bäcker?«, gab ich zu bedenken. »In diesen abgelegenen Orten backen die Frauen ihr Brot häufig noch selber.«

»Ja, im Steinofen! Für dieses Teil hier« – ein beziehungsreicher Blick streifte das mit diversen Schaltern und Lämpchen bestückte Gerät – »braucht man doch garantiert wieder drei Semester Studium der Elektrotechnik sowie eine Gebrauchsanweisung vom Umfang des örtlichen Telefonbuchs.«

Es soll bloß noch mal jemand behaupten, Frauen verstünden nichts von Technik! Die Männer sind es nämlich, die mit den neuen Geräten nicht klarkommen! Ein Auto haben sie seinerzeit ja noch in Gang gekriegt, auch später noch, als man keine Handkurbel mehr dazu brauchte, aber damals hatte die Weiterentwicklung auch Jahrzehnte gedauert. Heute geht das schneller, und die Schwierigkeiten haben ja auch erst mit den modernen Apparaten begonnen. Ich kann mich nämlich noch sehr gut an jenen Tag erinnern, als unser erster Videorecorder ins Haus kam. Rolf hatte ihn von einem Kunden mitgebracht, der die Rechnung für seinen neuen Prospekt lieber in Form von Waren bezahlen wollte, und damals waren diese Recorder noch richtig teuer gewesen. Wurde unserer ja dann auch.

Es fing damit an, dass das Gerät einen Platz in der Nähe des Fernsehers brauchte wegen des Verbindungskabels und der zu kurzen Strippe für die Steckdose, und weil's dann auch besser aussehen würde, und überhaupt hatte man das nun mal so, und was man hat oder tut, ist allgemein gültig. Jedenfalls bei der heranwachsenden Jugend, und meine bewegte sich seinerzeit in so einer Art Zwitterstadium. Wir brauchten sie nicht mehr zu erziehen, sondern bloß noch zu finanzieren.

Mein Vorschlag, den rechteckigen, ungefähr zwanzig Zentimeter hohen silbrigglänzenden Metallkasten einfach auf den Fernseher zu setzen, wurde abgelehnt, weil man das nicht darf wegen der Wellen. Aha! Später stellten wir fest, dass er auf Grund seiner Größe sowieso nicht draufgepasst hätte. Also musste das Bücherregal um- und teilweise ausgeräumt werden, denn wir brauchten ein zusätzliches Brett. Hatten wir aber nicht, denn das eine, das seinerzeit übrig geblieben war, hatte Sven schon längst abgeschleppt als Unterbau für seinen Hamsterkäfig. Den Anruf beim Möbelgeschäft hätte ich mir auch sparen können; angeblich hatte es sich bei der Regalwand um ein Auslaufmodell gehandelt, das sich leider nicht mehr ergänzen lasse, aber ich könnte mir doch bei OBI ein passendes Brett zuschneiden lassen! Danke! Und wo sollte ich die Patina herkriegen, die helles Holz im Laufe der Jahre nun mal annimmt?

Am ersten Abend kriegten wir die Sache ohnehin nicht in den Griff, denn erst einmal musste die Frage geklärt werden, ob Schiller, Heine und Theodor Fontane in ein anderes Zimmer umquartiert werden sollten oder doch besser die zwar dank ihrer farbenfrohen Schutzumschläge dekorativeren, aber natürlich längst nicht so bedeutenden Neuerscheinungen auf dem Thriller-Markt; mit dem Gelb der John Grishams oder dem glänzenden Schwarz von Frederick Forsythes Büchern kam der Einheitslook unserer Klassiker natürlich nicht mit. Meine Großeltern hatten sie auch mal gehabt in Leder mit Goldschnitt, nur hatte ich sie nicht erben können, weil sie in der unmittelbaren Nachkriegszeit auf dem Schwarzmarkt gelandet waren; Antiquitätenhändler haben sich damals einen soliden Grundstock für die spätere Wiedereröffnung ihrer Geschäfte zulegen können!

Schiller und Heine durften bleiben, Fontane kam in die Mansarde, er war der Jüngste und noch nicht ganz so klassisch. Als wir mit dem Umbau endlich fertig waren und der Videorecorder zwischen zwei Regalbrettern mit fünf Zentimeter Platz oben drüber – muss sein wegen der Luftzirkulation! – installiert war, stellte sich heraus, dass die Sache noch immer nicht hinhaute. Die früheren Recorder waren nämlich noch keine Front- sondern Toplader, bei denen man einen Schalter betätigen musste, dann kam oben eine Vorrichtung heraus, in die man die Kassette einzulegen und danach wieder herunterzudrücken hatte. Und dieser ›Fahrstuhl‹ war um einiges höher als fünf Zentimeter!

Natürlich haben wir auch einen Fachmann gebraucht, der meinem Ehemann die Handhabung des Geräts erklären musste, weil die Gebrauchsanweisung zwar in acht Sprachen sehr viel Wissenswertes enthielt, darunter auch drei Seiten mit den Adressen aller in Europa niedergelassenen Firmenvertretungen, nur nicht, was genau man tun musste, um das nächste Mal den ›Vater der Braut‹ endlich für die Ewigkeit zu konservieren. Ich wurde natürlich nicht hinzugezogen, weil mir auf Grund meines Geschlechts das technische Verständnis fehlte.

Drei oder vier Wochen später wurde ich Zeuge eines Telefongesprächs zwischen Nicki und einer Freundin. Es endete mit den Worten: »Ich glaube nicht, dass ich es bis dahin schaffe, weil ich meinem Vater versprochen habe, ihm noch mal zu erklären, wie man den Videorecorder programmiert. Das Kino fängt doch um acht an, und jetzt ist es schon halb vier!«

Er kann es übrigens bis heute nicht, aber die Ausrede, er wolle nicht dauernd vom Sessel aufstehen, zieht nicht mehr. Inzwischen wurde die Fernbedienung erfunden!

Dieser Brotbackautomat war ihm natürlich auch suspekt. Man sollte sämtliche Zutaten auf einmal reinkippen, aufs Knöpfchen drücken, und nach anderthalb Stunden würde ein steril durchgeknetetes, köstlich duftendes Brot fertig sein. So ganz war ich davon ja auch nicht überzeugt, aber diese Automaten waren zur Zeit absolut in, und hatten sich junge Frauen noch unlängst über die Mindesthöhe von Plateausohlen unterhalten, so tauschten sie jetzt Brotbackrezepte aus, die alle furchtbar gesund klangen.

Es kommt eben doch alles mal wieder! Vor etlichen Jahrzehnten waren es die möglichen Varianten von Brotaufstrich gewesen, die auf so genannten Hefeflocken basierten und garantiert fettfrei waren, allerdings nicht aus Gründen der freiwilligen Kalorienreduzierung, sondern weil es kein Fett gab. Vielleicht sollte man diese Nachkriegsrezepte auch noch mal hervorholen und nur etwas aktualisieren, diese schönen chemischen Geschmacksverstärker hat's ja damals noch nicht gegeben, sonst hätte Omis vermeintliches Gänseschmalz vielleicht tatsächlich nach Schmalz geschmeckt statt nach eingeweichter Wellpappe.

»Solltest du nicht vorher tanken?« Das Esso-Schild in Sichtweite deutete ich auf den schon im bedenklichen Bereich herumzitternden Treibstoffanzeiger, aber mein Ehemann, der im vergangenen Jahr nur noch einmal wegen Benzinmangel auf einer Landstraße zweiter Ordnung stehen geblieben war, winkte ab. »Das reicht sogar noch für zurück!« Davon war ich keineswegs überzeugt, aber bevor Rolf seine optimistische Prognose aufstellte, hatte er – bedingt durch zwei bereits vor der Säule stehende Autos – eine Mindestwartezeit von neun Minuten errechnet, und das wären sieben Minuten zu viel gewesen. Andererseits war Sonntag und die sonst von ihm bevorzugte Tankstelle geschlossen. Egal, er hatte ja immer einen Reservekanister dabei.

»Am Kreuz müsst ihr auf die A 5 bis Schriesheim«, hatte Katrin erklärt, »dann rechts ab bis zur Tankstelle und schräg gegenüber links rein. Ist eine verhältnismäßig schmale Straße, aber ich glaube, ab dort ist Waldminningen ausgeschildert.«

Wir fanden die Tankstelle – sie hatte übrigens offen, aber die Benzinuhr bot noch immer keinen Anlass zur Besorgnis –, nur die Straße schräg gegenüber fanden wir nicht, und die Wahrscheinlichkeit, dass sie quer über den Betriebshof einer Motorradwerkstatt führte, schien äußerst gering.

»Du bist doch schon mal da gewesen, also musst du doch wissen, wie es weitergeht!«

Die erste Feststellung traf zu, die zweite nicht. Seinerzeit war ich Beifahrer gewesen, und als solcher achtet man doch nicht auf Wegemarken, schon gar nicht, wenn einem die noch nicht mal verheiratete Tochter gerade erzählt, die neue Wohnung sei nun endlich groß genug und habe sogar ein Kinderzimmer. »Fahr einfach geradeaus«, empfahl ich, »vielleicht kommt noch eine zweite Tankstelle.«

Es kam keine, aber Schilder kamen, erst ein paar große, wie sie in normalen Ortschaften den Weg in andere normale Ortschaften weisen, und dann ein wesentlich kleineres, das nach links zeigte in eine schmale Straße ohne Gehsteig, aber mit Häusern rechts und links. Ich vermute, es hat mal Gehsteige gegeben, doch als das Zeitalter der Pferdefuhrwerke von dem der Lastwagen abgelöst worden war, mussten die Straßen breiter werden, und wenn jetzt mal jemand seinen Kopf zu weit aus dem Fenster streckt, kann er sich eventuell noch kurz im Außenspiegel von einem Lkw sehen, bevor er keinen Kopf mehr hat – zugegeben, eine makabre Vorstellung, doch letztendlich gar nicht so abwegig.

Rolf schaltete in den zweiten Gang zurück, und dann ging es stetig aufwärts. Die Häuser wurden weniger, die Straße wurde enger, statt der Häuser gab es auf der linken Seite Bäume, die sich hügelaufwärts zogen, und auf der rechten solide Eisengitter, denn da ging es ab und zu ganz schön weit runter. Aber nur manchmal, denn meistens tobte auf dieser Seite das Leben! Ein richtiges Schwimmbad gab es mit Imbiss-Stand, jetzt natürlich beides geschlossen, doch im Sommer bestimmt gut besucht, eine alte Mühle, ab und zu duckte sich auch mal ein Häuschen an eine Felswand – doch, es gab immer wieder Anzeichen menschlichen Lebens, zumal uns auch hin und wieder ein Auto entgegenkam.

Ich konnte mich dunkel erinnern, dass wir noch ein zweites

Mal links abbiegen mussten, aber als der Wegweiser tatsächlich auftauchte, war ich fest davon überzeugt, dass ihn irgendjemand in die falsche Richtung gedreht hatte. Dieser Eselspfad konnte doch nicht die Straße nach Waldminningen sein! Weil es jedoch keine andere gab und die breitere ganz offensichtlich nach Oberflockenbach und Trösel führte, drehte Rolf das Steuer nach links, während er zwischen den zusammengebissenen Zähnen murmelte: »Wir hätten vorhin an dieser Heiligenfigur anhalten und beten sollen!«

Die Straße war noch ein bisschen schmaler und noch ein bisschen steiler, hatte auch noch ein paar mehr Kurven, doch plötzlich hoppelte der Wagen recht heftig, weil er eine breite Rinne überquert hatte, und dann standen wir auf einer Art Platz. Er war klein, sehr klein sogar, aber wenigstens halbwegs eben, während die von ihm abgehenden drei Straßen entweder steil auf- oder steil abwärts führten. »Wir müssen nach links!«, fiel mir sofort wieder ein, denn diese Straße war noch ein bisschen steiler als die anderen.

»Wie weit?«, fragte Rolf nur. »Der Wagen hat keinen Vierradantrieb.«

»Nur ein paar Meter, dann kommt ein Parkplatz.«

»Ihr könnt auch direkt am Haus halten!«, kam eine Stimme von irgendwo über uns, doch die klang erfreulicherweise recht irdisch. »Am besten parkst du hinter Tom.« Mit beiden Händen deutete Katja vom Balkon herunter auf einen Busch, hinter dem dann tatsächlich das schwarze Auto mit dem aufgeklebten Taucher an der Heckscheibe stand.

»Warum hat der sich denn nicht einen Jeep gekauft statt dieser Prestigeschleuder?« Nachdenklich musterte Rolf den Wagen. »Wenn er den im Winter um einen Baum wickelt, wird's teuer. Ich möchte jedenfalls nicht bei Glatteis die hiesigen Straßen runterrutschen müssen.«

Katja kam uns schon entgegen, nachdem wir kaum die Hälfte der unterschiedlich steilen Stufen zur Haustür zurückgelegt hatten. »Sag mal«, wollte der schon heftig keuchende Vater von seiner Tochter wissen, »sieht man in diesem Ort eigentlich viele Einwohner über sechzig?«

»Darauf habe ich noch nicht geachtet. Warum?«

»Weil ich mir vorstellen könnte, dass sie den größten Teil des Jahres in den Häusern verbringen und ihre Knochenbrüche ausheilen. Gibt es hier herum überhaupt ein paar Quadratmeter ebene Fläche?«

Es gab sie. Nachdem wir auch noch die Treppen innerhalb des Hauses bis zur Wohnungstür erstiegen hatten, standen wir tatsächlich auf einem gefliesten Vorplatz und bestaunten die dort aufgereihten Pantoffeln; mindestens zehn Paar unterschiedlicher Größe und Farbe.

»Die sind neulich aber noch nicht da gewesen!« Alles hätte ich erwartet, abgestellte Flaschen, die endlich mal jemand zum Container bringen müsste, Altpapier, Regenschirme, Gummistiefel, meinetwegen auch noch den Kartoffeleimer und zwei Kohlköpfe, doch auf keinen Fall säuberlich aneinander gereihte Hausschuhe. »Von dir hätte ich diese Ordnung niemals …«

»Wenn du jetzt glaubst, diese Schuhparade sei auf meine schwäbische Herkunft und den daraus resultierenden Reinlichkeitswahn zurückzuführen, dann irrst du dich«, unterbrach mich Katja und öffnete die Wohnungstür, »sie entspringt dem reinen Selbsterhaltungstrieb.« Sie schlüpfte aus den Lederslippern und in ihre bereitstehenden Hausschuhe. »Hast du schon mal einen hellblauen Velours-Teppichboden gehabt? Fliesen gibt es nämlich nur in der Küche und auf'm Klo.« Dann suchte sie zwei Pantoffelpaare in der entsprechenden Größe heraus und drückte sie uns in die Hände. »Würdet ihr wohl bitte auch …?«

Natürlich würden wir, obwohl ich mich diesem keineswegs ungewöhnlichen schwäbischen Ritual zum letzten Mal vor circa fünfundzwanzig Jahren unterzogen hatte, als wir in

Trossingen mit einer Bilderbuchschwäbin in einem Zwei-
familienhaus gewohnt hatten. Sie pflegte neben der Wohnungstür im 1. Stock nicht nur ihre Straßenschuhe abzustellen, sondern auch die Gartenschuhe und die Regenschuhe
und die für den Keller, und wenn ein Besucher kam, dann
durfte er zwar durch die geöffnete Haustür eintreten, musste
jedoch unten stehen bleiben, bis die Hausherrin den Zustand
seiner Schuhe überprüft hatte. Waren sie einigermaßen sauber, brauchte er sie erst vor der Wohnungstür gegen bereit-
gestellte Schlappen zu wechseln, anderenfalls hatte das
schon unten zu geschehen, und der Besucher musste seine
Straßenschuhe in der Hand nach oben tragen, wo er sie auf
einer alten Zeitung abstellen durfte. Ich habe selber erlebt,
wie Frau Rege … nein, lassen wir sie anonym bleiben – also
wie sie den Urlaubsvertretungsbriefträger zusammenge-
staucht hat, weil der mit dem Einschreiben doch tatsächlich
die Treppe hinaufgestiegen war und erst an der Wohnungstür geklingelt hatte. Und das alles bei Regenwetter!

Rolf hatte noch gar nichts gesagt, doch bevor er sich auf das
neue Sofa setzte, sah er seine Tochter fragend an: »Einfach
so, oder muss da vorher eine alte Decke drunter?«

Zugegeben, das schwarze Mobiliar von Tom (wieso lieben
Männer eigentlich dunkle Möbel – weil man darauf den Dreck
nicht so schnell sieht?) machte sich auf dem hellblauen Teppichboden wirklich gut, und die Knäckebrotkrümel kriegte
Katja mit dem Handstaubsauger auch ganz schnell weg,
bevor sie jemand festtreten konnte, doch was ist, wenn mal
einer mit Schokoladenpudding kleckert oder mit Rotwein?
Ein bisschen Stallmist unter der Sohle würde aber auch
schon genügen, und deshalb hatte Katjas Latschensyndrom,
wie der unsensible Vater den in dieser Wohnung üblichen
Schuhwechsel später immer nannte, durchaus seine Berech-
tigung.

Nach der Hausbegehung folgte zu späterer Stunde auch

noch eine Ortsbegehung, die Rolf allerdings nicht mitmachte wegen der steilen Straßen und wegen Hertha BSC, die es mal wieder eine Saison lang in die Fußball-Bundesliga geschafft und heute ein Nachholspiel hatten. Ich wäre ja auch lieber im Warmen geblieben, allerdings ohne Fernsehen, aber es half nichts, ich musste mit und mir den Tante-Emma-Laden mit den drei Stufen davor ansehen, in dem es von fünf Sachen, die man haben will, höchstens zwei gibt, die Kirche, zweifellos das überragendste Bauwerk dieses Dorfes und nach Toms Ansicht auch das entbehrlichste, weil die Glocken so laut sind, ganz besonders sonntags in der Frühe, es gibt eine Milchablieferungsstelle und eine Post-Nebenstelle, die nur zwei Stunden täglich geöffnet hat. Es gibt auch eine Telefonzelle mit einem Papierkorb nebendran und eine Haltestelle.

»Fahren hier tatsächlich Busse?« staunte ich.

»Ja, drei«, sagte Tom, »einer morgens, einer mittags und einer abends. In den Ferien fällt der von mittags aber aus, hat man uns erzählt, und im Winter, wenn der Schneepflug noch nicht durch ist, kommt der von morgens manchmal erst mittags.«

»Habt ihr euch schon mal überlegt, wie ihr dann hier runterkommen wollt?«

»Gar nicht! Übermäßiger Schneefall ist schließlich höhere Gewalt, dagegen kann man nichts machen.«

»Na, das muss Katja erst mal ihrer Schulbehörde verklickern!« Doch dann fiel mir ein, dass wir uns hier zwar schon ein bisschen im Odenwald befanden, wo man beim Straßenbau immer wieder mal auf natürliche Hindernisse stößt, andererseits liegt Waldminningen nicht in einem von Dreitausendern umschlossenen Alpental, muss also logischerweise einen zweiten Ausgang haben. »Könntet ihr nicht notfalls in die andere Richtung fahren?«

Katja nickte. »Klar, bloß muss man da erst ein ganzes Stück

weiter bergauf, bevor man wieder bergab kann. Dann kommt man zwanzig Kilometer weiter irgendwo an der Bergstraße raus.«

»Hübsche Gegend, nur ein bisschen weit weg von deiner Schule.«

»Ich will ja auch einen Versetzungsantrag stellen«, sagte meine Tochter in seliger Unkenntnis der Hürden, die es bei solch einem Vorhaben zu überwinden galt. Sie überwindet übrigens noch heute.

Als wir zurückkamen, hatte Hertha BSC gerade verloren, aber das Brot war fertig, denn Katja hatte unsere Viel-Glück-im-neuen-Heim-Gabe natürlich gleich ausprobieren müssen.

»Kaffee und Kuchen gibt's überall, wenn nachmittags Besuch kommt, warum also nicht mal selbst gebackenes Brot und hausgemachte Wurst.«

»Wieso? Schlachtet ihr jetzt selber?« Etwas misstrauisch beäugte Rolf die Pelle von der Leberwurst, die Katja gerade auf den Tisch gestellt hatte. »Was habt ihr dazu genommen? Recycelte Klarsichtfolie?«

»Lass das bloß nicht unseren Hauswirt hören! Sein Bruder kriegt fast jedes Jahr eine Medaille für seine Kühe, und weil er hauptberuflich Metzger ist, kann er natürlich auch Wurst machen.«

»Das sollte man annehmen«, vorsichtig schnitt Rolf ein Stück ab, »nur war ich bisher der Meinung gewesen, dass man Leberwurst aus Schweinefleisch herstellt.«

Egal, sie schmeckte genau so gut wie die Rotwurst und der Schinken, nur das quadratische Brot war etwas gewöhnungs-bedürftig, einmal wegen des leicht überhöhten Feuchtigkeits-anteils – auf gut Deutsch heißt das klitschig –, zum anderen wegen des Lochs in der Mitte vom Boden. Das lasse sich nicht vermeiden, sagte Katja, bemüht, halbwegs ansehnliche Scheiben herunterzusäbeln, das Loch käme nämlich vom Knethaken, der ja zwangsläufig im Teig drin bleibe, mitgebacken werde und erst aus dem fertigen Brot herausgezogen werden müsse.

So viel ich weiß, ist dieses Verfahren noch immer nicht verbessert worden, die allgemeine Brotback-Euphorie hat ja auch schon nachgelassen, doch wenn Katja gelegentlich eins vollautomatisch zusammenrühren und backen lässt, schmeckt es hinterher wirklich gut! Nur das Rezept mit den Nüssen sollte sie noch mal überarbeiten.

Es fing gerade an zu dämmern, als Rolf zum Aufbruch drängte. »Ich will wenigstens den Schlangenpfad noch bei Tageslicht hinter mich bringen.«

»Sooo schlimm ist die Straße nun wirklich nicht«, protestierte Tom sofort, »wenn man sie ein paar Mal gefahren ist, kennt man jede Kurve und stellt fest, dass es gar nicht so viele sind.«

»Ich möchte sie überhaupt nicht näher kennen lernen, weil ich nämlich ... sag mal, sind das da meine Schuhe?« Fragend hielt mir Rolf ein Paar dunkelblaue Treter jenes Umfangs entgegen, die man in den meisten Schuhgeschäften immer erst dann findet, wenn man das Schild mit dem Pfeil *Übergrößen eine Treppe tiefer* gelesen hat.

»Seit wann trägst du Slipper?«

»Darauf habe ich jetzt nicht geachtet«, knurrte er und stellte die Elbkähne wieder hin. Natürlich muss ein Mensch von einskommasechsundneunzig Meter Körpergröße auch auf entsprechend großen Füßen stehen, in nacktem Zustand sehen sie ja auch gar nicht so riesig aus, aber bei Toms Schuhen habe ich immer den Eindruck, sie gehören von rechts wegen als Blickfang ins Schaufenster, vielleicht mit dem Hinweis ›Auch der Yeti trägt Salamander‹ oder so ähnlich.

Katja reichte ihrem Vater die richtigen Schuhe, und während er die Schnürsenkel zuband, murmelte Rolf: »Soll ich mir vielleicht auch noch das Design meiner Schuhe merken?

Zu Hause finde ich sie auf Anhieb, alles, was links im Schrank steht, gehört mir.«

Stimmt, es darf nur keiner kommen, der seine früher nie praktizierte Ordnungsliebe plötzlich an unserem Schuhregal beweisen muss und den Inhalt nach Farben (!) sortiert. Sah auch ganz hübsch aus, doch als Rolf meine Sportschuhe anziehen wollte und mich schließlich verdächtigte, seine in der Waschmaschine geschrumpft zu haben, musste Sven wieder umräumen. Seitdem stellt er nicht mal mehr einen Teller in die Spülmaschine. »Woher soll ich wissen, ob er zum Besteck oder zur Wand gucken muss?«

Wir stiegen wieder die ungleichmäßigen Stufen zur Straße hinab, diesmal flankiert und hilfreich gestützt von unseren Gastgebern, und als wir unten angekommen waren, verschwanden die letzten Sonnenstrahlen hinterm Kirchturm.

»Wie lange brauchen wir bis zur Straße?« Rolf tastete seine Taschen nach dem Autoschlüssel ab, fand ihn auch gleich, schloss auf.

»Dreihundert Meter«, sagte Katja, »gleich unten rechts um die Ecke, da fahrt ihr direkt drauf zu.«

»Ich meine nicht diesen Maultierpfad, sondern die breite Straße ganz unten, auf der man zur Autobahn kommt!«

»Ich brauche vierzehn bis fünfzehn Minuten«, sagte Tom, »schlimmstenfalls zwanzig.«

»Erstens hast du Heimvorteil, zweitens einen schnelleren Wagen.« Es folgte das übliche Abschiedsritual mit Danksagung, Umarmungen, Küsschen und natürlich dem etwas halbherzigen Versprechen, ganz bestimmt im Sommer wieder zu kommen, wenn man auf dem Balkon sitzen und die Eichhörnchen füttern kann. Dann stiegen wir ein, Tom schloss die Türen, Rolf steckte den Zündschlüssel ins Schloss, drehte ihn herum, es röhrte ein bisschen, doch das war schon alles.

»Wahrscheinlich kalt geworden«, vermutete er und versuchte es noch einmal. Und dann noch mal und noch mal, und nach dem sechsten Versuch gab er auf. »Verstehe ich nicht, wenn wir zu wenig Benzin hätten, dann müsste der Motor doch schon auf der Herfahrt mal gestottert haben. Hat er aber nicht.«

»Was heißt wir?!«, protestierte ich sofort. »Vielleicht erinnerst du dich noch, dass ich …«

»Ja, ja, ja!«, blaffte er zurück und stieg aus, um sich die topographischen Gegebenheiten genauer anzusehen. Prompt kam ihm die Erleuchtung. »Ist ja kein Wunder, dass er nicht anspringt, das Heck liegt so tief, dass der Motor keinen Sprit ansaugen kann. Ich muss den Wagen einfach zurückrollen lassen, bis er wieder gerade steht.«

Er stieg ein, ich stieg aus. Gegen einfaches Rückwärtsrollen ohne Motor habe ich etwas, seitdem ich vor Jahren bei einem ähnlichen Manöver so eine Art Domino-Effekt erzielt hatte. Erst mit der hinteren Stoßstange an die leere Mülltonne, die gegen einen abgestellten Bollerwagen, der dann auch prompt abwärts rollte, drei Häuser weiter unten umkippte und gegen eine andere leere Mülltonne knallte, die ihrerseits ein frisch angelegtes Stiefmütterchenbeet platt walzte. Im Gegensatz zu jenem Nachbarn war Sascha von dieser Kettenreaktion hellauf begeistert gewesen. Eine Woche später wurde der Vorgarten durch einen soliden Jägerzaun gesichert, und statt der Stiefmütterchen kamen Tränende Herzen aufs Beet. Die haben aber auch nicht lange überlebt, weil sie größtenteils einem verirrten Fußball zum Opfer gefallen sind. Seitdem wächst dort der beliebte Vorgarten-Rhododendron im Doppelpack, rosa und hellblau gemischt.

Rolf ließ also den Wagen zurückrollen, das ging auch ohne Probleme, war ja Sonntag, da kommt keine Müllabfuhr, dann startete er erneut, und nun folgte das, was wir schon gehabt hatten – nämlich nichts. Mit ergebener Miene zog er den

Zündschlüssel ab. »Hier gibt es nicht zufällig eine Tankstelle?«

»Nein!«, kam es unisono von den beiden Neubürgern zurück. »Hast du denn keinen Reservekanister?« So konnte nur Katja fragen, die nie einen besessen hatte und erst seit kurzem ein feuerrotes Exemplar ihr eigen nannte. Es war ein Geburtstagsgeschenk gewesen, randvoll mit neuem Wein und einer Rose im Eintüllstutzen.

»Natürlich haben wir einen Reservekanister!« Ich öffnete den Kofferraum und begann herumzuwühlen. Weshalb dieser Teil des Autos speziell bei Männern ein fahrender Müllcontainer ist, werde ich nie begreifen. Eine Decke lasse ich mir ja noch gefallen, bei zehn Grad minus im Stau ohne Standheizung kann es sehr ungemütlich werden, aber weshalb wird sie nicht zusammengefaltet? Und wozu muss man eine halb zerfledderte, vier Monate alte Illustrierte spazieren fahren, wenn der Einsendeschluss für das Preisrätsel längst vorbei ist? Was sollen die vielen Plastiktüten? Und die kaputte Taschenlampe? Die leeren Flaschen? Zwei davon müssen seit mindestens einem halben Jahr hier drin herumrollen, die hatte Sascha mitgebracht, Zak-Zak kennt man nämlich bei uns nicht. Keine Ahnung, wem die Socken gehören, Rolf besitzt keine grünen, die Tüte mit dem Zwieback sollte man auch mal entsorgen, die Hälfte ist schon rausgekrümelt, und wie kommt überhaupt mein brauner Lederhandschuh hierher? Den vermisste ich seit Oktober, hatte immer geglaubt, ihn auf dem Weinfest verloren ...

»Du brauchst gar nicht lange zu suchen«, sagte Rolf, »den Kanister habe ich vorhin rausgenommen, damit ich dieses Trumm von Brotbackmaschine besser verstauen konnte. Wenn ihn keiner geklaut hat, steht er immer noch zu Hause zwischen den Krokussen.«

Mir lag so einiges auf der Zunge, was ich gerne losgeworden wäre, aber ich hielt den Mund. Wenigstens so lange, bis ich mein aufkommendes Triumphgeheul unterdrückt hatte. Wer hatte denn mal wieder Recht gehabt? Eine Viertelstunde höchstens hätte uns ein Tankstopp gekostet, und wie viel Zeit verplemperten wir jetzt? Wir könnten schon längst auf der Autobahn sein – na ja, vielleicht noch nicht ganz, aber zumindest auf dem Weg dahin, und jetzt wurde es dunkel, und wir standen immer noch hier rum. »Katja, du hast doch auch einen Reservekanister, jetzt kannst du ihn einweihen!«

»Es soll ja schon Autos geben, die mit Rapsöl fahren, aber mit Federweißer? Ich weiß nicht, ob das schon mal jemand ausprobiert hat.«

»Heißt das, du hast den Wein noch nicht mal umgefüllt?«, fragte ich entsetzt.

»Nö, warum denn auch? Ich hab kein so großes Gefäß, höchstens die Suppenterrine.« Dann wandte sie sich an Tom. »In der Garage steht doch dein alter Kanister, ist da nicht noch was drin?«

Er schüttelte den Kopf. »Nicht mehr. Den Rest hat Rainer in seinen Rasenmäher gekippt.«

»Rasen mähen? Jetzt im März?«

»Nein, im letzten Sommer.«

Es kam, wie es kommen musste. Wir zogen gemeinsam wieder nach oben, Katja füllte den immer noch vor sich hingärenden jungen Wein in zwei Kochtöpfe um, reinigte den Kanister mit allem, was ihr angebracht erschien, einschließlich klarem Wasser, Tom zog Schuhe an und ein wärmendes Jäckchen, schnappte sich den noch tropfenden Kanister und zog ab. Während Katja die Kaffeemaschine munitionierte, brabbelte sie leise vor sich hin. Ich verstand zwar nur ein paar Wortfetzen, und die hatten so ähnlich geklungen wie »glaube – Tankstelle nur bis achtzehn Uhr – sonst ... leicht Dossenheim – Raststätte Autobahn? – Sitzen wirklich Arsch der Welt!«

Doch, wir sind noch nach Hause gekommen, sogar vor Mitternacht! Was macht man denn, wenn die kürzeste Verbindung zwischen zwei Punkten wegen Bauarbeiten gesperrt ist? Richtig, man benutzt die ausgeschilderte Umleitung. Und was geschieht, wenn der ortskundige Autofahrer zusätzlich eine vermeintliche Abkürzung wählt? Auch richtig, man landet auf einem Weg, auf dem man niemanden trifft, den man nach dem Weg fragen könnte.

Der Vollständigkeit halber sollte ich erwähnen, dass der Benzinkanister tatsächlich noch zwischen den Blumen stand – präzise gesagt: er hatte gelegen, genau wie ein Teil der Krokusse.

Kapitel 9

Die Hochzeitsvorbereitungen nahmen allmählich Gestalt an, wobei die Hochzeit als solche etwas ins Hintertreffen geriet, denn viel wichtiger war offenbar der Polterabend.

»So um die hundert Leute«, hatte das Brautpaar kalkuliert, »genau lässt sich das nicht vorhersagen.«

»Wo kommen die denn alle her?« Und vor allem, was mich weitaus mehr interessierte, wo sollten sie alle hin? Auf Grund von genug Lesungen mit unterschiedlich vielen (oder auch nicht!) Zuhörern kann ich inzwischen ziemlich genau abschätzen, wie viel Platz hundert Menschen brauchen, um sich nicht wie Ölsardinen in der Dose zu fühlen.

»Na ja, da sind erst mal Jörgs Kollegen und natürlich meine«, begann Nicki mit der Aufzählung, wobei ihr Anhang wesentlich größer sein würde. Als ich noch zur Schule ging, ließ sich das Kollegium an zwei Händen abzählen, wir kannten jedes einzelne Mitglied samt seinen Marotten (die dann auch immer an nachfolgende Klassen weitergegeben wurden!), während die Lehrer ihrerseits auch ziemlich genau über ihre Schüler informiert waren, und das nicht nur im Hinblick auf deren Leistungen. Dagegen erscheint es mir in den heutigen Mammutschulen schon zweifelhaft, ob sich das Lehrerkollegium überhaupt noch untereinander kennt.

»Ich weiß ja nicht, wie viele tatsächlich kommen werden«, überlegte Nicki, »zugesagt haben mehr, aber fünfzehn werden es bestimmt.«

»Na also, das hält sich doch in vertretbaren Grenzen.«

»Ich bin ja noch nicht fertig.« Sie setzte sich an den Esstisch, zog einen Zettel aus der Tasche und bat um einen Bleistift. »Gehen wir mal von zweiundzwanzig aus, da sind Jörgs Kollegen aber auch mit drin.« Sie notierte die Zahl. »Jetzt die Schule: Das werden …«

»Die hattest du doch gerade!«

»Ich rede von meiner ehemaligen«, seufzte Nicki. »Beim Klassentreffen im Februar habe ich dämlicherweise erwähnt, dass ich demnächst auch poltere. Ist doch klar, dass da welche kommen.« Fragend sah sie mich an. »Bringt man dazu eigentlich seinen Partner mit, auch wenn den sonst niemand kennt?«

»Es hat schon Hochzeiten gegeben, auf denen wildfremde Personen mitgefeiert haben, weil niemand wusste, ob sie nun zur Sippe der Braut oder des Bräutigams gehören und natürlich auch kein Mensch nachgefragt hat.«

»Das kann uns ebenfalls passieren! Ich kenne doch nur Jörgs engste Freunde, aber nicht die aus seiner Klasse oder von der Uni. Vom Sportverein kommen bestimmt welche und vielleicht sogar aus Amerika, für die müssten wir dann noch Unterkünfte besorgen.«

»Bevor ich da irgendetwas missverstanden habe«, begann ich vorsichtig, »du heiratest doch Jörg und nicht Michael Jackson oder ein Mitglied des englischen Königshauses?«

»Hahaha! Sehr komisch!« Sie kritzelte weiter Zahlen aufs Papier. »Jetzt nehmen wir nur mal noch meine komplette Sippe, dann Jörgs Eltern nebst Anhang, dazu eine noch unbekannte Zahl ›Sonstiger‹, immerhin sind wir beide hier aufgewachsen …, da kommt am Schluss eine ganz schöne Zahl zusammen.«

Ich gab mich geschlagen. »Also mit Zelt im Garten und ein paar kalten Platten ist das wohl nicht getan.«

»Schön wär's. Wir holen jetzt erst mal Kostenvoranschläge ein, und dann sehen wir weiter.«

Aha, Kostenvoranschläge! »Welche Etablissements hattet ihr denn in Erwägung gezogen?« Dass man eine Hochzeit nicht mehr in den eigenen vier Wänden oder in denen der Eltern feiert, ist verständlich. Wer hat denn noch Tische, die sich auf dreifache Länge ausziehen lassen, und Tafeltücher, die da raufpassen? Gar nicht zu reden vom Essservice für 24 Personen, das sowieso nicht reichen würde, den Gläsern, den Unmengen von Besteck – in Romanen wird vor Hochzeiten immer das Silber poliert, meist von einer ältlichen Tante, die bereits vorher angereist ist, nur habe ich weder das eine noch die andere – und der oft zu kleinen Küche, in der bei drei Personen schon eine zu viel ist.

Ganz klar, bei derartigen Anlässen ist man in einem Restaurant besser aufgehoben, es muss ja nicht gleich eine Burg sein! Aber einen Polterabend zieht man doch eigentlich zu Hause durch, oder doch nicht? Na gut, der von Steffi und Hannes hatte auch nicht gerade im kleinen Kreis stattgefunden, aber die haben schließlich ein Geschäft und Kunden, die ›den Hannes schon als Schulbub gekannt‹ hatten, und außerdem den großen Parkplatz vor der Halle, auf dem das ganze Spektakel abgelaufen war.

Andererseits hatte ich überhaupt nur wenige Hochzeiten mitgemacht, war also kein Experte auf diesem Gebiet. Höchstens als Kind, Omi hatte nämlich einen großen Bekanntenkreis gehabt und ich ein gutes Gedächtnis! Deshalb hatte sie das jeweilige Brautpaar auch immer mit endlosen Versen bedichtet, während ich das spätere Produkt ihrer nächtlichen Eingebungen (sie hatte tatsächlich immer Block und Bleistift auf dem Nachttisch liegen gehabt!) irgendwann zwischen Kaffee und Abendessen vortragen musste. Anschließend hatte ich das Poem, von Omi in Sütterlinschrift auf Büttenpapier festgehalten, mit genau eingetrichterten Worten zu überreichen. Kein Wunder also, wenn ich Hochzeiten ausgesprochen lästig fand und schon in zartem Kindesalter beschlossen hatte, niemals zu heiraten.

Vielleicht hatte sich deshalb meine eigene lediglich in dem so oft zitierten ›engsten Familienkreis‹ abgespielt und ist auch nicht weiter erwähnenswert, wenn man davon absieht, dass ich mir meinen Brautstrauß selber aus dem Blumengeschäft abholen musste. Auf einen Polterabend hatten wir verzichtet, und bei Sascha hatte es auch keinen gegeben. In England kennt man das nicht, da muss der Bräutigam am Vorabend der Hochzeit mit seinen Freunden Abschied vom Junggesellenleben feiern, was in meinen Augen ein idiotischer Brauch ist. Entweder hat der arme Kerl weitgehend nüchtern zu bleiben, was jedoch der englischen Tradition widerspricht, oder er steht den nächsten Tag nur mit Alka Selzer und den meist rezeptpflichtigen Zuwendungen eines verständnisvollen Apothekers durch.

Es gibt Ereignisse im Leben, die man weder beeinflussen noch nachträglich korrigieren kann, und dazu gehört der eigene Geburtstag. Meiner fiel genau in die Planungszeit für den Polterabend, was das Vergnügungs-Komitee plötzlich vor ein neues Problem stellte. Statt vor der noch immer nicht ausdiskutierten Überlegung, ob Bier, Wein und Alkoholfreies ausreichen würde, oder nicht doch ein paar Flaschen Konzentriertes angebracht seien, stand die Familie nunmehr vor der Frage: Was schenken wir Määm zum Geburtstag?

Müßig zu erwähnen, dass Määm schon seit zwei Jahrzehnten beteuert, gar nichts haben zu wollen, weil sie wunschlos glücklich sei (was natürlich nicht stimmt, sie möchte immer noch liebend gerne eine Weltreise machen oder wenigstens eine achtwöchige Kreuzfahrt durch Südsee und Karibik), aber das nützt nichts, ein Geschenk muss her, egal was!

Nun gibt es ja diese ungemein nützlichen Dinge, die man nicht hat, weil man sie auch gar nicht braucht oder allenfalls mal bei der Gartenparty vermisst, wenn man das Eis für die Drinks mühselig mit dem Hammer zerkleinern muss.

»Rainer hat so'n elektrischen Zerhacker, damit geht das in ein paar Sekunden«, informierte mich Katja.

»Schön für ihn, hiermit geht's aber auch.« Dann schlug ich wieder zu, traf das Brett nicht genau in der Mitte, es sprang hoch, und die Eisstückchen flogen mir um die Ohren. Zum nächsten Geburtstag bekam ich einen chromblitzenden Mixer, der nicht nur Eis zerkleinern, sondern auch Nüsse und Blockschokolade zerhacken und, wenn man nicht aufpasst, ein Schaschlik-Stäbchen atomisieren kann. Da dieses Gerät nicht nur groß und schwer, sondern auch unhandlich ist, steht es jetzt im Keller, während ich in der Küche weiterhin meinen kleinen Kompakt-Robot benutze, in dem ich die klein gehackte Petersilie hinterher auch wiederfinde.

Im nächsten Jahr war's der ›Heiße Stein‹, auch so eine Modeerscheinung, von der längst kein Mensch mehr spricht, und natürlich besitze ich einen Tischgrill, sehr dekorativ und für eine kleine Familie auch durchaus praktisch, jedoch ungeeignet, wenn sieben bis elf Personen am Tisch sitzen und Hunger haben.

Ach ja, Bücher bekomme ich auch jedes Mal, wobei es keine Rolle spielt, dass ich diese typischen Liebesromane nicht mag und auch für Tiergeschichten nicht allzu viel übrig habe; sie stehen aber auf der Bestseller-Liste, also müssen sie zwangsläufig gut sein! Wenn ich alle ›für später mal‹ zurückgestellten Bücher lesen wollte, müsste ich einen mindestens dreimonatigen Urlaub auf einer einsamen Insel verbringen, sonst schaffe ich das nie!

Doch dann kam die Zeit, als die Mädchen nicht mehr nur finanziert werden mussten, sondern sich – zumindest teilweise – selbst finanzierten. Ausgenommen Stefanie, die stand schon auf eigenen Beinen, auch wenn sie immer noch ein bisschen wackelten. Es hatte ja eine Weile gedauert, bis sie sich endlich für einen Beruf entscheiden konnte, aber genau dann lernte sie Hannes kennen und stieg in seine Firma ein.

Die Zwillinge studierten. Später, nachdem sie ihr Staatsexamen in der Tasche hatten, erwähnte Nicki mal ganz nebenbei: »Eine Zeit lang waren das einzig Regelmäßige in unserem Leben nur die Tage, an denen wir bei Horten gejobbt haben!« Dafür kannten sie die Neckarwiesen besser als die Hörsäle der Uni, was die schon häufig geäußerte Behauptung, in Deutschland seien die Studienzeiten zu lang, mal wieder bestätigt.

Egal, die Mädchen verdienten ihr eigenes Geld, behielten sogar welches übrig, nur wer auf die Idee mit den Städtereisen gekommen war, ließ sich hinterher nicht mehr feststellen. Jedenfalls bekam ich zum Geburtstag einen Drei-Tage-Aufenthalt in München, weil ich mal geäußert hatte, von dieser Stadt nicht mehr zu kennen als das Hotel und die Buchhandlung, in der ich eine Lesung gehabt hatte. Und weil so ein Kurztrip allein ja keinen Spaß macht, würden mich meine Töchter begleiten. Das Vierbettzimmer (?) mit Dusche in einer Pension nahe des Stachus sei bereits gebucht und angezahlt, ein festes Programm habe man allerdings noch nicht, da wolle man sich ganz nach mir richten.

Ich war richtig gerührt, und es machte mir auch gar nichts aus, dass das ganze Unternehmen eine ziemlich teure Angelegenheit wurde, denn die ›Spesen‹ habe natürlich ich getragen, einschließlich Benzin und zweimal täglich Essengehen. Das Vierbettzimmer hatte gestimmt und die Dusche, nur stand sie etwas irritierend im Zimmer gleich neben dem Waschbecken. Aber günstig lag die Pension wirklich, und bei McDonalds kriegt man ja auch noch was abends um elf. Dieser Ausflug in die große weite Welt – wir leben nun mal in der schwäbischen Provinz, für uns ist ein Ort, in dem man sogar nachts jederzeit ein Taxi bekommt, Inbegriff des Großstadtlebens – hatte nicht nur mir, sondern offenbar auch den Mädchen so gut gefallen, dass ich im nächsten Jahr einen neuen Gutschein bekam, diesmal für Nürnberg, da waren sie nämlich auch noch nicht gewesen. Allerdings sind dreißig Grad im Schatten nicht unbedingt die richtige Temperatur für Sightseeing und Kopfsteinpflaster, aber die Kirschen, auf dem Markt gekauft und gleich aus der Tüte gefuttert, haben großartig geschmeckt. Die Lebkuchen nicht ganz so gut, weil wir sie erst stundenlang durch die Hitze getragen und später im Hotel kaum mehr auseinandergekriegt haben. Aus nahe liegenden Gründen kann man sie in Nürnberg auch im Hochsommer kaufen, der Winter bekommt ihnen aber besser!

Meine stille Hoffnung, das nächste Mal sei vielleicht Hamburg dran, erfüllte sich nicht, stattdessen bekam ich zum Geburtstag eine äußerst komfortable Gartenliege mit extra dicker Auflage und einem Tischchen, das an die Armlehne gehängt werden konnte. »Darauf kannst du künftig alles ablegen, was du sonst auf den Rasen schmeißt, also Buch, Brille, Knochen* und so weiter«, sagte Katja und demonstrierte das auch sofort, indem sie meine erst halbgeleerte Kaffeetasse auf das Tischchen stellte. Das neigte sich sofort zur Seite, prompt begann die Tasse zu rutschen und zerschellte schließlich auf den Terrassenfliesen.

»Tut mir Leid«, meinte Katja nur, »das war wohl angewandte Physik sechste Klasse, Thema ›Die schiefe Ebene‹.«

Da ich nicht gewillt war, vor Benutzung dieses Tisches jedes Mal sein Gleichgewicht anhand einer Wasserwaage zu ermitteln, verzichtete ich auf die vermeintliche Bequemlichkeit und deponierte meine Utensilien weiterhin rund um die Liege auf dem Boden. Da passiert es schon mal, dass man Proteine

---

* Für Neueinsteiger, denen der Sanders'sche Jargon noch nicht geläufig ist, hier eine kurze Erklärung: Mit »Knochen« wird jenes kabellose Telefon bezeichnet, das nie zu finden ist, sobald es läutet, häufig erst dann geortet werden kann, nachdem sich schon der Anrufbeantworter eingeschaltet hat, und dessen Akku grundsätzlich leer ist, wenn man selbst telefonieren will.

im Glas hat oder eine Ameise im Ohr, weil die gerade auf dem Telefonhörer spazieren geht, wenn es klingelt, doch daran sind Liegestuhlbenutzer ja gewöhnt.

Im Laufe der Jahre wurden die Geburtstagsgeschenke zwar nicht fantasievoller, mit steigendem Einkommen der Schenkenden jedoch aufwendiger, besonders seitdem sich die bereits amtlich bestätigten sowie die potenziellen Ehepartner meiner Nachkommen an den Kosten beteiligten, was ihnen künftig das Studium der Bestseller-Listen ersparte. Was dann noch fehlte, wie zum Beispiel der Zuschlag für die erste Klasse vom ICE, schoss Rolf zu. Fürs Auto lagen die Ziele jetzt nämlich zu weit entfernt, denn wer fährt schon mit dem Wagen nach Paris, nur um ihn für teures Geld in einer Garage abzustellen? Oder anders gefragt: Was fange ich in einer fremden Stadt mit einem Auto nebst Straßenkarte an, wenn ich schon Schwierigkeiten mit dem Metro-Fahrplan habe?

Paris war nämlich der erste Städtetrip außerhalb der Landesgrenzen, da traf es sich natürlich gut, dass Pfingsten in diesem Jahr so spät war und die Ferien so lange dauerten, denn es hatten sich doch tatsächlich trotz der Hochzeitsvorbereitungen noch ein paar freie Tage einschieben lassen!

Ich wurde gar nicht erst gefragt. »Du hast in der nächsten Woche keinerlei Termine«, hatte Katja gesagt, »außer Dienstag, da habe ich dich vorsichtshalber beim Friseur angemeldet, aber wenn du nicht willst, musst du nicht. Am Mittwoch fahren wir, und am Sonntagabend sind wir wieder zurück. Mittagessen für Papi ist auch schon geregelt. Damit es immer anders schmeckt, kocht einmal Steffi vor, die hat am wenigsten Zeit, zweimal kocht Nicki und zweimal ich. Alles wird einzeln mit Inhaltsangabe und Auftauzeit eingefroren und dann hier deponiert. Fünfmal halbes Hähnchen is diesmal nich! Du brauchst also nicht schon wieder ein schlechtes Gewissen zu haben, sondern musst wirklich nur noch deinen Koffer packen!«

Die Mädchen hatten Zimmer in einem dieser reibungslos funktionierenden Hotelspargel gebucht, die zunehmend am Seine-Ufer in die Höhe ragen und allmählich dem Eiffelturm Konkurrenz machen. Es war übrigens ein Hotel unter japanischer Leitung, was unschwer an den Schildern und nicht zuletzt an den vielen mandeläugigen Gästen zu erkennen war. Das 19. Stockwerk schien jedoch Europäern vorbehalten zu sein, denn beim Warten auf den Lift konnten wir fast immer den Unterhaltungen der anderen Besucher folgen oder korrekt ausgedrückt – wir konnten zumindest ihre Herkunft erraten. Holländer waren in der Überzahl.

Leider fiel unser Besuch gerade in jene Zeit, als ganz Paris unter dem Schock der häufigen Attentate stand, wo Bomben an belebten Plätzen hochgingen und die Versuche, weitere Explosionen zu verhindern, mitunter merkwürdige Züge annahmen. So waren eines Morgens sämtliche öffentlichen Papierkörbe zugenagelt, weil einer schon mal als Versteck für eine Bombe gedient hatte. Wohin also mit den Tüten, aus denen wir eben die unvergleichlichen Crêpes gegessen hatten? So ganz sind die Fettflecken aus meiner hellen Hose auch nie rausgegangen …

Bemerkenswert, und eine Quelle ständiger Erheiterung, waren für uns die Frühstücksgewohnheiten der Japaner. Dass Engländer morgens Räucherfisch essen und – so vorhanden – auch gebratene Nieren, weiß man aus der Serie »Die Zwei« mit Roger Moore als Lord Sinclair, und wer nicht gerade beim Hochadel zu Gast ist, löffelt wenigstens seinen Porridge, jene geschmacklose Haferflockenpampe, die auch durch Zugabe von Sahne oder was man sich sonst noch drüberkippen kann, nicht genießbarer wird. Trotzdem sind die Japaner, sofern sie vor einem Frühstücksbüffet stehen, nicht zu übertreffen. »Habt ihr das gesehen?« Nicki folgte, immer noch ihre Müslischale in der Hand haltend, mit den Augen einem kleinen schlanken Mann, der zwei vollgehäufte Suppenteller zu seinem Tisch jonglierte. »Ich hab hinter ihm gestanden, der hat sich erst Bratkartoffeln draufgepackt, dann geschmorte Tomaten, danach diesen komischen Fisch, das Gulasch hat er ausgelassen, dafür hat er beim Gurkensalat zugegriffen, und obendrauf kamen zwei Spiegeleier und Reis.«

»Und was war auf dem zweiten Teller«, forschte Steffi, »das Gleiche noch mal für Frau Japan?«

»Nee, da hat er die süße Seite abgegrast, also erst diesen panierten Toast, darüber eine Ladung Früchtequark, gekrönt von einem Eierkuchen, und weil noch was auf den Teller passte, ein paar Löffel Obstsalat.«

»Vielleicht sollte ihm mal jemand sagen, dass man beliebig oft zum Büffet gehen und sich etwas holen kann.« Katja stand auf.

»Bist du verrückt?!«, zischelte Nicki entsetzt.

»Keine Angst«, winkte Katja ab, »ich würde ihn ja gerne aufklären, aber mein Japanisch lässt eine längere Konversation noch nicht zu. Sayonara.« Fragend sah sie uns an. »Ich hole mir noch 'n Croissant, soll ich jemandem was mitbringen.«

Nein, sollte sie nicht, Frühstücksbüffets sind meistens Attacken auf die Taille. Zu Hause gibt es höchstens mal sonntags ein Ei, frische Brötchen bloß dann, wenn jemand welche geholt hat, sonst kauen wir auf Toast herum, zwei Sorten Konfitüre, ein Rest Honig vom Imker, war aber der falsche, Heideblüten hatte ich gar nicht gewollt, ein paar leicht gewellte Salamischeiben finden sich auch noch, die will aber niemand haben, kriegt später die Katze von nebenan, und wer mag, kann sich sogar ein Joghurt aus dem Kühlschrank holen – fettarm natürlich, dafür angereichert mit Fruktose und Guarkernmehl. Was anderes ist nicht da, glücklicherweise auch niemand mehr, der sich daran stört. (Die Gleichgültigkeit angesichts eines nur unzulänglich bestückten Tisches war der letzte Beweis dafür, dass meine Nachkommen ihre Teenagerjahre hinter sich gelassen hatten). Doch dann kommen immer mal wieder Tage, an denen ich unterwegs bin und statt des gewohnt spartanischen Frühstücks ein vier Meter langes, überquellendes Büffet vorfinde. Nichts davon habe ich selber heranholen, zubereiten und aufbauen müssen, ich brauchte keinen Kaffee zu kochen und keine Orangen auszupressen, musste keine sechs Sorten Brötchen gefällig im Korb anordnen, und vor allem brauche ich hinterher nicht den ganzen Kram wieder abzuräumen und die Reste zu verstauen. Stattdessen kommt ein nettes junges Mädchen (zum Frühstücksdienst werden meistens die Azubis herangezogen, das weiß ich aus Saschas Gastronomiezeiten) und erkundigt sich, ob ich Kaffee oder Tee trinken möchte, Kakao könne ich aber auch haben, und Eier gäbe es in wenigen Minuten wieder ganz frisch.

Natürlich warte ich so lange, hole mir nur ein Glas Saft und ein bisschen Obst, dazu ein paar Löffel Müsli wegen der geballten Energiezufuhr, brauche ich auch, muss ja noch fahren, dann kommen die frischen Eier aus der Küche, wachsweich sind sie, deshalb ausnahmsweise noch ein zweites, einmal ist keinmal, und dazu eins von diesen knackfrischen hellen Brötchen statt der so gesunden dunklen mit dem Papageienfutter obendrauf. Und wenn schon sündigen, dann wenigstens gründlich! Seitdem es den Chemikern gelungen ist, Wasser streichfähig zu machen und das Produkt als Halbfettbutter auf den Markt zu bringen, kommt die früher als so gesund gepriesene ›richtige‹ Butter immer mehr in Verruf. Natürlich essen wir auch bloß noch Margarine, zur Zeit die mit dem Emulgator Monoglycerid und dem Konservierungsstoff Kaliumsorbat, aber die Vitamine A und D sind ebenfalls drin, und die sind ja wichtig! Nur – und das muss auch mal gesagt werden! – wem schmeckt dieses Zeug denn wirklich? Mir nicht, aber ich beuge mich der Mehrheit, schmiere zu Hause künstliche Butter aufs Brot und genieße Hotelbüffets, weil es da auch echte gibt. –

Nach dem Frühstück wurde Paris besichtigt. Zuerst der Eiffelturm, weil er in der Nähe unseres Hotels lag und zu Fuß erreichbar war. Er hat mich enttäuscht. Bis dato hatte ich ihn nur auf Fotos oder in Filmen gesehen, da hatte er silbern oder auch dunkel geglänzt, aus der Ferne tut er's immer noch, doch was sich da beim Näherkommen vor mir aufbaute, war ein Koloss aus verrostetem Eisen, unansehnlich braun und keine Spur von Glanz.

»Fahren wir mal rauf?«, kam die zu erwartende Frage.

»Wenn ihr wollt, gerne, aber ohne mich! Mir langt schon der 19. Stock.« Wenn die Mädchen nämlich den fantastischen Blick über die noch im diffusen Morgenlicht liegende Stadt genießen wollten oder das abendliche Lichtermeer, dann mussten sie in das Zimmer der Zwillinge gehen, denn zu Stefanies Bedauern zog ich beim Betreten unseres Zimmers als Erstes die Vorhänge zu.

»Du mit deiner ewigen Höhenangst«, moserte sie denn auch, »nichts machst du mit!«

»Doch, alles! Vorausgesetzt, es spielt sich auf der Erde ab!«

Ein kurzes Abschätzen der Menschenschlange vor dem Kassenhäuschen ergab eine voraussichtliche Wartezeit von mindestens 60 bis maximal 150 Minuten, worauf die Mädchen beschlossen, Paris von noch weiter oben als dem 19. Stockwerk sei bestimmt nicht so interessant wie die Champs Elysées.

Die enttäuschten dann aber auch. Anfangs gab es zwar die erwarteten Geschäfte, nur unterschieden sie sich kaum von den Läden, die man auch in den Fußgängerzonen von München und Stuttgart findet (Douglas is everywhere!), und weiter unten fanden wir statt Dior und Kenzo rechts und links nur große Schatten spendende Bäume mit Bänken davor, sehr geruhsam, sehr dekorativ, aber keineswegs das, was wir uns vorgestellt hatten.

»Wenigstens haben wir jetzt mal in natura gesehen, wo die

Tour de France immer endet«, sagte Katja, die sich noch nie für Radrennen interessiert hat, »man muss sich statt der Omas mit ihren pinkelnden Hunden bloß eine schreiende Menschenmenge vorstellen.«

Wenig später standen wir auf der Place de la Concorde und bewunderten den Obelisk. »Ist hier nicht der sechzehnte Ludwig geköpft worden?« Nachdenklich blickte Steffi an dem viereckigen Pfeiler empor.

»O rühret, rühret nicht daran!« Aus einem der Zitatenfriedhöfe, die unsere Dichter in so reichhaltiger Menge hinterlassen haben, deklamierte Nicki mit viel Pathos diese Zeile, vermutlich zum Beweis dafür, dass doch noch ein bisschen was von der Schulzeit hängen geblieben ist. »Bei der Klausur über die französische Revolution bin ich doch so fürchterlich eingefahren! Erst habe ich sie ein Jahrzehnt zu früh stattfinden lassen, dann habe ich den falschen König auf die Guillotine geschickt, wer kann sich denn aber auch alle achtzehn merken, und schließlich habe ich ihm auch noch die Pompadour als Mätresse angehängt, obwohl die einen Louis früher dran gewesen ist.«

»Bei deinem gespaltenen Verhältnis zur Geschichte dieses Landes habe ich sowieso nie verstanden, weshalb du ausgerechnet Französisch als Leistungsfach genommen hast«, bemerkte Katja grinsend. »Ich wollte endlich mal die Speisekarten in deutschen Restaurants übersetzen können!«

Wir besichtigten weiter. Als Nächstes die zum Teil eingerüstete und grün verhängte Notre Dame, aber so was kannte ich ja schon aus Rom, da waren viele Sehenswürdigkeiten ebenfalls hinter Plastikplanen versteckt gewesen; muss ein Trick der Stadtverwaltungen sein, damit man noch mal wieder kommt, um alles das anzusehen, was man beim ersten Mal nicht ansehen konnte.

Dann die Brücken. Natürlich muss man mal über den Pont Neuf gegangen sein, ich weiß zwar nicht warum, aber es gehört dazu, doch nach der achten oder neunten Brücke habe ich gestreikt. »Was haltet ihr davon, wenn wir stattdessen unten durchfahren?«

Das wurde genehmigt, denn es bedeutete hinsetzen, was trinken können, und weil gerade Mittagszeit war, könnte man doch eigentlich auch gleich etwas essen. Die Wiener Würstchen auf Pariser Ausflugsdampfern müssen aus derselben Quelle stammen wie jene, die auf der Frankfurter Buchmesse verkauft werden: Sie bestehen aus einer rosa Gummihülle mit nicht genau zu identifizierendem Inhalt und kosten so viel wie zu Hause ein Steak.

Die erste Blase machte sich bei Steffi bemerkbar, als wir in der Nähe des Opernhauses – muss man natürlich auch gesehen haben! – auf einem Mäuerchen saßen und versuchten, uns so wenig wie möglich mit dem Schokoladeneis zu bekleckern. »Ob's hier im Dreh eine Apotheke gibt? Oder ist so ein Laden für diese Gegend zu profan?«

»Du wirst überhaupt keine Apotheke finden«, behauptete Katja, die Eistüte erst rundherum, dann auch noch von unten ableckend, »höchstens eine Pharmacie.«

Steffi ignorierte diesen Einwurf, meinte vielmehr, ein Schuhgeschäft wäre wünschenswerter, und wenn sie sich nicht irre, dann sei ein Stück weiter oben eins gewesen. »In denen hier« – sie deutete mit der Eistüte auf ihre Slipper und tropfte sie auch prompt voll – »halte ich unsere Gewaltmärsche die restlichen zwei Tage nicht mehr durch. Hat jemand ein Tempo?«

Nicki zog ein aber schon sehr zerfusseltes Papiertuch aus der Hosentasche. »Für die Füße langt's! Hast du denn keine anderen mit?«

»Doch, die schwarzen mit Absatz. Hätte ja sein können, dass Määm mit uns zu Maxim's geht oder ins Ritz. Für Stadtbesichtigungen sind sie aber völlig ungeeignet.«

Ob es nun an der Pharmacie lag, die wir nicht fanden, oder

an der Aussicht, wenigstens zehn Minuten lang auf einem bequemen Stuhl in einem klimatisierten Raum sitzen zu können, weiß ich nicht mehr, aber wir landeten in einem Geschäft, das sich in erster Linie auf Sportschuhe spezialisiert hatte.

»Die sind hier alle viel billiger als bei uns!«, stellten die Mädchen nach einem ersten Rundblick fest, wohl wissend, dass ich von den Preisen dieser Schuhgattung nun wirklich keine Ahnung mehr hatte. Natürlich besitze ich auch so ein Paar Treter, die sind mindestens sechs Jahre alt, stehen irgendwo im Keller und zeichnen sich weder durch besondere Schönheit und erst recht nicht durch ein bestimmtes Label aus. Ich glaube, sie haben gar keins, aber sie sind bequem und haben mir gute Dienste geleistet, als ich noch, Otto hinter mir herzerrend, durch die heimischen Wälder traben musste. Seitdem der Dackel im Hundehimmel ist, haben sich meine sportlichen Aktivitäten auf ein Mindestmaß reduziert, und dazu brauche ich keine extra Schuhe. Das Gaspedal im Auto kann ich notfalls auch barfuß betätigen.

Fast eine ganze Stunde Ruhe war mir vergönnt, dann hatten nicht nur Stefanie, sondern auch die Zwillinge ›spottbillige‹ Turnschuhe gefunden, die in Deutschland mindestens fünfzig Mark teurer und sowieso noch gar nicht zu haben wären, weil sie da erst viel später auf den Markt kämen. Trotzdem konnte ich mir nicht so recht vorstellen, dass irgendetwas in Paris billiger sein könnte als bei uns zu Hause.

Wahrscheinlich gehören wir zu den wenigen Touristen, die den Louvre nur von außen beguckt und auf das originale Lächeln der Mona Lisa verzichtet haben; wir sind auch nicht in Versailles gewesen und nicht auf dem berühmten Friedhof Père Lachaise, obwohl ich da gern hingewollt hätte, jedoch auf erbitterten Widerstand meiner Eskorte gestoßen war. (»Vermoderte Grabsteine kannst Du doch überall sehen!« Stimmt, ihr Hugh-Grant-und-Julia-Roberts-Fans, aber keine, unter denen Chopin, Oscar Wilde oder Maurice Chevalier begraben sind!!!) Stattdessen sind wir über den Vogelmarkt gebummelt, haben an der Seine entlang bei den Bukinisten nach Raritäten gestöbert und natürlich keine gefunden, haben im jüdischen Viertel höllisch scharfe Fleischbällchen gegessen und im Café de la Paix den teuersten Café creme meines Lebens getrunken, umgerechnet zehn Mark pro Tasse! Das kommt davon, wenn man einen alten Schlager aus den fünfziger Jahren im Ohr hat und vier Jahrzehnte später sentimental genug ist, den Wahrheitsgehalt jener Schnulze nachempfinden zu wollen. Davon habe ich den Mädchen natürlich nichts erzählt, als sie sich über die unbequemen Stühle beschwerten, den wackelnden Tisch und die grässliche Fülle. »Hier kriegt man ja Platzangst«, meinte Steffi nur, »und den Kaffee habe ich woanders auch schon besser getrunken.« Ich ebenfalls. Und das Mädchen, das dem Sänger des Liedes zufolge ›wie Honig so süß‹ gewesen war (na ja, was reimt sich denn schon auf ›Paris‹?), habe ich auch an keinem der Tische gesehen. Da saßen größtenteils Touristen, bloß waren die meisten viel zu jung, um sich an jenen Schmachtfetzen erinnern zu können. Weshalb also waren sie ausgerechnet in diesem teuren Schuppen eingekehrt?

Von den Was?-Da-seid-ihr-nicht-gewesen?-Sehenswürdigkeiten fehlte uns eigentlich nur noch Montmartre, jenes Viertel, das jeder schon kennt, der einen Krimi von Georges Simenon gelesen oder wenigstens ›Ein Amerikaner in Paris‹ gesehen hat. Die Zwillinge hatten sowohl als auch und weigerten sich strikt, »... da oben rumzukriechen. Erstens ist es dort bestimmt noch voller als hier, weil die Straßen schmaler sind, und zweitens geht's da immer bloß bergauf!«, behauptete Katja, die vorher noch nie in Paris gewesen war. Woher sie das wusste, kann ich nicht sagen, aber es stimmte!

»Niemand zwingt euch mitzukommen. Was wollt ihr denn stattdessen tun?«

»Schwimmen gehen!«, sagte Nicki sofort.

»Du lieber Himmel, das können wir auch noch abends«, widersprach Steffi, »der Pool ist doch bis 22 Uhr geöffnet.«

Erst heute hatten die Mädchen den in allen Fahrstühlen angebrachten Hinweis entdeckt, wonach unser Hotel über ein Schwimmbad verfügte. »Mir tun aber die Füße von der stundenlangen Latscherei jetzt schon weh«, jammerte Katja, »noch eine Kirche mehr können die nicht vertragen!«

»Hast du eine Blase oder ich?« Seitdem Stefanie ihre neuen Turnschuhe trug, war davon keine Rede mehr gewesen. Bis jetzt.

»Hast du einen Bänderriss im rechten Fuß gehabt oder ich?«, konterte Katja sofort. Rein sachlich gesehen hatte sie Recht, nur lag ihr Ausrutscher auf der Schultreppe schon eine Weile zurück, er hatte sich nämlich zwei Tage vor dem Tanzstunden-Abschlussball ereignet!

Lediglich Nicki konnte nicht dagegenhalten, sie ist nämlich die einzige meiner fünf Nachkommen, die Kindheit und Teenagerjahre ohne irgendwelche Blessuren überstanden hatte. Eingegipste oder verpflasterte Körperteile gehörten in unserer Familie zum Alltag; hier mal zwei Stiche über der Augenbraue, weil Steffi auf die Kante von der Wasserrutsche gefallen war, dort eine Klammer auf der Stirn, weil sich Saschas Kopf als weniger widerstandsfähig erwiesen hatte als die Zentralheizung, und Katja wird auch nie Miss Fingernagel o.ä. werden können, seitdem sie ihren Daumen in der Garagentür hatte. Sven hat allerdings Glück gehabt. Da er im Winter weder Rock noch Nylonstrümpfe trägt, sieht man seine Narbe am Unterschenkel nur in der warmen Jahreszeit.

Die Zwillinge weigerten sich, auch nur einen einzigen Schritt in eine andere Richtung zu tun als zur nächsten Metro-Station, deren Eingang bereits in Sichtweite lag. »Könnt ihr nicht alleine weiterziehen und das Image der kulturbeflissenen Familie aufrechterhalten?«, bettelte Katja, demonstrativ ihre angeblich schmerzenden Zehen reibend. »Wenigstens eine von uns muss sich doch auf der breiten Treppe knipsen lassen. Sacré-Cœur gehört nun mal zum Pflichtprogramm!«

Das war einzusehen, denn die daheimgebliebenen Mit-Financiers dieser Reise wollten natürlich Fotos sehen und kontrollieren, ob wir auch alles das beguckt hatten, was ein gebildeter Tourist begucken muss.

»Im Louvre ist Fotografieren sowieso verboten«, hatte Nicki gesagt und den Haupteingang von außen geknipst, »also müssen wir gar nicht sagen, dass wir nicht drin gewesen sind. Abgesehen davon gefällt mir die Mona Lisa von Dali viel besser.«

»Da hängen aber auch noch andere Gemälde außer der Gioconda«, hatte ich zu bemerken gewagt.

»Na, wenn schon! Wer is'n das überhaupt, die Dschiowienochmal? Muss man die auch kennen?«

Da hatte ich es aufgegeben und war mitgegangen zum Centre Pompidou, das inzwischen ebenfalls zu den Sehenswürdigkeiten gehört, obwohl es aussieht wie ein Mittelding zwischen Ölraffinerie und Weltraumbahnhof, aber wenigstens musste ich nicht mit hinein. Bekanntlich befinden sich die Zugänge außen am Gebäude, man guckt also bei jedem Schritt zumindest auf einer Seite immer in die Tiefe und kann bequem verfolgen, wie viele Meter man runterknallen würde, wenn jetzt die seitliche Begrenzung wegknickt oder die Treppe wegen Überlastung durchbricht. Also auch wieder nichts für Leute mit Hypsiphobie.

Ich setzte mich in eins der kleinen Restaurants, und nach dem dritten Café au lait kamen die Mädchen endlich zurück. Doch, interessant sei es gewesen, natürlich könne man in dieser kurzen Zeit nicht alles sehen, aber die riesige Rolltreppe außen dran sei einfach irre. Es ist wohl doch gut gewesen, dass wir den Louvre ausgespart haben, dort gibt's nämlich keine!

An der Metro trennten wir uns. Die Zwillinge fuhren ins Hotel zurück, Steffi und ich – sie hatte sich mit mir solidarisch erklärt – nahmen den Zug Richtung Montmartre, stiegen auch an der vorgegebenen Station aus, und dann vermissten wir doch tatsächlich den sonst allgemein gefürchteten deutschen Schilderwald. Bei uns hätte mit Sicherheit schon unten auf dem Bahnsteig ein Pfeil zur richtigen Treppe gezeigt, und beim Ausgang würde man einen Lageplan finden mit dem roten Punkt ›Standort des Betrachters‹ sowie einem etwas kleineren Pünktchen ›Sacré-Cœur‹.

Hier gab es nichts dergleichen, lediglich zwei schmale Straßen, von denen die eine nach rechts und die andere halbschräg nach links oben führte. Wir entschieden uns für letztere, weil die zu besichtigende Kirche bekanntlich auf einem Hügel liegt. Die schräge Straße mündete in eine andere schräge Straße, die wiederum in eine abwärts führende, wir nahmen die nächstmögliche Abzweigung nach oben, die machte aber einen Bogen in die entgegengesetzte Richtung, und dann verlangte Steffi, dass ich nun endlich mal jemanden fragen müsse. »Französisch habe ich nie gehabt!«

»Vielleicht denkst du mal an unsere Wohnmobil-Tour durch Südfrankreich zurück!«, erinnerte ich sie. »Schon damals hatte es erhebliche Kommunikationsschwierigkeiten gegeben zwischen den Einwohnern und mir, und das liegt bereits zehn Jahre zurück! Glaubst du im Ernst, mir sind die vergessenen Vokabeln inzwischen wieder eingefallen?«

Nein, das glaubte Steffi nicht, aber: »Du bist immer noch besser dran, ich habe ja nicht mal welche gelernt!«

Eine Frau mit Pudel, beide leicht übergewichtig, schien mir das passende Objekt. »Pour aller à l'église Sacré-Cœur, s'il vous plaît?«

Sie strahlte mich an, deutete nach rechts, nach oben, dann

nach links und wieder nach oben, begleitete jeden Richtungswechsel mit erklärenden Worten, ich nickte zustimmend, bedankte mich, als sie zu Ende war, und – hatte nicht das Geringste verstanden!

»Wir sollen erst mal geradeaus«, sagte ich zu Steffi, »dann
nach rechts, und da kämen wir direkt drauf zu.«

»Und dafür hat die so viele Worte gebraucht?«

Es war weder der Beschreibung jener Frau zu verdanken,
dass wir die Kirche gefunden haben, noch erst recht nicht
meinem Instinkt, der mich normalerweise in die entgegengesetzte Richtung geschickt hätte, sondern der zunehmenden
Ansammlung von Kitsch- und Krempel-Läden, die sich auf
beiden Straßenseiten aneinander reihen: T-Shirts, Hemden,
Hüte, Sonnenbrillen, Sacré-Cœur als Aschenbecher und als
Tasse, Eiffeltürme in diversen Größen, auch als Feuerzeug
und Teelöffel erhältlich, Regenschirme mit aufgedruckter No-
tre-Dame und mittendrin ein Fahrradwimpel vom FC Bayern
München. Sven wäre begeistert gewesen! Er liebt Souvenirläden, denn größtenteils aus ihren Artikeln rekrutiert sich sein
Angebot, das er mehrmals im Jahr auf den hiesigen Floh-
märkten verscherbelt. Sogar ziemlich erfolgreich. Bei ihm
landet nämlich alles das, was man am liebsten sofort, aus
Pietätgründen jedoch erst nach angemessener Frist in die
Restmülltonne werfen würde in der Hoffnung, dass sich die
jeweiligen Spender dann nicht mehr so genau an Einzelheiten ihrer Reisemitbringsel erinnern. Dazu gehören zum Beispiel der Wandteller aus Innsbruck mit dem Edelweiß in der
Mitte, der gläserne Stiefel aus Dubrovnik, gefüllt mit zwei
Schluck Slibowitz, die mit mehr Enthusiasmus als Sorgfalt
beklebten Käseschachteln vom Nikolausbasar des Kindergar-
tens und gelegentlich auch die milden Gaben handarbeitswü-
tiger, erfreulicherweise weit entfernt lebender Tanten, die
früher Verhüterli für die Klopapier-Rolle gehäkelt haben und
nun auf Artischockentechnik umgestiegen sind. Was man ei-

gentlich mit diesen umwickelten, an breiten Satinbändern befestigten Kugeln machen soll, weiß ich nicht, wahrscheinlich irgendwo aufhängen, doch dazu habe ich mich einfach noch nicht durchringen können. Sven hat gesagt, ich solle mich mit der gebotenen Begeisterung bei den Spenderinnen bedanken, diese Arbeiten ließen sich nämlich ausnehmend gut verkaufen und gingen so ziemlich als Erstes weg. Er scheint sowieso eine gewisse Begabung fürs Feilschen zu haben und wäre in Amerika bestimmt schon Millionär, weil Besitzer einer Kette von Souvenirläden. Sogar meine alte Küchengardine hat er auf dem Flohmarkt verhökert, als ich eines Tages die kleinen Blümchen nicht mehr sehen konnte und das Ding kurzerhand herunterholte. Lisa, knapp drei Jahre alte Nachbarin, hatte sich schon gefreut, weil »iss denn nämiss eine Prinzessin bin«, aber Sven hatte ihr die Gardine gegen zwei große Tüten Gummibärchen wieder abgehandelt, obwohl ich Lisa vor diesem für sie ungünstigen Geschäft gewarnt hatte.

»Du hast doch timmt noch mehr Gardinen, niss wa?« Sie hatte die kommerziellen Möglichkeiten zwischen Angebot und Nachfrage sehr schnell begriffen!

Nachdem Steffi lange der Versuchung widerstanden hatte, kaufte sie doch für ihren Mann ein T-Shirt, allerdings keins mit Eiffelturm vorne drauf, sondern mit Obelix, der sich erst auf Hannes' breitem Brustkorb zu voller Größe entfalten würde.

Sacré-Cœur von nahem ist längst nicht so beeindruckend wie aus der Ferne, wo sie in strahlendem Weiß wie ein orientalischer Palast auf dem Gipfel des Hügels thront. Beim Näherkommen wird aus dem Weiß ein angeschmuddeltes Grau, teilweise verunziert durch so informative Mitteilungen wie ›Harry was here‹ oder ›Toiletten um die Ecke‹. Etwas irritierend das Vergnügungsangebot rund um die Kirche. Nur wenige Schritte neben dem Haupteingang geigte eine anämisch aussehende Musikstudentin Klassisches, schräg gegenüber jonglierte ein Clown mit Reifen und Bällen, im Schatten eines Gebüschs strichelte ein junger Mann an den Karikaturen potenzieller Kunden – er hatte übrigens den meisten Zulauf –, und wo noch Platz war, standen und lagen (!) Menschen, vorzugsweise auf der großen Treppe, knipsten, was das Zeug hielt, und wenn sie damit fertig waren, schoben sie sich zentimeterweise in die Kirche hinein. »Müssen wir auch innen besichtigen?« Steffi hängte sich die Kamera wieder über die Schulter, nachdem sie mich dreimal aus verschiedenen Blickwinkeln, jedoch immer mit einem Teil der Kirche als Hintergrund abgelichtet hatte. »Wahrscheinlich ist sie bloß von außen so berühmt.«

Mit dieser Begründung durchaus einverstanden, erklärte ich das Kulturprogramm für heute beendet. »Mir steht der Sinn jetzt auch mehr nach einem Eisbecher!«

Es gibt in den umliegenden Straßen wirklich viele Restaurants und Cafés, jeder Zentimeter Trottoir davor ist mit Tischen und Stühlen vollgestellt, nur gibt es leider noch mehr Touristen! Und fast alle haben nach Aufstieg zur Kirche, Umrundung derselben und vermutlich auch Besichtigung ihrer Innenausstattung das verständliche Bedürfnis nach Erholung. Gäste, die vor bereits geleerten Tassen sitzen und trotzdem noch mit geheimer Schadenfreude die vorbeidriftenden Menschenmassen beobachten, werden erst mit Blicken, und wenn die nichts nützen, mit einem freundlich-drohenden »Sie gehen doch sicher gleich, nicht wahr?« zum Verlassen der begehrten Stühle aufgefordert, auf die sich dann aber nicht nur die Belagerer, sondern mindestens noch ein halbes Dutzend weitere Personen stürzen – Sieger ist, wer zuerst sitzt!

»Irgendwie erinnert mich das an die Kämpfe auf deutschen Parkplätzen«, sagte Steffi, nachdem wir tatsächlich einen freien Tisch ergattert hatten, an dessen Eroberung sie nicht unbeteiligt gewesen war. Ein Ehepaar, dank Dirndl, Lederhosen und Wanderstöcken mit draufgenagelten Stadtwappen unschwer als deutschsprachig zu erkennen, hatte Kaffee und Kuchen bereits vertilgt, auch schon die Verdauungszigaretten geraucht, hatte sich also nach Steffis Ansicht genug erholt. Gekonnt stolperte sie über ein imaginäres Hindernis, fiel der Lederhose genau vor die Füße, rieb sich jammernd den Knöchel und wurde prompt von dem Mann hochgehievt und auf seinen Stuhl gesetzt. »Jo mei, do hods Eahna fei sauba hikaud! Hogga S Eahna hi! Wo duadsn wäh?«

Steffi, deren Kenntnisse der bayrischen Sprache ähnlich umfassend sind wie meine, hatte natürlich kein Wort verstanden, sah ihren Retter nur mit Dackelaugen an und lächelte zaghaft.

»Braacher S an Dogdda?«

Das zumindest konnte ich übersetzen. »Vielen Dank, aber einen Arzt brauchen wir wirklich nicht«, sagte ich höflich, »sicher ist nur der Fuß ein bisschen gestaucht.«

»Denn blei'm Se am besten erstma hier sitzen«, ordnete das Dirndl in unverfälschtem Berlinerisch an, »wir wollten sowieso jrade weita.« Sie griff zu Knotenstock und Trachtenjacke. »Komm, Justl, aufi jeht's!« Dann drehte sie sich noch mal zu uns um. »Lassen Se sich von die Mademoiselle hier Eis bring'n, und denn kühlen Se det Been mal 'ne Weile, vielleicht hilft det ja. Tschüss und Jute Besserung!«

»Bfiaddeahnagood!«, sagte Gustl und eilte hinterher, denn seine Begleiterin hatte sich bereits in den Strom der Fußgänger eingereiht. Erleichtert sank ich auf den freigewordenen Stuhl. »Deine Vorstellung war wirklich überzeugend! Und vor allem erfolgreich!«

»Wieso Vorstellung?« Sie löste den rechten Schnürsenkel, rollte vorsichtig den Socken herunter und betastete den Knöchel. »Na ja, scheint ja noch mal gut gegangen zu sein. Tut zwar im Moment noch höllisch weh, aber er schwillt nicht an.«

»Willst du damit sagen, dass du tatsächlich hingefallen bist und nicht bloß so getan hast?«

Jetzt war sie es, die mich erstaunt ansah. »Glaubst du denn im Ernst, ich lege mich hier freiwillig in den Straßenstaub? Ich bin über die dämliche Bordsteinkante gestolpert!« Sie deutete auf einen zerbröckelnden Stein, der einige Zentimeter weit in die Höhe ragte. Bei uns hätte man ihn entweder entfernt oder – was wahrscheinlicher ist – zumindest mit einem dieser hübschen rotweiß gestreiften Bänder weiträumig eingezäunt und abends mit einem Blinklicht gekennzeichnet. Eine derartige Maßnahme würde hier allerdings den Verkehrsfluss zum Stocken bringen, was wiederum die Gefahr eines Sturzes mindern würde, da vor lauter Menschen zum Hinfallen gar kein Platz wäre. Aber Steffi war ja sowieso in die verkehrte Richtung gekippt.

Eiswürfel wollte sie nicht, lieber ein richtiges Eis mit Sahne, aber vorher ein großes Glas Cola und hinterher noch eins, weil man von dem süßen Zeug immer Durst kriegt. Danach fühlte sie sich gestärkt genug, den Rückweg zur Metro-Station anzutreten. »Der Knöchel tut kaum noch weh, außerdem geht es jetzt ja immer bloß bergab.« Auch das war wieder ein Irrtum! Wir verliefen uns in dem Gewirr von kleinen Straßen und Gassen so gründlich, dass ich schließlich kapitulierte und einem vorbeifahrenden Taxi winkte. »A l'hotel ... wie heißt unser Kasten noch mal?«

Das wusste Steffi aber auch nicht mehr. »Irgendwas mit Blüten oder so ähnlich, jedenfalls war's was mit Ikebana.«

Im Gegensatz zu seinen New Yorker Kollegen, die häufig nicht mal Englisch verstehen, war dieser Taxifahrer mehrsprachig. »Sie wohnen in Japanisch 'otel?« Und als ich nickte: »Dann isch weiß, wir 'aben nur ein, Quai de Grenelle, n'est pas?«

»Ja, ich glaube, so heißt die Straße«, sagte Steffi und ließ sich zufrieden auf die Rückbank sinken. »Das Hotel finde ich dann schon.«

»Wenn ich davorstehe, erkenne ich es auch!« Es zeugt nicht gerade von Intelligenz, durch eine fremde Stadt zu laufen und nicht mal den Namen, geschweige denn die Adresse seines Hotels zu wissen. Übrigens hieß es weder Blütenstaub noch etwas anderes mit Blumen, sondern schlicht und einfach Nippon. Doch so ganz schief gelegen hatte Stefanie nicht, im Keller gab es nämlich eine Kirschblüten-Bar.

»Ob noch Zeit ist für einen Sprung in den Swimming-Pool?«

»Warum denn nicht?« Ich sah auf die Uhr, während der Lift schon wieder hielt und zwei kichernde Teenager einbaggerte.

»Na ja, vielleicht sind die Zwillinge inzwischen total ausgehungert und lechzen nach sofortiger Fütterung!«

»Oder sie sind satt, weil sie sich mit Crêpes vollgestopft haben!« Inzwischen bekommt man diese hauchdünnen Eierkuchen auch bei uns an jeder Straßenecke, doch seinerzeit waren sie besonders für Nicole das Nonplusultra der französischen Küche.

Die Mädchen schienen weder hungrig noch satt zu sein, genau genommen waren sie nicht mal ansprechbar, denn beide schliefen tief und fest.

»Hei, aufgestanden«, brüllte Stefanie, »während wir kilometerweit durch die Hitze traben und uns die Hacken schief latschen, um pflichtgemäß historische Gemäuer zu begucken, liegt ihr im klimatisierten Zimmer und pennt! Schlafen könnt ihr zu Hause billiger!«

»Sooo historisch ist Sacré-Cœur nun auch wieder nicht«, sagte Katja gähnend »da gibt es viel Antikeres.«

»Und das wäre?«

»Woher soll ich denn das auf Anhieb wissen? Spiel dich bloß nicht so auf, nur weil du eine Kirche besichtigt hast, die erst in diesem Jahrhundert fertig geworden ist. Der Kölner Dom steht länger, aber da warste noch nicht drin!«

»Ich auch nicht«, meldete sich eine verschlafene Stimme aus dem anderen Bett, »aber ist der nicht in Köln?«

Am liebsten hätte ich jetzt irgendetwas an die Wand geworfen, nur gab es nichts, was entsprechend wirkungsvoll sein und trotzdem mein Portemonnaie nicht übermäßig belasten würde. Für selbstverschuldete Schäden haftet bekanntlich der Hotelgast. Die Nachttischlampe stand zwar in Reichweite, sah auch billig aus, hässlich war sie sowieso, aber trotzdem entging sie der Vernichtung, weil sich das Zuleitungskabel nicht so ohne weiteres aus der Wand ziehen ließ.

Stattdessen stürmte ich aus dem Zimmer und knallte die Tür hinter mir zu. Sofort ging sie wieder auf. Katja steckte ihren Kopf durch. »Hast du schlechte Laune?«

»Überhaupt nicht! Ich werde mich jetzt lediglich im Pool ertränken!«

»Zwecklos«, sagte sie grinsend, »der ist wegen Renovierungsarbeiten geschlossen! Was glaubst du denn, weshalb wir schlafen gegangen sind?«

Ein Restaurant nach dem Essen zu verlassen, ohne ein anständiges Trinkgeld zu geben, dazu gehört Mut. Am nächsten Tag wieder hinzugehen, ist Tollkühnheit. Wir taten es trotzdem. Es war nicht sehr groß, man konnte draußen sitzen, die vorbeiflanierenden Menschen beobachten, ein bisschen lästern und nebenbei auch noch recht gut essen. Nur der ebenso jugendliche wie arrogante Kellner passte nicht so ganz dahin. Er hatte uns gestern geflissentlich übersehen, und als Katja nach zwanzig Minuten Wartezeit fragte, ob wir endlich bestellen könnten, meinte er sehr von oben herab: »Hatten Sie schon die Karte?«

Darauf Katja wie aus der Pistole geschossen: »Wieso? Hat der Koch mir denn geschrieben?« Ich gebe ehrlich zu, dass ich sie um ihr nahezu perfektes Französisch noch mehr beneidet habe als um ihre Schlagfertigkeit.

Da der garçon keinen Humor hatte, bediente er uns höchst widerwillig, und als er später mit der Rechnung erschien, habe ich mir das Wechselgeld bis auf den letzten Sou herausgeben lassen.

Sollten wir noch mal in seinem Revier auftauchen, würde er vermutlich fristlos kündigen.

Katja schien ähnliche Bedenken zu haben. »Heute checken wir aber erst mal ab, wo dieser malotru seine Tische hat. Der kriegt es fertig und kippt einer von uns versehentlich die Suppe in den Ausschnitt.«

»Woher weißt du denn, wie der heißt?«, wollte Stefanie wissen.

»Das weiß ich doch gar nicht.«

»Aber du hast doch eben seinen Namen gesagt, Mallo ... irgendwas.«

»Das ist kein Name, sondern Französisch, und bedeutet so viel wie Schnösel.«

(Danke, Steffi, ich hab's auch nicht gewusst, hätte aber aus begreiflichen Gründen nie gefragt!)

Monsieur malotru hatte offenbar seinen freien Tag, wir sahen ihn den ganzen Abend nicht, sondern hatten einen sehr distinguiert aussehenden Kellner der alten Schule, bei dem die Mädchen offenbar nicht wagten, ihre üblichen labbrigen Getränke zu bestellen. Sie entschieden sich ausnahmsweise für ein Glas Wein, was der alte Herr mit sichtlichem Wohlwollen zur Kenntnis nahm. Auch jüngere Franzosen stehen inzwischen mehr auf Cola.

Und wieder begann das derzeitige Lieblingsspiel: »Der mit dem grünen Hemd?«

»Sechs. Der Blonde da drüben?«

»Hm, gar nicht so leicht, zwischen sieben und acht.«

»Viel zu hoch! Höchstens fünf, sieh dir mal die Beine an, kurze Hosen dürfte der gar nicht tragen. Flaschen gehören in den Keller!«

»Der mit dem gelben Polohemd?«

»Typischer Richard-Gere-Verschnitt, fehlt aber noch 'ne Menge! Bestenfalls sechs plus.«

»Jetzt kommt einer, der ist eine glatte Zehn«, sagte Nicki, »Moment, ihr könnt ihn noch nicht sehen ... da ist er! Der im grauen Anzug!«

»Wenn er sich nicht umdreht, damit man sein Gesicht sehen kann, gilt er nicht!«, protestierte Stefanie, »obwohl ... beim Outfit stimmt alles!«

»Blödsinn, nichts stimmt«, urteilte Katja mit Kennerblick, »der ist so'n Mitläufertyp. Hosen zwar modisch, aber bloß nicht zu sehr, Krawatte viel zu langweilig, Schuhe von vor drei Jahren, wer zieht denn heute noch diese spitzen Mafioso-Treter an, und wenn du dann noch das Törtchen an seiner Seite anguckst ... der ist höchstens eine Fünf minus.«

Dialoge (gibt es so was auch mit Tria- vorne dran?) dieser Art hörte ich mir nun schon seit Tagen an, genau genommen seit dem Augenblick, als auf der Herfahrt ein wirklich gut aussehender Mann Mitte dreißig in unser Abteil gestiegen und von den Mädchen einstimmig als ›glatter Zehner‹ bezeichnet worden war. Da erfuhr ich dann auch, dass es eine Schönheitsskala für Männer gibt, die von 1 (Sollte unter Verschluss gehalten werden!) bis 10 (Kaum noch zu übertreffen!) geht, wobei die Zehn sehr selten, die Eins noch nie erreicht worden war. »Volles Haar gibt ja schon einen Punkt«, hatte Katja erläutert. »Und wozu das alles?«, hatte ich wissen wollen. »Ihr seid doch gar nicht mehr auf dem Markt?«

»Just for fun! Oder, um es mit Herrn Schiller, Friedrich von, zu sagen: Drum prüfe, wer sich ewig bindet ...«

»Umgekehrt geht's auch«, sagte Nicki grinsend, »drum binde sich, wer nicht ewig prüfen will! Noch dreiunddreißig Tage bis zur Stunde X.«

Womit wir wieder bei Thema waren, unter besonderer Berücksichtigung der Frage, ob man als Braut unbedingt ein ganz neues Outfit fürs Standesamt braucht oder eventuell Neues mit schon Vorhandenem kombinieren kann. Das Letzte, was ich an diesem Abend hörte, bevor sich die Tür zwischen den beiden Zimmern schloss, war Katjas Feststellung: »Ganz egal, was du anziehst, Nicki, eins musst du dir merken: Mode ist, was man selber trägt. Altmodisch ist, was die anderen tragen!«

Unser Zug sollte um 15.20 Uhr vom Gare de l'Est abfahren, also würde uns genügend Zeit bleiben, noch ein bisschen durch Montparnasse zu bummeln, ohne gezielt etwas besichtigen zu müssen. Wir würden das Gepäck zur Aufbewahrung geben, Steffi würde uns in die richtige Metro lotsen – sie kannte den Streckenplan mittlerweile fast auswendig –, in irgendeinem kleinen Bistro würden wir einen bescheidenen Imbiss nehmen, musste ja möglich sein, Künstler haben bekanntlich wenig Geld, und dann würden wir mit einem letzten Blick auf sein berühmtestes Viertel von Paris Abschied nehmen und wieder in die U-Bahn steigen.

Hatten wir gedacht! Nach einem ausgiebigen Frühstück – merkwürdigerweise war diesmal sogar Kartoffelbrei angeboten worden, ein in Japan wohl weitgehend unbekanntes, hier jedoch bei seinen Touristen ein schon am frühen Morgen sehr beliebtes Gericht – erledigten die Mädchen den administrativen Teil unseres Aufenthalts und schickten mich auf die Suche nach einem Taxi, weil ich natürlich nicht wissen durfte, wie viel die vier Übernachtungen gekostet hatten. Sollte ihnen wirklich entgangen sein, dass innen an der Schranktür eine Auflistung der Zimmerpreise gehangen hat?

Gegen zehn waren wir am Bahnhof, und wenige Minuten später gehörten wir auch zu den Gestrandeten, zu jenen Reisenden also, die auf ihren geschnürten Bündeln oder auch Koffern saßen, manche mit einem Pappbecher in der Hand und glasigem Blick, wartend auf irgendetwas, das irgendwann geschehen würde. Viele hatten sich sogar auf dem Boden zusammengerollt, Rucksack oder Reisetasche fest im Arm, und schliefen.

»So viele Schnorrer auf einmal habe ich ja noch nie gesehen!«, war alles, was Nicki angesichts dieses Heerlagers herausbrachte. »Dagegen ist der Stuttgarter Hauptbahnhof ...«

»Die betteln nicht, die trinken bloß was!«, sagte Steffi, nachdem sie unauffällig zwei dieser Becher inspiziert hatte. »Ich frage mich nur, weshalb die hier so zahlreich herumhängen. Das sind doch Hunderte.«

»Wahrscheinlich warten sie auf'n Zug! Wäre immerhin nahe liegend«, meinte Katja und griff zu ihrem Koffer, den sie angesichts dieser unerwarteten Menschenmenge erst einmal abgestellt hatte. »Hat jemand schon den Gepäckschalter entdeckt?«

»Wenn Gepäck ›bagages‹ heißt, muss er da drüben sein!« Steffi deutete nach rechts, und da fanden wir sie denn auch, die Gepäckaufbewahrung. Ein eiserner Rollladen und eine verschlossene Tür ließen keinen Zweifel aufkommen, dass wir hier unsere Koffer nicht loswerden würden.

»Was steht denn da auf dem Zettel?«

»Pour plus de sécurité ...«, buchstabierte Nicki, und dann: »Ich glaub's einfach nicht! Die haben aus Sicherheitsgründen den Gepäckschalter geschlossen!«

Das war nahe liegend. »Wenn sie sogar auf den Straßen die Papierkörbe zunageln, kann man wohl kaum erwarten, dass sie sich selber ein Kuckucksei ins Nest legen. Es wäre nicht die erste Bombe, die in einem Koffer explodiert.«

»Heißt das, wir sitzen jetzt«, – Katja sah auf die große Uhr, – »beinahe fünf Stunden lang mit unserem Gepäck fest?« Sie stöhnte laut auf. »Wer ist eigentlich auf die blödsinnige Idee gekommen, unbedingt noch mal durch die Straßen pilgern zu wollen?« Ihr vorwurfsvoller Blick traf mich. »Wir hätten die Zimmer erst um zwölf Uhr räumen müssen und könnten jetzt noch gemütlich beim Frühstück sitzen. Aber nein, wir mussten ja ganz früh aufsteh ...«

»Frühstück gibt's nur bis zehn Uhr«, unterbrach Steffi das Lamento, »und außerdem waren wir doch alle dafür, heute noch ein bisschen herumzubummeln.«

»Aber nicht mit zwölf Kilo Gepäck!«

»Warum schleppst du denn auch immer deinen halben Kleiderschrank mit?« Ohne Anstrengung hob Nicki ihren Koffer an. »Meiner wiegt bloß halb so viel.«

»Man muss schließlich für alle Eventualitäten gerüstet sein!«

»Aber nicht mit drei Nachthemden!«

»Was du schon wieder denkst«, kam es empört zurück, »die sind doch nur zur Sicherheit. Oder weißt du nicht mehr, dass ich damals während des Schüleraustauschs beinahe im Krankenhaus gelandet wäre?«

»Da hattest du für die eine Woche doch sowieso schon vier Schlafanzüge mitgenommen!«

»Die habe ich ja auch alle gebraucht. Bei Fieber schwitzt man ...«

»Ob die hier Schließfächer haben«, unterbrach Steffi den wenig ergiebigen Dialog, »vielleicht werden wir dort unser Gerödel los?«

»Ganz bestimmt«, knurrte Katja wütend, »oder glaubst du etwa, da passt keine Bombe rein?!«

Sie hatte Recht. Die Fächer waren alle versiegelt.

Die Aussicht, wie eine Glucke auf dem Nest jetzt inmitten von vier Koffern und ebenso vielen Taschen zu hocken, die von handlich (meine!) über knapp mittelgroß (Stefanie und Nicole) bis zu Katjas prallgefüllter Sporttasche reichten, und das Sammelsurium zu bewachen, fand ich wenig verlockend, andererseits hatte ich mich vor gar nicht langer Zeit in einer ähnlichen Lage befunden und auch überlebt. »Steffi, woran erinnert dich diese Situation?«

»An das Openair-Konzert auf dem Mannheimer Maimarkt«, kam es prompt zurück. Doch dann zog ein verstehendes Grinsen über ihr Gesicht. »Na klar, Manila!«

Wir wechselten uns ab. Paarweise bewachten wir das Gepäck, während die anderen zwei Ausgang hatten und sich trotzdem langweilten, denn die Umgebung des Gare de l'Est hat auch nichts anderes zu bieten als die meisten Großstadtbahnhöfe und ist bei Tageslicht ähnlich aufregend wie die Reeperbahn morgens um halb elf.

Wen wundert es, dass uns der Abschied von Paris dann doch nicht so schwer gefallen ist, wie wir anfangs befürchtet hatten. Das Tüpfelchen auf dem i war der Zug gewesen … er fuhr nicht mal pünktlich ab.

»Ich glaube, das nächste Mal bleiben wir besser wieder in Deutschland«, meinte Katja, sich aufatmend in ihren Sitz zurücklehnend, »wie wär's denn mal mit Oberammergau?«

Kapitel 10

Die Kleintierzüchter und der Schützenverein sind ausgebucht, Feuerwehr und Odenwaldclub feiern selber, bei den Hundesportlern sind die Räume zu klein, und die Gaststätte vom Tennisclub will ausgerechnet dann renovieren, wenn wir sie haben wollen«, zählte Nicki auf, während sie sich frustriert ein Schokoladenei nach dem anderen in den Mund schob, »bleibt also bloß noch das Sportheim oben am Wald.« Plötzlich stutzte sie. »Wo hast du denn jetzt noch Ostereier her? In drei Monaten liegen doch schon wieder die ersten Marzipankartoffeln im Supermarkt.«

»Richtig! Und was du gerade isst, sind vermutlich die Überbleibsel vom vergangenen Jahr. Ich hab sie gestern beim Aufräumen im Keller gefunden.«

Erschrocken legte sie das schon halb ausgewickelte Ei wieder zurück. »Bist du sicher, dass sie nur aus der vorletzten Saison stammen? Ich kann mich nämlich noch gut an die Weihnachtskekse erinnern, die …«

»Meine Güte, kriege ich die bis an mein Lebensende aufs Butterbrot geschmiert?«

Lang, lang ist's her, doch diese Geschichte ist in die Annalen der Familie Sanders eingegangen und wird vermutlich noch meinen Ur-Urenkeln erzählt werden, wenn die schon längst ihr Weihnachtsgebäck im Internet bestellen und per Rohrpost direkt in die Küche geliefert bekommen.

Als unsere Kinder noch in jenem Alter waren, da sie einmal täglich den Kühlschrank leer fraßen und sich trotzdem permanent auf Nahrungssuche befanden, herrschte während der Vorweihnachtszeit zwischen ihnen und mir Kriegszustand, und zwar wegen der Kekse. Als pflichtbewusste Mutter stürzte ich mich natürlich auch in die Adventsbäckerei, buk weisungsgemäß von Haferflockenplätzchen bis zu Elisentalern alles, was ich schon im vergangenen Jahr und im Jahr davor gebacken hatte (in mancher Hinsicht ist das Traditionsbewusstsein unserer sonst so modern orientierten Nachkommen sehr ausgeprägt!), doch erst danach begann jedes Mal der schwierigste Teil der ganzen Sache: Wohin mit den Plätzchen?

Ausgekühlt, bepinselt oder bunt bestreut, ruhten die fertigen Produkte des jeweiligen Tages in Blechbüchsen auf dem Küchentisch, während ich auf die Suche nach einem Versteck ging, das ich bisher noch nicht benutzt hatte. Zwei Kellerräume, vollgestellt mit dem üblichen Gerümpel einer Großfamilie und folglich nur durch mühsam freigehaltene Gänge zu durchqueren, sollten eigentlich genug Möglichkeiten bieten – doch dem war nicht so. Befragt, was z. B. Sascha ausgerechnet jetzt im Keller suche, wo er sich doch ein halbes Jahr lang geweigert habe, auch nur mal zwei Flaschen Sprudel heraufzuholen, kam als Antwort zurück: »Ich hab dem Hemmi sein Bruder mein altes Skateboard versprochen, das muss doch irgendwo hier unten liegen!«

›Dem Hemmi sein Bruder‹ ist seinerzeit dreieinhalb Jahre alt gewesen und hatte gerade den gefahrlosen Umgang mit seinem Roller gelernt.

Steffi wiederum vermisste plötzlich ihre dunkelblaue Pudelmütze, die sie bereits vor zwei Jahren ausrangiert und der Altkleidersammlung zugeführt, diesen Vorgang jedoch ganz offensichtlich verdrängt hatte. Die Zwillinge, normalerweise ›wegen den vielen Tieren‹ nicht gewillt, weiter als bis zur fünften Treppenstufe zu gehen, suchten mit. (Um dem verständlichen Verdacht vorzubeugen, wir würden in familiärer

Eintracht mit Mäusen, Ratten, Würmern und ähnlichen Lebewesen wohnen, sei versichert, dass mit den ›vielen Tieren‹ lediglich Spinnen gemeint waren, die nun mal vor keinem Keller Halt machen und gelegentlich sogar in Schlafzimmern auftauchen.)

Ziel dieser plötzlichen Exkursionen in den Keller waren natürlich die Plätzchen, die ich sonst immer unten im Vorratsschrank aufbewahrt hatte. Aber dann war das Jahr gekommen, in dem die Keksdosen immer leichter und ihr Inhalt immer weniger wurden und ich mir ausrechnen konnte, dass das letzte Plätzchen spätestens am vierten Advent verschwunden sein würde. Die Knaben, zur Rechenschaft gezogen, schoben die Schuld auf ihren Vater, der sie erst auf die Idee der heimlichen Raubzüge gebracht und sich im Übrigen auch daran beteiligt habe. Der Vater wiederum meinte, ich dürfe das alles nicht so eng sehen, geklaute Sachen schmeckten nun mal am besten, ich bräuchte doch nur an die Obstbäume in Nachbars Garten zu denken, und überhaupt sei es besser, wenn die Jungs ihren kriminellen Neigungen im eigenen Heim nachgingen als im nächsten Supermarkt.

Bevor sich im darauf folgenden Jahr auch Steffi an der außerplanmäßigen Selbstversorgung beteiligen würde, weil man sie bestimmt zum Schmierestehen brauchte, sann ich auf Abhilfe. Künftig stapelten sich die Dosen ganz unten in meinem Kleiderschrank. Zwar musste ich ständig den Schlüssel abziehen, was ziemlich lästig war, doch in der Schublade zwischen den Gürteln lag er sicher.

Das ging auch so lange gut, bis ich einen neuen Schrank bekam und wenige Wochen später feststellen musste, dass sich Schiebetüren nicht abschließen lassen. Andererseits hatte ich nunmehr sechs Schatzsucher im Haus, wobei der älteste auch der hartnäckigste war, vom sonst so häufig erwähnten Gleichgewicht der Geschlechter in unserer Familie war nicht mehr die Rede, mein »Sechs-gegen-einen-ist-feige!« wurde überhört, und das Ende vom Lied war ein entnervter Familienvater, der einen Tag vor Heilig Abend bei den hiesigen Bäckern den Restbestand an Weihnachtsplätzchen aufkaufte; die zwei Supermärkte (jetzt haben wir sechs!) hatten nur noch Dominosteine und Pfeffernüsse anbieten können.

Von nun an ließ ich mich beim Backen nicht mehr von vorweihnachtlichen Melodien und – alle Jahre wieder! – Gerhard Polts ›Osterhasi? Nikolausi?‹ berieseln, sondern schaltete das Radio ab, weil es mich beim Nachdenken störte. Zwischen den einzelnen Arbeitsgängen lief ich immer mal wieder in den Keller, wenn mir ein neues Versteck eingefallen war, das sich dann doch wieder als nicht geeignet herausstellte. Zimtsterne in unmittelbarer Nachbarschaft von Holzschutzfarbe und Klarlack erschien mir genauso fragwürdig wie Krokantplätzchen neben Lampenöl und Schneckentod. Ich versuchte es mit neutralen Dosen statt der bisher benutzten bunten, stopfte sie noch zusätzlich in gebrauchte Plastiktüten und versteckte sie einzeln zwischen Gartengeräten, Badesachen und – hier wurden sie tatsächlich nie gefunden! – Wollresten, die mir eine Bekannte nach Auflösung ihres Handarbeitsladens überlassen hatte, in der abwegigen Vermutung, meine drei Mädchen würden ähnliche Ambitionen haben wie sie selber.

Seitdem ich jede Dose einzeln irgendwo vergraben musste, hatte ich mir angewöhnt, das jeweilige Versteck zu notieren, doch manchmal verschob ich die Buchführung auf später, und dann passierte es natürlich, dass ich die eine oder andere Büchse vergaß und erst wieder fand, wenn im Frühjahr zum ersten Mal der Rasen gemäht werden musste oder die Freibad-Saison eröffnet wurde.

In einem Jahr nun waren es Anislaiberl von Herrn Witzigmann gewesen, die laut Rezept an einem kühlen, feuchten (!) Ort aufbewahrt werden sollten. Also ab damit ins Eck vom

Keller, noch hinter die Kartoffelkiste, die alte Decke drüber und fertig.

Kein Mensch hat die Kekse gefunden, ich auch nicht, weil ich überhaupt nicht mehr an sie gedacht hatte. Erst zweieinhalb Jahre später im Sommer, als die Grillkohlen einfach nicht brennen wollten und Rolf in Ermangelung geeigneterer Hilfemittel die schon etwas marode gewordene Kartoffelkiste zerhackte, tauchte die kaum noch als solche erkennbare Supermarkttüte wieder auf. Beinahe wäre sie, von Sven mit spitzen Fingern ans Tageslicht gebracht, in der Mülltonne verschwunden, lediglich ihr Gewicht hatte ihn neugierig gemacht.

Über die nach welchen Kriterien auch immer erstellten Haltbarkeitsdaten von Lebensmitteln kann man streiten, aber ich gehe jede Wette ein, dass von unseren Ernährungs-Gurus meine selbst gebackenen Plätzchen nach ungefähr 30 Monaten Lagerzeit als ungenießbar, wenn nicht sogar als gesundheitsgefährdend eingestuft würden. Wir haben sie nicht nur ohne Spätfolgen überlebt, die Kekse haben sogar noch richtig gut geschmeckt.

»Was meinst du, wie viele Steaks wir brauchen werden?« Mit einer Hand knüllte Nicki das Stanniolpapier vom letzten Osterei zusammen, mit der anderen malte sie künstlerisch gestaltete Fragezeichen auf das vor ihr liegende Papier. »Würstchen gibt's natürlich auch und für die Vegetarier Gemüseklopse.«

»Das klingt genau so, wie's vermutlich schmeckt«, sagte Rolf, für den Gemüse ein Nahrungsmittel für milchproduzierende Haustiere und allenfalls noch für Kleinkinder ist, »und was trinkt man dazu? Brennnesselsaft?« Dann erinnerte er sich, weshalb er überhaupt aus seinem Zimmer herausgekommen war, in dem er schon seit Tagen einer offenbar sehr geruchsintensiven Tätigkeit nachging, denn das ganze Haus stank nach Lack und Terpentin, holte eine Flasche Bier aus dem Kühlschrank und goss sich ein Glas voll ein. »Gerste und Hopfen sind übrigens auch Naturprodukte, deshalb habe ich nie verstanden, weshalb die meisten dieser Körnchen-Freaks gleichzeitig Antialkoholiker sind.«

»Vielleicht legen sie keinen Wert auf eine Wölbung unterhalb der Taille«, stichelte Nicki, den fraglichen Bereich bei ihrem Vater musternd, »jemand sollte mal einen Kühlschrank erfinden, der einen beim Öffnen der Tür automatisch wiegt, nicht wahr, Paps?«

»Lasst wohlbeleibte Männer um mich sein!«, konterte Rolf sofort. »Das hat nämlich schon Caesar gesagt, und der wird gewusst haben, weshalb. Immerhin ist er ein nicht ganz unbedeutender Staatsmann gewesen.«

Ich dachte an unseren damaligen Bundeskanzler, bei dem sich Körpergröße und Leibesfülle bald die Waage halten würden, musterte meinen mir seit vierzig Jahren angetrauten Ehemann und kam zu dem Schluss, dass ihm zum erfolgreichen Staatsmann doch noch einige Kilo fehlten. »Lass deinen Vater in Ruhe, ab einem gewissen Alter nimmt man eben zu, dafür kann man nichts, das liegt an den Genen!«

»An denen liegt's aber erst, seitdem man sie entdeckt hat. Was hat es denn früher für Ausreden gegeben?«

Dieses Gespräch nahm eine Wendung, die mir absolut nicht passte. Irgendwo ist es ja ein Widerspruch, dass wir von der Waage in der Fleischabteilung absolute Präzision verlangen, während es uns bei der Badezimmerwaage überhaupt nicht stört, wenn sie nicht ganz genau geht. Unsere tat es aber, deshalb benutzte ich sie auch nur noch unregelmäßig und höchstens dann, wenn ich mich mal wieder zwei Tage lang von (Definition Sven:) ›Papageienfutter und Wiesenkräutern‹ ernährt hatte, also von Müsli und Salat. Nichts auf der Welt weckt doch so viele eitle Hoffnungen wie die ersten vierundzwanzig Stunden einer Diät!

Nachdem Rolf samt Flasche und Glas die Stätte seiner moralischen Niederlage verlassen und Nicki aus den bunten Stanniolpapierchen ein transplantationsbedürftig aussehendes Herz gelegt hatte, kam sie wieder auf den eigentlichen Grund ihres Kommens zurück.

»Das ganze Grillgut besorgt natürlich der Pächter vom Sportheim, auch Brot und Brötchen, die Getränke ... bloß mit den Salaten sieht's ein bisschen ärmlich aus. Wenn wir die von einem Partyservice kommen lassen, wird's höllisch teuer, und alles selber machen ist ja nun wirklich nicht drin. Ich habe ja schon eine ganze Menge freiwillige Spender verpflichtet, aber könntest du vielleicht auch einen Salat ...? Oder zwei?« Bittend sah sie mich an. »Du weißt doch, Mami, dein Kartoffelsalat ist nicht zu überbieten!«

Damit hatte sie offenbar Recht. Ich weiß nicht mehr, wie viele Kilo Kartoffelsalat ich im Laufe meines Lebens zusammengerührt habe, das meiste davon als Spende für irgendwelche Festivitäten. Das hatte im Kindergarten angefangen und bei der Abi-Feier noch immer nicht aufgehört; dazwischen hatten unzählige Schulfeste gelegen, milde Gaben für karitative Veranstaltungen, Grillabende, Umzüge, in deren Verlauf die freiwilligen Helfer abgefüttert werden mussten ... und immer sind es meine Schüsseln gewesen, die zuerst leer waren, obwohl zwischen Berliner Kartoffelsalat und der schwäbischen Variante himmelweite Unterschiede bestehen, vor allem in Form von Fleischbrühe. Die gehört in meinen nämlich nicht hinein!

»Selbstverständlich kriegst du deinen Salat. An wie viel Zentner Kartoffeln hattest du denn gedacht?«

»An zwei.«

»*Wie bitte?*«

»An zwei Schüsseln natürlich«, sagte sie lachend, rollte ihr Stanniolpapierherz zu einer Kugel zusammen und warf sie in den Papierkorb. »Ich wusste ja, dass du mich nicht im Stich lässt.«

In der Technik heißt das, was die ganze Arbeit macht, ohne dass man einen Finger zu rühren braucht, Automation. Kinder nennen es ›Mami‹.

Nachdem der eigentliche Grund ihres Besuchs zu ihrer Zufriedenheit geklärt war, hatte Nicki es plötzlich eilig. »In einer knappen Stunde soll ich in der Schule sein, muss aber noch duschen, mich umziehen ...«

»Um diese Zeit??« Es war kurz nach halb sieben Uhr abends.

Sie grinste. »Man soll den Tag nicht vor dem Elternabend loben! Tschüss!«

Sekunden später knallte die Haustür zu. Und ging wieder auf. »Könntest du eventuell auch noch einen Kuchen backen? Am besten Blech, den kann man notfalls aus der Hand essen. Danke!«

Die gleiche Zeit, derselbe Ort, nur zwei Wochen später – präzise gesagt: Zwei Tage vor Beginn des Polterabends.

Handelnde Personen: Außer mir noch Steffi, Hannes und Sven sowie Anne, Nachbarin zur Rechten, und Karen, eben diese auf der anderen Seite, beide im Alter der Zwillinge, beide Mütter mehr oder weniger gesitteter Kinder und während unserer Abwesenheit Anlaufstellen von Briefträger, Paketpost, Eismann, Getränkelieferant und ähnlichen Mitmenschen, die meine Unterschrift oder Zugang zum Haus brauchen, weil sie die Wasseruhr ablesen wollen oder zwei Esslöffel Ruß aus dem Schornstein kratzen müssen. Der Hausherr hatte sich entschuldigt, er müsse an dem einen Schild noch etwas ändern, und das müsse ja bis übermorgen trocken sein. Er sei jedoch mit allem einverstanden, was wir beschließen würden.

Grund der Zusammenkunft war natürlich der Polterabend, beziehungsweise Einzelheiten jenes Auftriebs, den sich Hannes ausgedacht hatte. Unterstützt wurde die Beratung durch eine Flasche Weißherbst, der im Laufe des Abends noch zwei weitere folgten. Nicht zuletzt ihnen war der spätere Erfolg der ganzen Aktion zu verdanken.

»Wie viele Personen werden überhaupt mitmachen?«, erkundigte sich Hannes als Erstes. »Ich muss wissen, ob wir die Regale drin lassen können oder ein paar davon rausräumen müssen.«

Die Rede war von dem größeren seiner zwei Lkw, dem im wahrsten Sinne des Wortes brandneuen, ausgestattet mit einer absenkbaren Laderampe und Regalen an den Wänden, auf dass Außendienstler Lucky das jeweilige Sortiment recht gefällig präsentieren und möglichst viel davon dem Herrn Gärtner oder der Frau Floristin verkaufen kann.

»Natürlich bleiben die Regale drin«, sagte Steffi sofort, »wir rücken doch nicht in Kompaniestärke an!« Sie zählte an den Fingern ab: »Wir sechs, dazu Papi, dann eure Männer, wahrscheinlich noch Tom und Katja, ob Doris kann, weiß sie noch nicht, aber die würden wir ja mitbringen – das wären auch schon alle. Und selbst wenn es noch zwei oder drei mehr werden, reicht der Platz trotzdem.«

»Mich könnt ihr sowieso abhaken«, meldete sich Sven zu Wort, »wenn ich filmen soll, muss ich schon früher oben sein!«

Richtig, unser selbst ernannter Kameramann würde auch dieses Spektakel für die Nachwelt erhalten und hoffentlich genug Erfahrungen gesammelt haben, um nicht wieder die Köpfe der mitwirkenden Personen schwanken zu lassen, als befänden sie sich bei Windstärke Acht auf hoher See. Sascha hatte beim Betrachten seines Hochzeitsfilms nämlich behauptet, nicht die Gäste hätten geschwankt sondern der Mann hinter der Kamera, was mit fortschreitender Zeit immer auffälliger geworden sei, doch sein Bruder hatte diesen Verdacht weit von sich gewiesen. »Steh du mal mit einem

273

Fuß auf dem Stuhl und mit dem anderen auf'm Fensterbrett!«

»Seh' ich aus, als ob ich so bekloppt wäre?«

Dieser unbequeme Standplatz würde diesmal nicht nötig
sein, weil es gar kein Fensterbrett gab. Die ganze Party sollte
in einem großen Zelt stattfinden wie man es von Volksfesten
her kennt, wo vorne die Kapelle spielt, in der Mitte Tische
und Bänke stehen und hinten gezapft wird. Hähnchen und
Bockwurst gibt's draußen am Grill.

So ähnlich sollte es hier ebenfalls ablaufen, mit dem Unterschied, dass es keine Livemusik gäbe, sondern welche aus
der Konserve, die Grillstation würde sich innerhalb des Zeltes
befinden, genau wie der Getränkeausschank, und statt der
sonst üblichen Baustellen-Klos irgendwo in der Pampa dürften selbstverständlich die sanitären Anlagen des Sportheims
benutzt werden. Sitzen musste man auf schon etwas strapa-
zierten Bierbänken, und das Alter der dazugehörigen Tische
ließ sich unschwer an den darauf eingeritzten Namen ablesen. Wer heißt denn heute noch Manfred, Hans-Jürgen oder
Lilo?

Wie jede Kleinstadt hat natürlich auch Bad Randersau seinen Sportplatz, sehr hübsch oben am Wald gelegen, direkt
neben dem Friedhof, was jedoch keine Rückschlüsse auf die
Gefährlichkeit mancher Sportarten zulassen sollte. Solange
unsere Kinder zur Schule gingen, waren sie wie die meisten
Jugendlichen Mitglieder des örtlichen Sportvereins gewesen,
wo sich die beiden Jungs allerdings nur in der Vorweihnachtszeit sehen ließen, wenn für die Winterfeier geprobt
wurde. Nach Schluss der Veranstaltung gab es nämlich für
alle Teilnehmer Nikolaustüten. Die Mädchen, und hier speziell Stefanie, brachten es dagegen zu sportlichen Ehren, do-
kumentiert in mindestens einem Dutzend Urkunden. Zu jener
Zeit hatte ich mich natürlich immer unter den Zuschauern
befunden, wenn mal wieder unter Mitwirkung meiner Nach-

kommen die Ehre des TSV Bad Randersau verteidigt werden musste. Damals entsprach die ganze Anlage mehr den Gegebenheiten eines dörflichen Bolzplatzes. Wenn's stark geregnet hatte, fiel das Training aus und das Clubhaus war die vergrößerte Ausgabe einer Würstchenbude, doch das ist Lichtjahre her. Inzwischen hat man alles neu angelegt, um- und ausgebaut, irgendwann auch feierlich eingeweiht, nur – ich war nie wieder dort gewesen und wusste nicht mal, wie man mit dem Auto hinkommt, sofern man nicht die normale Zufahrt zum Parkplatz benutzen will. Und genau das war der springende Punkt.

»Irgendwie muss man diese Gaststätte ja auch von hinten anfahren können«, behauptete Hannes, »und diesen Weg musst du herausfinden!«

Das galt mir und bedeutete, ich würde morgen einen längeren Spaziergang unternehmen müssen. Dabei hatte ich bisher nur die fünf Kilo Kartoffeln abgekocht, dachte mit Grausen an das Zeit raubende Schnippeln von Zwiebeln, Tomaten, Gurken – alles in ungewohnten Mengen –, und Kuchen sollte ich ja auch noch backen.

Karen hob den Finger. »Zwischenfrage, fällt mir gerade ein: Habt ihr eigentlich genug zum Werfen? Ich hab' nämlich nur eine alte Obstschale, zwei Becher ohne Henkel und seit gestern meine Bowleschüssel. Lisa hat ihre Barbie drin gebadet.« Ein tiefer Seufzer folgte. »Die Puppe hat ja auch überlebt.«

»Das reicht doch«, sagte Anne sofort, »man sollte nicht mehr mitnehmen, als man in beiden Händen tragen kann. Es soll nämlich Leute geben, die auf Polterabenden einen Teil ihres Sperrmülls entsorgen.«

Erst zwei Tage später wurde mir klar, weshalb sich Steffi und Hannes mit solch verschwörerischen Mienen angesehen, gegrinst und dann doch nicht mehr verraten hatten als: »Wir bringen ein bisschen was mit, das reicht für alle.«

Kurz vor Mitternacht hatten wir unsere Strategie endgültig festgelegt. Da die Feierei um neunzehn Uhr losgehen sollte, musste das Brautpaar mindestens eine Stunde vorher am Ort des Geschehens sein; einmal wegen der Endabnahme, zum anderen wegen jener Gäste, die grundsätzlich zu früh kommen. Also hätten wir ab ungefähr achtzehn Uhr freie Bahn.

»Es reicht ja, wenn wir gegen sechs von der Firma wegfahren«, überlegte Steffi, »dann könnten wir trotz Wochenendverkehr und – wie viel darfste mit dem Lkw fahren? Hundert? – also wenn's nicht wieder einen Stau gibt, müssten wir es in einer Stunde schaffen.«

»Wir dürfen ja gar nicht so früh da sein«, protestierte Karen, »Pünktlichkeit hat den Nachteil, dass die Leute meinen, man habe nichts Wichtigeres zu tun!«

Anne nickte zustimmend. »Außerdem brauchen wir genügend Zuschauer, sonst macht das alles doch gar keinen Spaß!«

»Zu spät bedeutet aber, dass die Steaks schon alle sind!« Das war Hannes, wer sonst?

Ich hob die Sitzung auf und ging nach oben, Betten beziehen und Wecker stellen. Den Verlust von Hannes' Führerschein wollte ich denn doch nicht riskieren.

Der folgende Tag stand weitgehend im Zeichen von »Kann mal eben einer schnell zum Supermarkt ...?« oder »Weiß jemand, wer sich zum letzten Mal meine Kartoffelscheibenreibe ausgeliehen und nicht zurückgebracht hat?«

Natürlich konnte niemand und wusste niemand, weil außer Rolf gar keiner da war, und der tobte sich in seinem Zimmer aus. Gelegentlich zogen Geruchsschwaden von Fixativ durchs Haus und vermischten sich mit dem Duft von Zwiebeln und Essiggurken, dann riss ich das Fenster auf, worauf jedes Mal oben eine offen stehende Tür zuknallte, und zwischendurch läuteten mal das Telefon und dann wieder die Haustürglocke, weil der Briefträger fragte, ob ich eine Frau

Anneliese Kretschmer kenne, die müsse hier irgendwo wohnen, oder Karen wissen wollte, ob ich eine Dose kleine Erbsen hätte. »Für den Nudelsalat, sonst muss ich jetzt extra zu Aldi.«

Erbsen hatte ich nicht, aber: »Wenn du sowieso gehst, kannst du mir dann ein Bund Radieschen mitbringen?«

»Ich frage erst mal Anne, ob sie welche hat.«

Anne hatte auch keine, nur weiße Bohnen: »Sind ja auch Hülsenfrüchte und schmecken fast genauso gut.«

»Im Nudelsalat?«

Nein, das nun wohl doch nicht. »Klingle doch mal nebenan bei Frau Wallner, die hat bestimmt so was vorrätig!«

Frau Wallner war nicht da, und Frau Merz von schräg gegenüber bedauerte, sie habe nur tiefgefrorene: »Konserven kaufe ich so gut wie nie.«

Sehr vernünftig, der Abfallcontainer für Dosen ist sowieso immer voll.

Hätte sich eine von uns gleich ins Auto gesetzt und wäre losgefahren, dann hätten wir zehn Minuten später die benötigten Sachen gehabt, so aber fiel Anne ein, dass es von Nudelsalat verschiedene Varianten gebe, darunter auch eine ohne Erbsen, sie habe erst kürzlich in einem Kochbuch … wisse nur nicht mehr genau, in welchem … »Ach, kommt doch einfach schnell mit rein, bloß auf'n Kaffee, ich wollte sowieso 'ne Viertelstunde Pause machen!«

Zwar war ihr Kaffee auch gerade alle, aber davon hatte ich noch genug, Karen stiftete den Rest von schon etwas drögem Hefezopf (»Ihr müsst ihn in den Kaffee tunken, dann merkt man das gar nicht!«), und dann blätterten wir gemeinsam die Kochbücher durch. Den Nudelsalat fanden wir nicht. »Na ja, vielleicht hat das Rezept ja auch in der Zeitung gestanden«, räumte Anne ein, während sie die Tassen noch einmal füllte, »aber ich weiß genau, dass da keine Erbsen reinkamen.«

»Bist du dir denn wenigstens sicher, dass es Nudelsalat war und nicht irgendein anderer?«

Nein, so ganz sicher war sie sich jetzt auch nicht mehr, doch: »Auf dem Foto hat er genauso ausgesehen.«

Hätte es nicht plötzlich brenzlig gerochen, dann hätten wir unsere Kaffeepause wahrscheinlich noch länger ausgedehnt, doch jetzt wurde sie abrupt beendet. Mit einem »Himmel, mein Kuchen!« stürzte Anne in die Küche. Wir stürzten hinterher. Die kleinen Rauchwölkchen aus dem Backofen signalisierten unübersehbar, dass da drinnen etwas nicht stimmte. Also Topflappen her, Klappe auf, tastender Griff zur Kuchenform, vor lauter Qualm nicht erkennbar, auf den Tisch geknallt, hustend mit geschlossenen Augen Fenster aufgerissen, etwas klirrte, doch erst nachdem der Qualm abgezogen war, wurden Einzelheiten erkennbar. Die schon sehr gut durchgebackene, schwärzliche Hälfte des Napfkuchens wurde jetzt gnädig von rosa Nelken verdeckt, der danebenstehende Karamellpudding schwamm im Blumenwasser, und der größte Teil der zerbrochenen Vase schaukelte im Spülbecken hin und her.

»Glaubst du wirklich, auf diese Weise wird sie streichfähig?« Mit spitzen Fingern zog Karen eine Scherbe aus dem Toaster und passte sie in die Vase ein. »Ich würde es lieber mal mit Sekundenkleber versuchen.«

»Schmeiß alles in den Mülleimer, da ist es gut aufgehoben! Andere Leute gewinnen an der Losbude Kugelschreiber oder etwas ähnlich Nützliches, ich ziehe den Hauptgewinn und kriege diesen Pressglas-Kübel!« Erst sammelte sie die Blumen ab, dann klopfte Anne vorsichtig den Gugelhupf aus der Form. »Na gut, links hat er einen Sonnenbrand dritten Grades, gefährlich, aber noch nicht hoffnungslos. Man muss die betreffende Stelle einfach herausschneiden. Skalpell bitte!« Sie ließ sich ein Messer reichen und säbelte drauflos.

»Und wie willst du später die Lücke kaschieren?«

»Indem ich ein paar Scheiben aufschneide und zusammen mit dem restlichen Kuchen dekorativ auf einer Tortenplatte anrichte. Vorher kriegt er natürlich eine dicke Ladung Puderzucker verpasst.«

»Nimm Zuckerguss!«, empfahl Karen, misstrauisch den Torso betrachtend. »Der klebt besser und fällt nicht so leicht runter. Puderzucker staubt bloß.«

Anne sah das alles viel gelassener. »Ich weiß gar nicht, weshalb ihr euch so anstellt! Die Kuchen kommen doch sowieso aufs Dessertbüffet, und da geht man erst ran, wenn man sich mit Unterstützung von diversen Bierchen durch Schnitzel, Pommes und Salate gefressen hat. Zu diesem Zeitpunkt sind die Geschmacksnerven aber schon erheblich narkotisiert, und kein Mensch wird sich daran stoßen, wenn der Kuchen vielleicht ein bisschen artfremd schmeckt oder zwischen den Zähnen knirscht. Das Verkokelte habe ich ja schon größtenteils entfernt, und die leicht verbrannten Stellen schrubbe ich nachher noch mit der Muskatnuss-Reibe ab. Guss drüber und Fähnchen oben drauf mit Happy Birthday … fertig!«

»Wenn's denn schon was Englisches sein muss, solltest du statt ›Happy Birthday‹ doch besser ›Bachelor Party‹ auf die Fahne schreiben«, erinnerte ich sie, »es handelt sich nämlich um einen Polterabend.« Anne ist zwar deutschen Geblütes, jedoch seit dreizehn Jahren mit Eddie aus Michigan verheiratet, und das färbt gelegentlich ab. Sie bügelt ja auch messerscharfe Falten in seine Jeans, weil das in Amerika angeblich so üblich ist und Eddie sich noch immer nicht den deutschen Gepflogenheiten angepasst hat. Auch bei Grillabenden singt er zu fortgeschrittener Stunde lieber Countrylieder statt der schwarzbraunen Haselnuss, und Gitarre spielt er sowieso besser als Heino.

»Wenn ich noch länger hier rumhänge, wird mein Salat nie

fertig!«, stellte ich nach einem Blick auf die Uhr fest. »Und Rolf wird auch bald nach Verpflegung schreien. Dabei habe ich gar nichts anzubieten außer kalten Pellkartoffeln.«

»Musst du auch nicht.« Karen schloss das Fenster. »Er ist eben mit einem riesigen Schild unterm Arm Richtung Garage marschiert.«

Auch gut, dann schien er ja doch noch rechtzeitig fertig geworden zu sein. Sein künftiger Schwiegersohn hatte ihn nämlich gebeten, ein gut sichtbares Schild anzufertigen, auf dass ortsunkundigen Besuchern der rechte Weg gewiesen werden könne. Natürlich ist der Sportplatz ausgeschildert, mehrmals sogar und richtig künstlerisch, nicht umsonst gibt es einen einheimischen Schildermaler, außerdem soll das Handwerk ja unterstützt werden, nur kennzeichnen diese Hinweise die reguläre Zufahrt und nicht den Wirtschaftsweg, wie der Hintenherumpfad offiziell heißt. Genau dieser durfte nun nicht nur von Bierlieferanten und Bäckerwagen benutzt werden, sondern ausnahmsweise auch von den Gästen des Polterabends, denn das Festzelt würde hinter dem Clubhaus stehen, wäre also vom normalen Parkplatz aus gar nicht zu sehen. An der Stelle, wo von der Asphaltstraße ein Schotterweg abzweigt, sollte Rolfs Wegweiser aufgestellt werden. So weit, so gut.

Nachdem der Künstler sich mit den topografischen Gegebenheiten vertraut gemacht hatte und die Gesamtstrecke abgefahren war, war er zu dem Schluss gekommen, dass ein Schild keineswegs reichen würde. Es gebe weiter hinten eine nicht gekennzeichnete Weggabelung, und da die meisten Menschen Rechtshänder seien und im Zweifelsfall automatisch nach rechts abbiegen würden, was in diesem Falle falsch wäre ... Ferner verdecke ein ausladendes Gebüsch den Blick auf das Zelt, so dass mancher Fahrer in der Annahme, er habe sich verfranzt, schon wieder umdrehen würde ... kurz und gut, es seien mindestens drei Wegweiser erforderlich, wovon der erste tunlichst beleuchtet sein sollte. »Bei Dunkelheit findet den Abzweig kein Mensch!«

»Vorgestern hatten wir den längsten Tag und die kürzeste Nacht, da hat's abends um halb zehn gerade mal zu dämmern angefangen«, wagte ich zu bemerken, »und dass zu diesem Zeitpunkt noch Gäste von außerhalb kommen, möchte ich denn doch bezweifeln.«

Rolf bezweifelte das natürlich nicht, denn wenn er sich etwas in den Kopf gesetzt hat, kriegt man's nur schwer wieder heraus. Und weil er sogar im Keller noch die alte Stall-Laterne gefunden hatte, die Svens Flohmarkt-Bestückungs-Streifzügen entgangen sein musste, wurde sie neben dem wichtigsten Wegweiser aufgehängt. Nur angezündet wurde sie nie; bevor es nämlich so weit war, hatte sie schon einen Liebhaber gefunden.

Waren das herrliche Zeiten, als es noch kein Handy gab! Heute, wo jeder Zweite mit solch einem Minitelefon in der Hemdtasche herumläuft, ist man ja zu keinem Zeitpunkt mehr vor einem Anruf sicher. Vor ein paar Jahren gehörten diese Dinger aber noch nicht zur Grundausstattung eines Durchschnittsbürgers, und deshalb konnte Rolf auch keinen reitenden Boten – also mich! – in Marsch setzen, um ihm längere Nägel zu bringen, einen größeren Hammer und später auch noch eine Säge, weil die vom Tischler großzügig als Abfall zur Verfügung gestellten Leisten viel zu lang waren. Nein, er musste jedes Mal zurückfahren (Luftlinie anderthalb Kilometer!), im Keller selbst das Gewünschte zusammensuchen, wieder ins Auto steigen und wenig später feststellen, dass die Nägel jetzt zwar die richtige Länge, jedoch viel zu kleine Köpfe hatten. Als er zum letzten Mal kam und einen Spaten holte, um die fertigen Wegweiser endlich einzubuddeln, konnte ich mir ausrechnen, dass der Kartoffelsalat bei seiner Rückkehr nicht nur fertig, sondern sogar schon durchgezogen und somit genießbar sein würde, aber da wollte er keinen mehr. Der

Wirt vom Clubhaus hatte gerade die Schnitzel angeliefert bekommen und gemeint, bevor er sie zum Übernachten in die Kühlkammer bringen müsse, sollte man vorsichtshalber eine Qualitätsprüfung vornehmen. Das hatte klarerweise etwas länger gedauert, schon wegen der parallel laufenden Weinprobe, und danach hatte Rolf keinen Hunger mehr gehabt.

Während ich die Spülmaschine voll stopfte, klingelte mal wieder der Knochen, und als ich ihn endlich auf der Dunstabzugshaube gefunden hatte – wie war er da bloß hingekommen? –, hatte der Teilnehmer bereits aufgelegt. Auch gut, ich brauchte jetzt endlich eine Tasse Kaffee, einen Sessel und Ohropax, damit ich eine Viertelstunde lang meine Ruhe hatte. War aber nicht möglich. Den Kaffee kriegte ich noch hin, die Stöpsel nicht mehr. Steffi rief an und erkundigte sich, was man denn zu einem Polterabend anziehe.

»Alles außer Bikini und Nachthemd«, gähnte ich in den Apparat, »was hast du denn an deinem eigenen angehabt?«

»Das gilt nicht, da war ich ja die Braut, diesmal bin ich bloß Verwandtschaft.«

»Eben! Und deshalb wirst du etwas Unauffälliges tragen und deine Schwester brillieren lassen.«

»Das dürfte nicht schwer sein, Nicki kommt doch bestimmt wieder im Mini.«

»Kann sie sich ja auch leisten.«

»Im Gegensatz zu mir, wolltest du doch sagen, oder nicht?«

»Da ich dich zum letzten Mal am Tag deiner Einschulung im Rock gesehen habe, kann ich beim besten Willen nicht beurteilen, wie dir ein Kleidungsstück stehen würde, das keine zwei Hosenbeine hat.«

»Überhaupt nicht, das isses ja! Ich möchte bloß mal wissen, wer diese dämliche Mini-Mode erfunden hat.«

»Wahrscheinlich ein unbekannter Schotte mit zehn Töchtern.«

Nachdem sie sich vergewissert hatte, dass Jeans durchaus

angebracht seien, da vermutlich resistent gegen mögliche Holzsplitter von Bierbänken, wünschte mir Steffi eine gute Nacht und legte auf. Schön wär's ja, es hätte mir überhaupt nichts ausgemacht, auch mal um halb Acht schlafen zu gehen, schon gar nicht im Hinblick auf morgen.

Zehn Minuten später hing Sascha an der Strippe und teilte mir mit, dass weder er noch Nastassja noch überhaupt jemand aus der Familie kommen könne.

»Und warum nicht?«

»Nastassja ist krank, die Mädchen sind's beinahe, und ich bereite mich gerade darauf vor.«

»Ist es das, was man unter Teamwork versteht?«

»Darüber lache ich, wenn's mir wieder besser geht, ja?«, klang es resignierend. »Früher ging man zum Arzt, wenn man sich nicht wohl fühlte, oder? Heute muss man doch erst mal wissen, warum man sich nicht wohl fühlt, sonst hat man keine Ahnung, was für einen Arzt man braucht.«

»Stimmt!«, musste ich zugeben. »Aber hast du denn wenigstens eins gefunden?«

Zehn Sekunden Pause. »Was gefunden?«

»Das zu den Symptomen passende Leiden. Eine der am meisten verbreiteten Krankheiten ist übrigens die Diagnose, wusstest du das?« Nein, es schien ihm wirklich nicht gut zu gehen. Normalerweise hätte ich eine flapsige Antwort bekommen, stattdessen kam nur ein »Mir ist jetzt nicht nach blöden Witzen zu Mute! Sag bitte Nicki Bescheid, ich hätte sie ja selber angerufen, weiß bloß nicht, wo ich ihre Nummer vergraben habe. Schöne Grüße an alle und viel Spaß morgen.«

»Ich geb's weiter. Erst mal gute Besserung und ...«

Klick – er hatte bereits aufgelegt. Na, hoffentlich würden er und sein Clan wenigstens zur Hochzeit wieder auf dem Damm sein. Wie lange dauert wohl eine Krankheit, bei der man nicht weiß, was es ist?

In unseren Breitengraden beginnt der kalendarische Sommer immer dann, wenn es erst mal wieder kalt wird. Früher muss das aber auch schon so gewesen sein, denn ich kann mich noch gut daran erinnern, wie meine Großmutter einmal in der ganzen Nachbarschaft Briketts zusammengebettelt hatte, weil sie ihren Geburtstagsgästen – vornehmlich den älteren Jahrgängen des Königin-Luise-Bundes – nicht zumuten wollte, in Hut und Mantel an der Kaffeetafel zu sitzen und die falsche Buttercremetorte mit Glacehandschuhen zu gabeln. Es war nämlich Krieg, die Kohlenzuteilung längst verbraucht, eine neue würde es erst im Herbst geben, denn die amtlich genehmigte Heizperiode endete am letzten Apriltag. Wer also an einem 19. Juni noch den Kachelofen füttern konnte, war entweder den Winter über sehr sparsam gewesen oder hatte Beziehungen. Omi war und hatte beides nicht, aber Frau Brüning aus dem Nebenhaus besaß noch einen kleinen Vorrat an Briketts, weil sie den ganzen November über bei ihrer Schwester in Thüringen gewesen war. Das Anmachholz musste ich besorgen, was allerdings ganz einfach war, denn wir wohnten direkt am Grunewald. »Nimm aber nur ganz trockenes Reisig«, trichterte mir Omi ein, »wenn es noch feucht ist, qualmt es die ganze Wohnung voll!«

Mein erster Blick am Poltermorgen galt also dem Thermometer, in dem sich das Quecksilber weitgehend verkrochen hatte und irgendwo bei zehn Grad stehen geblieben war.

»Plus oder minus?«, fragte Sven, einen skeptischen Blick in den Himmel werfend. Er war gestern Abend schon gekommen in der weisen Voraussicht, seine Schwester würde für eine zusätzliche Hilfskraft bestimmt dankbar sein. War sie auch, schickte ihn erst zum Einsammeln der Salat- und Kuchenspenden los und teilte ihn abends mit zum Bierzapfen ein. Speziell dieser Tätigkeit hat er sich dann auch mit Hingabe gewidmet.

Wir einigten uns darauf, dass die niedrigen Temperaturen

auf den Frühnebel zurückzuführen seien, nicht gerade häufig in dieser Jahreszeit, andererseits nicht außergewöhnlich, und danach käme ganz bestimmt die Sonne heraus.

Um elf Uhr war sie noch immer nicht da, aber wenigstens war das Thermometer gestiegen, und der leichte Nieselregen erschien uns nicht mehr ganz so kalt.

Anruf von Steffi: »Regnet's bei euch auch?«

»Nein, warum?«

»Hier gießt es Strippen.«

»Das muss nichts bedeuten, es liegen ja 63 Kilometer dazwischen.«

»Eben! Was momentan bei uns runterkommt, ist in einer Stunde bei euch.«

»Wir haben aber Südwind!«, behauptete ich kühn. Den haben wir zwar noch nie gehabt, andererseits ist Meteorologie nicht gerade Stefanies Hobby. »Was ihr jetzt habt, ist hier schon längst vorbei!« Das war nicht mal geschwindelt, der Regen hatte tatsächlich nachgelassen.

»Ich bringe trotzdem Gummistiefel mit!«

Die hat sie dann aber doch zu Hause gelassen. Erst hörte es auf zu regnen, dann zogen die Wolken ab, die Sonne brach durch, und plötzlich hatten wir blauen Himmel und Temperaturen, die mich erneut vor die wichtigste Frage aller Fragen stellte: »Was soll ich anziehen??«

Normalerweise hätte ich mir darüber keine Gedanken gemacht, Jeans und Bluse aus dem Schrank geholt, eine gemusterte natürlich wegen möglicher Senfspuren auf dem Ärmel oder ähnlicher zu erwartender Unglücksfälle, hätte ein Paar bequeme Treter angezogen und vorsichtshalber eine Wolljacke mitgenommen. Das zumindest war mein Outfit auf Steffis Polterabend gewesen, doch da hatte mich niemand gekannt und auch kaum jemand den Wunsch geäußert, diesen Zustand zu ändern.

Hier nun sah die Sache ein bisschen anders aus. Es würden

nicht nur das halbe Kollegium aus Nickis Schule erscheinen, einschließlich Rektor, sondern auch Studien- und sonstige Freunde, die mich zwar nicht kannten, jedoch alle schon mal was von mir gelesen hatten oder es zumindest vorgaben.

Einem Autor stehen nach Veröffentlichung seiner Bücher eine bestimmte Anzahl kostenloser Belegexemplare zu, und besonderes gut heraus ist er, wenn seine Werke auch noch als Taschenbücher erscheinen – diese Verlage sind meistens etwas großzügiger. Hat der Autor allerdings halb- bis ganz erwachsene Kinder, reichen die Vorräte trotzdem nicht. Die zwar immer abgewandelte, im Tenor jedoch gleich lautende Frage kehrt nämlich regelmäßig wieder: »Määm, hättest du wohl noch ein Buch für mich? Ich bin morgen bei Anja (kann auch Simone, Tina, Alex oder sonst wie heißen) zum Geburtstag (Party, Taufe, Wohnungseinweihung, Krankenbesuch), und weil sie (er) weiß, dass du Bücher schreibst, würde sie (er) sich bestimmt freuen ...« undsoweiter. Das gewünschte Exemplar hat das Kind natürlich schon herausgesucht und hält es mir samt Kugelschreiber entgegen. »Schreib noch irgendwas Nettes rein, ja?«

Auf diese Weise sind eine Menge meiner Bücher in Umlauf gekommen, und sogar der Rektor hat mal eins gekriegt, warum, weiß ich aber nicht mehr.

Manchmal gibt es Rückmeldungen. »Von Kerstin soll ich dir bestellen, dass ihre Mutter dein Buch ebenfalls gelesen und gleich zwei andere gekauft hat.« Na also, da hat sich die Spende doch wenigstens amortisiert! Oder: »Ich soll dich von Birgit fragen, ob deine Tante Lotti wirklich so heißt? Du hättest nämlich ganz genau ihre Patentante beschrieben, nur der Name würde nicht stimmen, weil die von Birgit Gertrude heißt. Oder hieß, inzwischen ist sie gestorben.« Nicki hatte schon angedeutet, dass sich einige der so Beschenkten darauf freuen, mich nun auch persönlich kennen zu lernen, allen voran das Kollegium, und wenn sie es auch nicht direkt gesagt hatte, so hatte ich die leisen Untertöne doch verstanden, und die hatten unmissverständlich geklungen: Das kleine Schwarze ist nicht nötig, Gammellook aber auch nicht! Also lass die Jeans im Schrank und zieh dich etwas seriöser an!

Um fünf Uhr nachmittags hatte ich das Problem noch immer nicht gelöst. Was, bitte sehr, gilt als seriös, wenn man bei inzwischen 23 Grad in einem Bierzelt sitzen wird, wo es vermutlich noch ein bisschen wärmer ist als draußen und mit Sicherheit auch die Damen und Herren Pädagogen in Freizeitkluft erscheinen werden? Jackenkleid? Nein, danke! Hosenanzug? Viel zu heiß! Kurzärmelige Sommerkleider mit schwingendem Rock und Gürtel in der Taillengegend besitze ich nicht, und Jeans durfte ich nicht. Dabei habe ich ja auch weiße, da sieht man gar nicht, dass es welche sind. Allerdings machen sich Senfflecke darauf besonders gut.

Und dann fiel mir wieder der Slogan mit dem edel knitternden Leinen ein. Den könnte ich ja ruhig wiederkäuen, sobald mich ein tadelnder Blick meiner Tochter wegen der Ziehharmonikafalten in den Kniekehlen trifft. Irgendwo musste doch eine Hose von mir … richtig, die hing noch oben in der Mansarde bei der Sommergarderobe; mangels entsprechender Temperaturen hatte ich bisher nur einen geringen Teil davon heruntergeholt. Der Blazer, im voll gestopften Schrank schon jetzt mächtig zerknittert und alles andere als edel aussehend, hing daneben. Mit pastellfarbenem – was sonst? – T-Shirt drunter würde ich hoffentlich Nicoles Ansprüchen genügen.

Ich hatte gerade das Bügeleisen eingeschaltet, um der zerknautschten Jacke ein noch edleres Aussehen zu verleihen, als mein Erst-in-einer-Woche-richtiger-Schwiegersohn plötzlich vor mir stand (sommerliche Temperaturen und die daraus resultierende Angewohnheit, die Terrassentür offen zu lassen, sorgen zwar für Frischluft, ermöglichen jedoch andererseits freien Zutritt für alle, die den Trick mit der klemmenden Gartentür kennen). »Hallo, Schwiegermama, noch so fleißig?«

»Hallo, Schwiegersohn, noch nicht umgezogen?« Er lief doch tatsächlich noch in Bermudas herum! »Wenn du Cola suchst, musst du in den Keller, hier oben ist keine mehr.« Jörg ist der Einzige in unserer Familie, der das Zeug trinkt, deshalb steht auch nie welche im Kühlschrank – nicht etwa wegen Missachtung, sondern aus Platzmangel!

Er wollte aber gar nichts trinken, vielmehr hockte er sich auf den Boden und sah mich durchdringend an. »Ich hab da was von einer Überraschung läuten hören, nichts Genaues zwar, aber wenn Hannes dahinter steckt, bin ich misstrauisch. Weißt du etwas?«

»Nein. Was sollte ich denn wissen?«

»Gerade das will ich ja von dir erfahren.«

Jetzt wurde es kritisch. Vorsichtshalber stellte ich erst mal das Bügeleisen ab. »Erstens weiß ich nicht, worüber ich etwas wissen soll, und wenn ich es wüsste, würde ich es wahrscheinlich nicht verraten. Welche Art Überraschung befürchtest du denn?«

Was man selber nicht weiß, kann man anderen nur schwer erklären. »Ich will ja nur klarstellen, dass wir ein paar Aufpasser haben, die ein bisschen die Augen offen halten, damit niemand über die Stränge schlägt. Sie kümmern sich auch um die Autos, und wenn Hannes seinen Kombi mit alten Kloschüsseln voll geladen hat, kommt er gar nicht erst durch!«

»Nur zur Erinnerung: Er handelt mit Deko-Material und nicht mit Sanitärbedarf!«

»Na und?« Jörg grinste. »Jeder Klempner ist doch froh, wenn er kostenlos das alte Zeug loswird.«

Ganz ehrlich, zutrauen würde ich es Hannes schon, andererseits ist er zu sehr Ästhet, um sich mit ausrangierten Toiletten abzugeben. Deshalb konnte ich Jörg auch mit gutem Gewissen beruhigen. »Ich habe wirklich keine Ahnung, mit welcher Art von Scherben er eurem Glück auf die Sprünge helfen will, aber Kloschüsseln sind's garantiert nicht!«

Das musste wohl so überzeugend geklungen haben, dass Jörg einigermaßen beruhigt von dannen zog, diesmal durch die Haustür. »Tschüss bis nachher, und kommt nicht so spät!«

»Bestimmt nicht«, versprach ich. Dann räumte ich das kalt-gewordene Bügeleisen weg, probierte die Jacke an und musste einsehen, dass sie um keinen Deut besser aussah als vorher.

Kurz vor sieben bog der große grüne Lkw lauthals hupend in unsere Straße ein und wurde, kaum dass er zum Stehen gekommen war, von sämtlichen Kindern der Umgebung umringt. Autos dieser Größenordnung halten bei uns nur dann, wenn sie Getränke bringen, Heizöl oder neue Möbel.

»Zu wem wellet Se denn?«

»Ganz bestimmt nicht zu euch!«, fertigte Steffi den noch recht jugendlichen Wortführer ab, dabei war es doch noch gar nicht sooo lange her, dass sie selber dazugehört hatte. »Wer bist du überhaupt?«

Die Frage blieb unbeantwortet, denn Anne, die das Eckhaus bewohnt und als Einzige von uns freien Blick zur Straße hat, kam schon die Treppe herunter; in einer Hand hielt sie den Rest der Pressglasvase, in der anderen drei Untertassen. »Könnt ihr mir die mal eben abnehmen? Eddie hatte sie schon wieder in die Hütte gebracht zu dem ganzen Grillkrempel, weil sie zum Wegschmeißen angeblich zu schade sind, dabei bin ich froh, wenn ich diese dämlichen Hühner nicht mehr sehen muss!«

»Hahn und Henne, nicht wahr?« Grinsend nahm ihr Steffi das Geschirr aus der Hand »Ist vor zwanzig Jahren mal sehr modern gewesen.«

»Du sagst es – vor zwanzig Jahren! Da hat meine Großmutter nämlich angefangen für meine Aussteuer zu sammeln!«

Die Vase musste sie allerdings wieder mitnehmen. »Kein Glas«, protestierte Hannes sofort, »viel zu gefährlich! Diese winzigen Splitter fliegen meterweit, da kann im wahrsten Sinne des Wortes schon mal einer ins Auge gehen! Außerdem« – er betätigte in der Fahrerkabine einen Knopf, worauf sich die hintere Ladeklappe öffnete – »haben wir genug mitgebracht.«

»Ach du liebe Zeit!«, war alles, was mir einfiel beim Anblick dieses Sammelsuriums von Übertöpfen, angeschlagenen Terrakottafiguren, kopflosen Engeln, Keramikzwergen ohne Mützen und Weihnachtsmännern ohne Füße. »Wo um alles in der Welt habt ihr das her?«

»Wonach sieht es denn aus?«

Ja, wonach eigentlich? »Nach Ausschuss!«, sagte ich schließlich.

»Richtig!«, bestätigte Hannes, während er die drei Teller neben einen tönernen Elch mit halbem Geweih parkte. »Das sind alles Transportschäden, der Bruch und die kleinen Unfälle der letzten acht Monate. Normalerweise fliegt so was in die Mülltonnen, aber seit Herbst haben wir gesammelt.« Er nahm einen der drei halbmeterhohen Engel ohne Kopf in die Hand. »Der ist innen hohl. Könnt ihr euch vorstellen, was das für einen Krach macht, wenn er zerplatzt?«

Schon möglich, doch »Ich bin mir gar nicht sicher, dass es überhaupt dazu kommen wird«, dämpfte ich seine Vorfreude, »wenn der Sicherheitstrupp den Lkw sieht, machen die garantiert die Zufahrt dicht.«

In kurzen Worten schilderte ich Jörgs Besuch und seine unterschwellige Warnung, doch davon ließ sich Hannes nicht beeindrucken. »Entweder springt er über seinen Schatten, oder wir rücken geschlossen wieder ab. Dann wird er Steffi und mich allerdings auch bei der Hochzeit nicht sehen!«

»Kann man da mal rein?« Karen, ihre Bowlenschüssel mit Loch unterm Arm, war dazugekommen und hatte gleich die hinten aufgereihten Übertöpfe entdeckt. »Warum wollt ihr die wegschmeißen? Da ist doch überhaupt nichts dran!«

»Nein, aber wer stellt sich heutzutage noch 'n lila Blumenpott aufs Fensterbrett?« Er drückte auf einen anderen Knopf, die Laderampe fuhr langsam herunter, und kaum hatte sie den Boden berührt, da stürzte Karen schon in den Wagen. »Die sind ja gar nicht alle lila. Darf ich mir von den anderen ein paar raussuchen?«

»Nimm sie alle!«, gestattete Hannes großzügig und bückte sich nach dem erdbeereisrosa Kübel mit dem Fassungsvermögen eines Wassereimers. »Da kriegst du sogar einen Oleander rein!«

»Habe keinen.« Sie nahm einen kakaofarbenen Topf hoch, stellte ihn jedoch nach kurzer Musterung wieder hin. »Ein bisschen heftig sind die Farben ja wirklich. Wer hat sich denn darin ausgetobt?«

»Meine Schwiegermutter!« Offenbar befürchtete Steffi, dieser farbliche Missgriff würde ihr zugeschrieben werden. »Die Dinger sind schon Ladenhüter gewesen, als ich in die Firma gekommen bin!«

Jetzt interessierte sich auch Anne für das Angebot. »Trotzdem könnte ich ein paar für den Garten gebrauchen.«

Steffi nickte. »Du musst von jeder Farbe mindestens zwei nehmen, damit du endlich mal ein paar Farbtupfer drin hast.« Auch Anne hat, wie wir alle, den Kampf gegen untergebuddelte Zementtüten und zerbrochene Hohlziegel längst aufgegeben. Es gedeiht nun mal nichts Blühendes in unserem Hinterland.

»Die sieht man bei unserer Kuhweide doch sowieso nicht, oder hast du schon mal erlebt, dass Eddie den Rasen mäht?«

»Entschuldigung, aber verkaufen Sie auch Pflanzen?« Frau Wallner, schon fein gemacht für den Rosenball im Kurhaus, war unbemerkt hinzugekommen. Sie hatte Steffi nicht bemerkt, Hannes kannte sie wohl gar nicht, und die inzwischen von Karen auf dem Gehweg aufgereihten Töpfe ließen keinen anderen Schluss zu. »Ich suche nämlich noch einen Benjamini, er darf nur nicht zu groß sein.«

Über ihren Irrtum aufgeklärt, entschuldigte sie sich sogar. »Ich habe nur das Wort Floristik auf dem Wagen gelesen und diesen Begriff wohl zu weit ausgelegt.« Den gelben Übertopf nahm sie aber gerne, wollte ihn auch gleich bezahlen und ließ erst davon ab, nachdem ich sie über Sinn und Zweck des ganzen Auftriebs informiert hatte. »Ach, ich wusste gar nicht, dass Ihre Nicole nun auch schon heiratet.«

Von wegen ›schon‹! Noch vor zwei Generationen hätte sie mit ihren 29 Jahren das Haltbarkeitsdatum für eine Ehe bereits überschritten gehabt! »Können Sie ja nicht, Frau Wallner, das steht erst nächste Woche im Blättchen.« Jedenfalls hatte ich das vorgehabt, nur war in zwei Tagen Redaktionsschluss, und der Herr Werbeberater brütete noch immer über einem originellen Text für die Anzeige.

Bevor sich noch mehr Interessenten für den vermeintlichen Straßenverkauf einfinden würden, machte Hannes den Laden wieder dicht, und mit dem Hinweis, Punkt zwanzig Uhr sei Abfahrt, verteilten wir uns auf unsere Häuser.

»Was ziehst du an?«, wollte Steffi als erstes wissen und als zweites, ob sie selber ›denn so gehen‹ könne?

Ich bestätigte Letzteres, denn Jeans, Hemdbluse und Weste erschienen mir durchaus passend, und für Ersteres deutete ich auf die in der Garderobe hängenden Sachen.

»Du solltest noch mal mit dem Bügeleisen drüberfahren«, empfahl meine Tochter.

So kam es, dass ich eine halbe Stunde später in sandfarbenen Hosen, hellblauer Seidenbluse und passender Jacke zur Endabnahme erschien und mir später ausgesprochen dämlich vorkam, weil die anderen Gäste fast alle Jeans trugen, außer mir natürlich – ich war die Einzige mit Bügelfalten.

Als wir schon gar nicht mehr mit ihnen gerechnet hatten,

kamen Tom und Katja. »Erst war der Autoschlüssel weg, dann konnte ich den Geldbeutel nicht finden, und als wir schon beinahe unten in Schriesheim waren, ist mir eingefallen, dass der Kuchen noch im Kühlschrank steht. Dabei habe ich zum ersten Mal eine Käsetorte hingekriegt, die nicht in der Mitte zusammengeklatscht ist.« Sie stellte das Prachtstück zur Begutachtung auf den Küchentisch.

»Sieht wirklich gut aus. Aber nun mal was anderes: Wie hieß Herr Alzheimer mit Vornamen?«

Verblüfft sah sie mich an. »Warum? Alfred, glaube ich, oder Albert? Jedenfalls war's vorne was mit A.«

»Alois! Haste auch schon wieder vergessen, oder? Vielleicht solltest du dich mal ein bisschen näher mit der nach ihm benannten präsenilen Demenz befassen.« Nachdem ich unlängst mit Katja zusammen eine halbe Stunde lang meine Sonnenbrille gesucht und endlich – eigentlich nahe liegend – im Auto wieder gefunden hatte, ist sie der Ansicht, mein Gedächtnis lasse doch sehr zu wünschen übrig. Stimmt, aber als ich 29 war, ist es noch hervorragend gewesen …

Hannes mahnte zum Aufbruch. »Wer kommt denn nun mit?«

Es waren weniger als erwartet. Rolf hatte sich ausgeklinkt und war mit der Bemerkung, er wolle sich das Kasperltheater lieber ansehen als dabei mitwirken, schon vor einer ganzen Weile gegangen, und Sven war seit Stunden nicht mehr aufgetaucht. Wahrscheinlich wieselte er oben durchs Festzelt und filmte vom Aufbau der Salatschüsseln bis zum Entzünden der Grillfeuer sämtliche Tätigkeiten, die vor Beginn eines derartigen Spektakels nun mal nötig sind. So waren wir nur sieben, die zu Dunkelhaft verurteilt und von Hannes eingeschlossen wurden, nicht ohne vorher informiert zu werden, dass uns die vorne links befestigten Gerätschaften im Notfall eine Selbstbefreiung ermöglichen würden. Dabei handelte es sich um eine Art Henkersbeil sowie um eine Drahtschere von der Größe eines Vorschlaghammers; vermutlich könnte man sie auch dazu verwenden.

Ein als Verkaufswagen konzipierter Lkw hat naturgemäß keine Verbindung mehr zum Führerhaus, und so klammerten wir uns haltesuchend an den Regalen fest, während Hannes langsam um die erste Ecke schaukelte. Ohne Sicht nach draußen wussten wir natürlich nicht, wann die nächste Kurve oder die nächste Vollbremsung kommen würden, deshalb blieb es auch nicht aus, dass doch mal jemand im falschen Moment auf dem falschen Bein stand und irgendwo gegenfiel. Von Siggi, Karens aber schon sehr wortkargem Ehemann, hörte ich zum ersten Mal einen Satz mit mehr als zwölf Wörtern, nachdem er mit dem Ellbogen an eine Stahlstrebe geknallt war.

Plötzlich tönte eine blechern klingende Stimme: »Ich stehe jetzt am Friedhof, wie geht's denn nun weiter?«

»Wo bist du genau? Vor'm alten Eingang oder bei der Leichenhalle?«

»Hier ist keine Halle.«

»Dann bist du falsch! Jetzt musst du erst ein Stück zurücksetzen, danach links einbiegen und nach ungefähr hundert Meter die Straße halb rechts nehmen. Wenn du vor dem Haupteingang stehst, meldest du dich wieder!«

Und ich hatte immer gedacht, bloß Polizisten haben Walkie-Talkies, Vorarbeiter auf dem Bau und natürlich die Bosse in amerikanischen Gangsterfilmen.

»Hoffentlich sind wir jetzt wirklich da, wo ich vermute«, sagte Steffi, während sich der Wagen wieder in Bewegung setzte, »Hannes hätte die Strecke doch erst mal mit dem Auto abfahren sollen.«

»Jetzt bin ich am Eingang«, quäkte es erneut.

»Sehr gut. Nun musst du nur noch so lange auf der Straße bleiben, bis rechts Papis Wegweiser kommt«, kommandierte Steffi.

»In Ordnung.« Und wenig später: »Wie sieht denn Papis Wegweiser aus?«

»Woher soll ich das wissen? Ich habe ihn ja gar nicht gesehen. Irgendwas Handgemaltes eben.«

»Mit einer Laterne dran«, ergänzte ich. Steffi gab auch das weiter.

Im Schritttempo schaukelten wir so lange voran, bis der Wagen plötzlich scharf einbog und wir alle nach hinten geschleudert wurden. »Offenbar hat er das Schild gefunden!«, kam Annes Stimme von irgendwo unten auf dem Boden. Gleich darauf wollte sie von Steffi wissen, wann in dem Wagen zum letzten Mal Staub gesaugt worden war. »Ich hab den ganzen Mund voller Krümel.«

»Das ist bloß Dekor-Sand. Mir ist gestern Abend beim Ausräumen eine Packung geplatzt, aber keine Angst, der ist nicht giftig, er sieht nur so aus.«

Auch Katja schien auf dem Boden gelandet zu sein, jedenfalls zog sie sich an mir hoch. »Ein Glück, dass mein Kuchen vorne bei Hannes steht.« Und dann, eine halbe Oktave höher: »Hoffentlich steht er wirklich noch!«

»Das werden wir gleich sehen!« Der Wagen hielt, der Motor wurde abgestellt, Stimmen waren zu hören, wir hatten es tatsächlich geschafft! Aber weshalb machte Hannes die Tür nicht auf?

Die Stimmen wurden lauter, blieben jedoch unverständlich, und dann endlich ging langsam die Klappe herunter. Davor stand Jörg, leicht gerötet und eskortiert von zwei jungen Männern, die die Einfahrt zum improvisierten Parkplatz mit einem Holzbalken versperrten.

»Die wollen uns nicht reinlassen!«, meldete Hannes.

»Natürlich nicht«, eiferte sich Jörg, »ich habe doch schon so etwas Ähnliches geahnt. Es kommt überhaupt nicht in Frage, dass ihr euren ganzen Müll abladet, wir haben bloß zwei ganz normale Tonnen aufgestellt, die sind schon fast voll ...«

»Entweder lässt du uns durch, oder ich kippe dir den ganzen Kram hier vor die Füße! Dann allerdings hast du mich zum letzten Mal gesehen.«

Während Jörg noch überlegte, ob diese Drohung tatsächlich ernst gemeint war, sprang Tom vom Wagen. »Nu' mach mal nich so'n Hermann, die gucken doch schon alle her. Wenn du uns nicht reinlässt, kriegst du'n Problem. Oder wie willst du der Vollversammlung da oben verklickern, dass du keinen Funken Humor hast? Und falls es dich beruhigt: Wir helfen morgen auch mit, das Zeug wieder abzukarren.«

Diese Zusage musste wohl den Ausschlag gegeben haben! Jörg machte zwar gute Miene zum bösen Spiel, aber fröhlich sah er nicht gerade aus, als er mit Hilfe seiner beiden Begleiter den Balken zur Seite schob. Hannes kletterte auf seinen Bock, die Klappe ging zu, wir saßen wieder im Dunklen und mussten warten, bis er, ständig rückwärts fahrend, den Wagen in die richtige Position gebracht hatte.

Was uns jetzt erwartete, wussten wir, nämlich viele neugierige Gesichter, dagegen hatten die schon zahlreich versammelten Gäste keine Ahnung, was passieren würde. Sie hatten den Lkw gesehen, aber nur von vorne, hatten den Disput zwischen Jörg und Hannes mitgekriegt ohne zu wissen, worum es ging, und nun harrten sie der Dinge, die da kommen sollten.

»Wir stellen uns erst mal ganz nach hinten, da sieht man uns nicht so schnell«, kommandierte Steffi, »jeder greift sich ein Wurfgeschoss, und sobald die Rampe waagerecht steht, kommen wir nach vorne und legen los!«

Die Aktion wurde ein voller Erfolg! Unter den Beifallsrufen der sich zusammendrängenden Besucher flog minutenlang ein zwar größtenteils beschädigtes, jedoch recht vielfältiges Sortiment von Hannes' Warenangebot durch die Luft und zerschellte krachend auf den dafür vorgesehenen Steinplatten. Als das letzte Teil, ein grüner Terrakottafrosch ohne Augen, zerplatzt war, ließ Hannes die Rampe herunter, und wir durften endlich absteigen.

»Haben die Kinder denn nun ihren Spaß gehabt?«, fragte Jörg mit einem maliziösen Lächeln, während Nicki schon zum Besen griff.

Doch, es hatte Spaß gemacht, mal so richtig was kaputt schmeißen zu können! Seien wir doch ehrlich: Wer hat denn nicht schon irgendwann aus Wut oder Frust den nächstbesten Gegenstand in der Hand gehabt und dann auch tatsächlich dem durch die Tür verschwindenden Ehemann (halbwüchsigem Sohn, pubertierendem Teenager) hinterhergeworfen, aber erst, nachdem die Tür schon zu war. Verletzen will man ja niemanden, und mit dem Wurfgeschoss ist das immer so eine Sache; lieber nicht die Fernbedienung vom Videorecorder, das Feuerzeug tut's auch und geht nicht gleich kaputt.

Den Zuschauern schien es gefallen zu haben, es gab sogar vereinzelten Beifall, aber noch mehr Getuschel, wer denn das nun gewesen sei, doch sicher Verwandtschaft, war die eine von den jungen Leuten nicht sogar die Zwillingsschwester gewesen? Wohnte ja nicht mehr hier, und die Ähnlichkeit zwischen den beiden ist nie groß gewesen, aber irgendwie dann doch wieder, und der lange Dunkelhaarige neben ihr ist sicher der Freund, nicht wahr? Oder schon ihr Ehemann? Kriegt man ja gar nicht mehr mit, wenn sie woanders heiraten, man kann froh sein, dass sie's überhaupt noch tun, so ganz das Richtige ist es ja doch nicht mit den wilden Ehen, aber eben modern, kann man nix gegen machen …

Ein Polterabend dieser Größenordnung ist im Grunde genommen nichts anderes als Kirmes oder das alljährliche Stadtfest, mit dem einen Unterschied, dass man nichts zu bezahlen braucht. Einladungen werden nur an auswärts lebende Freunde verschickt, andere werden mündlich informiert, der Rest erledigt sich von selbst, weil die Mund-zu-Mund-

Propaganda immer noch am besten klappt. Ich weiß das von unserer Putzfrau. Sie ist mit zwei Söhnen gesegnet, einer 19, der andere 23, und die sind jedes dritte Wochenende auf einem Polterabend, sofern er in einem der sieben Stadtteile stattfindet. Auf meine Frage, woher sie denn die ganzen Heiratskandidaten kennen würden, kam die lapidare Antwort: »Die muss man nicht kennen, da geht man einfach so hin.«

Nachdem ich mich mit Steak und Brötchen (mein Kartoffelsalat war alle, kein Wunder, die übrigen Spender schienen nämlich den Nudelbestand aller ortsansässigen Geschäfte aufgekauft zu haben) an unseren Tisch gesetzt hatte, konnte ich mir endlich einen Überblick verschaffen und hatte das Gefühl, als seien hier auch einige Besucher ›einfach so hingegangen‹. Die meisten Anwesenden kannte ich sowieso nicht oder allenfalls vom Sehen, wusste aber nicht, wer sie waren, andere wieder winkten mir zu, dann winkte ich zurück und musste mir erst von Katja sagen lassen, dass Britta früher oft auf unserer Terrasse gesessen hat und Daniel immer mitgefahren war, wenn ich die Zwillinge von der Schule abgeholt habe. Tatsächlich? Den hätte ich nie wieder erkannt. Na ja, war auch schon eine Weile her!

Es gab aber auch ältere Herrschaften, wohl Jörgs Bekanntenkreis zuzuordnen, vielmehr dem seiner Eltern, denn Nicki wusste selber nicht, wer sie waren. Natürlich hatte ich gleich nach unserem furiosen Auftritt ihre Schwiegereltern begrüßt und bei dieser Gelegenheit festgestellt, dass ich mir auch endlich so einen klassischen Rock mit Kellerfalte zulegen muss, weil man damit immer richtig angezogen ist.

Zu wem das halbe Dutzend Kinder gehörte – zu alt, um schon ins Bett zu müssen, zu jung für Bier und Doppelkorn – weiß ich nicht, zwei waren wohl Ableger des Wirtes, die anderen unbekannter Herkunft, doch sie machten sich nützlich und fegten unermüdlich die Scherben zusammen. Und wieder auseinander.

»Ich hol' mir noch 'n Bier«, sagte Tom, »soll ich jemandem was mitbringen?«

Ich hob den Finger. »Ja, mir bitte eine Weißweinschorle.«

Sein Blick sprach Bände. »Bist du sicher? Der Körper besteht doch schon zu 96 Prozent aus Wasser, weshalb willst du noch mehr dazuschütten!«

Er hatte ja Recht. »Also gut, dann eben pur.«

Bevor er zurück war, kam Nicki. Ob ich denn jetzt mal ein paar Minuten Zeit hätte. »Ich möchte dich gern mit meinen Kollegen bekannt machen.«

Na gut, lieber jetzt als später, dann hatte ich es hinter mir, dabei war es halb so schlimm. Alle waren sie sehr nett, häuften imaginäre Lorbeeren auf mein Haupt, stellten die üblichen Fragen, die ich inzwischen sehr routiniert beantworten kann, und nachdem ich dem Herrn Rektor auch noch versichert hatte, dass sich meine Tochter in seiner Schule ausnehmend wohl fühle, was sogar den Tatsachen entspricht, durfte ich wieder an unseren Tisch zurückkehren. Der war allerdings leer. Bis auf mein Weinglas, da hatte jemand noch die Hälfte drin gelassen. Ich trank es aus und machte mich auf die Suche.

Hinterm Tresen, wo Sven unermüdlich Bier zapfte, entdeckte ich Steffi in lebhaftem Gespräch mit der jungen Chefin des unlängst eröffneten Blumengeschäfts. Man kannte sich aus jener Zeit, als man noch gemeinsam Staffellauf trainiert hatte. Hannes stand daneben mit der Miene eines Katers, der vorm Mauseloch auf Beute wartet. Nicht umsonst, denn nach Schluss der Veranstaltung hatte sich eine neue Geschäftsbeziehung ergeben.

Katja saß drei Tische weiter und beguckte Fotos. Daniel war tatsächlich Pilot geworden, hatte eine Amerikanerin geheiratet und vor zwei Monaten einen Sohn gekriegt – alles Neuigkeiten, die ich erst am nächsten Tag erfuhr.

In Sichtweite der Toiletten entdeckte ich meinen Ehemann

in Gesellschaft zweier mir unbekannter Herren, die sich unter dem Schild *Bitte nicht rauchen* gegenseitig Feuer für ihre Zigaretten gaben. Drei Schritte weiter rechts hätten sie sogar offiziell wieder gedurft. Da wäre auch die Luft besser gewesen.

Meine beiden Nachbarinnen waren überhaupt nicht zu sehen, ihre Männer umso mehr. Sie standen an der Theke und ließen sich volllaufen. Sven servierte ihnen bereits Bierschorle.

Vorbildlich das Brautpaar, inzwischen etwas geschafft aussehend, doch unermüdlich um seine Gäste bemüht und auch gewillt, die nicht immer taktvollen Geschenke lustig zu finden. Über die zwei Nudelhölzer, ausdrücklich Nicki zugedacht, konnte Jörg trotzdem nicht lachen, während Nicole das Töpfchen mit dran gebundenem Schnuller nicht so komisch fand. Aber es gab ja auch Nützliches, Tortenplatten zum Beispiel, ich glaube, es waren insgesamt vier Stück, einen elektrischen Büchsenöffner, der noch am selben Abend bei einer Milchdose seinen Geist aufgab, und dann natürlich jede Menge Gedrucktes, angefangen von Dr. Oetkers Schulkochbuch bis zu den wirksamen Rezepten zum Abnehmen. Als ob ausgerechnet die zwei das nötig hätten!

Allgemeinen Beifall (nur nicht von Nicki) bekam das Geschenk ihrer Vermieterin, nämlich ein Spatzendrücker. Nordlichter und alle Leser, die nicht den Vorzug genießen, im Schwabenland zu wohnen, mögen sich wieder beruhigen! Es handelt sich weder um ein Foltergerät für Singvögel noch um eine neue Form von ›Ausstecherles‹. Engel und Sterne sind bei Weihnachtsplätzchen ja out, ich hatte im letzten Jahr Förmchen für eine Lokomotive dabei, einen Regenschirm, Kreuz, Pik, Herz, Karo vom Kartenspiel und ein unbekanntes rundes Tier, das ich mit gestiftelten Mandeln spickte und zum Igel ernannte. Nein, ein Spatzendrücker ist ein Küchengerät, ohne dessen perfekte Handhabung angeblich kein echtes

Schwabenmädel heiraten darf, obwohl es doch nur ein früher verpöntes, inzwischen jedoch toleriertes Hilfsmittel ist. Die richtige schwäbische Hausfrau schabt ihre Spätzle traditionell selber, was nicht nur Zeit raubend ist, sondern meistens auch eine ziemliche Schweinerei. Der Teig besteht nämlich lediglich aus Mehl und Eiern (bei der Konzipierung dieses Rezepts hatte es das Wort Cholesterin wohl noch nicht gegeben; die gesundheitsbewusstere Variante lässt jedoch auch ein Teil Wasser zu), dann kommt die zusammengerührte, sehr flüssige Pampe auf ein großes Brett und muss nun mittels eines Teigschabers möglichst schnell in einen Topf mit kochendem Salzwasser ›geschabt‹ werden. Klingt einfach, ist es aber nicht! Ist man nicht schnell genug, läuft der Teig rechts und links vom Brett runter und landet entweder auf dem Boden oder auf dem heißen Herd, wo er sofort einbrennt. Brillenträger sind von vornherein benachteiligt, weil sie nichts mehr sehen, Mütter mit großer Familie sind's auch, denn sie brauchen mehr Teig, müssen also viel öfter mit der Suppenkelle Nachschub auf das Brett baggern. Ist endlich die letzte Ladung fertig geschabt, sind die ersten Spätzle schon gar und strudeln mit den noch halb rohen fröhlich durcheinander. Und während die Hausfrau den runtergetropften Teig vom Fußboden kratzt, kocht das Wasser über!

Ein Spatzendrücker vereinfacht die ganze Methode. Man füllt den Teig in eine Art Quetsche, und wenn man die Griffe zusammenpresst, kommen aus den seitlichen kleinen Löchern lauter Würmchen heraus und fallen in den Topf. Richtige Schwaben, und hier in erster Linie männliche, die mit der vorangegangenen Prozedur ja nichts zu tun haben, lehnen diese Art der Zubereitung mit der Begründung ab, die Spätzle seien nicht locker genug.

Es gibt aber noch eine dritte Möglichkeit: Man geht in den nächsten Supermarkt und kauft eine Packung Echt schwäbische Hausmacher-Spätzle. Da Nicki, sofern sie überhaupt mal welche kocht, nur die In-neun-Minuten-servierfertig-Variante bevorzugt, dürfte der Spatzendrücker eines jener Geschenke gewesen sein, die man bei passender Gelegenheit weitergibt. Von den Tortenplatten hat Katja auch eine abgekriegt ...

Der erste größere Aufbruch setzte kurz vor Mitternacht ein. Einzelne Gäste waren schon früher gegangen, überwiegend ältere, bis auf jenes noch recht junge Ehepaar, das sich nach einem Telefonanruf Hals über Kopf verabschiedet hatte. »Wir müssen sofort nach Hause! Unser Babysitter wollte eben wissen, wo die Sektgläser stehen! Wir haben ihr zwar erlaubt, ihren Freund mitzubringen, aber doch keinen Alkohol!«

Einen Teil meiner Familie hatte ich wieder gefunden, nur wollte keine richtige Stimmung mehr aufkommen. Allenfalls noch beim harten Kern, der jetzt hinter dem Tresen stand und Hochprozentiges kippte. Anne und Eddie gehörten dazu, Sven, Jörg natürlich, weil er musste, seinen Grappa allerdings – dieser Banause! – heimlich mit Wasser verdünnte, Stefanie und Hannes, auch schon recht gut drauf, ein paar jüngere Leute, die ich alle nicht kannte, und Jörgs Vater, ebenfalls nicht mehr ganz nüchtern und deshalb gewillt, nunmehr deutsches Liedgut zum Vortrag zu bringen. Es wollte nur niemand zuhören. Ohnehin waren wir den ganzen Abend lang mit sehr bodenständiger Musik unterhalten worden, deren Zusammenschnitt nach allgemeiner Ansicht nur aus der ›Volkstümlichen Hitparade‹ stammen konnte und nicht so ganz dem Geschmack der meisten Gäste entsprach. Später musste Jörg zugeben, dass sein Vater für die musikalische Umrahmung des Abends verantwortlich und er, Jörg, froh darüber gewesen war, sich nicht auch noch darum kümmern zu müssen.

»So ein Tag, so wunderschön wie heute ...« Der Tenor knödelte ein bisschen, doch bevor er weitersingen konnte, wurde er mit einem weiteren Grappa ruhig gestellt. Aber nicht lange. »So ein Tag, so wunderschö …«

»Vater, muss das denn sein? Wir wollen uns unterhalten.«

»Das könnt ihr trotzdem, mich stört das nicht. So ein Tag, so wunderschön wie …«

Vereinzelter Beifall war zu hören, amüsierte Zuhörer verlangten eine Wiederholung, also noch mal: »So ein Tag, so wunderschön wie heute …«

»… so ein Tag, der dürfte nie-hie vergehn!« Das war eine andere Stimme gewesen, etwas dunkler, mit mehr Volumen und amerikanischem Akzent.

»Sehr schön«, sagte Anne, »und nun geht ihr beide nach draußen und singt zusammen den Mond an, ja?«

Ob sie's getan haben, weiß ich nicht, ich wurde plötzlich hundemüde und wollte bloß noch nach Hause. »Geht jemand mit?«

Erst wollte niemand, dann wollten Tom und Katja doch, und plötzlich hörte ich von Siggi den zweiten langen Satz an diesem Abend: »Ich habe den Kindern versprochen, dass wir morgen in den Zoo gehen, da muss ich wenigstens halbwegs ausgeschlafen sein. Wir kommen auch mit.« Karen wurde erst gar nicht gefragt, ich glaube, Emanzipation ist für sie immer noch ein Fremdwort.

Erst unterwegs fiel mir auf, dass ich hinter den beiden Paaren wie ein fünftes Rad am Wagen herumstolperte. »Hatte ich nicht auch mal einen Ehemann gehabt? Wo ist der denn abgeblieben?«

»Als ich ihn das letzte Mal gesehen habe, hat er gesagt, er will jetzt die Laterne anzünden«, erinnerte sich Katja. »Welche Laterne?«

»Wahrscheinlich die, die schon um neun Uhr nicht mehr da war.«

»Na, denn isses ja gut, denn hat er sie um elf gar nicht anstecken können.«

Schlaf ist für manche Menschen der fruchtbarste Teil ihres Daseins, deshalb bemühe ich mich auch, nie allzu spät aus dem Bett zu kommen. Hat man darüber hinaus das ganze Haus voller Logiergäste, die ab elf Uhr anfangen aufzustehen, dann sollte man zu diesem Zeitpunkt nicht nur angezogen sein, sondern aus nahe liegenden Gründen schon eine Kanne nachtschwarzen Kaffee parat haben, Mineralwasser, Aspirin und – es gibt Leute, die kriegen so was runter! – ein gehaltvolles Frühstück auf der Grundlage von Rührei und Rollmops. Sonntagsbrötchen vom Bäcker gab's seinerzeit noch nicht, höchstens welche von der Tankstelle, nur wohnen wir bekanntlich in einem ländlichen Bereich, wo uns Segnungen des erweiterten Kundendienstes frühestens zwei Jahre später erreichen. Auch heute noch gehen samstags Punkt zwölf Uhr dreißig in den hiesigen Geschäften die Lichter aus.

Ob und wann die Spätheimkehrer nach Hause gekommen waren, wusste ich nicht, ich hatte nichts gehört und nichts gesehen, aber der Haustürschlüssel hatte vorhin nicht mehr unter dem japanischen Pfingstrosenbusch gelegen. (Für etwaig Interessierte: Die Pfingstrose ist voriges Jahr eingegangen, es gibt jetzt ein anderes Versteck!)

Gegen halb zwölf hörte ich im Bad die ersten Anzeichen aktiven Lebens: Hannes fluchte über unsere Dusche, die mit seiner gemauerten Da-könnte-man-ohne-Probleme-eine-Kuh-drin-abbrausen-Anlage natürlich nicht mithalten kann. Bei uns muss man sich, um überall nass zu werden, gelegentlich mal bewegen, bei ihm kann man einfach stehen bleiben, da kommt das Wasser von allen Seiten.

Nachdem das Rauschen aufgehört hatte, gab ich noch fünf Minuten zu, dann stieg ich mit einem Becher Kaffee nach oben, klopfte, bekam als Antwort ein zustimmendes Grunzen und trat ein.

Hannes stand mit Rolfs Rasierapparat vor dem Waschbecken und besah sich im Spiegel. »Wer bist du?« Er kniff ein

Auge zusammen und beäugte sich mit dem anderen. »Na egal, ich kenne dich nicht, aber ich rasiere dich trotzdem!«

»Guten Morgen. Hier ist Kaffee, erst vor zwei Stunden frisch gebrüht. Oder willst du lieber ein Alka Selzer?«

»Ich will mein Bett!«, knurrte er, vorsichtig den Rasierapparat ansetzend.

»Dann geh doch wieder rein!«

»Mache ich sofort, wenn du den Lkw zurückholst.«

Aha, da also lag der Hund begraben! »Kein Problem! Es sei denn, du legst Wert auf den unversehrten Zustand des Wagens, denn dafür kann ich nicht garantieren.«

Wir einigten uns darauf, dass ich ihm zwei Spiegeleier braten würde, während er sich fertig anziehen wollte. »Welches Pferd hat mich eigentlich getreten, bevor ich Jörg versprochen habe, bei seiner Müllabfuhr zu helfen?«

Als er sich wenig später an den Tisch setzte, zog ich gerade die zwei Brotscheiben aus dem Toaster und legte sie neben seinen Teller. »Na also, du siehst ja langsam wieder aus wie'n Mensch.«

»Ich fühle mich aber trotzdem nicht so.« Sein Appetit schien jedoch nicht betroffen zu sein. Weil die Eier zu trocken waren, brauchte er noch ein bisschen Schinken dazu, nebst zwei Tomaten wegen der Base (nein, nicht die Verwandte, sondern das verdauungsfördernde Frischfutter), und hinterher ein kleines Joghurt. Er hatte sich gerade eine Zigarette angesteckt, als Sven die Treppe herunterkam. »Mir geht's gar nicht gut.«

»Dann empfehle ich Orangen, Kiwi, Rum und hundert Gramm rote Beete.«

»Das soll was nützen?«

»Nee, sieht aber hübsch aus, wenn's wieder rauskommt.«

Könnten Blicke töten, dann hätte Hannes diesen Vormittag nicht überlebt!

Es ist mir an jenem Sonntag leider nicht gelungen, alle Sippenmitglieder noch einmal zusammen zu bringen. Die einzelnen Aussagen, wer mit wem und vor allem wo den Rest der Nacht beziehungsweise die frühen Morgenstunden verbracht hatte, widersprachen sich in wesentlichen Punkten.

Nicki und Jörg hatten zusammen mit den letzten Gästen das Zelt verlassen und waren brav nach Hause gegangen. Haben sie jedenfalls gesagt, und diese Aussage wurde auch von niemandem bezweifelt. Ein paar Unentwegte, darunter Hannes, Stefanie, Anne und Eddie, hatten sich auf die vergebliche Suche nach einer noch geöffneten Kneipe gemacht (morgens um drei Uhr! Hier bei uns!! Hahaha!!!) und dann beschlossen, die deutsch-amerikanischen Whiskybestände zu dezimieren, angeblich original Old Kentucky mit noch was hinten dran, very old and very strongly. Dazu war es zum Glück nicht gekommen, denn die viele frische Luft hatte wohl einigen zu schaffen gemacht. Also hatte man sich unter Mitnahme von Rolfs Hinweisschild (samt Pfahl!) am Wirtschaftsweg getrennt und war in verschiedenen Richtungen weitergegangen. Dass Eddie den Wegweiser in Höhe des Friedhofs mit Blickrichtung Urnengräber wieder aufgestellt haben soll, bestreitet er bis heute. Ich glaube ihm sogar, denn anderenfalls wäre diese Freveltat in der nächsten Ausgabe des Blättchens erwähnt worden mit dem üblichen Zusatz, sachdienliche Hinweise nehme das Ordnungsamt entgegen. Diskretion zugesichert.

Ach so, was auf dem Schild gestanden hatte? »Hier geht's zur Party!« Die ungefähre Uhrzeit, zu der sich das übrig gebliebene Quartett bereits in der Nähe seiner Betten befunden hatte, ließe sich auch im Nachhinein noch ermitteln, sofern man im Kalender nachsehen würde, wann an jenem Morgen die Sonne aufgegangen ist. Kurz vorher fangen nämlich die Vögel an zu singen, und die wiederum hatten Anne daran erinnert, dass sie in dem Mostapfelbaum da hinten vor dem Getreidefeld ein Amselnest entdeckt habe mit vier Eiern drin.

Da könne man doch mal nachgucken, ob die schon ausgebrütet seien. Ist ja nicht weit weg, bloß ein paar hundert Meter, und überhaupt sei der herrliche Sonnenaufgang viel zu schade, um jetzt schlafen zu gehen.

Von hier an widersprechen sich die Aussagen. Anne sagte, eigentlich habe sie dann doch keine Lust mehr gehabt, aber Hannes habe unbedingt das Nest sehen wollen. Hannes protestierte. Er habe von Amseln die Nase voll, jahrelang habe ein Pärchen auf seinem Balkon gebrütet und alles vollgeschi … na ja, eben ziemlich viel Dreck gemacht. Außerdem sähen Jungvögel hässlich aus und bestünden nur aus Schnäbeln. Das wiederum bestritt Steffi ganz energisch. Sie hatte vor etlichen Jahren zwei Wellensittiche besessen und sie erst weggegeben, als Hans-Hermann samt Dackelmischling Jojo in ihr Leben getreten war, und Letzterer die tägliche Flugstunde der Piepmätze als Training für seine Jagdinstinkte angesehen hatte. Für Steffi waren alle Vögel niedlich, und deshalb wollte sie die Amseln sehen.

Eddie dagegen hatte keinerlei ornithologische Ambitionen, er hielt es mehr mit den alkoholischen. Nun wird Old Kentucky zwar aus Getreide hergestellt, in der Nähe des Amselnestes gab es auch ein ganzes Feld davon, doch Whisky in seiner Urform war nicht Eddies Ding. Also drehte er ab Richtung bottle and bed, während die anderen drei weitergingen. Das Nest hatten sie sogar gefunden, nur war es bis auf ein paar Flaumfedern bereits leer gewesen, aber eine hölzerne Bank hatte unter dem Baum gestanden, so richtig schön naturbelassen, die Sonne schien auch schon drauf, also ließ man sich nieder und – schlief ein. Das zumindest behauptet Stefanie, und für sie trifft es garantiert zu.

Hannes habe dann heftig mit ihr geflirtet (sagt Anne), während der so Beschuldigte später meinte, genau umgekehrt werde ein Schuh draus, im Übrigen sei alles ganz harmlos gewesen, das könne sogar der Bauer bezeugen.

»Welcher Bauer?« Ich weiß ja, dass die fleißigen Landleute oft zu unchristlichen Zeiten unterwegs sind, aber an einem Sonntagmorgen zwischen vier und fünf?

»Der hat noch mal sein Heu gewendet, damit's trocken wird. Heute Abend soll 's doch Regen geben.«

Vielleicht waren ihm die drei Figuren auf jener Bank suspekt erschienen, zumal die eine wohl einen ziemlich leblosen Eindruck gemacht hatte, dazu die frühe Stunde ... Abgestiegen war er aber nicht, vielmehr hatte er einen höheren Gang eingelegt und war mit seinem Traktor den Feldweg entlanggetuckert, direkt an der Bank vorbei. Von dem Krach war Steffi aufgewacht, der Bauer war beruhigt mit einem »Grüß Gott« weitergefahren, und die drei Vogelgucker hatten nun auch genug gehabt von der freien Natur und der frischen Morgenluft, sie wollten bloß noch nach Hause und ins Bett.

Ende der Geschichte.

Oder nein, noch nicht ganz. Zu dem vorher erwähnten harten Kern hinter der Theke hatte ja auch Sven gehört, aber der hatte sich abgeseilt, als niemand mehr Bier wollte. Offenbar war er kurz nach mir zu Hause gewesen, nur hatte ich da schon geschlafen. In einem Krimi würde mich jeder Anwalt als Entlastungszeugin ablehnen.

Wo mein Ehemann abgeblieben war? Der hatte angeblich noch vor Mitternacht die Fliege gemacht, zusammen mit einem der zwei Herren vom Stehkonvent neben der Toilettentür. Ich wusste noch immer nicht, wer das gewesen war, aber er hatte was mit Kunst zu tun, denn Rolf hatte mitkommen müssen und das Werk eines auch heute noch unbekannten Malers begutachten, dem großes Talent bescheinigt und noch größerer Erfolg prophezeit worden war. »Vielleicht geht's ihm ja wie van Gogh, der ist auch erst berühmt geworden, nachdem er ...«

»... sich das Ohr abgeschnitten hatte!«, fiel Steffi ein.

»Unsinn! Da haben ihn immer noch nur wenige gekannt,

die Bildzeitung hat's ja noch nicht gegeben. Der olle Vincent ist erst bekannt geworden, als er nix mehr davon hatte. Das muss man sich mal vorstellen: Hängt sein Leben lang bei seinem Bruder am Tropf, und heute sind seine Bilder Millionen wert!«

Im Augenblick interessierten mich van Goghs Werke herzlich wenig, ich habe keine Millionen, und wenn ich welche hätte, wüsste ich was Besseres damit anzufangen, als mir ein weltbekanntes Kunstwerk übers Sofa zu hängen. Das würde mir sowieso nur geklaut. Ich wollte jetzt wissen, ob mein Ehemann nur das Bild jenes hoffnungsvollen Malers begutachtet hatte und nicht auch noch etwas weniger Abstraktes.

»Doch«, bestätigte er sofort, »einen ausgezeichneten Chablis. Und danach hat mich der Sohn des Hauses heimgefahren. Du müsstest ihn auch kennen, er hat damals in der Nacht zum 1. Mai zusammen mit Sven und Sascha den Zebrastreifen auf die Straße gemalt.«

Jetzt ging mir endlich ein Licht auf. »Also ist das vorhin an der Klotür der Vater von Andy gewesen? Woher kennt der denn Nicole? Oder Jörg?«

»Den wohl weniger, aber seinen Vater. Die spielen nämlich zusammen Golf.«

Na ja, dann …

Um dieses Kapitel endgültig zum Abschluss zu bringen, sei noch vermerkt, dass Tom und Hannes wirklich mitgeholfen haben, den riesigen Scherbenhaufen zu entsorgen. Zu dritt haben sie die Trümmer in den Lkw geschaufelt und zur Deponie gekarrt. Die Kosten dafür übernahm Hannes. »Ich kann sie wenigstens von der Steuer absetzen!«

Kapitel 11

Männer, die Angst haben, dass der Erfolg sie umbringt, sollten sich um einen Job beim Wetterdienst bemühen! Sven hatte sich während der letzten Stunde durch die Fernsehkanäle gezappt, hatte zusätzlich den entsprechenden Videotext abgerufen und trabte nun an zum Rapport. »Entwarnung! Die Schirme könnt ihr zu Hause lassen! Heiter bis bewölkt, Temperaturen relativ hoch, gegen Abend örtlich Gewitterneigung – sie haben bloß nicht gesagt, wo örtlich ist.«

Steffi hakte sofort nach. »Was ist für dich *relativ hoch*?«

Eine berechtigte Frage. Kein Mann, der im Winter T-Shirts trägt, zum Schneeschippen lediglich ein dünnes Jeansjäckchen drüberzieht, eine Zimmertemperatur von einundzwanzig Grad als total überhitzt bezeichnet und bei zehn Grad unter Null neben dem geöffneten Fenster schläft, kann normal sein. Wüsste ich es nicht besser, müsste ich annehmen, Svens direkte Vorfahren seien Eskimos gewesen.

»So um die siebzehn Grad«, meinte er denn auch ohne Rücksicht auf die Restfamilie, deren weiblicher Teil sowieso erst ab fünfundzwanzig Grad von ›angenehmen Temperaturen‹ spricht.

»Leute, wir haben Sommer! Das ist amtlich. Die Schotten werfen ihre Weihnachtsbäume weg!«

»Mir egal, ich ziehe was Langärmeliges an«, sagte Stefanie, »in diesen alten Gemäuern ist es immer kalt, oder weshalb sonst sind die Adligen im Mittelalter oft so früh gestorben? Guckt euch doch mal alte Stiche von Minnesängern an und ihren edlen frouwen, die würden doch heute allesamt unters Jugendschutzgesetz fallen. Aber die mussten ja so früh anfangen, sonst hätten sie ihre eigene Hochzeit nicht mehr erlebt.«

Stefanies Angst vor einem frühen Kältetod liegt in der Tatsache begründet, dass unser Standesamt im fünfhundert Jahre alten Wasserschloss untergebracht ist, mit seinen dicken Mauern, einer breiten Wendeltreppe mit abgetretenen Steinstufen und außen rum an drei Seiten Wasser – sehr romantisch natürlich und der passende Hintergrund für die Hochzeitsfotos. Etwas desillusionierend nur die Notwendigkeit, in den übrigen Räumen Teile der Stadtverwaltung unterzubringen, das Ordnungsamt zum Beispiel und das Friedhofsamt, die Meldestelle und was es sonst noch an unerlässlichen Behörden gibt, um knapp zwanzigtausend Einwohner zu verwalten.

Nun hatte sich jedoch vor einigen Jahren herausgestellt, dass das ganze Gemäuer ziemlich marode war und dringend restauriert werden musste. Die einzelnen Ämter wurden vorübergehend evakuiert, und als nach anderthalb Jahren das Wasserschloss in neuem Glanz erstrahlte (zugegeben, es ist ein Schmuckstück geworden) und alle Behörden wieder eingezogen waren, stellte der Gemeinderat fest, dass es nunmehr zu klein und ein ›richtiges modernes Rathaus‹ vonnöten sei, und zwar mitten in der Stadt. Daran bauen sie immer noch.

»Deine Burgfräulein haben im Winter ihre Lungenentzündung gekriegt, Steffi, und nicht im Juni.« Hannes gehört auch zu den Menschen, die selten frieren. »Da ergingen sie sich nämlich im Freien.«

»Sie machten was?«

»Sie ergingen sich«, wiederholte er lachend. »Als Kind habe ich mit Vorliebe Rittergeschichten gelesen, ›Ivanhoe‹ zum Beispiel, und darin ergingen sich die edlen Damen in der

Abendkühle auf dem Burghof. Natürlich schien immer der Mond, und deshalb warf der Wehrturm ja auch gigantische Schatten«, er sprach die beiden letzten Wörter mit Nachdruck aus, »an die steinerne Brüstung. Ich hab erst im Lexikon nachsehen müssen, was gigantisch überhaupt heißt.«

Nein, jetzt bloß keine Diskussion über gesundheitliche Probleme im Mittelalter, mir reichten die der Gegenwart. Sascha hatte nämlich abgesagt. Er fühle sich immer noch wie durch die Mangel gedreht, hatte er am Telefon gejammert, außerdem hätten die Mädchen schon lange genug die Schule versäumt, ein weiterer Tag so kurz vor der Versetzung sei einfach nicht drin, zumal Sunny die für Freitag anberaumte Physikarbeit auf jeden Fall mitschreiben müsse, das Brautpaar habe sicher Verständnis dafür, und das Geschenk sei unterwegs.

»Vier Essen gespart!« Nicole ist schon immer die Pragmatikerin in unserer Familie gewesen, aber bedauert hatte sie die Absage natürlich doch. »Er wird mir fehlen, obwohl ich ihm ja bis heute nicht verziehen habe, dass er damals meinen Teddy mit einer Silvesterrakete im Bauch aus dem Fenster geschmissen hat.«

»Ich schlage vor, wir gehen jetzt schlafen und entscheiden morgen früh, was wir anziehen.«

Erstens war es kurz vor elf Uhr, und zweitens hatte ich für Ritter sowieso nichts mehr übrig. Daran sind der Königin-Luise-Bund schuld und die Kränzchennachmittage. Omi war bekanntlich aktives Mitglied gewesen, hat meines Wissens keinen einzigen Kaffeeklatsch versäumt, nicht mal, als sie am Morgen vor einem solchen einen Hexenschuss bekommen hatte; das alles wäre gar nicht erwähnenswert, hätte ich nicht jedes Mal mitgemusst. Sobald die Kuchenschlacht vorbei gewesen war und sich die Damen in das Salon genannte Wohnzimmer zu einem Likörchen zurückgezogen hatten, damit das Mädchen (bei Frau Professor gab es eins) abräumen konnte, wurde ich in eine Ecke gesetzt und bekam die ›Deutschen Heldensagen‹ in die Hand gedrückt, offenbar das einzige vorhandene Buch, das man einer Achtjährigen schon zumuten konnte. Da Omi auch außerhalb der offiziellen Zusammenkünfte mit Frau Professor verkehrte (sie war gar keine richtige, den Titel trug ihr Mann, doch damals war das so üblich, und verbeten hat sie sich diese Anrede nie), war ich zwangsläufig häufiger Gast in ihrer Wohnung und kannte nach einem Jahr nicht nur sämtliche Protagonisten der Nibelungensage, sondern auch ihre Randfiguren. Die Sache mit Brunhilde hatte ich seinerzeit aber doch nicht so richtig verstanden, denn die hatte ja den Siegfried gewollt, weil der ihr im Kampf den Gürtel entrissen hatte (?), musste dann aber den Gunther nehmen, dabei war der doch viel mehr als Siegfried gewesen, nämlich König. Dafür kriegte Siegfried diese grottendämliche Kriemhild, die auf seine Hemden Kreuzchen stickte, damit Hagen ihn später an der richtigen Stelle meuchelmorden konnte. Ob sie sich ebenfalls auf dem Burghof ergangen hat, weiß ich aber nicht mehr.

Womit wieder einmal bewiesen wäre, dass Lesen bildet und man gar nicht früh genug damit anfangen kann! Wenn Steffi im Urlaub mal wieder über einem Kreuzworträtsel brütet und eine Nibelungenfigur sucht, kann ich immer helfen. Meistens ist es ja Ute. Oder Gernot.

Mein erster Blick am nächsten Morgen galt dem Wetter. Der zweite, nach der Dusche, auch noch, erst dann hängte ich den hellen Hosenanzug in den Schrank zurück und zog den dunkelblauen heraus, der wärmer war.

»Was hat Sven eigentlich für einen Blödsinn erzählt, von wegen heute schönes Wetter und siebzehn Grad? Wir können schon froh sein, wenn aus dem Regen nicht noch Schnee wird. Bist du noch immer nicht fertig? Lass mich wenigstens mal aufs Klo!« Steffi schob mich aus dem Bad. »Haare föhnen kannst du auch draußen!«

»Da ist doch keine Steckdo ...« Oh, glückliches Amerika, wo – sofern man Metro Goldwyn Mayer trauen kann – jedes Haus mindestens drei Gästezimmer hat. Und zu jedem gehört ein eigenes Bad. Wir haben aber bloß eins, und das ist einfach zu wenig, wenn fünf Leute zur gleichen Zeit hineinwollen. Kommt ja nicht oft vor, aber es ist auch nicht jeden Tag Hochzeit. Wie hatten wir das bloß früher gehandhabt, als noch alle fünf Kinder im Haus gewesen waren? Zugegeben, deren Reinlichkeitsbedürfnis hatte sich seinerzeit in Grenzen gehalten, und besonders die Jungs hatte ich oft genug mit Gewalt ins Bad getrieben und vor der Tür Posten bezogen, damit sie nicht gleich wieder rauskamen. Dagegen hatten die Mädchen häufig ein Badezimmer-Zeitlimit bekommen. Eine Zeit lang war es auch umgekehrt gewesen, als nämlich die Zwillinge ihre Katzenwäsche-Phase gehabt hatten und die Jungs lange Haare sowie den Drang, sich zu rasieren und sich danach mit dem Inhalt aller herumstehenden Fläschchen zu begießen. Oft genug war danach eine nochmalige Dusche fällig geworden, um die penetrante Duftwolke wieder loszuwerden. Heutzutage wird für jede Altersstufe das passende Wässerlein zusammengerührt, damals griffen Knaben von Welt erst zu Vaters Rasierwasser, dann zu Mutters Eau de Toilette, und wenn sie's eilig hatten, erwischten sie schon mal statt des dezent parfümiertem Hair-Styling die Tube mit Pfefferminz-Zahnpasta.

»Was meinst du, Määm, ob der Regen bis nachher aufhört? Vielleicht ist das da draußen bloß der letzte Rest von bewölkt, danach wird's dann heiter?«

»Der liebe Gott erhalte dir deinen Optimismus.« Leise öffnete ich die Tür zu Rolfs Zimmer. Er schlief noch. Egal, in spätestens einer Viertelstunde musste er sowieso raus, jetzt hat er wenigstens noch Zeit zum Wachwerden. Ich stöpselte die Zuleitung in seine Steckdose und schaltete den Föhn ein. Sofort schoss er hoch. »Was ist los? Ist der Wecker kaputt?«

»Nein, aber wenn du vor einundzwanzig Jahren im Bad eine zweite Steckdose ...«

»Ich verstehe kein Wort!« Manchmal kann er ganz gut schwer hören!

Hinter mir stapfte Sven die Treppe herunter. »Ist das Bad frei?«, brüllte er mir ins Ohr.

»Was glaubst du wohl, weshalb ich hier draußen stehe?«, schrie ich zurück. »Mach lieber mal den Fernseher an und sieh nach, ob's einen Sender mit schönem Wetter gibt!«

»Den gab's gestern! Wir sollten uns endlich damit abfinden, dass Meteorologen Leute sind, die über Geophysik, Thermodynamik und Klimatologie ungemein viel wissen und über das Wetter vom nächsten Tag so gut wie gar nichts. – Kann ich endlich ins Bad?«

Steffi war herausgekommen, noch im Bademantel, aber schon nach irgendwelchen ätherischen Ölen duftend. »Neues Duschgel?«

»Nee, Hannes' After Shave. Jetzt hat er keins mehr!« Langsam umrundete sie mich. »Ich kann mir nicht helfen, aber du siehst aus, als ob der Föhn explodiert ist.«

»Frisiere du dich mal ohne Spiegel!«

»Warum biste nicht auf die Gästetoilette gegangen? Da hängt einer.«

»Warum badest du in Rasierwasser?«

Nur einen Spalt breit öffnete sich die Badezimmertür, und Svens Kopf erschien. »Ob mir wohl jemand eine Unterhose leihen kann?«

»Halb zehn Uhr!« hatten wir gestern Abend noch ausgemacht, und mit nur zwanzig Minuten Verspätung erschien Hannes als Letzter am Frühstückstisch, sich intensiv am linken Arm kratzend. »Am besten erprobt man Akupunktur, indem man ein neues Hemd anzieht.« Er begrüßte Tom und Katja, die in der Zwischenzeit gekommen waren und frische

Brötchen mitgebracht hatten. »Wo sind die Eier, der Schinken, die Käseplatte? Und wo ist mein After Shave?«

»Umgekippt und ausgelaufen«, sagte Steffi, »war aber kaum noch was drin.«

Leise knurrend fand er sich damit ab, dass es im Hinblick auf die uns erwartenden kulinarischen Genüsse nur ein spartanisches Frühstück geben würde. »Du willst ja bloß wieder am Essen sparen!«

»Richtig! Berücksichtige zunächst die ständig steigenden Lebensmittelpreise, und dann denk mal drüber nach, wie ungesund das ganze Zeug eigentlich ist!«

»Hört endlich auf«, fuhr Katja dazwischen, »in anderthalb Stunden heiratet meine Zwillingsschwester, und ihr streitet euch über die Preise von Leberwurst!«

Sie hatte ja Recht, nur – irgendwie war das gar keine ›richtige‹ Hochzeit, vielmehr ein Verwaltungsakt, mit dem eine seit langem bestehende Verbindung amtlich besiegelt werden sollte. Wir würden nicht einmal gemeinsam hinfahren, sondern uns vor dem Standesamt treffen, und wenn alles vorbei war, gäbe es in dem kleinen Restaurant oben am Waldrand ein gemeinsames Mittagessen. Danach würden wir uns wieder trennen. Meinen Vorschlag, bei uns zu Hause wenigstens noch Kaffee zu trinken, hatte das Brautpaar abgelehnt. »Erstens hätten wir gar nicht alle Platz, und zweitens müssen ein paar von den anderen Gästen früh nach Hause.«

»Und du glaubst nicht, dass wir für die Übrigbleibenden genug Stühle zusammenkriegen?«

»Doch, aber wer hat denn so kurz nach dem Mittagessen schon wieder Hunger?« Als ob es nur ums Essen ginge!

Katja hatte schließlich die Initiative ergriffen und vor drei Wochen einen Telefon-Rundspruch gestartet. »Leute, das können wir so nicht lassen«, hatte sie begonnen, »was ist denn das für eine Hochzeit, wenn das Brautpaar hinterher in seine vier Wände zurückkehrt, als ob nichts geschehen wäre?

Hochzeitsreise geht nun mal nicht, was den Schluss nahe legt, dass Lehrer tunlichst während der Schulferien heiraten sollten, aber eine Hochzeitsnacht müsste wenigstens drinsitzen. Was meinst denn du?«

»Dafür fühle ich mich nicht zuständig.«

Sie lachte. »Eure aktive Mitwirkung ist auch nicht gefragt, es geht mehr um die indirekte, also um Bares. Ein Romantik-Hotel ist nämlich nicht gerade billig.« Kataloge habe sie durchgeblättert, Angebote eingeholt und sich schließlich für ein kleines romantisches Hotel in einer kleinen romantischen Stadt entschieden. »Knapp hundertfünfzig Kilometer entfernt, davon über die Hälfte Autobahn, also bequem zu erreichen. Das Hotel hat im Romantik-Führer zwei Krönchen und ein halbes Dutzend andere Auszeichnungen. Sieht wirklich schnuckelig aus. Es gibt sogar ein Hochzeitszimmer mit Himmelbett und Sektfrühstück, das Candlelight-Dinner am Abend ist auch im Preis enthalten.«

»Aha, und wie hoch ist der?«

Sie nannte eine Summe, für die andere Paare eine Woche Mallorca buchen.

»Keine Angst, ihr sollt das ja nicht allein bezahlen. Wir beteiligen uns natürlich alle zu gleichen Teilen.«

Und wenn schon. »Geht es denn nicht etwas weniger romantisch?«

»Ich bringe dir morgen den Prospekt vorbei, dann wirst du mich verstehen. Das Haus ist über hundert Jahre alt.«

»Hoffentlich sind die Betten jünger«, fiel mir noch ein, bevor ich den Hörer auflegte, um den Brautvater über die geringfügige Aufstockung des Hochzeitsgeschenks zu informieren.

Die so Beschenkten wussten noch nichts von ihrem Glück, sie konnten nur etwas ahnen. Katja hatte ihnen lediglich geraten, das Auto aufzutanken, ein Köfferchen für zwei Übernachtungen zu packen, fürs Wochenende keine frische Milch zu kaufen und Badesachen mitzunehmen.

»Wir sollten allmählich los«, sagte Rolf mit Blick auf die Küchenuhr, »ich weiß ja nicht, wie viele Autos zusammenkommen werden, aber mehr als sechs gehen auf den kleinen Parkplatz nicht rauf, und ich habe keine Lust, einen halben Kilometer weit durch den Regen zu laufen.«

»Musst du auch nicht«, beruhigte ihn Sven, »es hat aufgehört.«

Tatsächlich. Was da noch feucht heruntertropfte, kam von den Bäumen. Die dunklen Wolken wurden langsam heller, und hinten in unserer Wetterecke war sogar schon ein zartblauer Schimmer zu sehen. »Leute, es wird schön! Jetzt brauche ich aber noch fünf Minuten zum Umziehen!«

Daraus wurden dann doch zehn, weil ich auch die Strümpfe wechseln musste, dunkelblau zu hellgrau sieht nun mal nicht aus, und trotzdem waren wir die Ersten. Allerdings nicht auf dem Parkplatz, da standen schon der seinem Status angemessene große Dienstwagen des Bürgermeisters, zwei Autos der Stadtgärtnerei und ein Privatwagen. »Dass der Boss seinen festen Stellplatz hat, verstehe ich ja«, sagte Sven, »doch wenn Hochzeiten sind, sollten die anderen für das niedere Volk gesperrt werden.«

»Versuch's mit einer schriftlichen Eingabe bei der Stadtverwaltung. Vielleicht hat man bis zu deiner eigenen Trauung eine Regelung getroffen«, sagte Rolf, ihm den Schlüssel zuwerfend. »Fahr bitte den Wagen weg, du auch, Hannes, und wir anderen blockieren derweil die zwei Parkplätze durch ein Sittin, oder wie das auf neudeutsch heißt …«

»Willst du dich wirklich da drüben in die Pfütze setzen?« Fremdwörter sind häufig ein Glücksspiel, besonders für jemanden, der auf einem humanistischen Gymnasium gewesen ist und vom Englischen kaum mehr als das Kauderwelsch der Werbebranche beherrscht. Also klärte ich meinen Mann auf. »Das heißt Sit-in und besagt, dass man dabei sitzt.«

»Lohnt sich ja gar nicht«, widersprach er sofort, »die wer-

den doch immer gleich an Händen und Füßen wegge-
schleppt.«

Bevor Katja ihre eigenen, allerdings kaum spektakulären
Erfahrungen beisteuern konnte (sie hatte in Heidelberg mal
an einer Studenten-Demo teilgenommen, bei der gegen zu
wenig Wohnraum, zu wenig Bafög und noch einiges andere
Zu wenig demonstriert worden war), stieg aus dem Privatwagen ein junges Paar und kam auf uns zu. »Das sind ja Henning und Sabine«, rief Katja überrascht, »ich habe euch gar
nicht gesehen. Steht ihr schon lange hier?«

Die Zeiten, als der enge und häufig auch der nicht so enge
Freundeskreis bei uns ein- und ausgegangen, abgefüttert und
nicht selten mit einem Gratisexemplar meines letzten Buches
wieder verabschiedet worden war, schien nun endgültig vorbei zu sein; Henning und Sabine kannte ich nämlich nicht,
hatte auch noch nie etwas von ihnen gehört. »Tom, weißt du,
wer die sind?«

Tom wusste es auch nicht. »Ich blicke da sowieso nicht
mehr durch. Als wir uns kennen lernten, gab's nur die Schul-
kameraden, mit denen Katia auch privat Kontakt hatte, dann
kamen Kommilitonen dazu, die Freunde aus dem Seminar,
später der ganze Klüngel aus der Referendarzeit, jetzt gibt es
auch noch die Kollegen, inzwischen aus zwei Schulen ...
wenn Katja ihren nächsten Geburtstag feiert, kann sie in
Waldminningen die Scheune mieten. Groß genug ist sie, da
geht nämlich einmal im Jahr beim Schützenfest richtig der
Bär ab.«

Und wenn sie vierzig wird, braucht sie das Hilton, ergänzte
ich im Stillen, bevor ich mit Sabine und Henning bekannt gemacht und informiert wurde, dass Henning Jörgs Trauzeuge
sein würde. Automatisch klopfte er auf seine Jackentasche, in
der ich das wichtigste Accessoire der Hochzeit vermutete,
nämlich die Ringe. Für Nicole würde selbstverständlich Katja
trauzeugen, das hatten die beiden schon im zarten Alter von

fünfdreiviertel Jahren vereinbart, nachdem sie bei Fräulein Astrids Hochzeit Spalier gestanden hatten. Die hatte ihren Schutzbefohlenen später erzählt, dass und warum man aufs Standesamt muss und erst danach in die Kirche darf, weil es sonst nämlich nicht gilt.

»Ich passe schon auf, dass alles richtig güüültig gemacht wird«, hatte Katja versprochen, »sonst sagt der Stefan später, das muss erst mal jemand beweisen, dass er dich geheiratet hat, und dann haut er einfach ab.« Seinerzeit war dem ganzen Kindergarten klar gewesen, dass Nicki und Stefan mal heiraten würden, während sich Katja in Bezug auf den Vater ihrer mindestens vier Kinder noch nicht hatte festlegen wollen. »Der findet sich dann schon.«

»Wo bleiben die denn?« Zum wievielten Mal ich auf die Uhr gesehen habe, weiß ich nicht, doch langsam wurde ich unruhig. »Es ist vier Minuten vor elf. Jörgs Eltern sind auch noch nicht da.«

»Die kommen zusammen«, sagte Katja, »erstens ist Papas Auto repräsentativer, und zweitens ist es nicht üblich, dass der Bräutigam selber fährt.«

Stimmt! Nein, stimmt nicht, denn im selben Moment bog der blumengeschmückte Mercedes in die Zufahrt. Hinterm Steuer saß unzweifelhaft Jörg, neben ihm die Braut. Ein zweiter Wagen folgte.

»Also doch«, murmelte Katja, »sie haben's nicht lassen können!«

Während Sven mit der Kamera herumflitzte und jeden filmte, der nicht schnell genug aus der Reichweite des Objektivs kam (die meisten hatten es aber doch geschafft, denn die Rohfassung des späteren Films zeigte erstaunlich viele Rückenpartien), plauderte Katja – natürlich unter dem Siegel der Verschwiegenheit – aus dem Nähkästchen. »Es soll ja richtig Krach gegeben haben zwischen seinen Eltern und Jörg. Er wollte partout keine Blumen, mit einem Rosenbeet auf'm Kühler fährt er nicht durch die Stadt, hat er gesagt, das käme überhaupt nicht in Frage undsoweiter. Ich weiß ja auch nicht, warum, Nicki ist vermutlich gar nicht erst gefragt worden, und wenn, dann hätte sie sowieso Nein gesagt, vierundzwanzig Stunden vor der Trauung sollte man kein Risiko mehr eingehen.«

»Manchmal kannst du ganz schön giftig sein!« Ich hatte gar nicht bemerkt, dass Steffi hinter uns stand und lange Ohren machte.

»Ich bin überhaupt nicht giftig, ich sage nur die Wahrheit!« Sie drehte sich kurz um. »Papi versprüht wieder Charme nach allen Seiten, wir haben also noch einen Moment Zeit, bevor es ernst wird. Ich nehme mal an, dass Jörgs Mama für die Blumen verantwortlich ist. Er ist das einzige Kind, und wenn die beiden schon nicht kirchlich heiraten, was ihr bestimmt nicht recht ist, dann möchte sie wenigstens in Kleinigkeiten die Tradition beibehalten. Der Brautschmuck fürs Auto gehört nun mal dazu, da kann ich Frau B. voll und ganz verstehen. Wenn ich mal heirate … äh, heiraten sollte, dann will ich auch …«

»Wollt ihr euch vorher noch begrüßen, oder gehen wir gleich rein?« Ausgerechnet mein künftiger Schwiegersohn musste mich auf die simpelsten Höflichkeitsregeln hinweisen.

»Entschuldige, Jörg, aber Brautmütter haben das Recht, am Hochzeitstag ihrer Töchter ein bisschen aufgeregt zu sein.« Pure Schutzbehauptung, weder war ich aufgeregt noch sonst wie von der Rolle, letztendlich machte ich diesen Auftrieb heute zum vierten Mal mit, da gibt sich das mit der Nervosität.

Es ist nun mal unausbleiblich, dass bei derartigen Gelegenheiten Frauen genau registrieren, was die ›Konkurrenz‹ trägt, während Männer das überhaupt nicht interessiert. Sie bemerken nicht mal, dass ihr Gegenüber dieselbe Krawatte umgebunden hat wie vor fünf Jahren bei der Jubiläumsfeier vom Kegelclub und schon vor acht Jahren anlässlich der Konfirmation des Sohnes; ihnen fällt höchstens auf, dass Heinrich oder Fritz ein paar Zentimeter in der Taille zugelegt haben, weil das Jackett vom Anzug – übrigens erstmalig bei eben jener Konfirmation im Einsatz gewesen – etwas spannt.

Frauen dagegen mustern sich von Kopf bis Fuß, unauffällig natürlich, aber gründlich! Und genau das tat ich auch. Offenbar hatte Jörgs Mutter vor dem gleichen Problem gestanden wie ich. Auch sie schien eine sehr niedrige Meinung vom Wetter zu haben und hatte sich entsprechend gerüstet; nur war sie noch ein bisschen pessimistischer gewesen. Während ich mich bei sinkenden Temperaturen allenfalls in meinen Blazer wickeln konnte, was nicht viel nützen würde, trug sie ein rotes Sommerkleid und Nerzjacke, so eine von der niedlichen kleinen Sorte, die Rolf mir nie hatte schenken wollen. Jetzt kriege ich sowieso keine mehr, echte Pelze sind ja heutzutage aber-nein-wie-kann-man-denn-nur?, und künstliche sehen auch genauso aus. Wohl aus diesem Grund werden sie meistens von jungen Leuten getragen.

Früher war's umgekehrt. Ich kann mich noch gut erinnern, wie Omi jahrelang jeden Monat eine kleine Summe zurücklegte, bis sie genug beisammen hatte, um sich ihren heiß ersehnten Pelzmantel kaufen zu können. Damals muss sie so alt gewesen sein, wie ich heute bin, aber ein Persianer wäre nun wirklich das Letzte, was ich mir in den Schrank hängen würde.

»Darf ich dich mal eben mit Herrn und Frau W. bekannt machen?«, fragte Jörg.

Wie? Ach so, natürlich, sofort. Da war ja noch ein Ehepaar mitgekommen, Freunde von seinen Eltern und eingeladen als Gegengewicht zu dem Sanders-Clan, der bei Familienfesten immer in der Überzahl ist. Frau W. trug sommerliches Grün und ebenfalls einen kleinen Nerz, den sie fröstelnd mit einer

Hand zusammenhielt. Mir war auch kalt. Kein Wunder, Wind war aufgekommen, und die so verheißungsvollen weißen Wolken hatten sich wieder in schmutzig graue Einheitssoße verwandelt. Warum war ich bloß nicht bei Dunkelblau geblieben?

Überraschend das Outfit der Braut. Ausgerechnet Nicole, die sich im Gegensatz zu ihrem Zwilling manchmal ein bisschen zu konservativ anzieht, hatte sich für einen grauen Hosenanzug mit Top entschieden, allerdings für einen mit kurzen Hosen. Dazu natürlich die passenden Strümpfe und Schuhe, sehr schick, sehr ungewohnt und ganz bestimmt im Hinblick auf Sonne und mindestens zwanzig Grad plus gekauft. »Frierst du nicht?«, flüsterte ich, während wir gemessenen Schrittes das fünfhundert Jahre alte Portal ansteuerten. »Doch, und wie«, flüsterte sie zurück, »hoffentlich ist es drinnen wärmer.«

Vor uns schlüpfte noch ein ausländischer Mitbürger durch die Tür. »Ich suche Meldestelle. Sie wissen?«

Jörg wusste. »Erster Stock, Zimmer 9.«

Auf der Treppe nach oben kamen uns zwei ältere Damen entgegen, sahen Nickis Teerosenstrauß und das Blümchen in Jörgs Knopfloch, lächelten verstehend und wünschten dem jungen Paar viel Glück.

»Ich komme mir vor wie auf'm falschen Dampfer!«, sagte Steffi, nachdem sie einer gestressten Mutter mit zwei plärrenden Kindern Platz gemacht hatte. »Oder ist euch vielleicht feierlich zu Mute?«

Nein, so ganz richtig eigentlich nicht.

Inzwischen gibt es sogar hier einen Standesbeamten, der einmal im Monat auch samstags Trauungen vornimmt, wenn die übrige Schlossbesatzung schon ihr Wochenende genießt. Ich habe keine Ahnung, ob dieser Service als Überstunden verrechnet wird, ist ja auch egal, aber dann kann es bestimmt nicht passieren, dass einem ein wildgewordener Zwergpudel an der extra für den heutigen Tag gekauften, sündhaft teuren Strumpfhose hängt, während Herrchen sich bei geöffneter Tür noch mit Frau Trautwein vom Ordnungsamt unterhält.

»Warum haben wir nicht den Fahrstuhl genommen?«, überlegte Nicki laut.

Wieso Fahrstuhl? »Seit wann gibt's denn einen?« Wahrscheinlich seit der Renovierung, war mir aber noch nicht aufgefallen. Wieso auch? Die Pass-Stelle, einzige Behörde, die ich gelegentlich aufsuche, befindet sich im Erdgeschoss, und Marken für die Mülltonnen gibt es neuerdings im Postamt gegenüber vom Bahnhof.

Endlich oben. Geradezu eine Flügeltür, Trauzimmer steht dran. Ist nicht abgeschlossen, also alle Mann hinein. Dicke Holzbalken an der Decke, gehalten von ebenso dicken Holzpfosten, stilvoll knarrende Dielen, hinten quer ein voluminöser Tisch mit Schreibmappe aus geprägtem Leder, bereitgelegten Stiften, Blumengesteck. Davor vier Sessel für die Hauptpersonen. Das Gefolge darf an dem langen Tisch Platz nehmen, der den größten Teil des Raumes füllt. Um tatsächlich mal alle vorhandenen Stühle zu besetzen, müsste sich bei uns schon jemand von der Popularität eines Michael Schumacher oder Joschka Fischer verehelichen. Wir haben aber bloß einen Staatssekretär hier wohnen, und der ist bereits verheiratet.

Der Standesbeamte wartete schon, begrüßte das Brautpaar und die Trauzeugen mit Handschlag, uns andere mit freundlichem Nicken. Filmen und fotografieren sei erlaubt, man dürfe sogar hinter ihn treten, wenn Aufnahmen während der Unterschriftsleistung gewünscht werden, und wenn nun alle bereit wären, dann könne man ja beginnen.

Nein, das konnten wir nicht. Sven hatte nämlich vergessen, den feierlichen Einzug ins Trauzimmer für die Nachwelt festzuhalten, also alles noch mal zurück auf Anfang. Der Beamte trug's mit Fassung, vielleicht war er Ähnliches schon gewohnt. Doch dann ging es endlich los. »Liebes Brautpaar ...«

Draußen schien kurzfristig wieder die Sonne, knallte auf das direkt über uns liegende Dach, ich öffnete meine Jacke, Rolf den obersten Hemdenknopf, die Damen B. und W. schlüpften verstohlen aus den Nerzen – es wurde schlagartig warm. Auch der Herr Standesbeamte transpirierte leicht und tupfte sich die Tröpfchen von der Stirn.

»Der arme Kerl«, wisperte Steffi neben mir, »auch im Sommer immer im dunklen Anzug. Ob er den wenigstens als Dienstkleidung von der Steuer absetzen kann?«

»Mit Sicherheit nicht!« Ich weiß das aus jener Zeit, als Sascha noch in seinem ursprünglichen Beruf als Restaurantfachmann gearbeitet hatte und seine Smokinghosen sowie die schwarzen Schuhe steuerlich geltend machen wollte. Das sei nicht möglich, hatte es geheißen, denn die könne er ohne weiteres auch im Privatleben tragen. Als ob das jemand täte! Wer zieht schon freiwillig seine Berufskleidung an, sofern er nicht gerade Pilot ist oder Kapitän zur See? Und selbst die brauchen nur ihre Schulterklappen mit den Goldstreifen ans private Hemd zu knöpfen, um im vollbesetzten Restaurant noch einen Tisch zu kriegen.

»... Sie die hier anwesende Nicole Sanders zur Frau nehmen, sie lieben ...«

Weshalb wird eigentlich immer der Mann zuerst gefragt? Ist doch unhöflich. Oder will man der Braut die eventuelle Blamage ersparen, dass der Bräutigam im letzten Moment noch einen Rückzieher macht, während die Braut schon Ja gesagt hat? Ist aber meines Wissens noch nie vorgekommen, umgekehrt schon häufiger.

»Ja!«, hatte Jörg gerade ganz deutlich gesagt. Und »Ja!« kam es Sekunden später genauso klar von Nicki.

»Nachdem Sie vor den hier anwesenden Zeugen ...« Das hatte ich nun auch schon ein paar Mal gehört, anscheinend ändert sich der Text nie, Variationen sind nicht üblich.«... zu rechtmäßig verbundenen Eheleuten.«

Na also, jetzt hatten Rolf und ich endgültig die Verantwortung für unsere Tochter abgegeben. Viele Mädchen, die heiraten, machen zumindest zwei Menschen glücklich: Vater und Mutter.

Henning zückte das Etui mit den Ringen.

»Die müssen das vorher geübt haben«, flüsterte Steffi, nachdem auch das Ritual des Ringwechselns einwandfrei geklappt hatte. »Weißt du noch, wie mir Hannes damals den Mittelfinger entgegengestreckt und ich Blut und Wasser geschwitzt habe, weil der Ring plötzlich nicht mehr drüberging?«

Noch einmal meldete sich der Standesbeamte zu Wort: »Wenn Sie jetzt bitte hier unterschreiben wollen ...«

Dann war auch das erledigt, und nun begann die Gratulationstour, in deren Verlauf so ziemlich jeder jedem die Hand schüttelte und alles Gute wünschte. Sven filmte, zwei andere fotografierten, und als sie endlich fertig waren, war auch die Sonne wieder weg.

»Wenn wir uns beeilen, schaffen wir's noch zu den Autos, bevor es losgeht.« Jörg deutete aus dem Fenster: »Da kommt gleich gehörig was runter!«

Nun hatten es plötzlich alle eilig, aber mir war trotzdem aufgefallen, dass außen an der Tür bereits ein anderes Schild hing: *Sitzungssaal* stand drauf. Das erklärte natürlich den langen Tisch mit den vielen Stühlen drumherum. In diesem Raum tagt auch der Gemeinderat, und wahrscheinlich hatte er sogar hier beschlossen, dass das Schloss während der Renovierungsarbeiten eingegangen sein musste und nun zu klein geworden war; so was kann ja passieren, ich habe auch so manches Kleidungsstück auf Teenie-Größe reduziert, allerdings nur in der Waschmaschine.

Sven war schon vorausgelaufen, um von unten die Prozession des die Treppe herabschreitenden Hochzeitszuges zu filmen (für diesen Satz hätte ich seinerzeit im Schulaufsatz ein dickes rotes Ausrufezeichen kassiert!). Dann öffnete er die Tür und blieb abrupt stehen, anstatt sich draußen aufzubauen und das frisch vermählte Ehepaar beim Verlassen des Schlosses abzulichten. Im Hintergrund die Bronzetafel mit den geschichtlichen Daten macht sich bei solchen Gelegenheiten immer recht gut. »Ach du dickes Ei!«

Und dann sahen wir es alle: Rechts und links vom Eingang standen sie Spalier, die Kleinen aus Nickis 1. Klasse. In Regenmänteln verpackt, Luftballons und jeweils eine Rose in den Händen haltend, strahlten sie ihre Lehrerin an. Im Hintergrund einige Mütter, die freiwillig Fahrdienst und Flöhe hüten auf sich genommen hatten.

»Eins, zwei, drei«, kommandierte eine von ihnen, und dann ertönte aus 26 Kinderstimmen ein wunderhübsches kleines Ständchen, in dem viel von Glück und vielen bunten Luftballons die Rede war. Sie taten mir so Leid, wie sie dort aufgereiht standen, dem herunterpladdernden Regen trotzend, sich höchstens mal durchs Gesicht fuhren und eisern weitersangen. Ich sah zu Nicki hinüber. Hatte sie von diesem Aufmarsch etwas gewusst? Nein, offenbar nicht. Erst glaubte ich, sie habe sich zu weit vor die Tür gewagt und Regen ins Gesicht bekommen, doch dann merkte ich, dass es Tränen waren, die ihr herunterrannen. Mir stiegen sie ja auch in die Augen. Wem beim Anblick dieser triefenden kleinen Zwerge nicht das Herz aufging, der konnte einfach keins haben.

Mit dem letzten Ton des musikalischen Glückwunschs ließen sie ihre Luftballons los, die nun aufsteigen und wegfliegen sollten. An jedem hing eine Karte mit der Bitte, der Finder möge sie doch an die umseitige Adresse zurückschicken und dem soeben getrauten Ehepaar gratulieren. Eine wirklich nette Idee, nur ist sie im wahrsten Sinne des Wortes ins Wasser gefallen. Die meisten Ballons wurden vom Regen niedergedrückt und landeten im Schlossparkteich, andere blieben in den Bäumen hängen, doch von dem halben Dutzend, das tatsächlich weggeweht wurde, sind sogar zwei Karten zurückgekommen.

Und dann stürmten sie los, jubelnd, schreiend, klatschnass stürzten sie auf das Brautpaar zu, gratulierten alle auf einmal und wedelten sich gegenseitig mit den Blumen durchs Gesicht. Es war wohl vorgesehen, dass die Jungs ihre Rosen der Braut überreichen sollten, während die Mädchen den Bräutigam versorgen sollten, nur stand Jörg dem ganzen Trubel etwas hilflos gegenüber; seine Erfahrung mit Kindern beschränkte sich bis dato auf Nachbars Sprösslinge, denen er gelegentlich die verirrten Bälle aus dem Garten zurückwerfen musste. Inzwischen hat er aber schon an zwei Klassenfeiern teilgenommen und beim Weihnachtsbasar mitgemacht, ist also im Umgang mit Sechs- und Siebenjährigen wesentlich trainierter als am Tag seiner Hochzeit.

»Du siehst gar nicht aus wie eine richtige Braut«, bemängelte ein Steppke, »wie meine Mama voriges Jahr geheiratet hat, da hat sie ein langes weißes Kleid angehabt und einen Schleier.«

Kleine Kinder sagen manchmal Dinge, die die Eltern bestimmt lieber für sich behalten hätten.

»Kommst du nächste Woche auch ganz sicher wieder in die Schule?«, kam es ängstlich von links.

»Natürlich komme ich am Montag wieder, was soll ich denn sonst ohne euch machen?« Nicki wischte sich die letzten Tränen aus dem Gesicht. »Außerdem lade ich euch alle zum Eis ein.«

»Au ja! Jetzt gleich?«

»Du bist vielleicht blöd! Doch nicht heute!« Das war der mit den Erfahrungen in punkto Hochzeit. »Jetzt essen sie erst, und dann feiern sie, und dann hauen sie ab und kommen erst am nächsten Tag wieder nach Hause.«

Bevor er vielleicht weiter ins Detail gehen würde, bremste eine Mutter seinen Mitteilungsdrang. »Wir fahren jetzt auch wieder zurück. Ihr sammelt euch ganz schnell da drüben am Brunnen! Alles klar?«

Mit den Kindern verliefen sich auch die Zuschauer. Ungeachtet des Regens waren Passanten stehen geblieben und hatten unter ihren Schirmen ausgeharrt, bis wir alle das Gebäude verlassen und damit das Ende des Spektakels signalisiert hatten. »So ähnlich hoch zehn muss sich Caroline von Monaco vorkommen, wenn sie demnächst ihren Ernst-Albert heiratet.« Katja sah den letzten Passanten kopfschüttelnd hinterher »Es haben bloß noch die Fotografen gefehlt.«

»Der heißt doch Ernst-August«, korrigierte Steffi. Sie bekam zur Zeit jeden dritten Tag Massagen und war dank der Wartezimmer-Lektüre über das Privatleben der Prominenz auf dem Laufenden.

»August passt auch besser zu ihm.«

Hätte die Trauung nur zehn Minuten länger gedauert, dann wären die Kleinen nicht patschnass geworden, Sven hätte sich nicht auf einen nur sekundenlangen Schwenk über den Kinderchor beschränken müssen, und ich wäre nicht mit dem Absatz im Matsch stecken geblieben, weil der dann schon wieder halbwegs trocken gewesen wäre. Bewölkt war nämlich endgültig vorüber, jetzt kam Heiter zum Zuge, und für den restlichen Tag blieb es auch dabei.

»Nun aber ein bisschen Action«, kommandierte Sven, Kamera vorm Gesicht »ihr steht da rum wie angenagelt, bewegt euch doch mal!« Also bewegten wir uns, umringten wunschgemäß das junge Paar, gingen wieder aus dem Bild, damit der Bräutigam endlich die Braut küssen konnte (diese Aufforderung war vom Standesbeamten nicht gekommen, anscheinend sind dafür nur die Pfarrer zuständig), bis der Bräutigamsvater meinte, es sei jetzt genug gefilmt, außerdem seien wir schon spät dran, der Champagner werde ja warm.

»Wo müssen wir denn überhaupt hin?« So konnte auch nur Rolf fragen, der zwar seine Stammkneipe kennt und alle Lokale im Umkreis, in denen man recht gut essen kann, jedoch von den kleineren Gaststätten allenfalls die Namen weiß, sofern sie mal wieder im Blättchen die Wildbretwoche ankündigen, die Neueröffnung der renovierten Kegelbahn bekannt geben oder den Freunden des Hauses mitteilen, dass sich der alte Besitzer zur Ruhe gesetzt und der neue vorwiegend griechische Küche anzubieten habe.

»Wir fahren ins Waldcafé«, informierte uns Jörg.

»Und wie kommt man da hin?«

»Am besten hinter uns her. Wo steht euer Wagen?«

»Da wir nur zum Fußvolk gehören, natürlich drüben auf dem Parkplatz. Die anderen aber auch.«

»Wir holen euch ab.« Bevor er seiner Frau die Autotür öffnete, warf er dem nur leicht zerrupften Gesteck auf dem Kühler einen finsteren Blick zu. »Das Grünzeug scheint resistent gegen Regen zu sein. Oder stammt es etwa aus Hannes' Sortiment?«

»Nein. Unsere Gerbera sehen viel echter aus als die echten. Von uns kommen diesmal nur die schönen Schluppen, aber die durften wir ja nicht anbringen.« Zum Beweis zog er aus der Jackentasche eine der weißen Tüllschleifen, die Floristin Lissy mit viel Sorgfalt und noch mehr Draht gebunden hatte, auf dass sie an den Hochzeitsbegleitfahrzeugen so lange verankert würden, bis sie nach acht bis zwölf Monaten oder noch später in Form von kurzen grauen Fetzen von allein abfielen. Es bringt nämlich Unglück, wenn man sie selber entfernt. Wird behauptet, nur – hat das schon mal jemand nachgeprüft? »Die kannst du bis zu Katjas Hochzeit einmotten!«, hatte Jörg beim Anblick der zarten Kreationen empfohlen und dabei Tom angegrinst, der das nun wieder gar nicht lustig gefunden hatte. »Wenn ich mal heiraten sollte, dann nur auf einer kleinen Insel irgendwo weit weg von hier.«

Na ja, das hatten wir ebenfalls schon hinter uns. Nicht in der Realität natürlich, aber in der Planung. Steffi hatte nämlich auch mal vorgehabt, bei Sonnenuntergang an einem karibischen Strand mit Blick aufs Meer getraut zu werden, und dann war's doch nur ein nüchternes deutsches Standesamt geworden mit einem Beamten, der eine Trauerrede gehalten hatte.

Das Waldcafé heißt deshalb so, weil es – welch Wunder! – am Waldrand liegt und somit am Ende des Ortes. Es wird überwiegend von Kurgästen frequentiert, die nach dem ärztlich verordneten Spaziergang dort einkehren, ihre 1000-Kalorien-Diät mit einem Stückchen Sahnetorte aufstocken und Kaffee Haag ordern, der Gesundheit zuliebe. Die Herren ziehen allerdings ein Viertele Württemberger vor, vielleicht auch zwei, wenn die Zeit noch reicht, denn um halb sieben gibt es in den Kurheimen Abendessen.

Kaum jemand weiß, dass dieses Café quasi die Dependance eines der hiesigen Hotels ist, außer Kaffee und Kuchen auch kleine Snacks anbietet und in Ausnahmefällen sogar Größeres. Hochzeiten gehören dazu, nur die überschaubaren natürlich, denn allzu groß sind die Räumlichkeiten nicht, und die Terrasse kann man allenfalls fest einplanen, wenn die Wetterfrösche ein Dauerhoch von zwei Wochen prophezeien. Dann nämlich besteht die Wahrscheinlichkeit, dass es wenigstens drei oder vier Tage lang schön bleibt.

Für uns war natürlich drinnen gedeckt worden, doch erst einmal musste das obligatorische Glas Champagner getrunken werden. Im Stehen natürlich, das ist so üblich und war hier auch gar nicht anders möglich, weil die festliche Tafel viel Raum beanspruchte und nur noch wenig davon übrig ließ. So standen wir ziemlich eng beieinander, in einer Hand das Glas, in der anderen das Täschchen (aus langjähriger Erfahrung nehme ich zu solchen Anlässen immer eins mit Schulterriemen), redeten Belangloses und warteten aufs Essen. Jedenfalls ich. Zwei Tassen Kaffee und eine halbe Grapefruit zum Frühstück halten nicht lange vor. Hannes schien es ähnlich zu gehen, oder weshalb sonst zählte er leise vor sich hin? »Vorspeise, Suppenlöffel, Fischbesteck, das waffenscheinpflichtige für den Hauptgang, Dessertbesteck ... ist alles da, ich glaube, satt werden wir. Die Frage ist nur, wann dürfen wir anfangen?«

Noch war es nicht so weit, denn jetzt kam eine Dame im Business-Look zum Gratulieren. Mit einem Bukett. Nicki hatte aber schon zwei, fand keinen Platz zum Ablegen, reichte sie an Tom weiter. »Halt mal eben die Blumen!«

»Ich bin doch keine Vase!«

Mann mit Strauß in der Hand sieht meistens etwas dämlich aus, das fand wohl auch Katja und nahm ihm die Rosen wieder ab. So kam es, dass wenig später die beiden Restaurantfachfrauen (früher hießen sie Kellnerinnen, aber das andere klingt viel eindrucksvoller) der falschen Braut zur Hochzeit gratulierten.

Endlich durften wir Platz nehmen. Eine Tischordnung gab es nicht, bei vierzehn Personen auch überflüssig, das Brautpaar kam in die Mitte, wir übrigen verteilten uns nach Belieben, letztendlich waren wir alle Verwandtschaft.

Tagelang waren die wichtigen Fragen erörtert worden, ob Suppe oder keine, wenn ja, welche, Shrimpscocktail ist nicht jedermanns Sache, also stattdessen irgendwas mit Geflügel, sind Kalbsmedaillons besser als Rinderfilet, was kriegt derjenige, der keinen Fisch mag, oder lässt man den ganz weg, welches Gemüse passt wozu, Vitamine müssen nun mal sein, glasierte Karotten kommen immer gut an, schon wegen der Farbe, als Bremsbeilagen bloß keine Nudeln, lieber Reis, nein, geht nicht, mein Vater isst keinen ... Wer letztendlich auf die Idee mit dem kalt-warmen Büfett gekommen ist, weiß ich nicht, auf jeden Fall ist das ein sehr weiser Entschluss gewesen.

Zweieinhalb Stunden lang wurde aufgetragen und abgetragen. Statt der bei den meisten Büfetts üblichen kleinen Badewannen mit den winzigen Feuerchen darunter, die einen mehr optischen als praktischen Effekt haben, weil die Speisen nach kurzer Zeit doch bloß noch lauwarm sind, kamen die einzelnen Gänge hier nacheinander auf den Tisch, die Auswahl blieb überschaubar und vor allem heiß. Als Dessert gab es neben den ebenso verlockenden wie kalorienreichen Mousses und Törtchen auch Obstsalat. Sehr vorausschauend. Wenn ich die Schlagsahne wegließ und mich auf zwei bis höchstens drei Löffelchen voll beschränkte, konnte ich vielleicht ein bisschen mein Gewissen beruhigen. Nach der heutigen Völlerei waren sowieso wieder zwei Tage Knäckebrot und Joghurt fällig.

»Du nimmst Obstsalat!«, befahl Steffi, die dick mit Schokolade überzogenen Eclairs aus Hannes' Reichweite schiebend. »Denk dran, nächstes Wochenende wollen wir zum Tauchen. So weit ich mich erinnere, hattest du schon im letzten Urlaub den Reißverschluss vom Anzug kaum zugekriegt.«

»Erstens ist das vier Monate her«, protestierte er sofort, »und zweitens war das seinerzeit bloß wegen dreimal täglich essen müssen. Jetzt kann ich ja schon froh sein, wenn ich einmal pro Tag was kriege!« Seufzend unterzog er die Schüssel mit dem Fruchtsalat einer genaueren Prüfung. »Was ist denn da alles drin?«

»Na, Ananas, Weintrauben, Orangen, Melone ... weshalb interessiert dich das überhaupt? Du kannst doch nicht mal Apfel von Birne unterscheiden!«

»Stimmt!« Er wollte zum Teller greifen, hielt jedoch inne und grinste seine Frau an. »Nein, stimmt nicht, Williams Christ und Calvados.«

»Ach ja, mir bitte auch einen!«, rief Tom, der am Ende vom Tisch saß und nichts mitbekommen hatte. »Oder haben die hier auch Grappa?«

In englischen Romanen trinken die englischen Männer nach ihrem Dinner meistens Portwein. Warum sie das tun, ist mir rätselhaft. Wenn man zu viel gegessen hat, nützt er nämlich gar nichts. Bei uns gibt es in solchen Fällen einen Obstler. Der hilft. Und hinterher einen Kaffee oder Espresso. Die helfen zwar nicht, schmecken aber besser und bilden den krönenden Abschluss eines Festmahls.

Bis dahin waren wir gerade gekommen, als ein seriös aussehender Herr an unseren Tisch trat, sich erkundigte, ob denn alles zur Zufriedenheit gewesen sei und dann beiläufig erwähnte, es sei bereits nach drei Uhr.

Ja, und???

Nun, es sei doch wohl abgesprochen gewesen, dass die Räumlichkeiten ab fünfzehn Uhr dreißig wieder für den normalen Betrieb zur Verfügung stehen würden, die ersten Kaffeegäste warteten bereits, es müsse ja auch noch aufgeräumt werden ...

»Das heißt, wir werden jetzt vor die Tür gesetzt?«, brachte Herr B. die Sache auf den Punkt.

Der seriöse Herr wand sich vor Verlegenheit. Nein, so direkt könne man das nicht sagen, es täte ihm ja auch sehr Leid, er habe jedoch seine Order, und ob wir vielleicht so freundlich wären ...

Natürlich sind wir gegangen, sogar ziemlich schnell, nur dass wir dabei freundlich gewesen sind, würde ich nicht behaupten. Die nette, aufmerksame Bedienung bekam ihr Trinkgeld, und das Bukett hat Nicki auch mitgenommen, weil die Blumen ja nichts dafür können, aber die Sache werde noch ein Nachspiel haben, prophezeite Jörgs Vater. Von einem Zeitlimit wisse er nichts, in spätestens einer halben Stunde wären wir ohnehin gegangen, ob wir denn wirklich die beiden Kaffeetrinker da hinten in der Ecke stören würden, und überhaupt sei dieser Rausschmiss nun mal keine Art!

Der seriöse Herr verlor nicht einen Augenblick lang die Contenance, vielmehr entschuldigte er sich nochmals für diesen Hinauswurf (bei ihm hatte der allerdings bedauernswertes Missverständnis geheißen), hielt die Tür auf und wünschte uns noch einen schönen Verlauf des Tages.

Genau das war das Stichwort! »Ich will ja nicht drängeln«, meinte Nicki, als wir etwas planlos auf dem Parkplatz herumstanden, »aber hinten im Wagen liegt unser Koffer, und wir wissen immer noch nicht, warum.«

»Ihr werdet es gleich erfahren.« Erst wühlte Katja in ihrer Tasche, dabei war die zum Wühlen viel zu klein und hätte schon bei ersten Blick ihren Inhalt preisgeben müssen, dann klopfte sie ihre Jackentaschen ab, auch vergeblich, und endlich fiel ihr etwas ein. »Du hast doch die Autoschlüssel! Warum sagst du das nicht gleich?«

Tom war derartige Vorwürfe gewöhnt. »Ich habe gedacht, du suchst mal wieder deinen Geldbeutel. Der war seit mindestens fünf Tagen nicht mehr weg, aber die Schlüssel hast du doch erst vorgestern zum letzten Mal vermisst.« Er reichte ihr das Etui.

»Na und? Ordnungsliebende Menschen sind bloß zu faul, sich alles zusammenzusuchen.« Katja öffnete die Wagentür, guckte ins Handschuhfach, machte es wieder zu, inspizierte die Rücksitze, fand nichts, suchte auf dem Boden, fand auch nichts, überlegte kurz und entriegelte schließlich die Heckklappe. Während sie um den Wagen herumging, lächelte sie uns entschuldigend zu. »Stimmt ja, der Umschlag war zu groß fürs Handschuhfach.« Und dann: »Ihr könnt meine Mutter fragen. Ich hab' ja eine ganze Menge toter Vögel in der Tasche, aber Faulheit gehört wirklich nicht zu meinen negativen Charakterzügen.«

»Kannst du dir bei deinem Hang zu planvoller Unordnung auch gar nicht leisten«, konterte Nicole, »jetzt mach's nicht so spannend und sag endlich, was in dem Kuvert ist.«

»Nur drei kleinere Kuverts.« Sie zog die länglichen Umschläge heraus, steckte sie fächerförmig zusammen und hielt sie auffordernd hoch. »Wer von euch beiden will ziehen? Die Chancen stehen immerhin 3:1.«

»Ich nicht«, sagte Jörg sofort, »ich erwische doch bloß die Eintrittskarte fürs Freibad oder bestenfalls eine Kanufahrt auf'm Neckar.«

»Was heißt hier bestenfalls,« ereiferte sich Katja, »das wäre der Hauptgewinn gewesen!« Dann hielt sie Nicki die Kuverts entgegen. »Nun zieh endlich eins!«

»In der Mitte stecken meistens die Nieten«, überlegte die, »nach rechts greift man instinktiv, also nehme ich die linke Seite!« Sprach 's und zog den Umschlag heraus. »Darf ich ihn jetzt aufmachen?«

»Nein, den bekomme erst mal ich.« Katja zog einen zusammengefalteten Briefbogen aus dem Kuvert und las vor: »Ihr fliegt mit dem Herzblatt-Hubschrauber nach … nee, jetzt bin ich doch tatsächlich im falschen Zug. Also: Ihr fahrt mit dem Hochzeitsauto in die Flittertage nach Hmhmhm in das Romantik-Hotel Hmhmhm. Dort bezieht ihr die Hochzeitssuite, wo euch ein kleines Abendessen erwartet. Am nächsten Morgen wird euch ein Champagnerfrühstück ans Bett serviert, danach könnt ihr bei freiem Eintritt das Heimatmuseum besuchen, auf der Stadtmauer spazieren gehen oder auch im nahe gelegenen Stausee plantschen. Am Abend gibt es ein festliches Candlelight-Dinner und Sonntag früh noch mal Frühstück, allerdings im Speisesaal, und der Champagner kostet dann auch extra.«

Katja reichte das aufgelistete Vergnügungsprogramm an ihre Schwester weiter. »Viel Spaß! Und jetzt macht, dass ihr in die Hufe kommt, mit zwei Stunden Fahrt müsst ihr rechnen, freitags ist bekanntlich Vertreter-Rallye.«

So schnell ging es nun aber doch nicht. Erst wurden wir von dem völlig überraschten Brautpaar der Reihe nach umarmt, auf beiden Seiten flossen sogar ein paar Tränen, ich bekam von meinem neuen Schwiegersohn den ersten Kuss auf die Wange, und während er mit seinem Vater anhand zweier unterschiedlicher Autokarten (die von Jörg war natürlich neueren Datums) die günstigste Route ermittelte, wollte Nicki wissen, was in den anderen zwei Umschlägen steckt.

»Na, was wohl?«, fragte Katja grinsend und entnahm den Kuverts zwei absolut identische Briefbogen. »Mit 'nem Computer kann man nicht nur Elternbriefe entwerfen und dreißig Mal ausdrucken, sondern auch nette kleine Spielereien. Ich gebe allerdings zu, dass an denen hier Hannes beteiligt war. Aber eines weiß ich gewiss: Als nächstes schaffe ich mir einen Farbdrucker an.«

Und dann bildeten wir doch noch einen richtigen Konvoi. Erst vom Parkplatz bis zur Straße, dann ums Kurviertel herum zum Bahnübergang, wo die dunkelgrüne Limousine Abschied hupend geradeaus weiterfuhr, während der Brautwagen links einbog und dann sofort auf den parallel zum Bahnhof gelegenen Parkplatz kurvte und anhielt. Wir kurvten hinterher. »Was ist denn los?«

»Noch nicht, aber gleich«, rief Jörg zurück, stieg aus und entfernte das mit langen Klebestreifen befestigte Gesteck von der Kühlerhaube. »Hat jemand eventuell Interesse daran?«

Niemand hatte.

»Nun gib das Gemüse schon her«, sagte Sven schließlich, »für den Abfallkorb ist es zu schade.« Dann klebte er die Blumen auf das Vorderteil einer parkenden ›Ente‹. Auf dem Heckfenster prangte noch unübersehbar das Emblem der nunmehr erlangten Reife ihres Besitzers: Abi 1997. Es ist übrigens das Schlussbild des eigentlichen Hochzeitsfilms. Der zweite Teil fällt mehr in die Kategorie: Ein bisschen Spaß muss sein!

»Die kommen doch erst übermorgen zurück, also haben wir einen ganzen Tag lang Zeit!«, hatte Steffi gesagt, als wir am Abend zusammen mit unseren Nachbarinnen bei einem Glas Wein auf der Terrasse saßen und uns überlegten, wann und wie die geplante Dekoration des Brautgemachs und der übrigen Räume über die Bühne gehen sollte. »Ich stehe an einem Sonnabend bestimmt nicht früher auf als ich unbedingt muss!«

»Du hast ja auch keine Kinder, die du fünf Tage lang jeden Morgen um halb sieben nur unter Androhung fürchterlicher Konsequenzen aus den Betten kriegen musst und an Wochenenden mit genau den gleichen Drohungen wenigstens bis acht Uhr in den Betten zu halten versuchst!«, hatte Karen geantwortet und von den Zeiten geschwärmt, als die Schulen auch samstags geöffnet waren. »Ich glaube, der Slogan zur Kinderbefreiung hieß damals ›Samstags gehört Papi uns‹ oder so ähnlich, aber ich kenne keinen Papi, der nicht dankbar wäre, wenn sich das nur auf den Nachmittag beschränken würde. Von den Mamis gar nicht zu reden. Für die gibt es ja nichts Schöneres, als mit zwei maulenden Gören im Schlepptau am Samstagvormittag über den Wochenmarkt zu ziehen, weil der Papi so früh noch gar nicht seinen Kindern gehören will.«

Ich wusste genau, worüber Karen räsonierte, mir war es ja nicht anders ergangen. Papis schieben zwar bei gemeinsamen Spaziergängen den Kinderwagen, unterstützen auch die ersten Gehversuche ihrer Sprösslinge und bringen ihnen sogar das Dreiradfahren bei, doch sobald sie sich bei derartigen Unternehmungen eine blutige Nase holen, werden die lieben Kleinen ganz schnell zur Mami gebracht. »Haben wir noch Heftpflaster im Haus? Wenn nicht, hole ich schnell welches.« Ob beim Nachbarn oder in der Apotheke, bleibt offen, abgesehen davon ist natürlich welches da, sogar in fünf verschiedenen Größen, was Papi auch weiß, doch jetzt hat er endlich einen Grund, sich eine Zeit lang aus dem Verkehr zu ziehen. Dreijährige können nämlich ganz schön anstrengend sein! Siebenjährige auch. Die wollen morgens um halb zehn bei absoluter Windstille mit Papi den neuen Drachen steigen lassen oder ihm am Computer zeigen, wo Mami immer die ganz toll billigen Kleider bestellt. Andererseits sind sie aber noch zu dämlich, rechtzeitig die Strippe vom Rasenmäher wegzuziehen, bevor Papi drüberfährt.

Doch, es hat schon triftige Gründe, wenn viele Väter ein zwiespältiges Verhältnis zum schulfreien Samstag haben – ausgenommen natürlich jene Papis, die Lehrer sind.

»Na schön, dann dekorieren wir aber gleich nach dem Mittagessen«, hatte Karen eingewilligt, »zur Sportschau muss ich wieder zu Hause sein. Heute spielt Stuttgart um ganz wichtige Punkte, da braucht Siggi seine Ruhe, keine Kinder und den Fernseher ganz für sich allein.«

»Ich denke, Timo steht auch auf Fußball?«

»Und wie! Nur brüllt er leider für den falschen Verein. Wenn der Vater für Stuttgart ist und der Sohn für München, fördert das nicht gerade den Familienfrieden, zumal die Stuttgarter in der Tabelle ziemlich weit unten herumkrebsen.«

»Anfang der fünfziger Jahre sind sie aber schon mal deutscher Meister gewesen«, fiel mir ein.

Karen staunte. »Ich denke, du hast dich noch nie für Fußball interessiert?«

»Habe ich auch nicht, aber seinerzeit hatte ich mir wochenlang den Liebeskummer meiner damals besten Freundin anhören müssen. Die hatte sich hoffnungslos in den Torhüter verknallt und wollte ins Wasser gehen, wenn sie von ihm nicht wenigstens ein Foto mit Autogramm bekäme, oder vom Dach springen, weiß ich nicht mehr, jedenfalls was Spektakuläres tun, damit es auch in die Zeitung käme und Toni Turek für den Rest seines Lebens von Schuldgefühlen zermartert würde.

»Und? Hast sie's gekriegt?«

»Das Autogramm? Nee, aber sie lebt heute noch.«

Karen nickte weise. »So isses mir mit Brad Pitt gegangen!« Ihr Blick ging ziellos in die Ferne, gefolgt von einem leisen Seufzer. »Da geht man ins Kino, sieht sich anderthalb Stunden lang dieses Bild von einem Mann an, träumt sich mit ihm auf eine einsame, paradiesische Insel, dann ist der Film aus, es wird hell, und neben dir sitzt die Realität und schiebt sich die letzte Hand voll Popcorn in den Mund.«

Ich lachte laut los. »Zugegeben, zwischen Brad Pitt und Siggi bestehen einige Unterschiede, vor allem finanzielle, aber ich gehe jede Wette ein, dass Siggi der solidere von beiden ist.«

»Eben! Nur hast du das sehr taktvoll ausgedrückt. Ich hätte nämlich ›langweilig‹ gesagt.«

Bei strahlendem Sonnenschein und Freibadtemperatur trafen wir uns am frühen Nachmittag vor jenem Haus, in dem Nicki und Jörg die untere der beiden Wohnungen gemietet hatten, recht komfortabel mit überdachter Terrasse und großem Garten. Doch, natürlich strebe man etwas Eigenes an, hatten sie unlängst gesagt, vielleicht in zwei bis drei Jahren, wenn das Neubaugebiet voll erschlossen sein würde. Zur Zeit seien die drei Zimmer mit der großen Essdiele wirklich genug, und solange noch kein Nachwuchs geplant sei ...

»Sie hat doch tatsächlich ›geplant‹ gesagt«, hatte ich mich später aufgeregt. »Wenn wir seinerzeit geplant hätten, wäre sie gar nicht auf der Welt.«

Rolf hatte mich nur angesehen und dann hinterhältig gegrinst. »Und wenn's damals schon diese niedlichen Mini-Bikinis gegeben hätte, wäre Sven heute mindestens zwei Jahre älter!«

Doch ich schweife mal wieder vom Thema ab.

Ursprünglich hatte Nicki vorübergehend alle Schlüssel einsammeln wollen, die sie seinerzeit so großzügig an uns verteilt hatte. »Es kann ja immer mal was sein, und dann ist es schon gut, wenn du jederzeit in die Wohnung kannst«, hatte sie zu mir gesagt und die Gefahrenpunkte aufgezählt. »Ich kann zum Beispiel die Treppe runterfallen und mir das Bein brechen.«

»Könnte tatsächlich passieren«, musste ich zugeben, »nur weiß ich nicht, wie ich davon erfahren sollte. Oder hast du auch im Keller Telefon?«

»Es könnte in unserer Abwesenheit einen Wasserrohrbruch geben.«

»Passiert zwar relativ selten, doch in diesem Fall solltest du darauf hoffen, dass die Mieterin von oben drüber rechtzeitig was davon mitkriegt.«

Da hatte sie es aufgegeben. »Du hast ja Recht, aber könntest du uns nicht wenigstens ab und zu sonntags frische Brötchen vorbeibringen und in die Küche legen, wenn du für euch sowieso welche holst?«

Eine gefährliche Situation ist zum Glück nie eingetreten, doch im Notfall hätten mindestens drei Personen mit Schlüsselgewalt auf der Matte stehen können. Steffi und Katja hätten allerdings 60 Kilometer länger gebraucht.

»Glaubst du wirklich, Nick«, hatte Sven wenige Tage vor der Hochzeit mit einer unmissverständlichen Bewegung seines Zeigefingers in Richtung Stirn gesagt, »wir hätten nicht damit gerechnet, dass du die Schlüssel einziehst? Oder weißt du etwa nicht, dass man bei Mr. Minit innerhalb von viereinviertel Minuten ein Duplikat kriegt?« Dabei hatte er gar keinen Nachschlüssel machen lassen, aber sehr viel Überzeugungskraft an den Tag gelegt. Nicki war ihm auch prompt auf den Leim gegangen und hatte lediglich darum gebeten, auf den hellgrauen Teppichboden im Schlafzimmer Rücksicht zu nehmen und die Gästetoilette auszusparen. »Da klemmt die Spültaste.«

Hannes hatte vorgesorgt. Außer mit einer 200-Meter-Rolle Stretchfolie (40 cm breit), die er ächzend aus dem Wagen hob, hatte er den ganzen Kofferraum mit Blumen voll gestopft, unverkäuflicher Restbestand aus Trudchens Zeiten und eigentlich für die Müllabfuhr bestimmt.

»Habt ihr so was wirklich mal verkauft?« Ich nahm einen der aber schon sehr dunkelroten Rosensträuße in die Hand, bog die einzelnen Zweige auseinander und schüttelte den Staub herunter. »Die Dinger sehen genauso aus wie diese entzückenden Blümchen, die man immer an Schießbuden kriegt.«

»Sie sind mindestens dreißig Jahre alt«, sagte Steffi. »Wir haben sie gefunden, nachdem Hannes von seiner Mutter die Firma übernommen und so nach und nach das ganze Lager entrümpelt hatte. Da kamen Pflanzen zum Vorschein, die in der Natur vermutlich längst ausgestorben sind.«

»Jetzt weiß ich, woran sie mich erinnern«, fiel mir plötzlich ein, »an Omis Osterglocken!«

Ich fischte einen der eigelbfarbenen Rosenbüschel heraus und betrachtete ihn gründlich. »Doch, die Ähnlichkeit ist unübersehbar.«

Meine Großmutter hatte sich in den sechziger Jahren mal einen Strauß Osterglocken gekauft, echt Plastik und entsprechend haltbar. Er prangte auch im November noch in der Bleikristallvase auf dem Vertiko und staubte sich langsam hellbraun ein, bis ich ihn eines Tages zwecks Generalreinigung in die Badewanne schmiss. Allerdings hatte er sich während der Einweichphase in seine Bestandteile aufgelöst, weshalb Omi auf künstliche Topfpflanzen umstiegen war. Der Weihnachtsstern hatte auch schon viel naturgetreuer ausgesehen und war vor allem nicht so schmutzempfindlich gewesen!

»Wo um alles in der Welt sollen die ganzen Dinger hin?«, rief Anne beim Anblick des Blumenflors, der ohne Ende aus dem Kofferraum quoll. »Etwa in der Wohnung verteilt werden?«

»Nein, die kommen in den Garten,« bestimmte Hannes, »außer den paar verkümmerten Geranientöpfen wächst da doch nur Gras und Klee. Wird Zeit, dass mal ein paar Farbflecke die grüne Einöde beleben.« Sprach's und warf zwei Arme voll Rosensträuße über den Zaun.

»Lass mich das mal machen! Ich habe mir schon immer gewünscht, mal so ganz doll in Blumen wühlen zu können!« Richtig glänzende Augen hatte Anne bekommen. Weshalb nur hatte sie Fotografin gelernt statt Floristin? Fängt doch beides mit F an!

Wir überließen sie der Gartengestaltung und nahmen uns die Wohnung vor.

»Ist es hier immer so ordentlich?« Schon nach zwei Schritten blieb Karen stehen und sah sich um. »Kein vergessener Schuh in der Ecke, keine Zeitung auf'm Boden, keine runtergefallenen Zwiebackkrümel, die immer so schön knirschen, wenn man drauftritt, nicht mal eine Blumenvase mit zu wenig Wasser drin und ein paar verwelkten Nelkenstängeln ... na ja, Kakteen auf'm Fensterbrett sind dankbarer ... aber trotzdem sieht's aus, als ob gerade der Fotograf von Schöner Wohnen abgezogen ist.«

»Meine Schwester hat eben zu viel Ordnungsliebe mitgekriegt, deshalb ist für mich so wenig übrig geblieben«, seufzte Katja und zog die oberste Schublade vom Sideboard auf, in der bei Nicki die Süßigkeiten aufbewahrt werden. »Nun guckt euch das an! Da sind sogar die Müsli-Riegel der Größe nach geordnet!«

»Finde ich gut.« Hannes griff zu dem im lila Papier. »Da sieht man wenigstens auf Anhieb, was da ist. Und nicht wie bei dir« – ein tadelnder Blick traf mich – »wo man sich erst durch Reiskräcker und Vollkornkekse wühlen muss, bevor man an die besseren Sachen kommt.«

»Bisher hast du sie trotzdem immer gefunden!«

»Ja, leider!«, sagte Steffi nur. Dann sah sie sich entschlossen um. »Wo fangen wir denn nun an?«

»Erst mal ziehen wir Strippen«, kommandierte Sven, »und dann suchen wir alles zusammen, was man ranhängen kann.« Er zog einen Beutel Wäscheklammern aus seiner mitgebrachten Jutetasche. »Sind dreihundert Stück drin. Die habe ich für fünf Mark im Pfennigbasar gekauft.«

»Dann waren sie vier Mark achtzig zu teuer«, stellte Karen nach kurzer Prüfung fest, »wenn du was Schwereres als ein Taschentuch dranhängst, brechen sie ab.«

»Na und? Mehr sollen sie auch gar nicht halten. Hier, binde das mal an der Garderobe fest!« Er reichte Karen den Anfang einer großen Rolle Paketkordel und zog dann mit dem Knäuel los. Überall, wo es in ungefähr anderthalb Meter Höhe etwas zum Befestigen gab, band er die Kordel an und ließ den Bindfaden weiter abrollen. Auf diese Weise entstand quer durch die ganze Wohnung ein Gewirr von sich kreuzenden Strippen, was wir ausgesprochen lustig fanden, bis uns klar wurde, dass wir zum Dekorieren genauso drunter durchkriechen mussten wie später das Brautpaar.

»Egal«, meinte Steffi, die einzelnen Zeitungsseiten der Samstagsausgabe festklammernd, »wir haben wenigstens unseren Spaß dabei. Ob Nicki und Jörg den morgen auch haben werden, bleibt abzuwarten.«

Ein paar Minuten lang sah sich Hannes das Treiben an, dann beschloss er, für diese Herumkrabbelei zu alt zu sein (!) und sich stattdessen um Nickis Wagen zu kümmern. Den hatte sie in Unkenntnis von Hannes' möglichem Tatendrang vor der Tür stehen lassen, statt ihn in die Garage zu fahren. »Komm mit, Sven, Wäsche aufhängen können Frauen sowieso besser, wir verpacken das Auto!«

Vor Beginn des ganzen Unternehmens hatte ich zur Bedingung gemacht, dass Jörgs Schreibtisch tabu sein sollte und die Kleiderschränke ebenfalls, wurde jedoch bei Letzteren überstimmt. »Natürlich wühlen wir nicht drin herum«, hatte Katja gesagt, »aber aufmachen und mit Luftballons voll stopfen verletzt bestimmt nicht die Intimsphäre.«

Wir haben dann doch darauf verzichtet, nachdem wir ehrfürchtig vor den geöffneten Schränken gestanden hatten. Da hingen auf jeweils separaten Bügeln Jörgs Jacketts und Blazer, Revers einheitlich nach links ausgerichtet, eine Kleiderstange tiefer die dazugehörigen Hosen, exakt auf gleiche Länge gefaltet, und auf der anderen Seite seine Oberhemden, ebenfalls mit Knopfrichtung links und nach Farbtönen sortiert. T-Shirts und Pullover lagen akkurat zusammengelegt und gestapelt in den Regalen.

»So was kenne ich nur aus Möbel-Katalogen«, sagte Karen, »wenn sie einem zeigen wollen, wie so ein Trumm von Kleiderschrank innen aussieht. Aber dass jemand seine Sachen wirklich so wegräumt und die auch später noch so ordentlich bleiben, finde ich faszinierend. Wer von ihnen ist denn so penibel veranlagt? Nicki oder ihr Mann?«

»Beide!«, kam es sofort von Katja. »Jörg hätte bestimmt keine Probleme mit dem Toastbrot gekriegt.«

»Womit?«

»Ach so, du kennst die Geschichte ja nicht.« Grinsend schielte Katia zu mir herüber. »Das war noch während unserer Studentenzeit, als wir in Dossenheim in der kleinen Dachgeschoss-Wohnung lebten. Du weißt doch sicher noch, wie klein die Küche war, dazu die schrägen Wände – na ja, entsprechend spartanisch war ja auch das Mobiliar, und vor allem die Kühltruhe war winzig. Trotzdem hatten wir immer in Scheiben geschnittenes Toastbrot eingefroren, weil man das am schnellsten auftauen kann. Jedenfalls hat Tom mal ein paar Scheiben rausgenommen und die restliche Packung wieder zurückgelegt. Wenig später hat ihn Nicki angefaucht: ›Das Brot gehört nach hinten links!‹ Darauf Tom: ›Warum denn? Die Kühltruhe ist doch fast leer.‹ Antwort Nicole: ›Aus Prinzip!‹«

»Das erklärt natürlich so manches«, sagte Karen mit verständnisvollem Nicken und schloss die Türen, »da aufgeblasene Luftballons prinzipiell nichts in Schränken verloren haben, werden wir uns daran halten. Schon aus Prinzip!«

Wir haben sie dann in die Waschmaschine gestopft und in den Backofen und die restlichen am Auto befestigt, nachdem die beiden Männer mit ihrer schweißtreibenden Arbeit fertig geworden waren. In Badehosen standen sie da und wickelten eine Bahn nach der anderen um den Wagen, mal längs, mal quer, auch zwischen den Rädern durch und mit besonderer Sorgfalt um Stoßstangen und Lampen. Zuschauer gab es auch schon in genügender Menge, angefangen von ungefähr acht Jahren und der Frage: »Soll das ein Geschenk werden?«, bis zu einem Kurgast aus dem weiter östlich gelegenen Raum, der nach einem Blick zum Himmel meinte: »Die ham doch für heute jar keen schlechtet Wetter anjesacht, also wozu denn det Rejencape?«

Ab und zu warf jemand einen Blick in den Garten, wo Anne kleine Stöckchen zu rätselhaften Mustern in den Boden steckte, wieder entfernte, nach längerem Grübeln eine andere Stelle markierte, die dann wohl doch nicht die richtige gewesen war, denn sie fing mit dem Spiel immer wieder von vorne an. Die Blumensträuße lagen, nach Farben sortiert, immer noch in zwei großen Haufen auf der Terrasse.

»Sie scheint die Quadratur des Kreises lösen zu wollen«, vermutete Katja, während Steffi mehr an eine Art Geisterbeschwörung glaubte; war nicht erst unlängst wieder mal *Der Exorzist* im Fernsehen gelaufen?

Doch auch dieses Rätsel löste sich. Wir begutachteten gerade unser Gesamtwerk – die einzeln aufgehängten Wattestäbchen machten sich zwischen den Tütchen mit Puddingpulver und den Teebeuteln wirklich gut –, Karen hatte noch die kleine Baldrianflasche an der Wohnungstür befestigt und den Zettel mit der Aufforderung *Nehmt es mit, Ihr werdet es brauchen!* drunter geklebt, als Anne lauthals nach Hilfe schrie.

Zehn Minuten später waren die Stöckchen verschwunden und die Blumen verteilt. Dann gingen wir doch noch mal zurück in die Wohnung, um vom Fenster aus die Wirkung zu sehen. Abwechselnd in roten und gelben Blumen-Buchstaben war mitten im Rasen HERZLICH WILLKOMMEN zu lesen, umrandet von einem Herz aus abgepflückten Löwenzahnblüten. »Die sind bis morgen zwar verwelkt«, meinte Anne gleichmütig, »aber jetzt sieht's doch richtig schön aus, nicht wahr? – Hat jemand zufällig einen Fotoapparat dabei?«

Hannes hatte. Hat er eigentlich immer. Das Auto hatte er schon von allen Seiten abgelichtet, auch unsere aufwendige Wohnungsdekoration, jetzt schoss er noch ein paar Bilder vom Garten, doch den Clou hatte er sich bis zum Schluss aufgehoben und hinter verschlossener Tür eine ganze Weile daran herumgebastelt: Wenn man nämlich die Toilettenbrille hochklappt, dann über die Schüssel ganz straff eine durchsichtige Folie spannt, am Rand unauffällig festklebt und danach Brille und Deckel wieder herunterklappt, fällt diese Manipulation kaum auf. Manchmal bemerkt man sie noch zeitig genug, »aber bestimmt nicht nach einer längeren Autofahrt!«, wie Hannes mit hinterhältigem Grinsen vermutete.

Ich hatte mir das ganz genau angesehen. »Woher kennst du diesen gemeinen Trick?«

»Weil ich selber mal darauf reingefallen bin!«

»Du hast also wirklich auf die Folie ...?«

»... gepinkelt? Natürlich, und das nicht zu knapp!« »Iiiii- ihhhh!«

Nachtrag Nr. 1: Bliebe noch zu erwähnen, dass weder Nicki noch Jörg nur ein einziges Wort über unsere Heimarbeit verloren haben; lediglich für den dekorierten Garten haben sie sich bedankt und gemeint, sie würden die Blumen noch eine Weile stehen lassen, von weitem würde man gar nicht merken, dass es keine echten sind. Wir haben also nie erfahren, wie lange das Abdekorieren gedauert hat, was Nicki zu ihrer fachmännisch eingewickelten Auto-Mumie gesagt hat und vor allem, ob einer von ihnen die Folie auf der Toilette noch rechtzeitig genug ... aber ich hätte mir eher die Zunge abgebissen, bevor ich nachgefragt hätte.

Nachtrag Nr. 2: Die 117 künstlichen Blumensträuße, deren ordnungsgemäße Entsorgung Jörg strikt abgelehnt hatte, ist Sven beim nächsten Flohmarkt auf einen Schlag losgeworden. Eine türkische Gemüsehändlerin hat sie alle genommen und später in ihrem eigenen Laden stückweise zum doppelten Preis weiterverkauft.

Kapitel 12

Wer hat nicht schon mal von einer Schönheitsfarm geträumt? Sich so richtig verwöhnen lassen, mit einer regenerierenden Maske auf dem Gesicht (Gurkenscheiben sind out!) in Schaumbädern aalen, von sanften Händen massiert werden ... kurz gesagt, einfach mal alle Viere von sich strecken können.

Ganz früher hießen diese Institutionen schlicht und einfach Erholungsheime, waren in landschaftlich reizvollen Gegenden angesiedelt, wegen der guten Luft meist abseits der Städte, und die Gesundheitsförderung beschränkte sich größtenteils auf Kneipp'sche Wassergüsse, was den Erholungswert vermutlich etwas eingeschränkt hat. Bei mir wäre das mit Sicherheit der Fall gewesen.

Mit dem amerikanischen way of life hielten auch die Beautyfarmen bei uns Einzug, anfangs Schönheits-Farmen genannt, weil das Wort Beauty noch nicht in den deutschen Sprachgebrauch integriert worden war, doch seit der Fitness-Bewegung heißen sie Wellness-Park oder so ähnlich, schießen wie Pilze aus dem Boden und versprechen in ihren Hochglanz-Broschüren eine Art Jungbrunnen. Und das schon an einem einzigen Wochenende.

Die Abbildungen zeigen in der Regel weißbekittelte, perfekt geschminkte junge Frauen, die mit Cremetöpfchen in der Hand in die Kamera lächeln. Vor ihnen liegen bis zum Hals in Tücher gehüllte Mumien, deren Gesichter durch eine Entschlackungs-, Aufbau-, Peeling- oder sonstige Schönheits-

351

maske unkenntlich gemacht sind. Auf den Augen liegen Wattepads, die Haare sind unter einem zum Turban drapierten Frotteehandtuch verborgen. Der Text dazu lautet ungefähr: ›Nach einem gründlichen Hauttest findet unser geschultes Personal auch für Sie die optimale Behandlung Ihrer kleinen oder größeren Probleme. Schon nach einer Woche werden Sie nicht nur strahlend jung aussehen, Sie werden sich auch so fühlen.‹

»Was für ein Schwachsinn«, schimpfte ich, nachdem mir wieder mal solch ein Prospekt ins Haus geflattert war. Auf welche Weise mein Name in eine jener Adressenkarteien geraten war, für die sich Kosmetik- und Sportgeräte-Hersteller interessieren, bleibt ein ewiges Rätsel und kann eigentlich nur jemandem zu verdanken sein, der meinen Anblick nicht mehr ertragen konnte. Kurzfristig hatte ich sogar Rolf im Verdacht gehabt, bin aber ganz schnell wieder davon abgekommen. Welcher Ehemann würde seine Frau denn freiwillig auf die neuesten Produkte der Kosmetik-Industrie hinweisen? Diese Sachen sind meistens viel teurer als das, was sich die Gattin zur Zeit ins Gesicht schmiert, und selbst dafür zahlt er schon mehr als genug.

Katja war's, die auf der Suche nach der Wochenendzeitung und dort wiederum nach der Seite mit den Kinoprogrammen auf den Prospekt stieß und durchblätterte. »Wäre das nicht mal was für dich?«

»Fängst du jetzt auch damit an?«, wetterte ich los. »Habe ich etwa dir die Zusendung dieser Flut von Katalogen zu verdanken?«

»Natürlich nicht, aber auch Buchclubs und Reisebüros verscherbeln ihre Kundenkarteien, und die werden ganz genau selektiert. Wie alt ist die eventuelle Interessentin, welche Lektüre bevorzugt sie, wie oft verreist sie wie lange wohin undsoweiter. Demnach bist du doch ein ideales Opfer!«

»Ach ja?«

Sie zählte an den Fingern ab. »Erstens bist du jetzt in dem Alter, wo man ein bisschen Auffrischung nötig hat.«

»Danke!«

»Nun sei doch nicht so empfindlich! Jede Frau über sechzig hat Falten.«

»Die gehen auch mit Cremes und Wässerlein nicht weg! Das habe ich schon probiert!«

»Sie lassen sich aber mildern.«

Wie denn? »Soll ich mich etwa liften lassen?«

Entsetzt sah mich Katja an. »Wehe dir! Oder willst du wie diese alternden Schauspielerinnen aussehen, die seit zwanzig Jahren dasselbe maskenhafte Gesicht haben, aber nicht mehr richtig lachen können?«

»Ich will überhaupt nicht wie jemand anders aussehen, sondern mein Gesicht behalten. Basta! Wenn's dir nicht passt, brauchst du ja nicht hinzugucken.«

Sie ließ sich nicht beeindrucken. »Zweitens ist so eine Beautyfarm nichts anderes als ein verlängerter Besuch bei einer Kosmetikerin, und wenigstens den gönnst du dir ja gelegentlich.«

»Frau Meißner kenne ich seit ewigen Zeiten. Ein Nachmittag bei ihr ist wie Kaffeeklatsch.«

»Eben! So siehst du auch jedes Mal aus, wenn du zurückkommst.« Ich weiß nicht, wie man nach einem Kaffeeklatsch aussieht, aber nach einer Sitzung bei Frau Meißner habe ich immer ein etwas ramponiertes Gesicht. Zum Glück gibt sich das über Nacht wieder.

Katja gab keine Ruhe. Jetzt war sie bei drittens angekommen. »... kannst du dir doch so was wirklich mal leisten!«

Ich hielt ihr die Preisliste unter die Nase. »Hast du dir die mal genau angesehen? Eine Woche kostet zweieinhalbtausend Mark, und dafür kriegst du eine Dachkammer mit Einzelzimmer-Zuschlag und Blick ins Grüne, tausend Kalorien pro Tag sowie eine kosmetische Grundbehandlung einschließlich Typenberatung. Alles andere von Massagen bis zu Yoga kostet extra! Und das nicht zu knapp! Bin ich Bill Gates?«

»Na ja, die hier sind wirklich ein bisschen sehr teuer«, musste sie zugeben, »wahrscheinlich haben sie so eine Art Chiemsee-Aufschlag, aber es gibt auch preiswertere Häuser in weniger elitären Gegenden.« Sie knüllte den Prospekt zusammen und warf ihn in den Papierkorb. »Ich glaube sowieso nicht, dass dir Yoga gefallen würde.«

Damit war das Thema abgehakt. Zumindest hatte ich das geglaubt. Bis Weihnachten. Dann nämlich hatte ich unter der schon heftig nadelnden Tanne einen Gutschein für eine Woche Haus Heide gefunden, beginnend am 19. Juli kommenden Jahres. Ein Prospekt war beigefügt. Danach lag Haus Heide nicht etwa bei Lüneburg, wo man es logischerweise vermuten sollte, sondern am Teutoburger Wald. Und dem war ich nie auch nur in die Nähe gekommen. »Was soll ich denn da?«

»Na, Beauty und Wellness genießen«, hatte Katja gesagt, »steht doch alles da.«

»Ich werde mir Mühe geben«, versprach ich, doch sehr überzeugend hatte das wohl nicht geklungen.

»Da dir im Laufe von sechs Monaten bestimmt eine Ausrede einfallen würde, weshalb du den Gutschein nicht einlösen kannst, werde ich mich aufopfern und dich begleiten«, hatte Steffi grinsend gesagt und dabei gar nicht entsagungsvoll ausgesehen, »kneifen ist also nicht!«

»Nur begleiten oder mitmachen?«

»Glaubst du etwa, ich sehe bloß zu, wie du dich täglich verjüngst? Erst vorgestern hat mir Hannes zwei graue Haare ausgerupft!«

Ob es nun an der langen Zeitspanne gelegen hatte oder an den diversen Festlichkeiten einschließlich des Abstechers nach Paris, kann ich wirklich nicht sagen, vielleicht waren es

ja auch meine unterschwelligen Zweifel gegenüber Schön-
heitsfarmen gewesen, jedenfalls hatte ich diese Wellness-
Woche total vergessen und fiel aus den bekannten Wolken,
als Steffi mir telefonisch mitteilte, dass wir mit mindestens
vier Stunden Fahrt rechnen müssten.

»Wohin?«

»Na, in dieses komische Nest am Teutoburger Wald.« Pause. »Hallo, bist du noch dran?«

Natürlich war ich noch dran, nur hatte es mir, was selten
geschieht, regelrecht die Sprache verschlagen. »Äh ... ja ...
hm ... du meinst doch bestimmt diese Erholungswoche, nicht
wahr?«

»Ob es eine reine Erholung sein wird, bleibt abzuwarten,
aber wenigstens reden wir jetzt über dieselbe Sache. Oder
hattest du dein Weihnachtsgeschenk etwa vergessen?«

»Natürlich nicht«, beteuerte ich sofort, »ich weiß nur im
Augenblick den genauen Termin nicht mehr, aber er muss
doch demnächst sein, nicht wahr?«

»Ja, übermorgen!«

»Da ist doch Sonntag!«

»Eben drum! Sonntag ist Anreisetag.«

Das hätte mir wirklich jemand früher sagen können! Wie
sollte ich jetzt noch auf die Schnelle für meinen schon wieder
sich selbst überlassenen Ehemann siebenmal Essen zaubern
und einfrieren? Ob ich in dem Restaurant vorne an der Kreuzung einfach ein Abonnement für sieben Tage Mittagstisch
nehme? Nein, geht nur für sechs, samstags haben die Ruhe-
tag. Das Essen soll aber sehr gut sein, und fünf Minuten Fußweg sind nun wirklich zu verkraften.

Notfalls gibt es auch noch den neuen Italiener, der liefert
sogar ins Haus. Neulich die Pizzas für Tom und Katja waren
wirklich gut gewesen, von meinem Risotto gar nicht zu reden,
kriege ich selber nie so hin, und sogar Rolf haben seine Gnoc-
chi geschmeckt. Nur die Flasche Lambrusco, die es je nach

Höhe der Rechnung gratis dazu gibt, kann man vergessen; der Wein erinnert sehr stark an Himbeersaft. Kindern sollte man ihn trotzdem nicht geben, ein bisschen Alkohol ist drin geblieben.

Telefonische Rücksprache mit Nicki. »Könntest du eventuell deinen Vater übermorgen zum Essen einladen? Ich bin dann nämlich auf dem Weg zum Teutoburger Wald.«

»Ist doch längst abgesprochen, das kriegen wir schon auf die Reihe. Außerdem hat er gesagt, dass er sich mal wieder selbst an den Herd stellen und das kochen will, was du nie machst.«

»Ja, ich weiß auch schon, was das ist! Saure Kutteln zum Beispiel oder gelbe Erbsensuppe mit Schweinepfötchen drin.«

»Iiiihhh!«, kam es durch den Hörer. »Kann man die denn essen?«

»Früher konnte man das, nur habe ich keine Ahnung, ob sie überhaupt noch verkauft werden. Jedenfalls kann ich mich nicht erinnern, wann ich zum letzten Mal beim Metzger welche gesehen habe.«

Da Nicki angeblich nicht wusste, wie Schweinepfoten ohne Schwein dran aussehen, das letzte lebende hatte sie im Alter von elf Jahren bei Bettinas Oma auf dem Bauernhof gesehen, konnte sie mir auch nicht sagen, ob ihr Metzger ›so was Ekliges‹ verkauft. Sie glaube es aber nicht. (Wir haben nämlich verschiedene Metzger, weil sie am entgegengesetzten Ende unseres Städtchens wohnt.)

Dass Rolf selber kochen wollte, hielt ich für eine ausgezeichnete Idee, die er hoffentlich verwirklichen und dann zu seinem wieder erwachten Hobby erklären würde. Er hatte das mal wirklich gut gekonnt, denn bei ihm hatte ich überhaupt erst die Grundbegriffe der Kochkunst gelernt, doch irgendwann hatte er damit aufgehört; ich glaube, das ist damals gewesen, als die Zwillinge über das Alete-Alter hinaus gewesen waren und mit am Tisch aßen. »Anfangs habe ich für uns beide höchstens drei Kartoffeln geschält, im Laufe der Jahre wurden es immer ein paar mehr, und jetzt geht jedes Mal eine Fünf-Pfund-Tüte drauf. Ab sofort gibt's Nudeln!«

Leider war er auch sehr schnell dahinter gekommen, dass nicht nur mehr Kartoffeln gebraucht wurden, sondern auch mehr Zwiebeln, mehr Bohnen, mehr Paprika ... und statt einer Hand voll Karotten waren es mindestens anderthalb Kilo, die jetzt geschält und geschnippelt werden mussten. »Nun ist mir auch klar, weshalb es bei Werremanns außer der Köchin noch ein Küchenmädchen gegeben hatte. Damals habe ich das nie verstanden, weil eine Köchin doch bloß kochen muss, und das kann ja nicht den ganzen Tag dauern. Hatte ich wirklich mal geglaubt!«

Wulf-Dietrich Werremann war Rolfs Schulfreund gewesen, sein Vater Diplomat mit offenbar höheren Weihen, denn er hatte oft Gäste zu bewirten gehabt, und deshalb wurde die Köchin auch vom Staat bezahlt. Das Küchenmädchen aber nicht.

Nach dem Abitur hatten die beiden Freunde noch eine Zeit lang Kontakt gehalten, aber nach drei Semestern Studium der Wirtschaftswissenschaften hatte ›Wuddi‹ auf eine diplomatische Karriere verzichtet und die Bedienung von der Milchbar gegenüber der Uni geheiratet. Wenig später waren sie nach Texas ausgewandert, um Farmer zu werden und Rinder zu züchten, was ihnen auch gelungen sein soll. Dass Papa Werremann seit dem Tag von Wuddis Hochzeit nie wieder Milch getrunken hat, halte ich allerdings für ein Gerücht. Nachdem Rolfs Ernährung geklärt war, konnte ich mich der nächsten Frage widmen: Was trägt man auf einer Beautyfarm beziehungsweise was braucht man nicht? Im Prospekt stand, dass man eigentlich gar nichts braucht, denn man läuft tagsüber im Bademantel herum, und den kriegt man gestellt. Na, ich weiß ja nicht ... Also ans Telefon. »Steffi, hast du schon den Koffer gepackt?«

»Warum denn, wir fahren erst übermorgen! Außerdem reicht mir eine Tasche, wir sollen doch gar nicht so viel mitnehmen.«

»Glaubst du wirklich, dass wir den ganzen Tag im Bademantel rumlaufen? Ich kann mir das einfach nicht vorstellen.«

»Ich auch nicht, aber wenn's doch da steht ...«

»Papier ist bekanntlich geduldig. Ich nehme auf jeden Fall zwei Jogginganzüge mit, einen für drinnen und einen für draußen, und dann noch was ganz Normales, wenn man mal vor die Tür will. Oder meinst du, wir werden kaserniert, und am Tor steht so ein Zerberus, der die Urlaubescheine kontrolliert.«

Sie kicherte. »Blödsinn! Wir gehen freiwillig da hin, zahlen einen Haufen Geld, und wenn ich abends mal raus will, wird mich keiner daran hindern. Abgesehen davon, dass ich wahrscheinlich gar nicht will. Wir werden von den ganzen Schönheitsprozeduren so k.o. sein, dass wir gleich nach dem Abendessen ins Bett fallen.«

»Dann nimm dir wenigstens was zu lesen mit! Und vergiss den Badeanzug nicht! Laut Prospekt hat das Heidehaus einen Pool, schon wegen der morgendlichen Wassergymnastik.«

»Was denn, etwa noch vor dem Frühstück?«

»Morgengymnastik ist immer vor dem Frühstück!«

Anreise zwischen 16 und 18 Uhr, hatte es geheißen, Abendessen gegen halb sieben, um Pünktlichkeit wird gebeten. Vier Stunden, neun Minuten hatte der Computer errechnet und die genaue Fahrtroute ausgespuckt: Autobahn bis fast vor die Haustür, nur hinter Frankfurt ein paar Mal Richtungswechsel, also alles sehr übersichtlich und bequem. Wenn wir gegen elf Uhr losfahren, brauchen wir nicht zu rasen und haben zwischendurch genug Zeit für eine Mittagspause mit Blattsalat und Mineralwasser – zur Einstimmung auf die 1000-Kalorien-Diät!

Steffi war fast pünktlich. Und weil der Himmel blau war, die Sonne schien und der Wetterfrosch im Radio auch weiterhin hochsommerliche Temperaturen versprochen hatte, hatte sie bereits das Verdeck heruntergeklappt. »Au prima, vielleicht kriege ich jetzt auch ein bisschen Farbe ab«, freute ich mich, »ist ja kein Wunder, dass du schon wieder so braun bist.«

»Das meiste davon ist Dreck. Ich bin durch die Baustelle hinter Walldorf gefahren, als die gerade zwei Lastwagen Sand abgekippt haben. Bei so was siehste im Cabrio ziemlich alt aus!«

Das stimmte. Nicht nur auf der Karosserie, nein, auch auf den Sitzen, dem Armaturenbrett, an den Fensterscheiben und in jeder Ritze saß eine solide Staubschicht. Während Steffi mit dem Staubsauger herumfuhrwerkte, wusch ich die Scheiben, und als wir endlich fertig waren, läuteten schon die Glocken. Das tun sie sonntags immer noch mal um zwölf, warum, weiß ich nicht. Die Kirche ist längst aus, Konfirmationen sind schon vor Ostern gewesen, und Beerdigungen finden sonntags gar nicht statt. Ich verstaute meinen Koffer – es war der mittelgroße, und richtig voll war er trotz zwei Paar Schuhen nicht geworden –, Rolf knipste schnell einige Fotos wegen »Vorher-Nachher«, das machen Star-Friseure auch immer, wenn sie z.B. einer langhaarigen Blondine die Locken abgeschnitten und ihr eine Stoppelfrisur verpasst haben, weil die ihren Typ angeblich viel besser zur Geltung bringt, und dann fuhren wir endlich los. »Ob dein Vater sich einbildet, ich komme als Teenager zurück?«

»Lieber nicht. Du weißt doch, er kann Turnschuhe nicht ausstehen.«

So ein Tourenplaner ist eine feine Sache. Man hat einen Zettel vor sich, auf dem ganz genau steht, wann man wo nach wie vielen Kilometern auf welche Autobahn wechseln muss, und wenn man dann doch auf der falschen ist, weiß man erst einmal nicht, warum. Bis man dahinter gekommen ist, dass nach einem Wechsel nicht etwa eine der größeren Städte angegeben ist wie Bochum oder Köln, sondern lediglich die nächste Ausfahrt, ist man schon dreißig Kilometer weit in die falsche Richtung gefahren. Wer kann denn etwas mit von A 45 auf A 1 Richtung Holzen anfangen, wenn er nach Osnabrück will und keine Ahnung hat, dass die kommende Abfahrt Holzen heißt? Ich nicht! Und weil sich Steffi auf meine Angaben verlassen hatte, denn gleichzeitig fahren und Karten lesen geht nun mal nicht, und weil es in diesem Gewirr von Betonbrezeln keine Parkbucht zum Anhalten gab, geschah es, dass wir uns plötzlich nicht mehr auf der Autobahn befanden, sondern auf einer Bundesstraße in den Außenbezirken von Dortmund. Zu allem Überfluss war ein Gewitter aufgezogen, denn die ersten dicken Tropfen fielen, als Stefanie genau vor der Feuerwehrausfahrt stoppte (absolutes Halteverbot!), um das Verdeck zu schließen, und während wir im strömenden Regen bei miserabler Sicht durch unbekannte, menschenleere Straßen krochen auf der Suche nach einem neuen Autobahnzubringer, rückte der Uhrzeiger unerbittlich vor.

»Den Zentralfriedhof von Dortmund habe ich schon immer mal sehen wollen«, knurrte sie, nach links zeigend, »wenn wir nicht bald hier rauskommen, lass ich mich da begraben.«

»Er ist ziemlich groß«, sagte ich nur, »meinst du wirklich, du findest den Eingang?«

Es muss ein Zufall gewesen sein, dass der erste Mensch, den wir überholten, weder ein frisch importierter Ausländer war noch ein Besucher, es war auch kein Nur-Fußgänger ohne Führerschein (die schicken Autofahrer nämlich häufig und in bester Absicht zu einer Einbahnstraße, die aber nur andersherum befahren werden kann, oder dorthin, wo das

Kopfsteinpflaster schließlich vor einem kleinen Park endet), sondern ein ganz normaler Einwohner dieser Stadt, mit dem wir uns problemlos verständigen konnten? Ihm war es zu verdanken, dass wir wenig später tatsächlich wieder die Autobahn unter den Rädern hatten. Da war es sieben Minuten vor vier.

»Anreise zwischen sechzehn und achtzehn Uhr«, sagte Steffi, »also sind wir selbst dann noch pünktlich, wenn wir erst in zwei Stunden eintreffen. Alles klar?«

Natürlich. Es ging ja auch ganz zügig voran, bis wir in den ersten Sonntagsfamilienausflugsrückfahrtstau gerieten, und als der sich aufgelöst hatte, begannen schon die kürzeren, aber immer häufiger auftretenden Tschüss-Oma-wir-müssen-los-sonst-kommen-die-Kinder-nicht-pünktlich-ins-Bett-Verkehrsaufkommen. Es war ja ein Sonntag, und ein besonders schöner sogar! Seit Bergkamen fuhren wir auch wieder offen.

Als Steffi schließlich auf einen Parkplatz kurvte, auf dem endlich auch ein Toilettenhäuschen stand, war es beinahe fünf Uhr. »Wir müssen runter von der Autobahn und querdurch, sonst schaffen wir's nie!« Sie vertiefte sich in den Autoatlas. »Wenn wir nämlich bis rauf nach Osnabrück fahren, wie es dieser Computerfahrplan will, und dann auf der anderen Seite wieder ein Ende zurück, machen wir einen Riesenumweg. Siehst du das ein?«

Natürlich sah ich das ein. »Also gehen wir gleich an der nächsten Ausfahrt runter. Dann kommen wir nämlich genau auf die Bundesstraße, und die führt direkt dorthin, wohin wir wollen.«

Das tat sie auch. Wir fuhren durch nette kleine Orte mit netten kleinen Häuschen, und in jedem zweiten dieser Orte war ein Fest im Gange. Mal ein Straßenfest, im nächsten Dorf hieß es Sommerfest, ein Schützenfest fand statt und natürlich eine Kirmes, und überall war die Durchfahrt gesperrt. Stattdessen wurde weiträumig umgeleitet, einmal sogar so weitläufig, dass wir plötzlich im Nachbarort standen, weil in der Umleitung noch mal umgeleitet worden war. Da hätten sich nur noch Einheimische durchfinden können, und die waren alle auf dem Fest!

»Gleich kriege ich einen Schreikrampf!« Zum wievielten Mal Steffi in den Rückwärtsgang schaltete, kann ich nicht sagen, aber sie hatte ihn in der letzten Stunde häufiger gebraucht als alle anderen Gänge zusammen.

Plötzlich fiel mir das Handy ein. Mein technik-verrückter Schwiegersohn dürfte einer der Ersten gewesen sein, die sich so ein Ding angeschafft hatten, und Steffi hatte natürlich auch eins bekommen. »Wir rufen jetzt einfach in diesem Heidehaus an, sagen, was hier los ist, dass wir nicht pünktlich sein können, und damit hat sich's.«

»Hast du die Nummer?«

»Nein!«

»Ich auch nicht. Die steht im Prospekt, und der liegt zu Hause.«

»Aber du musst doch irgendwas Schriftliches mitgenommen haben, eine Buchungsbestätigung, Quittungen – was weiß ich denn ich.«

»Ich habe die Anzahlung geleistet und zweimal mit Amelie telefoniert.«

»Wer ist Amelie?«

»Die Geschäftsführerin von dem Laden. Wahrscheinlich gehört er ihr sogar.«

»Ich denke, die heißt Heide?«

»Wie kommst du darauf?«

»In jedem Kurort, von Heil- und Seebädern gar nicht zu reden, gibt es einen Haufen Häuser mit weiblichen Vornamen, also Haus Rosalie, Villa Alma, Kurheim Marie-Luise undsoweiter, und weil ich mir einfach nicht denken kann, dass unser Haus Heide nach den violetten Blümchen benannt worden ist, die es im Teutoburger Wald wahrscheinlich kaum gibt, hatte ich logischerweise angenommen, die Besitzerin dieses Etablissements heißt Heide.«

»Nein, sie hat sich am Telefon mit Amelie Jonkers gemeldet.«

»Na also. Dann musst du doch die Telefonnummer haben.«

»Im Kopf???«

Zugegeben, das wäre ein bisschen viel verlangt. »Und sie heißt wirklich Amelie?«

Sie hieß so! Und sie sah auch genau so aus. Als wir endlich den gesuchten Ort und dort auch noch das hellgrüne Haus gefunden hatten, war es einundzwanzig Minuten vor sieben. Nach mehrmaligem Klingeln öffnete eine nicht sehr freundliche Frau, murmelte etwas von »Na endlich« oder so ähnlich und informierte uns über den noch vor uns liegenden Weg. »Erst durchs Tor und denn am Parkplatz vorbei immer auf'm Weg bleiben bis zum oberen Haus. Da dürfen Sie aber nicht stehen, bloß für zum Gepäck ausladen, denn muss das Auto auf'n Parkplatz.«

»Danke.«

Also wieder rein in den Wagen, erst durch das Tor, dann – immer aufwärts – zum Parkplatz (»Guck mal rüber, Määm, da steht mindestens eine viertel Million auf Rädern!«) und weiter die Serpentine hoch bis zum herrschaftlichen Klinkerhaus. »Alle Achtung!«, sagte Steffi nur. Später erfuhren wir, dass es mal einer Industriellen-Familie gehört hatte, was auch die niedlichen Fenster oben im Dach erklärte. Irgendwo hatte das Personal ja schlafen müssen. Jetzt nächtigten dort die zahlenden Gäste, allerdings komfortabler als damals Zimmermädchen und Zofe.

Man hatte uns schon angekündigt, denn in der geöffneten Tür empfing uns eine sympathische junge Frau, begrüßte uns freundlich, stellte sich als Gisela vor und hörte sich milde lächelnd eine Kurzfassung unserer Fahrt an, während sie uns

in ein mit antiken Möbeln ausgestattetes Kaminzimmer gelei-
tete. Wir durften auf dem riesigen Rundsofa Platz nehmen,
bekamen einen schon bereitstehenden Cocktail (alkoholfrei!)
vorgesetzt und wurden um einen Moment Geduld gebeten.
»Frau Jonkers wird gleich kommen.«

Das tat sie denn auch. Circa Ende vierzig, sehr blond, sehr
schlank, sehr gepflegt, nur auf den ein bisschen zu engen Minirock und die Stöckelschuhe hätte sie besser verzichtet.
Schon wegen des Parkettbodens, der dicke Orientteppich
reichte schließlich nicht überall hin. Mit professionellem Lächeln reichte sie uns die Hand. »Ich bin Amelie Jonkers.
Herzlich willkommen. Schön, dass Sie doch noch hergefun-
den haben!«

»Gefunden ist das richtige Wort«, erwiderte Steffi und zählte ein paar Orte auf, in denen wir herumgeirrt waren, »wird
hier in dieser Gegend immer so viel gefeiert?«

»Sind Sie denn nicht über die Autobahn gekommen?«

Bevor Steffi ins Detail gehen und uns zwangsläufig als aus-
gemachte Trottel hinstellen konnte, fiel ich ihr ins Wort. »Wir
beide sind noch nie in der hiesigen Gegend gewesen und
wollten einfach ein bisschen mehr kennen lernen als nur die
Autobahn, hatten aber nicht mit den vielen Dorffesten rechnen können.«

»Nun ja, das lässt sich jetzt nicht mehr ändern. Die Damen
haben zwar eine Zeit lang auf Sie gewartet, doch nun hat das
Abendessen begonnen. Es wird übrigens im Haus 1 eingenommen, das Sie vorhin ja bereits gesehen haben. Am besten
wird sein, wenn Sie gleich hinuntergehen, die Aufnahmefor-
malitäten erledigen wir danach. Ich werde Sie begleiten und
Ihnen bei dieser Gelegenheit gleich Ihr Zimmer zeigen. Es
liegt übrigens hier im Parterre.«

Wir konnten nur einen Blick hineinwerfen, doch was wir
sahen, war höchst erfreulich: Sehr geräumig und möbliert
wie ein Hotelzimmer der gehobenen Preisklasse, es fehlten

nur Fernseher und Minibar, dafür standen gleich neben der Tür zwei Kästen Mineralwasser. Für jede von uns einen. Macht bei sechseinhalb Tagen mehr als drei Flaschen täglich. Schaffe ich nie!

Traumhaft der Blick aus dem Fenster. Ein nicht allzu großer, jedoch mit viel Geschmack angelegter Park ging leicht ansteigend in den angrenzenden Wald über. Am Rand der Liegewiese ein riesiges Treibhaus, das dann aber doch keins war, sondern das beheizbare Schwimmbad – auch im Winter und bei Dauerregen benutzbar, schon wegen der Wassergymnastik! Na ja, man wird sehen ...

Die Koffer sollten wir noch schnell ausladen, empfahl Amelie, Gisela würde sie ins Zimmer stellen, und am geschicktesten wäre es, wenn wir das Auto gleich auf den Parkplatz bringen würden, wir müssten ja ohnedies wieder nach unten zum Haus 1. Kurzer Streit, wer sich für die paar hundert Meter nach hinten setzt, natürlich ich, Amelie musste uns ja den Fußweg zeigen – er bestand zum größten Teil aus 87 unterschiedlich hohen Stufen, kürzte jedoch die Serpentinen erheblich ab – dann endlich parkte Steffi ihren Wagen zwischen einem schwarzen Mercedes rechts und einem dunkelblauen BMW links, beides nicht gerade die kleinsten Modelle jener Fabrikate. »Hopser* verschwindet regelrecht zwischen den beiden Särgen«, meinte sie, während wir warteten, bis sich das Dach geschlossen hatte, »da wird er wenigstens nicht gleich gesehen und folglich nicht so schnell geklaut.«

»Sobald alle Gäste im Haus sind, wird das Tor selbstver-

---

* In zumindest einem Punkt ist Steffi noch immer nicht erwachsen geworden. Auch heute noch gibt sie lieb gewordenen Dingen einen Namen, seien es nun das Riesennilpferd Knautschke, die grün-gelbe Resy oder der Plüschhase Klopfer. In der Firma bewacht Klara-Sophie, das Nilpferd im rosa Dirndl, ihr Telefon, und der ehemals violette Waldemar, natürlich ebenfalls ein Hippo, sitzt auf dem Armaturenbrett von Hopser, wo er dank häufiger Sonneneinstrahlung zunehmend an Farbe verliert. Freunde dürfen ihn übrigens ›Waldi‹ nennen!

ständlich abgeschlossen«, bemerkte Amelie gekränkt, »hier ist noch nie etwas gestohlen worden.«

Das grüne Haus betraten wir durch den Hintereingang. An einem kleinen Schwimmbecken und mehreren geschlossenen Türen vorbei kamen wir zu einer Treppe nach oben, und erst dort wurde es wieder wohnlich, um nicht zu sagen elegant. Einen Kamin gab es in diesem Raum zwar nicht, doch dafür voluminöse Polstersessel, zu Sitzgruppen zusammengestellt, dazwischen kleine Tische, Grünpflanzen, in einer Ecke der unvermeidliche Fernsehapparat, sogar vereinzelte Aschenbecher, ausnahmslos unbenutzt.

»Das ist der Gemeinschaftsraum für die Gäste von Haus 1«, erläuterte Amelie, »was aber nicht bedeutet, dass sie sich nicht auch bei den Damen in Haus 2 aufhalten können. Umgekehrt natürlich auch.«

»Oben ist es aber gemütlicher«, wisperte mir Steffi ins Ohr, »hier sieht's aus wie in der Polstermöbel-Abteilung vom Einrichtungshaus.« Und nun kam unser großer Auftritt, den wir allerdings gern vermieden hätten. Der Aufenthaltsraum ging über in eine geräumige Veranda, und dort saßen sie alle vor ihren Tellern, unterhielten sich gedämpft, brachen aber sofort ab, als wir den Raum betraten. Wie auf Kommando flogen die Köpfe herum, wir wurden von den nur flüchtig gekämmten Haaren über die keineswegs mehr sauberen Blusen bis zu den zerknitterten Hosen gemustert und von der Mehrheit für nicht gesellschaftsfähig angesehen, was unschwer an den indignierten Mienen zu erkennen war. Kein Wunder, nach über sechs Stunden Fahrt in einem offenem Wagen sieht man nicht gerade präsentabel aus. Zeit zum Restaurieren oder gar Umziehen hatten wir nicht gehabt; sie hatte gerade mal zum Händewaschen gereicht.

»Lassen Sie sich nicht stören, meine Damen, aber unsere Nachzüglerinnen sind nun doch noch angekommen. Das sind Frau … wie war doch gleich Ihr Name? Ach ja, Frau S. und ihre Tochter Frau M. Sie werden nachher noch Gelegenheit haben, sich bekannt zu machen, aber das müssen wir ja alle noch, nicht wahr?« Sie kicherte etwas albern, wünschte uns weiterhin guten Appetit und entschwebte, so weit man auf Stöckelschuhen schweben kann.

An den drei Vierertischen saßen insgesamt zehn Frauen verschiedenen Alters, gut gekleidet, gut behängt mit allem, was die Schmuckschatulle hergegeben hatte, sorgfältig frisiert und irgendwie gelangweilt aussehend. Es gab jedoch auch das krasse Gegenstück dazu, nämlich eine aus zwei zusammengeschobenen Tischen bestehende Tafel, um die herum fünf Frauen Platz genommen hatten, alle in weißen Bademänteln, ungeschminkt und offensichtlich gut gelaunt. Sie hatten uns freundlich gegrüßt, sich dann aber gleich wieder abgewandt und die unterbrochene Unterhaltung fortgesetzt. Im Gegensatz zu den anderen Tischen, an denen nur geflüstert wurde, herrschte da drüben eine ausgesprochen fröhliche Stimmung.

Wir setzten uns auf die zwei noch freien Plätze, bekamen jeweils einen Teller hingestellt mit ein paar Scheibchen kaltem Putenfleisch und hübsch dekorierten Rohkostsalaten, immer zwei Teelöffel voll, das Ganze umrandet von einzelnen Apfelstückchen … es sah alles sehr appetitlich aus und schmeckte großartig. Zu trinken gab's Pfefferminztee. Hatte ich zum letzten Mal im Krankenhaus bekommen, und das war zehn Jahre her. Aber was soll's, wir befanden uns auf einer Beauty- und Regenerationsfarm, da muss man natürlich mit flüssiger Gesundheit rechnen. Bekanntlich haben viele Kräuter heilsame Wirkungen, nur geschmacklich lassen manche sehr zu wünschen übrig.

Da die anderen Gästinnen alle schon fertig waren – die meisten hatten sogar etwas auf dem Teller zurückgelassen – beeilten wir uns mit der Vorspeise und ließen ebenfalls ein paar Häppchen liegen, damit nicht länger auf uns gewartet werden musste. Dabei hatte ich einen Bärenhunger. Kein Wunder, seit dem Frühstück hatte ich außer einem Apfel nichts gegessen. Steffi übrigens auch nicht.

Ja, und dann kam die größte Enttäuschung des Tages, nämlich ein Schälchen mit einer Aprikose und fünf Johannisbeerträublein – das Dessert! Der Puten-Salat-Teller war das Hauptgericht gewesen, eine Vorspeise hatte es gar nicht gegeben, und dass der Nachtisch sättigend sein würde, war nicht zu erwarten. Nicht mal, wenn man jeden Bissen dreißigmal kaut. Aber das geht sowieso nur bei alten Brötchen, mit denen sich unser Bundeskanzler immer am Wolfgangsee kasteit. Scheint bloß nicht viel zu nützen. Vielleicht sollte er es mal mit Haus Heide versuchen, hier gibt es nämlich auch Wellness-Wochen nur für Männer, Gewichtsreduzierung garantiert!!!

Unsere beiden Tischdamen hatten sich mit gedämpfter Stimme über Fangverbote bei Kabeljau unterhalten und über Bernhard. Anfangs hatte ich ihn für den Ehemann der Jüngeren gehalten, wurde stutzig bei der Schilderung seiner Essgewohnheiten und kam schließlich dahinter, dass Bernhard ein Dobermann war.

Endlich war die letzte Johannisbeere verzehrt, die zweite Tasse Pfefferminztee geleert, das Abendessen für beendet erklärt. Dass ich hungriger aufstand als ich mich zu Tisch gesetzt hatte, braucht wohl nicht extra erwähnt zu werden. Steffi ging es genauso, und trotzdem sprach sie mir noch Mut zu. »Bangemachen gilt nicht, die sechs Tage kriegen wir schon rum! Schade, dass man uns nicht zu dem Ku-Klux-Klan gesetzt hat, das scheint eine ganz lustige Truppe zu sein. Bei den anderen habe ich allerdings geglaubt, die sitzen beim Leichenschmaus. Nicht wegen des frugalen Mahls, nach einer Beerdigung ist das Essen reichhaltiger, sondern wegen der sauertöpfischen Mienen.«

»Stimmt nicht! Beim Leichenschmaus geht's meistens viel

lockerer zu! Wenn die nicht alle erst heute angekommen wären, würde ich vermuten, sie leiden an chronischem Hungergefühl.«

Die Damen von den Vierertischen verteilten sich in Erwartung der Tagesschau im Gemeinschaftsraum, die weiße Riege sammelte sich beim Ausgang. Die Längste von ihnen, knapp unter 1,80 m, kam auf uns zu. »Sie wohnen doch auch im Oberhaus, kennen Sie schon den Trampelpfad?«

»Nur so ungefähr.«

»Dann kommen Sie am besten gleich mit.«

Nichts lieber als das! Die Aussicht, einen Teil der kommenden Tage in Gesellschaft unserer Tischnachbarn verbringen und mich über Hunde und Heringe unterhalten zu müssen, hatten einen gelinden Schock bei mir ausgelöst. »Wer wohnt denn noch da oben?«

»Außer uns niemand mehr, jedenfalls bis Mitte der Woche. Dann kommen anscheinend noch drei Frauen zum Wellness-Weekend.«

Nach den bisherigen Erfahrungen würden mir drei Tage auch genügen!

Wir marschierten los, und während des Aufstiegs erfuhren wir, dass sich vier unserer Mitbewohnerinnen seit Jahren kennen und schon im vergangenen Sommer beschlossen hatten, ihren Ehemännern mal eine Woche lang Haus und Kinder aufzuhalsen und sich gründlich verwöhnen zu lassen. »Ich hab ja über ein Jahr drauf gespart«, gab die mit dem Gardemaß freimütig zu, »Renate hat Glück, sie kriegt so was von ihrem Mann geschenkt. Moni hat ein Handarbeitsgeschäft und Lilo ist auch selbstständig. Die hatten alle das Geld schon früher zusammen, aber sie haben auf mich gewartet. Außerdem hat mein Mann darauf bestanden, dass die Kinder noch Ferien haben müssten, dem morgendlichen Schulstress fühle er sich denn doch nicht gewachsen.«

Ich gab zu, ebenfalls einen Gutschein einzulösen, während

Steffi von Hannes gesponsert worden war. »Wie viele Kinder haben Sie denn?«

»Drei. Einen von elf, ein Mädchen von sieben und den Benjamin mit vier, also alle genau in dem Alter, wo sie ihre Eltern noch schneller kaputtmachen als ihre Schuhe.«

Dann waren wir oben angekommen und wurden am Eingang schon von Frau Jonkers in Empfang genommen. »Guten Abend, die Damen, hat es Ihnen denn geschmeckt?«

»Natürlich, sehr gut, ausgezeichnet!«, echoten wir erwartungsgemäß, was im Übrigen auch der Wahrheit entsprach, und dass die Portionen ruhig dreimal so groß hätten sein können, wusste sie vermutlich selber. Mich hätte nur mal interessiert, wie viele Kalorien unser spartanisches Mahl eigentlich gehabt hatte.

»Frau S. und ihre Tochter würde ich gern noch in meinem Büro sehen, wegen des Fragebogens.«

»Hat das noch eine halbe Stunde Zeit?« Ich sehnte mich nach einer Dusche und dem frischen weißen Bademantel.

»Sofort wäre mir lieber. Ich muss den Plan für den morgigen Tag machen, und dazu brauche ich Ihre Angaben. Normalerweise werden die Fragebogen nämlich gleich nach der Ankunft ausgefüllt.«

Das war deutlich! »Wir kommen gleich, ich möchte nur schnell meine Schuhe wechseln.«

Amelie warf einen Blick auf meine Slipper, die sich weniger durch Eleganz als durch Bequemlichkeit auszeichnen, jedoch genau das Richtige für lange Autofahrten sind, und hatte Verständnis. Ich bin überzeugt, dass sie solche absatzlosen Treter, falls überhaupt, zum letzten Mal vor 35 Jahren getragen hat.

Unsere Köfferchen hatte man bereits ins Zimmer gebracht, die Fenster waren geschlossen, vermutlich wegen der abendlichen Kühle. Ich riss beide Flügel auf und atmete tief durch.

Es roch nach frisch gemähtem Gras, nach Rosen und – nach Grillfeuer!

»Mach sofort das Fenster wieder zu«, brüllte Steffi, »das ist Selbstkasteiung. Oder hast du etwa keinen Hunger mehr?«

Amelie wartete schon. Sie drückte jeder einen Fragebogen nebst Kugelschreiber in die Hand, und dann mussten wir Angaben zur Person machen. Alter, Größe, Gewicht, Raucher ja oder nein, Krankheiten, falls ja, welche, liegt eine Schwangerschaft vor oder ist man allergisch, wenn ja, wogegen – und das vier Seiten lang. Ganz zum Schluss kam die Frage: »Wird kalorienreduzierte Kost gewünscht oder normale?«

Wir sahen uns beide an und schüttelten die Köpfe. Dann erinnerte ich mich, dass vorhin niemand etwas anderes gegessen hatte als die paar Scheiben Fleisch nebst den Salathäppchen, wobei ich immer noch rätselte, welches von dem Grünzeug eigentlich die Dekoration gewesen war. Andererseits kann ein Mensch relativ lange ohne Nahrung auskommen, sofern er genug zu trinken hat. Ich dachte an die beiden Mineralwasserkästen im Zimmer und malte mein Kreuz in das Ja-Feld. Steffi, wenn auch seufzend, ebenfalls. Danach wurden wir Gisela überantwortet, offenbar Mädchen für alles, auf dass sie uns die Räumlichkeiten zeige. Sie begannen in dem schon bekannten Kaminzimmer und endeten im Kellergeschoss, wo es nicht nur diverse rosa tapezierte Kabinen mit einer Art Zahnarztstuhl in der Mitte gab, sondern auch gekachelte Räume mit Badewannen, Duschen, einer Sauna, einer Sonnenbank und last but not least natürlich einen Fitnessraum mit martialisch aussehenden Geräten.

Im Gegensatz zu mir, die fünf Kilometer auf dem Fahrrad schon als sportliche Höchstleistung ansieht, tobt sich Stefanie zweimal pro Woche in so einem Fitnessladen aus und war entsprechend begeistert von dem hiesigen Angebot. »Toll, da weiß man wenigstens, was man abends machen kann!« (Nein, bitte keine verfrühten Lorbeeren! Meine Tochter hat während der ganzen Woche diesen Raum nur ein einziges Mal betreten, und das war, als sie den Wasserball geholt hat.)

Nachdem wir alles besichtigt und nebenbei erfahren hatten, dass die Teilnahme an der Morgengymnastik absolut freiwillig sei, wünschte uns Gisela noch einen schönen Abend, und damit waren wir endlich entlassen. Während Steffi unter der Dusche stand, öffnete ich wieder das Fenster. Der Duft nach Grillwürstchen war verflogen, jetzt roch er nur noch nach Blumen und nach nassem Gras, weil sich weiter hinten ein Rasensprenger drehte.

»Ich glaube, heute Nacht werden wir herrlich schlafen, weil wir das Fenster ganz weit offen lassen können«, sagte ich, als Steffi, jetzt auch im weißen Mantel, aus dem Bad kam. Das war aber, bevor ich die erste Mücke auf meinem nackten Arm entdeckte und zuschlug. Die zweite erwischte ich auch noch, die dritte hatte bereits gestochen. In die Wade. Weitere befanden sich im Anflug. Ich knallte das Fenster wieder zu. »Hast du eventuell Autan dabei?«

Im Park flammten die Lichter auf, in unregelmäßigen Abständen neben den Wegen, verschwenderisch rund um die große, mit Natursteinen bedeckte Sitzecke. Sie saßen auch schon da, die fünf weißen Bademäntel, von denen wir vier bereits kennen gelernt hatten. Vor ihnen auf dem Tisch standen Gläser und Wasserflaschen, aber dazwischen …? Nein, das konnte nicht sein, da musste ich mich irren. Wahrscheinlich brauchte ich jetzt doch eine Brille für ständig, nicht bloß die zum Lesen. Hatte mich nicht Hannes erst unlängst gefragt, ob ich heroinabhängig sei.

»Aber sonst fehlt dir nichts, nein?«, hatte ich mit einem unmissverständlichen Handzeichen Richtung Stirn gefragt. »Was bringt dich denn auf diese absurde Vermutung?«

»Weil du immer ganz kleine Pupillen bekommst, wenn du in der Ferne etwas erkennen willst.«

Jetzt erkannte ich zwei Weinflaschen auf dem Tisch, oder bildete mir zumindest ein, welche zu sehen. »Komm mal her, Steffi, was trinken die da drüben?«

Sie sah nur flüchtig hinüber. »Na, Wein natürlich. Wenn du das nicht mal mehr siehst, solltest du schleunigst zum Augenarzt!«

»Ich hab's ja erkannt, nur glaube ich es einfach nicht.«

»Dann stell dich endlich unter die Dusche, zieh deine Frotteekluft an und komm nach. Ich gehe schon mal raus. Oder willst du lieber ins Bett?«

»Kurz vor neun?«

Sie holte eine Wasserflasche aus dem Kasten, steckte je ein Glas in die Manteltaschen und trabte ab. »Ich nehme deins schon mal mit. Bis gleich!«

Das Bad war relativ groß, hatte sogar zwei Waschbecken, eine moderne Dusche, eine altmodische Toilette und herrlich antiquierte Armaturen, die trotzdem noch funktionierten. Allerdings gab es keine Mischbatterien, man musste also mit beiden Wasserhähnen spielen, bis die einem genehme Temperatur erreicht war. Dafür waren es goldene Hähne, und die hat ja nicht jeder!

Schnell abtrocknen, ein bisschen Creme ins Gesicht, und dann hinein in den herrlich flauschigen Bademantel. Nur – irgendwas stimmte da nicht. Die Ärmel reichten bis zu den Fingerspitzen, der Saum schleifte auf dem Boden, und als ich den Mantel schließen wollte, wusste ich nicht, wohin mit den Stoffmengen. Den Gürtel hätte ich bequem zweimal um die Taille wickeln und mich immer noch daran aufhängen können. Ich zog das Teil wieder aus und suchte nach dem Etikett. Aha, XXL, trägt Tom immer, und der ist 1,96 m groß. War nun der Bademantel auf meinem Bett lediglich ein Versehen, oder hatte ich dieses Zirkuszelt dem Vorurteil zu verdanken, ab einem gewissen Alter entspräche Frau nicht mehr ihrer Normgröße? Aber nicht mit mir, Leute! Dann eben heute noch Zi-

373

vilkleidung, ich hatte ja den Jogginganzug mit. Gleich morgen früh würde ich um eine weniger voluminöse Uniform bitten.

Steffi saß mit gekreuzten Beinen auf einer der herumstehenden Liegen, in der Hand ein halbgeleertes Weinglas, und gab eine offenbar sehr plastische Schilderung unserer Irrfahrt. »… hing ich plötzlich halb im Gartenzaun. In Heidelberg muss ich nämlich nicht damit rechnen, dass plötzlich ein Dutzend Enten über die Straße watschelt, da geht höchstens mal ein Schwan spazieren, und der kriegt gleich Polizeischutz.« Dann sah sie mich und prostete mir zu. »Es ist tatsächlich Wein! Und sogar trinkbar.«

»Eingeschmuggelter?«

»Ach wo, ganz offiziell dem Kühlschrank entnommen«, erläuterte die Dame in Blond, »im Supermarkt ist er wahrscheinlich fünf Mark billiger, aber man muss natürlich die Transportkosten berücksichtigen, den Strom für die Kühlung und nicht zuletzt die Nutzungsgebühr für die Gläser.«

»Weißt du, Määm, hier wird die gleiche Methode praktiziert wie seinerzeit in dem komischen Hotel, wo uns die Inhaberin mit dem Fleischermesser in der Hand begrüßt hatte.«

»Mich hat noch nie jemand mit einem Messer …«, doch dann fiel es mir wieder ein. Es war am Anfang meiner literarischen Laufbahn gewesen, wenn man während einer Lesereise allenfalls im viertbesten Hotel der jeweiligen Stadt untergebracht wird (den Status, vom Verlag die Fürstensuite im Fünfsterne-Hotel sowie den Rolls Royce mit Chauffeur zur Verfügung gestellt zu bekommen, werde ich allerdings nie erreichen!). Steffi – damals noch in jeder Hinsicht ungebunden – hatte sich als Begleitung angeboten, weil zwei Wochen allein ›auf Achse‹ eine ziemlich langweilige Angelegenheit ist, und so sind wir auch mal in einem typischen Vertreter-Hotel gelandet, das nur frühmorgens und am Abend bewirtschaftet wird. Da kriegt man einen Schlüssel ausgehändigt, erfährt, von wann bis wann man frühstücken und wo in der Nähe man zu Abend essen kann, und zuletzt wird einem der obligatorische Großraum-Kühlschrank gezeigt, aus dem sich jeder bedienen darf. Ganz wichtig ist der Block mit dem meist irgendwo an einem langen Bindfaden festgebundenen Kugelschreiber, weil man natürlich in den entsprechenden Spalten eintragen muss, wie viel man wovon herausgenommen hat. Abgerechnet wird am nächsten Morgen. Würde man der deutschen Kriminalstatistik glauben, dann müsste diese Art von Selbstbedienung für den Hotelier ein Verlustgeschäft sein, aber vielleicht betrügt man hier zu Lande nur in großem Stil, bei zwei Flaschen Bier und einem Sandwich mit schon leicht verbogenem Käse drauf lohnt sich der Nervenkitzel wohl nicht.

Weil wir seinerzeit schon am frühen Nachmittag angekommen waren, hatten wir uns die Schlüssel in der Privatwohnung abholen müssen, und dort hatte nach mehrmaligem Läuten eine Frau mit gezücktem Schlachtermesser geöffnet, was uns denn doch ein bisschen irritiert hatte. In dem bewussten Kühlschrank hatten auch bloß Bier- und Colaflaschen gelegen, und die Scheibe Schinken zum Frühstück hatte zur Hälfte aus Fetträndern bestanden (seitdem tun mir auch alle Vertreter Leid, die abends nicht zu Hause sein können). Diese hübschen Cafés, in denen man morgens ausgiebig tafeln kann, hat's vor 15 Jahren noch kaum gegeben, schon gar nicht in den Kleinstädten am Zonenrandgebiet.

»Wie verträgt sich denn die spartanische Ernährung tagsüber mit den alkoholischen Exzessen am Abend?«, wollte ich wissen, nahm jedoch dankbar das Glas Wein entgegen. »Alkohol hat bekanntlich auch Kalorien, und nicht mal zu knapp.«

»Na und? Wir werden ja erst morgen früh gewogen«, meinte die Blonde, »und dann noch mal am Abreisetag. Bis dahin haben sie die Waage ein paar Kilo zurückgedreht, du fährst ganz euphorisch nach Hause, und am nächsten Morgen schlägt die Stunde der Wahrheit. Aber bis dahin haben wir noch ein bisschen Zeit. Prost!« Sie hob ihr Glas. »Bleiben wir optimistisch und trinken auf eine erfolgreiche Woche!«

Als wir darauf tranken, war es kurz vor halb zehn. Zwei Stunden und drei Flaschen später saßen wir immer noch draußen, um uns herum glimmten ein paar fürchterlich stinkende Mückenabwehrkerzen, und obwohl uns Steffi immer wieder mit Insektenspray einnebelte, surrten die Viecher weiter unbeeindruckt um uns herum. »Zwei schlägt man tot, und zwanzig kommen zur Beerdigung!«

Inzwischen hatten wir beide auch ein bisschen mehr über die ›weiße Riege‹ erfahren. Da gab es erst einmal Cornelia, genannt Conny, Mutter dreier offenbar recht munterer Kinder und Gattin von Lothar, der die ihm übertragenen Haushaltspflichten vermutlich nur mit Hilfe von Nachbarn und den zwei Großelternpaaren überstehen würde. Conny war eine Allroundfrau, die allein mit ihrem Mann und einigen Fachleuten (»Nur wenn's gar nicht anders ging! Welcher Informatiker kennt sich schon mit Klospülungen aus?«) das neue Haus hochgezogen hatte, aber ganz fertig sei es immer noch nicht. Hin und wieder, wenn ihre Gastwirt-Freunde um Hilfe schreien, kellnert sie auch mal, und an zwei Abenden pro Woche leitet sie Aerobic-Kurse des örtlichen Sportvereins. Man sah es ihr an, sie hatte eine Traumfigur.

Renate, die nicht so ganz echte Blondine, war die Älteste des Kleeblatts, aber mit einem Mundwerk ausgestattet, das jeden mittelmäßigen Fernsehmoderator vor Neid hätte erblassen lassen. Ehemann Rudi makelte Immobilien, recht erfolgreich offenbar, denn seine eigene sah nicht gerade aus wie sozialer Wohnungshau. Renate hatte Steffi nämlich ein Foto vom Haus gezeigt, nicht etwa wegen der großen Terrasse, sondern wegen des Buschwerks daneben. Vielleicht könne Steffi ihr sagen, was das eigentlich ist, sie selber wüsste es bis heute nicht. Da Stefanie Pflanzen mit Ausnahme der gängigen Sorten wie Gänseblümchen und Flieder nur in jener der Natur nachgebildeten Form klassifizieren kann, also in der künstlichen Variante, konnte sie Renate auch nicht weiterhelfen.

Dritte im Bunde war Monika, altersmäßig irgendwo zwischen Conny und Renate, aber wesentlich ruhiger als die beiden, nie dominierend und trotzdem bestimmend, wenn die anderen zweimal wieder ein bisschen zu sehr unter Strom standen.

Lilo war die Jüngste, ein pummeliges, überdrehtes Huhn, verhuschelt, naiv, manchmal nervtötend, und trotzdem musste man sie gern haben. Den achtjährigen Sohn hätte ich ihr niemals zugetraut, die Kosmetikerin allerdings auch nicht. »Das ganze Jahr über muss ich mich von überkandidelten Weibern triezen lassen, jetzt trieze ich mal selber!«, hatte sie auf meine Frage, was um alles in der Welt sie denn hier überhaupt wolle, geantwortet.

Die fünfte Dame gehörte nicht zu dem rheinischen Klüngel, passte auch nicht richtig hinein und fühlte sich mehr dem ›Unterhaus‹ zugehörig, denn dort hatte sie bisher gewohnt. Rosemarie war nämlich schon vor einer Woche angekommen, hätte eigentlich gestern abreisen müssen und hatte noch mal verlängert. Wegen der Krampfadern. »Die haben hier eine recht schonende Behandlungsmethode«, erzählte sie, »da werden die Beine gesalbt und dann kalt gewickelt. Der einzige Nachteil ist, dass man danach anderthalb Stunden laufen muss. Bei schönem Wetter kann man ja spazieren gehen, aber was macht man bei Regen?«

»Auch spazieren gehen«, empfahl Conny, »mit Schirm.«

Es war kurz vor Mitternacht, als Steffi zu gähnen anfing. »Ich glaube, jetzt muss ich ins Bett, sonst komme ich morgen nicht aus demselben heraus. Wann geht der Betrieb hier überhaupt los?«, wandte sie sich an Rosemarie.

»Kurz vor sieben Uhr wird man geweckt, und um sieben

Uhr fünfzehn fängt die Morgengymnastik an. Die dauert ungefähr eine halbe Stunde, dann hat man gerade noch Zeit zum Duschen, denn um acht Uhr gibt es Frühstück. Danach ist meistens …«

»Danke, das genügt für den Anfang. Ich muss mich erst mal mit der Tatsache abfinden, dass man hier zu früher Stunde fürchterlich aktiv sein muss. Gymnastik morgens um sieben!!! Da bin ich normalerweise schon froh, wenn ich beide Beine gleichzeitig aus dem Bett kriege!«

Wir wollten uns gerade verabschieden, als Conny und Lilo, die sich vor einigen Minuten entschuldigt hatten, wieder aus dem Haus kamen und sich gemessenen Schrittes näherten. Jede trug ein Tablett. Auf dem von Conny stand ein kleiner Napfkuchen mit einer Kerze in der Mitte, flankiert von zwei Sektflaschen, Lilo balancierte die Gläser. »Happy birthday to you …«, klang es im Duett. Sehr beeindruckend dieser Auftritt, das musste ich zugeben, nur – wer war das Geburtstagskind?

»Aber ich hab' doch erst morgen«, protestierte Renate, »vorher soll man gar nicht gratulieren, das bringt Unglück!«

»Dann guck mal auf die Uhr«, japste Conny, »… birthday, liebe Renate, happy birthday to you!«, sang sie fertig, stellte den Kuchen auf den Tisch und forderte: »Ausblasen!«

Renate pustete kräftig. »Wie rücksichtsvoll, dass ihr euch auf eine Kerze beschränkt habt. Je älter man wird, desto mehr ähnelt die Geburtstagstorte einem Fackelzug!«

Wenn man zu einer Geburtstagsfeier eingeladen wird, was sich in unserem Fall wohl nicht hätte umgehen lassen, dann ist es üblich, dass man dem Geburtstagskind etwas schenkt. Ich will ja gar nicht die Nützlichkeit derartiger Liebesgaben debattieren, obwohl ich dank inzwischen sehr vieler Geburtstage ungefähr zwanzig Kerzenhalter in allen nur denkbaren Ausführungen von Glas, Holz und Keramik bis zu Porzellan und Sterlingsilber besitze, sieben Torten mit jeweils einem eigenen Tortenheber bestücken kann und mit Briefpapier bis an mein Lebensende versorgt bin. Dabei habe ich noch immer keine Ahnung, weshalb gerade Autoren so viel Briefpapier geschenkt kriegen, und dann auch noch überwiegend Bütten, weil das am meisten hermacht. Es hat sich aber schon früher nur schwer in die Schreibmaschine spannen lassen, und heute, wo doch jeder einen PC benutzt, braucht man überhaupt keins mehr. Andererseits wäre ich froh gewesen, hätte ich jetzt nur einen jener Kartons hier gehabt. Zum Weiterverschenken! Am liebsten den mit dem hellblauen Papier und der entzückenden Illustration in der rechten unteren Ecke jedes Blattes: Eine gestrichelte zarte Frauenhand mit einer Rose zwischen den Fingern. Ich hätte bestimmt schon mal einen Bogen benutzt, wenn mir der passende Text dazu eingefallen wäre.

Und dann kam mir die Erleuchtung. Ich habe doch immer zwei oder drei Bücher von mir dabei, im Auto oder, wie jetzt, im Koffer. Nicht aus Eitelkeit oder Angabe, die Zeiten hat's zwar mal gegeben, sind aber längst vorbei, sondern um für alle Eventualitäten gerüstet zu sein. Wenn man nämlich mit einem platten Reifen auf einen dieser motorisierten Gelben Engel angewiesen und nicht Mitglied des Automobilclubs ist, bekommt man nach beendeter Reparatur zusammen mit der Rechnung eine Beitrittserklärung ausgehändigt, deren Unterschrift zu verweigern nur ganz gefestigte Menschen schaffen. Mir war es damals nicht gelungen, und als ich nach elf Jahren endlich meine Mitgliedschaft kündigte, hatte ich den Verein in der Zwischenzeit niemals wieder gebraucht. Das passierte erst ein paar Monate später. Dem Gelben Engel erzählte ich, ich sei unterwegs zu meinem Verlag, sowieso schon spät dran, und ob er sich ein bisschen beeilen könnte. Er bekäme dann auch ein Buch von mir. Mit Widmung. Geglaubt hatte er mir allerdings erst, nachdem ich ihm das Foto auf dem Umschlag gezeigt hatte, aber dann konnte ich sehen, wie es seinen vorher recht mäßigen Arbeitseifer beschleunigt hat. Nicht das Foto, nur das Buch!

Als der Klempner nach Besichtigung der streikenden Wasserleitung behauptete, das passende Ersatzteil nicht dabei zu haben, und erst am nächsten Tag wieder kommen wollte, weil er eigentlich schon Feierabend habe, köderte ich ihn mit der Aussicht auf sofortige Barzahlung sowie ein Buch mit persönlicher Widmung. »Ach, wissen Sie, ich lese ja nie, aber wenn Sie für meine Frau … sie heißt Roselore Schmid, nur mit d am Ende.« – Noch am selben Abend konnten wir wieder duschen!

Im Haus Heide wusste natürlich niemand etwas von meinem – na ja, nennen wir es Doppelleben. Hier war ich nicht Evelyn Sanders, sondern Frau Sowieso, von Beruf Hausfrau, die dem Geburtstagskind Renate zwanzig Minuten nach Mitternacht ein Buch schenkte. Mit allen guten Wünschen undsoweiter. Noch im Zimmer hatte sie ein paar Zeilen hineingeschrieben, froh darüber, dass sie Steffis Missfallen »Musst du deine gesammelten Werke selbst in die Pampa mitschleppen?« getrotzt und doch zwei Bücher eingepackt hatte. Man kann eben nie wissen, ob man sie nicht braucht!

Renate fand das ja auch ganz reizend, bedankte sich wortreich, schlug das Buch aber nicht auf, was mir weitere Erklärungen zunächst ersparte. Die beiden Sektflaschen waren ohnehin leer, wir wünschten uns gegenseitig eine gute Restnacht und gingen in unsere Zimmer mit dem Vorsatz, uns pünktlich um sieben Uhr zur Morgengymnastik einzufinden.

»Was glaubst du, Määm, wie alt die Renate geworden ist«, wollte Steffi, schon im Halbschlaf, wissen. »Fünfzig?«

»Sei froh, dass sie das nicht gehört hat! Ich schätze sie auf sechs- oder siebenundvierzig.«

»Also doch schon ziemlich alt!«

»Alt sind nur Antiquitäten! Alte Leute sind nämlich junge Menschen, die zufällig vor dir älter geworden sind!«

Folgender Dialog, den Stefanie zufällig mitbekam, gehört noch in dieses Kapitel, obwohl er erst am nächsten Tag zwischen Renate, Conny und Lilo stattgefunden hatte. Ganz wortgetreu kann er natürlich nicht wiedergegeben werden, aber fast. Steffi hat, wenn sie will, ein ausnehmend gutes Gedächtnis.

Renate (in dem Buch herumblätternd): »Ihr meint doch auch, dass ich ihr das Buch zurückgeben muss, nicht wahr?«

Lilo: »Spinnst du? Warum denn? Sie hat's dir doch geschenkt!«

Renate: »Na ja, das war doch sicher nur aus Verlegenheit.«

Conny: »So ein Quatsch! Ich denke, sie hat sogar was reingeschrieben?«

Renate: »Ja, schon, aber sie hat das Buch doch bestimmt für sich mitgenommen. Jetzt hat sie nichts zum Lesen.«

Lilo (kichert): »Du kannst es ihr ja leihen!«

Conny (nimmt das Buch, blättert ein bisschen, liest den Klappentext, sieht das Foto, stutzt): »Das ist sie ja selber?!« (Liest die Widmung). »Eine Klaue hat die Frau! Aber wenn man weiß, was es heißen soll, kann man's sogar entziffern: Evelyn Sanders.«

Renate: »Ich denke, sie heißt S.« (folgt richtiger Name).

Conny: (besieht sich noch einmal das Foto): »Doch, das ist sie!«

Renate: »Heißt das, sie hat das Buch selber geschrieben? Ich habe aber noch nie was von der gehört.«

Lilo: »Ich auch nicht.« (Wiegt das Buch in der Hand.) »Wenigstens ist es nicht so dick. Ich kann dicke Bücher nicht leiden, die dauern so lange, bis man durch ist.«

Conny: »Du solltest dich nachher wenigstens bedanken, Renate, gestern hast das du nämlich glatt vergessen.«

Renate: »Mach ich auch, ist doch klar. War ja wirklich nett von ihr. Und außerdem will ich wissen, warum sie einen anderen Namen benutzt. Ob sie das wegen dem Finanzamt macht?«

Conny: »Blödsinn! Viele Schriftsteller benutzen ein Pseud ... Vorsicht, da kommt ihre Tochter! (betont munter) Ist noch Tee in der Kanne?«

Kapitel 13

Einen wunderschönen guten Morgen, meine Damen«, klang eine aufreizend muntere Stimme an mein Ohr, »haben Sie denn gut geschlafen?«

Natürlich hatte ich gut geschlafen, tat es ja immer noch und hatte nicht die geringste Lust, damit aufzuhören. Schließlich war es noch gestern Abend schon heute sehr früh geworden, bis wir in den Betten gelegen hatten, und überhaupt war ich zur Erholung hier! Wie spät war es eigentlich? Ich blinzelte zum Nachttisch hinüber, konnte den Wecker aber nicht erkennen, weil sich gerade eine Hand vor das Zifferblatt schob und eine Tasse abstellte. Frühstück im Bett? Davon hatte doch gar nichts im Prospekt gestanden?

»In zwanzig Minuten treffen wir uns zur Morgengymnastik auf der Liegewiese im Park«, sagte Gisela, bevor sie das Zimmer wieder verließ.

Du kannst treffen, wen du willst, aber ganz bestimmt nicht mich!, ging es mir durch den Kopf, während ich nach der Tasse griff, da hilft auch die Bestechung nichts! Außerdem trinke ich morgens lieber Kaffee statt Tee!

Ich weiß bis heute nicht, aus welchen Kräutern der morgendliche Entschlackungstee gebraut wurde, vermutlich aus allem, was am und auf dem Bahndamm wächst, jedenfalls schmeckte er grauenvoll und dürfte bei den meisten Gästen im Waschbecken gelandet sein.

Im Nachbarbett rührte sich was. »Is'n los?,« grummelte eine verschlafene Stimme, bevor Steffi vorsichtig ein Auge öffnete. Ihr Blick fiel genau auf die Tasse in meiner Hand. Sofort wurde sie lebendig. »Au ja, Matratzenpicknick?«

»Denkste! Abführtee!«

»Oh Gott, nein!« Schnell zog sie ihre bereits ausgestreckte Hand wieder zurück. »Falls du Bedarf hast, kannst du meinen gern haben.«

»Lieber nicht. Ich weiß nämlich nicht, wie schnell er wirkt, und wir müssen in einer Viertelstunde zum Frühsport antreten!«

»Na, denn grüß mal schön!«, gähnte sie und machte Anstalten, sich wieder in ihre Decke einzurollen.

Na warte! Ich krabbelte aus dem Bett, schlappte ins Bad, drehte den goldenen Kaltwasserhahn auf und tränkte Steffis Waschlappen. Doch bevor ich ihn auf ihr Gesicht legen konnte, war sie hoch. »Ich komme ja schon!« Und dann, während sie die Zahnpasta gleichmäßig über Bürste und Waschbecken verteilte: »Du hast da was verwechselt! Kneipp'sche Wassergüsse fangen immer bei den Beinen an, nie im Gesicht!«

Statt Kräutertee lieber ein Schluck aus der Mineralwasserflasche – Zimmertemperatur wirkt nicht gerade geschmacksverbessernd! – danach Blick aus dem Fenster. Draußen sammelten sich bereits die ersten Sportler, darunter die Kabeljau-Dame und das Frauchen von Bernhard. Beide in mintfarbenen Jogginganzügen.

»Müssen wir da wirklich raus?«

»Natürlich müssen wir nicht, aber wir sollten«, belehrte ich meine Tochter, »wenigstens heute. Wenn wir uns gleich am ersten Tag gegen die Mehrheit stellen, macht das keinen besonders guten Eindruck.«

»Nennst du das Mehrheit?« Sie zeigte auf die Wiese, wo sich zu den zwei grünen Jogginganzügen und den beiden Schlabberhosen noch ein Paar gelbe Leggins gesellt hatten.

»Es ist auch noch nicht viertel nach«, gab ich zu bedenken, immer noch zweifelnd, ob ich bei diesem Aufmarsch überhaupt mitmachen sollte. Doch dann sah ich unsere vier Rheinländerinnen heranschleichen, offenbar auch im Schlaf gestört und sichtbar wenig motiviert, aber sie gaben den Ausschlag. »Komm, Steffi, jetzt wird nicht mehr gekniffen! Für dich ist das ohnehin nur Spielerei, aber wann ich zum letzten Mal durch Wald und Heide gesprintet bin, weiß ich schon gar nicht mehr. Vermutlich damals in Holland, als der Ziegenbock an meinen Fersen geklebt hatte.«

Wir waren die Letzten. Und die Einzigen, die überhaupt noch gekommen waren. Zusammen bildeten wir denn auch eine tolle Truppe: Kabeljau und Bernhards Frauchen, in den gelben Leggins steckte ein schon etwas überalterter Barbie-Verschnitt, die Schlabberhosen gehörten zu zwei Schwestern, die ich erst gar nicht erkannt hatte, obwohl sie gestern am Nebentisch gesessen hatten (morgens um sieben sieht frau eben doch noch sehr ›naturell‹ aus), dann die heute unterschiedlich bunt gekleidete ›weiße Riege‹ und wir beide. Mit zwei Minuten Verspätung erschien Gisela in Begleitung einer sehr schlanken jungen Frau im Sportdress. »Das ist Tanja, die mit Ihnen jetzt einen kleinen Spaziergang machen wird. Ich sehe Sie nachher beim Frühstück wieder.«

Sie trabte ab, wir trabten an. Schön im Gänsemarsch den Weg entlang, dann leicht aufwärts in den Wald hinein, hinten wieder runter auf einen anderen Weg, und plötzlich befanden wir uns am Fuß der Serpentinen, die wir jetzt flotten Hufes aufwärts joggen sollten.

Kabeljau streikte. Ich streikte mit. Renate ebenfalls, und zum Schluss blieben wirklich nur noch Stefanie und Conny übrig. Moni winkte sie weiter. »Lauft mal schön noch eine Runde, und wenn ihr wieder hier vorbeikommt, haben wir uns genug regeneriert, um den Aufstieg über die Treppe zu schaffen.«

Wir ließen uns ins Gras fallen, und das war auch schon so ziemlich das Ende meiner sportlichen Aktivitäten.

Nächster Punkt der Tagesordnung: Das Frühstück. Es wurde getrennt eingenommen, denn die Damen vom Unterhaus speisten auch dortselbst, die Bewohner des Oberhauses fanden sich am runden Tisch im Blümchenzimmer zusammen – von mir so genannt, weil in einer Ecke nicht nur ein großer Ohrensessel mit geblümten Bezug stand, sondern jeder freie Platz an den Wänden mit Aquarellen behängt war, und alle zeigten Blumen; mal in einer Glasvase, mal im rustikalen Milchtopf oder auch malerisch auf einem Tisch verstreut in Gesellschaft von Bauernbrot und einem halben Landschinken. Ich bin nie die Vermutung losgeworden, dass sich Amelie in ihrer Freizeit als Hobbymalerin betätigte und der Wandschmuck das Ergebnis davon war. Dass sie auch dichtete, merkten wir später, als uns das Gästebuch präsentiert wurde. Auf der ersten Seite prangte nämlich neben Amelies Foto die gereimte Bitte, den pfundschweren Wälzer pfleglich zu behandeln und statt eines Kugelschreibers lieber einen Füllfederhalter mit richtiger Tinte zu benutzen, erhältlich im Büro. Mich hatte diese Mahnung doch sehr an meine Grundschulzeit erinnert und an die damals noch üblichen Poesie-Alben. Natürlich hatte ich auch eins besessen, hellgrauer Einband mit einem herzigen Oblatenbildchen vorne drauf, und auf die erste Seite hatte ich in meiner allerbesten Schönschrift gemalt: Liebe Freunde mein, haltet mir das Album rein!

Dass wenig später ausgerechnet dort ein unübersehbarer Fettfleck prangte, habe ich meiner Freundin Christa monatelang nicht verziehen!

Im Blümchenzimmer standen auch die beiden Kühlschränke, in denen von Cola über zwei Biersorten bis zu Wein und Sekt alles zu finden war, was der 1000-Kalorien-Diät Hohn sprach. Es gab sogar Schokolade und Kekse. Der bewusste Block nebst Bleistift lag obenauf. Ich schaute kurz hin, bemerkte nur einen Namenszug, aber den insgesamt siebenmal. Für das Geburtstagskind musste es gestern ein ziemlich teurer Abend gewesen sein.

Das Frühstücksbüffet sah prächtig aus und hätte mit jedem guten Hotel mithalten können. Auffallend das viele Grünzeug in Form von Gurken- und Tomatenscheiben, rohen Karotten, Sellerie- und Paprikastreifen – alles zusammen hätte einen prima Gemüseeintopf ergeben.

Natürlich gab es auch einen Querschnitt durch den ortsansässigen Bäckerladen, dazu Müsli, Aufschnitt, Käse, sogar Rührreier und gespiegelte, Marmelade, Honig, Joghurt – na, eben eine Auswahl alles dessen, was man morgens essen könnte. Wenn man wollte. Einziger Unterschied zum häuslichen Frühstückstisch: Überall steckten kleine Schildchen mit Zahlen drauf.

»Sind das die Preise«, wunderte sich Lilo, »ich denke, die Verpflegung ist inklusive.«

Renate, die Vielgereiste, schüttelte den Kopf. »Wo bekommst du denn heute noch eine Portion Rührreier für zwei Mark?«

Lilo zeigte auf den Brotkorb, an dem ein Schild mit einer 1 angebracht war. »Dafür sind die Brötchen ziemlich teuer, dann gleicht sich das doch wieder aus.«

»Alles falsch, meine Damen«, tönte eine muntere Stimme hinter uns, »das sind die Diät-Punkte.«

»Die was???«, kam es mehrstimmig zurück.

Amelie, heute in heißen Höschen und Lacksandaletten, stöckelte heran. »Wer seine Diät ernst nimmt – und das wollen Sie doch alle, nicht wahr? – der sollte beim Frühstück fünf Punkte nicht überschreiten. Also entweder eine Scheibe Brot mit einem Esslöffel Rührrei und dann noch ein Joghurt, oder eine andere Variante, nämlich eine Portion Müsli mit Milch, das sind drei Punkte, und danach eine Scheibe Knäckebrot mit Marmelade. Käse und Wurst schlagen natürlich doppelt zu Buch, dafür zählt die Base gar nichts.«

387

»Was für 'ne Base?« Natürlich Lilo.

»Ernährungswissenschaftlich versteht man darunter die Grundlage einer gesunden Ernährung, die bei keinem Essen fehlen sollte. Sie fördert die Verdauung ...«

»Ich glaube, die wird hier viel zu viel gefördert. Der Tee heute Morgen war ja auch nicht ohne!« Immer noch Lilo. Wenigstens eine, die das Zeug tatsächlich getrunken hat!

»Hat noch jemand Fragen?«

Ich hätte ja eine ganze Menge gehabt, doch in erster Linie hatte ich Hunger. Während ich noch überlegte, was sättigender beziehungsweise länger anhaltend sein würde, Müsli oder Rührei, war Amelie schon enteilt. Dafür kam Gisela und verteilte hektographierte Zettel. »Für jeden ist genau aufgelistet, wer um welche Uhrzeit seine erste kosmetische Behandlung hat. Ab morgen hängt der Plan hier neben dem Büffet. Und nun wünsche ich Ihnen guten Appetit.«

»Keine Angst, den haben wir!«, versicherte Conny und stürzte sich auf den Wurstteller.

Man wird nach so einem Fünf-Punkte-Frühstück tatsächlich satt und bleibt es auch – für die kommenden anderthalb Stunden. Als Überbrückung bis zur nächsten Mahlzeit kann man beliebig viele Äpfel essen. Die sind gratis (und machen noch mehr Appetit!). Oder Früchtetee trinken. Der kostet auch nichts und steht in Thermokannen im Kaminzimmer parat, also dort, wo sich tagsüber alle Oberhaus-Bewohner aufhalten, die nicht gerade in einem der rosa Kämmerlein geölt, gesalbt, gezupft oder auf andere Art gewellnesst werden.

Natürlich hätten wir auch auf die Liegewiese gehen und uns von der Sonne bescheinen lassen können – wenn sie denn geschienen hätte. Nach ihrem morgendlichen Gastspiel hatte sie sich hinter dunklen Wolken verkrochen und kam drei Tage lang nicht mehr hervor. Dank Rosemarie, die mit den Ritualen im Heidehaus schon vertraut war, weil sie das gesamte Beauty-Programm hinter sich hatte und nur noch täglich ihre gewickelten Krampfadern spazieren führte, erfuhren wir Näheres über das, was sich hinter dem ganzen kosmetischen Kauderwelsch verbarg. Weshalb es notwendig war, mit Hilfe einer sündhaft teuren Flüssigkeit die Neubildung meines Struktur-Collagens deutlich zu verstärken, habe ich trotzdem nicht begriffen, aber die ganze Prozedur hat eine Stunde gedauert und war sehr angenehm. Ich lag, eingepackt in Tüchern und mit etwas angenehm Duftenden auf dem Gesicht, auf einer Liege, von irgendwoher kamen Sphärenklänge, und wäre nicht im Nebenraum mit ziemlich viel Geklirr ein Sortiment Flaschen zu Bruch gegangen, dann wäre ich vermutlich eingeschlafen. Ob sich das Struktur-Collagen tatsächlich verstärkt hat, kann ich aber nicht sagen.

Zumindest das Ganzkörper-Peeling war erfolgreich. Man wird sehr kräftig von Kopf bis Fuß mit einer Paste eingerieben, die an zermahlene Kieselsteine erinnert, danach geht man unter die Dusche, und wenn man sich abgetrocknet hat, ist von der Urlaubsbräune nichts mehr übrig geblieben. Die sitzt jetzt im Handtuch!

Wir haben in Algen gebadet (und danach stundenlang gar nicht gut gerochen), mal eine thermoaktive Maske aufs Gesicht geklatscht bekommen und am nächsten Tag eine Eismaske mit Colorbestrahlung, es gab Maniküre, Pediküre, Bürstenmassage und eine Collagen-Flies-Maske, und zwischendurch immer wieder Erfahrungsaustausch im Kaminzimmer bei Früchtetee und Granny Smith.

»Also die Tabea ist ja wohl eine absolute Null«, beschwerte sich Lilo, »wenn ich das, was die als Gesichtsreinigung bezeichnet, bei meinen Kundinnen machen würde, käme keine einzige wieder. Hast du die auch?«, wandte sie sich an mich.

»Nein, meine heißt Sibylle.«

»Ach, das ist die mit den sanften Händen, nicht wahr?«, schwärmte Moni. »Wenn sie mich massiert, schlafe ich regelmäßig ein.«

Lilo nickte. »Ja, die kann auch was. Die hatte ich gestern, als meine Tabea Migräne hatte. Verstehe ich gar nicht, wie kann jemand Migräne kriegen, der schon wie eine Kopfschmerztablette heißt? Ta-be-aa! Klingt doch wie › … dreimal täglich nach den Mahlzeiten.‹«

»Musst du schon wieder vom Essen reden?«

Ach ja, das Essen. Es war jedes Mal ein Vergnügen, die mit viel Geschmack dekorierten Teller entgegenzunehmen, es schmeckte auch immer ausgezeichnet, nur – es war einfach nicht genug. Was nützt es, wenn der täglich wechselnde Blumenschmuck auf den Tischen farblich genau zum Essen passt, aber leider nicht genießbar ist? Lilo hatte ja auch nicht durchgehalten. Offiziell schon, aber dann war sie kurz vor Ladenschluss zum nächsten Supermarkt geradelt – Räder konnte man sich leihen, sie dienten ja der Körperertüchtigung – und hatte sich mit dem Nötigsten eingedeckt wie Chips, Erdnussflips, Müsliriegel und Gebäck. »Das sind alles Vollkornkekse, die machen nicht dick!«

Und dann kam Conny auf die Idee mit dem Bunker-Müsli. Conny hatte ständig Hunger, weigerte sich aber beharrlich, auf normale Kost umzusteigen. »Das ist Solidarität«, hatte sie gleich am ersten Tag gesagt, »ich hau mir doch nicht die Bratkartoffeln rein, während ihr auf drei Stängeln Suppengrün herumkaut! Kommt nicht in Frage. Mitgefangen – mitgehangen!«

»Unsinn!«, hatte Moni protestiert. »Ein paar Pfund mehr auf den Rippen würden dir sogar besser stehen. Wie viel wiegst du denn zur Zeit?«

Conny nannte eine Zahl, von der die meisten von uns nur träumen konnten, doch von ihrem Entschluss war sie nicht abzubringen. Oder fast nicht, denn beim Frühstück wurde sie schon mal schwach. Das Müsli war's, dem sie nicht widerstehen konnte, hausgemacht nach einem von der Köchin erfundenen Rezept, dessen Zusammenstellung im Haus Heide genauso geheim gehalten wurde wie in Amerika die Mixtur von Coca-Cola. Angeblich war Amelie die einzige Mitwisserin, leider eine absolut verschwiegene. »Einige Zutaten werden vorher geröstet«, hatten wir der Köchin schließlich doch entlocken können, aber das hatten wir schon selber herausgefunden. Am dritten Morgen und nach der zweiten Portion Müsli füllte Conny ihr Schälchen zum dritten Mal, goss Milch darüber und stellte es ganz hinten in den Kühlschrank. »Das ist für heute Abend vor dem Schlafengehen. Da habe ich immer am meisten Hunger!«

»Ich werd' verrückt, die Conny bunkert Müsli!«, schrie Lilo. »Das ist überhaupt ...«

Was es denn ›überhaupt gewesen‹ ist, haben wir nicht mehr erfahren, weil Renate ihr ganz schnell den Mund zugehalten hatte, aber als das Büffet abgeräumt wurde, war die große Müslischüssel leer, während sich in den beiden Kühlschränken sechs kleine Schälchen aneinander reihten, von den davor stehenden Flaschen restlos verdeckt. Rosemarie hatte sich nämlich von »diesem Selbstbetrug« distanziert, und ich habe meine Portion auch nicht gegessen, sondern an Conny abgetreten. Was nützen die ganzen guten Vorsätze, wenn man mittendrin doch wieder schwach wird?

Unsere Mittag- und Abendmahlzeiten nahmen wir weiterhin im Unterhaus ein, wo wir zunehmend das Missfallen der dortigen Bewohner erregten. Nicht nur, dass wir grundsätzlich geschlossen einmarschierten, während die anderen Damen nur einzeln oder bestenfalls zu zweit erschienen wie Kabeljau und Bernhard, wir setzten uns auch sofort zusammen, quasselten weiter, lachten und debattierten die einzelnen Behandlungen, die wir gerade hinter oder noch vor uns hatten. Bis auf Rosemarie duzten wir uns inzwischen alle, warum auch nicht, wir saßen quasi im selben Boot und würden uns nach dieser gemeinsamen Woche voraussichtlich nie wieder sehen. Doch dann besuchte uns Amelie im Kaminzimmer, bat um einen Moment Gehör und eröffnete uns, dass sich die Damen des Unterhauses über uns beschwert hätten. Sie fühlten sich diskriminiert, da wir sie überhaupt nicht zur Kenntnis nähmen, nicht einmal während der Mahlzeiten würden wir Gemeinschaftssinn beweisen, obwohl es doch gar keine Tischordnung gebe, an der Morgengymnastik nähmen wir auch nie teil, und ob wir denn was Besseres wären?

»Ganz im Gegenteil! Wir sind doch die Proletarier, weil wir uns nicht mal zum Abendessen umziehen«, konterte Renate sofort, »oder haben Sie wirklich noch nie den Einzug der Gladiatorinnen miterlebt?«

Amelie sah uns der Reihe nach fragend an. »Ich weiß nicht, was Sie meinen.«

»Ich meine die in Seide und Chiffon gehüllte, mehr oder weniger vorteilhaft geschminkte Damenriege, die sofort nach dem Abendessen enteilt, um im Kurhaus oder in einem der anderen Festsäle das Tanzbein zu schwingen.«

»Warum sollten sie nicht?«, wunderte sich Amelie. »Hier hat doch niemand Hausarrest.«

»Aber es wird auch niemand gezwungen, sich ihnen anzuschließen, um sich von älteren Herren zwischen dem zweiten und dritten Frühling auf die Zehen treten zu lassen.«

Diese durchaus richtige Feststellung entlockte Amelie denn doch ein leichtes Lächeln. »Ich will Sie bestimmt nicht zu einem geselligen Beisammensein zwingen, doch falls es Ihnen nicht allzu viel ausmacht, wäre ich dankbar, wenn sich die eine oder andere wenigstens während der Mahlzeit an einen der übrigen Tische setzte.« So, jetzt war es heraus! Amelie erhob sich, nickte uns allen zu und ging.

»Also wir sind vom Strafdienst befreit«, meldete sich Steffi sofort, »schließlich haben wir gleich am ersten Abend mit diesem komischen Gespann an einem Tisch sitzen müssen. Weiß eigentlich jemand, ob und wie die zusammengehören?«

Rosemarie wusste. »Das sind Tante und Nichte, die sind

schon zum vierten Mal hier, aber gebracht hat es wohl noch gar nichts.«

»Bei wem?«, erkundigte sich Lilo.

»Bei der Nichte.«

»Ich finde, die Tante hätte es viel nötiger.«

»Es geht wohl weniger um das Äußere, als vielmehr um das mangelnde Selbstbewusstsein von der Nichte. Sie heißt übrigens Roswitha, schon allein der Name ist ein Hinderungsgrund. Der zweite dürfte die Fischfabrik sein, ist ja doch ein bisschen anrüchig.«

»Wieso? Arbeitet sie da?«

»Nein, die gehört der Tante, aber der Sohn erbt sie mal, und mit dem ist sie verheiratet.«

»Die Tante?«

»Die Nichte!«

»Also nun noch mal von vorne!«, verlangte Conny. »Die Tante hat eine Fischfabrik, die ihr Sohn mal erben wird, ja? Ich schätze, das dauert noch eine Weile, denn Tantchen sieht ziemlich kregel aus, aber das steht ja nicht zur Debatte. Wenn ich das richtig verstanden habe, dann ist der Sohn mit Roswitha verheiratet, folglich ist die Tante gar keine Tante, sondern Roswithas Schwiegermutter.«

»So gesehen, ja«, stimmte Rosemarie zu, »aber sie ist auch die Schwester ihrer verstorbenen Mutter, und sie meint, Tante klingt besser als Schwiegermutter.«

»Dann hat Roswitha also ihren Cousin geheiratet. Darf man das überhaupt?«

»Man darf«, bestätigte Renate, »was glaubt ihr denn, weshalb so viele Mitglieder des europäischen Hochadels einen an der Waffel haben?« Sie schüttelte den Kopf. »Ich habe zwar noch nie was von einer adeligen Fischfabrik gehört, meine Heringsdosen kaufe ich meistens bei Aldi, aber ich verstehe nicht, weshalb der Besitz eines solchen Unternehmens zu Minderwertigkeitskomplexen führen soll.«

Conny nickte. »Fisch ist gesund, wenn man mal von dem bisschen Cadmium absieht, und teuer ist er auch. Also ich hätte nichts gegen so eine kleine Fabrik einzuwenden. Aber was hat die ganze Geschichte mit unserer Beautywoche zu tun?«

Rosemarie zögerte. »Eigentlich hätte ich das gar nicht erzählen dürfen, denn ich habe ein Gespräch zwischen Tante und Nichte belauscht. Unabsichtlich natürlich«, beteuerte sie sofort, »und auch ungewollt, ich lag nämlich in der Kräuter-Badewanne und die beiden Damen im Nebenraum unterm Solarium, die hatten mich gar nicht bemerkt. Da hat sich Roswitha über ihren Mann beschwert, weil der ihr schon wieder Vorwürfe gemacht hat von wegen schüchtern sein und verklemmt, sie solle endlich mehr aus sich machen, und nur, wenn sie von dieser Schönheitsfarm käme, sei es eine Zeit lang mit ihr auszuhalten. Alles andere hat mir Marianne erzählt, die immer meine Wickel macht. Sie hat Tante und Nichte schon zweimal hier erlebt und kennt sogar Roswithas Mann. Muss wohl ein ziemliches Ekel sein.«

»Eine Fischfabrik wiegt vieles auf«, meinte Conny, »und weil wir ja alle kommunikationsfreudige Menschen sind, schlage ich vor, zwei oder drei von uns setzen sich heute jeweils an einen Tisch von den Unterhäuslern. Ich gehe freiwillig zu Roswitha!«

»Hast du überhaupt dein kleines Schwarzes mit?«, sorgte sich Moni. »Natürlich nicht, aber ich werde meinen Bademantel mit Renates silbernem Gürtel schließen.«

Das hat sie dann doch nicht getan, denn er hätte nicht zu ihrem sehr individuellen Make-up gepasst. Conny hatte nämlich ein kleines Hautproblem, das sich gelegentlich zu einem etwas größeren entwickelte, je nachdem, ob die Pusteln in ihrem Gesicht von allein wieder verschwanden oder sich vermehrten. »Ich bin eben aus der Pubertät nie rausgekommen, das hält mir meine Mutter seit fünfzehn Jahren vor. Nicht wegen der Pickel, sondern weil ich am liebsten Pommes mit Ketchup esse und mich immer noch für ABBA begeistern kann.«

Nun waren die weiß bekittelten Fachfrauen in den unteren Räumen des Heidehauses auch in der Behandlung von Akne geschult, denn nicht umsonst wurden im Hausprospekt die speziell in die Ferien gelegten Beauty-Wochen für Jugendliche angepriesen. Als besonders hilfreich erwies sich eine weiße Creme, die auf jeden einzelnen Pickel getupft wurde, wo sie wenig später zu einer harten Masse erstarrte. Die in ihrer Konsistenz an Rauputz erinnernde Paste musste zwei Stunden auf dem Gesicht bleiben und verlieh ihrer Trägerin – je nach Anzahl der weißen Pünktchen – das Aussehen eines noch jungen oder doch schon recht überalterten Fliegenpilzes. Da diese Prozedur jeden Tag wiederholt werden musste, schlossen wir eine Wette über die Höchstzahl der zu erwartenden Pickel-Paste-Punkte ab. Jede von uns musste die geschätzte Zahl auf einen Zettel schreiben und in einen Umschlag stecken, den Gisela in Verwahrung nahm. Wer am weitesten drunter oder drüber liegen würde, musste am letzten Abend eine Flasche Sekt spendieren. Die tägliche Zählung fand natürlich in Anwesenheit sämtlicher Bewohner des Oberhauses statt.

Nur der Vollständigkeit halber: Gewonnen hatte Moni, die mit ihren geschätzten 36 Tupfern nur um zwei danebengelegen hatte, während Lilo voll eingefahren war. Sie hatte 51 PPPs notiert, dabei waren es zur Hauptblütezeit am vierten Tag doch nur 38 gewesen. Da Conny sich freiwillig gemeldet hatte, musste nur noch die zweite Teilnehmerin für das kurzzeitige Exil ausgelost werden. Es traf Renate. »Auch gut, dann habe ich es wenigstens hinter mir.«

»Auf welchem Gebiet bist du bewanderter, Conny«, stichelte Steffi auf dem Weg nach unten, »Fischfang oder Hundezucht?«

»Als drittes Thema käme noch ›Wandel der Mode durch die

Jahrzehnte‹ oder so ähnlich in Frage«, schlug Renate vor, »Tantchen ist nämlich in den frühen Sechzigern stehen geblieben, und Roswitha trägt anscheinend die Kleider ihrer Mutter auf.«

»Ich glaube, mein ungewöhnliches Make-up wird genug Gesprächsstoff liefern«, winkte Conny ab, »schließlich hat mich das Unterhaus in diesem Aufzug noch nie gesehen.«

Das war richtig. Meistens bekam sie ihre Pickelpaste am frühen Nachmittag aufgetragen, so dass bis zum Abendessen alle Spuren wieder beseitigt waren, nur hatte das heute zeitlich nicht geklappt. Als Abendessen gab es diesmal ein hauchdünnes Putenschnitzel, verborgen unter einem bunten Gemüsebeet, dazu wahlweise Mineralwasser oder roten Tee, deklariert als Johannisbeer/Kirsche. In den Vasen farblich abgestimmte Wickensträuße – alles sehr hübsch, sehr schmackhaft und bis auf die Blumen bestimmt auch sehr gesund. Während wir betont langsam aßen, weil sich erst dann – angeblich! – viel früher das Sättigungsgefühl einstellt, warfen wir immer wieder einen Blick hinüber zu unseren unfreiwillig Abtrünnigen. Im Gegensatz zu Conny, die Tantchen und Roswitha sogar mehrmals ein Lachen entlocken konnte, hatte Renate offenbar den falschen Tisch erwischt. Ihr Gegenüber waren die weißblonde Barbie-Puppe und jene dunkelhaarige, in sich gekehrte Frau, die kaum mal mit jemandem ein Wort wechselte. Sie war uns nur deshalb aufgefallen, weil sie ständig ihren Walkman in der Bademanteltasche hatte und sich jedes Mal absonderte, sobald sie die Kopfhörer aufsetzte.

»Wahrscheinlich hört sie Modern Talking oder Julio Iglesias und will nicht, dass es jemand mitkriegt«, hatte Lilo vermutet, die allerdings auch den halben Tag mit Knopf im Ohr herumlief. Das hätte ja niemanden gestört, wenn sie dabei wenigstens den Mund gehalten hätte, aber nein, oft genug sang sie lauthals mit, und zeitweise hatten wir sogar erwogen, sie mit einem Knebel im Mund an den nächsten Baum zu binden; mit dieser Methode hatten bekanntlich die Gallier ihren Troubadix zum Schweigen gebracht.

Endlich war das Essen vorbei, und wir hörten erstaunt, wie sich Conny von ihren beiden Tischnachbarinnen verabschiedete. »Wir sehen uns ja bestimmt nachher noch, oder nicht?«

Doppeltes Nicken, Spurt in die ›Lobby‹ zum großen Fernseher, »nur wegen der Nachrichten«, wie Tantchen versicherte, »man muss doch auf dem Laufenden bleiben.«

»Stimmt es eigentlich, dass der Rotbarsch ausstirbt?«, rief Lilo hinterher, doch das hatte Tantchen schon nicht mehr gehört.

»Roswitha will dich hoffentlich nicht offiziell in das Unterhaus einführen«, empfing Moni ihre Freundin, »oder wie sonst ist deine Bemerkung zu verstehen, ihr würdet euch nachher noch sehen?«

»Wenn der ganze Tross raufkommt, lässt sich das wohl kaum vermeiden.« Conny sah uns der Reihe nach an. »Oder habt ihr das heutige Abendprogramm vergessen?«

Tatsächlich, das hatten wir! Dabei würden wir doch endlich erfahren, welcher Frauentyp wir sind, also Vamp, Hausmütterchen oder Karrierefrau, selbstbewusst mit Durchsetzungsvermögen oder verschüchtert wie Roswitha, die vor ihrem Mann kuscht und am liebsten in einer Ecke sitzt, wo sie auf zwei Seiten von einer Wand geschützt wird. ›Typenberatung‹ nannte sich die Veranstaltung, und durchgeführt wurde sie von einer Stylistin, was immer man sich darunter auch vorzustellen hatte.

Sie saß auch schon im Kaminzimmer, trank Tee (echten!) und rauchte, was natürlich verpönt, nichtsdestotrotz gestattet war, allerdings nur in diesem Raum beziehungsweise im Park, wo jene schweigsame Dame mit dem Walkman in der einen Hand und einer Zigarette in der anderen schon wieder ihre Runden drehte. »Vielleicht muss sie zu Hause immer auf'n Balkon«, mutmaßte Steffi, »und jetzt schmeckt ihr der Glimmstängel bloß noch an der frischen Luft.«

Nach und nach trudelten die Bewohner des Unterhauses ein, diesmal nicht in Chiffon und Taft, sondern sportlich-leger oder in dem, was Damen der gehobeneren Einkommensklasse darunter verstehen. Tantchen trug eine Art Hausanzug aus grün-goldenem Samt, Roswitha ebenfalls, nur bestand der aus grauem Frottee und sah genauso aus. Die Barbie-Puppe erschien in weißer Seide, die übrigen, meist älteren Damen gaben sich einem ungeschriebenen Gesetz entsprechend gedeckt, dunkelblau war am meisten vertreten, passte auch am besten zum Goldschmuck, auf den selbst hier, wo wir doch ganz entre nous waren, niemand verzichten wollte.

Als Letzte erschien Amelie, wieder im Mini, wieder hoch bestöckelt, unterm Arm einen Packen Glänzendes. »Guten Abend, meine Damen, wie ich sehe, sind Sie vollzählig versammelt, und unsere Frau von Halder ist auch schon da. Deshalb schlage ich vor, wir fangen gleich an. Wenn ich Sie also in den Salon bitten darf ...«

Der Salon war ein nahezu quadratischer Raum, in dem zwei schon leicht ramponierte Sofas standen, mehrere Tische und Sessel aus verschiedenen Stilepochen, die letzte musste die gleich nach der Nierentisch-Ära gewesen sein, sowie ein Sortiment Stühle der Kategorie ›fürs Wohnzimmer schon zu abgesessen, aber noch zu schade für den Sperrmüll‹. Mittelpunkt des Salons war ein Schminktisch mit großem Spiegel, davor ein weinrotes, goldverziertes Sesselchen, wohl ehemals dem nächstgelegenen Stadttheater gehörend und bei der letzten Inventur ausgemustert.

Wir verteilten uns auf die vorhandenen Sitzgelegenheiten, wurden jedoch wieder hochgescheucht, weil wir zusammenrücken und uns mit Blickrichtung Schminktisch niederlassen sollten. Frau von Halder, wegen ihrer markanten Gesichtszüge von Renate sofort in das Pferd umbenannt, erklärte uns auch, warum. »Ich werde jetzt jede einzelne Dame hier vor den Spiegel bitten, ihre Haare abdecken und ihren Oberkörper abwechselnd in Gold- beziehungsweise Silberlame hüllen. Dann werden wir zusammen abstimmen, welcher Stoff ihr am besten steht. Auf diese Weise ermitteln wir nämlich, wer von Ihnen ein warmer Typ ist und wer ein kalter.«

»Müssen wir uns dazu ausziehen, oder geht das auch ohne oben ohne?« Lilo natürlich, wer sonst?

Selbstverständlich brauche sich niemand zu entkleiden, sagte das Pferd und bat die erste Dame nach vorn. Niemand wollte. »Dann machen Sie doch den Anfang, Frau Harmsen! Nur zur Demonstration, Sie wissen ja ohnehin schon, zu welchem Typ Frau Sie gehören.«

»Zu dem mit Haaren auf den Zähnen natürlich!«, wisperte Conny, als sich Tantchen erhob und zu dem spinnenbeinigen Sessel schritt. »An Roswithas Stelle hätte ich sie schon längst den Haien vorgeworfen.«

»Vielleicht hätte sie's sogar getan, wenn es in der Nordsee welche gäbe«, flüsterte Steffi zurück.

Frau Harmsen bekam ein Handtuch über ihren Dutt und zwei Meter Goldlamé um den Oberkörper gewickelt, wir sagten erwartungsgemäß »oohh« oder »sieht toll aus!«, dann entfernte das Pferd die goldene Stoffbahn und drapierte eine silberne.

»Davon ein Abendkleid, bodenlang und ganz eng!« Einen sehnsuchtsvollen Blick warf Lilo auf den schimmernden Stoff, wohl wissend, dass ganz eng für sie nicht mehr in Frage kam. »Früher hatte ich auch mal eine 40er Figur, aber mein Mann hält's mehr mit den vier M«, hatte sie mir gleich am ersten Abend erzählt, »da habe ich mich eben angepasst.«

Die vier M kannte ich von früher, als nämlich in der EG die Milchschwemme begann und man den sinkenden Verbrauch mit der Behauptung ankurbeln wollte, Milch mache Männer munter. Inwieweit das stimmt, weiß ich nicht, Rolf trinkt keine, er akzeptiert Milch nur in fester Form als Pudding und Eiscreme, aber was diese vier M mit Lilos nicht mehr so ganz schlanker Taille zu tun hatten, konnte ich mir nicht erklären. Also Rückfrage: »Was sind denn die vier M?«

»Ist doch ganz einfach: Manche Männer mögen's mollig.«

Na bitte! Zufriedenheit auf beiden Seiten, was spielen da ein paar Kilo mehr auf der Waage für eine Rolle? Und überhaupt: Wann hat Durchschnittsfrau denn schon mal die Möglichkeit, ein hautenges bodenlanges Abendkleid zu tragen?

Tantchen thronte immer noch goldverbrämt, doch offensichtlich zweifelnd auf ihrem Sessel, obwohl wir einstimmig entschieden hatten, dass Silber nicht zu ihr passte. »Das ist auch ganz natürlich«, sagte das Pferd, »Frau Harmsen ist ein warmer Typ.«

Wie bitte? Unter dieser Bezeichnung hatte ich bis dato etwas ganz anderes verstanden, Männer also, die gar keine richtigen sind (Omis lapidare Erklärung, als ich sie mit etwa zehn Jahren fragte, was denn Schwulsein bedeute; in den Vierzigern hat's nämlich noch keine *Bravo* gegeben!).

Conny beugte sich wieder zu mir herüber. »Verstehe ich nicht, wie kann sie ein warmer Typ sein, wenn doch alle Fische Kaltblütler sind?«

»Sie ist ja kein Fisch«, flüsterte ich zurück, »sie sieht bloß so aus. Denk mal an einen schönen fetten Bückling mit seinen goldfarbenen Schuppen ...«

Danach war die Nichte dran. Silber kam nicht in Frage, Gold eigentlich auch nicht, sah aber immer noch besser aus, also auch ein warmer Typ, die nächste Dame bitte ...

Das gesamte Unterhaus fand sich selber goldig und hatte Recht. Nur Püppi war damit nicht einverstanden. »Ich liebe kalte Farben«, trumpfte sie auf, »und würde nie etwas Goldenes anziehen.«

Das Pferd schüttelte den Kopf und deutete auf Püppis Hosenanzug. »Das müssen Sie auch nicht«, wieherte – nein, sagte es, »aber Sie sollten kein reines Weiß tragen, sondern ein gebrochenes, und …«

»Ich lasse mir von Ihnen nicht vorschreiben, was ich anzuziehen habe!«

»Das tu ich doch gar nicht, ich wollte nur …«

»Über Geschmack lässt sich nicht streiten, entweder man hat ihn, oder man hat ihn nicht!«, trumpfte Püppi auf und ließ keinen Zweifel daran, zu welcher Kategorie sie sich zählte.

Bevor sich die beiden Kontrahentinnen nicht nur verbal in die Haare gerieten, sprang Conny in die Bresche. »Jetzt bin ich neugierig geworden.« Sie setzte sich vor den Spiegel. »Ich friere immer so schnell, also müsste ich doch schon deshalb ein warmer Typ sein, nicht wahr?«

»Unsinn«, widersprach Moni, »frieren tust du, weil du viel zu dünn bist, aber dass du die falschen Farben trägst, habe ich dir schon oft genug gesagt. Dieses orangefarbene Sweatshirt zum Beispiel …«

Es verschwand gerade unter dem Goldlamé. »Bitte nicht so hoch am Hals, Rollkragen steht mir nämlich nicht.« Zweifelnd betrachtete Conny ihr Spiegelbild. »Ich weiß gar nicht, woher ich immer den Mut nehme, da reinzugucken.«

»Warum denn nicht? Seitdem die Pickelpaste runter ist, siehst du doch wieder ganz menschlich aus«, widersprach Renate.

»Findest du?« Und dann nach kurzem Zögern: »Hast ja Recht, wer schöner ist als ich, ist sowieso bloß geschminkt!« Sie nahm das Tuch wieder ab. »Jetzt möchte ich mal den silbernen Umhang probieren. Ich bin doch nur ein Kind aus dem Volke, was soll ich mit Gold?«

Unter der silbernen Stoffbahn sah sie ganz verändert aus. Es schien, als spiegelten sich ihre grauen Augen in dem schimmernden Stoff, der wiederum einen wunderbaren Kontrast zu dem dunklen Haar bildete. »Das isses«, rief Moni sofort, »du musst kalte Farben tragen!«

Bei Steffi war's genau umgekehrt. »Verzichten Sie auf kräftiges Blau«, empfahl das Pferd und legte ihr noch einmal den goldenen Stoff über die Schultern, »Sie brauchen warme Töne, gedämpftes Rot, dunkles Gelb, Orange …«

»Du kannst mein Sweatshirt haben«, rief Conny dazwischen, »das ziehe ich bestimmt nicht mehr an.«

»Abgemacht! Dann kriegst du meinen blauen Pullover, der ist noch so gut wie neu. Ich habe mir nämlich nie so richtig darin gefallen.« Ich nahm als Letzte auf dem Stühlchen Platz, und bei mir dauerte es auch am längsten, bis sich die Jury halbwegs einig geworden war. Angeblich gehöre ich zu den Sowohl-als-auch-Typen, die alles tragen können (und deshalb auch nie wissen, was ihnen denn nun wirklich steht!). Mit diesem goldenen Lappen unterm Kinn gefiel ich mir allerdings noch weniger als mit Silber. Es musste schon seinen Grund gehabt haben, dass ich vor vierzig Jahren keinen goldenen Trauring wollte, sondern einen aus Platin, aber Rolf hatte gemeint, eine Küche sei wichtiger, und 333er täte es auch.

Frau von Halder verteilte kleine Kärtchen, auf denen genau angegeben war, wer denn nun welche Farben tragen sollte, um seinen Typ am vorteilhaftesten zu unterstreichen, aber weil ich meine verbummelt habe und Steffi ihre mitsamt dem Prospektmaterial des Heidehauses in den Papiercontainer geschmissen hat, werden wir wohl auch weiterhin falsch angezogen sein.

»Weiß jemand von euch, wer oder was die fünf Tibeter sind?«

»Ali, Abdel, Achmed, Kemal und Hussein«, kam es sofort von Conny zurück.

»Du verwechselst da was! Tibet liegt nicht in Arabien!« Zwar hatte ich keine Ahnung, welche Vornamen in der dortigen Gegend gerade en vogue waren, aber Achmed und Ali klangen in meinen Ohren mehr nach Wüste als nach ›Dach der Welt‹.

»Ich glaube, Sie meinen die tibetanische Morgengymnastik«, schaltete sich Rosemarie ein, die frisch gewickelten Beine sorgfältig in die Jogginghose schiebend. »Das sind Entspannungs- und Konzentrationsübungen, jedenfalls auch wieder so etwas, wonach man sich äußerst wohl fühlen soll.«

»Am wohlsten fühle ich mich auf'm Sofa mit'm Buch in der Hand und 'ner Tasse Tee auf'm Tisch«, sagte Steffi, »das muss ich nicht erst trainieren.«

Ich blicke durch diese ganzen asiatischen Sportarten sowieso nicht mehr durch. Früher gab's bloß Judo, das hätte ich seinerzeit wahnsinnig gern gelernt, um endlich mal Klaus oder Ulli besiegen zu können. Als Kinder hatten wir uns nämlich dauernd in den Haaren gelegen, doch meistens hatte ich den Kürzeren gezogen. Ich hatte mir schon ausgemalt, wie ich ganz lässig mit einer einzigen Handbewegung meinen Erzfeind Ulli auf den Boden werfen würde, nur hatte mir Omi einen Strich durch die Rechnung gemacht. »Das ist nichts für Mädchen!«, hatte sie entschieden und mich vertröstet, ich käme ja bald in den BDM, da werde Sport bekanntlich ganz großgeschrieben.

»Die machen doch bloß Reigentänze oder hopsen mit Keulen durch die Wiesen, was hat denn das mit Sport zu tun?« Dieses Herumgehüpfe hatte ich in der ›Wochenschau‹ gesehen, die im Kino immer vor dem Hauptfilm lief, und für so was hatte ich mich schon damals nicht begeistern können. Aber Judo – ja, das wär's gewesen!

Heute gibt es Karate und Taek Won Do und Budokan und Kendo und ich weiß nicht, was noch alles, aber meine frühere Begeisterung hat erheblich nachgelassen. Die durchgehauenen Ziegelsteine beeindrucken doch sowieso keinen Menschen mehr, und seitdem ich beinahe mal die Polizei benachrichtigt hätte, weil mitten im Wald …

Damals hatte Dackel Otto nicht nur noch gelebt, sondern war im Gegensatz zu späteren Jahren ausgesprochen wanderlustig gewesen. Besonders sonntags, und da am liebsten ganz früh am Morgen. Vorausgesetzt, die Sonne schien. Im Sommer scheint sie relativ häufig, sogar sonntags, und so bin ich manches Mal, während die restliche Sippe noch schlief, auf dem Wanderweg Nr. 1 durch den Wald getrabt. Er führt runter zum See mit seinen vollgefressenen Karpfen, umrundet ihn zur Hälfte, gabelt sich, und wenn man die falsche Abzweigung erwischt, kommt man erst am Friedhof wieder raus. Ich hatte die falsche genommen und wäre nach wenigen Schritten beinahe über Otto gestolpert, der plötzlich stehen geblieben war, seine Haare hochstellte und zu knurren anfing. Und dann sah ich es auch: Auf einer kleinen Lichtung stand ein Wesen mit langen blonden Haaren und überhaupt nichts an. Das Gesicht zur Sonne gewandt, schien es in einen rituellen Tanz versunken. Es bewegte sich wie in Zeitlupe, hob mit fließenden Bewegungen langsam die Arme, malte mit den Händen geheimnisvolle Zeichen in die Luft, trat einen Schritt vor, dann einen zweiten, senkte den Kopf, reichte einem imaginären Gegenüber eine nicht vorhandene Schale … wer immer diese junge Frau sein mochte, irgendetwas konnte mit ihr nicht stimmen. Und der See bloß um die Ecke, zwar nicht sehr tief, aber Selbstmörder ertrinken ja auch in der Badewanne. Und sooo weit weg ist das Psychiatrische Landeskrankenhaus gar nicht, erst neulich hatte man einen geistig verwirrten Mann am Ortseingang aufgegriffen. Wie er dorthin gekommen war, hatte er nicht erklären können.

Das Normalste wäre natürlich gewesen, die Frau anzusprechen, guten Morgen zu sagen oder Sie sind ja schon richtig fleißig … na, Letzteres hätte vielleicht doch etwas dämlich geklungen, aber ich hab's ja sowieso nicht getan, sondern Otto die Schnauze zugehalten, bevor er doch angefangen hätte zu bellen, und bin leise weitergegangen.

Zu Hause habe ich natürlich von dieser merkwürdigen Frau erzählt und von meinem Verdacht, es müsse sich bei ihr um jemanden mit einem mittelschweren Dachschaden handeln. »Ich habe schon überlegt, ob ich nicht die Polizei anrufen soll. Was meint ihr? Wenn die Frau sich was antut, würde ich mir das nie verzeihen.«

»Aber wenn du dich lächerlich machst, würdest du das uns nicht verzeihen!«, hatte Nicole gesagt. »Deine Selbstmörderin hat wahrscheinlich Tai-Chi geübt. Sieht ja wirklich ein bisschen albern aus«, musste sie zugeben, »soll aber zur Selbstbesinnung führen und wie alles Asiatische der körperlichen oder geistigen Gesundheit dienen.«

»Und warum muss man dazu in den Wald? Das geht doch zu Hause auf dem Balkon oder im Garten genauso gut.«

Das wusste Nicki auch nicht. »Vielleicht, weil sonst die ganzen Nachbarn zugucken.«

Und nun also die fünf Tibeter, die keinen Namen hatten und uns morgen früh helfen sollten, den Tag froh und munter zu beginnen. Heute hätte es die Wassergymnastik sein sollen. Wir waren sogar fast vollzählig angetreten, hatten uns zähneklappernd in den nicht gerade warmen Pool gestürzt und waren gemäß Tanjas Weisungen vierzig Meter geschwommen (zweimal zehn Meter hin und zweimal zehn Meter zurück). Sie selbst hatte es vorgezogen, am Beckenrand stehen zu bleiben, wo es wärmer war.

Nun hatten wir zwei Kreise bilden sollen, uns an den Händen fassen, auf die Zehenspitzen stellen (wer unter 1,65 m groß war bekam ernsthafte Schwierigkeiten), im Kreis herumhüpfen, auf den Rücken legen, wieder ein bisschen hüpfen … es war so albern gewesen und hatte mit Gymnastik nicht das Geringste zu tun gehabt, sondern nur bewirkt, dass wir angefangen hatten zu frieren.

»Ob ich einen Krampf simuliere und mal eben ein bisschen absaufe?«, hatte Conny überlegt. »Ich möchte zu gern wissen, ob die dumme Nuss da oben wohl in voller Montur ins Wasser springt, oder ob sie es euch überlässt, mich zu retten.«

Püppi, mit goldflimmernder Badehaube auf den blonden Locken, hatte gejammert, ihr sei kalt, und überhaupt sei das alles hier nicht das, was sie sich vorgestellt habe. »Ich bin schließlich nicht das erste Mal auf einer Beautyfarm. Im vergangenen Herbst war ich in einem entzückenden Club unten im Allgäu, alles nur vom Feinsten. Wir wurden morgens durch Lautsprecher geweckt, auch die Anweisungen für die Morgengymnastik kam über den Lautsprecher, das Frühstück wurde im Zimmer serviert, und dann das Essen ...«, sie war förmlich ins Schwärmen geraten, »... nur französische Küche, sogar für alle, die Trennkost haben wollten. Und von den Mädchen hier, die sich Kosmetikerinnen nennen, hätte keine einzige Chancen gehabt, dort arbeiten zu können.«

»Akustische Morgengymnastik kann ich jeden Tag im Radio haben«, hatte Renate gefaucht, »nur hat die mich noch nie zum Mitmachen animiert. Und allein frühstücken zu müssen ist doch wohl das Langweiligste, was es gibt. Ich wundere mich nur, weshalb Sie nicht wieder hingefahren sind, wenn dort alles viel besser war.«

»Weil dieses Haus bis November ausgebucht ist. Im Gegensatz zu hier, da bekommt man sogar kurzfristig einen Termin. Wen wundert's?«

Wir hatten immer noch gehüpft oder schon wieder, das weiß ich nicht mehr, aber Tanja war nichts anderes mehr eingefallen, und dann war es Conny gewesen, die unseren Frühsport abrupt beendet hatte. Sie war zur Treppe geschwommen, aus dem Wasser gestiegen, und während sie sich abtrocknete, hatte sie unsere Animateurin vom hellblauen Polohemd bis zu den hautengen weißen Leggings gemustert. »Bei Wassergymnastik gerät man normalerweise ins Schwitzen, aber ich friere jetzt ganz erbärmlich. Allerdings kann man bei diesem Herumgeplätscher auch nichts anderes erwarten.« Sie hatte zu ihrem Bademantel gegriffen. »Glauben

Sie mir, ich weiß, wovon ich rede! Zu Hause gebe ich mehrmals pro Woche Aerobic-Unterricht!«

Noch während sie auf die sichtlich geknickte Tanja herabstandpaukte, waren wir nacheinander aus dem Becken geklettert. »Warum machen Sie das denn, wenn Sie keine Ahnung davon haben?«, hatte Tantchen geforscht. »Ist ja keine Schande, dass man etwas nicht kann, und ich für meine Person hätte lieber wieder Tautreten gemacht.«

»Das hatten wir doch gestern«, war Roswitha eingefallen, »uns wurde aber zugesichert, dass wir jeden Tag auf eine andere Art beginnen werden.«

Na schön, dann morgen eben mit den fünf Tibetern, aber ohne mich! Es würde ohnehin unser letzter Tag sein. Eigentlich schade. Endlich hatte sich die Sonne entschlossen, entsprechend der Jahreszeit kräftig zu scheinen, wir verbrachten unsere Freizeit nicht mehr im Kaminzimmer sondern auf der Liegewiese und hatten uns sogar an die Invasion aus dem Unterhaus gewöhnt, die gleich nach dem Mittagessen mit Schirmchen, Sonnenöl und zwei Badeanzügen zum Wechseln bei uns einfiel. Unten hatten die Bewohnerinnen nämlich nur eine Terrasse, und auf der gab es erstens keinen Schatten und zweitens nur Stühle und keine Liegen, auf die man letztendlich ein Anrecht hatte. Allerdings blieben die ›Damen von unten‹ auch hier oben unter sich, was den Gärtner gelegentlich in sichtbare Schwierigkeiten brachte.

Heinrich war bereits in Ehren ergraut und nach Renates Ansicht schon jenseit von gut und böse, was ihn aber nicht hinderte, immer gerade dann die Sprinkleranlage zu überprüfen oder die Rosen neben der rückwärtigen Tür zu beschneiden, wenn wir in der Sonne brutzelten. Und besonders arbeitswütig wurde er, sobald wir oberhalb des Bauchnabels gar nichts mehr trugen. Erstaunlicherweise gab es sogar vom Unterhaus ein paar Mutige, darunter Püppi, die sich dann immer mit einem überdimensionalen Sonnenhut beschirmte.

Heinrich konnte sich nie auf Anhieb entscheiden, ob er vorne am Haus Unkraut jäten oder weiter hinten die Maulwurfhügel abtragen sollte, je nachdem, ob ihm der Sinn nach vollbusig stand oder nach sportlich-schlank. Lange währte seine Freude sowieso nie, denn es gab ja noch Lisbeth, die ihm vor mehr als vierzig Jahren angetraute Gattin, Herrscherin über Wäschekammern und ab 19 Uhr über die fremdsprachige Putzkolonne. Sobald Lisbeth die besetzten Liegen und gleichzeitig ihren Ehemann im Park entdeckte, klingelte bei ihr die Alarmglocke. Prompt erschien sie in der Tür. »Heiii-niii, die Frau Jonkers hat gesagt, du sollst endlich das Gitter vor dem Duschraum streichen.« Dessen Fenster zeigten in die andere Richtung und entzogen Heinrich den Verlockungen der Liegewiese.

Die konnten wir jetzt richtig genießen (die Wiese natürlich, nicht die Verlockungen. Außer Heinrich gab es weit und breit nichts Männliches auf dem Grundstück, abgesehen von dem Fahrer des Müllautos, der jeden zweiten Tag die Container leerte). Die Gesundheitspflege hatten wir hinter uns, also Bäder, Massagen, Packungen undsoweiter, jetzt ging es nur noch um die Schönheit in Form von Beautymasken, Maniküre, Augenbrauen-Korrektur und was sonst noch dazugehört. Ich hab's sogar mit Yoga probiert, weil das angeblich auch darunter fällt, aber nach fünf Minuten Beine hoch und Kopf runter war mir schwindlig geworden, ich durfte gehen und brauchte nichts zu bezahlen. Yoga war nämlich im Standard-Programm nicht enthalten und kostete extra.

Genau wie das Body-Wrapping. Frei übersetzt heißt das ›den Körper einpacken‹ und fällt im Haus Heide unter den Oberbegriff ›Problemzonen bekämpfen‹. Lobenswertes Angebot, denn welche Frau hat keine? Die meisten fangen doch immer irgendwo in der Taillengegend an.

»Das machen wir, Määm«, hatte Steffi beschlossen, die sich grundsätzlich für zu dick hält, »damit kannst du deine Tail-

lenweite um mehrere Zentimeter verringern. Ich weiß das
von einer Kundin, die das auch gemacht hat.«

Stefanie erfährt alles von ihren Kunden. Wo man am günstigsten Gardinen kauft und auch gleich nähen lassen kann,
dass sie besser erst in zwei Wochen zu ihrem schwulen Friseur gehen soll, weil der Liebeskummer hat und momentan
jeden Haarschnitt versaut, wo es die frischesten Freilandeier
gibt, die preiswertesten Terrassenmöbel und dass der Hun-
desalon in der Kaiserstraße den Besitzer gewechselt hat und
jetzt nur noch Pudel trimmt. Ich kaufe bei uns ja auch gelegentlich Kerzen oder eine Tüte Deko-Sand, würde jedoch nie
auf den Gedanken kommen, mich mit der Inhaberin des Ge-
schäfts, die ich seit zwanzig Jahren kenne, über meine Problemzonen zu unterhalten. Über den Friseur vielleicht, aber
erstens ist meiner eine Sie, und zweitens haben wir sowieso
nicht denselben.

Nun also Body-Wrapping. Ich hatte keine Ahnung, was uns
erwartete, Steffi aber auch nicht, sie vertraute lediglich auf
die versprochene Wirkung, und so zogen wir gleich am zweiten Tag zu Ramses in die Grabkammer. Das war ein nicht allzu großer Raum im Untergeschoss, dessen Wände sandfar-
ben gestrichen und dann mit ägyptischen Motiven bemalt
worden war. Auf einer Seite zogen Kamele durch die Wüste,
auf der anderen war eine Oase dargestellt mit den obligatorischen Palmen und einem Ziehbrunnen, im Hintergrund, geographisch nicht ganz korrekt, das Meer. Pyramiden waren
natürlich auch zu sehen und eine etwas verunglückte Sphinx,
erstaunlicherweise mit intakter Nase. An der Decke kleine
Spots, die bis fast zur völligen Dunkelheit heruntergedimmt
werden konnten, so dass man sich mit etwas Fantasie tatsächlich in eine königliche Grabkammer versetzt fühlte. Es
fehlten nur noch die Mumien.

Body-Wrapping erfordert keine kosmetische Vorbildung
(hilfreich ist allerdings ein gewisses Talent im Verpacken von

sperrigen Gegenständen), und deshalb musste Gisela wieder ran. Sie war sowieso das Mädchen für alles, ein ausgesprochen patenter Kerl, ständig mit einem Lachen im Gesicht, viel Humor und einem gehörigen Schuss Selbstironie. Rein äußerlich passte sie so gar nicht zu den ätherischen Wesen, mit denen wir täglich in den rosa Kabinen konfrontiert wurden. Die waren alle gertenschlank und perfekt geschminkt, nach meiner Ansicht psychologisch völlig falsch, weil niemand von uns trotz einer Woche Tortur mit Salben und Wässerchen auch nur annähernd so makellos aussehen würde.

Gisela dagegen war zwar nicht dick, aber auch nicht schlank, hatte lustige blaue Augen in dem runden Gesicht und eine Haarfarbe, die früher, als sie noch eingetragen werden musste, jeden Passbeamten zur Verzweiflung gebracht hätte. War das nun ein dunkles Blond oder doch schon ein helles Braun? Eigentlich etwas dazwischen, aber wie nennt man das?

Gisela also erschien in der Grabkammer, während wir noch die Wandbemalungen bewunderten. Sie setzte eine Rolle durchsichtiger Folie ab, exakt in der Größe, mit der Hannes und Sven erst unlängst Nickis Auto eingewickelt hatten. Steffi grinste auch sofort. »Vierzig Zentimeter breite Stretchfolie, stimmt's? Wir verkaufen sie in 200-Meter-Rollen. Kriegt ihr die auch über den Großhandel?«

»Keine Ahnung, aber die hier haben immer nur zwanzig Meter drauf. Ich bin doch nicht Herkules, auch wenn ich so aussehe!« Erwartungsvoll musterte sie uns. »Wer macht denn den Anfang?«

»Du!!!«, kam es einstimmig von uns beiden.

»Du hast uns das eingebrockt«, beschuldigte ich meine Tochter, »also musst du auch anfangen.«

»Man soll dem Alter den Vortritt lassen«, konterte sie, »das hast du uns selber immer eingetrichtert.«

Nun schaltete sich Gisela ein: »Es geht schnell, tut ganz bestimmt nicht weh, und danach können Sie sich eine halbe Stunde lang ausruhen.«

»Na gut, der Klügere gibt bekanntlich nach.« Ich begutachtete die an der hinteren Wand stehenden, offensichtlich sehr bequemen Liegen. »Was muss ich denn jetzt tun?«

»Ausziehen!«, sagte Gisela.

»Alles?«

»Alles!«

Erst steht man hüllenlos mit leicht gespreizten Beinen und von sich gestreckten Armen da und wird von Kopf bis Fuß mit Orangen-Öl eingesalbt. Dann muss man strammstehen und die Arme seitwärts an den Körper legen, weil man jetzt in Folie gewickelt wird. Das fängt bei den Waden an und hört erst am Hals auf. Zum Schluss sieht man aus wie eine durchsichtige Mumie, kann sich kaum bewegen und muss wegen der Trippelschrittchen vorsichtig zur Liege geführt werden. Dort kippt man ab, wird in die richtige Lage gebracht, bis obenhin zugedeckt und darf nun dreißig Minuten lang im eigenen Saft schmoren.

Steffi hatte die ganze Prozedur erst schweigend, dann zunehmend feixend und schließlich laut lachend verfolgt. »Du müsstest dich jetzt im Spiegel sehen können, Määm«, gluckste sie, als ich schon halb eingewickelt dastand, »wie ein Stück Schlachtvieh, fertig eingeschweißt für die Tiefkühltruhe!«

»Es hat schon seinen Grund, dass hier kein Spiegel hängt«, sagte Gisela, »sonst würden die wenigsten zur zweiten und dritten Behandlung wieder kommen.«

Nachdem auch Stefanie eingewickelt und in Wolldecken verpackt auf ihrer Liege geparkt worden war, dimmte Gisela das Licht auf späte Dämmerung herunter und wünschte uns angenehme Ruhe. »In einer halben Stunde wecke ich Sie wieder auf.«

»Aber was ist, wenn was ist«, protestierte Steffi, »wir können uns doch überhaupt nicht bewegen.«

»Laut rufen!«, war die lakonische Antwort, »Sie sind ja nicht allein hier unten.« Wohl aus gutem Grund gab es keine Tür zur Grabkammer, nur einen kleinen Vorraum, der zum Gang hin mit einem Vorhang abgeteilt war; gleich gegenüber befanden sich die Kosmetikkabinen.

»Wie fühlst du dich denn?«

»Wie ein Schweinebraten in der Röhre.« Das war nicht übertrieben. Immerhin schwitzte ich schon etwas länger als Stefanie unter meiner Decke, und die Vorstellung, noch mindestens zwanzig Minuten bewegungslos vor mich hindampfen zu müssen, fand ich wenig verlockend. »Meinst du nicht, dass wir in der richtigen Sauna den gleichen Erfolg haben würden?«

»Nein.« Und dann, nach kurzem Zögern: »Wir haben doch selber eine zu Hause, benutzen sie auch regelmäßig, aber abgenommen habe ich davon noch nie.«

»Vielleicht liegt es daran, dass gleich um die Ecke der Kühlschrank steht.«

Sie schwieg beleidigt. Aber nicht lange. »Stell dir mal vor, es würde jetzt dauernd eine Fliege um deinen Kopf schwirren, und du könntest sie nicht vertreiben.«

»In Grabkammern gibt es keine Fliegen.«

»Woher weißt du das?«

»Weiß ich ja nicht, ich nehme es bloß an. Es gab in den Pyramiden doch so viele Gänge bis zum eigentlichen Pharaonengrab, dass jede normale Fliege auf dem Weg dahin entweder krepiert wäre oder noch rechtzeitig aufgegeben hätte und umgekehrt ist.« Es ist schon merkwürdig, über welchen Blödsinn man sich den Kopf zerbricht, wenn man mehr oder weniger bewegungslos daliegt und darauf wartet, aus dieser hilflosen Lage befreit zu werden. Als Gisela endlich kam, war Steffi eingeschlafen und ich kurz davor. »Sie haben uns doch mindestens eine Stunde lang hier schmoren lassen!«

»Genau zweiunddreißig Minuten«, sagte Gisela, hievte

412

mich aus der Horizontalen in die Senkrechte und schnitt meine Fußfesseln auf, damit ich wenigstens wieder laufen konnte. Der Rest ging schnell. Entgegen meiner Befürchtung wurde ich nicht langsam ausgewickelt, wie es mit Mumien normalerweise geschieht, sondern aus meinem Folien-Kokon rausgeschnitten. So ähnlich müssen sich früher die Herren Ritter gefühlt haben, wenn ihre Knappen sie aus den engen Rüstungen geschält hatten.

»Darf ich jetzt duschen?«

Ich durfte und fühlte mich hinterher ausgesprochen wohl. Im Bewusstsein, wieder etwas für mein gutes Aussehen getan zu haben, goss ich mir ein Glas Kräutertee ein, bevor ich mich im Kaminzimmer zu den anderen gesellte.

»Na, wie war's?«, wollte Lilo wissen, die erst schwer mit sich gekämpft hatte und dann doch bei den vier M geblieben war. »Hat's was gebracht?«

»Weiß ich nicht, da unten gibt es ja keine Waagen. Die Stunde der Wahrheit kommt doch erst am Samstag.«

»Also ich habe mindestens zwei Zentimeter Taillenweite verloren«, brüllte Steffi schon an der Tür, »meine Jogginghose sitzt längst nicht mehr so eng.«

»Hat die nicht Gummizug?«, vergewisserte ich mich.

»Und wenn schon. Man merkt doch sofort, wenn sich da was geändert hat.«

Um eventuellen Rückfragen und übertriebenem Optimismus vorzubeugen: Diese ganze Prozedur hat im Grunde genommen nichts anderes gebracht als die Erkenntnis, dass man – verurteilt zu absoluter Bewegungslosigkeit – mal wieder sein Gedächtnis trainieren kann. Schillers Glocke habe ich zwar nicht mehr vollständig zusammengebracht, wir haben seinerzeit die Balladen unserer klassischen Geistesheroen nämlich noch seitenweise auswendig lernen müssen, aber den Taucher kann ich noch, die Bürgschaft und natürlich den König Erl. Vielleicht hätte ich auch noch die Kraniche des

Ibykus geschafft, aber da war das dritte Body-Wrapping vorbei gewesen, und ein viertes ist normalerweise nicht vorgesehen.

»Die Kleider sind gerade gekommen!« Rosemarie, wieder mal auf Wickeltour durch den Park, hatte ihre Runde kurzfristig unterbrochen, um ihr Taschenfläschchen mit einer weiteren Portion Tee – diesmal war's Kamille – aufzufüllen. »Ich glaube aber nicht, dass für mich etwas dabei ist.«

Amelie hatte gestern während des Abendessens den ›lieben Damen‹ mitgeteilt, dass eine ihr bekannte und äußerst talentierte junge Modeschöpferin sich entgegenkommenderweise bereit erklärt habe, ihre Kreationen vorzuführen beziehungsweise zum Verkauf anzubieten. Wer Interesse habe, könne sich gegen fünfzehn Uhr im Salon einfinden.

Interesse hatten wir natürlich, Zeit auch, weil wir alle auf die Fußpflegerin warteten, die von außerhalb kommen sollte und längst überfällig war. Bis sie uns der Reihe nach abgefertigt hätte, würden Stunden vergehen. Das halbe Unterhaus hatte sich zwar gleich nach dem delikaten ›Bunten Gemüseteller‹ – von Steffi als »Ikebana auf'm Teller« bezeichnet – zu einem Bummel durch die knapp sechshundert Meter lange Fußgängerzone entschlossen, vermutlich mit Endstation *Bei Angelo* und seinen Eisbechern, doch zur Modenschau wollten die Vergnügungssüchtigen auf jeden Fall zurück sein.

Waren sie auch. Tantchen Kabeljau hatte sich in der ortsansässigen Apotheke mit Sonnencreme eingedeckt, Nichte Roswitha trug einen Schuhkarton. Wie jemand, der in Hamburg wohnt und unendlich viele Geschäfte quasi vor der Haustür hat, in einem kleinen Provinzstädtchen Schuhe kaufen kann, ist mir ein Rätsel, doch an Roswitha war vieles rätselhaft.

Ich hatte mal eine Viertelstunde lang mit ihr zusammen in der Sauna gesessen und dabei gemerkt, dass sie keineswegs so unbedarft war, wie sie sich gab. Sie schien im Gegenteil eine gehörige Portion Humor zu besitzen und konnte ganz schön sarkastisch werden.

Püppi kam auf mich zugeschossen, in jeder Hand eine Tüte. »Ich habe sogar ein Buch von Ihnen gekauft!«

Irgendwie war mein ›Doppelleben‹ durchgesickert, wahrscheinlich durch Renate und das vermeintlich nur geliehene Geburtstagsgeschenk, aber da mich niemand vom Unterhaus auf mein Pseudonym angesprochen hatte, schien auch niemand meine Bücher zu kennen, und darüber war ich heilfroh. Anderenfalls hätte ich mich vermutlich nicht mehr so unbefangen bewegen können, und vor allem Steffi wäre die Leidtragende gewesen. »Stört es Sie denn nicht, wenn Sie sich in den Büchern Ihrer Mutter immer wieder finden? Stimmt es wirklich, dass Sie als Kind nur Lederhosen getragen haben?« usw. Sie kennt das zwar, steht auch geduldig Rede und Antwort, aber dass ihr die immer gleichen Fragen inzwischen zum Halse heraushängen, kann wohl jeder nachempfinden.

Nun hatte also ausgerechnet Püppi eins meiner Bücher gekauft, stand erwartungsvoll vor mir und erwartete eine entsprechende Reaktion. Vielleicht Dankbarkeit?

»Hoffentlich wird es Ihnen gefallen. Welchen Titel haben Sie denn ausgesucht?«

»Da muss ich erst mal nachsehen.« Sie zog das Taschenbuch aus der Tüte. »Werden sie denn nie erwachsen?«, las sie vor. »Ist das was zum Lachen?«

»Das hatte ich zumindest beabsichtigt«, gab ich zu. »Soll ich Ihnen etwas hineinschreiben?«

Nun schien sie in ernsthafte Schwierigkeiten zu kommen. Zweifelnd drehte sie das noch so neu glänzende Buch in den änden und besah es von allen Seiten, dann gab sie sich einen Ruck und hielt es mir entgegen. »Na ja, das dürfen Sie!«

Da ist mir dann wirklich nichts mehr eingefallen! Dass mir jemand ausdrücklich gestattete, nicht nur meinen Namen, sondern eine persönliche Widmung in ein Buch zu schreiben, hatte ich bis dahin noch nicht erlebt, doch man lernt ja immer wieder dazu. So lieh ich mir von Lilo den Kugelschreiber, mit dem sie unermüdlich Kreuzworträtselkästchen füllte, und kritzelte etwas von zur Erinnerung an die gemeinsam ertragene Fastenwoche oder so ähnlich ins Buch, klappte es zusammen und gab es zurück.

»Danke«, sagte Püppi, und »ich habe sogar noch ein zweites von Ihnen gekauft, aber da müssen Sie nichts reinschreiben.«

»Dafür bin ich Ihnen wirklich dankbar«, konnte ich mir nicht verkneifen, bevor sie das andere Buch hervorholte.

»Das ist nicht von mir!« Weder kannte ich das Umschlagbild noch den Titel, lediglich der Name kam mir bekannt vor, und davon auch nur die zweite Hälfte. »Friedhelm würde ich zwar den ausschließlich männlichen Vornamen zuordnen«, klärte ich Püppi auf, »aber von den Sanders gibt's in jedem Großstadt-Telefonbuch mindestens zwei Spalten.«

»Ach, dann haben Sie das hier gar nicht geschrieben?«

»Nein.«

»Ich habe mich auch schon gewundert, weil es nämlich was mit Natur zu tun hat und mit chinesischer Heilkunst.«

»Davon habe ich nun wirklich keine Ahnung!« Die Chinesen haben bekanntlich das Papier erfunden, nicht aber den Computer. Sie werden schon gewusst haben, warum nicht. Das stundenlange Sitzen am Schreibtisch mit dem PC vor der Nase ist nicht gerade gesundheitsfördernd, und gerade die Chinesen legen doch so großen Wert auf körperliche Unversehrtheit. Inzwischen haben sie aber auch Computer und mit ziemlicher Sicherheit ein adäquates Mittel gegen Rückenschmerzen!

»Schade«, bedauerte Püppi, »ich interessiere mich nämlich sehr für Akupunktur und das alles und hatte geglaubt, Sie könnten mir einiges darüber erzählen.«

Bevor sie ihre wohl noch bescheidenen Kenntnisse der chinesischen Heilslehre ausführlicher definieren konnte, kam – nein, schwebte Conny mit ausgebreiteten Armen auf die Liegewiese. Eingehüllt in ein grünliches Gewand aus Musselin oder einem ähnlich leichten Stoff mit Streublümchen drauf und einem Volant in der Wadengegend hüpfte sie auf Zehenspitzen durch das frischgemähte Gras. Die Haare, tagsüber meistens mit einem Gummiband zusammengehalten, trug sie offen. »Ich bin ein Hippie-Flower-Power-Kind …«

»Ich hab ihr gleich gesagt, sie soll ihr Bunker-Müsli von gestern ins Klo kippen«, grummelte Moni vor sich hin, »das hat vorhin schon so komisch gerochen. Bestimmt war es gegoren.«

»… Flower-Power-Kind«, trällerte Conny weiter, »und wer auch eins werden will, muss sich das passende Outfit holen!«

»Die is nich high, die spinnt bloß!«, diagnostizierte Lilo den gegenwärtigen Zustand ihrer Freundin. »Is ja auch kein Wunder nach fast einer Woche Weiberknast bei unzulänglicher Ernährung und täglicher Folter in den rosa Zellen!«

»Wo hast du den Fummel überhaupt her?« Diese formlosen, bis zur Wade reichenden Kleider gehörten doch in die sechziger Jahre zu Woodstock, Bob Marley, LSD und *We Don't Need No Satisfaction?* Doch bevor Conny antworten konnte, kam schon das zweite Blumenkind angetänzelt, ein etwas spätes zwar, aber nicht weniger stilecht mit einem braunen Sack bekleidet, der bis auf die Füße reichte und nur drei Löcher für Kopf und Arme hatte. Dafür kamen auf diesem schlichten Gewand die vielen Ketten aus Holz- und Glaskugeln zur Geltung. Nur Renates gepflegter Kurzhaarschnitt passte nicht ganz dazu, zur Hippie-Zeit trug man die Haare lang und ungewaschen.

Ich kam mir vor wie im falschen Film, und erst als Amelie mit der jungen talentierten Modeschöpferin von Anfang Vierzig aus dem Haus kam, wurde mir alles klar. Auch das kreative Talent trug knöchellang, allerdings aus Seide, und da sah die ganze Sache schon wesentlich besser aus.

»Guten Tag allerseits«, sagte das Talent und grüßte mit leicht erhobener Hand, eine Geste, die es Lieschen König abgeguckt haben musste, wenn die sich aus gegebenem Anlass mal wieder ihren Untertanen zeigt. »Sicher haben Sie sich über die beiden Kleider aus einer längst vergangenen Epoche gewundert, und obwohl sie schon über dreißig Jahre zurückliegt, kehren einzelne Elemente dieser unbeschwerten Mode immer wieder in den ständig wechselnden Trends zurück. Auch ich habe versucht, eine Brücke zwischen der damaligen und der heutigen Zeit zu schlagen, doch ob mir das gelungen ist, müssen Sie selber beurteilen. Eine Auswahl meiner Modelle finden Sie im Salon.«

»Also bitte, meine Damen, nur Mut!«, ermunterte uns Amelie, bevor sie hinter ihrem Gast ins Haus zurückging.

Um es kurz zu machen: Die Resultate von Madame Angelines Brückenschlag konnten sich sehen lassen. Zwar war sie kein einziges Kleid losgeworden, doch das hatte hauptsächlich daran gelegen, dass ihre Kreationen bei Konfektionsgröße 40 endeten. Da passte außer Conny keine von uns mehr rein, und der waren alle Kleider zu kurz. »Selbstverständlich wird jedes gewünschte Modell nach Ihren Maßen angefertigt und zugeschickt«, beteuerte Madame, Tantchen ein stahlblaues Kleid vor den recht ausgeprägten Busen haltend.

»Das ist eine kalte Farbe, Tante Hilde«, protestierte Roswitha, »die steht dir nicht.«

»Aber wer sagt denn das?« Madame griff zu einer Federboa und schlang sie Tantchen um den Hals. »Auf die Accessoires kommt es an.«

»Na, ich weiß nicht«, murmelte Steffi, »jetzt sieht sie aus wie ein Masthuhn in der Mauser.«

Wir prusteten los, doch Madame zeigte sich unbeeindruckt, zumal sich Tantchen nach längerem Zögern Maß nehmen ließ, »aber nur, wenn ich das Kleid in Lavendel bekommen kann.«

Selbstverständlich sei das möglich, bestätigte Madame.

»Und ohne diesen Mottenfiffi, so was hat meine Großmutter vor dem Ersten Weltkrieg getragen.«

Nun ja, das sei Geschmacksache, stimmte Madame zu, eine lange Perlenkette zum Beispiel würde den gleichen Zweck erfüllen.

Püppi hatte sich erst für einen weißen Blazer mit goldenen Applikationen interessiert, war dann zu dem kleinen Schwarzen übergewechselt, das aber gar kein Kleid war, sondern ein Unterrock, und war schließlich bei einem tomatenroten Kaminkleid hängen geblieben. »Davon hätte ich gern fünf Stück in Größe 44 und 46.« Sie nahm das allgemeine Erstaunen milde lächelnd zur Kenntnis. »Natürlich nicht für mich, ich trage 38/40, sondern für meine Boutique.«

»Ach, dann sind wir quasi Kolleginnen?«, freute sich Madame. »Wo befindet sich denn Ihr Geschäft?«

»In Frankfurt«, sagte Püppi, »in einer sehr günstigen Lage, nur ein paar hundert Meter vom Hauptbahnhof entfernt. Und fast nur Stammkundschaft.«

»Na, logisch, alle aus dem Rotlichtviertel«, flüsterte Rosemarie, die ebenfalls in der Gegend von Frankfurt wohnte, »das beginnt doch gleich hinter dem Bahnhof.«

Gern hätten wir noch ein bisschen gestöbert und anprobiert, doch Punkt achtzehn Uhr beendete Amelie die Modenschau. »Frau Harmsen und Frau Waible bitte zur Pediküre, wir haben doch noch eine zweite Fußpflegerin bekommen, und die anderen Damen denken bitte daran, dass Sie ab zwanzig Uhr Kirsten beraten wird, die Starfriseurin aus dem Salon Pour Vous.«

Richtig, die fehlte ja noch. Wir hatten im Laufe der Woche erfahren, ob wir ein kalter oder ein warmer Typ sind, danach hatten wir gelernt, mit welchen Farben wir uns richtig schminken (Ich habe mir zwar den ganzen Krempel gekauft, bin jedoch nie so richtig damit klargekommen! Steffi übrigens auch nicht, aber bei ihr sehen die Selbstversuche immer noch wesentlich besser aus als bei mir …), und nun wird uns Kirsten heute Abend erzählen, dass und weshalb wir alle die falsche Frisur haben. Roswitha hält allerdings große Stücke auf sie. »Sie modelt einen nicht um«, hatte sie mir in der Sauna erzählt, »aber sie macht das Optimale aus dem, was da ist. Und das ist manchmal verdammt wenig, dafür bin ich das beste Beispiel.«

Wieder versammelten wir uns im Salon, und wieder stand mitten im Raum der Schminktisch mit dem großen Spiegel und dem Sesselchen davor, nur herrschte diesmal eine wesentlich gelockertere Atmosphäre. Mehr oder weniger kannten wir uns jetzt alle (meist allerdings weniger, denn die unsichtbare Schranke zwischen Ober- und Unterhaus bestand nach wie vor), und dank Lilo, für die Diskretion ein Fremdwort ist, wussten wir nun auch das Geheimnis jener schweigsamen Dame mit dem Walkman am Ohr. »Die will sich nämlich die Qualmerei abgewöhnen«, hatte uns Lilo verraten, ausgerechnet sie, die angeblich noch nie eine Zigarette angerührt und folglich auch keine Ahnung von den Qualen hatte, denen ein ›Raucher auf Entzug‹ ausgesetzt ist.

»Und wie soll das funktionieren? Etwa durch Hypnose per Kassette?« Ein paar halbherzige Versuche hatte ich ja auch schon hinter mir, meistens nach einer saftigen Erkältung mit Halsschmerzen und Fieber, doch sobald es mir besser ging, war ich wieder rückfällig geworden, was meine Familie sogar noch mit sichtlichem Aufatmen zur Kenntnis genommen hatte. »Wenn die Zigarette wieder schmeckt, hat sie das Schlimmste überstanden!«

»So richtig habe ich das sowieso nicht kapiert«, hatte Lilo gesagt, »aber wenn sie sich eine Zigarette anstecken will, muss sie erst die Kopfhörer aufsetzen und auf den Knopf drücken, dann kommt ganz fürchterliche Musik, und wenn sie das lange genug macht, wird sie jedes Mal, sobald sie zur Zigarette greift, an diese Musik erinnert und lässt es bleiben.«

»Das scheint aber eine Methode mit Langzeiteffekt zu sein.« Ich deutete unauffällig zu der potenziellen Abstinenzlerin, die sich gerade wieder die Kopfhörer aufsetzte, bevor sie Zigaretten und Feuerzeug hervorholte. »Sie befindet sich ja immer noch in der Anfangsphase, nämlich grauenvolle Musik und Nikotin.«

Da kann sowieso irgendwas nicht stimmen! Weshalb gibt es denn neuerdings wieder so viele jugendliche Raucher, obwohl jahrelang gerade bei Teenys die Qualmerei verpönt gewesen ist? Ob sich vielleicht Hard Rock und Technomusik nur dauerhaft ertragen lassen, wenn man zwischendurch eine kurze Zigarettenpause einlegt? Immerhin habe ich durch einige Jahrzehnte den wechselnden Musik-Geschmack meiner Nachkommen verfolgen und über mich ergehen lassen müssen, angefangen bei *Alle meine Entchen* … über Vader Abraham und die Schlümpfe bis zu Major Tom und Madonna, aber zum Rauchen hätten die mich bestimmt nicht animiert. Wenn ich allerdings an die Geräusche denke, die heutzutage aus voll aufgedrehten Stereo-Anlagen dröhnen, dann bin ich mir nicht mehr so sicher. Zum Glück muss ich mir dieses Synkopen-Gehämmere ja nicht mehr anhören, ich stehe nämlich mehr auf Chopin, Tschaikowsky und zwischendurch auch mal Glenn Miller und Frank Sinatra. Bloß bei denen gewöhnt man sich das Rauchen bestimmt nicht ab!

Zurück zu unserem Frisuren-Abend und zu Kirsten, der Starfriseurin aus der nächstgelegenen Großstadt, die ja gar nicht sooo groß ist und trotzdem einen über die Stadtmauern hinaus bekannten Frisiersalon (pardon, natürlich Coiffeur-Salon!) hat. Im Übrigen war Kirsten selbst das beste Model für ihre Fähigkeiten, denn ihre schicke Kurzhaarfrisur erweckte nicht nur bei Steffi Neid. »Da sitzt jedes Härchen, und trotzdem sieht das Ganze aus wie bloß mal mit den Händen durchgefahren.«

»So weit kommt's noch«, protestierte die ergraute Dame aus dem Unterhaus, »wozu bezahle ich denn alle zwei Wochen achtzig Mark, wenn man hinterher nichts davon sehen würde?«

Das allerdings war schwer vorstellbar, denn sie trug niedliche kleine Kringellöckchen, die mich immer an dieses Kräuselband erinnerten, mit dem Floristen so gern die Zellophan-Umhüllung der Blumensträuße zubinden.

Steffi war auch die Erste, die sich auf das goldene Stühlchen setzte und interessiert zusah, wie ihr Kirsten kreuz und quer durch die noch vor zwei Stunden sorgfältig geföhnte Frisur fuhr. »Sie haben wunderbar dichtes, kräftiges Haar«, meinte sie, »nur sollten Sie der Farbe ein paar Glanzlichter geben.«

»Tönen kommt nicht in Frage!«

»Du lieber Himmel, nein! Was ich meine, wären einige Strähnchen in Ihrer natürlichen Haarfarbe, nur eben ein paar Nuancen heller. Außerdem sollten wir hier an der Seite etwas kürzen« – sie zupfte ein bisschen Haar hinters Ohr – »und dann natürlich am Hinterkopf auspointen.«

Steffi nickte begeistert, obwohl sie keine Ahnung hatte, was auspointen eigentlich bedeutete (ich aber auch nicht!), erklärte sich mit allem einverstanden, was Kirsten vorgeschlagen hatte und wurde zu dem Tisch gleich neben der Tür geschickt, wo Kirstens Gehilfin saß und alles notierte, was ihre Herrin gesagt hatte.

Die nächste Kandidatin war Conny. »Bei mir verzweifeln alle Friseure«, sagte sie sofort, »ich habe zu dünnes Haar und zu wenig, dazu noch das falsche Gesicht, und überhaupt hält bei mir keine Frisur länger als anderthalb Tage.«

»Das gibt's gar nicht!« Kirsten prüfte Haaransatz und Struktur, empfahl einen anderen, vor allem moderneren

Schnitt, ein Auspointen des Hinterkopfes sowie eine Kürzung der Headline, und als Conny zustimmend nickte, wurde auch sie an das Tischchen zu Manuela beordert.

»Sie müssen sich mir gegenüber zu nichts verpflichtet fühlen«, erklärte Kirsten mit einem Blick in die Runde, »ich mache lediglich Vorschläge, die Sie Ihrem Friseur weitergeben können, sofern Sie das möchten. Wer jedoch von mir einen Haarschnitt haben möchte, der sollte sich den morgigen Abend frei halten, weil ich dann noch einmal herkommen würde.«

Bis auf zwei Damen vom Unterhaus, die »leider schon anders disponiert« hatten, meldeten wir uns alle zur Verschönerung an. Bei mir musste nämlich auch am Hinterkopf ausgepointet werden, außerdem sollte ich meine mir redlich verdienten grauen Haare etwas aufhellen lassen, und die Frisur könnte ruhig etwas pfiffiger sein, hatte Kirsten gemeint. Besonders mit Letzterem war ich absolut einverstanden und ließ mich in Manuelas Liste eintragen. Aber was auspointen heißt, wusste ich noch immer nicht. Fragen wollte ich auf keinen Fall, als Frau von Welt hatte man das offenbar zu wissen, und wer gibt schon gern zu, dass er als Provinzbewohner in mancher Hinsicht noch hinter dem Mond lebt?

»Die Kirsten tut mir jetzt schon Leid«, sagte Renate, als wir Oberhäusler uns gegen elf Uhr zur Manöverkritik im Kaminzimmer zusammenfanden, »die hat morgen Abend ein Mammutprogramm.«

Lilo nickte. »Wir anderen sind ja alle ganz friedlich, aber Püppi hat sich auch vormerken lassen, und die würde ich als Kundin um keinen Preis der Welt haben wollen. Ich kenne diese Typen! Sie wissen alles, können alles, und das natürlich viel besser als man selbst, und zum Schluss ist man sogar bereit, ihnen Geld zu geben, damit sie endlich verschwinden und nie mehr wieder kommen.« Sie seufzte. »Tun sie ja auch nicht, stattdessen erzählen sie überall herum, dass sie jetzt endlich eine neue Kosmetikerin, Friseurin oder wen auch immer gefunden haben, ›nämlich eine, die endlich mal was kann. Dafür fahre ich gern die zwanzig Kilometer nach Kleinkleckersdorf‹«, imitierte Lilo die Piepsstimme von Püppi. »Dabei ist bei der sowieso nichts mehr zu retten! Sie hat eine Gesichtshaut wie meine Großtante, und die ist einundachtzig.«

»So alt ist Püppi nun wirklich noch nicht«, protestierte ich, »obwohl sie um sieben Uhr früh manchmal so aussieht.«

Wer im Wintergarten sitzt, sollte allerdings nicht mit Blumentöpfen schmeißen! Schon seit einiger Zeit putze ich morgens meine Zähne unter der Dusche, damit ich mich dabei nicht dauernd im Spiegel sehen muss! Aber weil Schlaf vor Mitternacht der Schönheit besonders dienlich sein soll, was zwar längst widerlegt, jedoch eine gute, wenn auch meistens mild belächelte Ausrede für senile Bettflucht ist, verabschiedete ich mich und ging schlafen.

»Das wird heute eine lange Nacht!« Conny studierte den Stundenplan, der hektographiert neben jedem Frühstücksgedeck lag. »Ich bin erst um viertel vor neun dran.«

»Morgens?«, wollte Lilo wissen, dabei in ihr Wurstbrötchen beißend. Sie hatte die 1000-Kalorien-Diät endgültig aufgegeben und holte jetzt alles nach, worauf sie während der ersten drei Tage verzichtet hatte. »Da wollten wir doch eigentlich einkaufen gehen?«

»Abends, du Schaf! Und wenn du gestern mal deine Topfdeckel von den Ohren genommen hättest, dann wüsstest du, dass wir inzwischen umdisponiert haben. Den Blumenstrauß machen wir selber!«

Lange hatten wir überlegt, in welcher Form wir den guten Geistern in Küche und Keller die wohlverdienten Trinkgelder zukommen lassen könnten. Der übliche Briefumschlag erschien uns zu profan, die Pralinenpackung mit den unter das

Zellophanpapier geschobenen Geldscheinen zu fantasielos, und von einem Blumenstrauß samt dezent überreichtem Kuvert hätte niemand so richtig etwas gehabt. Doch vermutlich wäre es dabei geblieben, hätte nicht Renate plötzlich gesagt: »Wir basteln selber einen Strauß. Aus Geldscheinen!«

»Und wie stellst du dir das vor?« Immerhin hat Steffi eine gewisse Erfahrung in der Herstellung künstlicher Sträuße, auch wenn hierfür in erster Linie Floristin Lissy zuständig ist. Und es auch besser kann! Geldscheine hat sie allerdings nie dazu genommen.

»Genau weiß ich das selber noch nicht, nur so ungefähr.« Dann wollte Renate wissen, ob Lilo die leeren Tüten ihrer Notverpflegung schon entsorgt oder immer noch in den Tiefen ihres Koffers versteckt habe.

»Natürlich sind die noch da. Oder glaubst du, ich würde sie hier im Haus so einfach in den Papierkorb werfen? Dann wäre ich doch restlos unten durch!«

»Bist du sowieso schon. Das Personal sieht bekanntlich alles! Vor allem Chipskrümel auf dem Teppich und Schokoladenpapier-Kügelchen auf dem Fensterbrett.«

Lilo seufzte. »Ich weiß ja, dass ich das nicht sollte, aber ein Riegel Schokolade enthält gerade so viel Energie, wie man braucht, um den nächsten zu nehmen.«

Nach dem frugalen Frühstück – ich hatte mir diesmal sechs Punkte zugebilligt, morgen hatte die Kalorienzählerei sowieso ein Ende, also kam es jetzt auch nicht mehr drauf an! – teilte Renate ihre Hilfstruppen ein. Bis auf Moni, die musste noch zur Pediküre, die Fußpflegerinnen hatten gestern doch nicht mehr alle Kundinnen geschafft.

Da Renate bei meiner Tochter gewisse Grundkenntnisse voraussetzte, sollte sie einen mittelgroßen Blumentopf besorgen. »Sag Heinrich, er darf nicht so vergammelt sein.«

»Das isser doch noch gar nicht«, kalauerte sie, allerdings ohne Erfolg.

»Außerdem muss Erde in den Topf, am besten Sand.«

»Und wo finde ich Heinrich?«

»Woher soll ich das wissen? Sieh doch mal nach, ob draußen schon jemand oben ohne liegt.«

Es lag niemand, und deshalb musste sich Steffi notgedrungen auf die Suche nach dem Gärtner machen. Das konnte eine Weile dauern.

Rosemarie, frisch gewickelt und bereit, zum letzten Mal ihre kaum noch sichtbaren Krampfadern spazieren zu führen, wurde beauftragt, Blühendes mitzubringen. »Ich weiß nicht, was jetzt im Wald so wächst, vielleicht Fingerhut oder irgendwas an den Bäumen, aber ein paar Stängel mit was Buntem dran brauche ich.«

Von mir erwartete Renate, dass ich den Park nach ungefähr zwanzig Zentimeter langen Stöckchen absuche. »Möglichst grade, nicht zu dick und trotzdem stabil.«

»Eine spezielle Holzart muss es aber nicht sein, oder?«

Natürlich nicht, sie würden ja nur gebraucht, um später die künstlichen Blumen daran zu befestigen.

Bevor auch Conny zwecks Organisierung einer weiteren Zutat des Do-it-yourself-Buketts ins Grüne geschickt werden konnte, wurde sie abberufen. Zur Maniküre, dem definitiv letzten Punkt des Schönheitsprogramms. Nach dem Mittagessen sollten wir uns dann so allmählich in den rosa Katakomben einfinden, wo uns die jeweilige Kosmetikerin den Pflegepass aushändigen und für Fragen zur Verfügung stehen würde. Selbstverständlich könnten wir die während der Behandlungen verwendeten Produkte auch käuflich erwerben.

Im Klartext hieß das: Wir haben dir jetzt vier Tage lang alles Mögliche ins Gesicht und auf die Haut geschmiert, vielleicht hat's ja geholfen, falls nicht, liegt es nur daran, dass die Zeit zu kurz gewesen ist und du die Sache jetzt selbst in die Hand nehmen musst. Hier hast du eine Auswahl all jener Cremes und Wässerchen, mit denen wir dich gewellnesst haben, nun nimm gefälligst ein Sortiment davon mit! Wenn du nicht genug Bares dabei hast ... Kreditkarten tun es auch!

Doch so weit war es ja noch gar nicht. Erst einmal trabte ich durch den Park, bückte mich nach jedem Zweiglein, das etwas stärker war als eine Tannennadel, aber entweder war es krumm gewachsen oder so trocken, dass es sofort brach. Nach zehn Minuten hatte ich die Faxen dicke und zog mich für eine Zigarettenpause hinter den Pool zurück. Da war noch am wenigsten vom Wind zu spüren, denn sonst würde ich das Streichholz nie anzünden können. Und dabei kam mir im wahrsten Sinne des Wortes die Erleuchtung! Beim Anblick der vielen kleinen Hölzchen in genau der richtigen Stärke dachte ich zuerst an Zahnstocher, die natürlich viel zu kurz wären, verlängerte sie im Geist und – war wenige Minuten später in der Küche. »Hätten Sie wohl ein Dutzend Schaschlik-Stäbchen für mich?«

Als ich mit meiner Beute zurückkam, war Renate schon emsig bei der Arbeit. Die Chips- und Flipstüten hatte sie auf passende Größe zusammengeschnitten, daraus Blüten geformt und so geschickt zusammengenäht, dass in der Mitte eine kleine Vertiefung offen blieb. Dort hinein sollten die Blütenkelche in Form von zusammengerollten Geldscheinen gesteckt werden. Und weil Lilo nicht nur quantitativ, sondern auch qualitativ sündigte, also die teureren Marken bevorzugte, waren manche Tüten innen mit Silberfolie beschichtet, was dem späteren Strauß natürlich ein besonders edles Aussehen verleihen würde.

»Wer geht denn freiwillig zur Bank Geld wechseln? Wir brauchen kleine Scheine. Je mehr desto vieler!«

Lilo musste ran, sie war als Einzige abkömmlich. Moni saß noch bei der Pediküre, Steffi befand sich offenbar immer noch auf der Suche nach einem Blumentopf samt Erde, Conny wollte nicht wegen der letzten Pickelpaste im Gesicht (nur noch 11 PPPs), und ich konnte nicht, weil ich in zehn Minuten auch meinen Termin hatte.

»Wie viel soll ich denn einwechseln?«

»Gute Frage, die nächste bitte!«, sagte Conny. Und dann: »Vielleicht sollten wir erst mal herausfinden, wie viel wir geben wollen.«

Weil wir vier das aber nicht allein herausfinden wollten, andererseits die hiesige Bank wie fast alle ländlichen Banken um halb eins die Schalter schließt, damit ihre Mitarbeiter zu Hause essen können, zog Lilo ohne genauere Direktiven ab. »Ich werde mal zwanzig Zehnmarkscheine holen. Was übrig bleibt, wird ja nicht schlecht. Bis zum Euro ist es noch eine Weile hin.«

Allzu üppig würde der Blumenstrauß sowieso nicht werden, denn im Gegensatz zum voll besetzten Unterhaus waren wir hier oben nur sieben Bewohner, weil die angekündigten Drei-Tage-Gäste wegen Sommergrippe abgesagt hatten. »Umso besser«, hatte Steffi gemeint, »wer weiß, was da gekommen wäre!«

Erst zum mittäglichen Fischessen fanden wir uns wieder zusammen, von Lilo als ›panierte Gräten‹ bezeichnet, was jedoch nicht stimmte, denn die Tierchen waren gar nicht paniert. Dann wäre ja wenigstens ein bisschen was dran gewesen. Aber der Salat dazu war ausgezeichnet und der Pfirsich hinterher nur ein ganz kleines bisschen hart. Dafür würde es zum Abendessen etwas ganz Besonderes geben, versprach Gisela, während sie die Mineralwasser-Flaschen verteilte. Außerdem werde man die Henkersmahlzeit gemeinsam und in Anwesenheit von Frau Jonkers am großen runden Tisch einnehmen.

»Wieso Henkersmahlzeit«, rief Lilo quer durch den Raum, »gibt es denn morgen kein Frühstück mehr?«

»Sei nicht so verfressen«, zischelte Conny, »sechs Kilometer hinter der Autobahn-Auffahrt kommt ein McDonalds. Bis dahin wirst du es wohl aushalten können!«

Natürlich gebe es morgen noch Frühstück, sagte Gisela, nur gehe es da meistens schon etwas hektisch zu, manchmal seien bereits Abholer da, und deshalb finde der offizielle Abschied immer am letzten Abend statt.

»Na, das kann ja heiter werden«, prophezeite Conny auf dem Rückweg ins Oberhaus, »gemütliches Beisammensein bei Fencheltee und Small Talk über die Wirksamkeit von Kräuterbädern. Weiß jemand von euch, wann unsere Friseurin kommt?«

Moni wusste. »Erst nach Geschäftsschluss, also kann sie frühestens um halb acht hier sein. Ich frage mich nur, wann sie fertig sein will. Wenn ich gestern richtig gezählt habe, dann warten heute fünfzehn Kundinnen auf sie.«

»Sie wird ein Bataillon von Helfern mitbringen«, vermutete Lilo.

»Au ja«, freute sich Renate, »let's have a party! Ich sehe gleich mal nach, ob genügend Sekt im Kühlschrank steht.«

Um halb vier hatte ich wunderschöne Hände mit zartrosa getönten Fingernägeln und um fünf meinen Pflegepass sowie eine zartrosa Lackpapiertüte mit zwei Döschen drin, neun Fläschchen unterschiedlicher Größe und einem Nail-Care-Set mit fünf Feilen. Ich breitete sie gerade auf meinem Bett aus, als Steffi ins Zimmer trat. »Ach, du auch???«

»Na ja, sie haben mich überzeugt.« Ich streckte ihr meine Hände entgegen. »So gepflegt haben die schon lange nicht mehr ausgesehen.«

»Du hast ja auch eine Woche lang nichts anderes getan, als dich pflegen zu lassen. Silk-Lotion auf dem Handrücken ist eben besser als Aufwischwasser mit Meister Proper drin.« Sie deutete auf die Tüte. »Und was hast du da noch?«

Ich kippte den Inhalt aufs Bett. »Nur zwei Cremes, ein Facefluid, eine Reinigungsmilch und sechs Ampullen von dieser fantastischen Erfrischungsmaske, also lediglich das, was ich ohnehin gebraucht hätte. Dabei habe ich mich noch zurückgehalten! Renate hat mindestens die doppelte Menge eingekauft.« Ich sammelte meine Schätze wieder ein und verstaute sie in der Kommode. »Und wie sieht's bei dir aus? Bist du tatsächlich standhaft geblieben?«

»Natürlich nicht!« Sie öffnete den Kleiderschrank und zog aus dem oberen Fach eine zartrosa Lackpapiertüte heraus. »Das Nagel-Set habe ich natürlich auch gekauft, weil die Feilen viel schonender arbeiten als die üblichen aus Metall.« Die äugte in die Tüte. »Na ja, und dann noch ein bisschen Creme und Lotions und den Lippenbalsam, schon wegen der trockenen Luft bei uns in der Halle, jedenfalls im Winter, die Erfrischungsmaske habe ich auch mitgenommen … aber du hättest mal sehen sollen, was sich Rosemarie alles hat einpacken lassen! Dagegen bin ich direkt bescheiden gewesen.«

Keine Ahnung, weshalb wir uns gegenseitig für unsere Einkäufe entschuldigten. Passiert nämlich nie, wenn wir zusammen auf Shoppingtour sind. Vielleicht liegt es daran, dass man Pullover und Schuhe einfach haben muss, weil man ja nicht nackt herumlaufen kann, das ist nämlich verboten; Kosmetika dagegen sind nicht lebensnotwendig, sondern in erster Linie teuer, und deshalb wäre es in jedem Fall familienfreundlicher, für dieses Geld Heizöl zu kaufen oder Energiesparlampen, dann hätten wenigstens alle was davon.

»Hast du schon mal in deinen Pflegepass geguckt?«

Nein, hatte ich noch nicht. Sibylle hatte ihn mir vorhin zwar gegeben, doch ich hatte ihn lediglich zu den anderen Sachen in die Tüte gesteckt. Jetzt zog ich das kleine – na, was wohl? – rosa Büchlein aus der Tüte und schlug es auf. »Also habe ich doch Recht behalten! Amelie dichtet!« Vor der akkuraten Auflistung, was man ihm wann und weshalb auf Gesicht, Hals und Arme aufgetragen und einmassiert hatte, sollte den Gast wohl eine *Kleine Lebensphilosophie* von der Notwendigkeit dieser Prozeduren überzeugen. »Steffi, hör mal zu:

Innere Schönheit kann keiner nehmen,
Kosmetik allein auch nicht geben.
Beide zusammen ergeben ein Paar.
Dann freut man sich auch auf jedes weitere Lebensjahr,
das ist doch sonnenklar.
Amelie Jonkers.«

leierte ich herunter. »Mal abgesehen von dem Versmaß, das nicht nur hinkt, sondern sich auf Krücken stützt, bestreite ich den Wahrheitsgehalt dieser Aussage. Auf mein neues Lebensjahr habe ich mich zum letzten Mal an meinem einundzwanzigsten Geburtstag gefreut, weil ich da volljährig geworden war und mir endlich einen Plattenspieler auf Abzahlung kaufen konnte.«

»Wieso erst mit einundzwanzig?«

»Wahrscheinlich haben sich erst in den siebziger Jahren die Hersteller von Autos, Motorrädern, Fernsehern und ähnlichen Konsumgütern Gedanken darüber gemacht, dass viele Jugendliche mit achtzehn Jahren zwar schon Geld verdienen, es aber noch nicht so ohne weiteres ausgeben dürfen, weil sie erst mit einundzwanzig volljährig werden. Diesen umsatzschädigenden Zustand konnte man nur ändern, indem man die potenziellen Kunden per Gesetz ein paar Jahre früher für geschäftsfähig erklärte. Dein Bruder hat übrigens dazugehört. An seinem achtzehnten Geburtstag hatte sich Sven zum Beweis seiner Volljährigkeit ein Luftdruckgewehr gekauft und damit nach Ansicht eures Vaters ein sichtbares Zeichen seiner geistigen Reife gesetzt!«

Steffi lachte. »Daran kann ich mich sogar noch erinnern. Auch, dass man ihm ein paar Wochen später das Ding aus'm Auto geklaut hat.«

Es klopfte, dann steckte Conny den Kopf durch die Tür. »Renate lässt fragen, ob wir uns nachher den Gepflogenheiten des Unterhauses anpassen oder unseren uniformen Modestil beibehalten sollen?«

»Letzteres natürlich!«, entschied Steffi sofort. »Nur weil Roundtable angesagt ist, müssen wir uns doch nicht verkleiden.«

»Stimmt eigentlich! Bevor Kirsten kommt, hätte ich mich sowieso wieder umgezogen. Abgeschnittene Haare in der Bluse kitzeln immer so entsetzlich.«

Gegen sechs fanden wir uns nacheinander im Kaminzimmer ein, als Letzte Lilo mit einer Flasche unterm Arm und sieben kleinen Plastikbechern in der Hand. »Die habe ich vom Wasserspender im Kurhaus geklaut.«

»Den Sherry auch?« Mit geübtem Blick hatte Renate schon von weitem den vermutlichen Inhalt der Flasche ausgemacht.

»Nee, da haben sie ja keinen. Der hier stammt aus'm Supermarkt. Ging ganz leicht!« Sie groß die Becher halb voll.

Entsetztes Schweigen. Dann die zaghafte Stimme von Moni: »Willst du etwa andeuten, du hast wirklich …«

»Quatsch, dazu bin ich doch viel zu dämlich! Ich trau mich ja nicht mal, ohne Fahrkarte drei Haltestellen weit mit dem Bus zu fahren.« Sie reichte die Becher herum, und als jeder seinen hatte, nahm sie den letzten und stellte sich in Positur. »Also, Leute, ich will jetzt keine Rede halten, sondern nur sagen, dass das hier eine ganz tolle Woche mit euch war und ich es schade fände, wenn wir jetzt einfach so auseinander gehen. Damit meine ich nicht euch drei« – ihr Blick streifte das Kölner Triumvirat – »wir sehen uns ja oft genug, sondern unsere beiden Schwaben und die aus dem Unterhaus zugewanderte Frau Eilert. Oder darf ich jetzt mal ganz einfach Rosemarie sagen?«

Zustimmendes Nicken der so Angesprochenen.

»Und deshalb finde ich, dass wir diese Schönheitswoche alle zusammen wiederholen sollten. Es muss ja nicht gleich in sechs Wochen sein, aber vielleicht nächstes Jahr? Oder übernächstes? Was haltet ihr davon?«

»Viel!«, sagte Steffi sofort. Erst dann sah sie zu mir herüber. »Oder was meinst du?«

Ich meinte dasselbe. Mir hatten die unbeschwerten Tage mit diesen leicht verrückten Hühnern ausnehmend gut gefallen, und dass ich nicht um einen Deut schöner geworden bin, lag sicher nur daran, dass man innere Schönheit nicht sieht. Sagt Amelie. Und die muss es ja wissen.

»Na, dann ist ja alles klar«, beendete Lilo ihre Ansprache, »gleiche Zeit, gleicher Ort, aber erst im übernächsten Jahr. Prost!«

Wir hoben unsere Becher und tranken auf das geplante Wiedersehen. Danach auf einen hoffentlich amüsanten letzten Abend. Und auf die neuen Frisuren. Conny meinte, wir müssten noch auf das bevorstehende Gala-Diner trinken, damit es möglichst schnell vorübergehe.

Das fanden wir auch, prosteten uns zu, und als sich endlich Rosemarie zu Wort meldete und mit uns Brüderschaft trinken wollte, war die Flasche leer und wir alle in hervorragender Stimmung.

»Dann nehmen wir eben den Sekt!« Lilo steuerte die Tür an. »Ich habe meine verlorene Pickelpastenwette schon kalt gestellt.«

»Den gibt's erst nachher«, entschied Renate, auf die Kaminuhr deutend, »jetzt gehen wir erst zu den fein gemachten Damen ins Unterhaus. Im Gleichschritt marsch!« Sie setzte sich an die Spitze, und wir trabten im Gänsemarsch hinter ihr her.

Es muss für die bereits in ihrem Gemeinschaftsraum wartenden Unterhäusler ein merkwürdiger Anblick gewesen sein, als wir in unseren Bademänteln hereinmarschierten, freundlich nach allen Seiten nickten und uns nebeneinander auf dem großen Sofa niederließen.

Allgemeines Schweigen. Frau Harmsen hüstelte, Roswitha grinste verhalten, Püppi musterte uns mit abschätzigem Blick und wandte sich wieder der neben ihr sitzenden Dame zu. Es war die mit den Kräuselband-Locken. Heute sahen sie allerdings mehr wie Papierschlangen aus. Verständlich, auch diese Dame wollte später von Kirsten verschönt werden.

Leichtes Geplauder setzte ein. In der Sesselecke neben mir debattierte man den erstaunlich niedrigen Dollarkurs (»Da muss man doch wieder einmal nach Ell.Äi! Meine Tochter – sie lebt schon lange in Hollywood, müssen Sie wissen, beinahe Wand an Wand mit Kevin Costner – ruft jede Woche an und lädt mich ein«), während schräg hinter mir Literarisches erörtert wurde. »Nein, Frau Grebenhagen, diesen neuen Grass kann man einfach nicht mehr lesen. Ich glaube ohnehin, er zehrt jetzt vom Ruhm seiner frühen Jahre, obwohl ich das Geschrei um seine Bücher nie verstanden habe. Denken Sie nur einmal an die *Blechtrommel!* Streckenweise richtig degoutant, nicht wahr?« Ob sie wohl ihre Meinung inzwischen geändert hat??

Endlich der Auftritt von Amelie, diesmal in apfelgrünem Röckchen und ebensolchem Top, neckisches kleines Schleifchen im Haar. »Guten Abend, meine Damen. Ich hoffe, Sie haben genügend Hunger mitgebracht.«

Welche Frage! Den hatten wir doch immer.

»Dann darf ich jetzt zu Tisch bitten.« Sie schritt voran, wir folgten nach dem Reißverschluss-System, das eigentlich auf Autobahnen und Vorfahrtstraßen praktiziert werden soll und mit Ausnahme von dort auch überall einwandfrei funktioniert.

»Ach nein, wie entzückend, heute gibt es sogar Tischkarten«, freute sich eine Unterhäuslerin.

»Und sogar gereimte«, staunte die Literaturbeflissene, »hören Sie nur: Wo sitz ich wohl, wird sie sich fragen. Natürlich bei mir, Frau Grebenhagen.«

Eins muss man Amelie lassen: Hinten hat sich's immer gereimt. Außerdem hatte sie uns so platziert, dass Ober- und Unterhaus bunt gemischt durcheinander saß, was aber auch nicht viel nützte, denn an einem runden Tisch kann man sich auch mal mit seinem Gegenüber unterhalten. Rechts neben mir hatte ich nämlich die Kringellöckchen sitzen (Niemand sieht ihr an das Alter, unserer munteren Frau Walther) und auf der anderen Seite die Dame mit dem Walkman; ihre Tischkarte hatte sie aber schon herumgedreht.

Zuerst aßen wir Selleriesalat, danach Putengeschnetzeltes mit Reis und grünem Salat und zum Dessert Obstsalat – also ein komplettes Drei-Gänge-Salat-Menü. Dazu gab es – o Wunder – statt Kräutertee richtigen Wein. Weißen, und zwar solchen, der im Supermarkt als ›sehr lieblich‹ angepriesen wird.

Wie immer passend die Tischdekoration. Zwei sauber geschrubbte Sellerieknollen mit Grünzeug oben dran, diverse frisch gewaschene Salatblättchen, verstreute Reiskörner und einzelne Früchte, letztere aus Plastik. Offenbar befürchtete Amelie, von den Originalen würde nichts übrig bleiben.

Schon eine ganze Weile hatte ich beobachtet, wie Lilo die vor ihr liegende Sellerieknolle interessiert beäugt und schließlich in die Hand genommen hatte. »Kann mir mal jemand sagen, was das eigentlich ist?«

»Soll das ein Witz sein?«, forschte Renate mit drohendem Unterton. »Wollen Sie etwa behaupten, sie haben noch nie eine Selleriepflanze gesehen?« Das war die mit der Hollywood-Tochter.

»Gesehen schon«, verteidigte sich Lilo, »aber nicht gewusst, was es ist.«

»Sellerie, Lilo, ganz einfach Sellerie«, sagte Conny mit deutlicher Betonung, »du hast gerade welchen gegessen.«

»Das habe ich oft genug, aber da ist er immer schon fertig

gewesen.« An den zum Teil frostigen Mienen der Unterhäuslerinnen war abzulesen, was sie von uns hielten, nämlich gar nichts. Zugegeben, Lilo konnte man nicht gerade als Intelligenzlerin bezeichnen, doch sie versuchte nie, ihre Unwissenheit in manchen Dingen zu bemänteln, sondern gab sie frei und frank zu. »… aber ich habe ein gutes Lexikon!« Und wie Sellerie aussieht, gehört mit Sicherheit nicht zur Allgemeinbildung.

Die Teller waren abgetragen, die meisten Gläser geleert, nachgeschenkt wurde trotzdem nicht, da erhob sich Amelie und begann mit einer Ansprache, in der viel von Sonnenschein für die Seele die Rede war, von der nun schon hinlänglich bekannten Schönheit von innen und von der Hoffnung, der Aufenthalt im Haus Heide möge noch lange nachwirken. Dann wandte sie sich Tantchen Kabeljau zu und überreichte ihr ein Fläschchen mit einer – logisch! – rosa Flüssigkeit.

»Sie sind jetzt zum vierten Mal hier gewesen, meine lieben Damen Harmsen« – es folgte ein freundliches Lächeln hinüber zu Roswitha –, »und das erfordert natürlich eine besondere Anerkennung. Diese Lotion haben Sie sonst immer gekauft, das hat mir nämlich ein kleines Vögelchen zugezwitschert, aber diesmal bekommen Sie sie als Dank für Ihre Anhänglichkeit geschenkt. Darüber hinaus biete ich Ihnen als meinen treuesten Gästen heute das Du an. Ich heiße Amelie.«

Gedämpfter Beifall, während sie sich über Frau Harmsen beugte, sie umarmte und einen Wangenkuss andeutete.

»Hi-hi-hilde«, stotterte die so Geehrte verblüfft, küsste jedoch nicht zurück, sondern reichte Amelie lediglich mit ein paar Dankesworten für das Geschenk die Hand. Roswitha, wohl wissend, was sich gehört, stand höflich auf, nahm Kuss und Fläschchen entgegen, bedankte sich artig und sah dann etwas hilflos zu ihrer Tante hinüber. Die hatte sich jedoch schon wieder abgewandt, denn jetzt erschienen die Mitarbeiter, um sich – und uns – zu verabschieden. Einige waren in ih-

436

rer Freizeitkluft kaum wieder zu erkennen; wir hatten sie ja nur weiß bekittelt im rosa Ambiente gesehen, die vier anderen sowieso noch nie, denn das Unterhaus hatte natürlich eine eigene Kosmetikabteilung nebst dazugehörigem Personal gehabt.

Renates Knisterfolienstrauß mit den deutlich erkennbaren Blütenkelchen, den sie mit einigen netten Worten überreichte, wurde allgemein bestaunt und bewundert, sogar von der Konkurrenz, stellte jedoch deren Briefumschlag (aber Büttenpapier!!) weit in den Schatten, und damit hatten wir beim Unterhaus eventuell noch vorhandene Reste von Wohlwollen endgültig verspielt.

Das bekamen wir auch zu spüren, als sich die ersten Damen in unserem Kaminzimmer einfanden. Sie würdigten uns kaum eines Blickes und hätten sich am liebsten in den danebenliegenden ›Salon‹ zurückgezogen, nur war der abgeschlossen. Die Schlacht mit Kamm und Schere sollte nämlich hier bei uns stattfinden, wo es im Untergeschoss tatsächlich noch einen kleinen Raum gab mit vorne einem Waschbecken und zirka fünf Quadratmeter Platz dahinter. Ein bisschen eng für die erwarteten Figaros.

Die kamen ja auch gar nicht, sondern nur Kirsten und Manuela, beide mit jeweils einem Korb bewaffnet, dessen Inhalt vermutlich in irgendeiner Form auf unseren Häuptern verteilt werden sollte. Immerhin hatte Püppi ja um Aufhellung ihrer blonden Haare gebeten, Stefanie sollte Glanzlichter bekommen, und mir hatte Kirsten auch etwas in dieser Richtung angedroht.

Um es kurz zu machen: Conny, die um viertel vor neun Termin hatte, kam um halb zehn dran, denn ihre Vorgängerin hatte sich lange nicht entscheiden können, ob sie nun ohne Scheitel oder doch lieber wieder mit, weil sie so daran gewöhnt sei, andererseits wolle sie ja mal etwas Neues … Nach Conny wäre Moni an der Reihe gewesen, musste aber war-

ten, denn die auf tizianrot umgefärbte Frau Walther sollte
vorher noch geföhnt werden, dabei stand doch schon Frau
Harmsen im Türrahmen, die ebenfalls längst überfällig war.

Wer zwischen zweiundzwanzig Uhr und Mitternacht als
nicht Eingeweihter versehentlich ins Untergeschoss geraten
wäre, hätte sich vermutlich in die psychiatrische Abteilung
für die leichteren Fälle versetzt gefühlt. Da saßen und standen immer ein halbes Dutzend Frauen in den verschiedens-
ten Stadien des ›hairstylings‹ herum, mal mit Badehäubchen
auf dem Kopf, aus dem die als ›Glanzlichter‹ einzufärbenden
Strähnen heraushingen, mal frisch gewaschen, aber noch
nicht geschnitten, also Tuch um den Kopf, damit die Haare
nicht schon wieder trocken werden, und mal auch nur in der
Hoffnung, hier unten schneller dranzukommen, als ein Stockwerk höher darauf zu warten. Mitten drin als Fels in der
Brandung und durch nichts zu erschüttern Kirsten und Manuela, Letztere zuständig fürs Waschen, Auf- und Wegräumen, notfalls Assistieren und vor allem für den Kaffee. Statt
des sonst üblichen rosa-weißen Trockenblumengestecks
stand auf dem kleinen Tischchen im Gang jetzt eine Kaffeemaschine nebst Zubehör, in diesen Räumen der inneren und
äußeren Gesundheit ein bisher nie gesichteter Gegenstand.
Da Manuela im Umgang damit keine Probleme hatte, liegt der
Schluss nahe, dass dieses Gerät an jedem Freitag hier aufgebaut wird, was wiederum bedeutet, die Frisurentipps vom
Donnerstag ziehen jedes Mal einen Tag später die Umsetzung
von der Beratung zur Ausführung nach sich. Allerdings im
Wechsel mit Sabrina, Kirsten ist nur alle 14 Tage dran.

Dieses und noch mehr erfuhren wir im Laufe des Abends,
während wir zwischen oben und unten pendelten, um nach-
zusehen, wie weit denn die ganze Sache schon gediehen war.
Anfangs hatten wir mit Rücksicht auf die Damen vom Unterhaus sittsam bei Mineralwasser und Früchtetee (Erdbeer-
Rhabarber) im Kaminzimmer gesessen, doch nachdem Lilo

den Pickelpasten-Sekt geholt hatte, waren wir nur zu gern auf Gehaltvolleres umgestiegen. Stefanie hatte ihren Termin mit Tantchen getauscht, Renate mit Frau Grebenhagen, und die Dame mit dem Nichtraucher-Walkman hatte um halb elf beschlossen, auf die Verschönerung zu verzichten und lieber ins Bett zu gehen. Der Rest des Unterhauses war also entweder schon fertig oder saß in einem Zwischenstadium in irgendeiner Ecke geparkt.

So hatten wir das Kaminzimmer endlich wieder für uns, wenn man mal von Roswitha absah, die sich nach dem zweiten Glas Sekt erstaunlich gut in unseren Kreis eingefügt hatte. »Gibt's hier irgendwo Nachschub? Unten geht nämlich das Gerücht, hier bekäme man alles.«

»Stimmt«, sagte Steffi, »komm mal mit! Ich wollte sowieso eine Flasche holen, jetzt bin ich nämlich dran.«

Die beiden zogen ab, waren aber gleich wieder da. Mit zwei Flaschen Sekt. Worauf Lilo das Zimmer verließ und wenig später mit dem Restbestand ihrer Notverpflegung zurückkam. Er reichte noch für alle.

Tante Hilde war einigermaßen überrascht, als sie in unsere recht fidele Runde platzte und mitten drin ihre schwiegertöchterliche Nichte – oder umgekehrt – entdeckte. Mit einem leeren Sektglas in der einen Hand und einem halben Dutzend Salzstangen in der anderen. »Roswitha, du bist jetzt dran.«

Roswitha wollte aber nicht. »Zum Friseur kann ich jederzeit zu Hause gehen, aber so eine lustige Clique finde ich nie wieder. Kriege ich noch ein Glas Sekt?«

Lilo griff zur Flasche, doch statt des erwarteten Protests kam von Tante Hilde die Frage: »Hätten Sie für mich auch eins übrig?«

»Aber sicher doch!«, sagte Lilo. »Holt mal jemand ein Glas?« Und nachdem sie die Flasche ans Licht gehalten hatte: »Bring gleich noch eine mit!«

»Ist keine mehr da!«

»Wie? Keine mehr da?«

Steffi schüttelte den Kopf. »Wir haben vorhin die letzten beiden rausgenommen.«

»Und was ist mit dem zweiten Kühlschrank?«

»Da ist doch bloß Bier drin?«

»Nicht am letzten Tag«, sagte Rosemarie und stand auf, »an den Abschiedsabenden sind beide Kühlschränke immer gut gefüllt!«

Wir haben wirklich nicht gesungen, als wir Roswitha in die Katakomben begleiteten und vorsichtshalber die neue Flasche und zwei weitere Gläser mitnahmen. Nach anfänglichem Zögern war Tantchen dann doch nicht mitgekommen, hatte uns jedoch das Versprechen abgenommen, ihre Nichte nicht in volltrunkenem Zustand nach Hause zu schicken. Die schien aber recht standfest zu sein. Wieso auch nicht? Bei den Heringsfängern trinkt man doch Köm oder die berühmte Lüttje Lage, von der ich zwar nicht weiß, woraus sie besteht, aber sie enthält mit Sicherheit mehr Alkohol als Amelies namenloser Sekt.

Nein, sie wolle jetzt keinen, sagte Kirsten, schließlich müsse sie noch arbeiten, und Mannela bekäme auch keinen, vielleicht nachher zum Abschluss, aber einen Kaffee hätte sie noch gern, und wie spät es eigentlich sei?

Wohlweislich unterschlugen wir eine Stunde, sonst hätte sie vielleicht doch die Lust verloren, denn außer Roswitha, die schon unterm Wasserhahn hing, standen noch Rosemarie auf der Warteliste, Renate, Steffi und ich. Gerade in Arbeit war Püppi, die schon gestern lamentiert hatte, sie lasse keinen Zentimeter von ihren Haaren abschneiden, sie wolle nur etwas aufgehellt und geföhnt werden. Letzteres geschah soeben. Völlig falsch, wie sie immer wieder betonte, denn »oben müssen Sie die Bürste nach innen drehen und auf der linken Seite ganz leicht nach außen, aber nur kurz, und am Hinterkopf muss es füllig ... geben Sie mal mal her!« Und schon hatte sie die Bürste in der Hand. Kirstin nahm sie ihr wieder weg. »Jetzt frisiere ich Sie so, wie wir das gestern besprochen haben. Was Sie nachher tun, ist Ihre Sache!«

Um halb ein Uhr nachts waren wir alle fertig, eine Bezeichnung, die man so oder auch so auslegen kann. Drangekommen waren wir alle, doch jetzt war Kirsten regelrecht geschafft, müde, erschöpft. Mannela ebenfalls, statt mit Kaffee hatte sie sich mit Cola wach gehalten, nur zum Schluss hatte die auch nicht mehr geholfen. Na, und wir? Waren aufgedreht, überdreht, hatten die einzelnen Stadien der jeweiligen Verschönerung mit mehr oder weniger treffenden Kommentaren begleitet und hatten Kirsten zur Eröffnung eines Privatsalons in Heidelberg überreden wollen, für Kundschaft würden wir schon sorgen, denn ihren Job verstand sie wirklich! Steffi sah mit dem etwas asymmetrischen Haarschnitt blendend aus, Conny war kaum wieder zu erkennen, Roswitha wirkte völlig verändert, irgendwie selbstsicherer, und ich gefiel mir auch ganz gut. Ob das meine Friseurin zu Hause auch so hinkriegen würde? Auf jeden Fall würde ich die tolle Rundbürste mitnehmen und diesen Aufheller fürs Haar, beides nicht gerade preiswert, aber so ganz ohne Hilfsmittel kommt man eben nicht mehr aus.

Die Bürste wollte Stefanie ebenfalls haben, auch das Shampoo und dann natürlich das Styling-Gel, ist ja viel geschmeidiger als das, was sie zu Hause hat. Und weil Renate natürlich auch die Bürste brauchte und die fantastische Tönung und das Gel und die Föhn-Lotion, kam Kirsten in ernsthafte Schwierigkeiten, so viel hatte sie nämlich gar nicht mit. »Ich schicke es Ihnen aber gerne zu.«

»Mir bitte auch«, sagte Roswitha und gab eine Bestellung auf, für die jeder Vertreter dieser Branche ihr die Hand geküsst hätte. Fischfabriken scheinen eine zwar geruchsintensive, jedoch recht ergiebige Geldquelle zu sein. Und außerdem: pecunia non olet!

Wir brachten Kirsten und ihre schon halb schlafende Gehilfin noch zum Auto, das direkt vor der Tür hatte parken dürfen, die wiederum fuhren Roswitha bis vor die Hintertür vom Unterhaus, und um zehn Minuten nach eins lagen Steffi und ich endlich im Bett.

Ach ja: Was genau auspointen bedeutet, weiß ich noch immer nicht, weil ich vergessen hatte zu fragen. Im Duden steht's nicht, es sei denn, in Coiffeur-Kreisen spricht man dieses Wort anders aus, als ich es gelernt habe, nämlich mit eu und nicht nasal. Es muss aber irgendwas mit ›hervorheben‹ oder so ähnlich zu tun haben. Als nämlich die tiziangerötete Frau Walther nach dem von ihr gewünschten Radikalschnitt einen zweiten Spiegel haben wollte, bekam sie ihn, aber ich hatte noch gehört, wie Kirsten gesagt hatte: »Wenn ich Ihnen jetzt zeige, wie die Geschichte von hinten aussieht, dann bedenken Sie bitte, dass das Haar nach dem Auspointen viel fülliger wirkt.«

»Wenigstens werden wir uns diesmal nicht verfahren, Frankfurt ist immer ausgeschildert.« Ich kippte den Sitz etwas nach hinten und machte es mir bequem. Früher habe ich nie verstanden, weshalb sich viele Menschen von einem Chauffeur durch die Gegend fahren lassen statt es selber zu tun. Bei Politikern und Wirtschaftsbossen war das klar, die müssen ja unentwegt Wichtiges lesen oder mit wichtigen Leuten telefonieren und sich dabei auch noch fotografieren lassen, damit sie am nächsten Morgen im Auto nachlesen können, wie beschäftigt sie sind, aber ich hätte niemals freiwillig den Beifahrer gemacht, dazu fuhr ich selber viel zu gern. Jetzt ist es allerdings umgekehrt. Zu viel Verkehr, zu viele selbst ernannte Formel-Eins-Fahrer hinterm Steuer und jede Woche drei neue Baustellen.

Kaum zwei Minuten hatten wir bis zur Autobahn gebraucht, dann hatte Steffi der hinter uns fahrenden Conny noch einmal zugewinkt und das Gaspedal durchgetreten. »Hast du auch die Adresse eingesteckt?«

Natürlich hatte ich Connys Adresse notiert und die Telefonnummer, auch die von Moni und Lilo, hatte ihnen je ein Buch versprochen und zugesichert, dass wir in Kontakt bleiben würden. Das würde allerdings Steffi übernehmen müssen, sie passte altersmäßig besser zu dem rheinischen Kleeblatt.

Ein sehr bewegter Abschied war das heute gewesen. Er hatte schon beim Frühstück angefangen, als wir uns plötzlich in normaler Kleidung gegenübersaßen und uns endgültig bewusst wurde, dass diese herrlich faule Woche vorbei war und uns in ein paar Stunden der Alltag wieder im Griff haben würde.

»Am meisten hasse ich die Kocherei«, seufzte Lilo und nahm sich noch ein bisschen Rührei, »ich weiß nie, was ich kochen soll, immer Pizza oder Frikadellen geht ja nu auch nicht.«

»Mach mal was mit Sellerie, du weißt doch jetzt, wie er aussieht«, schlug Conny vor, »der ist gesund und hat wenig Kalorien.«

»Die sieht man doch sowieso nie.«

Apropos Kalorien.

Richtig euphorisch hatten wir uns noch vor dem Frühstück im Fitnessraum eingefunden, um gewogen zu werden. Ich war ohnehin überzeugt, dass jede von uns mindestens zwei Kilogramm abgenommen hatte. Letztendlich sollten wir ja in dem Bewusstsein nach Hause fahren, nicht nur Haut und Haaren etwas Gutes getan zu haben, sondern auch unserer Taille.

Nun lässt sich eine Waage leichter zurückdrehen als der Tachometer vom Auto, doch ob das schon etwas antiquiert aussehende Stück (ich vermutete Ausverkauf einer Arztpraxis) tatsächlich eben erst kaputtgegangen war, oder ob Heinrich, der uns mit einer Hand voll Werkzeug entgegengeschlappt war, die Waage einmal zu viel manipuliert hatte, bleibt offen, jedenfalls war sie bei 98 Kilogramm stehen geblieben, rührte sich nicht mehr, und auf dem Rückweg nach oben überlegten wir, wer um alles in der Welt nahezu zwei Zentner gewogen haben könnte.

Kurz nach neun war der erste Abholer gekommen, ein Sportwagenfahrer mit martialischem Schnauzbart wie weiland Wilhelm Zwo, entweder schon mitten drin in der Midlife-Crisis oder kurz davor, den ich mir beim besten Willen nicht als Ehemann vorstellen konnte, egal, von wem. Es war aber einer, nämlich der von Renate. Und plötzlich passte sie auch zum ihm, denn sie hatte von dem Angebot eines fachmännischen Make-ups Gebrauch gemacht (DM 18,– ohne MWSt) und sah großartig aus. Mit vom Gatten überreichten Rosenstrauß im Arm (25 Stück!) hätte sie glatt als Model für Hochzeitsmoden posieren können. ›Was trägt die reifere Braut auf dem Standesamt?‹

»Ein erfolgreicher Mann hat immer etwas mehr Geld, als seine Frau ausgeben kann«, murmelte Conny, die ihn offenbar recht gut kannte.

»Und eine erfolgreiche Frau hat so einen Mann.« Das Jackenkleid von Renate stammte auch nicht gerade von C&A.

Händeschütteln, Umarmung, winke-winke – dann preschte der Wagen davon, dass die Kieselsteine nur so durch die Gegend flogen. In der ersten Serpentine hätte es denn auch beinahe geknallt, weil ein Wagen entgegenkam, ein solides Mittelklasse-Auto, aus dem ein grundsolider Fahrer stieg, der genauso aussah, wie ich mir den Ehemann von Moni vorgestellt hatte.

»Wirst du auch abgeholt?« fragte ich Lilo, die wie ein aufgescheuchtes Huhn herumlief, ihren Hausschlüssel suchte und den zweiten Joggingschuh.

»Nee, ich fahre mit Conny zurück. Kannste mal sehen, wie

gut es die ohne Kinder haben! Hergekommen sind wir zusammen, weil wir nicht schnell genug unsere Männer loswerden konnten, und kaum sind wir ein paar Tage weg, rennen
sie uns schon hinterher. Meiner natürlich nicht, der hat
wahrscheinlich genug zu tun, unseren Junior bei Laune zu
halten. Connys Mann wird wohl auch schon die Minuten zählen, bis sie wieder da ist. Der hat ja gleich drei am Hals. Aber
irgendwie kommt er damit besser klar als meiner mit nur einem.« Plötzlich fiel ihr ein, dass ich ja mal fünf Kinder groß-
gezogen habe. »Wie kommt es, dass du so normal geblieben
bist?«

»Wieder geworden, Lilo, nicht geblieben!«

»Geht das von allein?«

Eine Antwort blieb mir erspart, ich hätte auch gar keine gewusst, doch zum Glück kam Steffi die letzte Serpentine he-
raufgekrochen, gleich hinter ihr Conny, und dann ging alles
ganz schnell. Gepäck in den Kofferraum, Verdeck auf, ein
letzter Händedruck nebst Dankeschön für Gisela, die uns an
der Haustür verabschiedete, einsteigen, zweimal auf die
Hupe drücken, Echo vom Opel hinter uns, und dann ade Haus
Heide, es war schön bei dir, und vielleicht kommen wir in
zwei Jahren wirklich noch mal her.

»Sag mal, Määm, steht hier im Teutoburger Wald nicht irgendwo das Hermannsdenkmal? Weißt du, wo?«

»Nee, jedenfalls nicht genau. Irene hat mir gesagt, wenn
man von Berlin kommt, ist es auf der rechten Seite.«

»Ich liebe diese präzisen Auskünfte!!«

Wir haben den Cherusker nicht gesehen, der ja in Wirklich-
keit Arminius geheißen hat und nicht Hermann, aber ich kenne auch nicht das Völkerschlachtdenkmal, nicht die Wart-
burg, nicht die Walhalla oder eins der anderen in jedem deutschen Lexikon aufgeführten Monumente, deshalb vermisse
ich auch den ollen Germanen nicht. Viel interessanter war
das blaue Schild mit der Kaffeetasse und dem gekreuzten Be-

steck. Nur fünf Kilometer bis dahin. »Müsstest du nicht mal tanken?«

»Nö, der Sprit reicht noch mindestens bis Gießen.«

Noch drei Kilometer. »Brauchst du nicht mal eine Pinkelpause?«

»Ich war doch erst kurz vor der Abfahrt.«

Da vorne kommt schon der Abzweig. »Könntest du trotzdem mal abbiegen?«

»Weshalb denn?«

Ach, zum Kuckuck mit dem Kalorienkram, jetzt beginnt wieder das normale Leben. »Weil ich einen Riesenappetit auf eine dicke, fette Bockwurst habe!«

Kapitel 14

Wir haben dir auch was mitgebracht!«
»Was denn?«

»Rate mal!«

Was sollte man vom Gardasee schon mitbringen können? Einen dieser niedlichen Sonnenhüte, die man auch den Touristen-Eseln (ich meine wirklich die vierbeinigen!) auf den Kopf setzt, nachdem man Löcher für die Ohren hineingeschnitten hat? Oder eine Korbflasche mit zwei Liter Original Chianti, der vermutlich überall abgefüllt worden ist, nur nicht in der Toskana? Ein Pfund Parmesankäse? Bekommt man inzwischen auch hier bei uns, sogar noch originaler als in Italien. Unlängst hatte ich einen erwischt, dem Rolf erst mit der Laubsäge zuleibe rücken musste, bevor er ein passendes Stück für die elektrische Käsereibe abgesäbelt hatte.

Apropos Käsereibe! Die hatte er bei Freunden gesehen und mir bei nächster Gelegenheit auch so ein Ding geschenkt. Die Gelegenheit war Ostern gewesen, und bekommen habe ich sie auch nur deshalb, weil er nämlich immer den Käse reiben muss. Allerdings ist das Kabel sehr kurz, und nun liegen bei ›Spaghetti al pesto‹ oder ›con funghi‹ nicht nur die versehentlich abgerutschten Nudeln auf dem Tisch, sondern auch zwei Meter Verlängerungsstrippe für die Käsereibe.

»Nun rate doch mal weiter«, forderte Steffi am anderen Ende der Telefonleitung, »wofür ist Italien denn noch bekannt?!«

»Für Pizza, die Mafia, Cappuccino, dolce vita, den Papst ...
hast du mir etwa einen geweihten Rosenkranz mitgebracht?«

»Wir sind evangelisch, Määm«, erinnerte sie mich.

»Na und? Ein bisschen Unterstützung von der anderen Seite kann doch nicht schaden.« Ich besitze auch immer noch
Fatimas Händchen, vor fünfzehn Jahren in Israel gekauft. Die
Moslems schreiben ihm Glück bringende Eigenschaften zu,
und seitdem ist viel weniger schief gelaufen als früher. Bilde
ich mir jedenfalls ein! – Ja, ich weiß, Aberglaube ist töricht,
kindisch, primitiv und unvernünftig, nur – was kostet es
schon, auf Holz zu klopfen oder eine kleine Glasfigur auf den
Schreibtisch zu stellen?

»Also gut, wenn du partout nicht drauf kommst, dann ver-
rate ich es eben: Eine Flasche ganz edles kaltgepresstes Oli-
venöl!«

Das war wirklich mal ein vernünftiges Mitbringsel! »Vielen
Dank, ich weiß es zu schätzen. Und wie hat es euch gefallen
am Lago di Garda?« Steffi und Hannes hatten sich noch eine
Woche Urlaub gegönnt, bevor bei ihnen die Saison losgehen
würde, waren Richtung Süden gefahren, einfach ins Blaue
hinein, und hatten am Gardasee Halt gemacht. Anscheinend
hatte es ihnen gut gefallen, denn sie schwärmte minutenlang
von dem entzückenden Hotel, das sie sich als Standquartier
ausgesucht hatten, von den wunderschönen Tagestouren und
dem ganz tollen Essen. »Ich traue mich gar nicht auf die Waage!«

»Dann lass es erst mal bleiben!«, empfahl ich. »Gibt es
sonst noch was Neues?«

»Nö, eigentlich nicht. Oder doch, das hätte ich ja beinahe
vergessen! Heute ist nämlich schon der fünfte Tag.«

Das klang beinahe wie ein Filmtitel. »Der fünfte Tag wovon?«

Sie kicherte. »Das kannst du ja noch gar nicht wissen.« Ich

hörte sogar, wie sie ganz tief Luft holte. »Ich rauche nämlich nicht mehr!«

Das war nun wirklich keine Neuigkeit. »Wieder mal? Der wievielte Versuch ist das eigentlich?«

»Weiß ich nicht mehr, aber diesmal habe ich überhaupt keine Probleme damit.«

Wer's glaubt, wird selig! Was hatte sie nicht schon alles probiert? Mentales Training, Akupunktur und Nikotin-Kaugummi, sie hatte es sogar fertig gebracht, sich eins dieser teuren Nikotinpflaster auf die Haut zu kleben, trotzdem zu rauchen und sich dabei auch noch wohl zu fühlen, obwohl das angeblich gar nicht möglich sein sollte. »Bevor ich dir gratuliere, warte ich erst mal ab, wie lange du durchhältst. Welche Methode ist es denn diesmal? Hypnose?«

»I wo«, sagte sie lachend, »bloß ein Buch. Solltest du auch mal lesen.«

»Dann schick's mir doch.«

»Hol es dir lieber selber ab.« Kurze Pause, dann etwas zögernd: »Ich wollte dich nämlich bitten, ob du … – nein, falsch. Also Hannes und ich wollten fragen, ob du nicht zwei oder drei Tage raufkommen kannst zum Helfen. Wir ersticken in Ware. Der halbe Hof steht schon voll, und vorhin sind wieder acht Euro-Paletten gekommen. Alles Weihnachtsartikel. Die Sachen müssen ausgepackt und ausgezeichnet werden.«

»Weihnachtsartikel? Jetzt – im August?«

»Wann denn sonst? Nächsten Monat müssen die Sachen in den Regalen stehen.«

Als Konsument ist man ja daran gewöhnt, schon im Hochsommer mit Spekulatius und Dominosteinen konfrontiert zu werden, ab September marschieren die Nikoläuse auf, und die ersten bunten Ostereier gibt es kurz nach Neujahr, zunächst noch als ›Frühstückseier‹ deklariert. Da ist es eigentlich logisch, dass man im Großhandel noch ein bisschen früher dran sein muss. »Na gut, ich werde mal sehen, was sich machen lässt.«

Zeit genug hätte ich und Lust auch. Christbaumkugeln auszupacken stellte ich mir unterhaltsamer vor, als jeden Morgen erst die Strippen von der Wäschespinne abzuwischen und dann abzuwarten, was ich heute draufhängen musste. Wieder Übergardinen oder eine alte Decke, die Rolf ausgebuddelt und für noch verwendungsfähig angesehen hatte? »Du musst sie bloß mal in die Waschmaschine stecken!«

Mein Ehemann hatte nämlich eine neue Beschäftigung für sich entdeckt. Ruheständler tun sich ja oft ein bisschen schwer mit dem Ruhestand, wenn er denn tatsächlich eingetreten ist. Doch nachdem Rolf feststellen musste, dass alles, was er sich ›für später‹ aufgehoben hatte, überhaupt keinen Spaß mehr macht, sobald man unbegrenzt Zeit dafür hat, war er auf die Suche nach etwas Neuem gegangen und hatte auch tatsächlich was gefunden. Seit Tagen entrümpelte er nämlich das Haus und hatte in der Mansarde damit angefangen. Und zwar nicht in den diversen Schränken, wo sich schon seit Jahren seine alten Skizzenblocks stapelten, Flaschen und Fläschchen mit teilweise schon eingetrocknetem Inhalt, Prospekte, Zeitschriften, zwei Reißbretter und Kilo schwere Ordner – nein, er musste zuerst in die beiden Dachkämmerchen kriechen und sich mit Hallo auf die darin abgestellten Pappkartons stürzen. Die waren noch ein bisschen älter, ihr Inhalt noch ein bisschen staubiger, und am vernünftigsten wäre es gewesen, den ganzen Kram ins Auto zu laden und zur Mülldeponie zu fahren. Vielleicht hätte ich ihn dazu sogar überreden können, wäre nicht Sven ausgerechnet in jenem Augenblick aufgetaucht, als sein Vater ein altes Album mit Zigarettenbildchen ans Tageslicht gezerrt hatte. »Was'n das?«

»So was haben wir früher gesammelt. Erst die Bilder, und wenn man genügend hatte, kriegte man ein Album dazu mit erklärenden Texten. Die Bilder waren alle nummeriert und mussten nur noch in die leeren Stellen geklebt werden.«

»Wann hast du denn damit angefangen?«, forschte Sven.

»Mit dem Sammeln?«

»Nee, mit'm Rauchen.«

Rolf nahm seinem Sohn das Album wieder aus der Hand. »Das erste Mal mit vierzehn, aber danach ist mir nicht nur schlecht geworden, ich habe auch noch von meinem Vater rechts und links eins hinter die Löffel gekriegt. Mit siebzehn habe ich es noch mal probiert und bin dabei geblieben. Leider.«

»Und was machst du jetzt mit den Dingern?« Es waren nämlich noch zwei weitere Alben zum Vorschein gekommen, eins verstaubter als das andere, vor allem »Die Indianerstämme Nordamerikas« hatten schon richtig Patina angesetzt und rochen muffig.

»Papiercontainer«, entschied Rolf. Das fand Sven auch. »Mach ich nachher. Im Keller stapeln sich sowieso schon wieder sechs Wochen Verbraucherinformationen, die kann ich gleich mit entsorgen.«

Die Reklamezettel hat er natürlich vergessen, und die Alben sind auch nicht beim Altpapier gelandet, sondern auf dem Flohmarkt. Und nicht nur die. Mein Sohn, der in den letzten zwanzig Jahren noch immer keine Zeit gehabt hatte, seine alten Musikkassetten, Schulhefte, Fahrradwimpel und sonstige Trophäen abzuholen, stürzte sich in jeder freien Minute zusammen mit seinem Vater in die Entrümpelungsaktion, in der Hoffnung, doch mal eine »richtige Antiquität« zu finden und »nicht immer bloß diesen Sperrmüllkram.«

Anfangs hatte ich das ganze Unternehmen begrüßt. Früher hatten wir dank unserer vielen Umzüge gar keine Zeit gehabt, überflüssigen Kram anzusammeln, der war immer schon vor Eintreffen des Möbelwagens entsorgt worden, aber nun waren wir seit fünfundzwanzig Jahren nicht mehr umgezogen. Wenn man dazu berücksichtigt, dass sowohl Rolf als auch ich im Krieg und mehr noch in der Nachkriegszeit aufgewachsen sind, als man noch jeden verbogenen Nagel geradegeklopft und jedes Stückchen Stoff aufgehoben hat, ist es kein Wunder, dass auch bei mir noch Bettbezüge im Schrank liegen, die ich von meiner Großmutter geerbt habe. Weißer Damast, kaum benutzt, würde ich trotzdem nie aufziehen; viel zu wuchtig und schwer zu bügeln, aber einfach so in den Altkleidersack stecken? Viel zu schade!

Katjas Begründung, wenn sie mir mal wieder einen Wäschekorb voll ›Ausrangiertem‹ vor die Füße stellt zur gefälligen Weitergabe an die Kleiderstube, ist nachvollziehbar. »Was ich im vergangenen Jahr und im Jahr davor nicht angezogen habe, trage ich in diesem auch nicht mehr, also wozu den Schrank damit vollstopfen?« Sie hat ja Recht, und trotzdem hängen in meinem immer noch Blusen, die ich mir gekauft habe, als Helmut Kohl zum zweiten Mal Bundeskanzler geworden war.

Den alten Dampfkochtopf wäre ich allerdings gern losgeworden, ich hatte längst einen neuen, nur wollte Rolf ihn nicht hergeben. »Der alte hier ist viel stabiler, der funktioniert auch noch dann, wenn der andere längst seinen Geist aufgegeben hat. So was wirft man nicht weg!« Also kam er in das Mansardenkämmerchen zu der Lampe mit dem handgemalten Porzellanfuß (hatte mal seiner Mutter gehört), zu den alten Sofakissenbezügen, an denen Rolf später mal sein Talent zur Seidenmalerei ausprobieren will, zu der Lichterkette mit dem Wackelkontakt (»Ist nur eine Kleinigkeit, kann man selber reparieren!«, er hat in den letzten vier Jahren bloß noch keine Zeit dazu gehabt …), zu der Saftpresse mit dem kaputten Griff und zu den zweihundert anderen Dingen, die kein Mensch mehr braucht, die aber immer noch zu schade zum Wegwerfen sind. Oder waren, denn jetzt hatte sich ja Rolf der Sache angenommen, und seitdem muss ich alte Decken waschen, die man noch gut gebrauchen kann, wenn wir mal wieder ein Picknick machen (so weit ich mich erinnere, gab es das letzte, als wir gemeinsam ins Fünfmühlental gewandert sind; damals gingen die Zwillinge noch in die Grundschule), oder später mal für die Enkelkinder, wenn sie im Garten spielen. Aber bis dahin werden sie hoffentlich die Motten gefressen haben. Die Decken natürlich. Und die Übergardinen gleich dazu, bleu mit hellbraunem Überkaro, war mal ganz modern gewesen und hatte zu der Couchgarnitur gepasst, die längst nicht mehr existiert, aber zum Wegwerfen sind sie einfach noch zu gut erhalten. Meint Rolf. Würden sich doch im Gästezimmer ganz gut machen, man müsste sie nur erst waschen und dann etwas kürzen lassen, aber das käme bestimmt billiger als neue. Dabei will ich gar keine neuen haben!

So ging das nun seit Tagen, und ich hatte langsam die Nase voll davon, alte Textilien zu waschen, nur damit sie doch wieder in Umzugskartons verschwinden und bis zu meinem Ableben darin verstauben würden. Also stieg ich hinauf in die Mansarde.

»Schön, dass du kommst«, begrüßte mich mein Ehemann, »dann kannst du das da gleich mit runternehmen und mal durchwaschen.« Er deutete auf den Berg Undefinierbares, das sich in einer Ecke häufte und vom Volumen her mindestens drei Maschinenfüllungen ergeben würde.

»Was ist das überhaupt, oder – besser – was ist das mal gewesen?« Ich hob einen Zipfel von dem Stoffberg an, fing an zu husten, zog noch ein bisschen mehr heraus und – wusste Bescheid.

Es waren tatsächlich die Tüllgardinen, echt Polyester, die wir seinerzeit für das große Wohnzimmerfenster in Monlingen gekauft hatten. Damals war Sascha gerade vier Jahre alt gewesen (jetzt wird er bald vierzig!) und Gittertüll der letzte Schrei. Die Nierentisch-Ära mit den dreiarmigen Tütenlampen hatte sich allmählich dem Ende zugeneigt, dafür waren die verschiedenfarbigen Polstermöbel aufgekommen (Sitzfläche violett, alles andere hellgrau, oder – die zweite Möglichkeit – Sofa und jeder Sessel in einer anderen Farbe), und als Kontrast einfarbige bodenlange Tüllgardinen.

Immer noch hustend stand ich davor. »Auf welche Weise haben die denn alle Umzüge mitgemacht? Hatte ich sie nicht überhaupt Dorle Obermüller geschenkt?«

»Hattest du«, bestätigte mein Müllmann, »aber die hat sie mir wieder zurückgegeben. Du wärst wohl mal wieder zu großzügig gewesen, hat sie gesagt, denn man könne sie für jedes Fenster passend machen lassen, weil sie nämlich reichen würden. In Stuttgart gäbe es bestimmt auch Näherinnen.«

Davon hatte ich nichts gewusst. »Es wäre hilfreich gewesen, wenn du wenigstens nach dem Umzug damit herausgerückt wärst.«

»Da hattest du schon neue gekauft.«

Unnütz zu erwähnen, dass wir nach den Jahren in Stuttgart noch eine Zeit lang sehr ländlich nahe der Schwäbischen Alb gewohnt haben, bevor wir an den Rand des Schwarzwalds gezogen waren, und von dort, hauptsächlich der Kinder wegen, denn die hatten sich inzwischen verfünffacht, in jenes 111-Seelen-Dorf, in dem ich allmählich suizidgefährdet wurde. Weinberge sind nun mal für Stadtkinder nur ein paar Herbstwochen lang interessant. Doch ganz egal wo, nie hatten die alten Gardinen von vorher an die neuen Fenster gepasst. »Ich weigere mich, an diese uralten Lappen einen einzigen Becher Waschpulver zu verschwenden«, fauchte ich los, »nur, damit sie in der nächsten Kiste weitere dreißig Jahre vor sich hingammeln. Was soll ich denn damit? Die Motten füttern?«

»Da gehen keine rein, das ist Kunstfaser.«

»Eben! Ich hasse dieses knisternde Zeug, bei dem sich mir

die Haare hochstellen. Außerdem hängt sich kein Mensch mehr Gittertüll vors Fenster, der ist outer als out!«

Rolf gab sich noch immer nicht geschlagen. »Du brauchst bloß zu warten, bis die gegenwärtige Raffgardinen-Phase vorbei ist. Danach holen die Designer wieder was neues Altes hervor. Und das kostet dann richtig Geld.«

So ganz Unrecht hatte er ja nicht. Von den in der Mitte zusammengerafften Gardinen, gegenwärtig an jedem zweiten Fenster zu sehen, müsste die Gesamtproduktion allmählich an die Frau gebracht worden und folglich wieder was Neues fällig sein. Diese hochgezuppelten Schals habe ich sowieso nie ausstehen können; sie erinnerten mich immer ein bisschen an Omis Wolkenstores, damals ihr ganzer Stolz und mein Horror, weil ich die Dinger stundenlang hochhalten musste, wenn sie nach dem Waschen gebügelt wurden.

»Mach doch damit, was du willst, nimm sie meinethalben als Bettüberwurf oder als Fliegenfenster, aber waschen werde ich sie nicht!« Ich knallte die Tür hinter mir zu, machte sie aber gleich noch einmal auf: »Nur, damit du Bescheid weißt: Ich fahre für ein paar Tage nach Heidelberg. Vielleicht hast du bis zu meiner Rückkehr dein Müllsyndrom überwunden!«

»Reisende soll man nicht halten«, antwortete Rolf und riss auch noch das zweite Dachfenster auf. Die Luft war ziemlich dick geworden, und das nicht nur vom Staub. »Hier oben bin ich in zwei bis drei Stunden fertig, dann wollte ich eigentlich bei mir weitermachen, aber wenn du nicht da bist, nehme ich mir besser erst die Kellerräume vor.«

Auch gut, sollte er ruhig Grund reinbringen, und wenn alles durchsortiert war, würde ich runtergehen und den Rest erledigen. Danach würden wir hoffentlich wieder zwei übersichtliche Keller haben mit so vielen leeren Regalen, wie wir sie in den letzten zwei Jahrzehnten nicht mehr gehabt hatten. Und als Folge davon würden hoffentlich auch die schwarzen Spinnen emigrieren.

Oder sollte ich nicht doch lieber hier bleiben und mich an dieser Entrümpelung beteiligen, die letztendlich auch mir zugute käme, statt mich feige aus dem Staub zu machen? Was, wenn Rolf nachher versehentlich auf die Gardinen tritt, stolpert und mitsamt dem Polyesterberg die Treppe runterfliegt? Falls überhaupt, dann kommt Sven erst abends, und bis dahin …

Nein, nicht wieder weich werden! Ich packte schnell ein paar Sachen in den Koffer, setzte mich in meinen Wagen und fuhr los. Während der ganzen sechs Kilometer bis zur Autobahn grübelte ich darüber nach, ob Rolf wohl den Rest vom Brokkoli-Gratin finden würde. Der war gestern vom Mittagessen übrig geblieben, nur hatte ich ihn im Kühlschrank ziemlich weit nach hinten geschoben.

Steffi und Hannes nennen sie »Die Firma«, bei mir heißt sie nur »Euer Laden«, die offizielle Bezeichnung lautet jedoch »Großhandel für Floristik und Dekorationsbedarf«. Die Hälfte davon steht in grünen Buchstaben außen an der Mauer, in voller Länge nur auf den Briefbogen.

Die Halle ist fünfzig Meter lang und fünfundzwanzig Meter breit, was sich relativ wenig anhört, aber relativ viel ist, wenn man von ganz vorne nach ganz hinten laufen muss, um der Kundin zwei Bündel roten Bast zu holen; den hatte sie nämlich gesucht und nicht gefunden. Beim Halle-Kehren, freitags ab 17 Uhr, merkt man auch, dass tausend Quadratmeter eine beachtliche Fläche abgeben und Besen ziemlich klein sind.

Als ich vor Jahren – noch in Unkenntnis der Tatsache, dass der spätere Inhaber dieser Firma mein Schwiegersohn werden würde – zum ersten Mal die Halle betreten hatte, hatte sie noch anders ausgesehen, nämlich verkramt, vollgestellt und unübersichtlich. Damals hatte noch Trudchen das Zepter geschwungen, Chefin seit Jahrzehnten und die Firma nach der Devise führend: »Das haben wir schon immer so gemacht!

Das haben wir noch nie so gemacht!« und »Da könnte ja jeder kommen …!«

›Jeder‹ war in diesem Fall Sohn Hannes, der gern einiges geändert hätte, aber nicht durfte (siehe oben). Doch dann kam Trudchens Sturz in der Badewanne mit Rippenbrüchen und längerer Rekonvaleszenz, und erst während dieser Zwangspause merkte sie, wie schön eigentlich der Ruhestand sein könnte. Hinzu kam, dass Hannes mit sechsunddreißig Jahren endlich die Frau fürs Leben gefunden zu haben glaubte, und nachdem seine Mutter festgestellt hatte, dass Steffi sich sehr schnell in die ganze Materie hineinfinden würde, zog sie sich beruhigt aufs Altenteil zurück. Sie heiratete ihren langjährigen Lebensgefährten Karl, verkaufte ihre Wohnung und siedelte sich an Spaniens Küste an. Seitdem kommen die beiden nur im Hochsommer nach Deutschland, wenn die Deutschen nach Spanien reisen und es dort unten sowieso zu heiß wird

Die Halle wurde umgebaut. Die antiquierten Regale flogen raus, neue kamen rein und wurden anders platziert, was die ganze Sache übersichtlicher macht. Der Kaffeeautomat, gleich neben dem Eingang schon immer ein Hindernis gewesen, wurde umquartiert und bekam einen kleinen Bruder, der Soft Drinks in Dosen anbietet. Seit dem letzten ›Tag der offenen Tür‹ steht in dieser Ecke sogar ein offenbar vergessener Bistro-Tisch; allerdings sind die Tabletts mit Appetit-Häppchen gegen ein Fläschchen Kaffeesahne und zwei Aschenbecher ausgewechselt worden. Zur Freude vieler Kunden und nicht zuletzt der Mitarbeiter darf im Kassenbereich geraucht werden. Wer aber weiter entfernt als fünf Meter mit einer Zigarette angetroffen wird, muss fünf Mark in das Urlaubsschwein werfen. Es nimmt jedoch kaum an Gewicht zu.

Lissys Reich, in dem die Sträuße, Türkränze, Girlanden und anderes Blumige entstehen, wurde aus dem früheren

Versteck hinten links herausgeholt und in der Nähe des Eingangs aufgebaut, denn »man will doch auch am Leben teilnehmen!« hatte sie gefordert. Inzwischen hat sie gemerkt, dass sie viel zu viel daran teilnehmen muss, weil die Kunden sie immer gleich sehen und mit Fragen überfallen. »Sie hatten da neulich, es kann aber auch schon länger her sein, eine Schale dekoriert mit so weißen und lila Blumen drin, ich weiß nicht, wie die heißen, aber können Sie die für mich nachmachen?«

Berücksichtigt man, dass ungefähr zwei Dutzend verschiedene Schalen in den Regalen stehen und es außer Schneeglöckchen und Lilien noch andere weiße Blumen gibt, dann kann man Lissys heimliches Zähneknirschen angesichts solcher Forderungen nachempfinden.

Es gibt einen Deko-Raum mitten in der Halle, in dem ihre Kreationen ausgestellt und oft gleich wieder weggekauft werden. Dann muss sie neue machen und kommt nicht dazu, die Bestellung für fünfmal Tischdekoration in Altrosa und Silber fertig zu stellen. Die Jubelbraut wird nämlich ein Dirndl aus altrosa Taft tragen … Und bloß die Schleife nicht vergessen, muss Ludwig aber noch drucken, zusammen mit der Girlande soll sie die beiden Ehrenplätze bekränzen:

Fünfundzwanzig Jahre sind es wert,
dass man euch besonders ehrt.
Deshalb wollen wir euch sagen,
wir sind froh, dass wir euch haben.

Eure Kinder

Hatte ich eigentlich schon erwähnt, dass alles, was es an Blumen, Grünpflanzen, Ranken, Bäumen und sonstiger Botanik in der Halle gibt, unecht ist? Auf den ersten Blick fällt einem das gar nicht auf, beim zweiten schon, denn erstens duften künstliche Blüten nicht, und zweitens gibt es in natura keine fünfzig Blumen einer Gattung, die zusammen in einem Kübel stehen und sich aufs Haar gleichen. Wird's aber doch bald geben, bei Klon-Schaf Dolly hören die Forscher doch nicht auf …

Rechts vom Eingang, nur über acht Stufen zu erreichen, befindet sich das Aquarium. Offiziell heißt es natürlich Büro, aber dank seiner großen Glasscheiben, hinter denen man fast die ganze Halle im Blick hat, und des riesengroßen Ficus (Ein echter! Jeden Freitag wird er gegossen, aber wenn Lissy Urlaub hat, leidet er sichtbar – an Wassermangel) ist diesem Raum – von unten gesehen – eine gewisse Ähnlichkeit mit einem Aquarium nicht abzusprechen. Abgesehen von den drei Schreibtischen natürlich, den Computern, Druckern, Telefonen, Fax- und sonstigen elektronischen Geräten, den Schränken, Regalen, Kaffeetassen, Nilpferden, Butterbroten, Regenjacken, Hundekräckern, Einkaufskörben und ähnlichen Dingen, die jedem Büro erst die persönliche Note verleihen.

Auf gleicher Höhe mit dem Aquarium, jedoch etwas zurückgelegen, befindet sich die Druckerei. Allerdings keine, bei der man Werbezettel bestellen kann oder Festschriften, sondern nur eine kleine zum Bedrucken von Kranzschleifen, vorwiegend für Beerdigungen. Gelegentlich kommt es vor, dass zum Beispiel der Schrebergartenverein eine besonders lange bestellt, wenn die Miss Tausendschön gewählt wird, oder der Reit- und Fahrclub Schärpen für die Siegerehrung braucht, doch normalerweise sind es diese weißen Taftschleifen mit Golddruck und Fransen an den Enden.

Drucken können inzwischen alle Mitarbeiter, doch Herrscher über sein knapp 4 qm großes Reich ist Ludwig, auch schon allmählich im Rentenalter, jedoch nicht gewillt, seinen grauen Kittel an den Nagel zu hängen und Brieftauben zu züchten. Oder Kaninchen. »Den janzen Tach zu Hause hocken? Denn kann ick jleich 'ne Kranzschleife für mich selba machen.« Wenn Ludwig morgens die Zeitung von hinten nach vorne liest, weil er immer bei den Todesanzeigen beginnt, dann hört man ihn beim Anblick besonders vieler schwarzen Ränder gelegentlich murmeln: »Is ja mal wieda mächtig viel Leben unter den Toten.«

Zu erwähnen wäre noch Außendienstler Lucky, zwei Drittel des Tages mit dem Lkw unterwegs, bei Kunden und Polizisten gleichermaßen beliebt. Letztere mögen ihn, weil er manchmal hilft, ihr monatliches Soll an Strafzetteln zu erreichen.

Gleich hinter der Halle und parallel dazu gibt es noch das Außenlager, einen acht Meter breiten Hof, teilweise überdacht und mit Regalen bestückt. Dort findet man alles, was von Floristen immer gebraucht wird und keinen modischen Trends unterworfen ist. Gartenerde zum Beispiel, Blumentöpfe von 6 cm an aufwärts bis zu Bierfassgröße, Tonschalen, Untersetzer, Terrakotta-Kübel, außerdem zwei Mülltonnen, Rollcontainer für das Verpackungsmaterial, einen Schneeschieber, den Gabelstapler, gleich neben der Tür eine mit Goldspray behandelte Tulpe und den Adventkranz vom letzten Jahr, genauer gesagt, das Gerippe davon. Vielleicht hat ja Lissy noch was mit ihm vor, das kann man bei ihr nie so genau wissen.

Hier draußen also würde für die nächsten Tage mein Arbeitsplatz sein, vorausgesetzt, das Wetter spielte mit.

Ich hatte gerade den Wagen geparkt und war ausgestiegen, als Steffi von innen die Tür aufschloss – 13 Uhr, Ende der Mittagspause. Ein Herr wartete schon. Er stürzte in die Halle und sah sich flüchtig um. »Haben Sie irgendwelche Büsten?«

Steffis verdutztes Gesicht hätte man fotografieren müssen! »Was für Büsten?«

»Na, so was, was man wo draufstellen kann.«

Ratloser Blick zu mir, Achselzucken. »Ich weiß wirklich nicht, was Sie meinen.«

»Köpfe von berühmten Leuten aus Gips oder so. Ich habe

mal einen von Goethe gesehen, aber den will ich nicht, mehr was aus'm Altertum.«

»Tut mir Leid, aber das führen wir nicht.« Nur mühsam konnte Steffi das Lachen unterdrücken. »Versuchen Sie es doch mal in einer Musikalienhandlung, die werden zumindest Beethoven und Wagner vorrätig haben.«

Kaum war er weg, prusteten wir los. »Kommt das öfter vor?«

»Gelegentlich, aber die meisten beschränken sich aufs Telefon. Neulich wollte jemand eine Paella-Pfanne haben. Mit einem Durchmesser von 120 Zentimeter! Ich hab ihm gesagt, er soll mal beim Schlachthof anrufen, die haben noch am ehesten Gefäße dieser Größenordnung.« Liebevoll umarmte sie mich. »Schön, dass du gekommen bist, wir stehen wirklich auf dem Schlauch. Lissy und ich packen schon seit heute Morgen aus, Ludwig räumt weg, und Hannes hält hier drin die Stellung. Zähneknirschend! Du weißt doch, unsere manchmal etwas unentschlossenen Damen von der Geschenkartikel- und Bastelbedarfsfront brauchen gelegentlich Unterstützung, und dazu fühlt er sich einfach nicht berufen.«

»Verständlich. Warum machst du das nicht, und er packt aus?«

»Dazu hat er doch keine Zeit. Er muss nämlich strategische Pläne entwickeln, wo er demnächst seine 35 Tonnen Kerzen unterbringen wird. Die sind zwar noch nicht da, aber wenn sie geliefert werden, muss der dafür vorgesehene Platz freigeräumt sein. – Komm mit nach draußen, wir haben dir auch was besonders Schönes rausgesucht.«

Mir schwante Fürchterliches. »Vorher kriege ich aber noch einen Kaffee und eine Zigarette.«

»Dazu lade ich dich ausnahmsweise ein!«, klang es hinter mir, und schon fiel eine Münze in den Automat. »Ist dir nicht bekannt, dass die Arbeitszeit in dieser Firma um sieben Uhr morgens beginnt? Wer zu spät kommt, muss abends länger bleiben!« Hannes reichte mir den gefüllten Plastikbecher. »Ich finde es trotzdem großartig, dass du uns hilfst.«

»Mache ich ja nicht zum ersten Mal.« Ich nahm einen Schluck und – hätte ihn am liebsten wieder ausgespuckt. »Pfui Deibel, ist der bitter! Habt ihr eine neue Sorte?«

»Wolltest du Kaffee haben oder eine Nierenspülung?«

Ich gab ihm den vollen Becher zurück. »Es ist wenig effektiv, mich vor der Arbeit vergiften zu wollen. Komm, Steffi!«

Neben zwei Tischen von jener Sorte, mit denen Biergärten bestückt werden, standen zwölf mittelgroße Kartons und daneben zwei Waschkörbe. »Ich hab gedacht, du nimmst dir die Sterne vor, dabei kannst du wenigstens sitzen«, sagte Steffi und deutete auf den Klappstuhl, »bei den Engeln geht das nicht, die sind zu groß.«

Da musste ich ihr allerdings Recht geben. Etwa einen halben Meter hoch waren diese herzigen Nackedeis aus Terrakotta, hatten goldene Haare, goldene Flügel und ein Instrument im Arm, Harfe, Leier oder die Abart einer Posaune, jedenfalls etwas Himmlisches. Außerdem waren sie geschlechtslos, aber das sind Engel ja meistens, und deshalb verstehe ich auch nicht, warum es überall der Engel heißt und nicht das Engel. Im Laufe von zweitausend Jahren hätte man diesen Fehler wirklich mal korrigieren können.

»Hallo, Lissy. Du hast schon fast den gleichen verklärten Blick wie deine Goldköpfchen.« Ich nahm einen davon in die Hand. »Hoppla, der ist ja richtig schwer!« Vorsichtig stellte ich ihn zurück. »Wissen möchte ich bloß, wer so etwas kauft.«

»Bestimmt niemand fürs Wohnzimmer«, gab sie lachend zurück. »Die sind in erster Linie für Schaufenster gedacht.«

»Ach so, du meinst, so ein geflügelter Nackedei mitten zwischen Parfumflaschen und Lippenstiften steigert den vorweihnachtlichen Umsatz?«

»Meine Güte, Määm, hast du denn die zwei Grundregeln

für unsere Branche noch immer nicht begriffen? Regel Nr. 1: Vergiss deinen eigenen Geschmack!«

»Stimmt, das hast du schon mal gesagt, aber die zweite Regel weiß ich nicht mehr.«

»Ganz einfach: Denke immer an Regel Nr. 1! – So, und nun fang endlich an, du musst genau … äh, warte mal …«, sie zögerte einen Moment und schloss die Augen, um mir dann freudestrahlend mitzuteilen: »… 1728 Goldsterne auf Stiel auspacken!«

»Woher weißt du das?«

»Es sind zwölf Kartons gekommen. Laut Lieferschein befinden sich in jedem großen Karton sechs kleinere, und in jedem kleinen sollten 24 Sterne liegen.«

»Sollten!«, sagte ich erbittert. »Aber nachzählen muss ich trotzdem nicht, nein?«

Man stelle sich einen etwa sieben Zentimeter großen, goldbronzierten Stern vor, aber nicht so ein flaches Laubsägeprodukt mit nur zwei Seiten, sondern einen dreidimensionalen, bei dem die Zacken in alle Himmelsrichtungen ragen. In diesem Stern steckt ein dünner Holzstab. So weit alles klar?

Des Weiteren stelle man sich einen soliden, mit Folie umwickelten und mit breitem Klebeband zugekleisterten Pappkarton vor, in den – wenn man ihn unter Zuhilfenahme eines simplen Küchenmessers und unter Verlust mindestens eines Fingernagels aufgeschlitzt hat – sechs kleinere Kartons so eng reingestopft worden sind, dass man sie kaum herausbringt. Meistens kostet das einen weiteren Fingernagel. In jedem kleinen Karton liegen vierundzwanzig Sterne, jeweils sechs unten am Stiel mit Tesafilm zusammengeklebt und oben einzeln mit Seidenpapier umwickelt. Die Arbeitslöhne in China müssen tatsächlich miserabel sein!

Nun weiß ich zwar nicht, wie lange man braucht, um einen Stern einzuwickeln, das Auswickeln geht ziemlich langsam, weil man sich sonst an den verflixt spitzen Ecken piekt. Dann braucht man ein Pflaster, und hat man erst mal an jedem zweiten Finger eins kleben, dauert die ganze Sache noch länger. Anderthalb Waschkörbe mit schätzungsweise 1432 Sternen hatte ich geschafft, dann bekam ich Halluzinationen. Außer am nächtlichen Himmel und bei einem allzu intensiven Kontakt mit Straßenlaternen, Hausmauern oder ähnlichen Hindernissen sieht der Durchschnittsmensch selten Sterne, doch ich sah jetzt schon welche, wo gar keine waren.

»Seit wann tragen Gartenzwerge Sterne mit sich herum?« Die Engel waren längst ausgepackt, von Holzwolle und Styroporschnipseln befreit und bis zur Wiederauferstehung ins Lager verbannt worden. Jetzt waren die Gartenzwerge dran, merkwürdigerweise welche mit Stern am Stiel in der Hand.

Steffi stellte mir einen vor die Nase. »Das ist ein Weihnachtsmann, und das da oben ist seine Laterne! Du solltest wirklich mal eine neue Brille ...«

Schließlich erbarmte sich Lissy. »Komm, ich löse dich ab. Mach mal bei den Stiefeln weiter!«

Also packte ich Nikolausstiefel aus. Erst große aus Pappe, dann kleinere aus Plastik und schließlich ganz kleine aus Keramik, bei denen ich mir überlegte, was um alles in der Welt man damit anfangen könnte. Es würden bestenfalls zwei Bonbons reinpassen. »Was macht man ...«

»... dreh sie mal um, dann weißt du es.«

Aha, sie hatten Streifen unter den Sohlen, also würde man sie irgendwo festkleben können, auf Geschenkpäckchen vermutlich oder auf einen Arm von der Stehlampe; in der Adventzeit sind dem Hang nach weihnachtlichem Zimmerschmuck bekanntlich keine Grenzen gesetzt. Ich musste endlich anfangen, die ganze Sache nicht von der praktischen Seite zu sehen, sondern mit den Augen von Floristen, Gärtnern, Dekorateuren und all der anderen Kunden, die sich in wenigen Wochen hoffentlich in Scharen auf das stürzen würden, was wir gerade auswickelten. Aber trotzdem: Weshalb sollte jemand einen Nikolausstiefel auf ein Geschenk kleben, wenn das, was eventuell reinpassen würde, bei der kleinsten Erschütterung wieder rausfiele?

Ich hatte gerade einen neuen Karton aufgeschlitzt und war gespannt, was zum Vorschein kommen würde (Weihnachtsmänner, was sonst? Diesmal als Spardosen getarnt), als Steffi ihr Küchenmesser in den Holztisch rammte: »Feierabend!« Sie stellte die letzten zwanzig Schneemänner auf den Rollwagen. Auch deren Verwendungszweck war mir noch unklar. Sie waren fast einen Meter groß, trugen Zylinderhüte, Schals um den Hals und hielten den rechten Arm ausgestreckt vor sich.

»Winterlicher Blickfang der Nichtsesshaften?«, rätselte ich halblaut. »Im Dezember steigt die Spendenbereitschaft sprunghaft an, und so ein Schneemann wäre doch mal ...«

Nein, ich hatte schon wieder zu wenig kommerziell gedacht. Der Schneemann sollte nicht in Vertretung für andere betteln, sondern vor oder in vielen Geschäften stehen und den Kunden alles das wünschen, was gerade opportun sein würde. In die ausgestreckte Hand gehörte nämlich eine Art Besenstiel und daran eine Tafel. Die Schriftzüge »Ein frohes Weihnachtsfest« und »Ein glückliches Neues Jahr« wurden als Magnetzeilen zum Auswechseln mitgeliefert, weitere Mitteilungen wie etwa »Heute frische Kalbsknochen« oder »Wegen Familienfeier ab zwölf Uhr geschlossen« würde der Ladenbesitzer allerdings selbst gestalten müssen. Zwei Stück Kreide in Weiß und Hellviolett gehörten ebenfalls zum Zubehör.

»Bei pfleglicher Behandlung hält der Schneemann mindestens fünf Wintersaisons durch. Also wird er sich für den Käufer amortisieren«, sagte Steffi, »und für uns hoffentlich auch«, fügte sie halblaut hinzu, »wir haben nämlich fünfzig Stück davon geordert.«

»Was kostet er denn?«

»Weiß ich nicht, muss Hannes erst kalkulieren.« Sie karrte ihre weiße Fracht Richtung Tür. »Ist mir im Augenblick auch ziemlich egal. Hast du eigentlich keinen Hunger?«

Natürlich hatte ich welchen, mein Gratin hatte vermutlich Rolf gegessen, und außer einem vor zwei Tagen abgelaufenen Diät-Joghurt hatte ich im firmeneigenen Kühlschrank nichts Essbares gefunden. »Jetzt weiß ich wenigstens, woher der Begriff ›Innere Leere‹ kommt«, hatte ich mich beschwert.

»Zu Kaisers habe ich es heute nicht geschafft«, hatte sich Steffi entschuldigt, »aber ich werde schon dafür sorgen, dass Hannes uns nachher zum Chinesen einlädt.«

Der wollte nicht so recht. Bestimmt seien wir alle müde, würden lieber die Beine hochlegen statt unter einen Restauranttisch zu stellen, der Pizza-Service liefere innerhalb von fünfzehn Minuten, außerdem wolle Olaf nachher raufkommen, weil heute das Länderspiel ... Premiere kriegt er doch nicht ...

»Kleine Intelligenzfrage, Hannes«, unterbrach sie ihn, »was ist das? Hat acht Beine, trinkt Bier und hat zusammen einen IQ von 110?«

Er schüttelte den Kopf. »Keine Ahnung.«

»Ist doch ganz einfach! Vier Männer gucken ›Sportschau‹.«
Ich weiß nicht, weshalb er darüber nicht lachen konnte.

Natürlich sind wir essen gegangen, und als wir nach Hause kamen, waren zwei Nachrichten auf dem Anrufbeantworter. Beide für mich. »Kannst du bitte gleich mal zurückrufen?« lautete die erste, während die zweite, eine Stunde später aufgezeichnet, schon weit weniger freundlich klang. »Wo steckst du eigentlich? Es ist nach halb acht, ich denke, dieser Scheißladen macht um fünf Uhr zu. Ruf sofort zurück! Ich strampele mich hier ab, und du amüsierst dich!« Dann machte es klick, und die Blechstimme aus dem Kasten leierte: »Ende-der-Nachricht-es-ist-neunzehn-Uhr-ein-und-vierzig.«

»Mit dem Amüsieren war's ja nicht weit her«, sagte ich

grimmig, »mir tut der Rücken weh, drei Fingernägel sind ab-
gebrochen, der vierte eingerissen – vergiss nicht, mir nachher eine Nagelfeile rauszulegen, jetzt muss ich die anderen
auch runterfeilen –, ich habe Sodbrennen von der scharfen
Soße, und meinen Schlafanzug habe ich auch vergessen. Soll
ich jetzt wirklich noch zu Hause anrufen und mich volllabern
lassen, weil dein Vater den Korkenzieher nicht finden kann?«

»Vielleicht ist es etwas Wichtiges«, erwiderte seine Tochter
und drückte auf die entsprechende Speichertaste; schon nach
dem ersten Läuten klickte es im Apparat. Rolf musste direkt
daneben gesessen haben! Dann hörte ich folgenden Monolog:
»Hallo, Paps. Ja, wir sind eben erst nach Hause gekommen.
Wieso Kino? Hannes hat uns zum Essen eingeladen, weil ich
keine Zeit gehabt hatte … Du hast auch nichts gegessen? So
viel ich weiß, ist doch eure Gefriertruhe randvoll mit … ach
so, Mikrowelle ist kaputt. Seit wann denn? Weißt du nicht?
Määm hat aber gar nichts davon gesagt. Warum hast du nicht
einfach eine Bratpfanne … verstehe, dafür geht sie natürlich
nicht, aber mussten es ausgerechnet Germknödel …?«

An dieser Stelle nahm ich ihr den Hörer aus der Hand:
»Tiefgefrorene Knödel gart man in kochendem Wasser und
nicht in der Mikrowelle, die im Übrigen heute Morgen noch
einwandfrei funktioniert hat. Und wenn du den Kühlschrank
geöffnet und dich dabei ein bisschen gebückt hättest, wäre
dir das Brokkoli-Gratin beinahe ins Gesicht gesprungen.«

»Das gab's doch schon gestern«, reklamierte mein Ehemann, der ohne Protest drei Tage hintereinander Kaiser-
schmarrn mit Apfelmus essen und am vierten Tag fragen
würde, ob nicht noch was übrig geblieben ist. »Ich habe mir
vorhin drei Spiegeleier gemacht – wieder mal«, kam es vorwurfsvoll durch den Hörer, »aber deshalb habe ich nicht angerufen. Die Waschmaschine geht nämlich auch nicht.«

Wer weiß, was er da reingeschmissen hatte, seine alten
Pinsel vielleicht oder unten die Fußmatte an der Kellertreppe.

Sein Waschzwang kannte ja zur Zeit keine Grenzen. Andererseits – die Maschine war noch kein Jahr alt, und nach meiner Erfahrung fällt bei Elektrogeräten die erste Reparatur frühestens zwei Wochen nach Ablauf der Garantiezeit an. »Warum geht sie denn nicht?«

»Wenn ich das wüsste, könnte ich den Fehler vermutlich selber beheben.«

Um Himmels willen, bloß nicht! »Hast du die Tür richtig zugemacht?«

»Hältst du mich für so dämlich?«, blaffte er zurück.

Manchmal muss man einfach lügen. »Natürlich nicht, doch wenn sie nicht einrastet, funktioniert die ganze Automatik nicht mehr. Ist mir auch schon passiert.«

»Ja, dir vielleicht! Die Tür ist zu, aber wenn ich auf den Einschaltknopf drücke, tut sich gar nichts.«

»Hast du die Temperatur eingestellt?«

Kurzes Zögern. »Welche muss ich denn nehmen?«

»Gegenfrage: Was willst du waschen? Hat das nicht Zeit, bis ich wieder zu Hause bin?«

»Was Leichtes, ist auch nur wenig verschmutzt.«

Spätestens bei dieser Aussage hätte ich stutzig werden müssen. Stattdessen empfahl ich, den Temperaturregler auf 40 Grad zu stellen und nun noch mal den Einschaltknopf zu betätigen.

»Es tut sich gar nichts«, meldete Rolf, »ich habe doch gesagt, die Maschine ist kaputt.«

»Hast du den Wasserhahn aufgedreht?«

»Welchen Wasserhahn? Hier ist doch gar keiner dran!«

Ganz ruhig bleiben, sagte ich leise zu mir selber, er weiß es nicht mehr! Er hat tatsächlich vergessen, dass er beim Kauf dieser Öko-Spar-ichweißnichtwasnochalles-Maschine darauf bestanden hatte, dass eine Sperrtaste zwischengeschaltet wird. Sie verhindert den unkontrollierten Wasserzulauf, falls sich mal der Schlauch löst oder platzt oder auf eine andere

Art den ganzen Keller unter Wasser setzt. Hatten wir vor Jahren schon mal gehabt, nur nicht im Keller, sondern praktischerweise im Bad, wo ich die knapp dreißig Liter Seifenlauge wenigstens gleich in die Wanne schaufeln konnte.

»Pass mal auf«, sagte ich langsam und mit entsprechenden Pausen, »du folgst jetzt dem Schlauch – nein, das ist der weiße, der graue ist für das Abwasser – bis zum Wasserhahn. Ja, das ist der ganz rechte und auch der einzige, an dem ein Schlauch befestigt ist. Hast du ihn gefunden? Gut. Unterhalb davon befindet sich seine Art Schraube mit einem roten Punkt. Die drehst du zu dir hin, bis der Punkt in deine Richtung zeigt. Und dann müsste …«

»Es hat geklappt!«, jubelte er. »Die Trommel dreht sich.«

»Na prima«, freute ich mich mit ihm. Manchmal ist es wirklich einfach, einen erwachsenen Mann glücklich zu machen.

Zu erwähnen wäre noch ein weiterer Anruf. Wir waren gerade schlafen gegangen, als das Telefon klingelte. Sekunden später brüllte Steffi aus dem Schlafzimmer: »Nimm mal den Hörer ab, es ist für dich!«

Natürlich hat in einem von Hannes bewohnten Domizil jedes Zimmer einen Telefonanschluss, Bad und Toilette ausgenommen, doch dafür schaltet sich in Letzterer automatisch das Radio ein, sobald das Licht angeht. Fürchterlich! Wer lässt sich schon gern an einem vernebelten Februarmorgen noch im Halbschlaf erzählen, dass auf Sizilien die Sonne scheint und Temperaturen bis 18 Grad zu erwarten sind?

Diesmal klang die Stimme am Telefon nicht vorwurfsvoll, sondern ängstlich. »Sag mal, wie viel Waschpulver nimmst du immer für eine Maschine?«

»Das ist unterschiedlich. Warum?«

»Es ist doch nicht normal, wenn aus allen Ritzen Schaum kommt, oder?«

Am nächsten Morgen fuhr ich wieder nach Hause.

Kapitel 15

Bloß weil du auf dem Truthahn bist, leidet die ganze Familie unter deiner schlechten Laune!«, sagte mein Ehemann und hielt mir die Kaffeetasse hin, auf dass ich sie ihm fülle. »Früher hast du nie solche Hektik gemacht!«

»Ich mache keine Hektik, ich will lediglich das Geschirr wegräumen. Den Kaffee kannst du dir bestimmt allein eingießen, du bist doch schon groß!« Ich sortierte Teller und Besteck in die Maschine. »Und was soll überhaupt deine Anspielung? Wieso bin ich ein Truthahn?«

Von der Essdiele bis zur Küche sind es genau drei Schritte, die Tür dazwischen haben wir ausgehängt, weil's praktischer war, doch nun kann man sie nicht mehr hinter sich zumachen, was wiederum nicht so praktisch ist. Überlegungen, den alten Zustand wieder herzustellen, scheiterten bisher an der erst drei Jahre alten Einbauküche. Dort, wo die Tür mal aufging, hängt jetzt der Schrank mit »Sonstiges«, worunter jede nicht so perfekte Hausfrau – und zu denen gehöre ich – einfach alles versteht, was nicht genau einzuordnen ist, also vom Puddingpulver über Streichhölzer und Aspirin bis zu diesem tollen Dosenöffner vom letzten Tupper-Abend; wenn ich die Gebrauchsanweisung wieder finden würde, käme ich vielleicht damit klar.

Dieser Schrank ist also unentbehrlich, doch falls sich die Tür als noch unentbehrlicher erweisen sollte, steht sie, abgedeckt mit einem alten Laken, irgendwo in einer Kellerecke. Der Zeitpunkt ihrer Wiederkehr scheint täglich näher zu rücken!

»Ich habe nicht gesagt, dass du ein Truthahn bist«, erläuterte Rolf, »sondern dass du dich mit einem herumschlägst. Oder nennt man das nicht so, wenn jemand auf Entzug ist?«

»Ich bin nicht auf Turkey, falls du das meinen solltest, ich habe nur keine Lust, stundenlang am Tisch zu sitzen und dir beim Zeitunglesen zuzusehen.«

»Früher hast du mitgelesen!«

Ja, früher! Das war vor 151 Stunden gewesen, als noch die erste Zigarette nach dem Frühstück die beste des ganzen Tages gewesen war, aber jetzt …? Noch am letzten Bissen kauend stürzte ich neuerdings in die Küche, fütterte den Geschirrspüler oder leerte den Abfalleimer aus – Tätigkeiten, die nun wirklich nicht dringend waren. Ich durfte nur nicht sitzen bleiben, sondern musste mich beschäftigen, ganz egal, wie!

Komisch, in der Firma oder daheim bei Steffi und Hannes hatte mir das längst nicht so viel ausgemacht, aber hier zu Hause? Da gab es niemanden, der mir moralisch den Rücken stärkte. Rolf versuchte zwar, sich nicht gerade in meiner Gegenwart eine Zigarette anzustecken, doch wenn ich ins Zimmer kam und diese kleine blaue Rauchfahne aus dem Aschenbecher hochsteigen sah, half nur noch eins: Sofortige Flucht! Trotzdem war ich entschlossen, diesmal durchzuhalten!

Natürlich war ich noch am selben Tag zurückgefahren zu den unausgepackten Nikoläusen und Engeln, zu den Christbaumkugeln und dem künstlichen Schnee. Nachdem Rolf auf meine telefonische Anregung hin die schäumende Waschmaschine abgeschaltet hatte, war sie über Nacht ganz friedlich geworden, was vermutlich auf eine mir nicht erklärbare physikalische Reaktion zurückzuführen ist, jedenfalls war der Schaum morgens verschwunden gewesen, während die Tüllgardinen schon fast wieder ihren ursprünglichen Farbton angenommen hatten. Um meinen Ehemann von weiteren Aktivitäten in dieser Richtung abzuhalten, hatte ich ihm noch telefonisch empfohlen, die Waschmaschine samt Inhalt bis zu meiner endgültigen Rückkehr geschlossen zu halten. Ganz im Stillen hatte ich wohl gehofft, dieser Polyester-Albtraum würde sich auf irgendeine Weise auflösen und später auf Nimmerwiedersehen durch den Abflussschlauch verschwinden.

Die Mikrowelle hatte ich auch wieder in Gang gebracht. Rolf hatte doch tatsächlich versucht, jene seit mindestens fünf Jahren defekte Lichterkette mit den kleinen bunten Birnen zu reparieren, praktischerweise in der Küche, weil da griffbereit so viele schöne Messer hängen. Beim ersten Probelauf war die Sicherung herausgesprungen und im selben Moment auch die Anzeigenleiste der Mikrowelle erloschen. Da sich mein in technischer Hinsicht absolut brillanter Ehemann nicht erklären konnte, weshalb sich das Gerät nicht wieder von selbst einschaltete, konnte es logischerweise nur kaputt sein. Die Küchenlampe war ja auch von allein angegangen, nachdem er den Knopf der Sicherung hineingedrückt hatte, und das Radio hatte ebenfalls wieder gespielt.

Ich hatte Rolf noch das Brokkoli-Gratin im Kühlschrank gezeigt und das klein Gedruckte auf der Packung mit den tiefgefrorenen Germknödeln, hatte zwei Paar Shorts aus meinem Schrank geholt und war zurückgefahren zu den künstlichen Tannengirlanden und den Keramiktellern mit den goldenen Sternchen drauf.

An diesem Abend waren wir nicht essen gegangen, vielmehr hatte Steffi grünen Salat gekauft, Tomaten, Radieschen, Paprika und was der von ihr bevorzugte Grieche sonst noch an Grünfutter anzubieten hatte, dazu frisches Baguette, Hannes hatte eine Flasche Prosecco geöffnet, und dann hatten wir auf dem Balkon gesessen, den tanzenden Mücken zugesehen und uns sehr gesund ernährt.

Das Problem hatte ja auch erst in dem Moment begonnen, als ich feststellte, dass ich keine Zigaretten mehr hatte. »Och nee! Die letzte habe ich auf dem Weg hierher geraucht, und die anderen liegen in meinem Wagen. Gibt's hier in der Nähe einen Automat?«

»Das schon«, hatte Hannes gemeint, »aber der ist entweder kaputt oder leer.« Dann hatte er mir eine von seinen Zigaretten angeboten, doch die war viel zu stark gewesen. »Was ist da drin? Seegras? Schmeckt jedenfalls danach.«

An Steffi hatte ich mich gar nicht erst gewandt, die war immer noch abstinent, und das nun schon seit einer ganzen Woche. Sie hatte Windlichter auf dem Balkon verteilt und mir ein Taschenbuch in die Hand gedrückt. »Guck ruhig mal da rein!«

Nein, ich will jetzt keine Reklame machen für den Autor, obwohl er das ohnehin nicht nötig ist, denn seinen Namen hat schon so ziemlich jeder Raucher gehört, gleichgültig, ob Ex oder Aktiv. Jedenfalls habe ich bis kurz nach Mitternacht gelesen, dann hatte ich das Buch durch und mir klar gemacht, dass die Abhängigkeit von diesen verflixten Glimmstängeln größtenteils vom Kopf gesteuert wird. Die körperliche Entzugserscheinungen sind halb so schlimm, die psychischen leider nicht.

Machen wir's kurz: Während der Lektüre hatte ich noch fast ein halbes Päckchen Zigaretten geraucht, Spende von Steffi, die eine Packung ›für alle Fälle‹ in Reserve gehabt hatte, es nach ihrer Meinung jedoch nicht mehr brauchen würde. Am 12. August, genau sieben Minuten vor Mitternacht, habe ich eine gerade angerauchte Zigarette im Aschenbecher ausgedrückt und feierlich verkündet: »Das war meine letzte!« Und sie ist es bis heute tatsächlich geblieben!

Nein, es folgt keine Selbstbeweihräucherung, ich bin weder charakterstark noch besonders konsequent, und dass ich tatsächlich durchgehalten habe, war Stefanie zu verdanken, sie weiß es nur nicht. Sobald ich nämlich rückfällig werden wollte, habe ich mir selbst gut zugeredet: »Wenn dieses dumme

Gör das kann, wirst du es wohl auch schaffen!« Das dumme
Gör ist damals schon über dreißig gewesen und ich doppelt
so alt, aber in punkto Zigarettenkonsum hatten wir annähernd das gleiche Level erreicht. Nur – ich hatte ungefähr
zwanzig Jahre Vorsprung gehabt!

»Du musst jetzt ein bisschen mit dem Essen aufpassen«,
hatte mich Steffi gewarnt, »Schluss mit Schokoriegel oder
Butterkeksen für den kleinen Hunger zwischendurch.«

»Dann steige ich eben auf Studentenfutter um, das ist sowieso gesünder.«

»Bist du wahnsinnig? Weißt du denn nicht, wie viele Kalorien Nüsse haben?«

Nein, woher denn auch? Hatte mich doch nie interessiert.
Seit Jahren hielt ich mein Gewicht, und wenn es mal mehr geworden war – Familienfeste wirken sich zumindest in dieser
Beziehung häufig negativ aus –, dann gab es eben zwei Tage
lang Grünzeug statt Gulasch. Und jetzt sollte ich nicht mal
mehr eine Hand voll Nüsse essen dürfen? Wer sagt das?

Also besorgte ich mir als Erstes eine Kalorientabelle. Und
nach gründlichem Studium derselben ein Kilo frische Karotten. Junger Kohlrabi erfüllt aber denselben Zweck, Radieschen gehen auch, Äpfel sind weniger empfehlenswert, weil
man danach noch mehr Hunger kriegt. Ich gebe ja zu, dass
ein Schokoriegel besser schmeckt als eine rohe Mohrrübe,
aber sie ist immer noch hilfreicher als gar nichts, wenn man
vor dem Computer sitzt und sich bei geistiger Ebbe nicht an
einer Zigarette festhalten kann.

Genützt hat es sowieso nichts. Ich kann nicht einmal mehr
sagen, wie lange es gedauert hat, bis ich eines Morgens den
Reißverschluss meiner Lieblingsjeans nicht mehr bis ganz
nach oben zuziehen konnte. Ich hätte sie eben doch nicht bei
60 Grad waschen dürfen, redete ich mir ein, 40 hätten auch
genügt, jetzt ist sie tatsächlich ein bisschen eingegangen.
Seltsam nur, dass im Laufe der folgenden Wochen alle Hosen

zu eng wurden und auch die T-Shirts, sogar die meisten Pullover, obwohl ich sie immer mindestens eine Nummer größer kaufe. Nur die Blusen passten noch, vorausgesetzt, ich trug sie über der Hose!

Und dann kam der Tag, an dem ich in die Stadt fuhr, um mir – natürlich nur für die Übergangsphase! – etwas zum Anziehen zu kaufen. Wahrscheinlich war es ganz einfach Frust, dass ich nichts fand, was mir gefiel. Alle richtig schicken Hosen hingen auf Ständern mit den für mich nicht mehr aktuellen Größen, die Blusen für ›oben drüber‹ sahen in meinen Augen allesamt altbacken aus, Röcke kamen schon überhaupt nicht in Frage, und T-Shirts waren überflüssig, weil man im Herbst kaum noch welche braucht. Nach drei Stunden erfolglosen Suchens fuhr ich wieder nach Hause mit nur zwei kleinen Kartons im Kofferraum. Wenigstens meine Schuhgröße hatte sich nicht geändert!

Trost fand ich nur bei Steffi und bei meinem Sparschwein. Jeden Abend steckte ich einen Zehnmarkschein in den Schlitz, denn ungefähr diese Summe hatte ich täglich in die Luft geblasen.

»Was willst du denn mit dem gesparten Geld machen?«, erkundigte sich Rolf, als ich einen weiteren nikotinfreien Tag in meiner Buchführung abhakte und dann das Schwein fütterte, »Zigarren kaufen? Die werden nämlich nicht auf Lunge geraucht.«

»Es wird mir schon etwas Passendes einfallen«, sagte ich und dachte an meine Kindheit, als ich mit täglich einem Löffel Lebertran traktiert worden war und hinterher zur Belohnung zehn Pfennig für die Spardose bekommen hatte. Wenn die Flasche leer gewesen war, wurde von dem gesparten Geld eine neue gekauft – kein Wunder also, dass ich bis dato ein etwas gespaltenes Verhältnis zu Sparbüchsen hatte.

Trost und Zuspruch durchs Telefon fand ich bei Steffi. Sie hatte mir siebeneinhalb Tage Nikotinabstinenz voraus, wusste also, in welchem Stadium der Entwöhnung ich mich gerade befand, gab gute Ratschläge, die wenig halfen, und veranlasste die Zwillinge zu täglichen Stippvisiten bei mir. »Sie braucht jetzt Bewunderung und Rückenstärkung«, hieß es, »bringt ihr ab und zu mal was mit zur Belohnung fürs Durchhalten!«

Das taten sie denn auch, mal ein kleines Marzipanbrot von meiner Lieblingsmarke, dann wieder ein paar von diesen schokoladeumhüllten Piemontkirschen oder eine Packung Karlsbader Oblaten, von denen sie glücklicherweise die meisten selber aßen. Wenigstens die Bewunderung war kalorienfrei. Sie war auch ehrlich, denn beide Mädchen waren überzeugte Nichtraucher und heilfroh, zumindest ein Elternteil auf dem Wege der Besserung zu sehen. »Allmählich wirst du wieder erträglich«, freute sich Nicki, »in den ersten zwei Wochen warst du nämlich ungenießbar. Bist du dir nicht manchmal selber auf den Wecker gefallen?«

Doch, und wie! Vor allem dann, wenn ich morgens auf der Waage feststellen musste, dass ich schon wieder zugenommen hatte, denn das konnte nicht mit rechten Dingen zugehen! Die Kalorien zählte ich zwar noch nicht, wusste aber schon, wo sie steckten, und verzichtete heroisch auf vieles, was ich früher ohne Bedenken gegessen hatte. Weshalb also näherte ich mich allmählich jenem Gewicht, das ich immer wieder als absolute Horrorgrenze angesehen und geschworen hatte, bei seinem (allerdings unwahrscheinlichen) Erreichen entweder ins Kloster zu gehen, wo man sich bekanntlich mehr als nur spartanisch ernährt, oder Vegetarier zu werden, was mindestens genauso schlimm sein würde. Immer bloß Obst und Gemüse? Eine grässliche Vorstellung.

Doch wozu ist man mit einer Pharmazeutin befreundet, die noch dazu in der Forschung tätig ist? Zwar erforscht sie die Altersdemenz, aber ein paar allgemeine Kenntnisse des menschlichen Körpers werden doch wohl vom Studium noch übrig geblieben sein.

Die Auskunft war wenig aufmunternd. »Wie viele Jahre hast du geraucht? So lange schon? Na, bravo, dann hat dein Stoffwechsel eine Menge zu tun, bis er sich endgültig umgestellt hat. Nein, kann ich dir nicht sagen, das ist verschieden, bei manchen dauert es wenige Wochen, bei anderen Monate. Wie viel hast du zugenommen? Das geht doch noch, ich kenne konvertierte Raucher, die haben jetzt zehn Kilo mehr drauf als früher. Nein, muss nicht sein, aber ein paar Pfündchen bleiben fast immer zurück. Was willst du? Lass das ja bleiben, nach allgemeiner Erfahrung nimmt bloß die Familie ab, wenn die Hausfrau eine Schlankheitskur macht. Und überhaupt gibt es doch durchaus tragbare Mode auch in Übergrößen, du brauchst also ...«

An dieser Stelle des Telefonats habe ich den Hörer aufgelegt.

Nein, bei den Übergrößen bin ich denn doch nicht gelandet, aber von meinem früheren Gewicht habe ich endgültig Abschied genommen. Auch von meinen ›Hoffnungshosen‹, die noch immer oben in der Mansarde hängen, obwohl ich bestimmt nie mehr in sie hineinpassen werde. Ich habe auch meine sämtlichen Gürtel verschenkt, weil die Hosen nicht mehr in der Taille gehalten werden müssen, sie haben jetzt eine natürliche Bremse bekommen.

Ach ja, unlängst erzählte mir eine entfernte Bekannte, sie habe anderthalb Jahre lang nicht mehr geraucht, jedoch erst kürzlich wieder damit angefangen. »Stellen Sie sich vor, acht Kilo hatte ich damals zugenommen, habe in nichts mehr reingepasst, und wenn ich mich mal in die Stadt gewagt habe, dann habe ich um jedes blankgeputzte Schaufenster einen Bogen gemacht, um mich nicht darin spiegeln zu müssen. Jetzt rauche ich wieder, hab' schon fünf Kilo runter und fühle mich blendend!« Sie drehte sich einmal um sich selbst.

»Wie finden Sie das Kleid? Schick, nicht wahr? Habe ich mir gestern gekauft, Größe 40.«

Das Kleid gefiel mir überhaupt nicht! Es hatte einen Gürtel und akkurat meine Größe, genauer gesagt, meine ehemalige Größe. Glücklicherweise gehört seine Trägerin zu den wirklich ganz entfernten Bekannten.

Rolf findet ja auch, ich soll wieder anfangen zu rauchen, dann müsste er nämlich mit seiner Zigarette nicht jedes Mal auf die Terrasse. In seinem Zimmer darf er natürlich, doch die übrigen Räume sind *off limits!* Das habe ich mit Unterstützung der drei Töchter und zweier nichtrauchender Schwiegersöhne durchgesetzt. Und natürlich mit Hannes Hilfe. Der raucht nämlich auch weiter, allerdings auf dem Balkon. Ab zwei Grad minus darf er aber aus dem Küchenfenster. Ist ja durchaus üblich, seitdem es immer mehr Nichtraucher-Wohnungen gibt.

Was sagt Steffi jedes Mal, wenn wir in der kalten Jahreszeit die letzte Pipirunde mit Mäx drehen und auf manchen Balkons oder in geöffneten Fenstern die kleinen Lichtpünktchen von brennenden Zigaretten sehen? »Das ist auch einer der Gründe gewesen, weshalb ich aufgehört habe! Ich wollte mir von so einem blöden Glimmstängel nicht mehr vorschreiben lassen, wann ich draußen frieren muss!«

Falls es interessiert: Vom Inhalt des Sparschweins habe ich mir nach genau 35 Tagen einen absolut überflüssigen, bildschönen und sündhaft teuren Seidenschal gekauft, danach allerdings mit der täglichen Fütterung aufgehört. Stefanie hat ihr Nilpferd (was sonst?) so lange gemästet, bis sie sich die ersehnte Armbanduhr leisten konnte. Seitdem rätseln wir beide, wo das eingesparte Geld eigentlich bleibt, denn am Monatsende haben wir trotzdem nicht mehr übrig als früher, nämlich gar nichts!

Kapitel 16

Ich habe dir schon mal einen ganzen Rollcontainer voll Sachen runtergestellt, die dringend aufgefüllt werden müssen«, begrüßte mich Steffi, während sie einer Kundin half, Berge von Tannengirlanden in einem Pappkarton zu verstauen, »am besten fängst du mit dem Amaranthus an, davon sind bloß noch ein paar Stängel draußen.«

»Darf ich mich wenigstens vorher noch ausziehen?«

»Lieber nicht, die Heizung streikt nämlich. Hannes hat schon zweimal angerufen, angeblich ist der Monteur unterwegs.«

»Zu wem?« Doch das hatte sie schon nicht mehr gehört. Während ich die Treppe zum Büro hinaufschritt, wo mich schon schweifwedelnd Rauhaardackel Mäx erwartete – nicht etwa wegen seiner besonderen Zuneigung zu mir, sondern wegen des Schweineohrs in meinem Einkaufskorb –, überlegte ich mir zum mindestens siebzehnten Mal, weshalb ich mir das alles überhaupt antat. Früher nannte man sie ›Hiwis‹, also Hilfswillige, die mehr oder weniger freiwillig Arbeiten verrichteten, für die andere keine Zeit hatten oder sich ganz einfach zu schade waren. Wie sie heute heißen, weiß ich nicht, aber es gibt sie immer noch; nämlich Menschen, die dort einspringen, wo Not am Mann ist, beziehungsweise an der Frau.

Jetzt war es mal wieder so weit! Wir schrieben November, in sieben Wochen würde das Fest der Tannennadeln beginnen, dazwischen lagen jedoch noch diverse Gedenktage und die Adventzeit, der alljährliche Hilferuf war also schon beinahe überfällig gewesen. Vorgestern war er denn auch gekommen.

»Määm, wir brauchen dringend Unterstützung«, hatte Stefanie am Telefon gesagt, »nur für ein paar Tage, aber Lissy ist mit Bestellungen bis zur Halskrause eingedeckt, Ludwig hat Grippe, der fällt erst mal aus, und Hannes kommt kaum vom Telefon weg. Ist doch nur für kurze Zeit, so 'ne Grippe wird ja nicht ewig dauern!«

Das nicht. Zumindest bei mir hat sie nie länger als maximal zwei Tage gedauert! Wenn sich nämlich ein etwas hilfloser Ehemann und fünf Kinder in permanenter Hilfsbereitschaft überbieten, so dass man keine zehn Minuten Ruhe hat, ist es am besten, man verlässt das Bett, zieht sich an und setzt sich in Sichtweite der Küche in einen Sessel. Schon die Tatsache, dass man von der horizontalen Lage in die vertikale übergewechselt ist, signalisiert der restlichen Familie zunehmende Genesung und folglich keinen Bedarf mehr an Hilfeleistungen. »Kochst du heute wieder was Vernünftiges? Wenn du noch zu schwach bist zum Kartoffelschälen, kannst du ruhig Nudeln nehmen, die schmecken sowieso besser.«

Ludwig dagegen ist ein Mann und als solcher im Haushalt wenig gefordert. Also kann er seine Grippe nicht nur auskurieren, sondern auch die Bettruhe genießen, denn ihn wird man bestimmt nicht mit Vorwürfen überschütten wie »Du hättest mir ruhig sagen können, dass ich mein blaues T-Shirt linksrum plätten muss! Jetzt klebt das ganze Aufgedruckte unten am Bügeleisen!«

Auf Grund dieser Überlegungen hatte ich mich auf mindestens eine Woche Fronarbeit eingestellt und einen mittelgroßen Koffer gepackt, was meinen Ehemann vermuten ließ, ich wolle mich der gerade zum Südpol aufbrechenden Forschergruppe anschließen, um die Pinguine zu zählen oder was auch immer jene Damen und Herren zu erforschen beabsichtigten. Ich konnte ihn jedoch beruhigen, aber Vliespullis und dicke Jeans brauchen nun mal mehr Platz als Shorts und ärmellose Blusen.

Hannes winkte mir nur flüchtig zu, als ich das Aquarium betrat, denn er hing am Telefon und notierte etwas. »Also noch mal: Du wirst in meinem Herzen unvergessen bleiben. Wie bitte? Ohne ›in‹. Du wirst meinem Herzen unvergessen bleiben. Jetzt richtig? Und was kommt auf die andere Schleife? Deine – wie heißt die? Heidelore? Mit Bindestrich. Ja, habe ich verstanden. Bis morgen früh, geht in Ordnung. Danke, wiederhören.« Er legte den Hörer auf und sah mich an. »Kannst du eigentlich schon drucken? Nein? Warum nicht?«

»Weil man nicht alles können wollen muss. Und drucken schon überhaupt nicht, da kriegt man immer so schnell schwarze Finger.«

»Dagegen haben wir erstklassige Spezialseife«, sagte mein Schwiegersohn und stellte in Aussicht, mich während der Mittagspause in die Geheimnisse des Kranzschleifendruckens einzuweihen.

»Määm, kannst du mal nachsehen, ob wir noch die unkaputtbaren Kugeln in hellblau haben?« rief Steffi. »Ich kann hier von der Kasse nicht weg.«

Konnte sie wirklich nicht, davor standen sechs bis acht Kunden mit überbordenden Einkaufswagen. Aber was um alles in der Welt sind unkaputtbare Kugeln? »Wo finde ich die?«

»Letztes Regal hinten links!«

Na, das war doch wenigstens eine Auskunft, mit der sich etwas anfangen ließ! Hinten links standen sie auch wirklich aufgereiht, die Schachteln mit den Christbaumkugeln in allen nur denkbaren Größen und Farben, aber unkaputtbare??? Nie gehört! Muss eine neue Wortschöpfung im Rahmen der Rechtschreibreform sein, durch die sieht doch sowieso keiner durch, weshalb also nicht …?

Schließlich entdeckte ich auf einer Packung den Hinweis »niet breekbaar«. Das musste holländisch sein, ein Idiom, das ich nun wirklich nicht beherrsche. Trotzdem versuchte ich, den Text in die mir geläufige Sprache zu übersetzen und kam zu dem Schluss, dass diese zwei Worte »nicht brechbar« heißen könnten, auf neudeutsch also »unkaputtbar«. Wäre immerhin möglich. Weitere Spekulationen erübrigten sich ohnehin, denn hellblaue Kugeln waren nicht mehr da.

»Es gibt sie nur noch in dunkelblau«, meldete ich etwas außer Atem, denn einen Spurt von knapp fünfzig Metern steckt man mit zunehmendem Alter nicht mehr so ohne weiteres weg.

»Dann muss ich wohl dunkelblaue nehmen.« Die Kundin bedachte mich mit einem grämlichen Blick. »Können Sie mir drei Kartons holen? Und die passenden Kerzen dazu. Die hier nehmen Sie am besten gleich wieder mit!« Sie drückte mir zwei Packungen hellblaue Wachskerzen in die Hand.

Wer bin ich denn, zum Kuckuck noch eins? Laufbursche? Sie hätte ja wenigstens mal bitte sagen können! Während ich wieder zum letzten Regal hinten links trabte, fiel mir Katjas Erlebnis mit einer Schülerin der dritten Klasse ein. Die hatte auch etwas haben wollen und ihren Wunsch wohl ziemlich unhöflich vorgebracht. »Wie heißt denn das Wort mit den zwei ›t‹?«, hatte Katja das Mädchen schließlich gefragt, und was hatte sie grinsend als Antwort bekommen? »Aber flott!«

Als ich Kugeln und Kerzen ablieferte, bekam ich zumindest ein Danke zu hören.

Inzwischen war ich schon viermal an dem Rollcontainer vorbeigelaufen, dessen Abräumen mir Stefanie so dringend ans Herz gelegt hatte, aber wie hieß das Zeug, das ich als Erstes auspacken sollte? Irgendwas mit -us oder -thus am Ende, nur was davor kam, hatte ich vergessen.

»Sag mir noch mal den Namen von dem Grünzeug, das am

dringendsten aufgefüllt werden muss«, bat ich leise, »ich weiß ihn nicht mehr.«

»Amaranthus«, flüsterte sie zurück.

»Danke.«

Dann stand ich wieder vor dem Wagen mit den vielen Kartons, zog einige der länglichen heraus, in denen ich Blumen vermuten konnte, und hatte ein neues Problem! Wie sieht denn Amaranthus überhaupt aus? Waren es diese lilienähnlichen Gewächse oder die komischen grünen Strippen, die eine gewisse Ähnlichkeit mit Saschas Haartracht während seiner Teenager-Zeit hatten? Es könnten aber auch jene weinroten Wedel sein, die aussahen wie dick verknotete Leinen einer zu kurz geratenen Angelrute. Jeden Karton drehte ich herum, in der Hoffnung, irgendwo einen Namen zu finden, nur stehen die immer außen auf den riesigen Verpackungen, in denen die einzelnen Schachteln verschickt werden. Weshalb muss ich überhaupt wissen, wie Amaranthus aussieht? Die Pflanze muss ja auch einen deutschen Namen haben, in Bio bin ich seinerzeit ganz gut gewesen, weiß sogar noch, dass das Alpenveilchen zu den Primelgewächsen gehört, aber Amaranthus? Der wächst vermutlich gar nicht in Europa, also muss ich ihn nicht kennen müssen …

In diesem Moment schoss Lissy vorbei. »Amaranthus?«, rief ich hinterher.

Sie drehte sich kurz um. »Fuchsschwanz! Das ist das Rote!«

Also doch die deformierte Angelrute. Ich hatte es beinahe vermutet! Übrigens war sie die einzige Pflanze, die Ähnlichkeit mit ihrem lebenden Original hatte, denn was ich danach aus den unzähligen Lagen von Seidenpapier wickelte, war mir in der freien Natur noch nie untergekommen! Wo wachsen denn königsblaue Rosen mit Silberrand oder cremefarbene Chrysanthemen mit Goldsprengseln? Wo gibt es glitzernde Glockenblumen?

Eine Stunde später sah ich selber aus wie die Goldmarie

aus Grimms Märchenbuch, zwar nicht so schön, aber mindestens genauso glänzend. »Geht das Zeug eigentlich wieder raus?«

»Mit einer harten Bürste ist das kein Problem«, sagte Steffi und pflückte ein paar Goldpünktchen von meinem Kragen, »aber morgen solltest du lieber was Glattes anziehen, dann bleibt weniger an dir hängen.« Sie schulterte eine der überall herumstehenden Aluminiumleitern. »Hol dir mal einen Einkaufswagen, ich gebe dir ein paar Kartons herunter. Vorne muss einiges aufgefüllt werden.«

Die meisten Sachen kannte ich bereits, hatte ich mir doch an den goldenen Sternen auf Stiel schon vor Monaten die Finger zerstochen, hatte Schneemänner und Nikoläuse ausgepackt und herzige Engelein aus ihren Styropor-Gefängnissen befreit. Jetzt standen sie in Marschformation aufgereiht in den Regalen, Fahnenflüchtige hatten jedoch unübersehbare Lücken hinterlassen, die nun wieder geschlossen werden mussten.

»Arbeiten Sie hier?«, erkundigte sich eine ältere Dame etwas schüchtern.

»Nur vorübergehend, aber vielleicht kann ich Ihnen trotzdem helfen.« Das erschien mir zwar unwahrscheinlich, aber ich konnte es wenigstens versuchen.

»Ich suche nämlich Silber, wissen Sie, so lose Fäden, die habe ich vorhin in einem anderen Einkaufswagen gesehen. Ich weiß bloß nicht, wo die sind.«

Ich auch nicht! Genau genommen wusste ich nicht einmal, was sie suchte. »Meinen Sie Lametta?«

»Nein, was viel Dünneres.«

Was um alles in der Welt kann dünner sein als Lametta? »Augenblick, ich erkundige mich mal.«

Stefanie war nicht zu sehen, also rauf ins Aquarium, wo Hannes über einem Stapel Rechnungen brütete. »Was können das für lose silberne Fäden sein, wenn's kein Lametta ist?«

Er sah mich an, als würde ich chinesisch reden. »Was willst du?«

»Lose silberne Fäden, aber kein Lametta.«

»So was gibt es nicht. Aber frag vorsichtshalber Steffi. Oder Lissy, die kennt sich auch aus!«

Und das nennt sich nun Chef! Hat offenbar überhaupt keine Ahnung, was er in seinem Laden verkauft!

Wenigstens wusste es Lissy. »Die Kundin meint wahrscheinlich Bouillondraht«, sagte sie und zeigte mir, wo er lag. Warum der so heißt, konnte sie mir zwar nicht sagen, aber als mich zwei Tage später jemand nach diesem »Ziehband mit dem komischen Namen so ähnlich wie Suppenwürfel« fragte, wusste ich sofort Bescheid.

Schwieriger war es schon am Telefon. Anfangs hatte ich mich geweigert, Anrufe entgegenzunehmen, doch wenn gerade niemand in Reichweite oder mit Kunden beschäftigt war, musste ich wohl oder übel ran. »Firma XY, guten Tag.«

»Haben Sie Brathähnchen?«

»Äh, bitte was? Hier ist doch keine Imbissbude!«

»Na, eben Brathähnchen aus Plastik oder so, wo man ins Schaufenster legen kann.«

»Nein, tut mir Leid, so etwas führen wir nicht.«

Der nächste Anrufer war eine Sie, die in unverfälschtem schwäbischen Dialekt den Text für eine Kranzschleife durchgeben wollte. Stenografie hatte ich vor ewigen Zeiten mal gelernt, doch seit Jahren nicht mehr angewandt, wer braucht denn so etwas noch im Zeitalter von Fax und Diktiergeräten? Egal, ich schrieb mit, was durch den Hörer kam. Zum Glück war der Text nur kurz, nämlich »In Dankbarkeit«, jedoch bei Paul und Else Emdenschdich wurde es schon schwieriger. Merkwürdiger Familienname, klang so gar nicht schwäbisch. Ich legte den Zettel in das Körbchen zu den anderen, wo Hannes ihn wenig später wieder herauszog, las und lauthals loswieherte. »Hast du das aufgenommen?« Er hielt mir den Zettel entgegen und deutete mit dem Finger auf die zweite Zeile. »Was soll denn das da heißen?«

»Wenn du das nicht mal mehr lesen kannst, solltest du dich endlich zum Ankauf einer Brille entschließen!«, empfahl ich ihm. »Ich hab doch wohl groß genug geschrieben. Paul und Else Emdenschdich«, las ich langsam und akzentuiert vor.

Wieder begann er zu lachen. »Ich stelle mir gerade die Gesichter von Paul und Else vor, wenn sie deinen Text auf ihrer Beerdigungsschleife gesehen hätten. Em Denschdich ist nämlich kein Name, sondern die schwäbische Übersetzung für am Dienstag und bedeutet, dass sie bis morgen fertig sein muss. Von wem kam der Auftrag überhaupt?« Keine Ahnung, ich hatte glatt vergessen, danach zu fragen. »Weiß ich nicht«, musste ich zugeben, »aber es war eine Frauenstimme.«

»Das ist natürlich außerordentlich hilfreich. Wenn man berücksichtigt, dass achtzig Prozent unserer Kunden weiblichen Geschlechts sind, dann …«

»Ja doch, den Rest kann ich mir selber zusammenreimen! Tut mir ja auch Leid.«

»Weißt du was«, sagte jener Mann, der meine Tochter geheiratet hatte und mir schon aus diesem Grunde den gebührenden Respekt schuldig war, »am besten gehst du wieder nach hinten und packst Tannenzweige aus, dabei kannst du am wenigsten anstellen!«

Also ging ich nach hinten und packte Tannenzweige aus, erst kleine, dann größere, dann ganz große und zum Schluss welche mit Zapfen dran, die waren am teuersten. Das ging auch so lange gut, bis mich eine Kundin ansprach. »Haben Sie Geranien?«

»Geranien? Jetzt?? Mitten im Winter???«

Natürlich sei das ungewöhnlich um diese Jahreszeit, bestätigte die Dame, jedoch wolle sie die Pflanzen mitnehmen nach Spanien, um sie dort in die Balkonkästen ihres kleinen Hotels zu setzen.

»Warum nehmen Sie denn keine echten«, platzte ich wenig geschäftstüchtig heraus, »künstliche Pflanzen in spanischen Blumentöpfen sind doch ein Widerspruch in sich.«

»Sicher, aber was soll ich machen, wenn das Personal ständig vergisst, die echten zu gießen? Dreimal sind mir schon sämtliche Pflanzen vertrocknet!«

Das allerdings war ein triftiger Grund. Ich reichte die Kundin an Lissy weiter, die sich später bei mir bitter beklagte, weil sie sich eine Viertelstunde lang in den Kellergewölben durch Vogelscheuchen, künstliche Kürbisse (Herbst!) und Unmengen von Rosen (Sommer!) bis zu den Frühjahrsblühern hatte durchkämpfen müssen.

»Gehört so was denn nicht zum Dienst am Kunden?«, hatte ich mich verteidigt.

»Natürlich, aber nicht gerade dann, wenn hier die Hütte brummt! Im Dezember blühen auch in Spanien keine Geranien. Aber ganz sicher nicht!«

Tun sie doch, jedenfalls manchmal, und dann auch nur im Süden des Landes, aber für eine längere Diskussion über die klimatischen Unterschiede in der Deutschen zweitliebstem Urlaubsland hätte Lissy ohnehin keine Zeit gehabt.

Endlich Mittagspause! Endlich ein Stuhl, Füße auf den Papierkorb, eine Tasse heißen Tee aus der Thermokanne. »Was hier noch fehlt, ist ein Automat mit kleinen Snacks.« Ich hatte nämlich vergessen, etwas mitzunehmen, hatte mich schon an den Vollkornkeksen schadlos gehalten, die im Büro seit wer weiß wie lange vor sich hinstaubten, doch jetzt hatte ich richtiggehend Hunger.

»Unser Mittagessen kommt gerade!«, sagte Steffi und öffnete die Tür. Herein stapfte ein mit Tüten beladener Hannes. Sofort zog der Duft von Gebratenem durch den Raum. »Zweimal Huhn für euch, einmal Pizza für mich, als Nachtisch viermal Apfelstrudel, und hier sind auch noch frische Brötchen.« Er breitete seine Schätze auf dem Schreibtisch aus.

Das beliebteste Haustier von uns Deutschen ist und bleibt das halbe Hähnchen: Handlich, praktisch, gut. Und kalorienreich, sofern man das Beste, nämlich die Haut, mitisst. Hatte ich früher ohne langes Nachdenken getan, doch als noch relativ neuer Nichtraucher mit pro Monat mindestens einem Kilo Gewichtzunahme hatte ich gelernt, auf solche Fallstricke zu achten. Alles Schöne im Leben hat bekanntlich einen Haken: Es ist unmoralisch, illegal, oder es macht dick! Lissy, seit über zehn Jahren nikotinabstinent und nicht mehr wie ich mit einem noch unausgeglichenen Stoffwechsel behaftet, war trotzdem wieder mal auf Diät und gabelte selbst gemachten Salat mit Bambussprossen.

»Bringt das was?«, erkundigte ich mich.

»Ja. Ein ruhiges Gewissen«, kam es sofort zurück.

Ist bestimmt was Gutes, aber abnehmen wird man davon wohl kaum.

Ich kaute noch auf dem letzten Hühnerknochen, als knapp hintereinander zwei Autos auf den Parkplatz fuhren. »Zwei Minuten vor eins, die müssen vorne an der Ecke gewartet haben.«

»Haben sie nicht, da ist nämlich Halteverbot! – Ja doch, ich komme schon!«, murmelte Steffi, doch bevor sie die Treppe erreicht hatte, war Hannes bereits an der Tür und schloss auf. »Zu Hause reagiert er nie so schnell, wenn's klingelt.«

»Solltest du im Laufe des Tages Zeit haben, dann könntest du mal ein bisschen Ordnung in die Spraydosen bringen«, hatte Hannes gleich am Morgen gesagt, »da sieht ja niemand mehr durch.«

Die Spraydosen befinden sich ganz oben im Regal, so dass man eine Leiter braucht und hiervon mindestens die dritte Stufe. Man steht also über den Dingen und vor allem über den Kunden, die einen zwar sehen, aber nicht wahrnehmen, weil man irgendwie zum Inventar gehört. Ungewollt kann man auf diese Weise Zeuge von recht unterhaltsamen Gesprächen werden.

»Komm doch mal hierher, Hanna, was hältst du von der Kerze mit den Bärchen drauf, ob die was wäre fürs Seniorenheim?«

Hanna, gestandene Mitfünfzigerin mit Dutt und grüner Gärtnerschürze vor dem Bauch, stapft heran. »Welche? Etwa die da?«

›Die da‹ ist cremefarben und mit kleinen braunen Teddys verziert, ganz niedlich, doch sicher nicht jedermanns Geschmack.

»Nee«, sagt Hanna kategorisch, »damit brauchen wir gar nicht zu kommen! Erstens ist sie wahrscheinlich zu teuer, und zweitens wollen die alten Leutchen bestimmt das klassische Rot haben.« Trotzdem nimmt sie die Kerze in die Hand. »Kannst du erkennen, was sie kostet?«

»Elf Mark.«

»Ist zu viel, wir haben ausgemacht, nicht mehr wie zwanzig pro Gesteck, und da muss ja noch was dazu. Vielleicht was mit Glas, da drüben gibt es Untersetzer.«

Die Damen treten ab. Ende des ersten Aktes.

Der zweite beginnt wenige Minuten später. Ich bin inzwischen bei den erikafarbenen Spraydosen angekommen, immer noch im selben Regal, allerdings weiter rechts. Gegenüber befinden sich jetzt nur noch einfarbige Kerzen.

Hanna schießt um die Ecke und stellt die Bärchenkerze ins Regal zurück, kommt zwei Schritte näher, greift zu einer apfelgrünen. »Du mit deiner ewigen Entschlusslosigkeit! Warum denn nu wieder keine roten? Kein Wunder, dass du mit siebenundvierzig immer noch ledig bist. Das hält ja kein normaler Mann aus. Den Richard bist du doch auch wieder los, stimmt's? Dabei war das wirklich mal'n ganz Netter. Du bist so was von dämlich bist du ...« Sie dreht sich um. »Waltraut, wo steckst du denn?«

Waltraut, zierlich, dünn und verhuschelt, nähert sich langsam.

Hanna: »Nun gib doch endlich den Untersatz her, ich will sehen, ob die Kerze dazu passt.«

Waltraut reicht ihr einen sternförmigen Goldteller. Hanna setzt die Apfelgrüne drauf. »Nee, sieht fürchterlich aus. Was meinst du zu der kakaofarbenen?« Probiert die dunkle Kerze. »Ach so, du hast ja keine Meinung.« Stellt Teller samt Kerze auf den Fußboden und betrachtet beides von oben. »Doch, das geht. Wenn wir das Ganze noch mit einem Tannenzweig dekorieren, sieht es richtig nach was aus, oder etwa nicht? Muss ja nu wirklich nicht immer Rot sein.«

»Wenn du meinst ...«, kommt es zögernd von Waltraut, »mir erscheint es ein bisschen ärmlich.«

»Na schön, binden wir noch eine Schleife an jedes Gesteck, aber dann müssen wir Goldband mitnehmen. Wir brauchen auch noch zwei Kartons Steckmasse, Bindedraht, und denk an die ...«

Woran Waltraut noch denken sollte, habe ich nicht mehr verstanden.

Auch von dem Gespräch der beiden jungen Mädchen habe ich nur den Mittelteil mitgekriegt. Offenbar waren sie Azubis in einer Friedhofsgärtnerei und mit einer langen Einkaufsliste unterwegs. Sie standen im nächsten Gang bei den roten Grablichtern, also auf der anderen Seite des Regals, konnten mich jedoch wegen der hohen Spraydosen nicht sehen und wähnten sich offenbar ungestört.

»... glaube ich nicht. Dazu ist die viel zu prüde, die weiß doch nicht mal, wie man Sex buchstabiert, aber ganz kurz kann sie sich bei den Beinen natürlich nicht leisten ...«

»Und trotzdem zieht sie jetzt mit Alex rum«, wunderte sich die zweite Stimme, »was findet der bloß an ihr?«

»Na, was wohl«, spöttelte die erste Stimme, »die Kohle natürlich! Sie kriegt's doch vorne und hinten reingeschoben.

Papa hat ja genug! Bei ihr hat der Schleimi bestimmt noch seine alte Masche abgezogen, dabei ist die in der ganzen Berufsschule bekannt.«

»Mir aber nicht.«

»Willst du etwa behaupten, er hat dich noch nie angemacht?«

Es folgte vermutlich ein Kopfschütteln, denn die erste Stimme sprach weiter. »Dann bist du wahrscheinlich nicht sein Typ, er steht mehr auf Blond.« Sie kicherte. »Seine Anmache ist irgendwie beknackt, zieht aber immer wieder. Er erzählt nämlich jeder, die er abschleppen will, dass er heute Geburtstag hat, aber ganz allein ist, weil seine Eltern gerade 'ne Kreuzfahrt machen oder auf'm Presseball sind oder so was, dann sülzt er noch 'ne Weile rum, und zwei Stunden später steht sie mit einem passenden Geschenk und 'ner Flasche Henkell Trocken vor seiner Tür.«

»Woher weißt du das so genau?«

»Weil ich auch mal darauf reingefallen bin. – Nein, die nicht, wir sollen doch die großen Lichter nehmen.«

»Ja, und?? Hat er ...?«

»Natürlich hat er, aber ich habe ihm gleich gesagt, ich will nicht, außerdem hatte ich den Film schon zweimal gesehen, und da ...«

Genau in diesem Augenblick holte mich Hannes von der Leiter. »Kannst du deiner Tochter mal ein bisschen an der Kasse helfen?«

Höchst ungern, musste ich zugeben, zumal ich bestimmt gleich wieder unlauterer Machenschaften verdächtigt würde. »Ab morgen nicht mehr!«, versprach er, ohne zu sagen, wie er das denn verhindern wolle.

›An der Kasse helfen‹ bedeutet nämlich, die bereits eingescannten Artikel vom Tisch zu nehmen und in einen zweiten Einkaufswagen zu legen, während die Kundin am anderen Ende noch damit beschäftigt ist, ihren Wagen leer zu räumen.

Der Kassenbereich ist in Stoßzeiten einfach zu klein und eine drei Meter lange Tannengirlande zu groß, um noch genug Platz zu lassen für Nikolaustüten, fünf Kartons Christbaumkugeln und ein Dutzend Goldsterne auf Stiel.

Und dann ging es auch schon los! Ich hatte gerade zwei Hände voll Figürchen in einen kleinen Karton gepackt, als mich eine empörte Stimme einhalten ließ: »Sie da, lassen Sie das liegen, das sind meine Sachen!«

»Das weiß ich, ich helfe Ihnen doch nur beim Wegräumen.«

»So? Seit wann denn das?«, kam es misstrauisch zurück.

»Nur jetzt in der Vorweihnachtszeit«, erklärte Steffi, »damit es schneller geht und Sie nicht zu lange warten müssen.«

»Na ja, dann«, meinte die Kundin sichtlich beruhigt und schob mir ein Stapel Goldrandteller herüber. »Die müssen ganz nach unten und das Leichte obendrauf.«

»Halt«, schrie Steffi, »die habe ich doch noch gar nicht gescannt.«

Die nächsten zwei Damen nahmen meine Hilfe wohlwollend an, hatten sie doch mitgekriegt, welchen Job ich hier ausübte, aber schon bei der dritten wiederholte sich das alte Spiel. »Was machen Sie da? Das ist mein Kerzenständer!«

Allmählich gewöhnte ich mich an die mehr oder weniger empörten Proteste, leierte mein Sprüchlein herunter und war schon froh, wenn mich jemand nur ganz höflich darauf aufmerksam machte, dass ich wohl versehentlich seine Sachen in meinen Wagen packte.

Und dann war es tatsächlich fünf Uhr geworden, endlich Feierabend. Nein, doch noch nicht, man kann die Kunden natürlich nicht einfach rausschmeißen. Die letzten gingen dann auch wirklich erst kurz vor sechs. Aber die Spraydosen hatte ich trotz siebeneinhalb Arbeitsstunden noch immer nicht fertig aufgeräumt, ich war ja ständig unterbrochen worden. Außerdem hätte ich nie gedacht, dass es so viele Farbschattierungen gibt, aber wenigstens war ich schon zu M = Moosgrün vorgedrungen.

Als aufrichtiger Mensch muss ich jedoch gestehen, dass Hannes mit meinem akribischen Aufräumen keineswegs zufrieden gewesen war. Er kam am nächsten Tag zur Besichtigung, als ich gerade T = Türkis einsortierte, besah sich schweigend die hintereinander aufgereihten, vorne exakt ausgerichteten Farbspraydosen, schüttelte den Kopf und meinte ganz ruhig: »Es sieht ja wirklich sehr ordentlich aus, aber hast du deine Bücher zu Hause auch nach dem Alphabet sortiert? Wir machen das hier nämlich immer nach Farben.«

Mein zweiter Arbeitstag begann damit, dass ich drucken lernte. Em Denschdich sollte heute abgeholt werden, ein paar andere Schleifen waren dazugekommen, Ludwig pflegte immer noch seine Grippe, und die Spraydosen konnten nach Hannes' Ansicht ruhig warten.

Den technischen Part des Druckens lernte ich ziemlich schnell. Man nimmt die gewünschten Buchstaben aus dem Regal, reiht sie nebeneinander auf, packt das zu bedruckende Taftband drauf, dann die Gold- bzw. Silberfolie und schiebt das Ganze in die Maschine; der Rest geht von allein. Danach legt man das nunmehr bedruckte Band auf den Tisch, zieht die Folie ab und beguckt sich sein Werk.

Hier endet der technische Vorgang. Was möglicherweise schief gelaufen ist, muss dem künstlerischen Aspekt zugeordnet werden, und damit hatte ich noch nie was am Hut gehabt. Bei meiner ersten bedruckten Schleife lief die Schrift in einem Winkel von ca. 20 Grad schräg nach oben. Bei der zweiten konnte man vom Namen nur noch JULI lesen, US war nicht mehr drauf. Bei der dritten hatte ich zu weit vorn angefangen, da stand bloß ERGESSEN, das UNV war auf der Strecke geblieben, bei der vierten hatte ich die falsche Schleife genommen, nämlich eine mit Goldrand, obwohl es eine ohne sein sollte, die ist nämlich billiger, bei der fünften hatte ich aus einer Emmy eine Immy gemacht, und als ich mit der sechsten anfangen wollte, kam Hannes und löste mich ab. »Ich glaube, es ist besser, wenn du erst mal Fransen klebst.«

Fransen werden so ähnlich wie Gummiband als Meterware geliefert, die jeweils erforderliche Menge wird abgeschnitten und auf das Ende der Schleife geklebt. Klingt ganz einfach. Ist es auch, jedenfalls bei den ersten zwei oder drei Stück. Beim vierten bleiben die Fransen bereits am Finger kleben, die Schleife hat auch was abgekriegt und hängt jetzt an der Schere, und hat man die Fransen endlich an die richtige Stelle praktiziert und festgedrückt, dann stellt man fest, dass es die verkehrte Seite ist. Die Schrift steht nämlich auf der anderen. Muss ich wirklich noch erwähnen, dass ich keine Schleifen mehr drucken muss? Nur noch gelegentlich Fransen kleben, aber mit Hilfe von zwei Pinzetten gelingt mir das jetzt ganz gut.

Schwierigkeiten gibt es auch bei etwa folgender Anweisung: »Im dritten Regal ganz oben stehen noch fünf Kartons Dill, kannst du den runterholen, auspacken und zu den Achileen stellen?«

»Wie heißt Dill auf Lateinisch?« Sonst finde ich das Zeug ja nie!

»Keine Ahnung«, sagt Steffi, »aber ein Stängel steckt daneben. Du wirst doch hoffentlich wissen, wie Dill aussieht!«

Natürlich weiß ich das, Omi hat ihn früher in rauen Mengen gebraucht, wenn sie ihre berühmten Delikatess-Gurken eingelegt hat, in Salat gehört er rein, und natürlich zu Aal in Dillsoße. Nur in einer Vase habe ich ihn noch nie gesehen!

Ich finde eine Leiter, trage sie zum dritten Regal, stelle sie ab, suche den Dillstängel, sehe keinen. Da oben befindet sich überhaupt nichts Grünes, da glitzert es nur überall. Also Rückfrage bei Steffi. Die ist irgendwo im Lager, sagt Lissy.

»Ich soll Dill auffüllen, finde ihn aber nicht. Weißt du Bescheid?«

»Der müsste im dritten Regal ganz oben stehen.«

»Da ist keiner!«

»Das kann gar nicht möglich sein«, sagt Lissy und läuft los. Ich hinterher. »Dort oben ist er doch!« Sie zeigt auf einen Stiel mit etwas golden Schimmerndem am vorderen Ende.

»Dill ist grün!«, wage ich einen zaghaften Protest.

»Aber nicht zu Weihnachten!«, lacht sie und kehrt zurück zu ihren Adventgestecken.

Sogar Hannes räumt später ein, dass goldener Dill anders aussieht als der, den man zum Gurkensalat braucht.

Die Achileen finde ich sogar allein. Sie sehen so ähnlich aus wie Dill in Silber und sind im wirklichen Leben auf jeder naturbelassenen Wiese zu finden. Dort sind sie allerdings weiß und heißen Schafgarbe.

Apropos Schafe: Noch gestern Abend, während wir müde in den Sesseln hingen, eine alberne Verwechslungsgeschichte im TV anschauten und Nüsse knabberten (wozu hat man eigentlich Erdnüsse gebraucht, bevor es Fernsehen gab?), hatte Hannes laut darüber nachgedacht, womit man die leere Verkaufsfläche im hinteren Teil der Halle füllen könnte. Noch vor zwei Wochen war sie vollgestellt gewesen mit Keramiken, jetzt war kaum noch etwas davon da.

»Stell die Plüschhasen hin und setz ihnen rote Mützen auf, die verkaufen sich sowieso nicht besonders«, hatte Steffi vorgeschlagen, »dann ernennen wir sie zu Weihnachtshäschen. Wäre doch mal was anderes, es müssen ja nicht immer Pinguine und Bären sein.«

»Warum nehmt ihr nicht die Schafe?«, hatte ich angeregt.

»Welche Schafe?«

»Na, die Osterlämmer oder als was immer sie deklariert sind. Du hast doch selber gemeckert, weil die Frühjahrsartikel teilweise schon jetzt geliefert worden sind. Ich habe die

Viecher unten im Lager gesehen und finde sie richtig niedlich.«

»Was haben denn Schafe mit Weihnachten zu tun?«, hatte Hannes gemurrt.

»... und auf dem Felde waren Hirten, die hüteten des Nachts ihre Herden – oder so ähnlich«, hatte ich rezitiert, »du hast wohl noch nie in die Bibel geguckt?«

»Meine Konfirmation liegt schon eine Weile zurück. Aber wer sagt denn, dass es Schafherden waren?«

»Zu jeder Weihnachtskrippe gehören außer der heiligen Familie und den drei Königen manchmal noch eine Kuh, ganz selten eine Ziege, jedoch immer mindestens ein Schaf! Und du fragst, was die mit Weihnachten zu tun haben«, hatte ich aufgetrumpft, »selber eins!« So kam es, dass wir am nächsten Tag in jeder freien Minute die Schafe nach oben holten, ein paar der kleinen Deko-Heuballen auseinander zupften und eine schöne große Herde aufbauten. »Schade, dass wir keinen Hirten haben«, bedauerte Steffi, »dann wäre das Bild perfekt.«

»Wir haben doch einen«, fiel Lissy ein, »den Ötzi!«

»Au ja! Ist der denn überhaupt noch da?«

An Ötzi konnte ich mich erinnern. Natürlich handelte es sich um keine Nachbildung jenes Urmenschen, den man vor ein paar Jahren aus dem Eis geholt hatte, Steffi hatte die Figur nur so genannt. Sie stammte nämlich aus der kurzlebigen Jute-Periode, als die Zurück-zur-Natur-Bewegung ihren Höhepunkt erlebte und nicht nur der Christbaumschmuck aus naturbelassenem Material sein musste. Ich glaube, bei uns im Keller steht auch noch ein Karton mit Kugeln, die eine fatale Ähnlichkeit mit Tennisbällen haben. Damals hängte man kleine rote oder sandfarbene Jutesäckchen statt der sonst üblichen glitzernden Accessoires an den Weihnachtsbaum, benutzte selbstverständlich wieder ›richtige‹ Kerzen statt der elektrischen (angeblich sollen sich in jenem Jahr die Baumbrände mehr als verdoppelt haben), doch am Abartigsten fand ich den ökologischen Blumenschmuck: Weihnachtssterne aus Jute! Grauenvoll! Dabei hatte ich seinerzeit sogar mitgeholfen, die Dinger zu entfalten.

Natürlich hatte es auch die entsprechenden Weihnachtsmänner gegeben. Sie trugen bodenlange dunkelbraune Filzmäntel, hatten keine Zipfelmützen auf, sondern spitze Hüte, mit denen auch der Räuber Hotzenplotz meistens abgebildet wird, und gehörten ihrem Outfit nach ungefähr in die Zeit, als Peter Rosegger noch ein Waldbauernbub war.

Genauso ein Exemplar brachte Lissy jetzt an. Reichlich mitgenommen sah er ja aus, der Ötzi, aber wenn man sich immer die Nächte um die Ohren schlagen muss, um die Herden zu hüten, dann kann das ja gar nicht spurlos an einem Hirten vorbeigehen!

»Den Sack müssen wir ihm abnehmen, und die Laterne passt auch nicht so richtig«, entschied Steffi, »stattdessen muss er einen Stock kriegen.«

Der fand sich hinten im Außenlager, wo die vom Nachbargrundstück herüberragenden Kirschbaumäste einen passenden Zweig lieferten. Jetzt musste Ötzi nur noch ein bisschen entstaubt und sein Bart zurechtgestutzt werden, dann konnte er seinen Platz als Hüter der Weihnachtsschafherde einnehmen.

So weit ich mich erinnere, mussten vor Beginn der Frühjahrssaison Osterlämmer nachbestellt werden, ein großer Teil war noch in der Adventszeit verkauft worden. Und nachdem Ötzi mindestens ein halbes Dutzend Mal in einem Einkaufswagen gefunden worden war, hatte ihm Hannes ein großes Schild vor die Füße gestellt: »Unverkäufliches Ausstellungsstück«.

Ich habe übrigens auch eins bekommen, nicht direkt ein Schild, aber so etwas ähnliches. Ein Bote hatte es gebracht, und Hannes hatte die Tüte gleich an mich weitergereicht. Sie enthielt ein hellgraues Sweatshirt, auf dessen Vorderseite in großen schwarzen Buchstaben »Einpack-Service« prangte. Es erfüllte auch durchaus seinen Zweck, wenn man mal außer Acht lässt, dass bei dieser Tätigkeit ein helles Kleidungsstück schon nach zwei Stunden aussieht, als habe man gerade Kohlen geschippt – glitzernde Kohlen!

Heute am Freitag sollte mein mehr oder weniger freiwilliger Arbeitseinsatz enden. Jedenfalls für diese Woche, wie mir Hannes gleich am Morgen ungerührt erklärte. »Wir haben dich für die kommende Woche auch noch eingeplant.«

»Und was ist, wenn ich jetzt kündige?«

»Das geht nicht. Sklaven werden entweder freigelassen oder verkauft.« Dann legte er mir liebevoll den Arm um meine Schultern. »Natürlich musst du nicht mehr kommen, wenn du nicht willst, nur bist du uns in den letzten Tagen wirklich eine so große Hilfe gewesen, dass ich sehr ungern auf dich verzichten würde. Ludwig hat mir gestern Abend am Telefon die Tonleiter rauf- und runtergehustet, der fällt noch ein paar Tage lang aus, und du weißt inzwischen hier so gut Bescheid, dass man dich sogar mit den Kunden allein lassen kann.«

Dieser Optimist! Hatte mich doch erst gestern einer gefragt, wo er die Grabtulpen finden könne, und ich hatte ihm im Brustton der Überzeugung erklärt, die kämen erst im Frühjahr wieder rein. Das hatte er mir aber nicht geglaubt und sich selber auf die Suche gemacht, um mir wenig später drei dieser dunkelgrünen Plastikbehälter zu präsentieren. Und ich hatte angenommen, es handele sich um eine spezielle Blumensorte für Friedhöfe!

»Du scheinst zu vergessen, dass ich noch ein paar kleine Nebenbeschäftigungen habe«, erinnerte ich meinen Schwiegersohn, »nämlich einen Ehemann, ein angefangenes Manuskript und ein Haus. Der Unterschied zwischen Hausarbeit und Büroarbeit besteht jedoch in erster Linie darin, dass man das, was im Haushalt liegen geblieben ist, nicht um fünf in eine Schreibtischschublade stopfen kann.«

Das sah er ein, meinte aber, das ganze Geheimnis eines aufgeräumten Schreibtischs sei ein überdimensionaler Papierkorb.

Da klingelte das Telefon, aber weil Hannes gerade in einen Apfel gebissen hatte, musste ich den Hörer abnehmen. »Firma XY, guten Tag.«

»Bist du dran, Steffi?«

Die Stimme kannte ich doch?! »Nein, ich! Wieso rufst du jetzt an, bist du denn nicht in der Schule?«

»Doch, aber wir haben gerade große Pause«, sagte Katja. »Kannst du schnell eine Bestellung aufnehmen?«

»Etwa für 'ne Kranzschleife?« Andere telefonische Aufträge waren mir noch nicht untergekommen. »Ist jemand gestorben?«

»Nein, für Blumentöpfe. Hast du was zum Schreiben da?«

Ich hatte.

»Also erst mal dreißig Töpfe von der zweitkleinsten Größe, den Durchmesser weiß ich nicht mehr, aber die wirst du schon finden, dazu die passenden Untersetzer, auch aus Ton, bloß kein Plastik, dann eine Tüte Blumenerde, die kleinste genügt bestimmt, eine Tüte Goldpuder, ich weiß nicht, wie das Zeug heißt, das sind so glänzende Krümel zum Streuen, dann brauche ich noch zwei Rollen grünes Band mit Draht, aber nicht zu grün und auch nicht zu breit, vielleicht – warte mal, ich hole schnell ein Lineal – na ja, so ungefähr zwei Zentimeter …«

»Bist du bald fertig«, unterbrach ich meine Tochter, als sie gerade mal Luft holte, »ich denke, ich soll eine Bestellung aufnehmen und kein Buch schreiben!«

»Es kommt ja nicht mehr viel, nur noch eine Packung Engelhaar, zwei Lichterketten, zwei Kartons silberne Kugeln matt und zwei Beutel künstlicher Schnee. Ist alles für die Schule. – Fährst du heute nach Hause?«

»Das hatte ich vor.«

»Prima, dann kannst du die Sachen ja mitnehmen, und ich hole sie am Montag auf dem Weg zur Schule bei dir ab.«

»Um wie viel Uhr wäre das denn?«

»So gegen sieben. Ich bringe auch Brötchen mit!«

Wie nett! Und deshalb sollte ich im Morgengrauen aufstehen? Das hatte ich mindestens fünfundzwanzig Jahre lang getan, nicht zu vergessen die letzten Tage, da war die Nacht schon kurz nach sechs zu Ende gewesen, jetzt wollte ich mal wieder ausschlafen, nicht im Dunkeln aus den Federn müssen ... und was sagte ich unverbesserliche Glucke? »Ja, geht in Ordnung, wenn du kommst, ist der Kaffee fertig. Oder trinkst du morgens immer noch Tee?«

Hannes grinste nur, als ich den Hörer aufgelegt hatte. »Sie finden dich überall!«

Es wurde ein bewegter Abschied, nachdem ich den Kofferraum vom Wagen mit Katjas Bestellung voll gepackt hatte. Den Kranz von Lissy musste ich auf den Rücksitz legen, sonst wäre er zerquetscht worden. Ein bisschen hatte ich mich ja gewundert, als sie ihn mir in die Hand drückte, der erste Advent war doch noch zwei Wochen hin, Kerzen waren auch nicht drauf, nur ein paar goldene Kugeln und kleine rotwangige Äpfel, die verführerisch echt aussahen. »Sehr hübsch«, sagte ich lauwarm, »hält der sich denn bis Weihnachten?«

»Erstens ist das kein Adventkranz«, kicherte Steffi, »zweitens ist er aus künstlicher Tanne, und drittens hängt man ihn an die Tür. An die Haustür, wohlgemerkt! Außen!«

Richtig, das war ja in Mode gekommen! Früher hatte es so was nur auf'm Land gegeben, Ährenkränze zum Beispiel oder in Ungarn die Maisbüschel, dann lernten wir den American Way of Life kennen, doch bis sich dessen Türkränze bei uns durchgesetzt hatten, mussten Jahrzehnte vergehen. Popcorn im Kino und Grillpartys im Garten gibt es dagegen schon so lange, dass kaum noch jemand weiß, wie das Leben ohne diese kleinen Beigaben gewesen ist.

Eine dicke elfenbeinfarbene Kerze musste ich auch noch mitnehmen und ein Duftlämpchen mit verschiedenen Ölen, doch als ich mich von Mäxchen verabschieden wollte, rief mich Steffi an die Kasse. »Könntest du vielleicht noch ein paar Minuten dranhängen? Da kommt nämlich ein Großeinkauf! Die Kundin hat schon zwei volle Wagen hier geparkt, jetzt baggert sie gerade den dritten zu.«

Natürlich blieb ich, beriet sogar noch eine unentschlossene Dame, die zu einer hellvioletten Kerze das passende Band suchte, sich nicht entscheiden konnte und schließlich mit drei verschiedenen abzog, und dann stand ich wirklich noch eine halbe Stunde lang an der Kasse, holte Kartons, packte ein und um, tauschte einen etwas lädierten Engel gegen einen intakten aus und half der Kundin noch, den ganzen Einkauf in ihrem Kombi zu verstauen. Als ich den Kofferraum schloss, drückte sie mir fünf Mark Trinkgeld in die Hand! Vermutlich sah sie in mir eine rüstige Rentnerin, die sich gelegentlich ein kleines Zubrot verdiente. Ich war so verblüfft, dass ich mich nicht einmal bedankt habe.

»Wenn sie das nächste Mal kommt, dann kläre sie bitte über ihren Irrtum auf«, bat ich Steffi, steckte das Geld ins Betriebsausflugssparschwein und verabschiedete mich zum zweiten Mal.

»Jetzt mach aber wirklich, dass du in die Hufe kommst, sonst fährst du genau in den Ab-vier-Uhr-beginnt-das-Wochenende-Stau rein! Ich rufe dich heute Abend an. Tschüss, danke noch mal und Gruß an Paps!«

Rolf hatte mich noch gar nicht erwartet. »Ich dachte, du kommst erst morgen«, wunderte er sich, »sonst hätte ich doch vorher aufgeräumt.«

»Das wäre auch angebracht gewesen«, giftete ich nach einem flüchtigen Blick in die Küche, »warum hast du das Geschirr nicht wenigstens in die Spülmaschine gestellt?«

»Die ist voll!«

»Dann stellt man sie an!«

»Wollte ich ja, aber die Anzeige für Salz blinkt dauernd, und weil ich nicht genau weiß, wo das rein muss, habe ich die Finger davon gelassen. Aber Nicki will nachher vorbeikommen … wenn du bis morgen geblieben wärst, hättest du von diesem Chaos hier gar nichts mitgekriegt.«

»Ich kann ja wieder zurückfahren.«

Das wollte er aber doch nicht. Er brachte sogar noch am selben Abend einen Haken an der Haustür an, damit ich den Kranz aufhängen konnte. Dass ich ihn am nächsten Morgen auf der zweiten Treppenstufe wieder aufsammeln musste, hatte nach Rolfs Ansicht nur an dem doppelseitigen Klebeband gelegen; vermutlich sei es wohl schon etwas überaltert gewesen …

Es war kurz nach neun, als das Telefon klingelte. »Wer ruft denn um diese Zeit noch an?«, ärgerte ich mich, denn Herr Matula hatte gerade dem vermeintlichen Mörder eine Falle gestellt, dabei konnte es der gar nicht gewesen sein, weil nur die Frau hatte wissen können … »Warum sieht eigentlich niemand mal ins Fernsehprogramm, bevor er zum Telefonhörer greift? Zehn Minuten später wäre der Krimi zu Ende gewesen.« Ich stand auf. »Pass aber genau auf, ob ich mit meiner Vermutung Recht habe! Als die Frau vorhin die Blumenvase auf den Schreibtisch gestellt hat, musste sie …«

Das Telefon läutete zum dritten Mal. »Ja doch, ich komme schon!« Um Rolf nicht in seiner Konzentration zu stören, wollte ich in der Essdiele telefonieren. Sonst würde ich ja doch nie erfahren, ob die ungetreue Gattin ihren Ehemann gemeuchelt hatte. Nach dem fünften Läuten nahm ich endlich den Hörer ab. »Hallo?«

Erst hörte ich nur undefinierbare Geräusche, ganz entfernt

Stimmen, dann etwas lauter eine Art Schnorcheln, nicht genau zu erkennen, es konnte ein junges Kätzchen sein oder auch eine defekte Fahrradpumpe – dann endlich eine männliche Stimme: »Hörst du das?«

Sascha! »Natürlich höre ich das, weiß bloß nicht, was es ist.«

»Warte mal, ich gehe ein bisschen näher ran!«

Jetzt wurde die Geräusche deutlicher, die Stimmen auch, blieben allerdings unverständlich.

»Habt ihr 'ne Party?«

»So könnte man es nennen, ja«, sagte Sascha.

»Und was gurgelt immer so komisch dazwischen?«

»Das ist dein Enkel!«

»Mein … was???«

»Dein Enkel! Gerade elf Minuten alt!«

Ich sank auf den nächsten Stuhl. »Sag das noch mal!«

»Du bist seit zwölf Minuten Oma, hast einen prachtvollen Enkel von fast sieben Pfund, ich würde ihm ja den Hörer geben, aber er wird gerade gebadet …«

»Und Nastassja?«

»Geht's gut. Sie ist natürlich noch ein bisschen groggy, das müsstest du ja am besten wissen, aber es hat keine Komplikationen gegeben, falls du das meinst.«

»Weshalb habt ihr denn nie etwas …«

»… gesagt? Es sollte ganz einfach eine Überraschung werden.«

»Die ist euch ja auch gelungen! Seid ihr deshalb …?«

»Ich muss jetzt Schluss machen, Määm, ich rufe nämlich aus dem Kreißsaal an. Nachher melde ich mich noch mal von zu Hause, ja? Tschüss bis bald.« Dann machte es klick, ich legte den Hörer auf und starrte ihn minutenlang an. Von einer Minute zur anderen war ich Großmutter geworden! Und zwanzig Jahre älter! Mindestens!

»Mit wem quasselst du denn so lange?« Ich hatte gar nicht

505

gemerkt, dass Rolf die Tür geöffnet hatte, doch jetzt hörte ich die Schlussmelodie von »Ein Fall für Zwei«. »Wir haben beide falsch getippt, die Frau ist es auch nicht gewesen, weil es nämlich gar kein Mord war, sondern ... hörst du überhaupt zu?«

Was interessierte mich jetzt noch dieser dämliche Krimi?

»Du bist Opa geworden!«

»Also der Sohn ist unverhofft dazugekommen, als ... was hast du eben gesagt?«

»Dass du Großvater geworden bist!«

»Bei wem?«

»Eine selten dusslige Frage! Auch in unserem hochtechnisierten Zeitalter braucht ein Baby immer noch neun Monate, bis es geboren wird, und welchen deiner fünf Nachkommen hast du ein dreiviertel Jahr lang nicht gesehen?«

Er zögerte nur kurz. »Sascha.« Und dann: »Auch in unserem hochtechnisierten Zeitalter bekommen immer noch Frauen die Kinder.« Doch dann schien endlich der Groschen zu fallen. »Nastassja? Wann?«

»Heute. Vorhin.« Ich sah auf die Uhr. »Jetzt dürfte der Kleine eine halbe Stunde alt sein.«

»Ein Junge?«, strahlte er. »Wie viel wiegt er? Wie groß? Ist er gesund?«

»Das kannst du nachher alles selber fragen, Sascha will noch mal anrufen, sobald er zu Hause ist.« Nachdenklich musterte ich den frisch gebackenen Großvater. »Wie fühlt man sich denn so als Opa?«

»Das kann ich noch nicht sagen«, meinte er nachdenklich, »ich muss mich erst an diese Vorstellung gewöhnen.« Dann sah er mich erschrocken an. »Weißt du, was mich viel mehr beunruhigt? Der Gedanke, plötzlich mit einer Großmutter verheiratet zu sein!!! – Aber die Sektgläser kannst du trotzdem holen!«

Die beliebtesten Romane von Evelyn Sanders
jetzt in neuen Ausgaben:

Hotel Mama – vorübergehend geschlossen
Roman

Das hätt' ich vorher wissen müssen
Roman

Muss ich denn schon wieder verreisen?
Roman

Menschenskinder ... nicht schon wieder!
Roman

Geht das denn schon wieder los?
Roman

Das mach' ich doch mit links
Roman

Evelyn Sanders ist die Meisterin der Komik des
Alltäglichen. Ihre turbulent-komischen Romane über
das Leben in einer großen Familie sind Kult!

Knaur Taschenbuch Verlag

Evelyn Sanders' Winter- und Weihnachts-
geschichten jetzt in einer neuen Ausgabe!

Advent fängt im September an
Roman

Bestsellerautorin Evelyn Sanders versteht es, all die typisch
vorweihnachtlichen Erscheinungen amüsant aufs Korn zu
nehmen: die kirchliche Tombola, bei der es vor allem Fein-
strumpfhosen in Größe 48 zu gewinnen gibt; die beiden ver-
liebten Weihnachtsmänner vor dem Warenhaus, von denen
einer sich als Weihnachtsfrau entpuppt; der so romantisch
gedachte Hüttenurlaub in den Bergen, der ... nun ja.

Lassen Sie sich überraschen von neuen vergnüglichen und
anrührenden Begebenheiten – garantiert aus dem Leben der
Autorin gegriffen!

Knaur